São Paulo, 16 de Ju[lho]

Meu car[o]

De volta
(...)

Meu [querido] Carlos

Desculpe-me se aponto o [...]
com uma [...]tividade que pode [...]
[...] excessiva. A [...] só o conheço [...]
cartas de [...]. E afora afora, [...]
de um [...] maj[...]ral. Vo[...]
senti o meu Jackson [...] de [...]
de tal forma por um discussão do
delle como foi, vê você da
furando como o do que é real.
[...] as tantos [...] de procurado
[...]
jalavras

[...]

EN2 VF SPAULO 32 26 1020

ALCEU AMOROSO LIMA

RUA DONA MARIANA 149 RIO

SIGO TERCA NAO PODEREI TOMAR POSSE SEM COMISSIONAMENTO CAUSA ACUMULACAO PREFEITO PAULISTA CONSULTADO ACEITA PEDIDO PREFEITO CARIOCA MEU COMISSIONAMENTO TEMPO INDETERMINADO OBRIGADO = MARIO ANDRADE

CARTAS QUE FALAM
ENSAIOS SOBRE EPISTOLOGRAFIA

CARTAS QUE FALAM
ENSAIOS SOBRE EPISTOLOGRAFIA

Leandro Garcia Rodrigues

/re.li.cá.rio/

© Relicário Edições, 2023
© Leandro Garcia Rodrigues, 2023

Dados Internacionais de Catalogação na Publicação (CIP) de acordo com ISBD

R696c

Rodrigues, Leandro Garcia

Cartas que falam: Ensaios sobre epistolografia / Leandro Garcia Rodrigues. – Belo Horizonte: Relicário, 2023.
464 p. ; 15,5 x 22,5 cm.

ISBN 978-65-89889-84-7

1. Correspondência – Teoria e crítica. 2. Cartas – Crítica. 3. Cartas – Literatura. 4. Lima, Alceu Amoroso, 1893-1983 – Correspondência. I. Título.

CDD: 808.6
CDU: 82-6

Elaborado pelo bibliotecário Tiago Carneiro – CRB-6/3279

CONSELHO EDITORIAL

Eduardo Horta Nassif Veras (UFTM) Ernani Chaves (UFPA) Guilherme Paoliello (UFOP) Gustavo Silveira Ribeiro (UFMG) Luiz Rohden (UNISINOS) Marco Aurélio Werle (USP) Markus Schäffauer (Universität Hamburg) Patrícia Lavelle (PUC-RIO) Pedro Süssekind (UFF) Ricardo Barbosa (UERJ) Romero Freitas (UFOP) Virginia Figueiredo (UFMG)

COORDENAÇÃO EDITORIAL Maíra Nassif Passos
EDITOR-ASSISTENTE Thiago Landi
PROJETO GRÁFICO Ana C. Bahia
CAPA Tiago Araújo
DIAGRAMAÇÃO Cumbuca Studio
PREPARAÇÃO Lucas Morais
REVISÃO DE PROVAS Thiago Landi

Apoio: Pós-Lit/CAPES/PROEX

/re.li.cá.rio/
Rua Machado, 155, casa 1, Colégio Batista | Belo Horizonte, MG, 31110-080
contato@relicarioedicoes.com | www.relicarioedicoes.com
relicarioedicoes / relicario.edicoes

Para Gilberto Mendonça Teles, Marília Rothier Cardoso, Pina Coco (*in memoriam*), Eliana Yunes, Cleonice Berardinelli (*in memoriam*), Heidrun Krieger Olinto, Júlio Diniz, Renato Cordeiro Gomes (*in memoriam*) e Maria Clara Bingemer – todos meus ex-professores na PUC-Rio –, aos quais devo meu crescimento intelectual e crítico.

Enquanto mexo com os dedos essa massa de envelopes, a letra de Roland aparece periodicamente, tão reconhecível, em caneta e com tinta azul, bem cuidada, corrida, legível, essa leve grafia de canhoto contrariado. Tiro uma carta de seu envelope para lê-la com leve sentimento de profanação, como se estivesse me introduzindo em uma correspondência que não me tivesse sido destinada. O que tenho a ver com aquele que a recebeu há quase meio século? Contudo, Roland me endereçou essas cartas, mas foi há tanto tempo e ele morreu faz tantos anos que as cartas me parecem ter sido enviadas para outra pessoa. Talvez eu tivesse feito melhor em rasgá-las à medida que as recebia ou em destruí-las depois de sua morte. Mas elas estavam misturadas a todas essas outras cartas que compõem o fio de uma vida e teria sido preciso tirá-las dali para me livrar delas.

Antoine Compagnon, *A era das cartas.*

APRESENTAÇÃO
O que quer este livro. O que pedem as cartas   13

I. EPISTOLOGRAFIA | ENSAIOS

Afinal, a quem pertence uma carta?   33

Reavaliando o cânone – A contribuição dos estudos epistolares para a historiografia literária   47

"Carnaval carioca" – A complexa biografia de um poema   65

Sua carta... nossa carta   83

II. CARTAS PARA ALCEU AMOROSO LIMA

Cartas de esperança em tempos de ditadura – Frei Betto, Leonardo Boff e Alceu   101

Correspondência, (des)harmonia e vida literária – Mário e Alceu   135

Os extremos se tocam – Carlos Drummond de Andrade e Alceu   153

Cartas para os outros – Paulo Francis e Alceu   185

Tristão de Ataíde e os Três Andrades – O Problema de Deus   199

Cartas de Alceu e Murilo Mendes – Religião e vida literária   221

Antonio Candido e Alceu – Diálogos e correspondência   237

Alceu e Georges Bernanos – Literatura, mística e correspondência   251

Arte, política e religião – Alceu e Di Cavalcanti   263

José Américo de Almeida e o seu tributo a Alceu   273

"Nunca fui senão uma coisa híbrida" – Jorge de Lima e Alceu   291

III. CARTAS DO MODERNISMO

Carta & literatura – Possíveis interseções   315

Escrevendo cartas, escrevendo a vida – A correspondência de Mário de Andrade e Tarsila do Amaral   327

As intrigas no modernismo brasileiro – Relatos epistolares e vida literária   349

A língua brasileira de Mário de Andrade – Nacionalismo, literatura e epistolografia   365

Lúcio Cardoso e Mário de Andrade – Correspondência   381

As ficções epistolares de uma *Crônica*   389

Escrever a vida, escrever estilos – De carta em carta, modernismos   403

SOBRE O AUTOR   461

APRESENTAÇÃO

Cruz sus almas

Mon cher ami, je pense appe-
lent à vous en cette fin...

Pensez aussi, devant Dieu,
vieil ami. Il est possible
que j'ai des torts envers vous, comme
j'en ai beaucoup d'autres, mais
si vous voulez ou rien. Je parle et
j'agis comme je vis, c'est-à-dire
toujours le jour, aussi détaché de
la veille que du lendemain. J'ai
bien senti, hélas ! Mais parce que
je souffre beaucoup, — ou beaucoup
d'autres, — et je ne suis malheureuse-
ment pas capable de supporter plus
de douleurs à la fois.

m'apportent pourtant un espoir
nouveau. Il me semble que les
consciences ne sont pas indéfi-
niment compressibles, et que
leur explosion détruira en un
clin d'œil tout ce que la Synagogue
et l'esprit de la Synagogue auront
tenté de reconstruire. Je me crois
revenu au temps de ma
jeunesse, lorsque je guettais
le printemps par la triste fenêtre
du collège, au-revers des murs
de suie……

Votre vieil ami,

Bernanos

O QUE QUER ESTE LIVRO.
O QUE PEDEM AS CARTAS

Pensar nas diferentes naturezas e funções da epistolografia é, sem dúvida, entrar em terreno complexo e conflituoso que envolve remetentes, destinatários, cartas, envelopes, selos e outras atividades próprias da correspondência, levando-nos a evocar este ritual que tanto marcou a vida literária e que, hoje em dia, corre o risco de ser inserido no museu das grafias, dado o avanço avassalador das comunicações virtuais.

Franz Kafka foi um dos epistológrafos mais comprometidos e conscientes desse mister, tanto que afirmou:

> Se não fosse absolutamente certo que a razão por que deixo cartas (...) sem as abrir durante um tempo é apenas fraqueza e covardia, que hesitaria tanto em abrir uma carta como hesitaria em abrir a porta de um quarto onde um homem estivesse, talvez já impaciente à minha espera, poderia explicar-se muito melhor que era por profundidade que deixava ficar as cartas. Ou seja, supondo que sou um homem profundo, tenho então de tentar estender o mais possível tudo o que se relacione com a carta, portanto, tenho de a abrir devagar, lê-la devagar e várias vezes, pensar durante muito tempo, fazer uma cópia a limpo depois de muitos rascunhos, e finalmente hesitar ainda em pô-la no correio. Tudo isto posso eu fazer, só que receber de repente uma carta não se pode evitar. Ora é precisamente isto que eu atraso com um artifício, não a abro durante muito tempo, ela está em cima da mesa, à minha frente, oferece-se a mim continuamente, recebo-a continuamente, mas não a aceito. (Kafka apud Pereirinha, 2014, p. 32)[1]

---

[1]. Cf. PEREIRINHA, Filipe. Uma leitura da *Carta ao pai*. *Cult*, n. 194, 2014.

Sem a pretensão de analisar Kafka, gostaria de fazer algumas provocações a respeito desse fragmento de seu *Diário*, levantar alguns problemas que considero cruciais ao se pensar a epistolografia não apenas desse autor, mas de maneira geral.

a) "Deixo cartas (...) sem as abrir durante um tempo é apenas fraqueza e covardia"

A correspondência possibilita que diferentes mundos se comuniquem e se intercambiem mutuamente, numa complicada rede de contatos e cumplicidade que caracteriza a troca epistolar. Isto é, pensando nessa atividade como algo regular e metódico (como o foi para Kafka, Stefan Zweig, Mário de Andrade, Alceu Amoroso Lima, Paulo Francis, Marcel Proust, Rainer Maria Rilke, entre outros), e não apenas como um simples intercâmbio de informações, podemos dizer que a correspondência entre intelectuais e artistas ganha força e certo *status* de obra, tal sua complexidade e sua organização.

Não é à toa que Stefan Zweig escrevia e reescrevia suas cartas, num incansável trabalho sobre rascunhos e textos originais, "pensando" a sua epistolografia com os mais diferentes destinatários, num cuidado em geral deferido à escrita da obra tradicional, aquela posteriormente publicada. Ou então Mário de Andrade, cuja atitude cuidadosa para com sua correspondência era tão forte, que chegou a escrever uma carta-testamento ao irmão orientando o futuro e o destino do seu arquivo epistolar. Ou seja, carta é obra; carta é matéria pensante e pensada; carta é documento e testemunho.

Mas por que Kafka se considera fraco e covarde no ato de abrir uma carta? Que "poder" é esse que certas missivas exercem sobre determinadas pessoas? O que nos atrai e nos repele nesses tipos de textos? Somos nós que escrevemos uma carta ou é ela que nos escreve e inscreve?

A carta é um texto instável nas suas formas e expressões, é polimorfa e híbrida por natureza, não podendo receber definições e limites inflexíveis sem abrir a possibilidade das exceções. É um gênero de fronteira, de entre-lugar, cambiando sempre entre o público e o privado, embaralhando por completo esses espaços em determinadas correspondências, especialmente quando estas são publicadas e reveladas. Nesse sentido, uma boa questão é: será que o missivista escreve a sua carta e pensa na possibilidade de ela ser publicada? Ou a publicação é vontade de seus herdeiros ou então de pesquisadores com intenções investigativas e/ou *voyeurísticas*?

Talvez o medo de Kafka se justifique por não sabermos o que encerra uma carta – esperam-se mil possibilidades, segredos, revelações, términos, propostas, ideias, boas ou más intenções, chantagens, boas ou péssimas notícias etc. O que se pode dizer numa carta que não se poderia dizer em outro lugar, num outro suporte? Segundo Geneviève Haroche-Bouzinac,

> A leitura da carta é facilitada por sua realização no 'contínuo': a classificação que cada missiva coloca diante da respectiva resposta (...) é a que fornece o maior número de indícios sobre a harmonia de uma relação epistolar, a qualidade do entendimento, o estabelecimento de um eco, a compreensão mútua. (...) De maneira ainda mais evidente do que em outros gêneros, como poesia ou romance, o sistema de leitura modifica o sentido da mensagem; é o olhar do leitor que faz com que os epistológrafos se tornem personagens de uma ficção verdadeira.[2]

Ou seja, precisamos considerar outro problema sério da relação tempo/espaço da experiência epistolar: o quando e onde da escrita de uma carta não é, nunca, o quando e onde da sua leitura, uma vez que o presente da escrita é o futuro da leitura, assim como o presente da recepção corresponde ao passado do envio. E nesses intervalos, nessas fraturas, muita coisa pode acontecer, remetente e destinatário se modificam, os assuntos tratados envelhecem, verdades são refeitas e repensadas, tornando-se hipóteses ou até mesmo ganhando o *status* de falácia. Estaria aí a razão para o medo de Kafka? Pois, certamente, o autor de *A metamorfose* sabia muito bem que a carta é sempre cortada pelas instâncias do efêmero e do eterno, das certezas e das imperfeições, do claro e do opaco, realidades estas que contribuem para a sua dimensão de segurança precária, própria das escritas íntimas, das autografias,[3] das escritas do eu que não são impressas, que não visam uma edição, pelo menos à primeira vista.

b) "Tenho de a abrir devagar, lê-la devagar e (...) finalmente hesitar ainda em pô-la no correio"

Quem tem medo de escrever cartas? Seria ela uma espécie de *phármakon* platônico atuando de forma ambivalente como remédio e veneno

---

2. HAROCHE-BOUZINAC, Geneviève. *Escritas epistolares*. São Paulo: Edusp, 2016. p. 15.
3. Nos estudos literários contemporâneos, o termo "autografia" é genericamente usado para todas as escritas (grafias) do eu: autobiografia, diário, memórias, autoficção, cartas, bilhetes etc., ficcionais ou não.

conforme sua acepção? O que pode assustar o receptor de uma missiva? São as dúvidas que movem a investigação epistolar, não as respostas.

O teórico francês Philippe Lejeune, em seu ensaio "How Do Diaries End?" (2001) [Como os diários terminam?], afirma que o fogo é um dos destinos mais comuns dos diários e escritos íntimos, uma estratégia segura de destruir o texto de forma definitiva, purgando seu conteúdo, "purificando" numa perspectiva simbólica e polissêmica. Podemos estender essa situação às cartas e a alguns correspondentes, posto que muitos pediram de forma explícita ao destinatário que destruísse as cartas recebidas logo após a leitura. O próprio Kafka pediu isso a alguns dos seus correspondentes mais próximos, como Milena Jesenská, Felice Bauer e Max Brod. Felizmente, eles não cumpriram integralmente o pedido do escritor, já que não se pode precisar com exatidão a quantidade de cartas preservadas pelos seus diversos destinatários.

Talvez um dos receios do remetente seja a imagem de si que chegará ao destinatário – o que eu quero que ele saiba de mim? Trata-se de uma intrigante pergunta suscitada por esse medo, esse cuidado, essa hesitação. Sabe-se que o remetente de uma carta se constrói para o seu destinatário, encenando muitas vezes um eu fictício, construído e moldado no sentido de corresponder a certas expectativas. Por isso, o caráter poroso e fragmentado das reflexões epistolares.

Ou seja, é a complexa encenação de si no texto epistolar, situação sempre denunciada pelos estudiosos desse gênero, a *mise-en-scène* que o epistológrafo provoca de maneira nem sempre assumida, porém perceptível e perigosa, num jogo de representação forjado em sua relação (às vezes tensa) com o destinatário. Estaria aí a arte da carta ou a carta a serviço da arte? Stefan Zweig tentou responder essa questão no seu texto *A arte da carta*,[4] no qual se lê:

> Pelo fato de cada carta se dirigir sempre a uma pessoa singular, a uma pessoa específica, presente ao sentimento, a carta se tornou involuntariamente um retrato duplo de quem fala. Inconscientemente, a voz do destinatário respondia, e essa aura de comunhão irradiava uma familiaridade que era, ao mesmo

---

[4]. O pequeno texto "A arte da carta" ("Die Kunst des Briefes") foi publicado por Stefan Zweig em 1924, como posfácio ao livro *Briefe aus Eisamkeiten*, de Otto Heuschele.

tempo, aberta e íntima, eloquente e discreta, familiar e secreta. (Zweig apud Moisés, 2013, p. 20)[5]

"Eu sou o outro" talvez seja uma fórmula que ajude a (re)pensar as idiossincrasias da epistolografia, pois, como defendeu Zweig, a voz do destinatário responde – inconscientemente – ao discurso do remetente. Mas volto ao fragmento de Kafka, quando ele diz que, "supondo que sou um homem profundo, tenho então de tentar estender o mais possível tudo o que se relacione com a carta"; o destinatário se relaciona diretamente com a carta que recebe e responde, por isso é comum presentificar sua figura em nosso discurso, fazê-lo presente em todas as instâncias da escrita epistolar.

O problema é quando se é, ao mesmo tempo, remetente e destinatário das próprias cartas, pois quem escreve o faz para não estar só, para não ficar só, para não deixar o outro só, para ter a sensação de que alguém o receberá, alguém lerá o que foi escrito. Escreve-se também pela sensação, às vezes vã, de que alguém se importará com o missivista e deseja saber como ele está, o que tem para contar e partilhar.

Nesse afã, sabe-se que muitos psiquiatras na atualidade testam esse artifício com os seus pacientes, incitando-os a escreverem a um destinatário real ou imaginário, contando/relatando sua vida e seu dia a dia. Muitos pacientes escrevem para si, como se verifica nos arquivos de hospitais e centros de tratamento, o que nos obriga a considerar outras possibilidades hermenêuticas e epistemológicas desse gênero.

Sabe-se também do antigo costume de escrever diários, muito comum entre as mulheres,[6] quando os registros diarísticos mais se assemelham a cartas a si mesmo, isto é, o diarista é emissor e receptor das mensagens, preenchendo as lacunas existenciais do dia a dia, dando um sentido e um

---

5. Cf. MOISÉS, Patrícia Cristina Biazão Manzato. *Kunst des Briefes – Arte da carta*: um estudo sobre cartas de Stefan Zweig no exílio. Dissertação de Mestrado. São Paulo: Universidade de São Paulo, 2013.
6. Muitos escritores foram também bons diaristas. Todavia, entre os diaristas não artistas, a prática diarística era mais comum entre as mulheres, especialmente numa época em que estas não tinham o costume, ou mesmo a possibilidade, de trabalhar fora, então a vida doméstica precisava ser preenchida com algumas atividades como a leitura de romances, escrita de cartas e diários. Em alguns arquivos, a quantidade de diários femininos é infinitamente maior do que os masculinos. Tal fato já foi comprovado em relação às cidades históricas mineiras, por exemplo, ou então em cidades no interior da França, onde se guardou uma quantidade absurda de diários de mulheres, todos salvaguardados em arquivos públicos e/ou privados. No caso francês, conferir a APA – Association pour l'Autobiographie et le Patrimoine Autobiographique.

alento a certas experiências de vida marcadas pela solidão, pelo deslocamento, pela separação. Aqui, estou lembrando dos antigos diários íntimos que ficavam guardados, em geral, nas gavetas e móveis do diarista, fechados e protegidos de olhares e leitores curiosos.

c) "Não a abro durante muito tempo, ela está em cima da mesa, à minha frente, oferece-se a mim continuamente"

Ao escrever a Alceu Amoroso Lima, em 17 de junho de 1943, assim afirmou Mário de Andrade a respeito de determinada carta enviada pelo crítico literário, a qual se achava sobre sua mesa:

> Tenho uma carta sua, de março, e se não lhe respondi até agora, foi na indecisão mais desagradável que é possível imaginar. Tenho estado bem doente e doença que proíbe trabalho intelectual excessivo. Porém sua carta é importante demais pra mim, pra que eu não passasse por cima de doenças, prescrições médicas e tudo, se não hesitasse em decidir se devia lhe responder ou não. Mas a carta está aqui, ficou aqui, minhas mãos tropeçam nela a cada instante que me sento nesta secretária.[7]

Esse texto dialoga muito com o drama de Kafka, especialmente quando uma carta "perturba" a paz de seu destinatário, quando ela instaura um desequilíbrio no ambiente de quem a recebeu. A sensação é de uma espécie de personificação da carta, de materialização do texto de Alceu que deixou Mário intrigado e impelido a responder, pelo compromisso da resposta, pela seriedade com a qual lidava com o objeto epistolar.

Tal prosopopeia epistolar é um sintoma que não podemos ignorar na pesquisa epistolográfica, pois certas missivas despertam realmente tais sensações: elas apelam, obrigam a uma tomada de atitude, levam a uma ação – em geral, a própria resposta. Mas essa resposta não é simples, denota inúmeras vezes que algo mais sério está ocorrendo na relação remetente-destinatário: uma briga, uma disputa, pedidos, demandas, mal-entendidos etc. Por isso, a carta de Kafka "está em cima da mesa, à minha frente, oferece-se a mim continuamente", ou seja, ela está pedindo por uma significação, uma vez que a leitura e a resposta de uma carta contribuem para que ela mesma se signifique, se (re)atualize, se corporifique.

---

7. RODRIGUES, Leandro Garcia (Org.). *Correspondência Mário de Andrade & Alceu Amoroso Lima*. São Paulo: Edusp/PUC-Rio, 2018.

Apresentação

Pensando no compromisso de Mário de Andrade para com a sua correspondência, é deveras intrigante quando ele diz que "sua carta é importante demais pra mim, pra que eu não passasse por cima de doenças, prescrições médicas e tudo". A carta escreve e se inscreve nas relações, nos contatos, nas redes de sociabilidade criadas pelas correspondências. Guardando as devidas proporções metafóricas, a correspondência – para alguns epistológrafos – é uma respiração, uma necessidade, uma maneira de estar vivo e atuante, interagindo no seu mundo e revigorando as suas relações. Por essas razões, uma carta não pode ficar sem resposta.

Escrevendo ao poeta e amigo Carlos Drummond de Andrade, em 1º de fevereiro de 1929, assim afirmou o crítico literário Alceu Amoroso Lima a respeito das correspondências:[8]

> Mas você é um mau correspondente. Não envia cartas. Tenho de resignar-me a continuar no escuro. Eu sou o contrário. Sem ter tempo de escrever, escrevo demais e escrevo pelo prazer de receber a resposta. E pelo amor à correspondência, essa forma literária que hoje em dia me satisfaz. Única onde não há o 'écran' do público, que é um véu entre os espíritos, como a matéria é um véu mais ou menos transparente entre o homem e Deus, como diz o Berkeley.[9]

"Escrevo pelo prazer de receber a resposta" – certamente, este é um dos maiores prazeres de quem escreve e recebe cartas, uma sensação que cada vez mais se apaga da nossa memória, considerando a escassez da troca missivista hoje em dia, época marcada pelas diferentes revoluções tecnológicas que empurram as comunicações para os toques de segundos, numa velocidade comunicativa nunca antes vista que, se de um lado gera a rapidez e a presteza dos contatos, do outro gera o desconforto da impessoalidade e da falta de sentimentos materialmente trocados nos envelopes e nos papéis de carta, já que muitos eram desenhados, perfumados, bricolados e decorados segundo o sentimento que se queria compartilhar.

O fato é que, nas correspondências, o papel desperta uma poderosa relação afetiva entre remetente e destinatário, pois é nessa materialidade que

---

8. RODRIGUES, Leandro Garcia (Org.). *Correspondência de Carlos Drummond de Andrade & Alceu Amoroso Lima*. Belo Horizonte: UFMG, 2014.
9. Anthony Berkeley (1893 – 1971), escritor britânico de romances policiais, conhecido pela abordagem de questões metafísicas e existencialistas em seus enredos. Destacam-se os romances *The Layton Court Mystery* (1925), *The Wychford Poisoning Case* (1926), *Roger Sheringham and the Vane Mystery* (1927), *The Silk Stocking Murders* (1928), *The Poisoned Chocolates Case* (1929), *The Second Shot* (1930) e *Top Storey Murder* (1931).

os sentimentos e as mensagens são escritos e se inscrevem na intimidade do ser que se abre pela amizade, pelo amor e às vezes pela paixão entre os correspondentes. O papel se transforma numa espécie de testemunha gráfica e semântica daqueles que se correspondem, registrando as mais diferentes experiências: amizade, carinho, distanciamentos, aproximações, ódio, amor...

Retorno a Geneviève Haroche-Bouzinac (2016, p. 61), para quem:

> Antes de ser um objeto de escrita, a carta é primeiramente um objeto de troca. Sua dimensão material molda-se à personalidade de cada remetente. Como observam os pesquisadores de arquivos e os editores de correspondência, a publicação (exceto a impressão fac-símile) não restitui esse aspecto. Visão, tato, olfato contribuem para substituir a presença do remetente. O conteúdo da mensagem integra elementos e os comenta frequentemente.

Isto é, carta também é materialidade, além de discurso, intenções e desejos que se quer alcançar e/ou transmitir.

d) "Recebo-a continuamente, mas não a aceito"

Sim. Aceita-se. Aqui, Kafka tenta passar a ideia de que não devemos acolher certas cartas. Até pode ocorrer em algumas (raras) situações bem específicas. Pode-se discordar delas, mas sempre as consideramos e as lemos, brigamos com certas coisas escritas em algumas cartas por conta de seu conteúdo. Mas sempre se aceita uma carta, ainda mais quando ela vem de um amigo, de uma pessoa com a qual já se estabeleceu uma correspondência, ou seja, com quem se instaurou um compromisso de diálogo e debate via postal.

Mesmo porque, a carta é um discurso dos ausentes, e a correspondência se alimenta dessas ausências. Escreve-se uma carta não apenas para não se sentir só, mas também para não se acreditar ser uma pessoa tão solitária. A carta é uma estratégia pertinente para se preencherem tais lacunas, os vazios ontológicos com os quais vivemos – uns mais, outros menos – ao longo da vida.

Entretanto, também é possível escrever uma carta para ficar/estar só, num complexo paradoxo que salta aos olhos quando lemos determinadas correspondências. Talvez as missivas de Kafka sejam as mais significativas para se considerar essa perspectiva da separação via carta. Algo contraditório, insisto, mas que é possível. Escrevendo a Felice Bauer, assim afirmou o autor de *O processo*: "Não posso consolar ninguém porque me faltam palavras" (19-20 de fevereiro de 1913); "Uma correspondência é o sinal de que algo não vai bem. A paz não precisa de cartas" (15 de agosto de 1913); "Estamos sempre tão afastados um do outro" (9 de abril de 1914) (Kafka apud Haroche-Bouzinac, 2016, p. 107).

Já para Milena Jesenská, sua noiva, assim escreveu Kafka, descrente do papel agregador das cartas:

> Estas cartas são só tormento, vêm dum tormento incurável, só podem produzir incurável tormento. (...) Como pode ter nascido a ideia de que as cartas dariam aos homens meios de se comunicarem? Pode-se pensar num ser distante, pode-se tocar um ser próximo: o resto ultrapassa a força humana. (idem)[10]

Até quando a escrita se prestaria para se ficar só?[11] Seria a carta um meio eficaz de preservar a solidão e o vazio da/na alma? Escrevemos porque estamos sós ou para que permaneçamos nesse estado? Indago, pois sempre acreditei que a carta não pode evitar o eu, ora se revelando, ora se escamoteando. Talvez por isso Kafka tenha afirmado, em seu *Diário*, que a carta é uma espécie de "comércio com os fantasmas", ou então nesta outra missiva (sem data) que enviou a Milena:

> Pode-se pensar num ser distante ou tocar um ser próximo, o resto ultrapassa a força humana. (...) Eu nunca por assim dizer fui enganado pelos homens; pelas cartas, sempre; e desta vez não é pelas cartas dos outros, mas pelas minhas. (ibid., p. 140)

As cartas enganam e podem trapacear, criam falsas realidades que muitos acreditam serem reais. Em alguns casos, a correspondência pode ser vista como uma peça de teatro, um texto sendo representado ao sabor do respectivo enredo, com os mais diferentes personagens entrecruzando a cena.

Mas o destinatário sempre a recebe; pode até rejeitá-la, porém a recebe e prova sua dimensão de veneno ou remédio, somatizando ou repelindo o seu conteúdo. Pois escrever/receber cartas faz parte dessa experiência de fronteira.

---

10. Carta sem datação.
11. Novamente, o tema da escrita de si. Trata-se de toda grafia que tenha o próprio Eu como matéria, como tema, como personagem. O Eu é narrador e personagem de uma trama. Muitas vezes, o ato de escrever sobre si próprio é uma forma/estratégia usada para refletir a solidão pessoal, para (re)afirmar esta solidão, para marcar e deixar claro que se quer ficar só... e só com a própria escrita.

O caminho percorrido

Feitas essas considerações iniciais, gostaria de lembrar alguns percursos da pesquisa sobre a epistolografia no Brasil, área que se fortalece cada vez mais e ocupa um lugar na dinâmica dos estudos literários, não obstante as inúmeras dificuldades e, ainda, resistências por parte de pesquisadores e críticos de literatura.

Digo resistências porque muitos ainda consideram as escritas do eu como uma espécie de primas pobres da literatura, ou então paraliteratura, com toda a força pejorativa do prefixo "para". E nesse grande pacote das escritas íntimas autográficas se inserem as correspondências, os diários, as anotações pessoais, os escritos autobiográficos, as memórias etc. Tradicionalmente, no Brasil, a crítica sempre optou pela obra ficcional publicada, seja em poesia, seja em prosa, criação/invenção própria das capacidades criativas de um autor.

Aos poucos, os estudos literários brasileiros perceberam a importância desses textos historicamente reprimidos, deixados de lado como resíduos de vida, não de obra canônica. Demorou muito para a crítica vislumbrar que essas fontes estão impregnadas de vida literária, de biografismos, de ficção, de algumas verdades; enfim, de criação.

O ano de 2000 parece ser consensual, para nós pesquisadores da epistolografia, como um marco nessa área de estudos aqui no Brasil. Uma publicação é sempre lembrada como pioneira: *Prezado senhor, prezada senhora: estudos sobre cartas*, organizado por Walnice Nogueira Galvão e Nádia Battella Gotlib, publicado naquele ano pela Companhia das Letras. Na apresentação crítica escrita para o livro, assim afirmam:

> Este livro nasceu de uma conversa informal, por ocasião de um congresso. (...) Pois a questão girava em torno de uma constatação óbvia para todos nós, interessados em literatura: a disparidade entre o volume de cartas – escritas por artistas, intelectuais, personalidades históricas – e o número reduzido de estudos. Por que tantas cartas produzidas e tão poucos trabalhos com leituras de tais cartas?

Trata-se de um problema ainda atual, embora muita coisa tenha mudado positivamente nos últimos anos. A cultura brasileira sempre produziu muitas cartas, não nos esqueçamos da carta primordial – a de Pero Vaz de Caminha –, primeiro registro do gênero epistolar em nossa terra. Entretanto, a crítica e as pesquisas produzidas não acompanharam a produção epistolar brasileira, promovendo um sintomático déficit, um vazio analítico que aos poucos tentamos compreender e preencher. A própria universidade, considerando-se principalmente os cursos de Letras, demorou para perceber e valorizar a importância das correspondências para um maior diálogo com os estudos literários, revelando e problematizando questões inerentes e complexas desses mesmos estudos. Ao resenhar *Prezado senhor, prezada senhora*, o crítico e professor João Cezar de Castro Rocha tenta explicar o referido déficit:

> Ora, a história literária, comprometida com a afirmação da nacionalidade, e a teoria, às voltas com a pesquisa da literariedade, não tinham olhos para a epistolografia porque o domínio dos 'estudos sobre cartas' não pode senão ser plural e diversificado. Esse é o domínio do contingente, do diverso; enfim, do humano, demasiadamente humano para ser traduzido numa única direção – a gênese da nacionalidade – ou num eterno retorno – a (re)descoberta da literariedade. Foi preciso, portanto, que o conceito de literatura conhecesse uma bem-vinda pluralização para que os 'estudos sobre cartas' adquirissem direito de cidadania. (...) Os 'estudos sobre cartas' deverão respeitar o caráter plural do objeto e, na medida do possível, apresentar uma análise do tipo fenomenológico da correspondência, considerando as circunstâncias de sua produção e recepção.[12]

De fato, o olhar e a práxis do pesquisador em relação a essa tipologia textual – a carta – devem ser outros: atravessados, plurais, intertextuais, interdisciplinares, desierarquizados, anticanônicos, desterritorializados em relação a antigas certezas, sempre conscientes de que se trata de escritas de fronteira, tensas, híbridas, escorregadias – uma grafia de polichinelo, tamanha a sua flexibilidade, ou seja, a ideia de esticamento semântico e polissêmico do texto epistolar.

Todos esses problemas me levaram a cunhar, em 2014, num colóquio sobre correspondências, o termo *crítica epistolográfica*. Essa terminologia tenta compreender a pesquisa *com* e *sobre* cartas numa perspectiva totalmente dialogal, questionadora, revisionista, de entrelugar. Creio que seja impossível analisar o gênero epistolar usando as antigas ferramentas da

---

12. ROCHA, João Cezar de Castro. Prezado senhor, prezada senhora. Estudos sobre cartas [resenha]. *Teresa*, revista de Literatura Brasileira, v. 8/9, São Paulo: Editora 34/Imprensa Oficial, p. 397-398, 2008.

crítica literária tradicional, privilegiando determinados pressupostos teóricos e expressivos que fizeram a história da crítica.

Na verdade, a crítica epistolográfica utiliza outro instrumental teórico-analítico motivado pela realidade. A carta não é um espécime novo de texto, mas sua hermenêutica deve sê-lo – suas dimensões transversais devem ser destacadas e valorizadas, sua relação com a obra literária deve ser ressaltada, seu caráter de laboratório de criação precisa ser reconhecido e suas fronteiras cambiantes com outros gêneros não devem ser vistas pela lente da desconfiança; ao contrário, esse hibridismo expressivo e genealógico é justamente o que a enriquece. Por essa razão, a crítica epistolográfica quer ser um ramo da crítica, pelo menos da crítica literária ou do que restou desta, pois, cada vez mais, vemos relativizar o papel, o espaço e a função da crítica.

Retorno ao profícuo ano de 2000, pois, além da coletânea organizada por Walnice Galvão e Nádia Battella Gotlib, ocorreu também o importantíssimo lançamento da coleção Correspondência Mário de Andrade, editada pelo Instituto de Estudos Brasileiros da Universidade de São Paulo (IEB-USP), sob os cuidados de Telê Ancona Lopez e sua equipe. O primeiro volume trouxe a correspondência recíproca entre Mário de Andrade e Manuel Bandeira, organizada por Marcos Antonio de Moraes, um verdadeiro marco na organização de epistolários no Brasil, um divisor de águas quando se pensa num trabalho sistemático e científico concernente à organização e edição de uma correspondência, pelo menos em relação à realidade brasileira desse tipo de pesquisa.

O trabalho de Marcos de Moraes, ao abrir essa coleção, ainda serve de paradigma para as atuais edições de correspondência, dado que utilizou as principais metodologias francesas para a organização de epistolários recíprocos, ressaltando o caráter plurissignificativo da carta, conforme defendido anteriormente. Importante é lembrar a experiência centenária da França na organização de correspondências, área de estudos já bem estruturada por lá, com a criação e a manutenção de diversos centros de pesquisa sobre manuscritos e arquivos literários.

É difícil historicizar, com plena exatidão, todos os trabalhos acadêmicos produzidos no Brasil sobre a temática epistolar. Contudo, o mesmo Marcos de Moraes (com a ajuda de André da Costa Cabral), ao organizar o volume 8/9 da revista *Teresa*, dedicado exclusivamente à epistolografia brasileira, levantou, no capítulo "Posta restante: por falar em cartas...", as principais contribuições investigativas dessa área. Fica explícito, nesse levantamento, que 90% da pesquisa epistolográfica brasileira se desenvolveu a partir do ano 2000, fato este intrigante e desafiador, pois voltamos à realidade descrita por Walnice Galvão e Nádia Gotlib: produzimos muitas cartas e pouca análise sobre elas. Esse número permanece atual, pois, uma vez que essa revista foi publicada em 2008, as pesquisas apenas deram sequência à situação já deflagrada, tendo sempre o ano de 2000 como referencial temporal de uma guinada da crítica epistolográfica nos estudos literários brasileiros. Dou a palavra ao próprio Marcos de Moraes, no texto "Sobrescrito", que serviu de apresentação crítica a esse volume de *Teresa*:

> Associando-se 'ato' a 'práxis', a carta pode testemunhar a 'dinâmica' de um determinado movimento artístico. Formas de sedução intelectual, nas linhas e entrelinhas da carta, figuram, assim, como 'ações' nos bastidores da vida artística. A correspondência de artistas e escritores poderá igualmente afirmar-se como um agitado 'canteiro de obras'. (...) Na teoria e nos estudos literários, a carta/texto tanto pode ser 'material auxiliar', ajudando a compreender melhor a obra e a vida literária, quanto escrita que valoriza a função estética/poética: ou, ainda, 'texto literário' nas paragens do romance epistolar... (ibid.)

De lá para cá, o campo dos estudos epistolográficos brasileiros tem crescido e se fortalecido, aumentando as trincheiras de atuação e investigação, bem como afirmando o papel fundamental de determinados pesquisadores. Além dos já citados anteriormente, lembro aqui Silviano Santiago, Marília Rothier Cardoso, Júlio Castañon Guimarães, Eneida Maria de Souza, Reinaldo Martiniano Marques, Wander Melo Miranda, Roberto Said, Cléber Araújo Cabral, Flora Süssekind, Eliane Vasconcellos, João Cezar de Castro Rocha, Renato Cordeiro Gomes, Flávia Camargo Toni, Claudia Poncioni, Augusto Massi, Mirhiane Mendes de Abreu, Lígia Fonseca Ferreira, Humberto Werneck, Ieda Lebensztayn, Philippe Willemart, Myriam Ávila, Antonio Dimas, João Adolfo Hansen, Virgínia Camilotti, Raquel Afonso da Silva, Silvana Moreli Dias, Matildes Demétrio dos Santos, Raul Antelo, Helena Bomeny, Telê Ancona Lopez e outros tantos.

Tenho plena consciência de que posso estar sendo injusto e me esquecendo de mencionar muita gente, pois fazer listas é sempre tarefa penosa e que possibilita omissões ou injustiças. Todavia, quis destacar os nomes lembrados por terem, de uma forma ou outra, desenvolvido trabalhos e pesquisas na temática epistolar nos últimos dez anos. Por outro lado, é bom que essa lista esteja incompleta, pois isso denota o crescimento da área e dos colegas envolvidos nesse ofício.

Constato que, no Brasil, a experiência não tem sido muito produtiva em termos de eventos científicos contemplando especificamente os estudos epistolográficos, pois os poucos encontros ocorridos têm sido desproporcionais à investigação e à produção de conhecimento que vêm ocorrendo nessa área.

Ressalto, aqui, as duas edições (2014 e 2016) do colóquio internacional Artífices da Correspondência realizadas na USP, sob a coordenação de Marcos Antonio de Moraes, celebrando o convênio entre essa instituição e a Universidade Paris III. Lembrando que houve outras duas edições (2013 e 2015) em Paris, na sede daquela universidade. Esses colóquios revelaram uma significativa produção de pesquisas, bem como estreitaram pesquisadores das mais diferentes regiões e instituições brasileiras, contribuindo para o surgimento de novos laços e projetos.

Outro evento importante ocorreu no Rio de Janeiro, na sede do Instituto Moreira Salles, em 2015, em forma de curso de extensão denominado Remetente/Destinatário. Ao que se sabe, o número de participantes não foi significativo, a despeito da alta qualidade da organização e do programa.

Um excelente espaço de debates têm sido os congressos da Associação de Pesquisadores em Crítica Genética (APCG, antiga Associação dos Pesquisadores do Manuscrito Literário), cuja estrutura contempla um Grupo de Trabalho (GT) sobre epistolografia, o que vem possibilitando um simpósio dessa temática nos congressos dessa associação. O mesmo acontece com o GT de Crítica Genética da Associação Nacional de Pós-Graduação e Pesquisa em Letras e Linguística (Anpoll). Todavia, deve-se lembrar que são "eventos dentro de um evento maior", não uma proposta específica.

Em 2017, o encontro "Diálogos: correspondência, pensamento e cultura", que organizei com Marcos Antonio de Moraes e Maurício Trindade da Silva, no Centro de Pesquisa e Formação do Sesc-SP, certamente marca a recente história dos estudos epistolográficos brasileiros. Até hoje, trata-se da maior iniciativa de um evento acadêmico e cultural sobre essa temática, reunindo um expressivo número de pesquisadores brasileiros e franceses numa complexa e rica grade de programação.

Claro está, assim como na relação de nomes de pesquisadores que citei acima, que outros eventos sobre cartas/correspondência podem ter ocorrido no Brasil, os quais, no entanto, escaparam ao meu conhecimento.

Citei apenas os que tiveram mais estrutura organizacional e deixaram um forte legado aos estudos epistolográficos brasileiros.

Preparando esta edição

Este livro foi cuidadosamente pensado e preparado ao longo de um bom tempo, trazendo em si uma forte e profunda marca da minha trajetória pessoal, acadêmica e profissional. Considero-o uma espécie de memorial da minha vida intelectual, pois nele o leitor encontrará uma espécie de narrativa das minhas pesquisas e o seu respectivo resultado em termos de produção científica.

Trata-se de uma coletânea de textos críticos, todos de minha autoria, cobrindo os últimos vinte anos de minhas pesquisas na área da epistolografia. São abordagens que contemplam os mais diferentes ângulos do assunto: cartas, bilhetes, arquivos, marginália, revistas literárias, vida literária, políticas de publicação, (auto)biografias, modernismo brasileiro e outros temas que atravessam um ou outro ensaio.

Todos estes textos foram publicados em revistas especializadas ou como introdução crítica de algum livro meu, bem como capítulos de livros de outros autores, ou então alguns deles são frutos de conferências proferidas em eventos científicos. Por isso, a fragmentação e o circunstancial são parte da natureza desta edição, uma vez que estes ensaios foram publicados com propósitos muito específicos, em momentos e suportes distintos. Esses detalhes de tempo e local da publicação estão indicados, bem como as referências completas, no sentido de iluminar o leitor e alargar o horizonte do pesquisador de correspondências.

Todavia, como se trata de ensaios e artigos publicados isoladamente, agora compilados nesta coletânea, faz-se necessário prevenir o leitor de algumas particularidades que julgo importantes:

a) Certos termos e expressões estarão repetidos algumas vezes. Na tentativa de amenizar tantas repetições, tentamos substituir tais vocábulos por sinônimos na preparação desta compilação. Todavia, ainda assim, o leitor perceberá a insistência desses vocábulos, algo natural, uma vez que cada texto foi publicado num veículo específico, e buscou-se respeitar essa natureza circunstancial da publicação de cada trabalho.

b) Por sugestão de alguns amigos, foi feito um agrupamento de textos de acordo com blocos temáticos: Mário de Andrade, Alceu Amoroso Lima etc. Dessa forma, não se privilegiou o aspecto cronológico da publicação original, mas essa organização temática.

c) Como os primeiros textos foram escritos há aproximadamente quinze anos, procedeu-se à atualização ortográfica segundo o acordo ora vigente.

Enfim, este livro almeja ocupar um espaço ainda com lacunas nos estudos literários brasileiros, além de pretender problematizar e instigar o debate mais do que estabelecer conceitos fechados e engessados. Trata-se de um *work in progress*, pois a produção de conhecimento sobre o universo da criação e a circulação de correspondências é algo realmente grandioso e complexo, multifacetado e capilar, obrigando-nos a (re)avaliar nossas ferramentas críticas, teóricas e metodológicas.

Pretendo, com esta publicação, dar minha contribuição, não esgotando o debate; ao contrário, gostaria de fomentar ainda mais as investigações e reflexões sobre a epistolografia e suas particularidades, sua expressividade tão particular que a torna um gênero marcado pelo hibridismo e pela polissemia.

Este livro quer isto, as cartas pedem isto.

Leandro Garcia Rodrigues

I. EPISTOLOGRAFIA: ENSAIOS

Rio, 6 de julho de 1966.

Meu caro Alceu:

Gratíssimo pelo bom presente dos "Estudos Literários". Que livro! Foi abri-lo e folheá-lo, e logo me apareceram, vivos, os dias, as idéias, a agitação, entre criadora e destruidora, da década de 20, em meio à qual havia um ponto de referência, uma claridade: você e sua crítica. Que diria o Tristão dêsse romance, dêsse ensaio, dêsse poema?... Você estava no centro de nossa vida de pensamento e de imaginação. Para mim, seu afastamento dos temas puramente literários foi um crime que custei a perdoar: fiquei sem o crítico de meus livros futuros... Mas a soma de seus estudos aqui está, verdadeira história cultural do Brasil naquela era, e agora posso voltar ao "temps perdu" com emoção e certeza de que não foi tão perdido assim: resta êsse admirável testemunho, probo e lúcido, de quanto se fêz ou se tentou fazer. Este volume Aguilar é precioso como retrato de um momento brasileiro e retrato de um escritor que deu à crítica de livros e de idéias, entre nós, categoria universal.

O abraço agradecido e fraterno do seu

Carlos Drummond de Andrade

AFINAL, A QUEM PERTENCE UMA CARTA?[1]

> *Como foi que neste mundo alguém chegou à ideia de que pessoas podem se comunicar umas com as outras através de cartas? Podemos pensar sobre uma pessoa distante, e podemos agarrar uma pessoa que está próxima – tudo o mais vai além da força humana. Escrever cartas, entretanto, significa desnudar-se diante de fantasmas, algo pelo qual eles aguardam avidamente.*
>
> Franz Kafka

Quando Philippe Lejeune escreveu seu pequeno ensaio-crônica "A quem pertence uma carta?", inserido em *Pour l'autobiographie* (Paris: Seuil, 1998), estava o crítico francês tocando num dos principais problemas concernentes às fronteiras do gênero epistolar – o direito de posse numa correspondência, especialmente daquelas cartas que se tornaram públicas via publicação *com* ou *sem* o consentimento de uma das partes. Entretanto, este não é o único problema que enfrentam os pesquisadores de documentos epistolares, especialmente por estarmos lidando com uma escrita complexa que flutua entre as fronteiras do público e do privado, do autobiográfico e da encenação, da verdade e da ficção, do histórico e do literário. Nosso objetivo neste ensaio é levantar algumas dessas questões, não objetivando uma "solução final" para muitos dos problemas que serão apresentados. Ao contrário, queremos levantar questões e discuti-las, exemplificando e demonstrando a dificuldade de abordagens essencialmente ortodoxas para se compreender esta problemática.

---

1. Publicado na revista *Letrônica* (PUC-RS), volume 8, número 1, 2015.

A pergunta de Lejeune possui uma atualidade desconcertante, especialmente numa época na qual pululam publicações de cartas e outros escritos íntimos de escritores e demais personalidades da vida pública. O "surto" de (auto)biografias nas livrarias é algo assustador, o que nos leva a acreditar numa espécie de espetacularização da própria vida, o que nos permite fazer outra pergunta semelhante à de Lejeune: a quem pertence a narrativa da vida?, especialmente daqueles cujas vidas são uma espécie de performance que excede do privado ao público. Mas, voltando à questão epistolar, cito o próprio Lejeune (2008, p. 253):

> Uma vez na caixa [dos Correios], a carta passa a pertencer ao destinatário. Uma vez postada, reavê-la significa roubar. (...) A partir do momento em que é postada, torna-se fisicamente propriedade do destinatário e quando este morre, de seus herdeiros. (...) Mesmo postada, a carta continua sendo, intelectual e moralmente, propriedade do seu autor – e, depois da sua morte, de seus herdeiros; mas o exercício desse direito poderá ser limitado, de fato, se o autor não estiver mais com a carta (salvo no caso de uma cópia ter sido conservada).

O crítico apresenta uma série de argumentos de caráter um tanto mais legal, jurisprudente, baseado na lei francesa de 1957 que versou sobre os direitos da propriedade intelectual. Na prática cotidiana das publicações, percebemos certo desvio de algumas normas legais. É comum encontrarmos destinatários alegando o direito de posse de todo o material epistolar recebido, ao longo da correspondência, daquela pessoa (o remetente) que escreveu não tanto para si, mas para o outro.

Nesse sentido, é sintomática uma máxima de Michel Serres: "Eu sou vários outros", isto é, a experiência pessoal passa, inevitavelmente, pelo filtro existencial do outro, do interlocutor, e, nas cartas, do destinatário, num complexo jogo de dialogismo epistolar. Daí o fato de que muitos destes relegam para si o direito de leitura, de posse e até mesmo de divulgação das cartas recebidas.

Numa via um tanto complementar, temos o exemplo de Mário de Andrade, certamente o artista brasileiro que melhor explorou as fronteiras – tensas e complicadas – da escrita epistolar. Mário teve inúmeros destinatários, célebres ou anônimos, que enviavam à rua Lopes Chaves, 546, no bairro da Barra Funda, em São Paulo, um "mundo de cartas". Mário sofreu com certos pesadelos éticos quanto ao destino que deveria ser dado ao seu acervo de cartas e outros escritos íntimos, tanto que em 1944, um ano antes do seu falecimento, escreveu uma espécie de carta-testamento ao seu irmão mais velho advertindo-o acerca do destino a ser dado à sua correspondência (especialmente a passiva) – esta deveria "ser fechada e lacrada pela família e entregue para só poder ser aberta e examinada cinquenta anos depois de [sua] morte" (Alvarenga, 1974, p. 32).

Em outro momento de seu epistolário, mais tenso e preocupado, encontramos Mário escrevendo a Murilo Miranda num tom de revolta e quase ameaçador em relação à publicação das suas cartas:

> Meu Deus! o que mais me horroriza são as minhas cartas, egoísmo agindo. Devia ser proibido a mostra pública de cartas particulares, por lei governamental. Como si um escritor, um artista, pelo fato de ter uma vida pública, não pudesse ter uma vida particular! Francamente, é infame. Rasguei todas as cópias que fiz, perdi o dia, e isso de cartas a mim mandadas, nenhuma será publicada enquanto eu viver. Você não pensa que não imaginei destruir agora todas elas. Imaginei sim, mas não posso, não tenho força moral pra tanto. Sei que estou numa contradição interna medonha. Assim com uma vontade de deixar isso, como vou mesmo deixar, pra uma instituição pública mas com a ressalva de só poder ser aproveitado num sentido que não seja pejorativo (...) e declaro solenemente, em estado de razão perfeita, que quem algum dia publicar as cartas que possuo ou cartas escritas por mim, seja em que intenção for, é filho da puta, infame, canalha e covarde. Não tem noção da própria e alheia dignidade. (Andrade, 1981, p. 158-159)

Na tensão de decidir qual destino dar às suas cartas, Mário faz alusão a uma das estratégias mais comuns: a destruição completa dos escritos íntimos, principalmente quando estes são compostos por cartas e diários pessoais. Retorno às teorias de Philippe Lejeune, mas agora utilizo suas ideias expressas no ensaio "How Do Diaries End?" [Como os diários terminam?], escrito em 1998. Embora analise tal ponto de vista na perspectiva de diários íntimos, afirmo que é possível certa adaptação temática e metodológica em relação à correspondência. Segundo Lejeune, há algumas estratégias para se terminar um diário:

a) um final voluntário e decidido (para um diário que ainda não foi destruído);
b) a destruição [definitiva] do diário (um final enérgico e definitivo);
c) uma releitura [avaliação];

d) publicação (uma transformação que assume algum tipo de acabamento).²

Em geral, quando se destroem tais textos, o autor é determinado e a ação é definitiva, como afirma Mário a Murilo Miranda: "Rasguei todas as cópias que fiz", "Você não pensa que não imaginei destruir agora todas elas". Ou seja: eliminação, expurgação e catarse purificadora.

Outra questão interessante é a ressalva intransigente de Mário: "Declaro solenemente, em estado de razão perfeita, que quem algum dia publicar as cartas que possuo ou cartas escritas por mim, seja em que intenção for, é filho da puta, infame, canalha e covarde". Ora, sabemos que foi justamente Manuel Bandeira, um dos seus grandes amigos e correspondentes mais assíduos, quem primeiro publicou as cartas recebidas de Mário ao longo de mais de vinte anos de amizade. Bandeira, na década de 1950, organizou e deu à luz o importante epistolário que manteve com o autor de *Macunaíma*; todavia, fez diversas censuras e cortes nos textos originais, certamente por temer a reação de muitos que foram citados ao longo da correspondência e que ainda estavam vivos e atuantes. Para Bandeira, a razão de publicar tais cartas se dava, exclusivamente, por ver nelas uma importância singular do ponto de vista crítico-literário, biográfico e cultural. Tal aspecto crítico tem sido constantemente defendido por muitos que se ocupam a organizar e analisar epistolários, isto é, certas cartas iluminam algumas dúvidas a respeito de obras e autores, bem como servem como uma espécie de "espelho" sintomático a refletir determinadas nuances do próprio processo de gestação e criação da obra. A esse respeito, Vincent Kaufmann (1990, p. 80) esclarece que

> A correspondência é para alguns escritores, independentemente de seu eventual valor estético, uma passagem obrigatória, um meio privilegiado de ter acesso a uma obra, o elo que falta entre o homem e a obra. As correspondências representam um *corpus* ao mesmo tempo superabundante e sempre lacunar.

Nas trocas epistolares com um cunho mais teórico e ensaístico, a carta pode também funcionar como uma espécie de campo experimental para a

---

2. O ensaio "How do diaries end?" é um dos capítulos do livro *On Diary*, que Philippe Lejeune publicou em 2009; Cf. Referências. A tradução é minha.

construção estilística dos respectivos autores, bem como para expor a diversificação de suas experiências: comentários acerca da vida social, cultural e política de um determinado momento, as mudanças das conjunturas intelectual e ideológica que permeiam a vida de cada remetente, os meandros do processo de criação, as dúvidas sobre o que escrever – e como escrever –, os assuntos a serem explorados ou relegados quando do momento da escrita. A carta se torna, dessa forma, uma oportunidade – um lócus – para construção de pensamentos e ideias.

Podemos dizer, portanto, que determinadas correspondências, especialmente aquelas mais "pensadas" e organizadas, funcionam como verdadeiros laboratórios de criação. A respeito dessa dimensão da correspondência, explica Marcos Antonio de Moraes (2001, p. 14):

> O comungar da carta se espelha no desejo de estar junto, na constante troca de opinião, nas sugestões contestadas ou aceitas. O 'outro', no diálogo epistolar, concorre muitas vezes para a realização artística, funcionando como termômetro da criação. A carta é 'laboratório' onde se acompanha o engendramento do texto literário em filigranas, desvendando-se elementos de constituição técnica da poesia e seus problemas específicos. Propicia a análise (gênese e busca de sentido) e torna manifestas as motivações externas que 'precisam a circunstância' da criação. A escrita epistolográfica proporciona a experimentação linguística e o desvendamento confessional.

Todos esses argumentos nos levam a repetir e analisar a pergunta que deu início às nossas reflexões: afinal, a quem pertence uma carta?

Trata-se de uma questão complexa e até mesmo perigosa, já que determinadas missivas adquiriram função e valor públicos, especialmente se levarmos em consideração conteúdos que servem para a compreensão de momentos e particularidades da nossa própria história cultural. Nesse sentido, há a correspondência trocada entre o crítico e pensador católico Alceu Amoroso Lima e Frei Betto (frade, jornalista e escritor) e Leonardo Boff (teólogo, filósofo, professor e escritor). Fiz a organização desse epistolário, publicado pela Editora Vozes em 2015 sob o título *Cartas de esperança em tempos de ditadura*, o que me possibilitou uma maior "aproximação" com esse conjunto que totaliza 25 missivas. Os assuntos são variados, os mais recorrentes, todavia, dizem respeito ao terrorismo implantado no Brasil a partir do Golpe de 1964, bem como a tensa relação entre a Igreja e o Estado a partir desse episódio, especialmente por conta das inúmeras prisões, torturas e mortes que vitimaram religiosos e leigos por todo o país. Frei Betto, por exemplo, foi uma dessas vítimas, uma vez que permaneceu quatro anos encarcerado, momento este extensamente narrado nas suas cartas endereçadas a Alceu Amoroso Lima.

Nas diversas cartas escritas e publicadas por Frei Betto, não apenas aquelas endereçadas a Alceu, percebemos um sentimento acima do indivíduo – são "cartas para todos", uma vez que existe um destinatário múltiplo: a) a pessoa física a quem a missiva é endereçada e b) o destinatário geral, desconhecido, plural. São "cartas para os outros" – suas cartas são cartas de todos; é o destinatário múltiplo, é a carta endereçada a toda e qualquer pessoa de bem que pudesse – a partir da sua leitura – estabelecer um elo de solidariedade com o remetente encarcerado. Tal fato levou Alceu Amoroso Lima a escrever o intrigante artigo "Documento para amanhã", publicado no *Jornal do Brasil* em 4 de maio de 1973, no qual ele afirmou:

> A mocidade do meu tempo vibrava com os que se haviam insurgido, como Tiradentes, contra o Estado colonial. A mocidade de hoje também vibra, mas sobretudo sofre na carne, com os que se insurgem contra o Estado policial. Haja vista a onda recente de assassinatos e prisões, enquanto os jovens dominicanos, ordenados ou não, continuam a cumprir sua pena de prisão sem nenhuma ignomínia, por terem praticado a virtude da hospitalidade aos perseguidos. (...) Entre eles se destaca a figura ímpar de Frei Betto, Carlos Alberto Libânio Christo, cujas cartas da prisão representam um dos mais altos documentos da mais pura espiritualidade, comprometido com a realidade concreta e não apenas especulativa, se não o mais alto de toda a nossa literatura. (...) É a voz dos grandes profetas que fala por esse jovem de 20 e poucos anos, em uma cela dos 'subterrâneos da História'. (...) Não sei que documentos ficarão de nossos tempos para o futuro. Sei, apenas, que um deles será este.

Alceu teve a clara sensação de que ele não era o único destinatário das cartas de Frei Betto, tanto que publicou diversos trechos delas em suas inúmeras crônicas jornalísticas, usando o espaço do jornal como tribuna de denúncia e extravasamento dessas mesmas missivas, tornando-as "documentos para amanhã"; um amanhã presentificado, contudo, um amanhã que urgia – no agora da leitura – uma tomada de decisão por parte dos leitores, um posicionamento crítico acerca dos subterrâneos da nossa história contemporânea. Ou seja, a epistolografia contendo uma possibilidade natural e intrínseca de provocar mutações ideológicas nos seus possíveis *destinatários* – evoco o plural –, influenciando novas ideias e atitudes, permitindo a reflexão, levando-nos a conceber a carta como uma "categoria trans-histórica" do discurso, com múltiplos cruzamentos e distintas direções de manifestação e representação.

As cartas trocadas entre Frei Betto e Alceu Amoroso Lima, especialmente aquelas da época da prisão do frade dominicano, são uma espécie de brado *de* e *por* justiça, um grito que reverberou para além do respectivo destinatário dessas cartas, causando uma espécie de movimento catártico em seus destinatários, gerando uma recepção produtiva do ponto de vista reflexivo pela projeção de uma determinada subjetividade. Na longa carta enviada a Alceu em 22 de fevereiro de 1970, Frei Betto deixa clara a necessidade de se buscar a justiça e punir aqueles que a violam:

> Embora processados por atividades, sofremos punição religiosa. Fomos proibidos de celebrar missa, e três estudantes dominicanos foram impedidos pela Auditoria de renovarem seus votos religiosos, conforme a Igreja exige. Resta-nos saber quem tem o direito de nos suspender de ordens: a autoridade militar ou a autoridade eclesiástica? O juiz alegou que a profissão religiosa seria 'uma promoção aos dominicanos'. Desde quando renovar a opção pela vida religiosa é uma 'promoção' ofensiva ao Estado brasileiro? Estamos sendo religiosamente punidos por quê? Nada está provado contra nós, nem mesmo temos culpa formada. Tais medidas só se justificam num regime que persegue a Igreja. Os dominicanos que deveriam renovar os votos no dia 11 de fev. são os frades Tito de Alencar Lima, Roberto Romano e Yves do Amaral Lesbaupin. (...) Reze pelos que neste país lutam pela justiça, pelos presos políticos e suas famílias, pelos que morreram nas torturas, pelo frei Tito. Estaremos unidos ao sr. na mesma oração. Ela é a garantia dessa liberdade interior que ninguém pode arrancar de nós.

É outra perspectiva de encararmos o texto epistolar: não apenas como o "outro lado" da obra do seu autor, o seu reverso, mas como documento que não lhe pertence mais a partir do seu envio, alcançando uma amplitude de debates e propondo outros, sempre na perspectiva de sustentar um questionamento e/ou a formulação de novas opiniões críticas. Ao prefaciar a edição das cartas trocadas entre Mário de Andrade e Otávio Dias Leite (IEB/Imprensa Oficial, 2006), Júlio Castañon Guimarães afirma que nas missivas

> pode haver sempre, por estarem no domínio do privado, a suposição de que guardam informações cuja circulação se dê apenas entre os correspondentes.

Quando ocorre de virem a público, seria então como se houvesse uma espécie de revelação. Naturalmente, nem sempre essas informações são tão exclusivas assim, pois podem circular tanto em outras correspondências de cada um dos interlocutores, quanto em outros meios. (...) E aí já se tem pelo menos indício de como o conteúdo de uma correspondência para além de sua dimensão pessoal pode adquirir repercussão mais ampla. Além desses aspectos, as cartas podem ser deflagradoras de massa de informação que não está exatamente presente nelas, que ultrapassa seus limites.

Temos aqui o velho problema entre o privado e o público e a delimitação das fronteiras entre ambos. Mais do que delimitar, percebemos hoje que a publicação desses epistolários produz uma verdadeira práxis de contaminação entre essas esferas, não possibilitando uma separação cartesiana entre ambas, especialmente quando se fala em luta pela justiça, assunto tão caro na correspondência entre Frei Betto e Alceu Amoroso Lima.

Ao afirmar que "as cartas podem ser deflagradoras de massa de informação que não está exatamente presente nelas, que ultrapassa seus limites", Júlio Castañon Guimarães toca num aspecto sintomático dessa correspondência: o fato de Alceu responder as cartas de Frei Betto com um respectivo artigo na imprensa. Isso é um aspecto digno de se questionar e trazer a lume para discutirmos a linha de alcance da escrita epistolar, pois Alceu – como disse – realmente aproveitava o que vinha escrito nas cartas de Frei Betto para compor suas crônicas semanais para a imprensa. Vemos claramente uma relação carta-crônica-opinião pública que funcionou muito bem ao longo dos anos que essa correspondência cobriu: 1967-1981.

No caso dessas cartas em particular, poderíamos considerar o leitor especializado (o crítico, historiador etc.) como um destinatário em potencial independentemente do destinatário particular? Seria legítimo salvaguardar, sob o peso de processos e testamentos, tais cartas impedindo que pesquisadores e outros leitores tenham acesso ao seu conteúdo? Afinal, quem é (ou pode ser) o destinatário de tais cartas com "função e utilidade" públicas?

São perguntas que não ouso tentar responder em definitivo, apenas especulo aqui e ali algumas ideias e até mesmo problemas já ocorridos quando as fronteiras do público e do privado sofreram algum tipo de desconstrução.

I. Epistolografia | Ensaios

Aqui, falo como pesquisador e organizador de correspondências.[3] E falo a partir de dificuldades reais e materiais perante as quais nós, organizadores de correspondências, somos constantemente obrigados a enfrentar no dia a dia do nosso trabalho, e a maior parte desses problemas decorrem de questões envolvendo o sistema legal brasileiro e a má vontade de certos familiares e de algumas instituições que salvaguardam os respectivos acervos, principalmente por conta das dúvidas que decorrem sobre a velha questão que motivou este texto: a quem pertence uma carta?

Não raro são as situações que atrapalham a pesquisa epistolográfica, e creio que as principais residem nas seguintes questões: a) a nossa Lei de Direitos Autorais, que versa sobre o domínio público intelectual; b) a falta de cooperação de alguns familiares em fornecer autorizações legais para pesquisa, manuseio e publicação de certos acervos, e c) a falta de conscientização, por parte de muitos, acerca da importância desse tipo de investigação crítica. Vamos a cada um desses problemas.

A polêmica que envolve o domínio público intelectual, no Brasil, gira em torno da Lei n. 9.610, de 19 de fevereiro de 1998, que legisla sobre os direitos autorais brasileiros. Essa lei é considerada uma das mais avançadas do mundo, entretanto, deixa algumas lacunas difíceis de serem resolvidas. A primeira é a ausência da noção de autoria em relação aos mais diferentes gêneros da literatura, uma vez que tudo é generalizado na ideia e na expressão "obra literária", inclusive a obra epistolográfica, nem sequer mencionada. De acordo com o capítulo quinto dessa lei, seus efeitos repousam na seguinte perspectiva:

> Art. 5º – Para os efeitos desta Lei, considera-se:
> I – publicação – o oferecimento de obra literária, artística ou científica ao conhecimento do público, com o consentimento do autor, ou de qualquer outro titular de direito de autor, por qualquer forma ou processo. (...)

Já o capítulo sétimo menciona e legisla sobre o conceito de "obra intelectual":

---

3. Organizei os seguintes epistolários: *Correspondência Carlos Drummond de Andrade e Alceu Amoroso Lima* (UFMG, 2014), *Cartas de esperança em tempos de ditadura – Frei Betto e Leonardo Boff escrevem a Alceu Amoroso Lima* (Vozes, 2015), *Correspondência Alceu Amoroso Lima e Paulo Francis* (Revista Brasileira/ABL, n. 91, 2017), *Correspondência Mário de Andrade e Alceu Amoroso Lima* (Edusp/PUC-Rio, 2018) e *Jorge de Lima & Alceu Amoroso Lima – correspondência* (Francisco Alves Editora & EdUNEAL).

Art. 7º – São obras intelectuais protegidas as criações do espírito, expressas por qualquer meio ou fixadas em qualquer suporte, tangível ou intangível, conhecido ou que se invente no futuro, tais como:
I – os textos de obras literárias, artísticas ou científicas;
II – as conferências, alocuções, sermões e outras obras da mesma natureza. (...)

São as únicas referências ao universo de "obra literária" no que concerne às ideias de "efeitos" e "obra intelectual", posto que os demais incisos e capítulos versam sobre outras manifestações artísticas, como o audiovisual, as artes plásticas, a música etc.

Como a pesquisa em torno do gênero epistolar é uma atividade relativamente nova no Brasil, para o legislador o texto da carta não é considerado parte da obra de um artista, mantendo o antigo preconceito de que "obra" é especialmente a produção ficcional e publicada de um autor, ou seja, os textos autográficos – cartas, diários, bilhetes, manuscritos em geral – são vistos como a "parte menor" da produção intelectual de uma pessoa; ou, como querem alguns teóricos, a sua criação paraliterária, com todas as possibilidades pejorativas desse conceito crítico. Nesse embaralhado legislativo, não é raro presenciarmos processos e brigas judiciais quando da publicação de certos textos, como missivas e diários íntimos, embates estes marcados pela tentativa de definição se correspondência é ou não obra literária, bem como a complicada noção de "destinatário múltiplo", especialmente por conta de certos epistolários que possuem informações importantes para se compreenderem não apenas a história individual do respectivo escritor, mas também a história coletiva e a memória pública de determinados acontecimentos e situações específicas. Nesse sentido, a correspondência de historiadores, sociólogos e políticos é particularmente sintomática, pois possui uma infinidade de informações úteis para desvendar o processo histórico no qual esses profissionais estão inseridos e o qual ajudam a construir.

Quando tais debates se acaloram, é comum recorrermos à noção de domínio público, principalmente no sentido de facilitar o acesso, a pesquisa e a publicação de determinados arquivos pessoais sem passar pelo périplo burocrático das autorizações de herdeiros e/ou representantes legais do respectivo titular desse acervo. A mesma Lei n. 9.610 define o nosso conceito legal de domínio público:

Art. 41. Os direitos patrimoniais do autor perduram por setenta anos contados de 1º de janeiro do ano subsequente ao de seu falecimento, obedecida a ordem sucessória da lei civil.

Art. 43. Será de setenta anos o prazo de proteção aos direitos patrimoniais sobre as obras anônimas ou pseudônimas, contado de 1º de janeiro do ano imediatamente posterior ao da primeira publicação.

Na tentativa de tornar universais determinados acervos, o estado de domínio público é o sonho de muitos pesquisadores, especialmente por conta de contendas com alguns herdeiros, que, por seu turno, nem sempre facilitam a vida do pesquisador, exigindo toda sorte de condições para executar uma autorização legal e, em vários casos, a permissão nunca é expedida, comprometendo os objetivos de muitas pesquisas e/ou projetos editoriais.

Contudo, essa é uma questão realmente complicada e complexa, que possui inúmeras matizes valorativas e, principalmente, que envolve o fator biografia, algo difícil de obter um consenso. Do ponto de vista ético, creio sinceramente que a abertura irrestrita a determinados acervos pela força de domínio público não seja a solução para todos esses problemas levantados. Penso que o pesquisador deve usar sempre de cautela e bom senso, selecionando e contextualizando as informações obtidas ao longo do seu processo de investigação. Creio que nem "tudo" possa ser publicado, algumas informações – ainda que em prazo legal de domínio público – devem seguir restritas. Quais? A resposta dependerá do objeto sobre o qual se está trabalhando.

Estou falando de censura? Claro que não, apenas de equilíbrio ético na manipulação dos fatos biográficos de uma pessoa ou de um grupo, de uma história individual ou coletiva.

Esses problemas são comuns e recorrentes quando organizamos uma correspondência: dúvidas, imprevistos, questionamentos pessoais e/ou de terceiros, o drama de selecionar os dados e os fatos, a divulgação de certas imagens e textos etc. Sem dúvida, a interrogação sobre a quem pertence determinada carta perpassa toda essa problemática, levando-nos a questionar sempre se o destinatário é o único correspondente em si ou se o é qualquer leitor em potencial, independente se este último tinha parte ou não no diálogo epistolar.

Ao apresentar a correspondência entre Mário de Andrade e Carlos Drummond de Andrade, da qual foi seu organizador, Silviano Santiago fez algumas sintomáticas considerações que ajudam a refletir sobre esses assuntos, mas nunca "resolvê-los" por inteiro:

> Ao invadir a intimidade da letra epistolar, estamos sendo, antes de tudo, transgressores. Contemplado por convenção jurídica, o limite entre o privado e o público, no tocante à socialidade proporcionada pelo serviço de correios & telégrafos, é lei clara na cultura do ocidente. A correspondência é inviolável. Às vezes, a linha de demarcação pode ser abolida pelo gesto estabanado de um terceiro. (...) Às vezes, é o correspondente cauto quem reitera o limite entre o público e o privado. Lembro-me de Paul Valéry, precavido diante da língua de trapo de André Gide. Ao final da carta, sente necessidade de aclarar ao correspondente que ela fora escrita 'pour toi', e não 'pour tous'. A publicação póstuma da correspondência de Carlos Drummond de Andrade e Mário de Andrade põe abaixo o 'para ti'. Por várias razões. Nomeemos três. Primeira, em virtude da eminência atingida pela obra dos dois Andrades no campo da estética literária. Segunda, em virtude da importância social e política de Carlos e Mário no seu tempo. Terceira, em virtude da curiosidade intelectual das novas gerações, que saem em busca da verdade nas respectivas obras literárias, mesmo sabendo que, se ela pode se entremostrar na leitura, permanece no entanto escondida e absoluta em cada texto por mais diverso, frio ou incandescente que seja ele. As cartas de escritores também devem ser públicas por um quarto e não tão evidente motivo, já que sua enunciação se passa no campo especializado da teoria literária. Talvez a maior riqueza que se depreende do exame das cartas de escritores advenha do fato de os teóricos da literatura poderem colocar em questão, desconstruir os métodos analíticos e interpretativos que fizeram a glória dos estudos literários no século XX. (Santiago, 2002, p. 9)

Não foi à toa que Silviano nomeou seu ensaio introdutório de "Suas cartas, nossas cartas". Certamente, esses documentos são "nossos" pelos mais diferentes motivos, alguns já antecipados por Silviano, dos quais eu destaco o quarto, isto é, a possibilidade que o estudo de correspondência oferece uma constante revisão e um repensar a respeito do próprio cânone literário, bem como da historiografia da literatura em si.

Como já evidenciado no início deste texto, essas reflexões não buscam uma solução definitiva para os assuntos levantados; ao contrário, creio que a problematização e o debate dos mesmos sejam mais interessantes, possibilitando, assim, novas abordagens e ideias.

Certamente, até mesmo pela ainda novidade que a publicação de epistolários provoca, sentimos que, aos poucos, os estudos epistolográficos assumirão o seu lugar e ocuparão diferentes espaços nos estudos literários e na cultura como um todo, dialogando com novas estéticas e linguagens, provocando intercâmbios significativos e diálogos bem sintomáticos.

A problemática sobre a quem pertence uma carta é um assunto complexo e que envolve diversos aspectos, especialmente quando se chega à conclusão de que várias cartas possuem importância e valor que excedem ao seu próprio destinatário original.

Comecei com as especulações presentes no ensaio de Philippe Lejeune e termino com as minhas próprias interrogações. Pública ou privada, percebemos cada vez mais que a correspondência entre pessoas públicas alcança novos desdobramentos, novos "lugares" nos estudos literários, revitalizando-os cada vez mais.

Como os diários terminam? Como as cartas terminam? A quem pertence uma carta? Estas são perguntas que rondam o imaginário de pesquisadores e organizadores desses textos complexos, híbridos e que possibilitam uma infinidade de abordagens críticas e múltiplas hermenêuticas. No lugar de uma conclusão, uma introdução, uma aposta para se especular o destino da próxima carta que será aberta, lida e interpretada. Afinal, a quem ela pertence?

REFERÊNCIAS

ALVARENGA, Oneyda. *Cartas de Mário de Andrade*. São Paulo: Duas Cidades, 1974.

ANDRADE, Mário de. *Cartas a Murilo Miranda 1934-1945*. Rio de Janeiro: Nova Fronteira, 1981.

BAZERMAN, Charles. "Letters and the Social Grounding of Differentiated Genres". In: BARTON, D. & HALL, N. (eds.). *Letter Writing as a Social Practice*. Amsterdam: John Benjamins Publishing Company, 1999.

BRASIL. Lei n. 9.610, de 19 de fevereiro de 1998.

CALLIGARIS, Contardo. *Verdades de autobiografias e diários íntimos*. 1997. Disponível em: http://www.fgv.br.

DIDIER, Béatrice. "La correspondance de Flaubert et George Sand". In: *Les Amis de George Sand*. Paris: Nouvelle Series, 1989.

HAROCHE-BOUZINAC, Geneviève. *L'épistolaire*. Paris: Hachette, 1995.

KAUFMANN, Vincent. *L'équivoque Épistolaire*. Paris: Éditions de Minuit, 1990.

LEJEUNE, Philippe. *On Diary*. Hawaii: The University of Hawaii Press, 2009.

MORAES, Marcos Antonio de. Cartas, um gênero híbrido e fascinante. *Jornal da Tarde*, "Caderno de Sábado". São Paulo, 28/10/2000.

_____ (Org.). *Mário, Otávio – Cartas de Mário de Andrade a Otávio Dias Leite (1936 – 1944)*. São Paulo: IEB-USP/Imprensa Oficial/Oficina do Livro Rubens Borba de Moraes, 2006.

_____. *Orgulho de jamais aconselhar – A epistolografia de Mário de Andrade*. São Paulo: EDUSP/FAPESP, 2007.

RODRIGUES, Leandro Garcia. *Alceu Amoroso Lima – Cultura, religião e vida literária*. São Paulo: EDUSP, 2012.

_____. *Uma leitura do modernismo – Cartas de Mário de Andrade a Manuel Bandeira*. Dissertação de mestrado. Rio de Janeiro: Pontifícia Universidade Católica do Rio de Janeiro, 2003.

SANTIAGO, Silviano. "Suas cartas, nossas cartas". In: ANDRADE, Carlos Drummond de & ANDRADE, Mário de. *Correspondência Mário de Andrade e Carlos Drummond de Andrade*. Rio de Janeiro: Bem-Te-Vi, 2002.

REAVALIANDO O CÂNONE – A CONTRIBUIÇÃO DOS ESTUDOS EPISTOLARES PARA A HISTORIOGRAFIA LITERÁRIA[1]

Há muito se discute sobre a escrita de histórias de literatura e suas respectivas implicações e objetivos intencionados. Tal discussão nos remete a outra ainda mais complexa: a escrita da própria história.

Não foram (e não são!) poucos os teóricos que tentam resolver tal quimera, seguindo por vias metodológicas de pesquisa às vezes convergentes, às vezes divergentes. É quando nos surge a chamada "Nova História", com as suas rupturas epistemológicas e conceituais. Essa nova proposta de escrever a história atinge não somente a própria história, mas também outras áreas afins que dialogam com ela, dentre tantas, a literatura.

Este ensaio deseja analisar uma proposta de história literária na perspectiva dessa Nova História, na qual trabalharemos a questão de uma necessária inclusão da epistolografia como um dos elementos da historiografia literária: o fenômeno epistolar em si e suas implicações, o registro histórico-literário-pessoal nas linhas da correspondência, a intencionalidade de uma carta, a importância das correspondências de certos autores num determinado momento literário, bem como a possibilidade de ficcionalização do discurso epistolar. Para isso, teremos como eixo norteador determinados aspectos da correspondência de Mário de Andrade, não excluindo outros epistolários e correspondentes.

---

1. Publicado na revista *Casa de Machado*, v. 2, p. 97-119, 2012.

Com tal objetivo, esperamos contribuir, ainda que de maneira tímida, para a continuação dos debates acerca de histórias de literatura e de suas inevitáveis dinâmicas e debates, incluindo a temática da epistolografia literária, recorrente e em forte momento de ebulição no que concerne aos atuais estudos literários.

O fenômeno epistolar

Nosso trabalho começa com uma grande provocação: reavaliar o cânone. Tarefa complexa e sempre árdua, pois temos de reexaminar e questionar postulados já oficializados pela tradição e até mesmo fossilizados por algumas correntes dos estudos de literatura. É nessa perspectiva que se inserem os debates acerca da epistolografia e, de maneira mais íntima, a epistolografia literária, considerando que nem toda troca epistolar possui caráter e debates sobre cultura e literatura, como é caro nos epistolários de escritores.

A carta possui natureza deveras híbrida e polimorfa para que se faça uma teorização realmente sistemática, unilateral. Numa perspectiva mais óbvia, na correspondência, remetente e destinatário expõem sentimentos às vezes recônditos que não seriam revelados com facilidade num diálogo do tipo face a face; fantasmas ganham forma e muitas máscaras caem, exibindo o mundo pessoal de cada um, isto é, a carta pode ser uma espécie de elixir que cura os males do distanciamento entre os correspondentes, impossibilitando o esquecimento mútuo e atenuando a saudade, essa grande motivação para se escrever uma missiva. A carta se torna a possibilidade de uma abertura íntima e confiável em que cada eu se revela, desnuda-se em trocas de informações, contribuindo para a criação de um mundo metafísico e relacional. Adentrar nesse mundo é ter um constante contato com o inesperado, com aquilo que ainda pode ser revelado, com a surpresa que está para chegar na próxima carta.

Também possui outra importante e sintomática característica: a construção de uma "pseudopresença física". A troca de missivas pressupõe uma dificuldade natural e circunstancial de duas pessoas que não estão fisicamente próximas. Ao escrever, o emissor quer se fazer presente no espaço do seu receptor, presença esta que se verificará por sua exposição e abertura sentimental. Quando lê, o receptor da carta "constrói" e materializa metaforicamente aquele que a enviou, como disse Michel Foucault

(1983, p. 10): [escrever cartas é] "mostrar-se, chamar a atenção, presentificar a imagem do outro".

Essa tentativa de superação da distância espacial é uma das grandes motivações para a escrita de cartas, a ausência do ente querido parece ser suavizada quando "se chega" até ele por meio do texto epistolar, é um "ir ao encontro de", é um "estar com", uma convivência. Foi como uma espécie de paliativo para vencer a distância que vários escritores e outros pensadores em épocas tão diferentes utilizaram as cartas: Cícero, Horácio, Sêneca, Diderot, Voltaire, Flaubert, Kafka, Eça de Queiroz, Fernando Pessoa, Mário de Andrade e tantos outros modernistas brasileiros, num complicado processo de abertura e deciframento do remetente, tornando-o vivo e presente junto ao destinatário, numa total relação dialógica, nem sempre pacífica mas, quase sempre, marcada pela tensão de ambas as partes.

Uma relação sempre instigante e que fornece inúmeras possibilidades hermenêuticas é a relação entre a epistolografia e a ficção. Sabemos que naquelas correspondências mais complexas, caudalosas, com inúmeras cartas trocadas, podemos encarar os respectivos correspondentes como personagens de um romance; e não apenas aqueles, mas todos os nomes que circulam estas missivas: amigos, amores, desafetos, leitores e quaisquer outros cujos nomes desfilam nas linhas epistolares. Podemos considerar esta situação como uma espécie de autoficção, algo que inúmeros escritores e epistológrafos franceses perceberam já no séc. XVIII e, principalmente, no séc. XIX, isto é, a carta como uma construção ficcional, marcada pela escrita e presença de um "eu estendido", que nem sempre tem compromisso com o real, com a verdade, daí o seu caráter fictício em alguns casos. A esse respeito, em 1925, Manuel Bandeira afirmou a Mário de Andrade:

> Há uma diferença grande entre o você da vida e o você das cartas. Parece que os dois vocês estão trocados: o das cartas é que é o da vida e o da vida é que é o das cartas. Nas cartas você se abre, pede explicação, esculhamba, diz merda e vá se foder; quando está com a gente é... paulista. Frieza bruma latinidade em maior proporção pudores de exceção. (Moraes, 2000, p. 264)

Percebe-se que existem diferentes Mários, cada um de acordo com as circunstâncias, com as intencionalidades. Ou seja, há um Mário de acordo com cada carta, e este bem diferente do "Mário da vida". Como afirmou Carlos Drummond de Andrade acerca da atividade epistolar do polígrafo paulista: "Mário não escrevia por escrever nem para dar notícias triviais;

tinha sempre uma questão a levantar ou a esclarecer". Aqui, fica claro que a correspondência, para intelectuais e escritores em geral, é um projeto límpido e definido, propositivo, necessário, o outro lado da própria obra, como se evidencia na correspondência de Drummond com o crítico literário Alceu Amoroso Lima, na qual se percebe a construção de uma espécie de projeto epistolar, tamanhas a disciplina e a orientação que ambos dão a esse mister.[2]

Outro importante fator das correspondências é a sua relação com o tempo e o espaço, os quais contribuem para contextualizar o conteúdo desses textos numa perspectiva histórica e situacional; a data também serve para resgatar a carta na sua realidade efêmera. Nunca esquecendo de que, entre o tempo da escrita de uma carta e o tempo da leitura dela, há um intervalo, e nessa fenda muita coisa pode acontecer: o próprio eu – tanto do remetente quanto do destinatário – pode se modificar. Quanto à problemática do espaço, prefiro pensar que a carta circula pela experiência do entrelugar, que, como todo "entre", é um espaço de tensão, de não definição, de um vir a ser.

Cada carta é uma excepcional oportunidade para transitar pela história de diferentes territórios da intimidade humana, por relações de amor e amizade e também por relações de sociabilidade entre os correspondentes. Situada num terreno intermediário entre o ficcional e o histórico, entre o prosaico e o poético, a literatura epistolar traz à luz perfis que vão sendo desenhados com a caligrafia daqueles que insistem em ignorar a distância e a separação física. Em muitos casos, desenvolvem-se verdadeiros autorretratos. Tal verdade nos remete a outra dimensão da epistolografia: sua relação com a autobiografia e com o memorialismo, guardando todas as possíveis ressalvas teóricas e epistemológicas das escritas do eu e da ideia de memória.

O autor de uma autobiografia dá um destaque especial e peculiar à própria imagem e se convoca como testemunha de si mesmo e da sua trajetória. Para ele, um acontecimento só admite uma leitura feita e postulada por ele mesmo; trata-se de um relato autônomo em relação à história e à ficção. A epistolografia e o relato memorialístico apresentam uma visão personalizada de um tempo vivido. Tal personalização no memorialismo literário se inter-relaciona e confunde com o imaginário. Busca-se o real pelo desvio da representação, dado que a noção de vida é uma construção, tem propósitos específicos, um porquê e um para quê.

---

2. Cf. RODRIGUES, Leandro Garcia (org.). *Drummond & Alceu*: correspondência de Carlos Drummond de Andrade & Alceu Amoroso Lima. Belo Horizonte: UFMG, 2014.

As dinâmicas dos textos epistolares não param por aí. Trata-se de uma composição que se caracteriza pela fluidez de sua própria natureza. A carta é sempre um território "aberto" à espera de uma nova leitura, de um novo encontro simbólico entre pessoas que, embora separadas, estão sempre unidas por laços subjetivos alimentados dia após dia, carta após carta, selo após selo, na espera pelo Correio.

A epistolografia numa história das mentalidades do modernismo brasileiro

Um dos maiores e mais intrigantes paradoxos na história da literatura brasileira é a imensa quantidade de cartas elaboradas por escritores, artistas e críticos e a diminuta pesquisa realizada a partir delas. Embora seja um fato, começa a ser questionado, e muitos pesquisadores já despertam para tal realidade, propondo maneiras para modificar tal quadro e aproveitar essas fontes infindáveis de conhecimento que são as cartas.[3]

O fenômeno epistolar constitui um gênero e, como tal, merece e urge que seja considerado e admitido no campo das análises. Uma das tantas razões para tal constatação é o fato de a carta possuir uma natureza expressiva e teórica múltipla, participando e se relacionando com outros gêneros, como o diário, a autobiografia e o memorialismo, numa forte simbiose.

A escrita de uma história literária, porém, depende de diversos fatores metodológicos e epistemológicos; o próprio ato de escrever história já é deveras complexo e sempre suscita questionamentos teóricos a serem debatidos (e nem sempre resolvidos!). Faz-se mister elucidar algumas mudanças de paradigmas no que concerne ao próprio ato de escrever história.

Nova História

As décadas de 1960 e 1970 foram cruciais para as transformações dos modelos de narrativas históricas. É na França que surge um grupo empenhado em questionar a própria história: a chamada Nova História, uma maneira um tanto inédita de olhá-la, senti-la e narrá-la que adquire diferentes parâmetros

---

[3]. Aqui, devemos considerar a atual dinamização dos estudos e das publicações sobre cartas e correspondência, criando e organizando sistematicamente o campo da epistolografia nos estudos literários brasileiros.

de análise, fazendo surgir problematizações originais e interessantes, sempre mais complexas.

O modelo tradicional de historiografia valorizava as fontes consideradas oficiais e seguras. Na Antiguidade clássica, Heródoto registrava historicamente aquilo que colhia dos poetas, escritores e demais textos possivelmente encontrados, e um fato importante era o seu distanciamento daquilo que registrava. Tais fontes e relatos posteriores eram considerados como "verdade" a partir de uma perspectiva inflexível que se fazia de cima para baixo. A esse respeito é esclarecedora a afirmação de Michel de Certeau (1982, p. 65-119): "A história 'objetiva', aliás, perpetuava com essa ideia de uma 'verdade' um modelo tirado da filosofia de ontem ou da teologia de anteontem; contentava-se com traduzi-la em termos de 'fatos' históricos".

Nessa concepção, o historiador (ou até mesmo o filósofo) se mantinha consideravelmente isolado e à distância dos fatos históricos, e esse procedimento era feito com o intuito de conseguir certa neutralidade, um afastamento para poder analisar determinado fato. Tal prática foi seguida por inúmeros historiadores ao longo de vários séculos, sendo ainda a proposta de muitos até hoje, causando famosas brigas e rupturas com aqueles que decidiram seguir outra linha paradigmática.

Essa outra linha foi defendida pela Nova História. Quando ela surgiu no cenário intelectual, foi considerada uma verdadeira revolução, produzindo ramificações em vários campos do conhecimento, como a sociologia, a antropologia, a literatura e a própria história. Uma grande mudança foi a questão das fontes: os arquivos são pesquisados como um dado a mais, eles não são mais aquela verdade absoluta e inquestionável, servem como um dado que se conecta a outros os mais diversos. Com isso, a historiografia não fica somente na análise unilateral dos arquivos – eles são avaliados pelo pesquisador e também pelo leitor, que entra em interatividade com essas e outras fontes. É elucidativo o que nos diz Jacques Le Goff (1988, p. 68-83):

> Uma das características e uma das grandes realizações da Nova História consiste numa enorme dilatação do campo do documento. Isto contempla, por um lado, o recuo do documento escrito, a busca do documento histórico arqueológico figurativo, do documento oral, que é interrogar os silêncios da História, a entrada em cena do documento imaginário. Isto reporta-se, por outro lado e ainda mais fundamentalmente, à concepção daquilo que Foucault denomina o documento, quer dizer, o sentimento cada vez mais forte que temos de que o documento não é qualquer coisa que nos foi dada inocentemente,

que o próprio documento é o produto de uma certa orientação da História, de que devemos fazer a crítica.

Não basta mais somente olhar os objetos, faz-se necessário a interpelação e a discussão na leitura e interpretação deles. Isto é, os objetos históricos não mudam, o que muda é o olhar do historiador, mais aberto e propenso a um diálogo transdisciplinar que objetiva o enriquecimento da própria história. Como os acontecimentos históricos fazem parte de um processo permanente e inevitável, "fazer História" significa, então, participar e atuar nas dinâmicas desses acontecimentos. O novo historiador é aquele capaz de acompanhar as práticas caóticas da sociedade no afã de identificá-las, teorizá-las e tentar de alguma maneira organizá-las, fazendo experiência dos acontecimentos numa perspectiva totalmente horizontal e capilarizada, e não apenas vertical.

A história hoje é estudada sob o ponto de vista de uma flexibilidade metodológica que respeita a porosidade e as contradições das relações e da própria condição humana. Sendo a história um acontecimento permanente, podemos dizer que ela é uma narrativa; portanto, fazer história é contar uma história, e o "contar" é sempre uma experiência ficcional, criativa. A esse respeito, François Furet (s/d, p. 19) esclarece:

> Contar é, na realidade, dizer aquilo que aconteceu: a alguém ou a alguma coisa, a um indivíduo, a um país, a uma instituição, aos homens que viveram antes do instante em que se narra e aos produtos da sua atividade. É restituir o caos de acontecimentos que constituem o tecido de uma existência, a trama de uma vida. O seu modelo é muito naturalmente a narrativa biográfica, porque conta algo que se apresenta ao homem como a própria imagem do tempo: a duração muito nítida de uma vida, entre o nascimento e a morte, e as datas referenciáveis dos grandes acontecimentos entre esse início e esse fim. A divisão do tempo é portanto aqui inseparável do caráter empírico do assunto da História.

A história das mentalidades e a epistolografia

A história não narra apenas os fatos e acontecimentos históricos, mas também as mentalidades de uma época, ou seja, como um povo ou um grupo específico pensava, sentia e até se comportava. Nessa perspectiva, a história das mentalidades se constrói sobre o coletivo; mas é um coletivo atravessado pelo individual, no qual o historiador em alguns momentos muito se assemelha a um psicólogo social. É justamente agora que entra em debate um tipo de fonte por muito tempo ignorada: a epistolografia, avaliando também o seu papel no modernismo brasileiro.

Para o historiador tradicional e ortodoxo, a fonte tinha uma dimensão positivista de "verdade", testemunho indelével de uma pessoa ou de uma época qualquer e sempre seguro quanto à autonomia e à veracidade históricas. Tal postura começou a ser subvertida e questionada quando a Nova História e as suas propostas passaram a dar a tônica das pesquisas históricas. A esse respeito, diz Jacques Le Goff (1988, p. 71): "Fazer história das mentalidades é inicialmente realizar alguma leitura de não importa qual documento. Tudo é fonte para o historiador das mentalidades".

Sendo assim, as cartas se tornam essa importante fonte de pesquisa para o historiador comum e para o historiador literário (por questões metodológicas, ficaremos com o último, portanto com a historiografia literária a partir das mentalidades). Entretanto, esse historiador deve ter sempre em mente o perigo de se pesquisar em tais fontes, pois, como já problematizado anteriormente, pode haver ficcionalização nesse tipo de texto, sobretudo nas cartas de alguns escritores, que transitam na fronteira genealógica do romance epistolar.

O modernismo foi implantado no Brasil na década de 1920. Sua primeira geração de escritores e poetas estava decidida quanto à real necessidade de se fazer uma total reviravolta no cenário artístico nacional, pois percebia que o Brasil ainda estava muito aquém das produções culturais europeias. Tendo Paris como laboratório e referência, eles se colocaram à disposição de uma mudança radical nos conceitos então existentes de arte e, principalmente, de literatura. São Paulo (em progressivo desenvolvimento) foi o epicentro desse movimento, e os modernistas tinham plena convicção da importância histórica e artística das suas atitudes; as publicações, as entrevistas, os eventos todos convergiam para a empreitada modernista – é interessante notar que as práticas dessa geração literária eram intencionais no afã pela implantação definitiva do credo modernista. Podemos dizer que, dentre as tantas fontes para pesquisar e compreender esse movimento, temos as próprias publicações dos escritores, as reportagens jornalísticas,[4] as

---

4. Uma grande colaboração para a pesquisa acerca da difusão do modernismo na imprensa brasileira é o trabalho de Maria Eugênia Boaventura *22 por 22: a Semana de Arte Moderna vista pelos seus contemporâneos* (São Paulo: Edusp, 2000). Nele, a autora faz uma completa panorâmica acerca das reportagens contra e a favor dos primeiros passos do movimento, em especial a Semana de Arte Moderna (1922).

crônicas, os manifestos escritos por alguns deles, as críticas a eles endereçadas e também a abundante correspondência literária desenvolvida na época.

Não podemos esquecer que as comunicações eram bem rudimentares em comparação com os dias de hoje. O telefone era uma invenção ainda distante de ser popularizada e possuída ostensivamente; o rádio comunicava os fatos do cotidiano nacional e internacional, todavia não comunicava as pessoas entre si. A correspondência foi um mecanismo eficaz em unir todos os polos do país, e essa união foi principalmente pessoal, mantendo vivas relações de amor ou amizade, profissionais, políticas e, em particular, artísticas.

A carta foi um mecanismo eficaz na divulgação, na construção teórica, na crítica e na implantação do modernismo, isso sem levar em conta a revisão dele. A correspondência entre alguns intelectuais ajudou decisivamente na criação de círculos e confrarias e na divulgação do movimento, formando mecanismos de ação prática e de militância, como revistas e jornais modernistas. A correspondência serviu igualmente para sedimentar os ideais de uma época, pois foi por meio dela que grupos, pessoas e até mesmo cidades se uniram e se comunicaram. Mais profundas e teóricas são as cartas de cunho pessoal de alguns desses militantes, em especial Mário de Andrade e Alceu Amoroso Lima. Eles são bons exemplos de como o modernismo se estruturou via Correios e Telégrafos.

Tais cartas são importantes fontes a informar sobre a sensibilidade e as mentalidades de uma época, nesse caso, o ideário modernista e suas implicações. Mesmo porque não podemos pesquisá-las ignorando as comunicações e os sistemas culturais, de crenças e de valores, nos quais são elaboradas e evoluem. E, como veremos na correspondência de Mário de Andrade, as cartas nos dizem um pouco sobre esse complexo universo da nossa modernidade literária.

Mário de Andrade correspondente

Dentre todos os modernistas, foi Mário quem mais teorizou, pensou e viveu o movimento através da correspondência. Numa missiva de 1924, ele próprio confessou a Carlos Drummond de Andrade: "Sofro de gigantismo epistolar". Foi graças a esse gigantismo que hoje podemos dizer que Mário construiu uma obra paralela por intermédio das linhas escritas a amigos, intelectuais, escritores e estudantes em geral. Ele tinha consciência de ser essa espécie de orientador e formador de uma geração, de novos talentos, e foi com esse espírito de mestre (mas principalmente de amigo) que passou infinitas horas de sua vida a escrever de maneira contumaz, para utilizar um dos adjetivos que ele empregou para definir a sua epistolomania.

Mário tinha plena consciência do momento histórico e cultural no qual estava inserido, sabia muito bem que, no tipo de sociedade na qual vivia, seria difícil (mas não impossível) a implantação de um projeto modernista; é quando ele assume a tarefa de reavaliar o cânone de então conciliando produção artística e intelectual com a troca de cartas, aproveitando-as como lócus das suas teorias. Um dos tantos contatos de Mário era com o grupo modernista de Minas Gerais, formado por Carlos Drummond de Andrade, Pedro Nava, Gregoriano Canedo, Emílio Moura, Martins de Almeida e outros. O grupo publicava *A Revista*, periódico de divulgação do modernismo mineiro. Numa carta ao escritor paulista, Pedro Nava o informa das dificuldades com a manutenção d'*A Revista* e que o grupo pensava em terminá-la. Mário responde a ele fazendo uma severa crítica a essa possibilidade e expondo as dificuldades que eles, paulistas, também enfrentavam:

> Você me manda esses artigos para provar a causa do desânimo em que estão, de continuar com *A Revista*. (...) Então si vocês tivessem recebido estas descomposturas famosas que saem por aqui contra nós e sobretudo contra mim como seria? (...) Aqui as calúnias e as perfídias são desse tamanho, Nava, e não tem ninguém desanimado. Quando paramos *Klaxon* e si um dia pararmos com *Terra Roxa* não é por desânimo provocado pelas inimizades não, é por causa do dinheiro. Impressão por aqui é uma despesa dos diabos e ninguém quer dar anúncio prá gente. (...) A gente se mete num movimento de renovação como o nosso, imagina logo e infantilmente que é só escrever uns versinhos e umas critiquinhas, pronto, tá tudo renovado, em vez a realidade chega e a gente põe reparo que não se renova assim à toa que a base ruim é de pedra dura porque é o costume dos homens e sobretudo repara que tem um trabalho imenso em que terá de botar a vida inteirinha si quiser mesmo fazer alguminha coisa. (...) O trabalho que nós temos é imenso, não basta intuição, tem que estudar estudar refletir refletir e com cuidado com paciência fazer tudo em terreno novo pois que os exemplos da nossa tradição e os do Modernismo europeu mal nos dão uma luzinha fraca que não serve pra quase nada. (Andrade, 1982, p. 13)

I. Epistolografia | Ensaios

Articulando literatura e vida literária, Mário fez um verdadeiro levantamento de temas como nacionalismo, brasilidade, estética, ruptura de paradigmas artísticos, publicações suas e de terceiros, crítica literária, fatos do cotidiano histórico, mudanças políticas e econômicas do Brasil, exposições de artes plásticas e apresentações musicais, enfim, uma infinidade de temáticas que aos poucos vamos elucidando. Na realidade, o modernismo foi se construindo e enriquecendo de maneira flexível e diária, perdendo um pouco da rigidez com que certos manuais teóricos costumam apresentá-lo. Em carta a Manuel Bandeira (abril de 1928), Mário fala da obra que os modernistas estavam escrevendo por intermédio do correio: "Que infantilidade fatigante e ridícula pra qualquer perverso, toda, mas toda, a nossa correspondência! Carta de deveras carta, é documento maior, Manu,[5] e matute bem nos que não conseguem escrever carta e muito menos sustentar uma correspondência" (Moraes, 2000, p. 386). Continua Mário falando do seu próprio ato de escrever cartas (dessa vez a Henriqueta Lisboa):

> Antes de mais nada é uma fatalidade. Uma carta não respondida me queima, me deixa impossível de viver, me persegue. Algumas não respondo, me exercito, ou condeno por inúteis. Me queimam, me perseguem tanto hoje como as deixadas sem respostas, vinte anos atrás. (...) não há dúvida: eu sei, que é um desejo de perfeição humana, uma aspiração à amizade mais pura e mais desinteressada que me leva a fatalidades. Mas que se converteu num exercício constante de superação, de aperfeiçoamento pessoal e de desimpedida fraternidade humana. (Santos, 1998, p. 21)

Certamente, a correspondência contribuiu para acompanhar e também avaliar a sua obra e a dos seus correspondentes: carta e crítica literária se entrelaçavam numa perspectiva complexa e híbrida, na qual as fronteiras de cada gênero não estavam muito bem delineadas. Nesse aspecto, sua troca epistolar com Pedro Nava foi construída no intercâmbio crítico de suas obras, principalmente quando Mário analisava os poemas e as gravuras feitos por Nava. O memorialista mineiro desenvolvia as suas experimentações poéticas e linguísticas e confiava a Mário a crítica delas:

---

[5]. "Manu" foi o apelido carinhoso que Mário criou para Manuel Bandeira. Ele também se dirigia ao amigo com outros nomes: Manuelucho, Manuel dear, Manuel do coração, Mano Manu, dentre outros.

Eu vejo nos seus versos principalmente um grande perigo, Nava. Você está, ao menos nos 2 poemas que me mandou,[6] se preocupando muito com a realização formal de certos aspectos fenomenais (fenomênicos quero dizer) do mundo exterior. Que tem lirismo eu sei. Um lirismo inicial até muito fino e bem bom. (Andrade, 1982, p. 28)

Certamente, precisaríamos de inúmeras páginas para expor toda a importância da correspondência de Mário de Andrade, assim como as temáticas aludidas por ele nas tantas linhas que escreveu ao longo da vida e da carreira literária. É inegável a sua importância e a sua necessária inclusão quando se pesquisa o modernismo brasileiro. Foram inúmeros os seus correspondentes, e através dessa troca epistolar nos é possível ler o modernismo no Brasil, sentir o porquê de certos comportamentos e posturas, perceber as mentalidades que circulavam no panorama histórico-cultural do Brasil daquele momento. É sintomático o período da correspondência de Mário que trata das suas dificuldades ideológicas em relação à Revolução de 1930 e à imposição do Estado Novo de Vargas, bem como a Revolução Constitucionalista em São Paulo, que legou consequências nefastas ao poeta e escritor. Por isso é que propomos a inclusão desses documentos numa historiografia literária; a esse respeito discutiremos mais a seguir.

Incluindo o gênero epistolar

Quando falamos na teoria literária ligada à correspondência, esbarramos, contemporaneamente, na chamada crítica genética. Esta faz uso de materiais pré-textuais, anotações, rascunhos, cartões, desenhos, colagens, documentos, diários e, obviamente, de cartas, além de dedicar especial atenção a tais conteúdos, que representam o chamado "lixo literário" – acervo pessoal do autor e híbrido por natureza. A respeito da sua função nos informa Marília Rothier Cardoso (2001, p. 68-75): "O reaproveitamento crítico do lixo produzido pelo processo de construção textual pode contribuir, de

---

6. A esse respeito esclarece Pedro Nava (*in* Andrade, *Correspondente contumaz*, 1982, nota 7, p. 44-45): "Eu bombardeava Mário de Andrade com todos os maus poemas que me saíam da cachola servilmente escritos em língua 'mariodeandrade'. Não tenho cópia da minha produção poética desse tempo; se dela existisse vestígio, ai de mim! Será no arquivo da correspondência dele. (...) Ele desenvolvia uma fabulosa ação de assistência intelectual, de companheirismo, de amizade e ensino através de suas cartas. Fora o aspecto da propaganda modernista".

forma interessante, tanto para a história cultural contemporânea quanto para os fundamentos teóricos da pesquisa arquivística".

Uma importante contribuição da crítica genética é fazer essa espécie de mapeamento dos materiais utilizados pelo autor que o ajudaram na elaboração da sua obra e que seguem seus rastros de criação desde os primeiros rascunhos até o texto final entregue à publicação. Nesse percurso, as missivas exercem considerável importância, pois não são poucos os autores que modificam nomes de personagens, títulos de obra e até mesmo alguns enredos graças a sugestões, comentários e críticas de amigos através das cartas trocadas. Temos ciência de que Pedro Nava e Manuel Bandeira fizeram modificações em alguns dos seus textos a partir de alguns comentários feitos por Mário de Andrade. Quando Pedro Nava enviou a Mário os rascunhos do seu poema "Bão-ba-la-lão", o polígrafo paulista sugeriu:

> O final arrasta um pouco. Aconselho a supressão de alguns versos. Por exemplo:
> ... esquadra de papel!
> Bãobalalão ... meu primeiro amigo,
> meu capitão! meu capitão...
> De espada na cinta
> E ginete na mão. (Andrade, 1982, p. 30)

Percebemos então que a crítica genética apresenta as várias dinâmicas dos textos literários e do ambiente no qual foram concebidos e construídos, aumentando as nossas possibilidades de interpretação, contribuindo para a leitura de uma obra e de uma época literária, bem como das mentalidades do momento contidas na obra literária.

Dessa forma, afirmamos que o historiador literário na atualidade deve atentar para outros paradigmas de pesquisa, representação e escrita das histórias de literatura. Hoje, há uma infinidade de fontes que outrora foram deixadas de lado, não valorizadas, negligenciadas e suprimidas do texto historiográfico tradicional.

Uma história literária revela as complexas relações entre a literatura e a sociedade em que ela se insere e a qual até representa. Certamente, é por esse motivo que teóricos como Hans Ulrich Gumbrecht consideram que fazer uma história literária é, também, fazer uma história das mentalidades, uma vez que sentidos são construídos através de diversas relações, ou como nos diz Siegfried Schmidt (1996, p. 120):

Em minha opinião, a convergência de maior importância é relativa à convicção quase consensual entre os historiadores e historiadores literários de que as histórias literárias são construções e não reconstruções e de que a tarefa do historiador literário é construtiva do começo ao fim. Existem histórias literárias, mas não a história literária.

Schmidt ainda propõe a inclusão de outros tipos de textos que nos ajudam a ler a história ou até mesmo um momento histórico. Ele diz que é necessário que: "Levemos em consideração não somente os textos literários, mas toda a série de meios de comunicação supostamente disponíveis em uma sociedade determinada, cujo sistema literário está sendo investigado" (ibid.).

É justamente aí que também podemos incluir e considerar a importância da leitura das correspondências literárias – elas são meios de comunicação e de representação que interligam pessoas, acontecimentos e até estilos. Podemos dizer que elas fazem parte de todo um complexo literário que une várias dimensões da produção de literatura. E, como estamos falando em história das mentalidades, urge associá-la à historiografia literária. Segundo Friederike Meyer (1996, p. 215):

> O argumento central desses historiadores literários que se aproximaram da história das mentalidades é que as estruturas sociais da vida cotidiana de determinados grupos sociais (por exemplo, a classe média) conduzem à produção de determinadas estruturas mentais, atitudes, percepções da realidade e padrões de comportamento que, por seu lado, encontram expressão na literatura.

É por essas e outras razões que os textos literários podem servir de fonte para a história das mentalidades, pois os vários personagens e enredos podem representar um momento ou um grupo, e neles pode estar contida a mentalidade de determinada época. Quanto à epistolografia, como já afirmamos em outro momento, ela também reflete a mentalidade de quem a escreve ou as mentalidades coletivas nas quais o remetente ou o destinatário estejam incluídos. Eles "se escrevem" nas suas linhas, bem como "se leem".

Conclusão

É possível perceber a complexidade de qualquer tentativa para escrever uma história de literatura: sua metodologia a ser aplicada, seus objetivos, fontes utilizadas e, principalmente, "o que se deseja" com uma história literária, o lugar que ela ocupará.

Escrever sobre história é uma tarefa deveras complexa, ainda mais quando sabemos que os paradigmas para narrar a história têm mudado muito ao longo do tempo. De um ponto de vista positivista e um tanto inflexível, a história se abre a novas práticas de pesquisa e atuação e dialoga com outras áreas afins, diálogo esse que a enriquece e lhe dá um novo sentido, é o terreno da chamada Nova História. Uma das tantas mudanças consideradas diz respeito às dinâmicas das fontes e, consequentemente, aos novos tipos de fontes. Escolhemos tratar da epistolografia tendo a carta como nossa matéria de análise.

Sendo a carta um texto de múltiplas leituras e até aplicabilidade, por muito tempo foi confinada aos arquivos pessoais, quando não foram destruídas em outras situações. Na atualidade, graças às contribuições trazidas por novas teorias da literatura, em especial a crítica genética, a correspondência se torna um meio eficaz para se detectarem os meandros da produção artístico-literária, bem como a construção estilística do próprio autor. Uma grande importância da correspondência está na sua própria natureza da informalidade (embora tenhamos modelos de cartas singularmente formais), a qual proporciona ao texto uma flexibilidade para tratar de assuntos sérios de maneira amigável e cordial.

Nessa perspectiva, tratamos com especial atenção a correspondência do escritor Mário de Andrade. Para ele, a correspondência era uma oportunidade substancial de pesquisa para o estudo da cultura brasileira. Com isso, ele tinha clareza de que estava fazendo história através das suas linhas, como ele mesmo afirmou num artigo um ano antes da sua morte: "Tudo será posto a lume um dia, por alguém que se disponha a realmente fazer a história. E imediato, tanto correspondências como jornais e demais documentos não opinarão como nós, mas provarão a verdade". A carta servia, para ele, como uma espécie de pacto com o contexto histórico-cultural no qual estava inserido.

Finalmente, as correspondências nos dão ideia acerca das mentalidades de um tempo e de um espaço determinados, sua inclusão numa história de literatura se faz necessária uma vez que elas são parte constitutiva de um processo literário que está incluído num processo histórico muito mais abrangente. As cartas são documentos pessoais e também históricos, e aquelas de conteúdo literário são ainda mais sintomáticas, pois testemunham experimentações, mudanças de estilo, ruptura de vários conceitos que ajudam a construir aquilo que chamamos de literatura.

REFERÊNCIAS

ANDRADE, Mário de. *Correspondente contumaz – Cartas a Pedro Nava* [edição preparada por Fernando da Rocha Peres]. Rio de Janeiro: Nova Fronteira, 1982.
ARIÈS, Philippe. *O tempo da história*. Rio de Janeiro: Francisco Alves, 1989.
ARIÈS, Philippe et alii. "Mesa redonda: a história – uma paixão nova". In: *A Nova História*. Lisboa: Edições 70, 1984. p. 9-40.
BUENO, Antônio Sérgio. *Vísceras da memória – Uma leitura da obra de Pedro Nava*. Belo Horizonte: Editora UFMG, 1997.
CARDOSO, Marília Rothier. Reciclando o lixo literário: os arquivos de escritores. *Palavra* 7, p. 68-75, 2001.
CERTEAU, Michel de. *A escrita da história*. Rio de Janeiro: Forense, 1982.
FURET, François. *A oficina da história*. Lisboa: Gradiva, s/d.
GALVÃO, Walnice Nogueira & GOTLIB, Nádia Battella. *Prezado senhor, Prezada senhora – Estudos sobre cartas*. São Paulo: Companhia das Letras, 2000.
GOFF, Jacques Le. "As mentalidades". In: NORA, Pierre. *História*: Novos objetivos. Rio de Janeiro: Francisco Alves, 1988. p. 68-83.
MEYER, Frederike. "História literária e Histórias das mentalidades. Reflexões sobre problemas e Possibilidades de cooperação interdisciplinar". In: OLINTO, Heidrun Krieger. *Histórias de literatura*. São Paulo: Ática, 1996. p. 211-222.
MORAES, Marcos Antônio. *Correspondência Mário de Andrade & Manuel Bandeira*. São Paulo: EDUSP, 2000.
OLINTO, Heidrun Krieger. *Histórias de literatura*. São Paulo: Ática, 1996.
RODRIGUES, Leandro Garcia. *Uma leitura do modernismo – Cartas de Mário de Andrade a Manuel Bandeira*. Dissertação de mestrado. Rio de Janeiro: Pontifícia Universidade Católica do Rio de Janeiro, 2003.
RUSCH, Gebhard. "Teoria da história e da diacronologia". In: OLINTO, Heidrun Krieger. *Histórias de literatura*. São Paulo: Ática, 1996. p. 133-168.

SANTOS, Matildes Demétrio dos. *Ao sol carta é farol – A correspondência de Mário de Andrade e outros missivistas*. São Paulo: Annablume, 1998.

SCHMIDT, Siegfried J. "Sobre a escrita de histórias de literatura. Observações de um ponto de vista construtivista". In: OLINTO, Heidrun Krieger. *Histórias de literatura*. São Paulo: Ática, 1996. p. 101-132.

SOUZA, Eneida Maria de. Grafias de arquivo. *IPOTESI – Revista de estudos literários*, v. 4, n. 2 – jul./dez. Editora UFJF, 2000.

_____. "Males do arquivo". In: MARQUES, Reinaldo & BITTENCOURT, Gilda Neves. *Limiares críticos – Ensaios de literatura comparada*. Belo Horizonte: Autêntica, 1998.

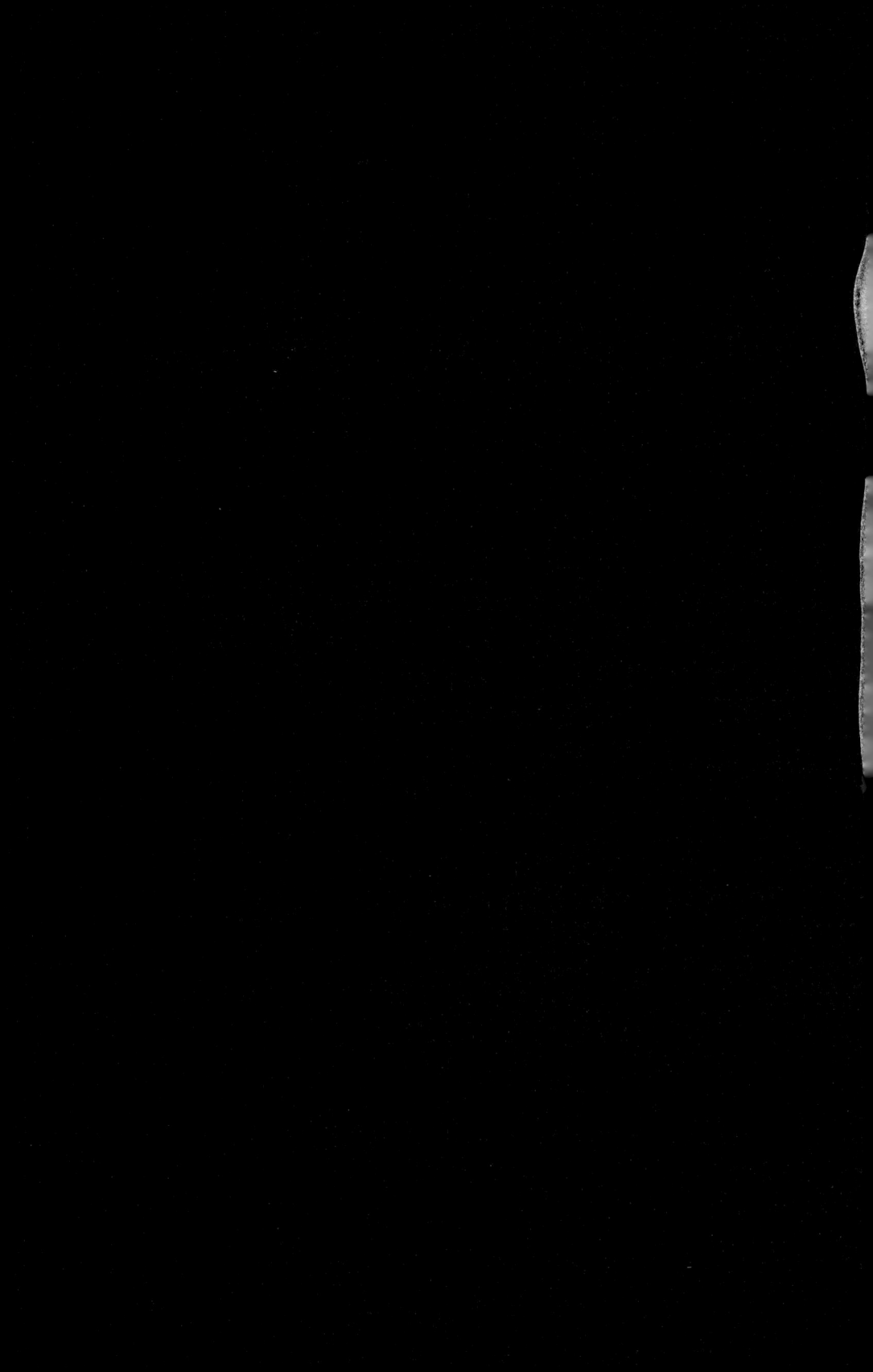

"CARNAVAL CARIOCA" – A COMPLEXA BIOGRAFIA DE UM POEMA[1]

Mário de Andrade merece todos os epítetos que costumeiramente o classificam: polígrafo, crítico, artista plural, poeta arlequinal, correspondente contumaz e outros tantos. Mário não foi o único que sofreu de "gigantismo epistolar", outros inúmeros escritores da nossa literatura também utilizaram este gênero em profusão, como Alceu Amoroso Lima, Carlos Drummond de Andrade, Câmara Cascudo, Otto Maria Carpeaux, Murilo Mendes etc. Todavia, a crítica geralmente confere a Mário um certo lugar de destaque neste mister, uma vez que o autor de *Macunaíma* "pensou" através da sua correspondência, tornando-a parte importante e indissociável da sua obra, uma dimensão deveras significativa do seu pensamento.

A partir do ano 2000, a correspondência de Mário começou a ser publicada de forma recíproca, algo bem diferente do que vinha acontecendo, desde 1958, quando Manuel Bandeira decidiu publicar uma boa parte das missivas que recebera do amigo paulista, sem incluir as respostas dele próprio. Falo aqui da "Coleção Correspondência Mário de Andrade", organizada e publicada pelo Instituto de Estudos Brasileiros da Universidade de São Paulo.

Antes dessa coleção, contudo, inúmeras cartas de Mário foram publicadas a Anita Malfatti, Murilo Miranda, Prudente de Moraes Neto e inúmeros outros. Dentre os diversos textos que vieram a lume, destaco as cartas de Mário a Alceu Amoroso Lima, o Tristão de Ataíde, objeto deste ensaio.

---

1. Publicado como um dos capítulos do livro RODRIGUES, Leandro Garcia (Org.). *Esperança da armada*: estudos interdisciplinares do Colégio Naval. Rio de Janeiro: Marinha do Brasil, 2011.

Num primeiro momento, meu objetivo é narrar a trajetória das cartas de Mário a Alceu, (con)fundindo-as à forte amizade que uniu esses dois intelectuais que tanto ajudaram a pensar nosso modernismo. Posteriormente, demonstrarei como Mário utilizou o texto epistolar para teorizar e analisar o seu poema "Carnaval carioca", principal objeto de análise deste ensaio.

Nesse sentido, darei mais ênfase ao debate sobre religião travado entre Mário e Alceu, no qual encontramos algumas referências sobre o "Carnaval carioca". Entretanto, não utilizaremos apenas fragmentos das cartas de Mário a Alceu, também se faz necessário buscar a correspondência do poeta paulista com Manuel Bandeira, na qual ele também fornece preciosas informações sobre a gênese desse mesmo poema.

Dessa forma, espero contribuir um pouco para a compreensão do longo e inquietante poema "Carnaval carioca", tão belo e pouco lido/compreendido nos nossos dias.

A biografia de uma amizade epistolar

Alceu Amoroso Lima iniciou-se na crítica literária em 1919, nas páginas de *O Jornal*, importante veículo impresso da antiga capital federal. Muito influenciado pelos escritores franceses, o que era normal numa época pós-Belle Époque, Alceu desde cedo cultivou o interesse pela pesquisa das mais diferentes manifestações da arte e do pensamento. Tal fato ele nunca deixou de relembrar nas suas memórias, relegando a sua "virada modernista" aos diversos contatos que teve ao longo das diversas viagens à Europa, especialmente Paris. Vale lembrar os cursos que fez com Henri Bergson, a leitura de Charles Péguy e o contato com Thomas Chatterton, tudo graças à atuação e à intervenção do grande amigo da sua família – Graça Aranha.

Em vista disso, Alceu se envereda pela crítica literária na esteira canônica de José Veríssimo, Araripe Júnior e Sílvio Romero (seu ex-professor). Via a crítica como uma atividade nobre, independente, uma espécie de "cocriação" paralela àquela do próprio autor, uma atividade fortemente relacionada à obra do autor.

Num primeiro momento, não foi amigável às vanguardas artísticas que vinham da Europa, todas pulverizadas de ideais destrutivos quanto às diferentes representações artísticas. Alceu não participou do movimento que culminou na Semana de 22, em São Paulo, tampouco o refletiu nas páginas críticas de *O Jornal*, fez a ele apenas uma ou outra referência, mas nada realmente substancial, pelo menos nos meses imediatamente após a Semana. Os ecos da rebeldia paulista não chegavam com muito entusiasmo ao Rio de Janeiro, com exceção talvez de Prudente de Moraes Neto e Manuel Bandeira, isto sem mencionar a sanha divulgadora e o marketing de Sérgio Buarque de Holanda, que circulava pelas livrarias do Rio vendendo e distribuindo escassos exemplares da revista *Klaxon*.

Alceu, como o próprio ambiente cultural do Rio de Janeiro, não considerava interessante a proposta de destruição da tradição pregada pelas vanguardas mais radicais, como o Dadaísmo e o Futurismo. Daí podermos compreender a sua forte reserva em relação à obra e à pessoa de Oswald de Andrade, que, para o crítico, era quem melhor encarnava os critérios das vanguardas europeias. Para ilustrar tal binômio modernista, o próprio Alceu esclareceu:

> Essa dupla de Andrades, sem nenhum parentesco entre si, me parecia ser a própria expressão das duas faces da nova escola. Sem negar o valor intrínseco de cada um e sem querer excluir um pelo outro, Mário me parecia ser o lado construtivo do modernismo. Oswald, o seu aspecto demolidor, agitado e agressivo. Este chegara ao modernismo através da sátira, do espírito irreverente e visceralmente revolucionário, de tudo enfim que o torna hoje muito mais influente e expressivo para as novas gerações do fim do século XX, do que Mário. Este fora ao modernismo depois de um catolicismo convicto. De uma grande curiosidade intelectual. De uma procura da verdade com seriedade e esforço. Dois temperamentos tão opostos, que em pouco uma divergência de ordem moral, mais do que um simples mal-entendido, os iria separar definitivamente. Nos dois, aliás, eu via a dupla vertente do modernismo. (Lima, 1973, p. 92)

Dessa maneira, o crítico carioca analisava as respectivas produções desses intelectuais através da sua coluna "Vida literária". Tal fato foi o que despertou a necessidade de Mário em estabelecer o contato epistolar com Alceu, já que Mário utilizava a correspondência como laboratório de experimentações e especulações teórico-estilísticas. Sua correspondência com o poeta paulista se iniciou em 31 de janeiro de 1925, a primeira carta foi escrita por Mário. Como era de esperar, teve início a troca epistolar que durou até 1944 (Mário faleceu no ano seguinte).

Para o autor de *Macunaíma*, a epistolografia não era apenas uma simples troca ordinária de cartas, era parte definitiva da criação literária e do desenvolvimento de conceitos e postulados teóricos que influenciavam o pensamento e o estilo do missivista. Por isso, compreendemos até mesmo a extensão física desses documentos. Uma das cartas de Alceu a Mário, que se encontra no Instituto de Estudos Brasileiros (IEB-USP), possui nada menos do que 21 páginas! Um verdadeiro ensaio, um precioso documento crítico-biográfico necessário para compreendermos a mentalidade e os objetivos do remetente.

Ainda segundo Mário de Andrade, a troca de missivas não era um simples intercâmbio de informações do cotidiano dos remetentes, como tradicionalmente se pensa. A carta também era usada como laboratório de criação e de especulação literária, no qual os (des)caminhos da criação artística eram revelados e desnudados. O próprio Mário reconheceu, na crônica "Amadeu Amaral" (em *O empalhador de passarinhos*), o valor da correspondência:

> Eu sempre afirmo que a literatura brasileira só principiou escrevendo realmente cartas, com o movimento modernista. Antes, com alguma rara exceção, os escritores brasileiros só faziam 'estilo epistolar', oh primores de estilo! Mas cartas com assunto, falando mal dos outros, xingando, contando coisas, dizendo palavrões, discutindo problemas estéticos e sociais, cartas de pijama, onde as vidas se vivem sem mandar respeitos à excelentíssima esposa do próximo nem descrever crepúsculos, sem dançar minuetos sobre eleições acadêmicas e doenças do fígado: só mesmo com o modernismo se tornaram uma forma espiritual de vida em nossa literatura. (Andrade, 2002, p. 187)

Após essas afirmações, podemos dizer que a epistolografia é parte constitutiva da obra de Mário de Andrade e foi totalmente pensada e organizada por ele. O poeta tinha noção de que outra obra se construía a cada carta enviada ou recebida.

A primeira tentativa de reproduzir as cartas de Mário a Alceu aconteceu em 1963, por iniciativa de Lygia Fernandes, no livro *71 cartas de Mário de Andrade*, publicado pela Livraria São José, no Rio de Janeiro. Lygia compilou 71 cartas de Mário para 29 destinatários, dentre eles Alceu Amoroso Lima.

No que diz respeito a Alceu, foram publicadas doze cartas, no período entre 1927 e 1943. Lygia padronizou a linguagem e a ortografia de Mário, isto é, evitou as formas e expressões típicas da sua escrita. Palavras como "milhor", "pra", "praque", "duma" e outras típicas do desejo de abrasileiramento linguístico de Mário foram corrigidas e atualizadas. Creio que tal procedimento empobreceu a edição, uma vez que a questão linguística é fundamental para se compreender o universo nacionalista desse autor.

Cinco cartas foram profundamente censuradas, tendo sido publicados apenas alguns pequenos parágrafos delas. Um sintomático exemplo é a carta de 17 de abril de 1943, cujo original possui aproximadamente seis páginas, das quais apenas dois parágrafos foram incluídos por Lygia. Certamente, o próprio Alceu, ainda vivo e atuante, estabeleceu os critérios que deveriam nortear a edição das cartas, deixando claro o que podia ou não ir ao prelo. As partes censuradas, em geral, dizem respeito às opiniões cáusticas e exaltadas de Mário em relação ao catolicismo e à existência (ou não) de Deus, assuntos muito discutidos pelos dois missivistas. Quanto às outras, algumas (três) foram publicadas parcialmente censuradas; as demais (cinco) foram integralmente respeitadas.

Cinco anos depois, a mesma Lygia Fernandes fez uma nova compilação – *Mário escreve cartas a Alceu, Meyer e outros* –, publicada com recursos próprios. Nesse trabalho, a censura foi mais branda em relação ao primeiro livro, apenas alguns parágrafos foram cortados, não comprometendo a compreensão do texto. Na verdade, nessa segunda obra, a preocupação maior foi eliminar alguns nomes, especialmente o de Oswald de Andrade, desafeto não apenas de Mário, mas também de Alceu.

Sendo assim, ao longo de quase cinquenta anos, essas foram as únicas referências que tínhamos das cartas de Mário a Alceu. Tal fato me deixou impressionado durante a minha pesquisa de doutorado, uma vez que tais documentos são preciosos para compreender a noção de fé e religiosidade para Mário de Andrade. Este encontrou em Alceu a pessoa certa para discutir tais assuntos, já que o crítico foi o maior expoente do intelectualismo católico no Brasil.

Com isso, decidi realizar a minha pesquisa de pós-doutorado em Letras, na PUC-Rio, tendo como objeto de análise a correspondência entre Mário de Andrade e Alceu Amoroso Lima. Foi um trabalho minucioso, no qual as críticas textual e genética se entrecruzaram.

Todas as cartas de Mário a Alceu se encontram devidamente arquivadas no Centro Alceu Amoroso Lima para a Liberdade (CAALL), em Petrópolis (RJ), entidade que visa promover pesquisas a partir do rico acervo nela depositado.

Foi um trabalho complexo. Primeiro, organizei cronologicamente as missivas, já percebendo as condições físicas (de conservação) de cada uma. Depois, comparei os originais com a versão publicada e, para a minha surpresa, encontrei textos inéditos que não foram incluídos em nenhuma das duas compilações feitas por Lygia Fernandes nos anos 1960.

Após esse trabalho, comecei o processo de transcrição de cada carta, respeitando rigorosamente o original, principalmente mantendo as idiossincrasias linguísticas de Mário, tudo fruto do seu projeto pessoal de escrever em "língua brasileira", isto é, fazendo uso de um padrão de linguagem mais próximo da nossa realidade cultural. Assim, mantive construções do tipo "milhor", "o livro de você", "si eu tiver", "mermão", "quasi", "pruque", "praque" etc. Foi feita apenas a atualização referente às reformas ortográficas ocorridas desde o tempo do envio de tais cartas. Exemplo: quando Mário ou Alceu escreveram "êle", "dêste" etc., fiz a devida atualização para "ele", "deste" etc.

Mário realmente acreditava que a linguagem literária brasileira deveria sofrer uma espécie de revolução estilística, ou seja, os escritores deveriam adotar e empregar expressões e termos que estivessem em consonância com o padrão linguístico brasileiro, com a vertente popular que a língua portuguesa alcançou no Brasil. Para Mário, essa disposição de "escrever brasileiro" não era somente uma intenção modernista, um modismo daquele momento ideologicamente inflamado; na sua concepção, era necessário sistematizar essa linguagem, codificá-la e organizá-la – uma espécie de destino por ele pretendido, como sempre afirmou em inúmeras cartas e artigos. Por tais razões, decidi manter o sistema sintático-lexical criado por Mário, pois compreendo que sua ideia de modernismo e de nacionalismo passa, dentre outros critérios, pela linguagem literária.

Assim sendo, analisei e transcrevi 21 documentos, cuja coletânea chamei de *Cartas de Mário de Andrade a Alceu Amoroso Lima*. Trata-se de um trabalho em parte inédito, dado que descobri cartas que não haviam sido publicadas nas primeiras compilações. Todas estão devidamente comentadas em notas de rodapé, no sentido de elucidar e aumentar a compreensão dos leitores. O outro lado dessa narrativa – as cartas de Alceu a Mário de Andrade – não foi contemplado neste trabalho pós-doutoral. As cartas estão arquivadas no Instituto de Estudos Brasileiros (IEB-USP).[2]

---

2. Como esse texto foi inicialmente publicado em 2011, posso dizer que a pesquisa avançou, posto que a correspondência completa e inédita entre Mário de Andrade e Alceu Amoroso Lima – por mim organizada – foi publicada em 2018, numa coedição entre Edusp, IEB e PUC-Rio.

I. Epistolografia | Ensaios

O assunto mais discutido nas cartas de Mário a Alceu é a problemática religiosa, principalmente a existência ou não de Deus e a liberdade de expressão (sem nenhum dogmatismo) dos católicos. Nesse sentido, Mário analisa alguns dos seus poemas, especialmente aqueles que dialogam com a religiosidade católica, como é o caso de alguns versos do "Carnaval carioca", como veremos a seguir.

"Carnaval carioca": a complexa biografia de um poema

O poema "Carnaval carioca" foi escrito em 1923, mas publicado anos depois, no livro *Clã do jabuti*, em 1927. Por essa razão, a biografia do poema começa anos antes da correspondência entre Mário de Andrade e Alceu Amoroso Lima, pois esta teve início em 1925.

Foi com Manuel Bandeira que Mário partilhou suas primeiras impressões acerca do "Carnaval carioca". Por isso, passo a acompanhar a correspondência entre eles para verificar a gênese do poema e as primeiras críticas que ambos fizeram a ele. Num segundo momento desta análise, voltarei às cartas de Mário a Alceu e o que elas dispõem sobre o "Carnaval carioca".

Em fevereiro de 1923, Bandeira soube das intenções de Mário em passar o Carnaval daquele ano no Rio de Janeiro. Estava em Petrópolis, como era seu costume, para fugir do calor carioca, como relata em carta de 2 de fevereiro de 1923:

> Muito contente de saber que se refez na fazenda. E que vem ao Rio. Está um calor tão forte lá embaixo que não lhe posso prometer de descer: far-me-ia muito mal. Não me animo a pedir-lhe que venha até cá com prejuízo do que determinou ver e fazer no Rio. Mas a minha moral interesseira sugere-me baixinho que lhe seria agradável conhecer Petrópolis no recolhimento dos seus convales úmidos, conveniente de aqui dormir uma noite fresca depois dos dias exaustivos da capital canicular e expositora. (Moraes, 2000, p. 82)

Mário passou o Carnaval daquele ano no Rio de Janeiro, encantou-se e se envolveu tão completamente na folia carioca que não foi visitar Bandeira em Petrópolis. Na carta que enviou ao amigo, no final de fevereiro de 1923, justificando a sua ausência naquela cidade de veraneio, argumenta:

> Meu Manuel... Carnaval!... Perdi o trem, perdi a vergonha, perdi a energia... Perdi tudo. Menos minha faculdade de gozar, de delirar... Fui ordinaríssimo.

> Além do mais: uma aventura curiosíssima. Desculpa contar-te toda esta pornografia. Mas... que delícia, Manuel, o Carnaval do Rio! Que delícia, principalmente, meu Carnaval! (...) Meu cérebro acanhado, brumoso de paulista, por mais que se iluminasse em desvarios, em prodigalidades de sons, luzes, cores, perfumes, pândegas, alegria, que sei lá!, nunca seria capaz de imaginar um Carnaval carioca, antes de vê-lo. Foi o que se deu. Imaginei-o paulistamente. (...) Admirei repentinamente o legítimo carnavalesco, o carnavalesco carioca, o que é só carnavalesco, pula e canta e dança quatro dias sem parar. Vi que era um puro! Isso me entonteceu e me extasiou. O carnavalesco legítimo, Manuel, é um puro. Nem lascivo, nem sensual. Nada disso. Canta e dança. Segui um deles uma hora talvez. Um samba num café. Entrei. Outra hora se gastou. Manuel, sem comprar um lança-perfume, uma rodela de confete, um rolo de serpentina, diverti-me 4 noites inteiras e o que dos dias me sobrou do sono merecido. E aí está porque não fui visitar-te. Estou perdoado. (ibid., p. 84-85)

O relato de Mário chega a ser cômico: a sua discreta postura de paulista não resistiu ao mundanismo dionisíaco do Rio de Janeiro, moralmente inflamado e despudorado ao longo dos dias dedicados às farras do Momo. Mário se rendeu à profusão de festejos e sensualidade próprios da festa profana.

Outra intrigante questão é a sua noção de pureza aplicada ao carnavalesco: "O carnavalesco legítimo, Manuel, é um puro. Nem lascivo, nem sensual. Nada disso. Canta e dança". Não se trata de purismo numa perspectiva moral, mas existencial. Para Mário, a pessoa que vivia a sua condição humana de forma simples e integral era um ser puro, isto é, não estava amarrada a nenhum esquema comportamental, não possuía nenhum cânone qualitativo que lhe servisse de paradigma. Enfim, a pessoa conseguia ser ela mesma sem grandes esforços. Tal fato Mário reconheceu no carnavalesco, pois este vivia o samba e a alegria do Carnaval de forma completa, com prazer e gratuidade.

Certamente, todas essas sensações e descobertas fizeram-no pensar e criar um poema que expressasse esse turbilhão subjetivo provocado pelos festejos cariocas. Na mesma carta, Mário informa Bandeira:

> Aqui estou na vida cotidiana. Pois não é que ontem começaram a se revelar fotografias e fotografias dentro de mim! Pois não é que, no écran das folhas brancas, começou a desenrolar o filme moderníssimo dum poema! 'Carnaval carioca'. Está saindo. Parece mesmo que estou satisfeito com ele. Será mais ou menos longo. E muito meu. Quando estiver pronto, receberás cópia. Mas basta de Carnaval. (ibid., p. 85)

Meses depois, em 22 de abril de 1923, Mário enviou o manuscrito original de "Carnaval carioca" a Manuel Bandeira, comentando:

> Aqui vai o meu 'Carnaval' e um discurso. Oscilo, hesito e tremo. O 'Carnaval'... O Graça [Aranha] considerou certas partes dele: românticas. Sei que tem razão. Mas seria insincero comigo mesmo, se mais que a minha expressão procurasse a orientação de escolas. Sei mesmo que para descrever o tumulto da Avenida empreguei o máximo e o pior impressionismo: pontilhismo. Mas que hei-de--fazer? O que posso. E o que posso aí está. Lê e aconselha-me. (ibid., p. 88)

O pedido final do remetente ("Lê e aconselha-me") é uma constante na sua correspondência com poetas e artistas em geral. Mário utilizava as suas cartas também como laboratório de crítica literária, numa espécie de intercâmbio de crítica impressionista com os seus destinatários. Com Manuel Bandeira tal prática foi frequente: ambos se sentiam inteiramente à vontade para criticar e opinar sobre a produção recíproca. Comentando as sensações despertadas pelo poema, assim afirmou Bandeira, em carta de maio de 1923: "Pois bem: acho o teu 'Carnaval carioca' uma maravilhosa coisa, – o mais belo poema que já fizeste. E como penhor desse juízo, vou desde já dizer-te o que me desagradou nele" (Moraes, 2000, p. 88).

De forma geral, Bandeira foi gentil e receptivo ao poema do amigo, todavia, propôs que Mário retirasse (ou modificasse) alguns versos que considerava ruins, antes de publicá-lo definitivamente. Mário acatou os conselhos do amigo e fez duas mudanças: 1) no manuscrito enviado a Manuel Bandeira, o poema se iniciava da seguinte forma: "A fornalha estalida em fagulhas / mascarados / cheiros / chagas de cor vivas em cetins, sedas, cassas... / Fazendas de riqueza e pobreza rimando na garg. febril! / Brasil! / Rio de Janeiro / Queimadas de verão! / E ao longe da chaminé do Corcovado, a fumarada das nuvens pelo céu... Carnaval!". Após julgar pertinentes as opiniões do amigo, Mário modificou os versos para: "A fornalha estrala em mascarados cheiros silvos / Bulhas de cor bruta aos trambolhões, / Setins sedas cassas fundidas no riso febril... / Brasil! / Rio de Janeiro! / Queimadas de verão! / E ao longe, do tição do Corcovado a fumarada das nuvens pelo céu. / Carnaval..." (cf. Moraes, 2000, p. 88-90). 2) E, além de modificar substancialmente o início do poema, Mário também suprimiu de forma definitiva os seguintes versos: "Tu, poeta maior! / Sinfonista maior! / Tu, pícaro e inesgotável" e "E meu amor por ti! / Minha ânsia por teus favores entrevistos; / Favorita no harém dos meus desejos!" (ibid.).

No final da carta, Bandeira enaltece de forma entusiástica algumas passagens do "Carnaval carioca", afirmando:

> Acho que o teu 'Carnaval' é um triunfo, um grande triunfo para a arte moderna, pois trabalhando dentro da técnica moderna, fizeste uma coisa a cavaleiro dessa mesma técnica, obra de admirável universalidade onde ao mesmo tempo, a tua personalidade parece ter alcançado a plenitude de projeção. (...) E a cantiga do berço final? Tem partes românticas? Sim. E clássicas também. E parnasianas. E simbolistas. E impressionistas. E dadás. E seja lá o que diabo for. Mas tudo isso comido, digerido, assimilado, absorvido e feito vida, a vida pessoalíssima do meu caro Mário de Andrade. (Moraes, 2000, p. 90)

Manuel Bandeira faz alusão a uma questão importante para os primeiros modernistas brasileiros: o que podia ou não ser considerado arte moderna? Percebe-se que nenhum dos dois está integralmente alinhado às heroicas propostas das vanguardas europeias, especialmente a estética da destruição, da fragmentação e do *nonsense*. Outro fato complexo: Bandeira percebe uma espécie de polissemia estilística no "Carnaval carioca", no qual inúmeras tendências (românticas, clássicas, parnasianas etc.) se convergem e dialogam na economia do poema. Seria isso um sinal de maturidade literária de Mário? Ou então um aspecto para demarcar um novo critério de qualidade para a poesia modernista?

O fato é que Manuel Bandeira e Mário de Andrade desenvolveram sua obra e seu pensamento em outra clave ideológico-artística, diferente de artistas como Oswald de Andrade, Raul Bopp e Flávio de Carvalho, estes visceralmente marcados pela rebeldia vanguardista.

Finalmente, uma questão intrigante e que chama atenção é certo "profetismo antropofágico" visto por Bandeira na práxis poética de Mário. Isso se dá quando Bandeira diz que "tudo isso comido, digerido, assimilado, absorvido e feito vida, a vida pessoalíssima do meu caro Mário de Andrade". Creio que essa foi a principal fórmula proposta pela antropofagia cultural anos depois da carta, com a publicação do Manifesto Antropófago em 1928. Ou seja, Bandeira vislumbrou em "Carnaval carioca" o que mais tarde foi considerado "arte brasileira pura, arte forte, arte digerida", apenas para citar algumas expressões do referido manifesto.

Após abordarmos os conceitos e as impressões retirados da correspondência entre Mário e Bandeira, voltemos ao diálogo epistolar entre o autor de *Pauliceia desvairada* e Alceu Amoroso Lima, o objetivo inicial deste

I. Epistolografia | Ensaios

ensaio. Como afirmamos, a práxis epistolográfica de Mário foi extensa e caudalosa, por isso o fato de utilizarmos outros discursos, outras narrativas, para auxiliar nossa compreensão.

Ao longo de suas 21 cartas a Alceu Amoroso Lima, Mário fez rápidas referências ao poema "Carnaval carioca", sempre no sentido de corroborar alguma opinião ou então de possibilitar a compreensão de suas ideias ou até mesmo de algum outro poema de sua autoria.

A primeira citação que Mário fez ao poema foi na longa carta de 23 de dezembro de 1927. Nela, o poeta reclamou com Bandeira de um forte sentimento de tragicidade (bem na perspectiva dos gregos) presente em algumas das suas produções. Mário não escondeu de Alceu a existência de tais sentimentos em parte da sua obra, tanto que reconheceu:

> Não posso de verdade aceitar que não haja sentimento trágico da vida na minha obra. Pode ser que infelicidade nem desgraça cantada com fragor não tenha na minha obra, porém livros que nem *Pauliceia* (inteirinho), muitos poemas do *Losango, Amar verbo intransitivo* (quer no diálogo interior comigo mesmo quer no caso de Fraulein) (o livro se chamava Fraulein de primeiro, mudei o título por causa de errarem a palavra na pronúncia) (mando aqui um artiguete sobre minhas intenções principais nesse livro), alguns contos do *Primeiro andar* e todo o *Clã do jabuti*, principalmente no 'Carnaval carioca' (poema carnavalesco e que por ser carnavalesco justifica as pândegas do palavreado que estão nele) no poema inicial, nas lendas, no 'Noturno'... Em tudo isso juro que tem sentimento trágico da vida embora não haja desgraça. E se não tem desgraça tem muita preocupação sofrida e bem vivida. E se não tem desgraça é porque 'tive paciência' no sentido que Scheller dá pra essa expressão no artigo dele, saído na *Revista de Occidente* de agosto último. (Rodrigues, 2010, p. 6)

Interessante notar que Mário reconheceu e tentou compreender toda essa ebulição trágica presente na sua obra. Não é raro depararmo-nos com o poeta escrevendo cartas caudalosas no sentido de se autocompreender e também pedindo a contribuição hermenêutica do seu destinatário.

Entretanto, o assunto mais recorrente nesse conjunto de missivas é o espinhoso tema da religião, principalmente o catolicismo. A relação de Mário com a religião católica foi tensa e complexa, repleta de momentos de complacência e revolta. Ao contrário do que muitos afirmam, Mário não era ateu. Era um homem religioso, porém vivia a religião de acordo com a própria ótica de vida e a ética pessoal. Não era afeito à ideia de doutrina, de credo, pois estes demandam aceitações dogmáticas, fato repudiado pelo poeta. O fragmento a seguir é bem ilustrativo dessa sua postura:

> S. Paulo, 14-VII-29
> Alceu,
> talvez devido às amarguras, eu tenha exagerado um pouco o meu estado-de-espírito de agora. Nada de fundamental se modificou em mim e se você me permite chamar de 'catolicismo' que sempre tive, continuo tendo. Não sei nem me deitar nem levantar sem essa carícia pra Deus e os nossos intermediários que é a reza. É certo que estou no momento atual numa irritação muito forte. Mas não é contra o Catolicismo. É principalmente contra os católicos. Os porquês são muito longos e já são vinte-e-quatro horas deste meu último dia de férias. Mas você também há-de sentir que existe hoje uma 'moda católica' que, profícua ou não pros almofadinhas dela, há-de irritar com nitidez um espírito como o meu. Minha produção si tem sido especialmente acatólica, pode ter certeza que é pela discrição sensibilizada com que me sinto na impossibilidade de jogar uma coisa pra mim tão essencial e tão elevada como a religião dentro dessas coisas tão vitais, terrestres e mundanas como as artes. Por isso apenas me limitei a respeitar uns gritos de sincero religioso e amarguras que saíram em versos e prosa minha. Na *Pauliceia* o 'Religião', a imitação do salmo de Davi e o que a circunda no 'Carnaval carioca', as páginas amargamente irônicas sobre o catolicismo tradicional da família Sousa Costa no *Amar, verbo intransitivo* e quasi que só. (Rodrigues, 2010, p. 20-21)

Percebe-se que os resíduos de catolicidade, na personalidade de Mário, continuam numa perspectiva cultural, de formação familiar, de costume já há muito enraizado. Seu maior problema é com alguns católicos, não com o catolicismo. Nesse sentido, o poeta deixa claro que seu afastamento da Igreja se deu mais por motivos pessoais, certamente devido às atitudes de determinadas pessoas, do que propriamente por discordâncias ou distanciamentos teológico-doutrinais. Em 5 de março de 1939, Mário publicou, no *Diário de Notícias*, a crônica "Começo de crítica", da qual extraímos a seguinte passagem que esclarece um pouco a sua concepção sobre Deus:

> Creio em Deus, tenho essa felicidade. E jamais precisei de provas filosóficas para crer. Deus é uma espécie de constância do meu ser (não se dará o mesmo com todos?...), eu O sinto na ponta do meu nariz. Mas se trata de uma entidade verdadeiramente sobre-humana, que a minha inteligência não consegue

alcançar, de uma grave superioridade silenciosa. Isso, aliás, se percebe muito facilmente no sereno agnosticismo em que descansa toda a minha confraternização com a vida. Deus jamais não me prejudicou a minha compreensão dos homens e das artes. (Andrade, 1993, p. 13)

Pela sua última afirmação, "Deus jamais não me prejudicou a minha compreensão dos homens e das artes", percebemos claramente um dos maiores medos que Mário tinha daqueles intelectuais que também eram homens de fé, assim como Alceu: a perda da liberdade de expressão pessoal por conta de estar preso a determinada doutrina.

A bem da verdade, se considerarmos tal problema na perspectiva de um pensador como Jackson de Figueiredo, que contribuiu diretamente na conversão de Alceu ao catolicismo, Mário tinha razão quanto à sua preocupação. Jackson era aquele tipo de intelectual dogmático, cuja intransigência ideológica em defender a Igreja Católica rendeu-lhe o pseudônimo de "Cangaceiro da Igreja". Foi por conta desse tipo de postura que Mário desenvolveu certo asco por determinadas figuras dos filões católicos.

Mário não estava exagerando ao fazer alusão a certa moda católica na sociedade brasileira. De fato, no final dos anos 1920, a Igreja Católica no Brasil sentiu um forte impulso na sua atuação junto à sociedade. Na verdade, a Igreja tentava recuperar o espaço perdido após a Proclamação da República, fase na qual fora vítima de um forte sentimento anticlericalista, em virtude do positivismo e do comunismo exagerados daqueles tempos. A partir dos anos 1920, o governo brasileiro se viu vítima das suas próprias convicções não religiosas – o avanço sem controle das ideologias comunistas. A solução encontrada foi propor uma relação de cooperação com a Igreja Católica, momento em que a instituição passou a atuar mais intensamente em diversos setores da sociedade, principalmente na educação.

Multiplicaram-se os colégios e as faculdades católicas, organizou-se uma imprensa católica com expressiva força, sobretudo com a criação de revistas, livrarias e editoras diretamente ligadas à Igreja. Toda essa mobilização culminou, em 1932, com a implantação da Ação Católica Brasileira, movimento religioso que propunha uma maior atuação do leigo católico na sociedade através de associações e órgãos formadores de opinião. Certamente, a moda católica citada por Mário de Andrade diz respeito a todo esse contexto histórico-cultural-religioso do qual Mário foi ferrenho opositor.[3]

Nesse fragmento de carta, temos a primeira referência ao poema "Carnaval carioca", que Mário faz para complementar a explicação quanto à sua noção de religião/religiosidade. Certamente, Mário se refere à seguinte passagem do seu poema:

> Aleluia!
> Louvemos o Criador com os sons dos saxofones arrastados,
> Louvemo-Lo com os salpicos dos xilofones nítidos!
> Louvemos o Senhor com os riscos dos recorrecos e os estouros do tantã,
> Louvemo-Lo com a instrumentarada crespa do jazz-band!
> Louvemo-Lo com os violões de cordas de tripa e as cordeonas imigrantes,
> Louvemo-Lo com as flautas dos choros mulatos e os cavaquinhos de serestas ambulantes!
> Louvemos O que permanece através das festanças virtuosas e dos gozos ilegítimos!
> Louvemo-Lo sempre e sobre tudo! Louvemo-Lo com todos os instrumentos e todos os ritmos!... (Andrade, 1993, p. 169, v. 214-226)

Com esse tipo de criação, percebemos uma forte intertextualidade com os salmos bíblicos do Antigo Testamento. Vale lembrar que a Salmonística foi um gênero muito utilizado na Antiguidade, especialmente na criação de orações – salmos – que expressavam as mais diferentes situações da vida: pedido de auxílio, ação de graça, penitência etc. Mário claramente dialoga com um salmo de ação de graças, todavia, inclui elementos culturais (musicais) típicos do seu contexto cultural, num claro processo de Antropofagia cultural. Em outros momentos desse poema, o eu lírico também manifestou uma espécie de prece, de oração diretamente dirigida a Deus e aos deuses, como podemos notar:

> Senhor! Deus bom, Deus grande sobre a terra e sobre o mar.
> Grande sobre a alegria e o esquecimento humano,
> Vem de novo em nosso rancho, Senhor!
> Tu que inventaste as asas alvinhas dos anjos
> E a figura batuta de Satanás;

---

3. Cf. RODRIGUES, Leandro Garcia. *Alceu Amoroso Lima*: cultura, religião e vida literária. São Paulo: Edusp, 2012.

> Tu, tão humilde e imaginoso
> Que permitiste Ísis guampuda nos templos do Nilo,
> Que indicaste a bandeira triunfal de Dionísio pros gregos
> E empinaste Tupã sobre os Andes da América...
> (...)
> Vem de novo ao nosso rancho, Senhor!
> Descobrirei no colo dengoso da Serra do Mar
> Um derrame no verde mais claro do vale,
> Arrebanharei os cordões do carnaval
> E pros carlitos marinheiros gigoletes e arlequins
> Tu contarás de novo com tua voz que é ver o leite
> Essas histórias passadas cheias de bons samaritanos,
> Dessas histórias cotubas em que Madalena atapetava com os cabelos o teu chão... (Andrade, 1993, p. 169-70, v. 205-13 e v. 223-231)

A fórmula e o gênero utilizados também se incluem na Salmonística, porém com intuitos diferentes, não mais ação de graças como no fragmento anterior, mas como pedido, como súplica às instâncias divinas. Sintomática foi a simbiose do sagrado feita pelo eu lírico, isto é, Deus, Satanás, Ísis, Dionísio e Tupã circulam no mesmo campo semântico. Diferentes culturas, diversas religiões, outras liturgias, porém um desejo único de alcançar o transcendental através da prece, do contato íntimo pela mística da oração. Tudo se arremata nas terras brasileiras, no "colo dengoso da Serra do Mar", como orienta o eu lírico, sob a delicadeza e o amor do chão atapetado com os cabelos de Madalena.

Por isso, afirmamos que o catolicismo adquiriu um patamar de entrelugar na vida e no pensamento de Mário de Andrade. Mas como toda noção de entrelugar é sempre tensa e complexa, com inúmeras possibilidades interpretativas, em Mário isso não foi diferente. Em certos momentos do seu epistolário, o poeta é um tanto confuso e até mesmo paradoxal para definir o seu sentimento religioso, como nesta carta a Alceu, em 6 de outubro de 1931:

> Resta o meu jeito de ser inteligente, de agora, que já é e será por onde você sofrerá mais numa amizade entre nós. É horrível talvez, mas eu estou nisso. Ateu? Anticatólico? Nunquíssimo. Católico? Isso agora já não sei mais; não por mim, que todas as minhas fibras me afirmam que sou católico, mas por esse lado das leis sociais de catolicidade, que como toda religião o Catolicismo foi

obrigado a se dar, e a que eu desrespeito. Desrespeito não porque lhes falte ao respeito, mas porque não estou dentro delas. Mas eu juro que em consciência você me preferirá sempre um sincero ateu (que não sou) a um católico de nome, um falso católico (que inda sou menos, ou nada). (Rodrigues, 2010, p. 34)

Em vista disso, na tentativa de compreender esse turbilhão de complexidade que foi a vida e que é a obra de Mário, termino as minhas considerações voltando ao poema "Carnaval carioca", do qual retiro estes versos:

> Meu Deus...
> Onde que jazem tuas atrações?
> Pra que lados de fora da Terra
> Fugiu a paz das naves religiosas
> E a calma boa de rezar ao pé da cruz?

Mais do que versos, são perguntas cujas respostas continuam, calmamente, sem resposta!

Considerações finais

Compreender poesia é sempre uma tarefa complicada, e, às vezes, não alcançamos nenhum tipo de solução. Acho melhor não obtermos respostas, pois penso que o melhor da hermenêutica poética é justamente a constante busca do seu sentido. Dessa forma, penso que seja pertinente buscarmos ajuda em outras esferas significativas, como é o caso da epistolografia. Nesse sentido, as cartas de Mário de Andrade a Manuel Bandeira e a Alceu Amoroso Lima são importantes ferramentas que ajudam nessa empreitada.

Nas cartas a Manuel Bandeira acompanhamos um pouco da gênese do poema analisado. Mário enviou o original do seu texto ao amigo, e este, por sua vez, propôs algumas mudanças consideráveis, fato que Mário logo acatou, modificando bastante determinados versos, bem como suprimindo outros.

Nas cartas a Alceu Amoroso Lima, as opiniões de Mário são fundamentais para que possamos compreender melhor o seu universo religioso, a fronteira do crer e do não crer, os limites da religião. Para isso, Mário citou e fez alguns comentários sobre o "Carnaval carioca", sempre no sentido de reforçar seu ponto de vista.

Assim, concluímos que, na escrita de Mário de Andrade, a carta adquire um estatuto de obra, de tradição, de documento; trata-se de um texto necessário e importante para compreendermos melhor a própria obra do autor.

Quanto ao poema analisado, um universo polissêmico gira em torno da sua órbita, provocando a sua complexidade e o alcance distante da sua compreensão, pelo menos daquele tipo de compreensão que deseja finalizar uma ideia e criar um cânone interpretativo e definitivo para o entendimento da poesia.

Finalizo afirmando e confirmando a espetacular capacidade de Mário de Andrade para criar e recriar a partir de experiências ordinárias do cotidiano, buscando o valor de cada elemento, dando uma significação às coisas mais simples, extraindo um efeito epifânico da complexa e desafiadora capacidade humana de... viver.

REFERÊNCIAS

ANDRADE, Mário de. *Aspectos da literatura brasileira*. São Paulo: Livraria Martins Editora S.A., 1972.

_____. *Mário de Andrade escreve Cartas a Alceu, Meyer e outros*. Rio de Janeiro: Editora do Autor, 1968.

_____. *O empalhador de passarinho*. Belo Horizonte: Itatiaia, 2002.

_____. *Vida literária*. São Paulo: EDUSP/HUCITEC, 1993.

AZZI, Riolando. *História da Igreja no Brasil* – Terceira Época 1930-1964. Petrópolis: Vozes, 2008.

COSTA, Marcelo Timotheo da. *Um itinerário no século* – Mudança, disciplina e ação em Alceu de Amoroso Lima. São Paulo: Editora PUC Rio/Loyola, 2006.

DIDIER, Béatrice. "La correspondance de Flaubert et George Sand". In: *Les Amis de George Sand*. Paris: Nouvelle Série, 1989.

GOMES, Ângela de Castro. *Essa gente do Rio...* – Modernismo e nacionalismo. Rio de Janeiro: Fundação Getúlio Vargas Editora, 1999.

GOMES, Perilo. *Ensaios de crítica doutrinária*. Rio de Janeiro: Centro Dom Vital, 1923.

KAUFMANN, Vincent. *L'équivoque Épistolaire*. Paris: Éditions de Minuit, 1990.

LIMA, Alceu Amoroso. *Affonso Arinos*. Rio de Janeiro: Civilização Brasileira, 1922.

_____. *Estudos* – Segunda série. Rio de Janeiro: Civilização Brasileira, 1934.

_____. *Estudos* – Quinta série (1930-1931). Rio de Janeiro: Civilização Brasileira, 1933.

_____. *Introdução à literatura brasileira*. Rio de Janeiro: Livraria Agir Editora, 1956.

_____. *Memorando dos 90*. Rio de Janeiro: Editora Nova Fronteira, 1984.

_____. *Memórias improvisadas* – diálogos com Medeiros Lima. Petrópolis: Vozes, 1973.

_____. *O crítico literário*. Rio de Janeiro: Livraria Agir Editora, 1945.

_____. *Primeiros estudos*. Rio de Janeiro: Livraria Agir Editora, 1948.

MORAES, Marcos Antonio de (Org.). *Correspondência Mário de Andrade & Manuel Bandeira*. São Paulo: EDUSP, 2002.

MORAES, Marcos Antonio de. *Orgulho de jamais aconselhar* – A epistolografia de Mário de Andrade. São Paulo: EDUSP/FAPESP, 2007.

RODRIGUES, Leandro Garcia. *Alceu Amoroso Lima*; Cultura, religião e vida literária. São Paulo: EDUSP, 2012.

_____. *Cartas de Mário de Andrade a Alceu Amoroso Lima*. Trabalho de pós-doutorado. Rio de Janeiro: Pontifícia Universidade do Rio de Janeiro, 2010.

_____. *Uma leitura do modernismo* – Cartas de Mário de Andrade a Manuel Bandeira. Dissertação de mestrado. Rio de Janeiro: Pontifícia Universidade Católica do Rio de Janeiro, 2003.

SANTIAGO, Silviano. "Suas cartas, nossas cartas". In: ANDRADE, Carlos Drummond de; ANDRADE, Mário de. *Carlos & Mário* – Correspondência completa entre Carlos Drummond de Andrade e Mário de Andrade. Organização e pesquisa iconográfica de Lélia Coelho Frota. Rio de Janeiro: Bem-Te-Vi, 2002.

SILVA, Alexandre Pires da. *Mário & Oswald* – Uma história privada do modernismo. Tese de doutorado. Rio de Janeiro: Pontifícia Universidade Católica do Rio de Janeiro, 2006.

SUA CARTA... NOSSA CARTA[1]

para Júlio Diniz
destinatário múltiplo...

Querido Julinho

Te respondo, por carta, ao e-mail que você me mandou dias atrás me convidando para escrever um texto para o seu futuro livro. Confesso que relutei um pouco: estou de férias, sem muita cabeça para escrever e pensar e com uma sincera vontade de não escrever nada de/sobre teorias de literatura e pensamento contemporâneo. Você sabe que esses assuntos, embora de grande importância, não me seduzem, não me atraem como a você e outros amigos queridos que temos em comum. Nunca fui bom em teorizações, mesmo sendo hoje professor de teoria literária. Um paradoxo? Sim, dos vários que a vida nos oferece a cada dia.

Então o que escrever? Um ensaio do tipo tradicional certamente eu não te escreverei. Então decidi escrever esta carta, pois estudos de correspondência me seduzem cada vez mais. Mas uma carta sobre o quê? Sobre quem?

Então, Julinho, não sei se você vai gostar, decidi me lembrar um pouco da minha época de aluno de pós-graduação na PUC-Rio; um tempo maravilhoso, sadio e marcante na minha vida. Mas, ainda assim, o problema continuou: dos dez anos passados na PUC-Rio, do mestrado ao pós-doutorado, o que escrever?

Recorri ao velho caderno da minha época de aluno por lá, um caderno de vinte matérias que ainda possuo com todas as anotações das aulas, encontros, seminários etc. Anotei tudo, rabisquei tudo, registrei tudo aula a aula, nada me

---

1. Trata-se de uma carta, com certo tom ensaístico, que escrevi para Júlio Diniz, meu ex-professor e orientador de doutorado na PUC-Rio. Todos os poemas reproduzidos neste texto são de minha autoria, publicados no livro *(des)Poético* (Azougue, 2012).

passou esquecido das inesquecíveis tardes naquelas salas de aula dos edifícios Leme e Kenedy. Depois de muito pensar, decido me lembrar aqui das suas aulas, das disciplinas que fiz contigo. Como isto aqui não é um ensaio, recorri a não fazer citações teóricas, mas as minhas anotações nesse meu caderno. Então, o que for citado, será diretamente tirado deste, é com ele que dialogarei aqui nas minhas lembranças, tentando resgatar os fragmentos vividos — sim, fragmentos, pois a totalidade não existe, acho mesmo que nunca existiu. Então opto pelos pedaços de tempo vividos nas suas aulas, nas tardes de terça ou quinta-feira que me deslocava de Campo Grande até a Gávea.

Não sei se você se lembra, Julinho, mas minha primeira vez sendo seu aluno foi em 2005, logo que comecei o doutorado, na disciplina "Literatura e Música", que você e a querida Santuza ministraram juntos, na sala L526. A primeira aula foi em 03/03/2005 e, logo de cara, vocês passaram um mundo de leituras, todas na pasta 1.102 da Cópias.com; você se lembra disso?

O primeiro texto analisado foi o *Da utilidade e dos inconvenientes da história para a vida*, de Nietzsche. Texto complexo, com o qual tive dificuldades, especialmente em associá-lo à temática literatura/música. Na verdade, não sei se você se lembra, Julinho, eu tinha o sério propósito de fazer minha tese doutoral sobre algum aspecto da obra musical de Cazuza. Não sabia o quê, não tinha ideia do quê, mas queria Cazuza a todo custo. Então essa disciplina, a julgar pelo título dela, me pareceu perfeita. Das análises desse texto, anotei o que mais me marcou:

- perigo: quando não esquece o seu passado, o homem torna-se "coveiro" do seu presente;
- "quem tem a vida mais bela é aquele que não se agarra à vida";
- "tudo o que foi possível uma vez não pode voltar a ser possível";
- modernidade: ruptura e não modernidade;
- a "febre histórica decoradora": há uma estética da história sem muita função, porém Nietzsche não esvazia o discurso histórico, mas tenta reconfigurá-lo, pois a História é importante para a vida;
- Freud: "luto" é um estágio de passagem (ritual) e "melancolia" é um estágio permanente de certos momentos da vida (perspectiva de Nietzsche);
- homem autêntico: aquele que articula interior e exterior, que consegue conciliar coleta e interpretação dos fatos históricos e sua posterior contribuição para a vida.

Poderia falar mais desse texto, retirar mais fragmentos que anotei, mas acho que estes dão uma boa ideia acerca do impacto que ele me causou, mesmo sem tê-lo compreendido muito bem.

Mas, quando se fala em Nietzsche, o que mais me chama atenção é o seu sintomático niilismo que sempre lembra Dostoiévski. Não se sabe ao certo quem leu quem primeiro, se é que se leram em vida. Mas ambos – Nietzsche e Dostoiévski – se consumiram em vida e ainda consomem os seus leitores, como eu. Uma literatura e uma filosofia de consumação da alma, da possível alegria que talvez ainda tenhamos, se é que algum dia a tivemos. Então, Julinho, não sei se você sabe, mas às vezes ataco de poeta, um poeta super e ultrabissexto, que se inscreve e escreve nas folhas do caderno, como neste poema:

>Num curso de Poesia me perguntei:
>>Mas onde está, finalmente, a Poesia?
>
>Foi um assombro só!
>A Poesia se mostrou sombra,
>>se mostrou caos e ordem de um mundo sem linguagem,
>>de um mundo-cão,
>>de um chão que se desfaz a cada passo,
>>a cada marca.
>
>E perguntaram ao professor... que se calou.
>Foi quando um aluno resmungou e se desfez na superfície do papel,
>>tentando escrever um verso,
>>se perdendo sobre o papel,
>>perseguido pelo vazio-branco daquela folha.
>
>E o poeta chegou.
>Parecia trazer a resposta que se tentava Arte Poética.
>O poeta ficou mudo.
>Disse apenas que a Poesia escorria pelos buracos-alma
>>de cada verso,
>>de cada linha.

Claro está que, antes da sua aula, eu vinha de outro curso sobre poesia e defesas da poesia etc., que de certa forma me levou a escrever esse poema no meu caderno. Mas, realmente, a ideia de luto e de melancolia de/para Nietzsche, explicada por você e pela Santuza, me marcou deveras. Assim como me marcou a ideia de mal do século, que nunca me esqueci, que você tão bem nos explicou: "Mal do século não é nem nunca foi doença alguma. Mal do século é um buraco na alma". Essa sua explicação eu a repito até hoje aos meus alunos, enfatizando ao máximo a imagem de "buraco na alma". Sim, eu sempre tive esse buraco na alma. E vou mais além: na alma, na vida, nos sentimentos, na visão de mundo, nos possíveis planos para o futuro – tudo vai na perspectiva desse "buraco na alma", desse buraco na minha existência, dessa espécie de rachadura ontológica. Por isso, talvez por isso mesmo, eu escrevi este segundo poema, já no final da sua aula:

> O silêncio se fez linguagem-expressão da tua alma tão casmurra e só.
> As pessoas não passam e quando falam expressam uma voz rouca,
>   que resmunga e pede para quebrar este silêncio-faca
>   que tu inventaste para te cortar.
> E quando pensei que da tua boca nasceria um feto prematuro e verbal,
>   que rasgaria calmamente a epiderme deste silêncio,
>   percebi que na experiência cotidiana da não-linguagem há força,
>   há verbo,
>   há ânsia de escrever e ser inscrito.

Acho que o poema diz muita coisa desse vazio, desse buraco, desse entrelugar na minha alma que o texto de Nietzsche e a sua aula ajudaram a necrosar dentro de mim. Mas uma necrose positiva, se é que isso é possível. Talvez uma ideia de morte/vida na perspectiva cristã – morte que gera a vida e a ressurreição. A famosa parábola evangélica da semente de mostarda...

O outro texto que estudamos, dentre vários indicados pela bibliografia, foi o famoso *Os filhos do barro*, de Octavio Paz. Confesso que já o tinha lido, no mestrado, numa disciplina do Gilberto, meu então orientador. Não reli agora, apenas anotei as suas interpretações durante a aula, que deram duas páginas de anotações. Achei estas aqui bem interessantes:

- para Octavio Paz, a modernidade começa no século XVIII, com o Iluminismo;
- moderno: um conceito atemporal;
- simbolismo francês: possui uma fronteira tênue com o Decadentismo, certos autores não possuem classificação específica, pois há certa tendência de ênfase no próprio Decadentismo, pois a modernidade do século XX já é o prelúdio do seu próprio apodrecimento;

- a poesia moderna se embate com a própria modernidade;
- tradição da analogia: correspondências semânticas, base da poesia de Baudelaire;
- a analogia está ligada à tradição da ruptura;
- ruptura da vanguarda: uma tradição? A tradição da ruptura nega a tradição e a própria ruptura;
- ruptura: já que pode virar uma prática, tradicionaliza-se;
- as rupturas reinventam determinadas tradições;
- clássico: conceito perfurado e lacunar.

O binômio tradição/ruptura sempre me perseguiu. E te digo mais, Julinho, continua me perseguindo no sentido de compreender criticamente a poesia contemporânea, bem como de compreender o sentido de contemporâneo, especialmente após as teorias de Agamben que ainda não estavam na moda quando estudei na PUC, mas hoje em dia todo mundo gosta de repetir e replicar nos ensaios teóricos. Ainda bem, pelo menos se esquecem um pouco de Foucault...

Mas gosto da proposta de contemporaneidade para Agamben – a noção de que o contemporâneo é a-histórico e não contextual ("A contemporaneidade, portanto, é uma singular relação com o próprio tempo, que adere a este e, ao mesmo tempo, dele toma distâncias"); mas o contemporâneo é uma experiência, um através, um modo de sentir e fazer experiência. Por isso, querido Julinho, eu constantemente me tenho feito esta pergunta: de quem ou do que somos contemporâneos?

Sempre gostei, já o afirmei em outras cartas que te mandei, dessa ideia de trans, de através, de *in-between*. E acho que aqui, guardando as devidas proporções, Agamben e Paz dialogam pela não historicidade dos conceitos de contemporâneo e de moderno, respectivamente. E foi impossível não escrever um poemeto, ao final dessa aula, pensando nas idiossincrasias da noção de tempo, despertadas pelo texto de Octavio Paz e suas explicações, bem como a participação final da Santuza, na conclusão da aula:

Tempo
Imagem cega e trêmula da eternidade,
    da efemeridade,
    do não-dizer já se expressando de muitas vozes que soluçam,
    silenciam-se.
Tempo, imagem-reflexo fragmentada de mil ideias escondidas e surdas,
    ocas e trôpegas,

tentando agarrar esta linha tênue e oblíqua e desestruturadora do próprio tempo.

Caro Julinho, espero não estar te amolando com esta lenga-lenga das minhas lembranças. Acredito que narrar uma vida constitui uma ficção, já que o narrar é em si mesmo um ato literário, uma vez que o narrador autobiográfico pode girar e se perder em torno de si mesmo; neste caso, em torno de mim mesmo. Dessa forma, ao te escrever esta carta, percebo que a escrita epistolar é perigosa e dúbia, ardilosa mesmo em sua natureza, traiçoeira. Por quê? Porque estou escolhendo o que quero te dizer e narrar. E, como já te disse inúmeras vezes, nas nossas conversas pessoais, a escolha nunca é ingênua, a seleção é sempre arbitrária. Acho que estou sendo remetente e destinatário da minha própria carta, forçando o seguinte axioma: "Escrevo, logo existo". Na verdade, o meu eu epistolar só conta a minha vida para que eu não me esqueça da vida dos outros, pois "introspecção", antes de ser a decifração de si próprio, é a abertura ao outro, ao meu destinatário, que é você.

Sei que eu disse, lá em cima, que não faria citação de teórico nenhum, e continuo firme nesse propósito. Todavia, me lembrei aqui de um recorte de jornal que tenho guardado com uma entrevista do Costa Lima. Então me permita essa única exceção, mas ela se justifica no contexto desta minha carta que já vai imensa. Em 26/06/2010, Costa Lima publicou no caderno "Prosa e Verso", d'*O Globo*, o artigo "Muito além da plataforma concretista", do qual retiro o seguinte fragmento:

> É bem conhecida a afirmação de Nietzsche sobre a utilidade do esquecimento. Sem ele, diz sua formulação, nossa memória seria sobrecarregada de datas, nomes e fatos ociosos. Mas o filósofo dos bigodes pensava em termos de Europa. Se soubesse do Brasil, verificaria que por aqui sua advertência seria redundante. Os trópicos não costumam cultivar a memória.

Te pergunto, querido: seria útil esquecer? Seria melhor nos esquecermos de certas coisas e/ou pessoas? Existe uma utilidade nos esquecimentos?

Acho que podemos ligar Nietzsche a Octavio Paz quando este defende que a modernidade é uma espécie de crise com a linearidade temporal, e talvez essa crise se faça – inclusive – com os esquecimentos propositais e positivos de Nietzsche. E tudo isso na clave do paradoxo, da inconstância, do rarefeito, do movediço. Não seriam estes alguns dos sintomas do contemporâneo? Acho que sim. Mas também do moderno...

Já que tenho de escolher e falar do que mais me marcou nas suas aulas, Julinho, uma vez que é impossível me lembrar e falar de tudo, confesso que tais lembranças me marcaram profundamente. Não sei se você se lembra, mas também estudamos outros ensaios muito interessantes: "Cultura autêntica e espúria" (Edward Sapir), "Moda" (idem), "Permanência do discurso da tradição no modernismo" (Silviano Santiago), "A canção crítica" (Santuza Naves), "A ciência do concreto" (Lévi-Strauss), "Música popular: leituras e desleituras" e "Jeitos do Brasil" (Eneida Maria de Souza). Mas confesso, meu amigo: ainda fico com Nietzsche e Octavio Paz, pois estes me perseguem até hoje, e suas reflexões me foram úteis para a minha tese que você tão bem orientou.

Mas se isto aqui é uma carta, e de fato o é, ela precisa ter o écran epistolar que nos fala Stephen Zweig, um dos maiores epistológrafos da literatura ocidental, que Otto Maria Carpeaux tão bem analisou via teorias de Walter Benjamin. Não sei se posso ou devo, mas repito Mário de Andrade na sua correspondência com Manuel Bandeira, tema do meu mestrado aí na PUC, que aproveitou as suas mais de 400 cartas para trocar poemas e versos. É que meu caderno de aluno era também caderno de poeta, ou pelo menos a tentativa de sê-lo. Assim, em algumas aulas, me despertavam certos sentimentos esquisitos que tentava expressá-los em versos, como estes perdidos no meio de umas folhas vazias, não escritas em aula alguma, veja se gosta deles:

Um homem caminha sozinho pela rua.
Está frio e sua boca-alma está seca, rachando-se, sua pele áspera e fria.
O homem olha as vitrines,
    alimenta-se delas,
    elas o olham e refletem um pouco da sua alma,
    elas acompanham e testemunham o seu caminhar... vazio,
    de roupa em roupa ele cria personagens,
    imagina narrativas,
    trava suas batalhas.
Assim ele vai: escorregando-se pelas vias e sentindo o vento frio
    que sopra e rasga a pele-testamento da sua solidão.

Ou então este aqui, após uma belíssima aula do Gilberto na qual ele passou três horas analisando a poesia de João Cabral:

O vazio da poesia-pedra

Não me vem nada à cabeça e faço do vazio uma oportunidade semântica.
Descobrir o nada, a linguagem-superfície e gritante do nada.
Precisamos (re)inventar o sentido de ausência,
    esse sentimento não piegas de presença.
(Re)inventar a presença.
(Re)pensar a ausência-presença de cada dia,
    de cada beijo não dado,
    abafado,
    inconsciente tal qual o verso-pedra que não sai.

Chega de poesia, meu amigo, dá até vergonha de te mandar isso, mas só mando porque você é amigo e não vai analisar com olhos sedentos de só encontrar defeitos, como fazem os críticos literários. A poesia é piegas? Não sei, talvez o seja, mas foda-se! Os versos são meus e assumo se eles são ruins, pelo menos comunicam. Sim, comunicam...

Julinho, passo pro semestre seguinte, mais especificamente no dia 1/09/2005, na sala K116, quando você começou o curso "Mário de Andrade: intérprete do Brasil". Na minha opinião, o melhor de todos os cursos que fiz na PUC. Não sei se você se lembra, mas passei o curso anterior (de literatura e música) totalmente calado, quieto na minha cadeira, ouvindo o tagarelar de certa colega assaz incômoda, eu só falando e cochichando baixinho com a Marcela e o Miguel, meus queridos amigos daqueles tempos e aulas. Aliás, neste curso agora sobre Mário de Andrade, Marcela e Miguel estariam novamente presentes, formávamos uma espécie de tríade e tínhamos muito carinho um pelo outro. Uma das melhores lembranças era quando terminava a sua aula e eu dava carona para o Miguel até o Recreio dos Bandeirantes, pois eu saía da sua aula e ia direto trabalhar numa faculdade em Campo Grande, então passava obrigatoriamente pelo Recreio e deixava o Miguel em frente ao mercado Prezunic, na av. das Américas. Era muito legal, pois, da Gávea até o Recreio, eu e Miguel íamos conversando sobre a sua aula, ruminando as suas explicações, falando mal da vida e de algumas pessoas, especialmente quando pegávamos aqueles engarrafamentos monstruosos ao longo da Barra. Época boa, de amizade forte. Mas se no curso anterior eu o passei calado, neste agora sobre Mário eu fui um dos que mais falou. Lembro-me de uma aula em que você disse exatamente isto: que havia dois Leandros que se revelaram em cada semestre.

Não sei, talvez porque Mário de Andrade sempre me tenha encantado, sempre me tenha atraído. Uma personalidade ambígua: gay, católico, conservador numas coisas e vanguardista em outras. Mas acima de tudo: um polígrafo em todos os sentidos. Costumo dizer aos meus alunos que Mário é necessário para se compreender o Brasil e sua identidade. E isso ficou claro nesse seu curso, pois sei que você também alimenta certa paixão pelo autor de *Macunaíma*. Aliás, por falar no herói sem nenhum caráter, tô lembrando aqui que você não foi o único a analisá-lo nos meus anos de PUC – o Renato Cordeiro Gomes era outro que virava do avesso, e muito bem, esse romance. Umas anotações da sua primeira aula, Julinho, corroboram o que sempre achei acerca do projeto de Mário:

- Mário defendia um projeto conciliatório entre os aspectos primitivos. Na verdade, ele leva à prática a teoria antropófaga de Oswald em *Macunaíma*. Mário pensa os seus projetos de forma orgânica e sistematizada, organizada e articulada. Oswald é mais desagregador;
- os modernistas paulistas desvalorizam os regionalistas nordestinos por achar que estes têm um projeto muito "localizado";
- Mário: desvairismo. Oswald: antropofagia e pau-brasil;
- primitivismo: ligado à ideia de infância sem as idealizações românticas. A infância é o lugar a partir do qual o olhar livre começa a ser construído. Há um discurso de liberdade no princípio de destruição; não se valoriza a tradição folclórica. O corpo da escrita é a diluição do espírito alheio;
- dialética do olhar de liberdade: tensão entre poesia de importação *versus* de exportação. Oswald se caracteriza poeticamente como uma "violência".

Acho essas anotações superpertinentes e ainda as uso nas minhas aulas. Aliás, no semestre passado, no nosso programa de pós-graduação em estudos literários da UFMG, criei um curso parecido com esse nosso, com alguns dos nossos textos, inclusive, dando mais ênfase à epistolografia de Mário de Andrade. Inclusive, numa das aulas, chamei o Wander Melo Miranda para ele abordar algumas questões sobre Mário de Andrade. Achei interessante uma coisa que ele disse: Mário era gigante pela sua epistolografia e por *Macunaíma*. O Wander não gosta muito da poesia de Mário e da prosa ele fica apenas com *Macunaíma*. Achei um pouco extremista da parte dele, mas concordo com o gigantismo epistolar de Mário de Andrade, pois, em termos de desenvolvimento do seu pensamento crítico, Mário se transbordou nas suas infindáveis e caudalosas cartas. Aliás, não sei se já te contei, o Marcos Antonio de Moraes, do IEB, meu grande amigo, tá com um projeto monstruoso de grande que visa organizar a correspondência de Mário, uma espécie de organização cronológica de toda a correspondência passiva – e o que localizar da ativa – do polígrafo paulista. Sinceramente, respeitando muitíssimo o meu amigo Marcos, acho um negócio desse tipo meio inútil. É o projeto de livre docência dele.

Mas, voltando à sua aula, fico sempre pensando nessa coisa de poesia de importação e de exportação, fico pensando nessa coisa de literatura de autor brasileiro escrita em outros idiomas, fico pensando nos problemas de tradução e distribuição da literatura brasileira no exterior, fico pensando no papel fundamental de um Murilo Mendes. Aliás, Julinho, nunca te falei isso, mas uma baita perda, um buraco, um vazio sintomático que achei em toda a minha pós-graduação na PUC foi nunca ter ouvido sequer uma linha a respeito de poetas como Murilo Mendes e Jorge de Lima, nomes fundamentais para se pensar esses assuntos como exportação da poesia brasileira (Murilo) e o que fazer com a tradição (Jorge). Nunca se abordou a obra desses dois nos nossos cursos, nos eventos etc. Não sei como está hoje, talvez tenha algum professor que os estude atualmente, não sei, tô falando pelo tempo que passei aí de 2000 a 2010. E, no que concerne a Murilo, ele também foi meio desvairado à la Mário de Andrade, pois Murilo produziu uma das poesias mais surrealistas da nossa literatura, especialmente nos seus primeiros livros. Numa carta de Murilo a Alceu Amoroso Lima em 1943, ele diz textualmente que sua poesia não era compreendida no Brasil e que talvez o seria no estrangeiro. Estava certo ele, pois foi preciso que Murilo se radicasse na Itália e tivesse boa parte da sua obra traduzida por Ruggero Jacobbi e Luciana Stegagno Picchio e publicada por lá. Foi tão compreendido e valorizado que recebeu o "Nobel da Poesia", ou seja, o prêmio Etna-Taormina, em 1972, único autor latino-americano que o recebeu até hoje, diga-se. Não estaria o caso de Murilo inserido nessa problemática da poesia de exportação já levantado por Mário lá nos anos 1920? Acho que sim, daí a grandeza de Mário, pois realmente pensou à frente do seu tempo e do seu espaço. Vou destacar aqui mais algumas anotações da sua aula de 8/09/2005 que me acompanham até hoje:

- o poeta da cultura popular: tradutor das tradições populares incorporando-as à poesia e à sua obra – popular e erudito;
- o poeta do cotidiano: preocupado em neutralizar toda uma tradição acadêmico-parnasiana ou uma tradição romântica do sublime e do belo (romantismo) – a linguagem do dia a dia;
- o poeta de si mesmo: Mário faz um psicologismo de si mesmo – existe uma espécie de metafísica do eu não revolucionário na perspectiva marxista ou sociológica (teoria de Roberto Schwarz). Mário produz uma poesia egótica;
- o poeta criador de poéticas: uma espécie de meta-poeta preocupado com um projeto estético que constrói uma representação para o que seria considerado a poesia moderna. A própria noção de modernidade é, em si mesma, metalinguística.

Essas anotações são fundamentais, sua análise foi precisa e cirúrgica quanto à poética de Mário. Muito obrigado por essa análise crítica, pois a uso sempre que falo da poesia de Mário. É isso mesmo: Mário foi metalinguístico em vários sentidos e representações, que o diga a sua visível evolução literária e expressiva do estranho *Há uma gota de sangue em cada poema* para o *Pauliceia desvairada*. Às vezes, analisando comparativamente os poemas desses dois livros, sempre digo aos meus alunos que se trata de dois Mários. E ponto-final.

Sua ideia de Brasil era multifacetada, ampla demais, multiforme e paradoxal. Sim, pois eu não gosto do Mário defensor do patrimônio histórico e artístico nacional, pois não sei, Julinho, se você concorda comigo, mas Mário tem uma noção estranha de monumentalidade no que concerne ao patrimônio histórico, que o diga o tempo que ele trabalhou no primeiro Sphan, a convite do Rodrigo Melo Franco de Andrade. Acho que Mário sofria daquela coisa de museumania, própria de muitos ainda hoje em dia, o museu como "casa das musas", essa coisa maluca e eurocêntrica que importamos de forma tão consciente e até excludente em relação a outras noções de museu, principalmente à noção interessante de museu defendida por Andreas Huyssen que, aliás, aprendi nas aulas da nossa querida Heidrun.

Acho que Mário padecia da sua própria biografia, era vítima dos seus costumes, da sua criação, do seu catolicismo, do conservadorismo paulista de então. Oswald morria de rir dizendo, numa carta ao pintor Flávio de Carvalho, que a coisa mais estranha era ver Mário nas procissões da paróquia de Santa Cecília, onde, aliás, Mário fez parte muito tempo do seu coral e depois foi o seu principal organista. Acho que, por essas e outras tantas razões, sua obra é tão introspectiva, tão egótica, mas não egocêntrica. Na verdade, Mário purga por meio do seu próprio íntimo, principalmente pelas dinâmicas do seu corpo e das complicações daí advindas. Destaco aqui outra nota que escrevi durante essa sua aula:

- polifonia poética: tal noção é construída no mesmo momento em que Bakhtin o faz na Rússia. Em Mário, tal noção é aplicada à poesia, e em Bakhtin à prosa. Mário defende que a poesia romântica era essencialmente melódica, por isso a poética modernista deveria romper com essa tendência. Entre a melodia e o cruzamento harmônico existe a polifonia. Polifonia: várias vozes dentro do poema; todavia, trata-se de um paradoxo, pois não a encontramos na sua poesia, mas em *Macunaíma*. Mário defende que as várias vozes devem ser harmonizadas dentro da poesia e da literatura como um todo. Outro paradoxo: embora o modernismo defenda uma "poética rápida", há certa grandiloquência (oratória retórica) na obra e no pensamento de Mário.

Na minha opinião, Julinho, complementando as suas explicações, que foram mais direcionadas à poesia de Mário, defendo que a polifonia mario-andradiana se revelou mais na sua epistolografia. De fato, a correspondência para Mário foi a sua grande experiência de formulação do seu pensamento, foi o seu laboratório de ideias e de estilística, foi o seu pensar no mundo, sua forma de formular suas teorias e experimentações. Mas também foi a sua *mise-en-scène*. A correspondência possibilita que diferentes mundos se comuniquem e se troquem mutuamente, numa complicada rede de contatos e cumplicidade que caracteriza a troca epistolar. Isto é, Mário pensou nessa atividade como algo regular e metódico (como o foi para Kafka, Stefan Zweig, Alceu Amoroso Lima, Paulo Francis, Marcel Proust, Rainer Maria Rilke, dentre outros), e não apenas como uma simples troca de informações, por isso eu sempre afirmo que a correspondência entre intelectuais e artistas ganha força e alcança certo *status* de obra, tamanho o grau de sua complexidade e de sua organização. No caso de Mário, sua correspondência é parte indelével da sua obra.

Outra coisa, Julinho, não sei se concorda comigo, mas não era à toa que Stefan Zweig escrevia e reescrevia suas cartas, num incansável trabalho sobre rascunhos e textos originais, "pensando" a sua epistolografia com os mais diferentes destinatários, num cuidado em geral deferido à escrita da obra tradicional, aquela posteriormente publicada. Ou então eu volto a Mário de Andrade, cuja atitude cuidadosa para com sua correspondência era tão forte que chegou a escrever uma carta-testamento ao seu irmão orientando o futuro e o destino do seu arquivo epistolar. Ou seja, carta é obra; carta é matéria pensante e pensada; carta é documento e testemunho; carta é literatura.

Estou lembrando aqui das aulas da Pina, que ocorriam no mesmo dia das suas, só que entre 13 e 16 horas, as suas eram sempre das 16 às 19 horas. Mas, numa das aulas da Pina, vejo aqui anotado que o teórico francês Philippe Lejeune, no seu ensaio "How do diaries end?", afirma que o fogo é um dos destinos mais comuns dos diários e escritos íntimos, uma estratégia segura de destruir o texto de forma definitiva, purgando seu conteúdo tratado, "purificando", numa perspectiva bem simbólica e polissêmica. Podemos estender essa situação às cartas e a alguns correspondentes, já que muitos pediram de forma explícita ao destinatário que destruísse as cartas recebidas logo após a leitura. Kafka pediu isso a alguns dos seus correspondentes mais próximos, como Milena Jesenská, Felice Bauer e Max Brod. Felizmente, eles não cumpriram integralmente o pedido daquele escritor, uma vez que não podemos precisar com exatidão a quantidade certa de cartas preservadas pelos seus diversos destinatários. E lembro que Mário pediu a alguns dos seus correspondentes que queimassem as cartas dele recebidas, assim como ele, Mário queimou muitas que recebeu – sabemos disso via depoimento de Oneyda Alvarenga, sua amiga e ex-aluna no Conservatório Dramático de São Paulo.

Abro um parêntese para registrar uma das tantas coisas corriqueiras bastante comuns no dia a dia da sala de aula: recados.

- fim das aulas: 26/11
- entrega dos trabalhos: 12/12
- matrícula: 30/11
- reposições: 21/10 e 11/11, sala F400a, às 16 horas

Podia falar de tantas outras coisas, não faltam assuntos e anotações, mas, como já te disse no início desta carta, toda escolha é arbitrária, e não poderia ser diferente comigo nesta missiva que te escrevo desde ontem à noite. Interessante que, nesse curso, você escolheu apenas textos críticos e parte da ficção do próprio Mário de Andrade. Ou seja, você não quis, me lembro disso, analisar teóricos e especialistas em Mário – mas o próprio através da sua obra. Então analisamos todos os manifestos escritos por ele, *Macunaíma*, *Amor e medo*, *O Aleijadinho*, *Ensaio sobre a música brasileira* e *O movimento modernista*. Como preciso escolher um deles para finalizar esta carta, opto por *Macunaíma*, um dos livros mais interessantes da literatura brasileira.

Gosto de *Macunaíma* não tanto pela complexidade do seu enredo, pois, em termos de problematizações, acho que *Crônica da casa assassinada* é insuperável, é único. Mas *Macunaíma* é importante pelo seu projeto estético-ideológico, aquilo que o Lafetá tanto pregou e defendeu em relação ao nosso modernismo. Foi um divisor de águas na nossa forma de expressão literária, além de explorar questões políticas que julgo importantes, política aqui compreendida no sentido mais amplo da palavra. E, como já é de esperar, vou explorar alguns tópicos que anotei da sua aula:

- o que (quem) é Macunaíma? Um índio bárbaro? Sua composição é arlequinal;
- *Macunaíma* se insere num momento paradoxal da produção de Mário, pois ao mesmo tempo que o autor tem um desejo de renovação, Mário tem um projeto de conservação do passado (criação do Sphan, do Conservatório...);
- para Antonio Candido, *Macunaíma* se insere numa linhagem da malandragem própria da literatura brasileira. Mário utiliza estratégias da malandragem para construir o seu anti-herói. Na verdade, malandro é o romance em si e não a personagem principal;
- o capítulo "Macumba" é um bom exemplo de interligação entre o erudito e o popular, pois os modernistas (erudição) se juntam e festejam no Terreiro de Tia Ciata (popular).

Não sei se já te contei, Julinho, mas Alceu Amoroso Lima foi o primeiro crítico literário de renome nacional a quem Mário enviou *Macunaíma*, em 1928, recém-publicado. No exemplar enviado a Alceu, assim Mário dedicou: "A / Alceu de Amoroso Lima, / carinhosamente / o / Mário de Andrade / S. Paulo 8 / VIII / 28". Além do exemplar dedicado, Mário também enviou ao crítico cópias dos três prefácios que ele escreveu para o livro, mas que acabou não inserindo na sua versão final. Alceu leu e analisou tudo e escreveu a bela resenha de título homônimo ao romance, publicado em *O Jornal* no dia 09/09/1928, numa página inteira, o que ressalta não apenas a relevância da sua coluna "Letras Universais", mas também a importância dada pelo crítico à rapsódia de Mário.

Alceu percebeu uma questão que julgo fundamental e central nesse livro: "Macunaíma não é símbolo de nada, muito menos do brasileiro. Macunaíma é um sintoma da nossa brasilidade". Acho, querido Julinho, que Alceu foi certeiro nessa interpretação crítica do nosso anti-herói. Não se trata de símbolo, mas de sintoma, e isso problematiza melhor o livro.

Ao que se sabe, Mário gostou da análise de Alceu, escreveu a este parabenizando e agradecendo a agudeza analítica em relação ao seu livro, mas pediu que Alceu não o inserisse na série *Estudos* que o crítico vinha publicando desde 1925. Na verdade, após enviar o livro ao crítico e este ter feito uma análise muito positiva da obra, Mário foi atacado de certo pudor ético e autoral, pois não queria que os amigos imaginassem que ele estava "cavando elogios" (palavras do próprio) da crítica literária. Acho isso tudo de tamanha frescura, pois não adianta: qual autor não gosta de ver sua obra valorizada pela crítica? Quem disser o contrário é hipócrita. E, no afã de parecer muito equilibrado e ético, acho que Mário foi atingido por certa hipocrisia em vários momentos da sua vida literária.

Júlio querido, esta carta já vai longa, é preciso pôr um ponto-final e terminá-la agora.

Não sei, talvez eu esteja sendo, ao mesmo tempo, remetente e destinatário desta carta, pois escreve-se para não estar só, para não ficar só, para não deixar o outro só, para ter a sensação de que alguém o receberá, alguém lerá o que foi escrito. Escrevo também pela sensação, às vezes vã, de que alguém se importa comigo e quer saber como estou, o que tenho para contar e partilhar.

Preciso terminar e me despedir de você. Um grande abraço a todos aí: em você, na Bia, os meninos e o mais apertado vai pra Irene. Sim, na história de muitos dos seus ex-orientandos, Irene é parte constitutiva e relevante, diga-lhe que qualquer dia vou aparecer por aí para rirmos um pouco e beber umas cervejas. E, claro, espero a sua resposta, pois quem manda carta quer uma resposta, isso é certo.

Com carinho,

Leandro

Juiz de Fóra, 31 de março, 1945.

Caríssimo Alceu,

Boa Páscoa.

Afetuoso abraço.

Recebi ontem sua carta datada de 20. Terei prazer em aceitar a incumbência da tradução do livro de Frei Kao, se o meu estado de saúde continuar a permiti-lo.

Se a Emprêsa não tiver muita pressa da tradução, espero poder entregá-la dentro de 3 ou 4 meses.

Li seu belo artigo sôbre o Sobral, pedindo-lhe abraçar em meu nome êsse mesmo amigo.

Esperando receber o livro na volta do correio, aqui me despeço com saudades.

Sempre seu amigo fiel

Murilo

II. CARTAS PARA ALCEU AMOROSO LIMA

S. Paulo, 9-XII-44

Meu caro Tristão

Recebo da AGIR mais um convite pra publicar meu livro "sobre a minha vida de crítico de arte" onde pisa o a sua escolha amiga. Não posso aceitar e é, talvez refo, uma pena, tinha várias experiências, humildades importantes de fora pra dentro (hélas!), e reconsiderações pra contar... mas não posso ocasionar o meu ada a fria em pensar outras, é imutil. Estou fazendo toda a força pra terminar justo o meu maior esforço em crítica de artes plásticas, a literatura e importante vida e obra do padre Jesuíno do Monte Carmelo.

Pro ano que vem tenho outras paixões que me enchem e esgotam. Em primeiro lugar viso cuidar mais das minhas possíveis "obras completas" que vou lhe mandando por papos de amizade. Talvez este ano ainda ela saindo o "Aspectos, Verbo Intransitivo" bastante refundido, despido e pouco que melhorado. Ma pravia tirar o primeiro volume, o editor está em cima de mim, e esse é tão revisto, tão "outro" de mim, que desejo os menos pra ficar mais mau, conter, numa Introdução de umas 30 páginas, minha experiência literária. E não escrevi nada ainda!

E pra isso ano de 1945, que lhe desejo e à nossa Tristã faça também, um ano grande: quero, preciso, puro acabar dois estudos que já tomam aqui duas gavetas desta escrivaninha desde janeiro de 1943 e nunca pude pegar. Estou "célebre", é melancólico. Além das doenças que vêm tem ou sou celebridade, agora as encomendas chovem, se eu não resistisse, ganhava bem dinheiro. Mas como as circunstâncias obrigam a pegar, e as obrigações da rotina, sucede que meu ano de trabalho enorme e multiplicado por isso que acaba, eu não fiz nada que nos casse de dentro pra fora, tudo encomendas, encomendas. E com isso se gasta gasta a vida.

Muito obrigado por ter se lembrado de mim; quem sabe o Sergio Millet aceitará, vá, mais especializada aquele crítico de artes plásticas que eu? Aliás, porque à artes plásticas só, chamam aí de "arte", como se literatura sem música não fosse todas as "belas-artes". Este professor...

Um abraço muito amigo do

Meu querido Alseu,

estive hontem com o Prudente, conforme V. me ordenou combinasse com elle a parte de programma que me competia.
Diz que nada pode resolver sem primeiro estar senhor da reforma que esta' aguardando.
Communico-lhe o resultado de minha demarche, reafirmando-lhe minha gratidão ao querido e bonissimo companheiro e minha obediencia indiscutivel ao grande chefe amigo.

Para servir-lf em J.C.

[assinatura] de Lima

CARTAS DE ESPERANÇA EM TEMPOS DE DITADURA – FREI BETTO, LEONARDO BOFF E ALCEU[1]

Em 3 de agosto de 1967, Alceu Amoroso Lima assim escreveu à sua filha madre Maria Teresa Amoroso Lima, religiosa beneditina do Mosteiro de Santa Maria, em São Paulo:

> Os jornais desta manhã estão cheios dos acontecimentos de São Paulo, com os estudantes e os dominicanos e beneditinos contra o Dops. A situação está assumindo um caráter cada vez mais grave e o choque entre estudantes e o novo governo da revolução nos está levando a uma situação de arrocho talvez mais grave do que a anterior.
> A culpa é toda do governo, que vive numa atitude de repulsa policial que só pode provocar também uma repulsa de fatos e um choque com a polícia. Colocada a questão nestes termos de violência, não há mais por onde sair, senão mesmo pela violência, pelos choques de fato, pelas manifestações de solidariedade, como a que vou mandar hoje mesmo aos dominicanos de São Paulo, protestando contra a prisão, embora momentânea – pois foi solto depois de prestar declarações na polícia – do frei Chico!
> É lamentável tudo isso, mas a culpa é do governo, que não seguiu a minha (!) proposta insistente: deixar que os estudantes se reunissem livremente e nas próprias associações, enquanto não passarem a atos delituosos. A polícia

---

1. Introdução crítica do livro RODRIGUES, Leandro Garcia (Org.). *Cartas de esperança em tempos de ditadura – Frei Betto e Leonardo Boff escrevem a Alceu Amoroso Lima*. Petrópolis: Vozes, 2014.

está enfurecida porque afinal os estudantes realizaram mesmo o congresso, e passaram a perna nela. Daí a fúria deles. Tudo isso é uma amostra, em pequeno, do clima de violência que se alastra por todo o mundo, e contra o qual nossa pregação de paz, não só nos fins mas nos meios, e de liberdade, nas mesmas condições, é cada vez mais vã.

Vamos ver como tudo isso se desenrola. *Ciao*.

P. [papai] (Lima, 2003, p. 584)

Esta carta já antecede o tom desta correspondência entre Alceu Amoroso Lima e Frei Betto, que ora vem à luz neste ano que refletimos os 50 anos do golpe de 64, evento este que redimensionou a história recente do Brasil, com as suas diversas implicações nas mais diferentes áreas da nossa realidade política, religiosa, social e cultural.

De forma muito particular, esta correspondência quer (re)pensar o papel da Igreja Católica brasileira perante o regime totalitário que se instaurou no Brasil a partir de 1964. Do apoio irrestrito e empolgado num primeiro momento, a Igreja se tornou a principal voz de denúncia e antagonismo deste mesmo regime, especialmente após a prisão, tortura, desaparecimento e morte de inúmeras pessoas, particularmente padres, bispos, seminaristas, leigos, freiras e religiosos, como o próprio Frei Betto.

São os temas explorados e problematizados na importante troca epistolar que começou em 1967 e terminou em 1981, dois anos antes da Páscoa definitiva de Alceu, num total de 22 cartas, sendo 4 de Alceu e 18 de Frei Betto. Dada a complexidade do tema, dividirei este ensaio em partes para melhor analisar os meandros desta correspondência e das partes que a constituem.

O relato epistolar das catacumbas

No dia 1º de fevereiro de 1929, em resposta a uma carta do poeta e amigo Carlos Drummond de Andrade, assim afirmou Alceu Amoroso Lima:

> Sem ter tempo de escrever, escrevo demais e escrevo pelo prazer de receber a resposta. E pelo amor à correspondência, essa forma literária que hoje em dia me satisfaz. Única onde não há o écran do público, que é um véu entre os espíritos, como a matéria é um véu mais ou menos transparente entre o homem e Deus, como diz o Berkeley. Sua carta, assim mesmo, (veja como

tenho razão de amar as correspondências) já foi levantando um pouco do véu do mistério. (Rodrigues, 2014, p. 64)

Eis que mais um epistolário vem a público, desta vez redimensionando um pouco a tradição destas publicações que, nos estudos literários brasileiros, têm se pautado pela divulgação de cartas entre escritores, poetas e artistas. Desta vez, temos o mais importante crítico literário do nosso modernismo e um frade da Ordem dos Pregadores, os dominicanos. Alceu Amoroso Lima e Frei Betto, amigos de gerações completamente diferentes, mas com diversas afinidades, especialmente um projeto de Igreja que se projeta rumo ao diálogo, à diversidade, à denúncia das injustiças sociais, à constante renovação das suas estruturas, algumas necrosadas pelo clericalismo cego e pela conservação de tradicionalismos inférteis e engessados.

Nesse sentido, este epistolário de 22 cartas, pouco em quantidade de missivas, mas denso em temáticas abordadas, chega ao leitor oferecendo uma nova forma de se encarar o texto epistolar – como testemunho, relato, desabafo e denúncia. Mais do que cartas da prisão, são cartas das "catacumbas pós-modernas": existenciais, circunstanciais, cuja noção de encarceramento não se reduz apenas às dimensões físicas da própria cela, da cadeia, barreiras estas transpostas pelas diversas cartas que circulavam, entrando ou saindo de tais masmorras, acenando com a liberdade vindoura – para alguns detentos; e/ou a despedida – para aqueles que de lá não saíram. Mais do que cartas da prisão, são textos que evocam a liberdade, que clamam por esse direito tão básico do ser humano.

Muito se tem pesquisado sobre o gênero epistolar e suas dinâmicas constitutivas, suas fronteiras teóricas e expressivas, aplicabilidade e linhas de alcance. Tentarei esboçar algumas ideias e sensações advindas na leitura destas cartas entre Frei Betto e Alceu Amoroso Lima, cruzando o texto das mesmas com alguns postulados defendidos pelos mais diferentes estudiosos do gênero epistolar, tudo no sentido de compreender um pouco mais esse gênero profundamente reconhecido como híbrido e complexo na sua própria natureza de expressão.

Num primeiro momento, evoco a carta como uma poderosa ferramenta narcísica do contar-se, do expor-se, do abrir-se ao outro nas linhas do papel, presentificando e materializando a presença do outro, lembrando a afirmação de Michel Serres de que "eu sou o outro". Aqui estabelece-se, necessariamente, o *pacto epistolar*, através do qual o remetente espera e conta com a cumplicidade do seu destinatário e vice-versa. Falar ou escrever sobre si mesmo e os próprios acontecimentos é – como já afirmou Michel Foucault (1976) – uma alternativa crucial da modernidade, uma necessidade e uma força cultural, uma vez que sempre esperamos a verdade e a sinceridade do sujeito. Neste sentido, Frei Betto forneceu uma boa ideia do seu dia a dia na prisão, nesta carta endereçada aos pais e irmãos, em 7 de março de 1970:

> Aqui tudo bem, sem muitas novidades. Vivo uma experiência muito rica ao lado destes cinquenta irmãos. A cada dia aprendo a pertencer menos a mim mesmo e mais aos outros. Aqui ninguém tem direito sobre a maioria. O que é de um é de todos. Temos o dia todo para ouvir rádio, ler, estudar, jogar buraco ou bridge, conversar, mas devemos dormir antes de 1h e acordar antes das 9 da manhã. Prefiro dormir às 23 horas e levantar entre 6.30 e 7, pois assim aproveito melhor o dia. Com o passar do tempo, é como se tivéssemos escolhido viver desta maneira. O organismo vai se adaptando aos poucos e ocorrem em nós certas modificações curiosas. Depois de certo tempo de prisão, não há nada de novo a ver e tocar. Então aguça-se o nosso sentido auditivo. (...) Hoje, posso passar o dia todo deitado, lendo, sem a menor preguiça. O organismo adapta-se progressivamente, quase sem a gente perceber. Nossas necessidades ficam reduzidas e a resistência física aumenta. Hoje me bastariam duas calças e duas camisas. Neste sentido, a prisão é muito educativa. Ensina-nos a viver em comunidade, a saber estudar com barulho, a dormir com luz acesa... (Frei Betto, 1978, p. 37)

Podemos ler esta carta como um diário, e aqui estes dois gêneros da escrita autográfica se confundem, se contaminam, um se imbricando no outro, contribuindo para aquela noção de hibridismo do gênero epistolar, tão defendida e cada vez mais percebida nos nossos estudos acerca desta tipologia genealógica. Carta e diário – qual a fronteira delimitadora? Prefiro pensar que se complementam e se hibridizam naturalmente no ato de contar sobre si mesmo e sobre as experiências do cotidiano. Esse "contar-se" em forma diarística, muito comum nos escritos epistolares, é lembrado por Luiz Costa Lima no seu livro *Sociedade e discurso ficcional* (Guanabara, 1986), no qual analisa a escrita autobiográfica e defende: "Desde que o Ocidente converteu a individualidade em valor, a impaciência de viver se desdobrou na impaciência de contar".

Nas diversas cartas escritas e publicadas por Frei Betto, não apenas aquelas endereçadas a Alceu, sentimos um sentimento acima do indivíduo, são "cartas para todos", existe um duplo destinatário: a) a pessoa física a quem a missiva é endereçada e b) o destinatário geral, desconhecido, plural. São "cartas para os outros", suas cartas – cartas de todos. Lembrando Contardo Calligaris (1997), analisando os mais diferentes tipos de textos autobiográficos:

> O escrito autobiográfico implica uma cultura na qual, por exemplo, o indivíduo (seja qual for sua relevância cultural) situe sua vida ou seu destino acima da comunidade a que ele pertence, na qual ele conceba sua vida não como uma confirmação das regras e dos legados da tradição, mas como uma aventura para ser inventada. Ou ainda uma cultura na qual importe ao indivíduo durar, sobreviver pessoalmente na memória dos outros.

Este "sobreviver pessoalmente na memória dos outros" estava diretamente implicado na ideia de denúncia, isto é, a carta funcionando como alternativa de explodir as barreiras físicas da prisão, é o destinatário múltiplo, é a carta endereçada a toda e qualquer pessoa de bem que pudesse – a partir da sua leitura – estabelecer qualquer elo de solidariedade com o remetente encarcerado. Tal fato levou Alceu Amoroso Lima a escrever o intrigante artigo "Documento para amanhã", publicado no *Jornal do Brasil*, em 4 de maio de 1973, no qual ele afirmou:

> A mocidade do meu tempo vibrava, com os que se haviam insurgido, como Tiradentes, contra o Estado colonial. A mocidade de hoje também vibra, mas sobretudo sofre na carne, com os que se insurgem contra o Estado policial. Haja à vista a onda recente de assassinatos e prisões, enquanto os jovens dominicanos ordenados ou não, continuam a cumprir sua pena de prisão sem nenhuma ignomínia, por terem praticado a virtude da hospitalidade aos perseguidos. (...) Entre eles se destaca a figura ímpar de Frei Betto, Carlos Alberto Libânio Christo, cujas cartas da prisão representam um dos mais altos documentos da mais pura espiritualidade, comprometido com a realidade concreta e não apenas especulativa, se não o mais alto de toda a nossa literatura. (...) É a voz dos grandes profetas que fala por esse jovem de 20 e poucos anos, em uma cela dos 'subterrâneos da História'. (...) Não sei que documentos ficarão de nossos tempos para o futuro. Sei, apenas, que um deles será este.

Alceu teve a clara sensação de que ele não era o único destinatário das cartas de Frei Betto, tanto que publicou diversos trechos das mesmas nas suas inúmeras crônicas jornalísticas, usando o espaço do jornal como tribuna de denúncia e extravasamento destas mesmas missivas, tornando-as "documentos para amanhã"; todavia, um amanhã presentificado, um amanhã que urgia – no agora da leitura – uma tomada de decisão por parte dos leitores, um posicionamento crítico acerca dos subterrâneos da nossa história contemporânea. Ou seja, a epistolografia contendo uma possibilidade natural e intrínseca de provocar mutações ideológicas nos seus possíveis *destinatários* – evoco o plural – influenciando novas ideias e atitudes, permitindo a reflexão, levando-nos a conceber a carta como uma "categoria trans-histórica" do discurso, com múltiplos cruzamentos e distintas direções de manifestação e performance.

Nesta "trans-historicidade" do gênero epistolar, é impossível não lembrar do forte diálogo entre epistolografia e memorialismo, com todos os entrelugares proporcionados por esta tensa e instigante relação. Mário de Andrade – que confessou a Carlos Drummond de Andrade sofrer de "gigantismo epistolar", é sempre lembrado pelo valor que deu à correspondência, vivendo-a como uma espécie de missão e apostolado, utilizando-a como o outro lado da sua obra – também relacionou a escrita de cartas como um exercício de memorialismo, uma forma de registro. Nesta carta a Sérgio Milliet, em 20 de junho de 1940, ele afirmou:

> Não tenho jeito para memórias. Mas as cartas são sempre uma espécie de memórias desque tenham alguma coisa mais nuclear e objetiva que arroubos sentimentais sobre o espírito do tempo. E as memórias em carta têm um valor de veracidade maior que o das memórias guardadas em segredo pra revelação secular futura. É que o amigo que recebe a carta pode controlar os casos e as almas contadas. (Andrade apud Duarte, 1985, p. 332)

Mário sabia da importância de tal exercício, era um "correspondente contumaz", como afirmava, tinha plena clareza de que a carta socializava, pensava e aproximava os correspondentes e promovia e cultivava novas amizades, solidificando aquelas mais antigas. Tudo isso concorria para a construção de um memorialismo epistolar via Correios & Telégrafos, no qual a memória de pessoas e fatos históricos eram trazidos à baila pela simples atividade da lembrança, da citação.

No caso específico desta correspondência entre Frei Betto e Alceu Amoroso Lima, o texto epistolar está diretamente relacionado ao cultivo e à problematização de uma necessidade sempre lembrada por estes correspondentes: a noção de justiça social, um fato que os diferencia sobremaneira em relação aos outros epistolários mais conhecidos e já publicados. Por isto

II. Cartas para Alceu Amoroso Lima

mesmo, a força da memória está intrinsecamente ligada à busca da justiça, usando o texto epistolar como plataforma de tal anseio ontológico. Ao pesquisar os meandros da memória, o pensador alemão Andreas Huyssen, no seu livro *Seduzidos pela memória* (Aeroplano, 2004, p. 34), afirma:

> Assim como a historiografia perdeu a sua antiga confiança em narrativas teleológicas magistrais e tornou-se mais cética quanto ao uso de marcos de referência nacionais para o desenvolvimento do seu conteúdo, as atuais culturas críticas de memória, com sua ênfase nos direitos humanos, em questões de minorias e gêneros e na reavaliação dos vários passados nacionais e internacionais, percorrem um longo caminho para proporcionar um impulso favorável que ajude a escrever a história de um modo novo e, portanto, para garantir um futuro de memória. No cenário mais favorável, as culturas de memória estão intimamente ligadas, em muitas partes do mundo, a processos de democratização e lutas por direitos humanos e à expansão e fortalecimento das esferas públicas da sociedade civil. (...) Assegurar o passado não é uma tarefa menos arriscada do que assegurar o futuro. Afinal de contas, a memória não pode ser um substituto da justiça e a própria justiça será inevitavelmente envolvida pela falta de credibilidade da memória.

Dessa forma, as cartas trocadas entre Frei Betto e Alceu Amoroso Lima, especialmente aquelas da época da prisão do dominicano, são uma espécie de brado *de* e *por* justiça, um grito que reverberou para além do respectivo destinatário destas mesmas cartas, causando uma espécie de movimento catártico nestes mesmos destinatários, gerando uma recepção produtiva do ponto de vista reflexivo pela projeção de uma determinada subjetividade. Na longa carta enviada a Alceu, em 22 de fevereiro de 1970, Frei Betto deixa claro a necessidade de se buscar a justiça e punir aqueles que a violam:

> Embora processados por atividades, sofremos punição religiosa. Fomos proibidos de celebrar missa, e três estudantes dominicanos foram impedidos pela Auditoria de renovarem seus votos religiosos, conforme a Igreja exige. Resta-nos saber quem tem o direito de nos suspender de ordens: a autoridade militar ou a autoridade eclesiástica? O juiz alegou que a profissão religiosa seria 'uma promoção aos dominicanos'. Desde quando renovar a opção pela vida religiosa é uma 'promoção' ofensiva ao Estado brasileiro? Estamos sendo religiosamente punidos por quê? Nada está provado contra nós, nem mesmo temos culpa formada. Tais medidas só se justificam num regime que persegue a Igreja. Os dominicanos que deveriam renovar os votos no dia 11 de fev. são

os frades Tito de Alencar Lima, Roberto Romano e Yves do Amaral Lesbaupin. (...) Reze pelos que neste país lutam pela justiça, pelos presos políticos e suas famílias, pelos que morreram nas torturas, pelo frei Tito. Estaremos unidos ao sr. na mesma oração. Ela é a garantia dessa liberdade interior que ninguém pode arrancar de nós.

Assim, a correspondência não apresenta apenas o "outro lado" da obra do seu autor, mas também pode ser vista como um registro que não lhe pertence mais a partir do seu envio, alcançando uma amplitude de debates e propondo outros, sempre na perspectiva de sustentar um questionamento e/ou a formulação de novas opiniões críticas. Lembro aqui o que já afirmou Júlio Castañon Guimarães (2006, p. 9):

pode haver sempre, por estarem [as cartas] no domínio do privado, a suposição de que guardam informações cuja circulação se dê apenas entre os correspondentes. Quando ocorre de virem a público, seria então como se houvesse uma espécie de revelação. Naturalmente, nem sempre essas informações são tão exclusivas assim, pois podem circular tanto em outras correspondências de cada um dos interlocutores, quanto em outros meios. (...) E aí já se tem pelo menos indício de como o conteúdo de uma correspondência para além de sua dimensão pessoal pode adquirir repercussão mais ampla. Além desses aspectos, as cartas podem ser deflagradoras de massa de informação que não está exatamente presente nelas, que ultrapassa seus limites.

Temos aqui o velho problema entre o privado e o público e a delimitação das fronteiras entre ambos. Mais do que delimitar, percebemos hoje que a publicação destes epistolários produz uma verdadeira práxis de contaminação entre estas mesmas fronteiras, não possibilitando uma separação cartesiana entre ambas, especialmente quando se fala em luta pela justiça, assunto tão caro nesta correspondência entre Frei Betto e Alceu Amoroso Lima.

Ao afirmar que "as cartas podem ser deflagradoras de massa de informação que não está exatamente presente nelas, que ultrapassa seus limites", Júlio Castañon Guimarães toca num aspecto sintomático desta correspondência: o fato de Alceu responder as cartas de Frei Betto com um respectivo artigo na imprensa. Isto é um aspecto digno de se questionar e trazer à lume para discutirmos a linha de alcance da escrita epistolar, pois Alceu realmente aproveitava o que vinha escrito nas cartas de Frei Betto e aproveitava esse material para compor as suas crônicas semanais para a imprensa. Vemos claramente uma relação carta-crônica-opinião pública que funcionou muito bem ao longo dos anos que esta correspondência cobriu: 1967-1981.

Desta maneira, confirmamos o que afirmou Geneviève Haroche-Bouzinac, para quem o gênero epistolar se caracteriza por sua natureza profundamente polissêmica e com um "caráter essencialmente híbrido do gênero", possuindo uma forte "instabilidade de suas formas", "por isso mesmo sempre em movimento", o que necessariamente o leva a ser um "gênero de fronteira". Por todos estes câmbios teóricos e expressivos, a epistolografia possui uma gama de direcionamento analítico, numa constante "corda bamba" que não a relativiza, mas que lhe confere uma múltipla aplicabilidade e uma considerável riqueza de abordagem e performance, considerando o fecundo espaço de debate e discussão gerado por estes textos.

Tais aspectos nos levam a encarar o gênero epistolar numa outra perspectiva igualmente complexa e interessante: a relação carta-ensaio, num claro exercício de inteligência e construção de conceitos que a correspondência permite e até incentiva. Em *Contrapontos: notas sobre a correspondência no modernismo* (Fundação Casa de Rui Barbosa, 2004), Júlio Castañon Guimarães propõe que a pesquisa em torno da epistolografia possibilita essa aproximação do texto epistolar com a produção ensaística. Segundo ele,

> Associadas a esse tipo de utilização do termo carta, estariam as cartas escritas efetivamente para um destinatário particular, mas veiculadas publicamente pela imprensa. Ou ainda, cartas dirigidas a um destinatário particular e a ele de fato enviadas, mas escritas de tal forma a constituírem um ensaio sobre determinado assunto, de modo que posteriormente, com sua reunião e publicação, assumem praticamente a forma de um ensaio. (Guimarães, 2004, p. 17)

Isto se percebe claramente nos dois volumes já publicados das cartas entre Alceu Amoroso Lima e sua filha, madre Maria Teresa. Além dos fatos do dia a dia, da narrativa familiar, das satisfações acerca dos acontecimentos hodiernos, percebemos em algumas destas cartas a intenção clara e prática do remetente ensaísta. Na verdade, Alceu usou o hábito quase cotidiano de escrever à filha, que vivia no mosteiro beneditino de Santa Maria, em São Paulo, para desenvolver suas ideias críticas a respeito dos mais diferentes assuntos, com especial predileção àqueles que diziam respeito à Igreja e aos problemas políticos brasileiros. Desta forma, a destinatária direta destas missivas – a filha – não recebia apenas cartas informativas, mas também textos de alta complexidade intelectual que evocavam novamente o trinômio carta-crônica-opinião pública, uma vez que, assim como ocorrido nas cartas com Frei Betto, o diálogo epistolar com a sua filha também proporcionava a Alceu material e assunto para os seus inúmeros artigos veiculados pela imprensa, dias depois das respectivas cartas terem sido escritas e enviadas.

Não apenas na correspondência com a sua filha, mas toda a produção epistolar de Alceu Amoroso Lima possui esta dimensão ensaística, creio que fruto do seu longo trabalho como crítico literário, intelectual católico e crítico de ideias. Ao pesquisarmos o seu arquivo pessoal, percebe-se claramente esta forte tendência ao ensaísmo associado à epistolografia, isto é, Alceu (como muitos outros intelectuais) usava a carta como oportunidade propícia à construção de seu pensamento, de produção de saberes, de formulação de hipóteses e teses as mais diversas.

Frei Betto também usou a carta como oportunidade de produção ensaística, especialmente no tempo do cárcere, momento propício e forçado para pensar e refletir acerca das vicissitudes da própria vida e dos caminhos que ela estava tomando. Em carta aos seus familiares, em 18 de dezembro de 1970, assim registrou melancolicamente o frade dominicano:

> Tudo aquilo que a sociedade expele vem para cá. A prisão é como o esgoto, por onde passam os detritos, até que um dia sejam lançados no oceano da liberdade. Viver no esgoto é uma experiência única. Aqui os detritos se misturam, o que estava podre e o que estava bom, e que mesmo assim foi lançado fora. Cada cela é um pequeno reservatório dessa grande represa que é o cárcere. Convivemos com os ratos e as baratas que proliferam sob a cidade. Trazemos no corpo o odor quase insuportável da falta de liberdade. Lá em cima existe a cidade que continua consumindo, mastigando, triturando, digerindo e expelindo aquilo que ela mesma produz. Por esses lúgubres e apertados encanamentos de cimento e ferro correm sonhos, ideais, esperanças, juventude e uma fé inquebrantável de que as águas cristalinas e puras do oceano não estejam longe. (...) É tempo de revisão, de exame de consciência. Sinto-me muito à vontade para isso. O cárcere é uma espécie de genuflexório onde a gente se ajoelha diante da própria vida. É também uma janela do mundo, da qual vemos tudo e todos. E é, sobretudo, a reunião daqueles que foram segregados, banidos do convívio social. Na carência da liberdade está a nossa solidariedade. Mas a prisão tem um limite, por pior que ela seja. Retém o corpo, mas não o espírito, a mente, a fé, a história. Faz ver que a liberdade é muito mais que o simples movimento físico e que, nem sempre, estar livre significa ser livre.

II. Cartas para Alceu Amoroso Lima

> Essa é a angústia do homem moderno, sobretudo nos países desenvolvidos: julga-se livre sem saber o que fazer dessa liberdade. E sente-se preso, cada vez mais preso, quando tenta abusar de sua liberdade. (Frei Betto, 1978, p. 110-112)

Aqui se vê claramente a utilização da carta para questionar o conceito de liberdade e suas implicações. O que é ser livre para alguém que estava preso? Frei Betto constrói o seu próprio conceito de liberdade na perspectiva de considerá-la como uma iniciativa que deve ser usada "para alguma coisa", no sentido produtivo de medir a liberdade do ser humano pela liberdade do seu próximo. Ou seja, o que não é para o bem comum de todos, não pode ser considerado como liberdade. E tudo isso pensado e questionado via texto epistolar, digerido e refletido nas linhas de uma folha de papel, selado e enviado pelo correio.

Claro está que, para a formulação e o intercâmbio dessas e outras propostas, a troca epistolar pressupõe e necessita de um sentimento intimamente humano – a amizade. Trata-se de uma condição simples e básica que atravessa a condição humana e fertiliza a sua experiência, abrindo-lhe novas possibilidades de contato e troca, proporcionando o câmbio de subjetividades e formando redes de sociabilidade e convívio. Silviano Santiago, na introdução de *Carlos & Mário – Correspondência de Carlos Drummond de Andrade e Mário de Andrade* (Bem-Te-Vi, 2002), assim afirma a respeito da amizade entre os diferentes correspondentes:

> Ao se entregar ao amigo, o missivista nunca se distancia de si mesmo. O texto da carta é semelhante ao *alter ego* do escritor em busca de diálogo consigo e com o outro. Exercício de introspecção? Sim. Desde que se defina *introspecção* como aconselha Michel Foucault – antes de ser uma decifração do sujeito por ele próprio, a introspecção é uma *abertura* que o sujeito oferece ao outro sobre si mesmo. Essa abertura tem procedência e nome: amizade. (Santiago, 2002, p. 11)

Esta noção de introspecção como abertura ao outro é perfeitamente percebida na correspondência entre Frei Betto e Alceu Amoroso Lima, tamanha a força da amizade e da confiança firmada entre ambos, bem antes de iniciarem a troca de cartas, provocando um pacto epistolar traduzido em declarações recíprocas sobre o sentimento que os unia. Nesta carta a Frei Betto, em 10 de janeiro 1979, assim Alceu declarou:

> Querido e grande Frei Betto
> Bem sei que tudo aquilo que o boletim da Civilização Brasileira publicou foi exclusivamente devido ao seu grande coração que tanto se ilude com

este gato do mato que já está mais pra lá do que pra cá. Mas quando chegar realmente lá, um dos tesouros mais preciosos que levará de cá terá sido o reconhecimento de um perfeito cristão como você, que sabe unir, do modo mais extraordinário um tal coração, uma tal inteligência e um tal testemunho de fidelidade a Deus, à Igreja e aos homens. Temo muitas vezes por sua vida, tal o seu valor para o futuro da Igreja em nossa terra. E tais obstáculos que a debilidade de nossa fé oferece ao roteiro que você traça. Por amor de Deus não desanime e nos perdoe.

No que diz respeito a Frei Betto, o sentimento em relação a Alceu não foi diferente, como se percebe nesta enviada ao crítico, em 26 de outubro de 1976:

> Caríssimo dr. Alceu, meu irmão
> Devo dizer que a honra é minha de ter as cartas prefaciadas pelo sr., a quem sempre admirei e acompanhei em minha vida. Quando dirigente da JEC em Belo Horizonte, por volta de 1960, tive o prazer de recebê-lo para uma conferência proferida no auditório da Secretaria de Saúde, durante a Semana do Estudante. Tempos depois, quando me encontrava na direção nacional da Ação Católica (62-64), tivemos breves contatos com o sr. na sala do Centro Dom Vital – se não me falha a memória, na rua México. Seu primeiro livro que li foi *Juventude, sexo e tempo* e nesses anos acompanho entusiasmado seus artigos no JB.[2] Portanto, existe entre nós uma cumplicidade na graça libertadora.

Esta cumplicidade própria dos correspondentes é sempre lembrada por Marcos Antonio de Moraes quando este analisa os diversos epistolários dos nossos escritores, especialmente aqueles ligados ao movimento modernista brasileiro. A cumplicidade é fruto da amizade estabelecida e cultivada pela troca entre os missivistas, a confiança se estabelece e possibilita a abertura ao outro, caminho este necessário a quaisquer correspondentes. Lembra Marcos de Moraes (2000):

> A carta configura-se como estrutura maleável em fundo e forma. Todos os assuntos podem ser incorporados à mensagem epistolográfica, fazendo da carta receptáculo não apenas de novidades ou amenas confidências como também de informação e saber constituído, compartilhado por duas vozes em confronto dialético.

---

2. O *Jornal do Brasil* foi o veículo de imprensa no qual Alceu Amoroso Lima mais tempo permaneceu.

II. Cartas para Alceu Amoroso Lima

Lembrando que estamos analisando a correspondência de duas pessoas profundamente religiosas, cuja disposição de abertura ao outro faz parte mesmo da natureza cristã, tendo a amizade como uma das expressões do sentimento religioso, do *religare* transcendental e metafísico.

Ao final destas especulações quanto à natureza do fenômeno epistolar, termino tocando a problemática da dimensão lacunar da epistolografia, também presente nestas cartas trocadas por Frei Betto e Alceu Amoroso Lima.

Ao organizar uma correspondência, temos sempre de nos deparar com certos hiatos que ocorrem na troca de cartas. Tais vazios se apresentam nas mais diferentes formas: textos extraviados, grande período de tempo sem quaisquer contatos, perda física (rasgaduras) de partes do documento, manchas no texto (borrões de tinta), riscos, rasuras provocadas por censuras do leitor, colagens sobre o original e outras formas que inviabilizam a leitura integral (ou parcial) do documento. Em geral, as formas mais comuns são o extravio/perda de cartas e os longos períodos sem comunicação entre os correspondentes. Tudo isto nos leva a pensar na dimensão lacunar de uma determinada correspondência, quais as motivações para que isso ocorra, bem como os porquês e as possíveis respostas envolvidas neste processo.

A correspondência entre Frei Betto e Alceu Amoroso Lima é composta de 22 peças, sendo 18 cartas de Frei Betto enviadas a Alceu e apenas 4 respostas deste àquele. Isto por si só já caracteriza uma sintomática lacuna neste epistolário, pois não há uma equivalência entre as partes, levando-nos a crer que alguma carta ficou sem resposta. Ou então podemos especular outras possibilidades, especialmente o desvio de documentos. É sabido que Alceu valorizava muito a escrita de cartas; assim como Mário de Andrade, não deixava carta sem resposta, muitas vezes era caudaloso nas réplicas, como nas cartas da primeira fase da sua correspondência com Carlos Drummond de Andrade – imensas, complexas, respondendo cada item que o poeta de Itabira perguntara, explicando com pormenores as suas opiniões, dando as suas razões.

As cartas de Frei Betto a Alceu, especialmente as primeiras deste epistolário, certamente provocaram uma reação mais forte no crítico, instigaram-no a responder à altura, tanto que o levaram à escrita de inúmeras crônicas tematizando o que era lido e discutido nestas mesmas cartas. O que aconteceu então? Creio que algumas não chegaram a Frei Betto, por extravio. Existe a possibilidade da censura nos presídios, da leitura prévia da correspondência chegada e a posterior entrega aos detentos, assim como havia a censura do que o encarcerado escrevia, para depois enviar ou não ao respectivo destinatário; isto pode ser percebido nas edições que contêm as cartas que Frei Betto escreveu no tempo de prisão, muitas registram "trecho censurado" ou simplesmente "censurado", indicando a lacuna de determinados trechos.

Uma possibilidade é que quando os correspondentes (ou um deles) não sofrem daquilo que Jacques Derrida chamou de "mal de arquivo", isto é, aquele movimento quase compulsivo de guardar tudo, de recolher ao arquivo pessoal toda sorte de papelada própria da atividade intelectual: manuscritos, anotações, bricolagens, rascunhos, bilhetes, cartas, recortes, lembretes, documentos, impressões, imagens etc. É comum fazer limpeza nos guardados pessoais e jogar fora o desnecessário. A respeito da complexidade do trabalho e da pesquisa com os arquivos pessoais de escritores, Marília Rothier Cardoso (2001, p. 69-71) alerta:

> A preservação de documentos de construção do texto literário – anotações, esquemas, rascunhos, manuscritos rasurados – constitui a base dos acervos arquivísticos de escritores, que incluem também a correspondência, eventuais diários e outros documentos pessoais. (...) O ponto de partida para o trabalho com os arquivos é o conhecimento de sua estrutura lacunar. Para além das eventuais perdas e extravios de registros, a própria atividade de arquivamento resulta tanto da falibilidade da memória (sempre à beira do esquecimento) quanto da distância intransponível entre a impressão e sua gravação. Por isso, o arquivo não guarda a verdade, nem muito menos sua origem; nossa insistência em buscá-las explica-se pelo 'mal de arquivo', que acomete a todos os pesquisadores e interessados. O esforço é para contornar o mal inevitável, aplicando às coleções (não totalizáveis) a lógica do suplemento.

Outro aspecto que se deve levar em consideração é que, no calor da troca de missivas, nem sempre os correspondentes têm consciência de que estão criando um enredo epistolar, estruturando um diálogo que pode possuir uma certa importância histórica e humana, que estão trocando "documentos para amanhã". Por estas e outras razões, ocorre o descarte de muitos destes textos e de outros, contribuindo ainda mais para a dimensão lacunar da epistolografia.

* * *

A publicação da correspondência entre Frei Betto e Alceu Amoroso Lima é uma oportunidade ímpar para questionarmos diversos assuntos, tais como: a problemática envolvendo o Golpe de 1964, a forma ditatorial do governo militar neste período, os diversos atentados aos direitos humanos, o papel da Igreja Católica em todo esse processo, as mudanças pastorais e doutrinais desta mesma Igreja, o papel do leigo comprometido com a transformação da sociedade, a produção intelectual de cada um dos correspondentes e a vivência do sentimento nobre que envolve os missivistas – a amizade recíproca – responsável pelo desvendamento contínuo de ambos, sendo a carta uma espécie de espelho que ajuda a refletir ideias e opiniões, numa abertura confessional e complacente.

Mais do que suscitar problemas teóricos, espero que a leitura destas cartas – endereçadas a um leitor múltiplo – redimensione os estudos epistolares, fornecendo novas hermenêuticas e apresentando aspectos desconhecidos e inusitados de cada um destes correspondentes.

Trauma e testemunho: em busca da liberdade

Com o fim do Concílio Vaticano II (1962-1965), a Igreja Católica se viu na necessidade urgente de se readaptar às novas realidades pastorais e missionárias do mundo contemporâneo. Neste afã, as conferências episcopais de cada continente tentaram conciliar as novidades teológicas do Concílio com a realidade local, buscando novas metodologias pastorais e reorganizando a sua práxis missionária.

No que diz respeito à América Latina, a situação foi deveras sintomática, uma vez que, pelos idos dos anos 1960, quase todo o continente estava submergido em violentas ditaduras de direita, a maior parte financiada pelos Estados Unidos, que viam com temor a expansão do comunismo neste continente. Na verdade, Washington temia que a experiência cubana se espalhasse descontroladamente e "contaminasse" outros governos latino-americanos, daí o controle ideológico e a militarização do pensamento e da práxis política. Sabe-se que o Pentágono agiu fortemente no sentido de treinar as forças de repressão do continente, ministrando cursos de tortura e outras formas de coerção física e psicológica, numa organização criada por eles e batizada de Escola das Américas. Na verdade, houve uma espécie de institucionalização do terror, demonizando de todas as formas qualquer pensamento de esquerda e/ou outros que simplesmente discordassem das linhas gerais destes governos.

Prisões, torturas, desaparecimentos e mortes tornaram-se a regra, não a exceção. Tais práticas faziam parte do nosso cotidiano, atingindo em cheio todos aqueles que se posicionassem ideologicamente contrários a esses mesmos regimes, inclusive religiosos e leigos comprometidos com as causas da libertação, no mais amplo sentido desta palavra. Para ilustrar esse clima de terror, cito este fragmento da carta que Frei Betto enviou a Alceu Amoroso Lima em 22 de fevereiro de 1970, o texto mais difícil e contundente deste epistolário:

> Além dos dominicanos, estão presos aqui um jesuíta e dois padres seculares. Todos nós fomos física e psicologicamente torturados e obrigados a assinar depoimentos forjados pela polícia. Sofremos o diabo: 'pau de arara', choques elétricos, socos, pontapés, além de vexames morais como o de ver um delegado trajando paramentos, de metralhadora em punho, ridicularizando a Igreja. A polícia aproveitou para levantar um verdadeiro processo da Igreja através de nós. Queria saber quem é quem na Igreja do Brasil, donde vem o dinheiro da CNBB, quem são as amantes de D. Helder etc.

Havia um verdadeiro clima de selvageria nas prisões brasileiras de então, especialmente aquelas reservadas a interrogatórios e confinamentos dos chamados presos políticos, ou terroristas, como os aparelhos da repressão costumavam chamá-los, ou ainda "terroristas da Igreja", alcunha reservada especificamente àqueles que pertenciam à hierarquia eclesiástica ou eram leigos comprometidos e envolvidos na causa do Evangelho. Nesta mesma carta a Alceu, em outro momento, Frei Betto inicia a narrativa da tortura de Frei Tito de Alencar Lima, também dominicano, preso com os demais religiosos de São Domingos e de outras ordens e/ou dioceses:

> Só para ilustrar a situação em que vivemos: há pouco mais de uma semana frei Tito de Alencar Lima foi levado para novos interrogatórios na 'Operação Bandeirantes' (Polícia do Exército). Ontem soubemos que ele foi novamente torturado no 'pau de arara' com choques elétricos e que havia 'tentado o suicídio' cortando os pulsos. Levado ao Hospital Militar, recebeu transfusões de sangue e já está fora de perigo. Levaram-no de volta à prisão do Exército. Como o Núncio Apostólico veio nos visitar ontem (temos recebido todo o apoio dele e do episcopado brasileiro), pedimos que fosse ver como estava frei Tito. Não conseguiu, tendo sido barrado pelo Exército. Não deixaram que frei Tito recebesse qualquer visita enquanto não desaparecerem as marcas da tortura. É o costume. Nós que conhecemos bem a ele e à Polícia do Exército,

sabemos que frei Tito jamais seria capaz de um gesto desesperado. É jovem, tem grande força física e moral. Certamente tentaram 'suicidá-lo', como já ocorreu a outros e então bateram nele até arrancar sangue. Este é um caso entre centenas. É o retrato do regime em que vivemos. Nem senhores de idade escapam à tortura.

Percebe-se o estado de total terror, inclusive político, a ponto de impedirem a visita do próprio Núncio Apostólico, isto é, o embaixador do então papa Paulo VI no Brasil e responsável pela diplomacia da Santa Sé em terras brasileiras.

Foi neste contexto banhado a chumbo e sangue que o episcopado católico de todo o continente se reuniu em Medellín, na Colômbia, em 1968. O objetivo era claro: (re)pensar e (re)organizar a pastoral da Igreja Católica nesta América Latina, marcada pelas repressões militares das mais diferentes naturezas. Era o início da Teologia da Libertação, propondo que a ideia de libertação deveria ser muito ampla, não apenas no sentido escatológico do termo, mas em todas as realidades sociais e humanas do dia a dia – política, economia, saúde, combate à miséria, busca da cidadania, acesso à cultura etc. Nesse sentido, foi o próprio Frei Tito de Alencar Lima que declarou, numa entrevista à revista francesa *Front Brésilien d'Information*, nº 3, em agosto de 1971:

A jovem Igreja do Brasil é um produto da missão profética de João XXIII. Depois de muitos séculos de conservadorismo e de falsas tradições, a Igreja do Brasil mostra sinais de uma profunda transformação que nasce de uma consciência evangélica que se desenvolveu nos homens em coerência com sua missão terrena. Nós não existimos para salvar as almas, mas para salvar as criaturas, os seres humanos vivos, concretos, no tempo e no espaço bem definidos. Temos uma compreensão histórica profunda de Jesus. De todos os debates teológicos conciliares, é sem dúvida o referente à história da salvação que influenciou de modo decisivo nossa concepção de Igreja, da sua razão de ser, e de sua missão: a história da libertação do povo hebreu, eleito por Javé para tornar-se povo de Deus. É esta ideia de um 'Povo de Deus' que orienta do ponto de vista teológico as transformações da Igreja no Brasil. Para nós, quem é o povo de Deus, concretamente? – São os trabalhadores, os operários, os explorados, os oprimidos, enfim toda a massa imensa que tem uma condição de vida desumana. Entre tais, Jesus toma o nome de Zeferino ou Antônio, um qualquer. A realidade social impôs um problema aos Bispos e à Igreja. Há dez anos os sacerdotes de todas as regiões do país procuram, na perspectiva de um desenvolvimento humano e justo, uma solução mais adequada dos problemas sociais. O cristianismo não se pode calar diante das injustiças, pois calar é trair. Seu dever é tornar-se sal da terra, luz do mundo.[3]

Desnecessário dizer que esse discurso não foi uníssono. Enquanto instituição, a Igreja sempre possuiu inúmeras realidades ideológicas, com os mais variados grupos, cada qual defendendo o seu ponto de vista, as suas verdades, nesta diversidade de opinião própria das organizações humanas. A esse respeito, Frei Betto, enquanto na prisão, utilizou diversas das suas missivas para problematizar o papel e a devida atuação da Igreja no seio da sociedade brasileira. Às vezes cético, às vezes empolgado, o dominicano cambiou entre a euforia e a decepção, especialmente em relação à determinada parcela do episcopado brasileiro ainda renitente em denunciar as agruras cometidas no âmbito do Regime Militar. Numa carta aos seus pais, em 3 de março de 1970, ele assim declarou:

> Dentro de nossas limitações, tudo fizemos para que a Igreja emitisse uma nota de protesto. É preciso que ela tome posição a respeito da gravidade da situação brasileira, antes que seja tarde. Os bispos, porém, estão acostumados à posição defensiva. Preferem a omissão ao risco. Talvez seja mesmo necessário que alguém se sacrifique para que eles reajam. Não posso compreender, à luz do Evangelho, como é possível suportar calado declarações como essa que o governo acaba de fazer: que no Brasil nunca houve democracia! (...) A Bíblia mostra-nos claramente que Deus fala através dos acontecimentos. João XXIII lembrava que devemos observar os 'sinais dos tempos' para compreender a ação de Deus na história. Creio que Deus fala à Igreja no Brasil e na América Latina através do que se passa conosco. Daí minha certeza de que nada temos a perder. O caso do Tito é uma prova cabal disso. (Frei Betto, 1978, p. 36)

Todavia, todos aqueles inseridos na chamada Teologia da Libertação radicalizaram o trinômio fé-política-profetismo, alguns pagando com a própria vida pela opção às causas políticas e religiosas dos menos favorecidos. Podemos dizer, sem medo da hipérbole, que nunca o Brasil presenciou um derramamento de sangue tão forte entre bispos, padres, freiras e leigos engajados. Os martírios do início do Cristianismo se atualizaram neste momento, quando prisões, torturas e assassinatos se tornaram a tônica no

---

3. Disponível em: http://www.adital.com.br – Memorial *on line* Frei Tito.

sentido de manter a ordem política do *status quo*. Naquela mesma entrevista, à revista *Front Brésilien d'Information*, Frei Tito fez outras declarações:

> O atual regime brasileiro persegue a Igreja em razão de sua consideração pelo Concílio. As decisões da Encíclica *Gaudium et Spes*, e da reunião dos Bispos da América Latina em Medellín, Colômbia, são reprimidas de modo violento pelo regime do General Médici, através dos Órgãos repressivos, tais como CENIMAR (Centro de Informações da Marinha), e CODI (Centro de Operações da Defesa Interna). Os militares brasileiros, isto é, os oficiais mais graduados, se encarregam de aplicar os choques elétricos e a tortura aos sacerdotes de muitas paróquias do Brasil. Mais de 50 párocos foram torturados. Um deles, Pe. Henrique Pereira, do Recife, foi assassinado pelo DOPS (Departamento de Ordem Política e Social) da cidade.[4]

Porém, com o passar do tempo e as verdades tocando a epiderme da História, a própria Igreja Católica brasileira se percebeu num terrível dilema entre continuar apoiando e até mesmo justificando muitas ações do Regime ou posicionar-se frontalmente contrária ao mesmo, denunciando os seus exageros e desequilíbrios, e anunciando a necessidade urgente de conversão de todos os organismos oficiais e da sociedade como um todo. Numa outra carta aos seus pais, Frei Betto já percebia uma mudança de atitude por parte das autoridades eclesiásticas, tanto que ele afirmou, em 18 de fevereiro de 1971:

> Li hoje nos jornais o resultado da reunião dos bispos, em Belo Horizonte. Muito feliz a carta que eles enviaram a Dom Paulo Evaristo Arns. Pela primeira vez, nesses últimos anos, um bispo toma posição, exigindo sindicância sobre os fatos. E o episcopado vem em seu apoio. Sem dúvida, os tempos estão mudando... Parece que deixamos de viver na Igreja do silêncio. Esta Igreja, cheia de 'prudência', não foi capaz de uma atitude enérgica por ocasião de nossa prisão. (...) Creio que a década de 70 será decisiva para a Igreja no Brasil. A impressão que tenho é que, só agora, começamos a colher os frutos das sementes lançadas pela Ação católica, na década de 60. Mas ainda são frutos tenros, tímidos, de uma árvore que, por vezes, balança ao sabor dos ventos. (Frei Betto, 1978, p. 131)

A bem da verdade, até mesmo parte da alta hierarquia – que vinha apoiando o Regime Militar desde 1964 – já tinha sido atingida de uma

---

4. Disponível em: http://www.adital.com.br – Memorial *on line* Frei Tito.

forma ou de outra por parte da repressão. Como exemplo disto, lembro a prisão dos padres da Congregação dos Assuncionistas: os franceses Michel Le Ven, François Berthon e Hervé Croguennec, e o brasileiro José Geraldo da Cruz – todos foram presos em Belo Horizonte, acusados de subversão política e de incitação da ordem pública. Na verdade, o que estes religiosos cometeram foi o "crime" de conscientizar os seus paroquianos a respeito do Fundo de Garantia por Tempo de Serviço, o FGTS, que foi devidamente explicado nas missas e nos encontros das pastorais sociais da respectiva paróquia. Presos, foram brutalmente torturados no quartel general do Exército da capital mineira. Por conta destes fatos, o então arcebispo de Belo Horizonte – Dom João Rezende Costa – denunciou explicitamente, no dia 14 de dezembro de 1968, que os mesmos tinham sofrido toda sorte de sevícias físicas e psicológicas na prisão. Neste mesmo dia, Dom Jaime de Barros Câmara, cardeal-arcebispo do Rio de Janeiro e alinhado com a cúpula do governo militar, enviou uma mensagem para ser lida em todas as paróquias da arquidiocese carioca, que afirmava:

> A Igreja de Cristo no Brasil não pode deixar de ser fiel à sua missão, mesmo e principalmente quando a incompreensão e a insensatez tentam impedi-la de atuar e ser fiel. Pouco importa a nacionalidade dos religiosos acusados, pois o Evangelho não tem bandeira – é universal como a justiça e o amor. Não podemos aceitar que se intente negar a liberdade de pregação a amordaçar os arautos do Evangelho, tachando-os de comunistas. Quanto às denúncias de tortura, exigimos respeito aos alienáveis direitos humanos. Na pessoa desses quatro religiosos vemos todas as demais pessoas que têm sido, com maior ou menor repercussão, atingidas sem o devido respeito a esses direitos. Quando os defendemos, queremos defender todos aqueles que, como eles, têm sido objeto de tratamento arbitrário. (Câmara apud Lima, 2003, p. 620)

Ora, uma afirmação como esta, vindo de um bispo conservador e que constantemente justificava e defendia a intervenção militar no Brasil, é algo realmente considerável e denota a necessidade de pesquisarmos mais a respeito deste momento da nossa História, sem maniqueísmos, tentando perceber as diferentes versões de cada fato. Tal atitude de D. Jaime de Barros Câmara despertou a admiração de Alceu Amoroso Lima, que, em carta à sua filha madre Maria Teresa, no mesmo 14 de dezembro de 1968, afirmou:

> (...) Mas em compensação, esta manhã, uma bomba em sentido contrário: a homilia de dom Jaime em defesa dos padres franceses e da liberdade de

II. Cartas para Alceu Amoroso Lima

palavra da Igreja. Não encontrei nessa homilia, que amanhã vai ser lida em todas as igrejas cariocas, uma só palavra que não pudesse ser subscrita por um dom Vital, um Thomas Becket, um Mindszenty, um Lacordaire, em suma por todos que tenham defendido a tese do *Verbum Dei non est alligatum* [A palavra de Deus não está acorrentada]. Vou telegrafar-lhe! Nunca imaginei que o pudesse fazer do fundo do coração. Essa homilia, francamente, me fez remorsos, pois afinal vejo em dom Jaime o homem de Deus, na hora precisa em que seus amigos generais e companhia tomam conta do poder absoluto e foram logo a ele, pensando que o intimidavam, pois os padres eram acusados de comunistas. E essa palavra mágica, na mente obtusa do general Sarmento (que o Lacerda tinha convidado para ser chefe de polícia do seu governo, e não o foi por ter tido um enfarte, que infelizmente não o levou...), levou o general a correr logo ao Palácio São Joaquim ou ao Sumaré para levar os furos da revolução dos padres. E o cardeal teve a dignidade de responder: não, quem tem de julgá-los somos nós, Igreja, e não vocês, Estado. Confesso a Deus a minha culpa: nunca o julguei capaz dessa atitude. Penitenciei-me e como prova disto logo mais lhe telegrafarei trazendo-lhe a minha comovida solidariedade. E não houve uma reticência na homilia. (Lima, 2003, p. 620-621)

Como se percebe, o estudo histórico utilizando tais fontes – cartas, diários, manuscritos pessoais, anotações etc. – mostra-se como um campo de investigação realmente instigante e sempre aberto a novidades e reformulações da própria narrativa histórica. Nestas 22 cartas trocadas entre Frei Betto e Alceu Amoroso Lima, percebemos como a troca epistolar serviu como veículo informativo e intercâmbio de confissões e desabafos.

E como Frei Betto foi preso, julgado e detido em diversos presídios, fator desencadeador desta Correspondência? A resposta é ampla e está inserida neste tumultuado contexto dos anos 1960-70, principalmente nos anos finais da Ação Católica e com o advento da nova pastoral após o Vaticano II.

A Igreja percebeu que uma poderosa frente de trabalho missionário se daria com a juventude católica. Esta foi propositalmente separada de acordo com a natureza de sua atuação na sociedade: JAC (Juventude Agrária Católica), JEC (Juventude Estudantil Católica), JIC (Juventude Independente Católica), JOC (Juventude Operária Católica) e JUC (Juventude Universitária Católica). De todos esses grupos, a JUC foi a mais organizada e disseminada, principalmente nas capitais brasileiras, fazendo-se presente por meio de grupos de reflexão nas mais diferentes universidades e faculdades do país, confessionais ou não (inclusive nas públicas).

A JUC possuía uma organização em comitês estaduais, congregando os grupos de cada instituição de ensino. A união destes comitês formava a JUC nacional, um dos embriões da futura União dos Estudantes do Brasil – a UNE. Por esta época, alguns dos frades dominicanos brasileiros faziam a coordenação e a direção espiritual da JUC, tanto nacionalmente quanto em alguns comitês estaduais, fazendo a perfeita ligação entre fé, política e vida. Desta maneira, houve inúmeras vocações religiosas ao sacerdócio católico nascidas de tais grupos. Era uma época de crença no futuro, de certeza na libertação política do Brasil, de vitória da luta organizada contra a repressão, de sonho em ver o Brasil livre da ditadura militar.

Podemos dizer que Frei Betto, assim como outros religiosos (o próprio Frei Tito de Alencar Lima), é fruto desse rico momento não apenas político e cultural, mas também vocacional e religioso, marcando uma sintomática era de transição na história eclesiástica brasileira, como ele próprio afirmou a Alceu Amoroso Lima na carta de 22 de fevereiro de 1970:

> Meu caro Dr. Alceu,
> Conhecemo-nos da mesma maneira: pelos jornais. Desde que ingressei na Ação Católica, em 1958, acompanho os seus artigos em prol desse direito natural e fundamental do homem, do qual me encontro privado: a liberdade. (...) Três fenômenos marcaram a Igreja em nosso século: a renovação exegética ou movimento bíblico, o movimento litúrgico e a Ação Católica. O movimento litúrgico guarneceu de vocações os beneditinos. A AC endereçou suas vocações religiosas aos dominicanos. Mas viemos marcados pela sensibilidade social, pela visão revolucionária de História, pela consciência de responsabilidade neste país de injustiças e opressão. Procuramos ser fiéis aos 'sinais do tempo' e à nossa geração empenhada na luta pela justiça.

Por estas declarações, percebemos o envolvimento de muitos dominicanos brasileiros com os movimentos estudantis da época, não apenas a JUC e o meio universitário, mas também a JEC no ensino secundarista, o que certamente despertou o interesse e o "cuidado" das autoridades encarregadas da repressão policial e política a esses movimentos. Tal envolvimento com a classe estudantil também foi compartilhado por Alceu Amoroso Lima, que sempre se posicionou a favor de garantir a liberdade aos estudantes, principalmente àqueles organizados nos grêmios e associações, corroborando a legitimidade política de tais organizações. Na crônica "O estudante, esse inimigo", publicado no *Jornal do Brasil* em 10 de fevereiro de 1966, Alceu defendeu a classe estudantil:

> Cada vez mais me convenço de que o maior erro da revolução de 1964 foi o seu divórcio com a mocidade e os trabalhadores. O estudante e o operário foram tratados como naturalmente subversivos, que precisavam provar preliminarmente o contrário para não incorrerem em medidas de precaução ou de repressão, em nome da 'segurança nacional'. (...) O que vai conseguir, provavelmente, essa política anti-estudantil, se continuada, é a *sibaritização* da mocidade. Será o resultado mais patente da famigerada Lei 4.464. Essa lei procurou cercear a liberdade sindical dos estudantes e foi recentemente completada pelo fechamento da UNE e a proibição do seu funcionamento por seis meses. (Lima, 1968, p. 220-221)

Em carta à filha religiosa, no dia 22 de junho de 1968, a respeito do recrudescimento da força policial aos movimentos estudantis, Alceu relata cenas do seu cotidiano e os diferentes problemas suscitados a partir daí:

> Enquanto ontem, às 3 da tarde, Mamãe e eu subíamos para este pequeno paraíso petropolitano, as ruas centrais do Rio de Janeiro se transformavam num campo de batalha, a tal ponto que um popular, a certa altura, dizia a outro: 'Vamos para Saigon'... Quer isto dizer que, realmente, estamos chegando ao que sempre previ: a maneira como o golpe militar de 64 tratou os estudantes tinha de redundar fatalmente na violência, a princípio dos próprios estudantes, e já agora de uma massa popular crescente, acirrada pelo medo estúpido e brutal com que a polícia está agindo, enquanto o Exército não intervém e o estado de sítio (suspensão de toda e qualquer garantia constitucional) não puser uma pedra no túmulo das liberdades públicas e privadas. Para lá caminhamos, pois os estudantes vem revelando um espírito de luta indomável e até o próprio Moniz de Aragão [então reitor da Universidade Estadual do Rio de Janeiro – UERJ] já reconhece que o problema transcende apenas a explicação simplista e (infelizmente) dos Corções [Gustavo Corção] e dos Cândidos [Cândido de Paula Machado] de que tudo é manobra comunista. Ontem a batalha foi terrível e ameaça continuar segunda-feira, até que o Negrão se entregue totalmente ao governo federal e não desça o pau do silêncio, que será o estado de sítio, em que tribunal algum poderá dar habeas corpus etc. e tal. (...) Será que o meu lugar não seria com os estudantes? (Lima, 2003, p. 607-608)

Aqui, percebe-se um aspecto sempre lembrado por aqueles que pesquisam a obra e a pessoa de Alceu Amoroso Lima – seu eterno senso de juventude. O próprio Alceu afirmou, em diversas ocasiões, que rejuvenesceu ao ficar mais velho; o que parece um grande paradoxo foi perfeitamente vivido e justificado na sua vida com a sua eterna fome de saber e de conhecer as novidades e os sinais do seu tempo, numa constante atualização ideológica até o fim da vida. Leonardo Boff, um dos principais teólogos da Teologia da Libertação, sempre lembra das diversas ocasiões em que Alceu foi discutir/conhecer melhor esta mesma Teologia, em inúmeros encontros no Convento do Sagrado Coração de Jesus, em Petrópolis, numa constante renovação do seu pensamento, o que pode ser perfeitamente sentido na sua produção de crônicas na imprensa da época, espaço muito utilizado por Alceu e que acompanhou esta sua constante evolução ideológica, espiritual e humana. Por estas razões, podemos compreender a defesa intransigente de Alceu em relação aos religiosos e leigos perseguidos, torturados e/ou mortos pelo Regime da época. O quero afirmar é que Alceu não seguiu a tendência mais comum de "demonizar" aqueles contrários ao Regime, tachando-os de comunistas e outros adjetivos que pareciam justificar tais perseguições políticas. Ele podia até discordar da motivação de alguns na luta pela redemocratização, fato este que sempre afirmava nas suas crônicas, mas, antes de tudo, estava o ser humano, filho de Deus, tolhido no seu direito mais fundamental – a liberdade. Este sim é um tema que perpassa toda esta correspondência de uma forma ou de outra, levando os missivistas a (re)pensar a própria vida a partir desta elipse a qual muitos foram condenados a viver sem.

Outro fator que contribuiu para a perseguição policial e política aos frades dominicanos brasileiros, além do comprometimento com os movimentos de base, foi a aproximação de alguns destes com Carlos Marighella. O Exército considerava Marighella um terrorista de alta periculosidade, figura central da guerrilha urbana e, por isso mesmo, precisava ser eliminado a qualquer custo, o que de fato ocorreu por intermédio do famigerado Esquadrão da Morte comandado pelo delegado Fleury. Prender Marighella foi visto como uma espécie de missão para as forças da repressão – polícias e Forças Armadas –, seria mesmo uma forma de "progredir" na carreira, executar um mandato. Aqui, não faço juízo de valor moral em relação à pessoa e à ação de Marighella, não é o objetivo deste trabalho, mas ele é um elemento importante para contextualizarmos historicamente aquele momento e as forças que se digladiavam de um lado e do outro. Não quero, em momento algum, criar um herói, mitificar uma biografia, muito menos acreditar de forma ufanista que na esquerda brasileira só havia "gente de bem". Absolutamente. Erros e exageros foram cometidos por ambos os lados. Todavia, é assaz problemático quando se oficializa a selvageria, ou seja, quando todo esse sadismo é realizado em nome da proteção do Estado e por ele justificado.

Para aqueles que querem aprofundar a relação dos dominicanos com Marighella, sugiro a leitura do livro de Frei Betto *Batismo de Sangue* (Rocco, 1983), precioso documento no qual Frei Betto não explica apenas esta relação, mas também registra todo o calvário sofrido por estes frades, especialmente Frei Tito de Alencar Lima.[5]

Desta forma, prender e torturar determinados frades dominicanos era também desmantelar a organização de grupos ideologicamente contrários ao regime militar, especialmente pelo fato de que estes exerciam a pastoral entre universitários, intelectuais, operários e outros. Todo esse "clima de guerra" (usando expressões da repressão) justificava a captura dos mesmos, como testemunhou o próprio Frei Tito de Alencar Lima:

> Fui levado do Presídio Tiradentes para a Operação Bandeirantes – OBAN (Polícia do Exército) – no dia 17 de fevereiro de 1970, terça-feira, às 14 horas. O capitão Maurício veio buscar-me em companhia de dois policiais e disse: 'Você agora vai conhecer a sucursal do inferno'. Algemaram minhas mãos, jogaram-me no porta-malas da perua. No caminho as torturas tiveram início: cutiladas na cabeça e no pescoço, apontavam-me seus revólveres. Ao chegar à OBAN, fui conduzido à sala de interrogatórios. A equipe do capitão Maurício passou a acarear-me com duas pessoas. O assunto era o congresso da UNE em Ibiúna, em outubro de 1968. Queriam que eu esclarecesse fatos ocorridos naquela época. Apesar de declarar nada saber, insistiam para que eu 'confessasse'. Pouco depois levaram-me para o pau de arara. Dependurado, nu, com mãos e pés amarrados, recebi choques elétricos, de pilha seca, nos tendões dos pés e na cabeça. Eram seis os torturadores, comandados pelo capitão Maurício. Davam-me 'telefones' (tapas nos ouvidos) e berravam impropérios. Isso durou cerca de uma hora. Descansei quinze minutos ao ser retirado do pau de arara. O interrogatório se reiniciou. As mesmas perguntas, sob cutiladas e

---

5. Outro livro que aprofunda essa problemática é o *Marighella: o guerrilheiro que incendiou o mundo*, escrito por Mário Magalhães e publicado pela Companhia das Letras, em 2012.

> ameaças. Quanto mais eu negava, mais fortes as pancadas. A tortura, alternada de perguntas, prosseguiu até as vinte e duas horas. Ao sair da sala, tinha o corpo marcado por hematomas, o rosto inchado, a cabeça pesada e dolorida. Um soldado carregou-me até a cela 3, onde fiquei sozinho. Era uma cela de 3 X 2,5 mts, cheia de pulgas e de baratas. Terrível mau cheiro, sem colchão e cobertor. Dormi de barriga vazia sobre o cimento frio e sujo. (Lima apud Betto, 1991, p. 228-229)

Insisto na ideia de uma espécie de sistematização do terror por parte das forças "legais", isto é, na legalização pública de perseguições, torturas e assassinatos por parte do Estado. O relato acima fala por si só.

Daí o tom de revolta e desabafo que transita nesta Correspondência, não se esquecendo dos frutos de denúncia que ela propiciou, como a escrita de tantos artigos na imprensa – especialmente por parte de Alceu Amoroso Lima – bem como a tradução destas cartas às mais diferentes línguas e posterior publicação nos respectivos países. E quando lembro de Alceu na imprensa da época, é realmente de se enaltecer a sua coragem, determinação e compromisso com a verdade. Percebe-se que Alceu fez dos jornais uma espécie de cátedra, sua voz retumbava aos quatro cantos no sentido de trazer à lume o que se passava nos subterrâneos do regime militar, não poupando nenhum nome, não criando metáforas para encobrir os devidos responsáveis. De sua imensa produção intelectual na imprensa da época, especialmente no *Jornal do Brasil* e na *Folha de São Paulo*, destaco a crônica "Terrorismo mascarado", publicada no *Jornal do Brasil*, em 25 de maio de 1966:

> A partir de 1º. de abril e, particularmente, do fatídico 9 de abril de 1964, o arbítrio governamental, militar e policial *institucionalizado*, introduziu o terrorismo à brasileira. E que representa este tipo de terrorismo? É a guerra de nervos. É a ameaça constante. É a perda de garantias legais. É a espada de Dâmocles. É a demissão injusta de um cargo, como a recentemente de Paulo Carneiro. São os IPMs. É a desfiguração da Universidade de Brasília. É a prisão de estudantes sob qualquer pretexto. É a supressão de colações de grau. É a expulsão, no ITA, de alunos como 'subversivos', por escolherem um paraninfo indesejável. São os julgamentos draconianos. É o não cumprimento dos habeas corpus. É a hipertrofia da justiça militar. É a falta de garantias para a proclamada liberdade de imprensa. É o julgamento iníquo de professores universitários. São os processos engavetados de fixação de residência, mas capazes, a qualquer momento, de serem desengavetados. Em suma, é um

II. Cartas para Alceu Amoroso Lima

terrorismo encabulado, que não ousa confessar-se, mas que também não tem coragem de confessar o seu próprio malogro. Esse malogro se traduz na tremenda e crescente impopularidade da Revolução. Revela-se no medo de ir ao povo, no terror das eleições livres, na restrição do voto, na impostura democrática em que vivemos, na tentativa de criar o peleguismo estudantil, pela organização de diretórios acadêmicos fantasmas, por imposição legal e na negação da liberdade sindical aos estudantes. (...) Enquanto não houver anistia, eleições livres, liberdade sindical autêntica, supressão dos IPMs, revogação do enquadramento dos estudantes, abolição da justiça de exceção e da hipertrofia do Poder Institucional dominante, haverá terrorismo cultural. Disfarçado ou mascarado se quiserem. Mas efetivo. (Lima, 1968, p. 400)

É o testemunho a serviço legítimo da liberdade, aqui compreendida nas mais diversas possibilidades e manifestações – de imprensa, de organização, de ideologia política, de expressão, de crença, enfim, liberdade de ser.

Ao prefaciar o livro *Das catacumbas: cartas da prisão 1969-1971*, o cardeal dom Paulo Evaristo Arns assim afirmou:

As cartas, escritas todas elas a pessoas particulares, se transformam em mensagem para o povo. Em todas elas é o próprio povo que dá alma, que descobre rumos e se vê convidado para um destino superior. Está na hora de levar aos brasileiros o testemunho de homens que responderam ao ódio com amor. À difamação com propostas de autenticidade, fraternidade e paz. Dentro das masmorras compõe-se assim o mais belo poema à vida. (...) A mensagem mais decisiva de todas essas cartas escritas com amor se transforma assim num poema à liberdade. Uma liberdade analisada dentro do contexto de toda a História, apesar de serem tão estreitas e tão indevassáveis as paredes que fecham a prisão.

Este é o valor desta Correspondência entre Frei Betto e Alceu Amoroso Lima: suas cartas – nossas cartas.

São textos que extravasam a fronteira do privado – própria da troca epistolar – e atingem a diversidade, o plural, a História, o coletivo. São cartas que ultrapassam o mero objetivo de comunicar um fato ocorrido, o hodierno dos correspondentes. São "documentos para o amanhã", como Alceu afirmou no título de um belo artigo que publicou no *Jornal do Brasil* com o intuito de divulgá-las melhor. São documentos para a nossa própria reflexão e consciência.

Leonardo Boff e Alceu Amoroso Lima

Embora esta correspondência tenha o objetivo de trazer à lume as cartas trocadas entre Alceu Amoroso Lima e Frei Betto, tive a ideia de também incluir o diálogo epistolar e intelectual entre o teólogo Leonardo Boff e o mesmo dr. Alceu. Tal iniciativa se justifica pela total empolgação e adesão de Alceu em relação à Teologia da Libertação, em plena efervescência ideológica e pastoral ao longo das décadas de 1970 e 1980.

A Teologia da Libertação foi uma vanguarda teológica e pastoral, fruto das transformações ocorridas na Igreja Católica após as inovações do Concílio Vaticano II. Para isso, também contribuíram as conferências episcopais de Medellín (1968) e Puebla (1979), que confirmaram a opção preferencial pelos pobres e marginalizados, revolucionando a ação pastoral e missionária da Igreja nas camadas mais vulneráveis da sociedade. Nesse sentido, várias iniciativas foram postas em prática, particularmente a ação das pastorais sociais, das Comunidades Eclesiais de Base (CEBs), dos círculos bíblicos, das semanas sociais e toda uma renovação eclesiológica sentida em todas as dinâmicas e realidades do "ser igreja". Esta mesma Teologia se baseava exclusivamente no Evangelho, na proposta renovadora trazida pelo Cristianismo, pela opção explícita do próprio Cristo pelos mais desvalidos da sua época, pelo testemunho dos mais diferentes santos e mártires que, ao longo dos séculos, têm pagado com a própria vida a opção por esse projeto de libertação das estruturas sociais e políticas que oprimem e escravizam por meio das mais díspares formas e métodos.

Ora, uma das afirmações mais conhecidas de Alceu é justamente esta: "Mudei e mudei porque vivi, porque viver é mudar". Por esse epíteto já percebemos um pouco da pessoa e do caráter de Alceu Amoroso Lima – quanto mais idoso, mais aberto às inovações e ideologias que surgiam no seu momento histórico. Foi justamente isto que se deu em relação à Teologia da Libertação, que Alceu conheceu e se entusiasmou pela intensa leitura dos livros produzidos pelos seus principais ideólogos, especialmente Frei Betto e Leonardo Boff, este último, naquele momento, ainda frade franciscano, residindo no convento do Sagrado Coração de Jesus, em Petrópolis, onde Alceu possuía uma casa e passava longas temporadas do ano. Segundo relatos do próprio Leonardo Boff, a presença de Alceu na missa das 7 horas era sagrada, diariamente, numa busca não apenas pela transcendência e pela mística, mas também por querer saber/conhecer melhor aquela Teologia que tinha a igreja e a faculdade dos franciscanos como uma espécie de epicentro de debates. Boff afirma que, por várias vezes, Alceu esteve na faculdade de teologia dos frades para discutir com ele aspectos da Teologia da Libertação e de determinados livros de sua autoria, numa sede de conhecimento que se traduzia em diversos artigos que Alceu publicava nos principais jornais do país, particularmente no *Jornal do Brasil* e na *Folha de S. Paulo*.

Por conta desse belo percurso religioso, decidi incluir também esse diálogo de Alceu com Leonardo Boff, após a autorização dele, que gentilmente me enviou diversos relatos biográficos sobre Alceu, com especial ênfase nos últimos anos de vida deste.

Para tal, foi imprescindível a pesquisa no arquivo do Centro Alceu Amoroso Lima para a Liberdade (CAALL), no qual se acha a "Pasta Leonardo Boff", de onde retirei todo o material que este teólogo escreveu e enviou ao dr. Alceu, tudo devidamente organizado e catalogado pela equipe do CAALL. São três cartas e dois importantes depoimentos. O mais contundente é a homilia que Leonardo Boff escreveu e leu na missa em comemoração dos 85 anos de Alceu Amoroso Lima, ocorrida em 6 de dezembro de 1978; o segundo texto é uma mensagem que foi lida na missa de sétimo dia de Alceu, em 1983, ambas as celebrações ocorridas na Igreja do Sagrado Coração de Jesus, em Petrópolis. Acrescentei também um ensaio – precioso – que Leonardo Boff escreveu sobre a trajetória intelectual e religiosa de Alceu, um longo texto cujo título é "Que é ser intelectual e pensador?", no qual Leonardo problematiza a figura e a missão do intelectual cristão, tão negligenciado na nossa sociedade, tendo como referência a pessoa e a obra de Alceu Amoroso Lima.

Agradeço muito a Leonardo a confiança e a disponibilidade de publicar todos estes seus trabalhos nesta correspondência que ora vem à luz. Certamente, eles servirão não apenas para conhecermos um pouco mais sobre a vida do dr. Alceu, mas também servirão como fonte de pesquisa da caminhada histórica da própria Igreja Católica no Brasil, tão marcada por altos e baixos, avanços e retrocessos, profetismo e ostracismo, tão ao gosto da própria condição humana – complexa e paradoxal por natureza.

Caminhos e Percursos

Embora seja um epistolário relativamente pequeno, a organização dele foi complexa, especialmente pela opção de compilar diferentes gêneros textuais – carta, crônica jornalística e depoimentos – todos atravessados por uma temática comum e pela forte relação de amizade entre os missivistas e outras pessoas em comum, bem como as questões ligadas à busca da justiça num difícil momento da história brasileira.

As quatro cartas que Alceu Amoroso Lima enviou a Frei Betto estão no próprio arquivo do crítico, no Centro Alceu Amoroso Lima para a Liberdade (CAALL), em Petrópolis (RJ). Estes documentos foram devolvidos pelo próprio Frei Betto ao CAALL, em 1999, para que esta instituição pudesse organizar o conjunto recíproco desta correspondência. Estas quatro cartas estão em excelente estado de conservação, bem legíveis, todas escritas em folhas de papel ofício brancas, com tinta de caneta esferográfica azul e manuscritas. As mesmas foram organizadas, em 2013, pela arquivista Maria de Fátima Argon, sob o título "Coleção Frei Betto" e esta mesma coleção foi publicada no *Guia do Acervo – Correspondência Alceu Amoroso Lima* (Educam/ CAALL /Editora Reflexão, 2013).

Quanto às dezoito cartas de Frei Betto endereçadas a Alceu Amoroso Lima, elas também se encontram arquivadas no CAALL, no arquivo Tristão de Athayde, série Correspondência Passiva. Estes originais estão em ótimo estado de conservação, legíveis, escritas numa diversidade de papéis: cartão de visitas, ofício, cartão de Natal e ofício timbrado. Apenas uma carta está manuscrita, a de 22 de fevereiro de 1970; as demais foram todas datilografadas, com assinatura manuscrita em tinta esferográfica preta.

O trabalho de transcrição destes originais não apresentou nenhum problema, mesmo com a já conhecida dificuldade de compreensão acerca da caligrafia de Alceu Amoroso Lima. Quanto à caligrafia de Frei Betto na única carta por ele manuscrita, a mesma foi facilmente compreendida, não tendo havido nenhuma dificuldade para transcrevê-la.

Em relação às crônicas jornalísticas, todas foram retiradas do site http://www.alceuamorosolima.com.br, na seção de "consulta ao acervo". Entretanto, os recortes originais dessas crônicas também se encontram no CAALL, na pasta relativa à produção intelectual de Alceu no *Jornal do Brasil*, aberto à consulta e pesquisa. Tais recortes se encontram em bom estado de conservação, embora amarelados pela ação do tempo e pela própria natureza do papel de jornal.

Os dois textos críticos que Frei Betto escreveu sobre Alceu, por sua vez, me foram enviados – por correio eletrônico – pelo próprio dominicano para serem anexados neste volume.

II. Cartas para Alceu Amoroso Lima

Quanto às cartas de Leonardo Boff enviadas a Alceu, as mesmas se encontram na respectiva pasta no CAALL, série Correspondência Passiva. Todas estão datilografadas, com a assinatura de Leonardo Boff manuscrita em tinta preta, em papel ofício timbrado da Editora Vozes. Estão em excelente estado de conservação, bem legíveis e sem quaisquer rasuras e/ou correções por parte do autor. Nesta mesma pasta, também estão os dois textos com os quais Boff homenageou Alceu – na sua missa pelos 85 anos e na sua missa de sétimo dia –, ambos compilados nos Anexos. Já o ensaio "Que é ser intelectual e pensador?", também anexado, recebi-o do próprio Leonardo Boff, via correio eletrônico, com o pedido – do próprio teólogo – de ser publicado como homenagem dele à memória de Alceu Amoroso Lima.

As cartas que vêm à luz neste epistolário são inéditas, inclusive as três de Leonardo Boff. Vale lembrar que esta correspondência de Frei Betto não é a primeira a ser publicada, já que os volumes de *Cartas da prisão* e *Das catacumbas* foram publicados nos anos 1970, com grande repercussão à época. Todavia, estes mesmos epistolários dizem respeito às missivas trocadas pelo frade dominicano e os seus familiares e amigos mais próximos, excluindo a sua troca epistolar com Alceu.

Feitas tais observações quanto à metodologia da pesquisa empregada, espero que esta Correspondência ocupe o seu devido lugar nos estudos literários, históricos e religiosos. São cartas impregnadas de relatos pessoais que extravasam a esfera do pessoal e alcançam uma vasta amplitude de temas e problemas abordados.

Que o sentimento mais discutido em tais missivas – a luta pela justiça – possa saltar à vista quando da leitura de cada um. Que a luta de muitos e até mesmo a morte de outros não tenham sido em vão, ao contrário, possam se tornar semente de libertação e busca – incessante – pelo Reino de Deus.

REFERÊNCIAS

ANDRADE, Mário de & BANDEIRA, Manuel. *Correspondência*. Edição organizada por Marcos Antônio de Moraes. São Paulo: IEB/EDUSP, 2000.

ARGON, Maria de Fátima (Org.). *Guia do Acervo* – Coleção Correspondência Alceu Amoroso Lima. Petrópolis: EDUCAM/CAALL/Editora Reflexão, 2013.

AZZI, Riolando. *História da Igreja no Brasil – Terceira Época 1930-1964*. Petrópolis: Vozes, 2008.

CALLIGARIS, Contardo. *Verdades de autobiografias e diários íntimos*. [texto eletrônico]. Disponível em: http://www.fgv.br, 1997.

CARDOSO, Marília Rothier. "Reciclando o Lixo Literário: Os Arquivos de Escritores". In: *Palavra*. Departamento de Letras da PUC-Rio, no. 7, 2001.

DERRIDA, Jacques. *Mal d'archive, une impression freudienne*. Paris: Galilée, 1965.

DIDIER, Béatrice. "La correspondance de Flaubert et George Sand". In: *Les Amis de George Sand*. Paris: Nouvelle Série, 1989.

DUARTE, Paulo. *Mário de Andrade por ele mesmo*. São Paulo: Hucitec, 1985.

FOUCAULT, Michel. *Histoire de La sexualité 1. La volonté de savoir*. Paris: Gallimard, 1976.

FREI BETTO. *Batismo de Sangue*. Rio de Janeiro: Rocco, 2006.

_____. *Cartas da Prisão – 1969-1973*. Rio de Janeiro: Agir, 2008.

_____. *CEBs – Rumo à Nova Sociedade*. São Paulo: Paulinas, 1983.

_____. *Das Catacumbas – cartas da prisão 1969-1971*. Rio de Janeiro: Civilização Brasileira, 1978.

_____. *Diário de Fernando – Nos Cárceres da Ditadura Militar Brasileira*. Rio de Janeiro: Rocco, 2009.

_____. *Frei Tito Memória e Esperança*. São Paulo: Ordem dos Pregadores, 1999.

GUIMARÃES, Júlio Castañon. "O jogo das cartas". In: MORAES, Marcos Antonio. *Mário, Otávio – Cartas de Mário de Andrade a Otávio Dias Leite (1936 – 1944)*. São Paulo: IEB-USP/Imprensa Oficial/Oficina do Livro Rubens Borba de Moraes, 2006.

HAROCHE-BOUZINAC, Geneviève. *L'épistolaire*. Paris: Hachette, 1995.

HUYSSEN, Andreas. *Seduzidos pela Memória*. Rio de Janeiro: Aeroplano, 2004.

KAUFMANN, Vincent. *L'équivoque Épistolaire*. Paris: Éditions de Minuit, 1990.

LIMA, Alceu Amoroso. *A Experiência Reacionária*. Rio de Janeiro: Tempo Brasileiro, 1968.

_____. *Cartas do Pai – de Alceu Amoroso Lima para sua filha madre Maria Teresa*. Rio de Janeiro: Instituto Moreira Salles, 2003.

_____. *Memorando dos 90*. Rio de Janeiro: Editora Nova Fronteira, 1984.

_____. *Memórias Improvisadas – Diálogos com Medeiros Lima*. Petrópolis: Vozes, 1973.

_____. *Tudo é Mistério*. Petrópolis: Vozes, 1983.

LIMA, Alceu Amoroso & FIGUEIREDO, Jackson de. *Correspondência – Harmonia de Contrastes, Tomos I e II*. Rio de Janeiro: Academia Brasileira de Letras, 1991.

LIMA, Luiz Costa. *Sociedade e discurso ficcional*. Rio de Janeiro: Guanabara, 1986.

LUSTOSA, Oscar de Figueiredo. *A Presença da Igreja no Brasil – História e Problemas 1500-1968*. São Paulo: Editora Giro, 1977.

MARASCHIN, Jaci Correia (Org.). *A vida em meio à morte num país do terceiro mundo*. São Paulo: Paulinas, 1983.

MARITAIN, Jacques. *Religião e Cultura*. Rio de Janeiro: Atlântica, 1945.

MARTINA, Giacomo. *História da Igreja – de Lutero a Nossos Dias*. São Paulo: Loyola, 1997.

MATOS, Henrique Cristiano José. *Nossa História – 500 anos de Presença da Igreja católica no Brasil*, Tomo 3 – Período Republicano e Atualidade. São Paulo: Paulinas, 2003.

MORAES, Marcos Antônio de. Cartas, um gênero híbrido e fascinante. *Jornal da Tarde*, Caderno de Sábado. São Paulo, 28/10/2000.

MORAES, Marcos Antônio de (Org.). *Mário, Otávio – Cartas de Mário de Andrade a Otávio Dias Leite (1936 – 1944)*. São Paulo: IEB-USP/Imprensa Oficial/Oficina do Livro Rubens Borba de Moraes, 2006.

MORAES, Marcos Antônio de. *Orgulho de Jamais Aconselhar – A Epistolografia de Mário de Andrade*. São Paulo: EDUSP/FAPESP, 2007.

QUEIROZ, José (Org.). *A educação popular nas comunidades eclesiais de base*. São Paulo: Paulinas, 1985.

RODRIGUES, Leandro Garcia. *Alceu Amoroso Lima – Cultura, Religião e Vida Literária*. São Paulo: EDUSP, 2012.

_____. *Uma Leitura do Modernismo – Cartas de Mário de Andrade a Manuel Bandeira*. Dissertação de mestrado. Rio de Janeiro: Pontifícia Universidade Católica do Rio de Janeiro, 2003.

ROLIM, Francisco Cartaxo. "A greve do ABC e a Igreja". In: MARASCHIN, Jaci Correia (Org.). *A vida em meio à morte num país do terceiro mundo*. São Paulo: Paulinas, 1983.

SANTIAGO, Silviano (Org.). *Carlos & Mário – Correspondência de Carlos Drummond de Andrade e Mário de Andrade*. Rio de Janeiro: Bem-Te-Vi, 2002.

_____. *Glossário de Derrida*. Rio de Janeiro: Francisco Alves, 1976.

SILVA, José Ariovaldo da. *O Movimento Litúrgico no Brasil – Estudo Histórico*. Petrópolis: Vozes, 1983.

CORRESPONDÊNCIA, (DES)HARMONIA E VIDA LITERÁRIA – MÁRIO E ALCEU[1]

A dinamização dos estudos epistolares, no Brasil, vem trazendo à baila boas surpresas, curiosidades e nos obrigando a uma constante e corajosa revisão do nosso cânone literário. Não são apenas cartas e outros documentos que são revelados, mas todo o universo (auto)biográfico daqueles diretamente envolvidos na trama epistolar; visão de mundo, aspectos e costumes pessoais, crenças, humor, escrita pessoal e toda a noção de vida literária, categoria esta complexa e sempre expressiva através das suas mais diferentes rachaduras temáticas, ideológicas e estilísticas. Nesta perspectiva, trago à discussão alguns aspectos da correspondência entre Mário de Andrade e Alceu Amoroso Lima (Tristão de Athayde).

A motivação desta empreitada se sustenta na organização que fiz da correspondência recíproca destes dois missivistas, a ser publicada futuramente pelo Instituto de Estudos Brasileiros (IEB-USP), na Coleção Correspondência de Mário de Andrade, coordenada pelos professores Marcos Antônio Moraes e Telê Ancona Lopez. Devo informar que todos os fragmentos epistolares que cito neste artigo foram retirados deste meu trabalho, ainda sob minha custódia pessoal.

São ao todo cinquenta e quatro (54) documentos (cartas, telegramas e bilhetes) trocados ao longo de dezenove anos, entre 1925 e 1944. A disposição

---

1. Publicado como artigo científico na revista *Letras de Hoje* (Porto Alegre: PUC, dezembro de 2013) com o título "Mário de Andrade e Alceu Amoroso Lima – correspondência, (des)harmonia e vida literária".

para o estabelecimento da correspondência foi de Mário, como fica claro na sua segunda carta a Alceu:

> São Paulo, 28 de maio de 1925
> Tristão de Athayde
> Confesso que estive pegando um papel bonito pra lhe escrever mas refleti a tempo que isso era indecente. Deixei o tal pra aumentar só o epistolário... *rose* das damas que me escrevem e voltei pro meu papelinho barato de todo dia com que escrevo aos camaradas. Imensamente lhe agradeço o artigo que escreveu sobre a *Escrava*. Li reli repensei aproveitei.[2] O que mais me agrada em você é um dom de penetração quase jesuítico. Nunca vi ler tão bem nas entrelinhas. Já pegando a minha *Pauliceia* você soube com uma paciência que só mesmo as inteligências muito vivas têm descobrir o que era na realidade aquele livro como expressão psicológica dum autor. Agora com a *Escrava* ainda foi mais sutil.

Percebe-se claramente que a motivação inicial foi puramente cultural, propondo e realizando aquele tipo de intercâmbio epistolar tão caro aos nossos modernistas, no qual a carta extrapola a sua missão primária de troca de informações e passa a ser uma espécie de "ágora de debates", isto é, a carta se torna parte importante do outro lado da obra, o avesso do texto canonizado e publicado, passando a funcionar como um sintomático reverso não apenas da produção intelectual do artista, mas também da sua própria visão de mundo. Nesse sentido, é interessante o que afirmou Gérard Genette (1987, p. 316):

> Feita essa reserva, podemos utilizar – e é o que fazem os especialistas – a correspondência de um autor (em geral) como uma espécie de testemunho sobre a história de cada uma de suas obras: sobre sua gênese, sobre sua publicação, sobre a acolhida do público e da crítica e sobre a opinião do autor a seu respeito em todas as etapas dessa história.

Por isso é importante a opinião do destinatário, estabelecendo uma dialogia, sua resposta manterá e ajudará a conduzir o debate, sustentando

---

2. A respeito deste artigo, assim escreve Carlos Drummond de Andrade a Mário, em carta de 20 de maio de 1925: "O artigo do Tristão de Ataíde sobre a *Escrava* me pareceu excelente, muito largo de vistas e sem nenhum partidarismo. Admiro profundamente este homem inteligente e honesto" (Carlos & Mário, 2002, p. 121).

II. Cartas para Alceu Amoroso Lima

opiniões e especulações, próprias da amizade. A este contato inicial de Mário, Alceu respondeu meses depois:

> Rio, 28 de setembro [1925].
> Meu caro Mário de Andrade
> Estou em falta com você. Mas sei que você não repara. E sabe que a minha esquivança e a falta de pontualidade não exprimem desinteresse nem esquecimento. (...) Se algum dia você romper por este Rio e quiser passar alguns momentos longe do tumulto cá de baixo, terei o maior prazer em conhecê-lo pessoalmente. E saberá então que o solene Tristão de Ataíde, gravíssimo Aristarco, que tanto o admira de longe, é o menos literato dos homens.

Pela época – 1925 –, Alceu, além de "gravíssimo Aristarco", já era um crítico literário conhecido e respeitado, tendo iniciado sua carreira na Crítica em 1919, em *O Jornal*, importante periódico carioca conhecido pela qualidade das suas matérias e dos seus articulistas.

Em epistolários como o de Mário e Alceu, as cartas são "pesadas", expandindo ao máximo a tradução desta metáfora, já que se trata de dois correspondentes complexos, com grande formação intelectual e forte sensibilidade artística. Neste afã, um dos assuntos mais discutidos foi a natureza e a permanência do movimento modernista, como Mário declara na mesma carta de 28 de maio de 1925:

> É verdade que essa historiada de modernismo já me caceteia.[3] Não é propriamente que eu hesite entre modernismo e antimodernismo, não, porém faz bem uns dois anos já que principiei a imaginar que a palavra tinha de servir, que a vida dum homem tem coisas muito mais importantes pra resolver que isso de mostrar si o paletó envergado é do último verão ou do próximo inverno.[4]

---

3. Mário utilizou sua correspondência para teorizar e "viver" (sua palavra) o modernismo brasileiro. Em diversas situações, o encontramos eufórico com o movimento, em outros momentos, demonstra certa raiva e insatisfação. Manuel Bandeira foi quem mais ouviu as reclamações do poeta da *Pauliceia*, como nesta carta de 18 de abril de 1925: "Você compreende, Manuel, eu hoje sou um sujeito que tem muitas preocupações por demais pra me estar amolando com essas burradas de modernismo e passadismo. 'Eu é que sou moderno!' Ora, isso hoje pra mim não significa coisa nenhuma. Tenho mais que fazer. Não estou fazendo blague, não. É uma coisa que está a cem léguas de mim o modernismo. Que significa ser moderno? Ser moderno, ser antimoderno, ora bolas! Sou, isso é que é importante" (Moraes, 2000, p. 201).
4. Esta carta de Mário a Alceu foi motivada após a publicação, em *O Jornal*, no dia 26 de abril de 1925, do artigo "Modernos II". Neste, Alceu faz uma análise crítica muito positiva do livro *A Escrava que não é Isaura*. O crítico não poupou elogios a Mário de Andrade,

A minha vida é muito bela e muito gostosa pra eu me preocupar de saber se o que escrevo é bem moderno ou não. Modernismo e antimodernismo são palavras que já não têm mais nenhum significado pra mim, juro que não sei mais o que elas querem dizer. Você cuja justeza e independência de pensamento eu respeito me diga se não tenho razão. E sabe também compreender que estas minhas convicções atuais não significam nenhuma deserção dos meus campos e apenas a compra de mais campos vizinhos. Me enriqueço.[5] Nada me desinteressa e muito menos o modernismo porém vejo que este em todo o mundo e no Brasil, com algumas exceções apenas está se dissolvendo em vaidades manda-chuvas, partidinhos e sobretudo numa feroz perplexidade. Tendo usado já todas as cocaínas e outros excitantes literários, usado e abusado, o modernismo não sabe mais o que há-de inventar pra chamar a atenção dos desocupados.[6]

É interessante ressaltar que os principais artistas modernistas já revisavam este movimento nos seus primeiros anos de vida, com a criação ou aniquilamento de grupos, com o questionamento ideológico e estético dos caminhos que o modernismo estava tomando. É nesta perspectiva que

---

bem como a sua peculiar "evolução literária", bem distinta dos demais "poetas futuristas, cheios de cabotinismos". Alceu assim conclui o seu artigo: "De tudo o que se depreende, sobretudo, é uma necessidade de construir, de procurar novos caminhos, sem abandonar o passado, antes procurando sempre o que há de vivo eterno nele. E isso torna o sr. Mário de Andrade talvez o elemento mais interessante e mais valioso do atual modernismo brasileiro. Sinto que nele se embatem agora modernismo e anti-modernismo. Não no sentido de voltar, mas no sentido de superar" (Lima, 1934, p. 25).
5. Há pouco tempo da Semana de 22 (apenas três anos), alguns poetas e artistas, como o próprio Mário de Andrade, já faziam algumas revisões críticas dos primeiros anos modernistas. No ano anterior a esta carta, foi fundamental a "Caravana Paulista às Cidades Históricas de Minas Gerais". Nesta viagem, os participantes perceberam a importância da Tradição representada no Barroco mineiro, e que seria difícil (ou pelo menos empobrecedor) uma definitiva ruptura vanguardista ignorando as "lições" do passado. O desafio era evoluir usando as diversas contribuições da nossa Tradição artística.
6. Certamente, Mário faz alusão aos diversos grupos (os "partidinhos") dentro do modernismo brasileiro, as "panelas literárias", usando uma expressão de Manuel Bandeira. No seu epistolário com Bandeira, Mário sempre se queixava a respeito da falta de caráter de alguns, o que leva Manuel Bandeira a confessar a Mário, em 23 de maio de 1924: "Não acredito na amizade na extensão e profundeza em que você a concebe. Amizade: afinidade de inteligências, relação de inteligência. Não quero dizer que seja só isso, que deva ser só isso. Mas que seja sobretudo isso. Confiança? Como confiar em quem amanhã pode ser nosso inimigo? Tenhamos amigos, mas reflitamos: que são como nós carne fraca: não os exponhamos a possivelmente mais tarde magoar-nos. Ajudemos os amigos a desenvolverem harmoniosamente o que há neles de bom. Peçamos o mesmo também a eles" (Moraes, 2000, p. 124).

compreendemos esta intrigante afirmação de Mário, bem como a rápida e objetiva resposta de Alceu, em 28 de setembro do mesmo ano: "Vivo longe do movimento literário e só tomo parte nele através das minhas crônicas. Não me causam surpresa portanto esses enganos. Nem procuro evitá-los".[7] Alceu usa de uma certa modéstia – um tanto falsa na minha opinião – já que ele viveu intensamente o movimento modernista através da sua crítica especializada, especialmente na sua coluna dominical "Vida literária", em *O Jornal*.

Seguindo a questão das "cartas pesadas", que também costumo chamar de "cartas pensadas", Mário e Alceu pensam e analisam os mais diversos aspectos da criação artística, os meandros do ato de escrever; neste aspecto, Alceu foi mais incisivo, como neste fragmento:

> Rio, 13 de dezembro [1927].
> Meu caro Mário
> Duas palavras apenas. Em sua casa, e em seu artigo, você perguntava o que é que eu entendia por <u>mística</u> <u>criadora</u>. E eu lhe respondi, penso eu: 'Apenas isto. O sentimento <u>trágico</u> da vida'. Não foi isso? Pois bem, na nota tão excessivamente generosa que apareceu sobre o livrinho em Recife, há uma resposta tão idêntica para a mesma pergunta, e que vale como uma interpretação tão exata do que eu penso, que tomo a liberdade de mandá-la a você, para roubar dois minutos do seu tempo. Recebeu o Proust que lhe mandei antes de sair daí? Aqui bastante marasmo. Projetos e nada mais. Livros sem cor nem vida. Verão. E por aí? Ainda muito agradecido pela boa tarde que passei aí em sua casa.

Ao receber esta carta, Mário se apressou em responder, dando sintomáticas explicações quanto à sua noção de criação, bem como certas particularidades de algumas das suas obras, tudo no sentido de explicar melhor a Alceu a sua práxis criadora, como se percebe na resposta enviada ao crítico em 23 de dezembro de 1927:

> Minha objeção à 'mística criadora' de você continua de pé no caso de não podermos nem devermos parecer com os russos. Acho o caminho russo

---

7. Neste momento da sua vida, Alceu já começara o complexo processo da sua (re)conversão ao Catolicismo através da sua correspondência com Jackson de Figueiredo. Este longo diálogo epistolar teve início em 1919 e foi até 1928, ano da morte de Jackson e do retorno definitivo de Alceu à Igreja. Neste momento da sua correspondência com Mário (1925), Alceu vivenciava o auge da sua crise existencial quanto à existência ou não de Deus, quanto à importância ou não da fé, daí a sua reclusão dos círculos mais mundanos da vida literária, conforme afirmado por ele a Mário.

positivamente ruim e até impossível. Fico abismado até quando vejo tanta gente boa, inteligente criticamente, falar que *Os Condenados* do Osvaldo parecem Dostoiévski. É tão diferente mas tão que nem posso compreender. Agora, o tal de sentimento trágico da vida existe também nos italianos franceses ingleses alemães etc etc. E até nos brasileiros, porque não. E concordo que temos de botar isso nas nossas obras pra torná-las fecundas. Agora, acho que está em muitas delas. É horrível eu ter que falar nos outros por isso deixe eu falar só de mim. Assim posso me atacar e elogiar à vontade, você sabe perfeitamente que isso entre a gente só, não tem importância. Pois, Tristão de Ataíde, você não encontra um só livro meu que seja de deveras alegre. É certo que muitas vezes, talvez a maioria, sou loquaz, tagarela, pândego, gargalhante até. Mas onde que você encontra alegria indiferente, individualista nisso? Está também certo que você encontra em certo e franco dionisismo na minha obra, isto é, não só uma vontade de gozar a vida, porém o gozo da vida, mas justamente no meu livro que você gostou menos, no *Losango cáqui*, eu tenho um refrão muito digno de se matutar um pouco sobre ele: 'A própria dor é uma felicidade'. Porque feliz, isso eu sou.

Relembro e afirmo a importância da epistolografia para se compreender – em diferentes perspectivas – o processo literário brasileiro, particularmente o modernismo, certamente o período literário mais comentado e discutido na correspondência dos seus principais colaboradores. Esta minha opinião é corroborada por Silviano Santiago, que esclarece:

> Talvez a maior riqueza que se depreende do exame das cartas de escritores advenha do fato de os teóricos da literatura poderem colocar em questão, desconstruir os métodos analíticos e interpretativos que fizeram a glória dos estudos literários no século 20. (...) A leitura de cartas escritas aos companheiros de letras e familiares, bem como a de diários íntimos e entrevistas, tem pelo menos dois objetivos no campo duma nova teoria literária. Visa a enriquecer, pelo estabelecimento de jogos intertextuais, a compreensão da obra artística (poema, conto, romance...), ajudando a melhor decodificar certos temas que ali estão dramatizados, ou expostos de maneira relativamente hermética (como a questão da *felicidade*, em Mário de Andrade, ou a questão do nacionalismo, no primeiro Carlos Drummond). Visa a aprofundar o conhecimento que temos da história do modernismo, em particular do período consecutivo à Semana de Arte Moderna (por exemplo: a reviravolta nacionalista que representa a viagem dos paulistas a Minas Gerais, a expulsão das ideias de Graça Aranha

do ideário modernista, as relações entre o intelectual e o Estado na década de 30). (Santiago, 2001, p. 10)

Certamente, Mário e Alceu contribuíram substancialmente para este desvendamento do movimento modernista brasileiro, especialmente analisando e tentando compreender uma dimensão particularmente íntima e complicada de muitos intelectuais e artistas daquela geração: a questão religiosa. Aqui, não quero perceber como tal dimensão aparece ou não nas respectivas obras, ao contrário, quero apenas compreender tal realidade na perspectiva biográfica e ideológica de cada um manifestada nas diversas cartas trocadas.

Já é uma verdade há muito defendida que, na correspondência pessoal, remetente e destinatário se constroem mutuamente. Há uma verdadeira e intrigante "*mise en scène*" na qual cada um elabora o que deve e pode ser mostrado ao outro do discurso epistolar, existe mesmo todo um código que ajuda na construção deste tipo de comunicação, cujos elementos vão sendo criados e estabelecidos ao sabor do tempo, da tensão das opiniões trocadas, da amizade que se estabelece de forma sincera, dos anseios e angústias trocados nas diversas cartas idas e vindas, enfim, na construção de saberes neste sintomático laboratório de ideologias e estilos que é a epistolografia. O próprio Mário de Andrade reconheceu, na crônica "Amadeu Amaral" (em *O Empalhador de Passarinhos*), o valor da correspondência:

> Eu sempre afirmo que a literatura brasileira só principiou escrevendo realmente cartas, com o movimento modernista. Antes, com alguma rara exceção, os escritores brasileiros só faziam 'estilo epistolar', oh primores de estilo! Mas cartas com assunto, falando mal dos outros, xingando, contando coisas, dizendo palavrões, discutindo problemas estéticos e sociais, cartas de pijama, onde as vidas se vivem sem mandar respeitos à excelentíssima esposa do próximo nem descrever crepúsculos, sem dançar minuetos sobre eleições acadêmicas e doenças do fígado: só mesmo com o modernismo se tornaram uma forma espiritual de vida em nossa literatura. (Andrade, 2002, p. 187)

Nesse sentido, as opiniões de cada um são expostas na arena da convivência missivista, concordâncias e discordâncias são postas à luz gerando tensões próprias da experiência humana e registradas na narrativa epistolar. Dessa forma, o papel e o distanciamento geográfico funcionam como antídoto, possibilitando uma maior sinceridade que, muitas vezes, a relação pessoal e presencial inibe, desencoraja. Toda esta complexidade da doação de si próprio pode ser verificada na correspondência entre Mário de Andrade e Alceu Amoroso Lima, especialmente no que concerne às ideologias e debates acerca da religiosidade, particularmente o catolicismo, principal assunto discutido e problematizado neste epistolário.

Mário encontra em Alceu um interlocutor à altura das suas dúvidas religiosas e existenciais, um intelectual com o qual podia travar um belo debate, aprofundado, alguém com algo a dizer. Já Alceu via em Mário um grande talento artístico que podia ser melhor compreendido nestas questões e, quem sabe, arregimentado de forma definitiva ao seio da renovação espiritual pela qual boa parte da intelectualidade brasileira estava passando naquele momento. Ou seja, é uma troca equilibrada de relações, na qual um não se sobrepõe ao outro, não existindo entre eles nenhuma relação mestre/discípulo, ninguém doutrinou ninguém, apenas dialogaram com um forte teor de argumentação. Nesta carta de 14 de julho de 1929, Mário fez sintomáticas revelações:

> S. Paulo, 14-VII-29
> Alceu,
> Talvez devido às amarguras, eu tenha exagerado um pouco o meu estado-de-espírito de agora. Nada de fundamental se modificou em mim e se você me permite chamar de 'catolicismo' que sempre tive, continuo tendo. Não sei nem me deitar nem levantar sem essa carícia pra Deus e os nossos intermediários que é a reza.[8] É certo que estou no momento atual numa irritação muito forte. Mas não é contra o Catolicismo. É principalmente contra os católicos. Os porquês são muito longos e já são vinte-e-quatro horas deste meu último dia de férias. Mas você também há-de sentir que existe hoje uma 'moda católica' que, profícua ou não pros almofadinhas dela, há-de irritar com nitidez um espírito como o meu.[9] Minha produção si tem sido especialmente

---

8. Em 5 de março de 1939, Mário publicou, no *Diário de Notícias*, a crônica "Começo de Crítica", da qual extraímos a seguinte passagem que esclarece um pouco a sua concepção sobre Deus: "Creio em Deus, tenho essa felicidade. E jamais precisei de provas filosóficas para crer. Deus é uma espécie de constância do meu ser (não se dará o mesmo com todos?...), eu O sinto na ponta do meu nariz. Mas se trata de uma entidade verdadeiramente sobre-humana, que a minha inteligência não consegue alcançar, de uma grave superioridade silenciosa. Isso, aliás, se percebe muito facilmente no sereno agnosticismo em que descansa toda a minha confraternização com a vida. Deus jamais não me prejudicou a minha compreensão dos homens e das artes" (Andrade, 1993, p. 13).

9. Mário não estava exagerando ao fazer alusão a uma certa "moda católica" na sociedade brasileira. De fato, no final dos anos 20, a Igreja Católica no Brasil sentiu um forte impulso na sua atuação junto à sociedade. Na verdade, a Igreja tentava recuperar o espaço perdido

acatólica, pode ter certeza que é pela discrição sensibilizada com que me sinto na impossibilidade de jogar uma coisa pra mim tão essencial e tão elevada como a religião dentro dessas coisas tão vitais, terrestres e mundanas como as artes. Por isso apenas me limitei a respeitar uns gritos de sincero religioso e amarguras que saíram em versos e prosa minha. Na *Pauliceia* o 'Religião',[10] a imitação do salmo de Davi e o que a circunda no 'Carnaval Carioca',[11] as páginas amargamente irônicas sobre o catolicismo tradicional da família Sousa Costa no 'Amar, Verbo Intransitivo' e quase que só.

Aqui, Mário revela o ponto central da sua espiritualidade pessoal: acredita em Deus mas tem desgosto pela religião, isto é, crê no *religare* com o

---

após a Proclamação da República, fase na qual ela foi vítima de um forte sentimento anticlericalista, em virtude do Positivismo e do Comunismo exagerados daqueles tempos. A partir dos anos 20, o governo brasileiro se viu "vítima" das suas próprias convicções não-religiosas – o avanço sem controle das ideologias comunistas. A solução encontrada foi propor uma "relação de cooperação" com a Igreja Católica, momento a partir do qual a instituição passou a atuar mais intensamente em diversos setores da sociedade, principalmente na Educação. Multiplicaram a quantidade de colégios e faculdades católicas, organizou-se uma imprensa católica com expressiva força, especialmente com a criação de revistas, livrarias e editoras diretamente ligadas à Igreja. Todo esse movimento culminou, em 1932, com a implantação da Ação Católica Brasileira, movimento religioso que propunha uma maior atuação do leigo católico na sociedade, através de associações e órgãos formadores de opinião. Certamente, a "moda católica" citada por Mário de Andrade diz respeito a todo esse contexto histórico-cultural-religioso do qual Mário foi um ferrenho opositor (cf. RODRIGUES, Leandro Garcia. *Alceu Amoroso Lima*: Cultura, Religião e Vida Literária. São Paulo: EDUSP, 2012).
10. Assim começa o poema "Religião", publicado em *Pauliceia desvairada*: "Deus! Creio em Ti! Creio na tua Bíblia! / Não que a explicasse eu mesmo, / Porque a recebi das mãos dos que viveram as iluminações! (...)" (Andrade, 1993, p. 100).
11. Certamente, Mário se refere à seguinte passagem do seu poema "Carnaval Carioca": "Aleluia! / Louvemos o Criador com os sons dos saxofones arrastados, / Louvemo-Lo com os salpicos dos xilofones nítidos! / Louvemos o Senhor com os riscos dos recorrecos e os estouros do tantã, / Louvemo-Lo com a instrumentarada crespa do jazz-band! / Louvemo-Lo com os violões de cordas de tripa e as cordeonas imigrantes, / Louvemo-Lo com as flautas dos choros mulatos e os cavaquinhos de serestas ambulantes! / Louvemos O que permanece através das festanças virtuosas e dos gozos ilegítimos! / Louvemo-Lo sempre e sobre tudo! Louvemo-lo com todos os instrumentos e todos os ritmos!... (...)" (Andrade, 1993, p. 169). Com este tipo de criação, percebemos uma forte intertextualidade com os salmos bíblicos do Antigo Testamento. Vale lembrar que a Salmonística foi um gênero muito utilizado na Antiguidade, especialmente na criação de orações – salmos – que expressavam as mais diferentes situações da vida: pedido de auxílio, ação de graça, penitência etc. Mário claramente dialoga com um salmo de ação de graças, todavia, inclui elementos culturais (musicais) típicos do seu contexto cultural, num claro processo de Antropofagia cultural.

Sagrado, com o transcendental professado pelas religiões, mas permanece adogmático e não aceita as sanções próprias de qualquer sistema religioso. Tal forma pessoal de lidar com o Sagrado é deveras tenso, rachado, poroso e instável. Diplomático, Alceu respeita a opinião do amigo e escapa ao aprofundamento do debate, porém fornecendo boas razões, como se percebe na sua resposta:

> Rio, julho, 17 [1929]
> Mário
> Tenho muito escrúpulo em entrar no assunto, ou antes no <u>tema</u> geral, que provoca atualmente o seu estado de <u>irritação</u>, menos contra o catolicismo que contra os católicos. Bem sei quantos temas há hoje nestas condições e quanto essas discrepâncias precisam de tempo, de meditação e de <u>boa vontade</u> para ser resolvido.
> Gostaria de trocar ideias com você a respeito, menos pelo fato em si, que permite evidentemente, uma grande liberdade de interpretação e não compreender nenhuma matéria estritamente dogmática, ou mais pela posição qual do seu pensamento, de uma atitude, não somente quanto os católicos, mas <u>sobretudo</u> quanto o catolicismo. Estamos em um momento tão <u>grave</u> da nossa vida nacional e de nossa carreira individual que precisamos olhar a fundo esses problemas por vezes tão dolorosos e angustiantes.
> Não quero, porém, abusar de sua confiança e acanhar e preocupar a quem talvez no momento não deseja ou possa dedicar tempo a esses problemas. Eu mesmo sei que não tenho qualidade, e sobretudo <u>capacidade</u> alguma para tratar disso, e que, no seu caso, o trabalho terá de ser interior, com a graça especial de Deus que até hoje nunca lhe faltou de todo. Abstenho-me, por isso, de entrar diretamente no que na carta tem de mais <u>geral</u>, reservando-me para o fazer algum dia, ou já, se você julgar oportuno.
> Você bem sabe que nós, católicos <u>não</u> de <u>moda</u> mas de convicção e de <u>drama</u> interior, não podemos nunca nos recusar a debater esses problemas que são, para nós, de <u>vida</u> ou <u>morte</u>.[12]

---

12. Alceu desenvolveu esse tipo de debate na sua correspondência com Antônio de Alcântara Machado, reunida no volume *Intelectuais na Encruzilhada* (Academia Brasileira de Letras, 2000), organizada por Francisco de Assis Barbosa. Neste epistolário, Alceu discute e analisa a postura cética de Alcântara Machado em relação à religião católica e, especialmente, na importância de se ter uma fé. Entretanto, a postura de Alceu não foi de tentar (re)converter Alcântara ao Catolicismo, justamente o contrário do que ocorrera na sua correspondência com Jackson de Figueiredo.

II. Cartas para Alceu Amoroso Lima

Limito-me a mandar-lhe algumas palavras que pronunciei recentemente e que você talvez queira <u>contestar</u> mais precisamente, por carta, se acaso se dispuser a entrar no assunto. Eu por mim, respeito demais a você e a seu pensamento – quer para passar adiante, deixando esse problema irresolvido, quer para ser indiscreto. Você dirá.

Alceu fez uma afirmação que considero complexa e cheia de possíveis compreensões: "Você bem sabe que nós, católicos <u>não</u> de <u>moda</u> mas de convicção e de <u>drama</u> interior, não podemos nunca nos recusar a debater esses problemas que são, para nós, de <u>vida</u> ou <u>morte</u>". Para Alceu, ser católico não era uma opção confortável, ao contrário, era uma espécie de exercício interior e deflagrador de crises existenciais, dúvidas, questionamentos, ou seja, a experiência da fé era também a experiência da descoberta, da busca, da ânsia em relação a Deus, da sede pelo Infinito – tudo isso metabolizado numa constante luta com o mundo moderno, secularizado, ateu ou agnóstico, antirreligioso em muitas manifestações, daí a noção de "drama interior".

Décadas depois, após um longo hiato na Correspondência, Mário e Alceu voltaram a discutir esta mesma problemática, com Mário se expressando de forma mais ácida e profundamente cético em relação à necessidade da religião na sua vida, mas sempre afirmando a sua crença em Deus, de forma subjetiva, íntima e procurando "sentir" Deus numa perspectiva toda pessoal, até mesmo um tanto ontológica, como se percebe nesta carta a Alceu em 17 de junho de 1943:

> Sim: o Catolicismo é muito maior que você e vocês todos católicos. Mas o Catolicismo tem esse, pelo menos, perigo de ser além de uma Ideia, uma religião. Vocês têm de pôr a ideia em ação. E é dentro desta Ideia em ação que com todos os padres que cercam você, bem ou mal intencionados, úteis ou nefastos; com todos os fiéis que admiram você e aceitam preliminarmente as suas pregações; com todos os moços safados de carne que se torturam no espírito e a que você dará suavização e o sabor católico de uma rápida paz; com todas as boas ações, atos de caridade ocultos, esmolas escondidas que você possa fazer: é dentro dessa Ideia em ação que eu não aceito você. Que você me irrita. Que você me afasta porque não quer me atingir. Você e a 'religião', a coletividade terrestre que guarda a Ideia católica.

Em todo o seu epistolário com Alceu Amoroso Lima, este é o fragmento mais duro, no qual o autor de *Remate de Males* se mostra mais irredutível quanto à ideia de que ser religioso não é ruim, mas ter uma religião é problemático. Quando ele afirma que "Catolicismo é muito maior que você e vocês todos católicos", está justamente corroborando esta premissa. Mário não compreendia a religião na perspectiva de combate, como queria Alceu e muitos outros, mas buscava a noção básica do *religare*, isto sim dava-lhe sentido, como ele deixa claro nesta passagem da mesma carta:

> A civilização vai mudar, Tristão. A Civilização Cristã chamada, e que não sei se algumas vezes V. não confunde um bocado com Cristo, está se acabando e vai ser um capítulo da História.[13] Tão lindo como o dessas igualmente nobilíssimas civilizações da Antiguidade, o Egito, a China, a Grécia. Com a Cristã nós demos um passo a mais, apenas um passo a mais do amilhoramento

---

13. Esta expressão – civilização cristã – foi muito utilizada em todo o programa de "re-cristianização" do Brasil pretendida pela Ação Católica Brasileira, especialmente nos seus primeiros anos, tendo Alceu como o seu presidente nacional. Na verdade, havia um certo tom nostálgico e defensivo da noção de civilização cristã, tendo sempre a sociedade medieval como paradigma de domínio e influência católicos. Nesse sentido, Mário fez um longo comentário no seu exemplar de *Mitos do Nosso Tempo*, de autoria de Alceu, no capítulo V, p. 52-53: "Aqui, a tese me parece que se fragiliza por completo. Na realidade, o Alceu não está mais estudando e julgando enquanto filósofo e sociólogo, mas em função do seu catolicismo. De um catolicismo que julga a chamada (meu Deus!) 'Civilização Cristã' como tendo alcançado o seu apogeu na Idade Média. Isto é: uma civilização, não mais definida e compreendida pelo que é, em si, mas como expressão da doutrina de Cristo. Ora, não há dúvida que o Cristianismo, ou melhor, Cristo, deu origem a uma civilização. Mas da qual, em seguida, ele não teve a culpa. Negar o Renascimento, por exemplo, como uma das expressões máximas da Civilização Cristã é simplesmente confundir civilização e cultura (Kultur, sociologicamente) com uma determinada religião. Não é tudo. Se observarmos outras civilizações (depois desta frase do Alceu), a grega, por ex. ou a chinesa, vemos que certos 'mitos' por ele enumerados foram princípios básicos não da 'desintegração' dessas civilizações, mas dos períodos de formação e plenitude. A 'classe' por ex. na Grécia. A 'cultura' na China" (Instituto de Estudos Brasileiros – USP, Biblioteca Mário de Andrade).
Com a passagem do tempo e o consequente amadurecimento, Alceu modificou sobremaneira a sua opinião sobre a unicidade católica ocidental, chegando mesmo a rejeitar a noção de cristandade e/ou civilização cristã para classificar a sociedade contemporânea. Tal mudança pode ser percebida nesta afirmação, nas suas *Memórias Improvisadas*, espécie de balanço memorialístico da sua vida: "Por isso mesmo é que, longe de ser uma instituição de Idade Média, como pretendeu Augusto Comte, e tantos opinam mesmo entre os fiéis, ela é de fato uma instituição da Idade Nova. (...) Não creio, mesmo, que se deva mais falar em civilização cristã. E sim na presença do Cristianismo ao longo das civilizações. O Cristianismo esteve presente na civilização burguesa e se envolveu demais com ela. Estará presente na civilização proletária ou que nome venha a ter, e deverá cuidar de não se deixar envolver demais por ela, como já o fez com a civilização burguesa, depois que o fizera com a civilização feudal da Idade Média e com a civilização monárquica, absolutista ou liberal pós-renascentista" (Lima, 1973, p. 266).

terrestre do homem e da sociedade humana. Se nem tudo foi pra melhor, o todo foi incontestavelmente pra melhor. E a civilização que vem ainda há-de ser fatalmente um passo a mais, e um todo melhor. Tudo isto nada tem que ver com o outro mundo. Nem eu sei nem quero a morte da Igreja imortal e o desaparecimento da religião nem a sempre por demais próxima chegada do Anticristo. Mas não haverá o perigo pra muitos e pra você, de preferir a Igreja a Deus?. Eu não ignoro não os perigos dos meus argumentos para o meu para-catolicismo[14] em que me debato. Serão argumentos do Diabo. Ou serão argumentos do orgulho. Mas eu quero bater a uma porta mas essa porta não pode se abrir porque os que estão lá dentro não podem interromper o Te-Deum. Então eu solto um grande grito pra Deus me escutar. E como eu 'quero' que Ele me escute, Ele me escuta. Mas ainda não pude saltar o grande grito e me sinto sozinho. Porque os que deviam vir a mim porque eu não vou a eles, não vêm até mim. E eu não sei si há-de haver tempo para eu soltar o grande grito.

Mais uma vez, Mário deixa claro a Alceu que ele também tinha a sua "busca", não no sentido de conversão, mas no sentido de religar-se ao Divino: "Então eu solto um grande grito pra Deus me escutar. E como eu 'quero' que Ele me escute, Ele me escuta". Mário tinha clareza da presença de divindade na sua vida e no seu eu, ele não estava só (como sempre repetia a Alceu), simplesmente tinha liberdade de não querer institucionalizar esta presença.

Sempre conciliador e tentando apaziguar os ânimos do polígrafo paulista, Alceu Amoroso Lima replicou a esta raivosa carta de Mário de Andrade, apresentando a sua interpretação a respeito da mesma, como se percebe na sua resposta de 24 de junho de 1943:

Petrópolis – 24 – junho [1943]
Sim, meu caro Mário, é sempre tempo de você soltar 'o grande grito'. A despeito da sua confessada 'incompreensão', a despeito das suas raivas pessoais, a despeito de tudo o que sua carta revela <u>contra</u> nós e contra mim, particularmente, estou mais junto de você do que você pensa.

---

14. O escritor usa constantemente este termo – *para-catolicismo* – para designar uma espécie de "catolicismo paralelo", ou seja, um sentimento católico que ainda permanecia em Mário devido à sua formação e criação, porém era uma simples permanência quase que como uma "lembrança", e não como "prática de um credo", isto ele sempre deixa bem claro nas cartas não apenas a Alceu, mas a todos os seus correspondentes que tocavam neste assunto.

Você não gostou do meu livro porque achou 'pouco' sectário. É a posição frequente de quem só sente a Verdade por fora. Uma vez <u>dentro</u> dela, uma vez dado o grande passo, tudo aquilo que lhe parece capital – restou zunindo no lombo dos infiéis, sectarismos, polêmicas, brigas, descomposturas – tudo passa a ser exclusivamente relativo ao <u>temperamento</u> individual de cada um. (...) Quanto ao meu livro, não posso evidentemente forçar você a compreendê-lo. Tanto mais quando você confessa que não faz questão de ser <u>justo</u> em crítica, e que está escrevendo com raiva. Agora, o que é falso e mostra que você não leu <u>bem</u> o livro, é que eu digo que é preciso <u>preliminarmente</u> <u>crer</u> para aceitar as conclusões. Bem mais justo foi o Plínio Barreto[15] quando, em sua crítica, afirmou que tudo aquilo que eu ali digo pode ser aceito <u>por</u> <u>quem</u> <u>não</u> <u>tem</u> <u>fé</u>. É o oposto do que você diz. E como ele tem a preocupação (às vezes exagerada) de ser <u>fiel</u> <u>ao</u> <u>autor</u>, acredito que ele e não você que tem razão. Se algum dos seus jovens amigos lhe deu essa impressão é que também, como você, é um <u>sectário</u>. Ora, com sectários não é possível discutir, nem em particular. Se você se encastela nas suas afirmativas dogmáticas e não quer ouvir razões, para quê discutir? Você é enraivecido. Fica brabo comigo porque eu não sou bastante brabo. Depois, fica também danado porque o meu livro é 'afirmativo' demais. Em que é que ficamos? Você se contradiz a cada passo. Aliás, como toda alma 'com raiva'. Você diz que o Cristianismo 'morreu'. Uma <u>forma</u> de Cristianismo sim. Mas não o Cristianismo. Na civilização de amanhã, que será socialista como a de ontem foi liberal, o lugar da Igreja e do Cristianismo será o mesmo. Não mais como na Idade Média, mas numa posição tão inabalável, no fundo, como então.[16] Eu mais que você tenho <u>raiva</u> dos que vivem 'cantando

---

15. Plínio Barreto (1882 – 1958). Advogado, jornalista e crítico literário do jornal *O Estado de São Paulo*. Em 1928 teve uma forte desavença ideológica, via imprensa, com Jackson de Figueiredo, aludida em carta a Alceu, de 14/01/29. Pelo teor da mesma, Jackson criticou certas simpatias de Plínio pelo Comunismo, expressas em seus artigos no referido jornal paulista. Plínio fundou e foi o primeiro presidente da OAB – São Paulo, em 1932. Exerceu uma forte participação político-intelectual através do *Estadão*, especialmente durante o Movimento Constitucionalista. A partir de 1933, por convite de Júlio Mesquita Filho, tornou-se diretor de *O Estado de São Paulo*.
16. Ainda voltando ao exemplar de Mário de *Mitos do Nosso Tempo*, vê-se claramente a indignação de Mário de Andrade reclamada por Alceu. No capítulo XV, páginas 190-191, temos um longo trecho destacada por Mário: "Aqui desejo apenas acentuar que o pan-eslavismo, que se desenvolveu a partir de certa fase da Revolução Soviética ou antes que se integrou na Revolução Comunista, formando com ela uma estranha simbiose, na base de um messianismo ao mesmo tempo racial e institucional – o pan-eslavismo está hoje confundido com o sovietismo. Mas possui um caráter essencialmente racista e muito anterior ao do germanismo hitlerista, que só o assumiu em fase relativamente recente

II. Cartas para Alceu Amoroso Lima

Te Deum'. Meu livro se dirige aos que creem, como aos que não creem. Vivo falando, escrevendo, trocando causos, discutindo em público ou não (pois a minha afirmativa de que não discuto em público é apenas para dizer que considero <u>inúteis</u> as polêmicas e acho que chegamos hoje a um momento em que <u>construir</u> vale mais do que <u>destruir</u>) – vivo fazendo tudo isso porque vivo ansiando pelas almas, vivo angustiado com os que não veem como eu cheguei a ver, vivo procurando tocar o coração dos infiéis, <u>mais do que o seu lombo</u>. Neste ponto você tem razão. Eu poderia chegar agora, com raiva de sua carta e deixar você 'gostando', como diz o vulgo, ou sair em público e dizer que você é um incorrigível pedante ou um anacoreta que se ignora ou um falho comunista ou um intelectual disfarçado a contar com a força para os seus adversários – enfim, poderia sair 'zunindo' como você diz. É possível que certas almas <u>fracas</u> gostassem de mim e viessem para a Igreja por causa disso. São como certas mulheres que gostam de pancada. Mas eu prefiro não proceder assim. Minha natureza não me aconselha a fazê-lo. Procurando mesmo olhar para Jesus Cristo, vejo que <u>só duas vezes</u> em toda a sua vida ele usou do chicote.

Poderia elencar outros fragmentos que sustentam este debate tão intrigante entre o crítico e o escritor, entre estes dois grandes ecos do nosso modernismo, já que a briga em torno da questão religiosa foi intensa e cheia de outras diferentes (contra)argumentações. Todavia, por uma opção puramente metodológica (limite de espaço do próprio artigo), opto aqui em deixar aos interessados a futura leitura da Correspondência recíproca

---

da sua Revolução". Não concordando com tais argumentos históricos usados pelo autor, Mário fez um longo comentário através do qual lançou sua amarga opinião a respeito das ideias de Alceu: "Aqui a injustiça da generalização chega ao absurdo, a não ser que o Alceu esteja mentindo – o que talvez seja preferível imaginar. Dar ao sovietismo 'caráter essencialmente racista' e o que é mais idiota pan-eslavista, ou confundir com o pan-germanismo racista, que o Alceu insiste em justificar (é o termo doloroso) como nascido de uma necessidade contra a Revolução, quando ele mesmo lhe reconhece causas de origem histórico-psicológicas: tudo isso é confundir atualidade histórica com falsa profecia. Profecia falsa que nem os dados da Espanha, da China, do México justificam siquer. De resto, o mal demagógico infelizmente revestido de Cristianismo ou simplesmente de Filosofia, de toda a pregação idealista desta parte, é que o Alceu não enxerga o homem, mas sonha com o Homo. E o que é mais idílico, mas apenas idílico, um Homo dotado de historicidade, um sonho do Homo pré-renascente, pré-rafaelista, ao mesmo tempo que esquece toda a história do homem anterior a Cristo e posterior à Civilização Cristã. Nunca o Alceu abusou tanto da Verdade e da filosofia pra criar um sonho não apenas improvável: absolutamente vão".

entre Mário de Andrade e Alceu Amoroso Lima que, como afirmei no início deste ensaio, é planejado que seja publicada em breve.

Tudo isto confirma e ilustra bem o interesse de Mário pelo debate de ideias, pela construção de saberes os mais ideologicamente díspares. Neste afã, Alceu Amoroso Lima foi um correspondente à altura, já que a grandeza de espírito e a inteligência eram proporcionais em ambos, eram "grandes" nas atitudes e na ideologia, o que forneceu uma interlocução epistolar de alto nível e profunda complexidade.

Daí afirmar-se que a religião, ou pelo menos o discurso religioso, estava envolvido e/ou problematizado na vida literária, nas relações pessoais e na produção intelectual e artística. Por isso, a importância desta correspondência entre Mário de Andrade e Alceu Amoroso Lima, já que a mesma se mostra intensa quanto aos debates e especulações a respeito da fé e da religiosidade de ambos – Mário e Alceu – estes dois grandes nomes da cultura brasileira que fizeram diferentes e sintomáticas leituras do Brasil.

Ao fazer a leitura completa das 56 cartas trocadas entre Mário de Andrade e Alceu Amoroso Lima, percebemos que a mesma não foi usada – em sua totalidade – para marcar um certo tom uníssono de ideias pessoais e opiniões. A bem da verdade, em alguns momentos, ambos usam a carta para elogios e admirações recíprocos, especialmente quando Mário vê em Alceu o protótipo do crítico literário ideal, ou então quando Alceu percebe em Mário o cerne do equilíbrio criativo e estético entre tradição e vanguarda, como ele próprio afirmou várias vezes. Mas o principal teor desta correspondência é a marcação das diferenças, das descontinuidades ideológicas, principalmente em relação à natureza da religião e à prática da fé. É exatamente o que Vincent Kaufmann (1990, p. 8) chamou de "equívoco epistolar", ou seja, em vez de funcionar como uma espécie de aproximação dos espaços, a escrita epistolar também pode produzir um sintomático distanciamento, pois "desqualifica toda forma de partilha e produz uma distância graças à qual o texto literário pode sobrevir, fragmentos de vida muito escritos para uns, textos muito pouco textuais para outros".

Em linhas gerais, trata-se de um epistolário intrigante e que aponta para uma necessária e inevitável reavaliação do cânone literário do nosso modernismo, já que apresenta novas semânticas e simbologias, bem como nos leva a novas exegeses não apenas da obra publicada, mas da própria vida daqueles diretamente envolvidos.

II. Cartas para Alceu Amoroso Lima

Mário e Alceu, o primeiro vivendo na incerteza da busca, o segundo proclamando a certeza desta mesma busca. Em linhas gerais, uma dramática e tensa tentativa de união dos contrários, de harmonia das diferenças.

REFERÊNCIAS

ANDRADE, Carlos Drummond de & ANDRADE, Mário de. *Carlos & Mário – Correspondência completa entre Carlos Drummond de Andrade e Mário de Andrade*. Organização e pesquisa iconográfica de Lélia Coelho Frota. Rio de Janeiro: Bem-Te-Vi, 2002.

ANDRADE, Mário de. *Aspectos da Literatura Brasileira*. São Paulo: Livraria Martins Editora S.A., 1972.

_____. *Mário de Andrade escreve Cartas a Alceu, Meyer e Outros*. Rio de Janeiro: Editora do Autor, 1968.

_____. *O Empalhador de Passarinho*. Belo Horizonte: Itatiaia, 2002.

_____. *Vida Literária*. São Paulo: EDUSP/HUCITEC, 1993.

AZZI, Riolando. *História da Igreja no Brasil – Terceira Época 1930-1964*. Petrópolis: Vozes, 2008.

FERNANDES, Cléa Alves de Figueiredo. *Jackson de Figueiredo – Uma Trajetória Apaixonada*. Rio de Janeiro: Forense Universitária, 1989.

GALVÃO, Walnice Nogueira. "À Margem da Carta". In: *Desconversa (Ensaios Críticos)*. Rio de Janeiro: Editora da UFRJ, 1998.

GOMES, Ângela de Castro. *Essa Gente do Rio... – Modernismo e Nacionalismo*. Rio de Janeiro: Fundação Getúlio Vargas Editora, 1999.

GUIMARÃES, Júlio Castañon. *Contrapontos*: notas sobre correspondência no modernismo. Rio de Janeiro: Fundação Casa de Rui Barbosa, 2004.

_____. *Distribuição de Papéis*: Murilo Mendes escreve a Carlos Drummond de Andrade e a Lúcio Cardoso. Rio de Janeiro: Fundação Casa de Rui Barbosa, 1996.

KAUFMANN, Vincent. *L'équivoque Épistolaire*. Paris: Éditions de Minuit, 1990.

LIMA, Alceu Amoroso. *Affonso Arinos*. Rio de Janeiro: Civilização Brasileira, 1922.

_____. *A Estética Literária e o Crítico*. Rio de Janeiro: Livraria Agir Editora, 1954.

_____. *Memorando dos 90*. Rio de Janeiro: Editora Nova Fronteira, 1984.

_____. *Memórias Improvisadas – Diálogos com Medeiros Lima*. Petrópolis: Vozes, 1973.

_____. *Notas para a História do Centro Dom Vital*. Rio de Janeiro: Educam/Paulinas, 2001.

LIMA, Alceu Amoroso & FIGUEIREDO, Jackson de. *Correspondência – Harmonia de Contrastes, Tomos I e II*. Rio de Janeiro: Academia Brasileira de Letras, 1991.

LOPEZ, Telê Ancona. *Táxi e Crônicas no Diário Nacional*. São Paulo: Duas Cidades, 1976.

MORAES, Marcos Antônio (Org.). *Correspondência Mário de Andrade & Manuel Bandeira*. São Paulo: EDUSP, 2002.

MORAES, Marcos Antônio. *Orgulho de Jamais Aconselhar – A Epistolografia de Mário de Andrade*. São Paulo: EDUSP/FAPESP, 2007.

RODRIGUES, Leandro Garcia. *Alceu Amoroso Lima – Cultura, Religião e Vida Literária*. São Paulo: EDUSP, 2012.

_____. *Uma Leitura do Modernismo – Cartas de Mário de Andrade a Manuel Bandeira*. Dissertação de mestrado. Rio de Janeiro: Pontifícia Universidade Católica do Rio de Janeiro, 2003.

SANTIAGO, Silviano. "Suas cartas, nossas cartas". In: ANDRADE, Carlos Drummond de & ANDRADE, Mário de. *Carlos & Mário – Correspondência completa entre Carlos Drummond de Andrade e Mário de Andrade*. Organização e pesquisa iconográfica de Lélia Coelho Frota. Rio de Janeiro: Bem-Te-Vi, 2001.

OS EXTREMOS SE TOCAM[1] –
CARLOS DRUMMOND DE ANDRADE E ALCEU[2]

Nos últimos anos, temos percebido uma enorme quantidade de publicações e pesquisas envolvendo a epistolografia, quase nos forçando a pensar numa nova área dentro dos Estudos Literários: a Crítica Epistolográfica. Nomes ou categorias à parte, a verdade é que os estudos sobre correspondências vêm ganhando forte e decisivo fôlego no mundo acadêmico brasileiro. Nesse sentido, trago à lume a correspondência trocada por Carlos Drummond de Andrade e Alceu Amoroso Lima, o Tristão de Athayde. Trata-se de um importante e sintomático epistolário produzido ao longo de cinquenta e quatro anos, entre 1929 e 1983, ano da morte de Alceu.

O início dessa amizade não foi de forma pessoal, ao vivo, frente a frente um do outro, mas à distância, conhecendo-se ambos apenas pela imprensa, pela publicação de obras e pela interseção de amigos em comum, especialmente Mário de Andrade, correspondente assíduo tanto de Drummond quanto de Alceu. Tal fato – a amizade puramente epistolar – era comum nesta geração, pouco se encontravam, mas, mesmo com a distância física, mantinham verdadeiras redes de contato e convivência. Desta forma, a carta era uma espécie de "ágora" de debates e formulação de pensamentos, estilos e opiniões, exteriorização de paixões, desabafo de sentimentos e até mesmo

---

1. A expressão "os extremos se tocam" não é minha, mas do próprio Alceu Amoroso Lima, como título de um artigo que ele publicou, na *Folha de São Paulo*, em homenagem a Carlos Drummond de Andrade, no dia 31 de outubro de 1982.
2. Publicado como introdução crítica de ANDRADE, Carlos Drummond de & LIMA, Alceu Amoroso. *Correspondência Carlos Drummond de Andrade e Alceu Amoroso Lima*. Ed. preparada por Leandro Garcia Rodrigues. Belo Horizonte: UFMG, 2014.

construção de certas ficções, naquele tipo de *mise-en-scène* já denunciado pela crítica francesa Béatrice Didier em seus estudos sobre epistolografia.³ É o próprio Alceu que reconhece e até reclama – a Drummond – do seu imenso apreço pelas cartas:

> Mas V. é um mau correspondente. Não envia cartas. Tenho de resignar-me a continuar no escuro. Eu sou o contrário. Sem ter tempo de escrever, escrevo demais e escrevo pelo prazer de receber a resposta. E pelo amor à correspondência, essa forma literária que hoje em dia me satisfaz. Única onde não há o 'écran' do público, que é um véu entre os espíritos, como a matéria é um véu mais ou menos transparente entre o homem e Deus, como diz o Berkeley. Sua carta, assim mesmo, (veja como tenho razão em amar as correspondências) já foi levantando um pouco do véu do mistério. (Carta a Drummond, 1/2/1929)

E aqui se revela um forte diferencial daquela geração de Alceu e Drummond: a correspondência como oportunidade ímpar para construção de conhecimentos, para formulação de ideias e teorias, como tão bem ficou demonstrado na organização da correspondência entre Mário de Andrade e Manuel Bandeira, feita por Marcos Antonio de Moraes e publicada em 2000 pela Edusp. Tal opinião também é defendida por Júlio Castañon Guimarães (2004, p. 24), para quem

> A carta perde a formalidade que se encontra até essa época; torna-se efetivamente troca de ideias, informações, como substituto efetivo da conversa. Sem dúvida, esta modificação propicia um maior desembaraço, de modo que, para além das questões literárias, a carta será também espaço de manifestações pessoais, de informações privadas de pessoas envolvidas na vida literária.

De fato, Alceu e Drummond usam a correspondência com estas múltiplas possibilidades, alargando o máximo que podem as fronteiras do próprio gênero epistolar. No caso de Alceu, ele utilizava a sua correspondência pessoal para "pesquisar as almas" (expressão sua), isto é, o texto epistolar a

---

3. Tal particularidade também foi destacado por Alain Pagès, no seu ensaio "Correspondance et genèse", publicado no livro *Leçons d'écriture: ce que disent les manuscrits*, organizado por Almuth Grésillon e Michael Werner (Paris: Minard, 1985). Segundo Pagès (apud GUIMARÃES, Júlio Castañon. *Contrapontos: notas sobre a correspondência no modernismo*. Rio de Janeiro: Fundação Casa de Rui Barbosa, 2004, p. 9), "a correspondência, ao contrário do que se pensa, nem sempre é o lugar de um compromisso sincero: trata-se de uma encenação. (...) A correspondência não garante uma verdade – nem de um sentimento, nem de uma ação".

II. Cartas para Alceu Amoroso Lima

serviço de uma espécie de investigação ontológica do outro, do seu destinatário, no sentido de descobrir deste as suas diferenças pessoais e biográficas, uma forma de "penetrar-lhes" o pensamento e a pessoa, especialmente na dimensão religiosa e ideológica. Tal prática de Alceu foi particularmente comum nos anos que seguiram a sua conversão ao Catolicismo, ocorrida em 1928, por influência direta de Jackson de Figueiredo e do Pe. Leonel Franca. A sua própria correspondência com Jackson é demonstração explícita deste laboratório de ideias que a correspondência pode propiciar, uma vez que tal troca de missivas durou seis anos, entre 1922 e 1928, concluindo no retorno de Alceu à Igreja, tamanha a força dos diálogos e da construção de pensamentos e ideologias por parte, particularmente, de Jackson sobre Alceu.

E quanto à vida literária diluída na troca epistolar, as cartas de Alceu e Drummond estão repletas de situações/circunstâncias que ajudam na montagem do quebra-cabeça biográfico do nosso modernismo. Como exemplo, lembro esta dúvida de Drummond: "Quem é Gildo Brasil, que me dedicou um livro de poemas?" (Carta a Alceu, outubro de 1929). A dúvida do poeta é logo sanada por Alceu: "Gildo Brasil é o Caio Mello Franco, já viu os poemas? Tem alguns interessantes. Ele já voltou para a Embaixada em Paris, de que é um dos secretários" (Carta a Drummond, 24/10/1929).

Desta forma, esta correspondência também serve para iluminar e mostrar as particularidades – erros e acertos – do próprio movimento modernista brasileiro por meio dos filtros de Alceu e Drummond, elucidando suas lacunas, conquistas, limitações, autores, obras, avanços e retrocessos. Novamente, recorro a Júlio Castañon Guimarães (2004, p. 42):

> As cartas dos modernistas ao mesmo tempo que apresentam a efervescência de mudanças em vários aspectos culturais, históricos e políticos, apresentam também aqui e ali sinais de que estavam inseridas em um nível de mudanças em sua própria conformação. Basta pensar no quanto o desenvolvimento do correio propiciou o aumento da frequência da correspondência. No entanto, também se poderia supor que a precariedade das comunicações telefônicas tornava estas infrequentes e obrigava a que se continuasse a empregar a correspondência como forma de comunicação. (...) A correspondência dos modernistas é o último grande momento dessa forma dentro da literatura brasileira, isto tanto pelas possibilidades de relacioná-la diretamente com as obras do movimento e pelo que oferecem em termos de conhecimento do próprio gênero epistolográfico, quanto por se ter constituído como espaço em

que de modo fundamental se elaborou parcela importante de um movimento decisivo na cultura brasileira.

São "cartas pensadas", usando a expressão de Mário de Andrade. E digo mais: são cartas semânticas e cheias de múltiplas possibilidades interpretativas e agentes de transformação do cânone da nossa própria história literária (e por que não da historiografia?). Entre o palco e os bastidores, a criação e a publicação, o público e o privado, a correspondência vai preenchendo diferentes lacunas da nossa vida literária, possibilitando a compreensão de determinados estilos e intenções, determinadas obras e os caminhos de sua criação, bem como ajuda na decifração de inúmeras problemáticas biográficas e pessoais que envolvem o universo pessoal dos artistas. Nesse sentido, um aspecto fundamental na correspondência entre Carlos Drummond de Andrade e Alceu Amoroso Lima diz respeito à questão religiosa, assunto este tão forte e profundamente ligado à vida de ambos, ora por afirmação (Alceu), ora por negação e/ou ceticismo (Drummond). É o que passo a analisar.

Os (des)encontros com Deus

A chamada questão religiosa foi fundamental nas primeiras décadas modernistas, tendo as mais diferentes ressonâncias na vida e na obra de determinados escritores, bem como nas políticas públicas, especialmente na educação e na cultura. Escritores como Lúcio Cardoso, Cornélio Penna, Murilo Mendes, Jorge de Lima, Augusto Frederico Schmidt, Mário de Andrade, Alcântara Machado e o próprio Drummond foram, de uma forma ou de outra, intersectados pelos debates e pelas dúvidas de natureza essencialmente ontológico-religiosa. Para alguns, Deus passou de hipótese à certeza – caso de Alceu. Para outros – incluindo Drummond –, Deus deixou de ser uma verdade e migrou para a possibilidade (em alguns momentos beirando a negação em si).

Alceu e Drummond acompanharam a reorganização da Igreja Católica no Brasil, no sentido ideológico, pastoral e doutrinal, movimento este conhecido – genericamente – como Ação Católica Brasileira. Com a proclamação da República e a consequente separação entre Igreja e Estado, o Catolicismo brasileiro perdeu relativas forças de atuação, especialmente nos âmbitos cultural e político. De religião oficial do Estado, o Catolicismo passa a ser mais uma das diversas religiões existentes no Brasil, uma vez que a liberdade de culto foi uma das conquistas da primeira constituição republicana.

Nesse sentido, foi durante a década de 20, mais precisamente no governo do presidente Arthur Bernardes (1922-1926), que teve início a reorganização da estrutura católica brasileira através da Ação Católica. Para tal, foi fundamental o papel exercido pela Arquidiocese do Rio de Janeiro, então capital federal, sendo seu arcebispo aquele que ficou conhecido como o "pai dos intelectuais católicos" – Dom Sebastião Leme (1882 – 1942). Foi Dom Leme que arregimentou a intelectualidade católica a mover-se, a expressar-se, deu apoio incondicional a Jackson de Figueiredo, exemplo de escritor comprometido com a doutrina da Igreja. Foi também Dom Leme que fundou o Centro Dom Vital e criou a revista *A Ordem*, importantes veículos do pensamento católico conservador e atuante daquele momento. Assim, é o próprio Dom Leme que afirmou:

> Na verdade, os católicos somos a maioria do Brasil, no entanto católicos não são os princípios e os órgãos da nossa vida política. Não é católica a lei que nos rege, leigas são as nossas escolas, leigo o ensino, enfim, na engrenagem do Brasil oficial não vemos uma só manifestação de vida católica. Somos uma maioria que não cumpre os deveres sociais. Obliterados em nossa consciência, os deveres religiosos e sociais, chegamos ao absurdo de formarmos uma grande força nacional, mas uma força que não atua e não influi, uma força inerte. Somos, pois, uma maioria ineficiente. Nossas trincheiras católicas estão sendo invadidas pelo inimigo. Espiritismo, Protestantismo, livre-pensamento, ódios sectários, Anarquismo, o respeito humano, a descrença, enfim, e o indiferentismo religioso penetram em nossos arraiais e cidades. Alerta, soldados de Cristo. Mas os soldados são poucos, os soldados jazem por terra, sonolentos, feridos de tédio, mortos de torpor. Eis chegado o momento das associações católicas. Elas que saiam no meio dos católicos que dormem, que saiam gritando: Camaradas, que fazeis? Dormis? Morreis? Levantai-vos... Jesus Cristo vos chama. Mortos, de pé! (Dom Leme apud Rodrigues, 2012, p. 44)

Sem dúvida, Alceu Amoroso Lima é fruto desta nova ordem e deste ímpeto renovador. Foi um dos que ouviram o "chamado" da Igreja à missão e incorporou esta na sua vida cotidiana. Este intenso paradoxo entre manter a ortodoxia e vislumbrar o futuro foi o drama vivido pelos diversos setores da Igreja, principalmente a partir do pontificado de Pio XII, de quem Dom Leme era fiel colaborador.

Foi o momento da criação de diversos órgãos para a atuação do intelectual católico comprometido: JUC (Juventude Universitária Católica), CBI (Centro da Boa Imprensa), DNIRI (Departamento Nacional de Imprensa, Rádio e Informação), DNCT (Departamento Nacional de Cinema e Teatro), DNDFM (Departamento Nacional de Defesa da Fé e da Moral) e a LEC (Liga Eleitoral Católica). Isto sem dizer nas diversas editoras e publicações católicas, como a Editora Vozes, as revistas *Cavaleiro da Imaculada* e *Apostolado da oração,* o jornal *O Católico* e diversas livrarias católicas, como a do Rio de Janeiro, sob a direção primeira de Jackson de Figueiredo e, após a morte deste, sob a tutela do poeta Augusto Frederico Schmidt.

Toda essa renovação não passou despercebida pelo governo brasileiro, que via na Igreja uma possibilidade de reorganização política do próprio Estado por intermédio de uma cooperação mútua. Afinal, estamos falando de uma força moral e religiosa que, segundo o próprio governo reconhecia, unia e sensibilizava a quase totalidade da nação. Neste afã, o presidente Arthur Bernardes solicitou explicitamente a colaboração da Igreja para conter a onda revolucionária que se espalhava em diversos setores da sociedade, principalmente na Educação. Ou seja, o governo estava sendo vítima das suas próprias políticas educacionais: incentivou o Positivismo de forma exacerbada e, nesse momento, não via outra saída senão "recristianizar" as escolas e institutos de formação; foi quando se falou do ensino religioso na educação pública, um verdadeiro atentado aos ideais positivistas e antirreligiosos da República laica. Como exemplo deste clima de reconciliação e ajuda mútua entre a Igreja e o Estado, recorro à correspondência de Francisco Campos, conhecido político mineiro de sólida formação católica e ideologia um tanto inclinada ao Fascismo, então Ministro da Educação. Numa carta a Amaro Lanari em 4 de março de 1931, assim defendeu Francisco Campos:

> Meu caro Dr. Amaro Lanari:
> Continuei a refletir sobre o assunto da nossa conversação de anteontem. Creio que a Legião [de Outubro] deve ir mais longe ainda no seu programa de renovação e de disciplina religiosa. Aliás, no meu discurso dei claramente a entender que deveríamos pedir à Igreja, não somente inspirações, mas, também, modelos e quadros de disciplina e ordem espiritual. (...) Antes de proposto o projeto de reforma constitucional em larga entrevista a *A Noite* e ao *Rio Jornal* levantei a questão das relações entre a Igreja e o Estado no Brasil, defendendo o ponto

de vista de que a constituição deveria reconhecer a religião católica como a da maioria dos brasileiros e, portanto, tirar a ideologia política brasileira desse reconhecimento os corolários implícitos [sic]. O meu ponto de vista transformou-se nas chamadas emendas religiosas, das quais fui o autor espiritual e que apoiei na Câmara de Deputados. Mais tarde, sendo eu Secretário do Interior do governo Antônio Carlos, foi facultado o ensino religioso nas escolas primárias do estado. Posso, pois, defender agora com insuspeição o nosso ponto de vista, que, julgo, deve fazer parte do programa da Legião. (Campos apud Schwartzman, 1984, p. 291)

O ensino religioso católico, nas escolas públicas, foi apenas um exemplo da forte e objetiva frente católica na política daquele momento, o que provocou adesões apaixonadas e divergências inflamadas. Dias depois desta carta, o mesmo Francisco Campos escreveu ao presidente Getúlio Vargas, em 18 de abril de 1931, explicando-lhe os detalhes técnicos sobre o ensino religioso católico nas escolas públicas, bem como advertindo-o positivamente acerca da importância de se "agradar" à Igreja:

Meu caro presidente.
Afetuosa visita.
Envio-lhe o decreto junto, que submeto ao seu exame e aprovação. Como verá, o decreto não estabelece a obrigatoriedade do ensino religioso, que será facultativo para os alunos, na conformidade da vontade dos pais ou tutores. (...) O decreto institui, portanto, o ensino religioso facultativo, não fazendo violência à consciência de ninguém, nem violando, assim, o princípio de neutralidade do Estado em matéria de crenças religiosas. (...) Permito-me acentuar a grande importância que terá para o governo um ato da natureza do que proponho a V. Excia. Neste instante de tamanhas dificuldades, em que é absolutamente indispensável recorrer ao concurso de todas as forças materiais e morais, o decreto, se aprovado por V. Excia., determinará a mobilização de toda a Igreja católica ao lado do governo, empenhando as forças católicas, de modo manifesto e declarado, toda a sua valiosa e incomparável influência no sentido de apoiar o governo, pondo ao serviço deste um movimento de opinião de caráter absolutamente nacional. (...) Assinando-o, terá V. Excia. Praticado talvez o ato de maior alcance político do seu governo, sem contar os benefícios que da sua aplicação decorrerão para a educação da juventude brasileira. Pode estar certo de que a Igreja católica saberá agradecer a V. Excia. esse ato, que não representa para ninguém limitação à liberdade, antes uma importante garantia à liberdade de consciência e de crenças religiosas. (ibid., p. 292-293)

A instituição eclesiástica se torna, desta maneira, um instrumento eficaz para (re)moralizar o país e restabelecer a ordem e a autoridade, contribuindo na construção de um novo projeto de nação, com bases ideológicas claramente conservadoras e até reacionárias em alguns aspectos.

Naquele momento, presenciava-se o nascimento de um "ideal militante de Catolicismo", no qual as palavras de ordem eram as defesas apologéticas à religião e à doutrina da Igreja, bem como ao magistério clerical da sua hierarquia. Essa Igreja combativa e muito atuante foi sentida principalmente nos intelectuais e pensadores igualmente apologéticos, verdadeiros "soldados de Cristo", como gostavam de se autodenominar. Por isso, os católicos "mornos" e sem decisão não interessavam, o momento era de "lançar as redes para águas mais profundas", usando uma expressão cara aos evangelhos, era o momento de agir, de influenciar, de persuadir e interagir com todas as forças em nome da Igreja e de sua doutrina. Nesse contexto, as "águas mais profundas" estavam nas editoras, na imprensa, nas associações de classe, nos grupos culturais, no mundo universitário, nos cafés, enfim, na vida literária e cultural do país.

Nesta perspectiva, um evento cultural foi fundamental na divulgação da intelectualidade católica: a criação da revista *A Ordem* em 1921. Segundo Hamilton Nogueira, um dos seus criadores, deu-se da seguinte maneira:

> Em agosto de 1921, Jackson convidou um pequeno número para encontrar-se com ele no Café Gaúcho, situado na rua Rodrigo Silva, esquina da rua São José. Lá chegamos à hora marcada, numa noite desse mesmo mês; além de Jackson, estavam presentes Perilo Gomes, Durval de Moraes, José Vicente e eu. Disse então o nosso amigo: 'Não é possível trabalharmos para a Igreja se não dispusermos de um jornal para expormos as nossas ideias'. Não tínhamos capital. Ele então sugeriu que cada um de nós concorresse mensalmente, com uma pequena quantia. Estava assim lançada *A Ordem*. (Nogueira apud Azzi, 2003, p. 49-50)

Na sua correspondência com Drummond, Alceu fez diversos pedidos de contribuição intelectual em favor de *A Ordem*, como podemos verificar nesta passagem, em 1º de fevereiro de 1929: "A Ordem virá, a meu ver e segundo o meu desejo, ante sempre esse gosto pela Verdade, tão pouco dos nossos sabidos. Oxalá possa um dia v. escrever nela, dentro do seu espírito, reconciliado com aquilo que parecia estar afastado".

II. Cartas para Alceu Amoroso Lima

Ao que tudo indica, Drummond foi uma espécie de "garoto propaganda" desta revista em terras mineiras, divulgando-a e colhendo assinaturas, de forma entusiástica, como se percebe nesta carta a Alceu em 1 de março de 1929:

> Como vai A Ordem? O Casasanta, com quem trabalho, tem feito propaganda eficiente da revista, e creio que o Abgar Renault também tem se interessado. Eu lhe mando mais um endereço: Joaquim Bento de Souza, Secretaria da Agricultura, Belo Horizonte. Deseja ser assinante.

E segue o intercâmbio via *A Ordem*. Desta vez, a tão esperada contribuição de Drummond chegou através do poema *Ode a Jackson de Figueiredo*, que o próprio poeta esclarece em carta de 1 de outubro de 1929:

> Amigo Alceu
> Pensei muito antes de mandar-lhe este poema. Não sei até que ponto ele lhe parecerá sincero, ou melhor, eu lhe parecerei sincero. Há um abismo tão grande entre a figura intelectual e mesmo moral de Jackson de Figueiredo e a deste seu pobre missivista que... Mas ao mesmo tempo, escrevendo tais versos, eu pensei especialmente em Você, como no amigo maior e melhor do Jackson. Mando-lhe, pois, o poema, que sou incapaz de julgar, embora habitualmente ache ruins ou bons os poemas que faço.

Em júbilo, Alceu recebe e se encanta com a homenagem poética a Jackson, afirmando a Drummond, dias depois, em 3 de outubro:

> Eu vi o Jackson nas suas palavras, como o não vi em nada do que se escreveu sobre ele. (...) Você, sem que eu o pedisse, sem que eu soltasse sequer que houvesse entre vocês, no críptico das simpatias humanas, qualquer vislumbre de sintonização – quando eu lhe julgaria a mil léguas de ainda periciar uma figura diferente de tudo o que eu conheci no Brasil – você vem me trazer modestamente o que nenhum de seus amigos poetas fez. (...) Autoriza-me a publicá-lo no próximo número da Ordem?

Tais passagens comprovam a intensa rede de contribuição intelectual que se estabeleceu nesta correspondência, corroborando a tese de que a epistolografia proporciona uma ótima possibilidade de intercâmbios culturais e estilísticos, uma espécie de canal artístico e ideológico de grande complexidade, interlocutor das mais diferentes possibilidades semânticas e estéticas. Daí a importância dessa reorganização da cultura católica brasileira, pois possibilitou a dinamização de parte da nossa vida literária com lançamentos, debates, prêmios, conferências, publicações e outras estruturas propícias à divulgação de ideias e surgimento de novos talentos.

Na mesma linha de *A Ordem*, outra forma eficaz para este intercâmbio formativo de ideias foi a criação e dinamização de alguns centros culturais. O melhor exemplo foi o Centro Dom Vital (CDV), fundado no Rio de Janeiro, em 1922, por Jackson de Figueiredo e pelo Cardeal Leme, no auge das comemorações nacionalistas pelo centenário da nossa Independência. Jackson presidiu-o por seis anos, até a sua morte, em 1928, quando Alceu Amoroso Lima – por convite do mesmo Cardeal – assumiu a sua presidência e deu um novo dinamismo, especialmente na sua dimensão cultural.

O CDV participou ativamente da vida cultural, religiosa e política brasileira nas décadas de 20, 30 e 40, influenciando ativamente no lançamento de alguns escritores (como Cornélio Penna, Murilo Mendes, Augusto Frederico Schmidt, Jorge de Lima, José Américo de Almeida e outros) e políticos alinhados com a ideologia católica. Neste afã, Drummond não passou incólume pela história do CDV, como se observa neste convite feito por Alceu, em 26 de setembro de 1947: "Estou projetando pedir-lhe uma conferência sobre Poesia para o Centro D. Vital. Vá pensando!".

Daí afirmar-se que a religião, ou pelo menos o discurso religioso, estava envolvido e/ou problematizado em certos setores da vida literária, nas relações pessoais, na produção intelectual e artística. Nessa perspectiva, a correspondência entre Alceu e Drummond é uma oportunidade assaz produtiva para investigarmos essa problemática tão complexa na natureza de um artista e/ou um intelectual. A fórmula básica "crer ou não crer?" já não mais satisfaz o debate, é superficial, reducionista, maniqueísta por excelência.

Drummond encontrou em Alceu um interlocutor à altura das suas dúvidas existenciais, dos seus questionamentos em relação a Deus e à fé. Já Alceu, recentemente convertido quando do início dessa correspondência, encontrou em Drummond a possibilidade de uma "conversão de peso", isto é, Alceu "injetaria" em Drummond aquilo que nele (Alceu) sobrava – a fé. O que faltava no poeta seria preenchido pelo que abundava no crítico, numa clara relação entre mestre e discípulo, tão cara na correspondência entre os nossos modernistas, especialmente na relação de Mário de Andrade e Pedro Nava e/ou Fernando Sabino, ou então na relação entre Alceu e Alcântara

II. Cartas para Alceu Amoroso Lima

Machado e/ou Jorge de Lima, naquilo que Wander Melo Miranda e Roberto Said chamam de "hierarquia espiritual e estética".[4]

Como bom católico militante e consciente da sua missão, Alceu era conhecido pela capacidade de dialogar no sentido de persuadir o seu interlocutor com argumentação sólida e lógica, que o diga Alcântara Machado, em cuja correspondência percebe-se explicitamente o movimento amorosiano no sentido de converter Alcântara ao Catolicismo, não obstante a resistência deste.

No caso específico de Drummond, já na primeira carta, no estabelecimento da correspondência, em 24 de janeiro de 1929, o poeta itabirano fez uma sintomática revelação:

> Passo agora [a] falar da <u>Ordem</u>, que me impressionou muito, embora eu não seja (ou talvez por isso mesmo) um bom católico. Sou dos maus, dos piores católicos que há por aí. Talvez seja uma crise da mocidade, não sei, entretanto sinto pouca disposição para crer, e um contato extremamente doloroso que tive com os jesuítas me afastou ainda mais da religião. Fiz mal, talvez, em confundir a religião com os seus ministros... ou não é possível julgar aquela a não ser através destes? De qualquer maneira, admiro e quase que invejo os que como V. deram uma solução definitiva a esse problema religioso que nós carregamos como uma ferida. Quem sabe se ainda não chegarei até lá? Por enquanto vejo tudo escuro dentro de mim, e a vida sem compromissos me solicita terrivelmente.

"Sinto pouca disposição para crer", esta é uma afirmação deveras interessante que marca não apenas a pessoa de Drummond, mas de uma boa parte da sua geração, fortemente marcada pelos ideais do Positivismo e do Cientificismo, ideologias estas vindas da Europa e que se impregnavam na mentalidade culta brasileira com uma força realmente considerável. A este respeito, o próprio Alceu reconheceu nas suas *Memórias Improvisadas*:

> De 1908 a 1928 me fui afastando de toda a prática religiosa, abandonando as minhas tênues convicções a este respeito. Comecei a perder a fé quando deixei o Ginásio e ingressei na Faculdade de Direito. Logo depois (1909) fazia a minha segunda viagem à Europa (a primeira em 1900 com seis anos), o que me obrigou, para não perder o ano escolar, a realizar exames de segunda

---
4. Cf. Prefácio da *Correspondência de Cyro dos Anjos e Carlos Drummond de Andrade* (São Paulo: Globo, 2012), no qual Miranda e Said expõem, entre as páginas 6-8, tal conceito de hierarquia espiritual e estética.

época. Na verdade, não sei dizer com precisão qual o fato substancial que me induziu a abandonar a religião. Creio que a melhor explicação para isto se deve às próprias condições em que se formou a minha geração. Mas, no meu caso particular, se quiser dar um símbolo, creio que posso dizer que foi o professor Silvio Romero, meu mestre de Filosofia do Direito, no primeiro ano da faculdade, quem mais fortemente contribuiu, na época, para o meu agnosticismo. (Lima, 1974, p. 33)

Daí a dúvida se tal fenômeno não seria "uma crise da mocidade", um momento complicado marcado pela tensão, pelo entrelugar da crença ou não em Deus, daí Drummond afirmar que "admiro e quase que invejo os que como V. deram uma solução definitiva a esse problema religioso que nós carregamos como uma ferida". E ferida é sinal de dor, incômodo, inflamação, depuração, presença que se quer ausente. Todos esses sintomas intensificam a complexidade deste "problema religioso que nós carregamos", aumentando ainda mais a necessidade da partilha, da exposição de tais ideias a alguém confiável, bem (in)formado, que também viveu esta problemática e a soube solucionar – Alceu, que o ajudará neste estado em que está "tudo escuro dentro de mim". Ainda em relação à imagem problemática da ferida, Alceu esclarece, em 1 de fevereiro de 1929:

> V. fala na <u>ferida</u> que levam os que como v. não creem ou não sabem que creem. Essa ferida é já um pouco de amor à Fé. Os que nada esperam dela, nem ao menos tem a noção da ferida, a suspeição de uma ausência, a intuição de que há qualquer coisa além do mundo que nos cerca. E no mais, a Fé é também uma ferida. É mesmo a maior das feridas humanas. Veja como nós, católicos, representamos o coração de Cristo <u>ferido</u> de amor aos homens. Pois bem, a Fé é uma ferida quase crônica. Creia, é sentir toda a <u>falta</u> do mundo em torno de si, se bem que será também sentir o equilíbrio profundo em tudo. Mas será um equilíbrio que se conquista dolorosamente, pelos caminhos sempre sombra, pelas 'portas estreitas'. Enfim, não quero posar de pregador leigo. A Fé não se incute, conquista-se. E como é um alargamento e não uma restrição, como é uma plenitude, só mesmo o caminho interior pode levar a ela ou <u>tornar</u> a ela.

Alceu analisa o estado de Drummond pela ótica de um recém-convertido, ainda empolgado com o Mistério, inebriado e absorto na mística, por isso sente nesta "ferida" drummondiana a presença silenciosa e ruminante da fé: a ferida como presença calada de Deus e, paradoxalmente, um silêncio que arrebenta em questionamentos e inquietações, um estranhamento consigo mesmo e com a sua própria história pessoal. Interessante frisar que Alceu não compactua com aquela noção messiânica de que a fé é sinônimo de paz interior e sossego para a alma, como esperava Drummond, mas trata-se de uma experiência que revoluciona o ser por dentro, tirando-o de uma condição de conforto. Para Alceu, a fé é busca incessante de um porquê, de uma razão, de um para quê buscar a Deus, ou seja, um movimento constante e tenso, às vezes desnorteador, nunca pacífico e calmo, como muitos pensam. Por isso "a Fé não se incute, conquista-se", entendendo por conquista uma ação desafiadora e, às vezes, desconfortável. Como era de se esperar, Alceu não convenceu Drummond com tais propostas, tanto que o poeta retrucou, em 1 de março de 1929, com esta espécie de carta-desabafo:

> Caro Tristão
> Sou-lhe muito grato pela sua bela e generosa carta, que guardo com carinho entre os meus papéis. Só um trecho dela é que me perturbou: aquele em que você dá a entender que não encontrou a paz na religião, porque a paz não é deste mundo. Mas então não sei o que se deva procurar na religião. Se ela não é uma paz máxima e consoladora, uma dissolução de todos os ímpetos, revoltas, inquietações, não seria preferível continuar do lado de cá, sem nenhuma certeza superior e sem nenhuma esperança?

O problema é que o "lado de cá" é por natureza fragmentado, rachado, incerto, cético, e tais estados não preenchem o costumeiro vazio próprio da condição humana, a nossa busca pelo eterno, pelo infinito, por aquilo que fica e dura. É justamente este entrelugar, profundamente marcado pela tensão (como qualquer entrelugar), que corrói e traz incerteza e ceticismo, possibilidades e não certezas, desconfianças e o sentimento inquieto e incômodo de que algo a mais existe, esta espécie de metafísica perturbadora e tentadora do eu lírico. E Drummond desabafou, na mesma carta, o seu não entendimento para a razão de Deus (e da própria fé) existir:

> Você talvez ache covarde o meu pensamento; ou, no mínimo, comodista. Veja, mas em todo caso é humano. A minha pobre humanidade só poderia procurar na ideia religiosa o apaziguamento do espírito, o termo das lutas com o mundo e comigo mesmo (estas sobretudo). Não consigo compreender aqueles que dando tudo o que têm de melhor a Deus (como você) dele não recebem a paz.

Covardia? Medo? Insegurança? Apenas humanidade, esta medida comum a todos nós.

Como se pode perceber um pouco na carta resposta, em 6 de março de 1929, Alceu esquivou-se um pouco de aprofundar nessa problemática essencialmente ontológica aludida por Drummond, preferindo tocar num assunto comum a todos nós: a felicidade.

> Mas não posso deixar mais um dia sem resposta as suas linhas tão cautas, quanto cheias de coisas. Não posso também dizer muita coisa. Estou positivamente exausto. (...) Que problema tremendo esse que você toca. O problema da felicidade!

Para o Alceu ainda agnóstico, a felicidade era encontrada nas conquistas do engenho humano, forte, com aquele destemor incentivado pelas diversas teorias cientificistas que pululuram na transição dos séculos XIX-XX, das quais ele sempre se viu como um fruto ideológico, bem como toda a sua geração. Para o Alceu convertido, as forças do engenho humano continuavam com o seu devido valor, porém acrescido de uma mística envolvente que lhe dava transcendência, ou seja, o existir só tinha razão se fosse direcionado a Deus, a verdadeira e única felicidade/realização do Homem. Como a correspondência demonstra, Drummond não concordou com esta equação, tanto que respondeu, em outubro do mesmo ano:

> Eu sou um pobre homem sem orientação e sem coragem para optar, e se reconheço os meus erros não me animo a dar-lhes combate. Se eu lhe contasse a minha vida moral!... Sou fraco, fraquíssimo. Todos os dias as mesmas quedas silenciosas e um desgosto profundo, imenso de viver, com o medo de morrer que é o mais triste de todos os medos.

Parece mesmo que a desorientação e a falta de opção perseguiram o poeta ao longo da sua criação. Mas não são estes bons ingredientes para a sintomática condição "gauche" tão cara a Carlos Drummond de Andrade? Creio que sim, e sua obra o demonstra a cada instante, seja na temática da morte, do suicídio, do ceticismo, do amor impossível, do não reconhecimento do mundo, do estranhamento do eu no seu meio de convívio. "Vai Carlos, ser gauche na vida" – soa como uma espécie de profecia que se revela no caminhar da sua obra.

Outros fragmentos ajudariam a compreender um pouco mais esta dimensão tão aguda e complexa na vida e na obra de muitos artistas – o problema religioso. Mas as cartas virão para isso, para iluminar e problematizar um pouco mais este debate, lançando luz e provocando novos paradigmas reflexivos e exegéticos em relação ao pensamento e à obra de Alceu Amoroso Lima e Carlos Drummond de Andrade, abrindo consideravelmente o leque hermenêutico destes. Entretanto, devido à expressiva quantidade de cartas e o atravessamento de várias décadas, achei melhor organizar esta correspondência em três momentos distintos, porém interligados, no sentido de melhorar nossa compreensão acerca desta considerável obra epistolográfica produzida ao longo de cinquenta e quatro anos.

Três fases, três caminhos

Ao organizar uma correspondência desta envergadura e importância, o organizador precisa criar critérios de pesquisa e escrita que objetivam facilitar a leitura e a compreensão de tais documentos. Estamos falando de um conjunto com 131 textos (cartas, telegramas, cartões de visita, postais e bilhetes) de natureza variada – em temática e em dimensão – que precisa de certa normatização organizacional no sentido de valorizar este mesmo diálogo epistolar travado ao longo de cinco décadas. Assim sendo, proponho a divisão deste epistolário em três fases distintas, porém interligadas e dependentes uma da outra.

Primeira fase: de 1929 a 1934

Trata-se do momento de estabelecimento da correspondência, em janeiro de 1929, durando até a entrada de Drummond no governo de Getúlio Vargas, em 1934, quando foi nomeado chefe de gabinete de Gustavo Capanema, no Ministério da Educação.

A iniciativa de se criar este debate epistolar foi de Drummond, já que enviou a primeira carta, em 24 de janeiro de 1929. Nada foi indicado sobre como o poeta conseguiu o endereço de Alceu. Entretanto, era de notório saber que, nesse momento, Alceu dirigia o Centro Dom Vital e era o editor-chefe da revista *A Ordem*, amplamente conhecida e circulada pelo Brasil, da qual o próprio Drummond era assinante. Minha hipótese é que Drummond utilizou-se deste expediente para localizar Alceu e estabelecer o contato. Outro aspecto importante é que Alceu, independente do Centro Dom Vital, já era muito conhecido no meio literário brasileiro, pois vinha, desde 1919, exercendo uma espécie de crítica literária militante, tamanha a sua disponibilidade e práxis no exercício de crítico.

Tendo acompanhado a insurreição modernista de São Paulo – em 1922 – e os primeiros arroubos mineiros, a partir de 1924, Alceu fez uma espécie de mapeamento modernista ao longo dos anos 20, tudo registrado nas inúmeras crônicas espalhadas pela imprensa da época, especialmente em *O Jornal* e no *Correio da Manhã*, ambos sediados no Rio de Janeiro. Por tudo isso, podemos afirmar que Alceu já conhecia Drummond bem antes do início desta correspondência, fato este comprovado pelas diversas crônicas sobre os "novos mineiros", sobre o "movimento modernista de Minas", sobre *A Revista* (editada por Drummond em Belo Horizonte), sobre o grupo de Cataguases e por intermédio de informações cruzadas entre amigos em comum, principalmente Mário de Andrade, Mário Casasanta e Francisco Campos.

Drummond também deu sinais de acompanhar com assiduidade a produção intelectual de Alceu antes da correspondência, a comprovação desta tese se encontra na sua correspondência com Mário de Andrade, na qual Drummond referiu-se a Alceu diversas vezes, especialmente entre os anos de 1924 e 1927, quando ora reclamava de certos textos do crítico, ora o elogiava a Mário, considerando-o o principal crítico brasileiro daquele momento.

Por todas essas evidências, sou levado a crer que o estabelecimento desta correspondência foi necessário para ambos, foi um tipo de conclusão daquele movimento intelectual comum àquela geração: a epistolografia como oportunidade de criação e debate de ideias. A carta era uma espécie de tribuna ideológica e a correspondência uma ágora de convívio intelectual.

Esse período produziu as cartas mais "pesadas", mais intelectualizadas, debatedoras, que denunciavam um mútuo movimento de persuasão ideológico-existencial entre ambos. É o momento marcado pelas tensões provocadas pelo "problema religioso", sempre aludido por Drummond para tentar entender o seu ceticismo em relação à religião e à fé. É quando encontramos a sintomática carta escrita por Drummond, em 1º de junho de 1931, narrando a Alceu a sua criação familiar em Itabira, os seus contatos com o Catolicismo nos colégios religiosos que frequentou, as decepções com esta mesma religião e como tudo isso contribuiu negativamente na estruturação da sua personalidade, chegando mesmo a confessar a vontade – sem coragem – de ter se suicidado:

II. Cartas para Alceu Amoroso Lima

O que me preocupa, afinal de contas, é a solução de uns certos problemas freudianos que enchem a minha vida e dos quais eu tenho que me libertar, sob pena de suicídio (em que tenho pensado inúmeras vezes, mas sem a necessária coragem) ou de loucura, para a qual não é difícil encontrar exemplos em minhas origens.

São esses "problemas freudianos" que pesam nessa primeira fase da correspondência entre Alceu e Drummond, não apenas freudianos, mas também religiosos e ontológicos. Tamanho foi o impacto desta carta, que Alceu apenas respondeu através de um telegrama, rápido e enxuto: "Abraço muito sentido grande perda escreverei respondendo admirável carta. Tristão" (em 30/7/1931). Mas Alceu não escreveu esta prometida carta.

E quanto à temática específica do suicídio, muito presente na sua poesia, é imprescindível a leitura do ensaio "Modos de morrer", escrito por Eucanaã Ferraz e publicado no *Caderno de Literatura Brasileira – Carlos Drummond de Andrade* (Instituto Moreira Salles, 2012). Neste trabalho, Eucanaã relaciona inúmeros poemas de Drummond que aludem à questão do suicídio, com destaque para "Convite ao suicídio", publicado no número 4 da revista *Verde*, do grupo de Cataguases, e dedicado a Mário de Andrade. De tão recorrente em sua obra poética, o crítico chega a apontar diferentes abordagens sobre este tema, com variações de acordo com o livro publicado:

> Se, em *Alguma poesia* e *Brejo das Almas*, a morte e, em particular, o suicídio eram, respectivamente, um fato natural ou uma saída individual para padecimentos também individuais, desde *Sentimento do mundo* passam a ser vistos nas suas relações com forças mais amplas, sociais, políticas, culturais, que não deixam de apresentar, ao mesmo tempo, uma dimensão psíquica. Ou ainda, revela-se a partir daí um enredo mais complexo na estrutura da personalidade da voz poética de Drummond e, consequentemente, deparamo-nos também com novas empresas formais ou, em sentido amplo, estéticas. (Ferraz, 2012, p. 129)

Ainda sobre o suicídio, Drummond em vida não se esquivou de falar a respeito, especialmente quando foi atingido pelo ato de Pedro Nava, amigo de décadas, em 1984. Em entrevista a Gilberto Mansur, Drummond dá as suas próprias impressões sobre o ato de tirar a própria vida, tão liricamente explorado na sua obra:

> Acho que o escritor é um homem como outro qualquer, que sofre das mesmas depressões, tem as mesmas angústias, os mesmos problemas dos outros. Talvez

a atividade intelectual o torne ainda mais vulnerável, mais sujeito a depressões, porque um escritor, realmente, a não ser que ele tenha uma armadura intelectual muito sólida, um escritor não é um homem que tenha segurança consigo mesmo, um homem que saiba que é um bom escritor. E, se ele tem a consciência de que acertou como escritor e de que fez obras boas, porque foram consagradas pela opinião pública ou pela crítica, ele não sabe até que ponto poderá continuar a fazê-las, ele pode sentir a decadência, pode sentir que já não é mais aquele homem. Então é uma situação conflitiva e dramática, que faz com que ele possa admitir a hipótese da autodestruição. Mas eu acho que qualquer pessoa no mundo está sujeita a esse impulso, e me parece que, no caso, a salvação é estar ao lado dele, naquele momento, um amigo que o desvie daquele impulso. Raramente o suicídio é reparado, alimentado; o suicídio é uma atitude de desespero que a pessoa toma, ou então uma decisão fria, que a pessoa toma quando acha que não vale a pena viver, por um motivo qualquer, por uma doença, por exemplo. (Drummond apud Ferraz, 2012, p. 143)[5]

Assunto complexo, verdadeiro "problema freudiano", usando a expressão do próprio poeta, possuidor de inúmeras problemáticas filosófico-religiosas e culturais, verdadeiro tabu em determinados sistemas comportamentais, mas tão bem representado na poesia drummondiana.

As cartas desta fase do epistolário testemunham importantes aspectos biográficos sobre a pessoa de Carlos Drummond de Andrade, aspectos estes ainda pouco conhecidos do grande público, dos especialistas na sua obra, dos leitores em geral. O que vemos é um Drummond sintomaticamente fragmentado pelas vicissitudes da própria vida, pelas inconstâncias da carreira profissional, pelas escolhas realizadas – tudo isso comentado e debatido com Alceu, não raro tentando entender estas limitações pelo olhar religioso, tentando entender como Deus permanece (ou não) por trás de tais acontecimentos. Na verdade, o que incomoda Drummond é o silêncio de Deus manifestado na sua pessoal "falta de paz interior", como ele sempre reclama com Alceu em diversas cartas desta primeira fase.

Este momento termina em 1934, quando Drummond se transfere para o Rio de Janeiro e assume a chefia do gabinete de Gustavo Capanema, exercendo uma importante e ainda pouco estudada ação cultural entre artistas e intelectuais em pleno Estado Novo, no sentido de intermediar

---

5. A entrevista se chamou "Na realidade eu sou é jornalista", foi publicada na revista *Status* em julho de 1984. Posteriormente, foi compilada em RIBEIRO, Larissa Pinho Alves. *Carlos Drummond de Andrade – Encontros*. Rio de Janeiro: Azougue, 2011. p. 188.

II. Cartas para Alceu Amoroso Lima

com Capanema os mais diferentes anseios e projetos de boa parte da classe artística brasileira. É o próximo momento deste epistolário.

Segunda fase: de 1934 a 1945

No arquivo Carlos Drummond de Andrade, depositado no Arquivo Museu de Literatura Brasileira, na Fundação Casa de Rui Barbosa (FCRB-AMLB), encontramos um importante dossiê, preparado e organizado pelo próprio poeta, que fornece uma boa ideia da trajetória profissional de Drummond. Neste dossiê, encontra-se o documento que possibilitou a saída de Drummond da Secretaria do Interior de Minas Gerais, onde já trabalhava com Gustavo Capanema:

> Secretaria das Finanças do Estado de Minas Gerais – Belo Horizonte SP/3817 – Funcionário posto à disposição do Ministério da Educação e Saúde Pública – em 8 de outubro de 1934. Sr. Ministro, comunico à Vossa Excelência que, atendendo ao pedido constante do ofício 428, de 31 de agosto último, resolvi pôr à disposição desse Ministério o Sr. Carlos Drummond de Andrade, a partir de 26 de julho passado, sem vencimentos aos cofres estaduais. Atenciosamente e saudações, o secretário das Finanças, Ovídio de Abreu.

Foram onze anos à frente deste importante cargo de projeção nacional, que alçou o nome de Drummond, tornando-o ainda mais conhecido nos diferentes setores da época. Faz-se mister informar que Drummond não exerceu apenas a chefia do gabinete de Capanema, mas também foi por este nomeado a outros cargos de igual relevância, como a direção do Departamento Nacional de Educação, atestada por este documento:

> O Ministro de Estado de Educação e Saúde Pública, em nome do Presidente da República dos Estados Unidos do Brasil, resolve designar o Diretor de seu Gabinete, Carlos Drummond de Andrade, para responder pelo expediente da Diretoria Nacional de Educação, até ulterior deliberação. Rio de Janeiro, 8 de janeiro de 1936. Gustavo Capanema. (FCRB-AMLB, Arquivo Carlos Drummond de Andrade, Dossiê Profissional)

Automaticamente, como Diretor Nacional de Educação, Drummond presidia o Conselho Nacional de Educação, órgão do qual Alceu Amoroso Lima fez parte durante vários mandatos, aproximando-o ainda mais do poeta, ainda que por vias meramente profissionais e políticas, já que eles mesmos confessaram – em depoimentos e entrevistas – que se encontraram mais via correspondência e em eventos sociais do que propriamente em encontros pessoais e familiares. Mas não foi apenas na Diretoria Nacional de Educação que Drummond atuou. Sabemos, através deste dossiê profissional, que Capanema também o nomeou a outros cargos de sua inteira confiança, como o cargo delicado de presidente da Comissão de Segurança do Ministério da Educação, como comprovado neste memorando de Capanema a Drummond, quando da nomeação deste:

> Em 27 de agosto de 1942.
> Sr. Chefe:
> Comunico-vos que resolvi designar os Srs. Joaquim Bittencourt Fernandes de Sá, diretor geral do Departamento de Administração; Vítor Nunes Leal, diretor do serviço de Documentação e Paulo de Assis Ribeiro, técnico de educação, para membros da Comissão incumbida de investigar a existência, em repartições deste Ministério, de elementos nocivos à Segurança Nacional. Essa Comissão, sob vossa presidência, realizará os seus trabalhos com a maior urgência possível, e manterá estreito entendimento com o Chefe de Polícia do Distrito Federal ou autoridade pelo mesmo designada, e com a Seção de Segurança Nacional deste Ministério. Saudações atenciosas. Gustavo Capanema.
>
> Ao Sr. Carlos Drummond de Andrade
> Chefe do Gabinete do Ministério da Educação e Saúde Pública. (Idem)

Tudo isso ressalta a importância de Carlos Drummond de Andrade, não apenas como poeta e escritor, mas também como profissional da Educação, exercendo-a não na perspectiva docente, mas administrativa e burocrática, mas ainda assim partes legítimas e integrantes do processo educativo de um país.

Nesse período, Drummond não apenas adentra mais integralmente no serviço público em nível federal, como também exerce um importante intercâmbio entre artistas e intelectuais com o Ministério da Educação. É neste momento e sob esta natureza que se desenvolve a segunda fase da correspondência entre Drummond e Alceu, uma prática epistolar mais burocrática e marcada por contatos rápidos, telegráficos e objetivos, todos visando empregos, funções e problemas legais do sistema federal de ensino via Ministério da Educação.

Foram vários os contatos neste período de onze anos. Alceu via em Drummond a "ponte" certa para ter acesso direto a Capanema, numa cumplicidade de grandes amigos, sem cerimônias e com palavras objetivas. Por seu lado, Drummond também usava a mesma objetividade nas suas respostas e/ou comunicados, como neste bilhete enviado a Alceu:

> Rio, 30-10-36
> Meu caro Alceu
> Por meu intermédio, você pediu há dias ao Ministro uma palavra de interesse em favor do sr. Alberto Cerqueira, candidato a protocolista do Tesouro. Essa palavra foi dada, numa carta ao Ministro da Fazenda. É o que tinha a comunicar-lhe, com um abraço cordial, o
> Carlos

Um fato instigante a respeito desta segunda fase da correspondência é a escassez de documentos assinados por Alceu, posto que a maioria das missivas enviadas é de Drummond. Quanto a esta situação, apenas especula-se o porquê de tal hiato. Minha hipótese possui duas possibilidades de compreensão: a) Drummond perdeu tais originais, pois os mesmos não se encontram no seu arquivo no FCRB-AMLB; dado que se tratava de uma correspondência mais profissional, endereçada diretamente ao seu gabinete, no Ministério da Educação, a mesma se perdeu no meio da papelada burocrática e sempre volumosa de tais instituições. b) A que considero menos provável, porém possível: Drummond não deu o mesmo valor e peso a tais comunicados tão rápidos e telegráficos, todos absolutamente profissionais e impessoais, guardando apenas aquelas cartas com um tom mais pessoal, com algum tipo de informação que fugisse à esfera estritamente profissional do Ministério.

O mesmo não aconteceu com o processo de arquivamento feito por Alceu, que guardou tudo que recebeu do poeta via Correios, inclusive os telegramas e os inúmeros cartões de apresentação nos quais Drummond escrevia seus bilhetes e efêmeros recados, o que nos possibilita acompanhar esta fase da correspondência tão marcada por situações pontuais.

Aqui, encontra-se um elemento de grande importância para os estudos histórico-literários e para a compreensão da vida literária modernista como um todo: o complexo e intenso mecenato exercido por alguns artistas e intelectuais.

Ao levantarmos este acervo em específico, percebemos uma espécie de rede de contatos e pedidos de favores exercidos por Alceu Amoroso Lima sobre Carlos Drummond de Andrade. Eram pedidos os mais diversos, mas todos relacionados a problemas burocráticos do Ministério: dúvidas quanto à legislação educacional brasileira, pedidos de amigos (clamores) por transferências entre instituições e/ou departamentos, nomeações, exonerações, questão salarial, concursos públicos etc. Nesse sentido, salta à vista a quantidade de nomeações indicadas por Alceu ao Ministério da Educação, especialmente de pessoas ligadas à Ação Católica Brasileira, em geral, correligionários do Centro Dom Vital e, naturalmente, assinantes assíduos e entusiastas da revista *A Ordem*.

Tal fato se comprova ao pesquisarmos o conteúdo do arquivo de cartas de Alceu no CAALL. São centenas de pastas de pessoas "desconhecidas", entendendo aqui desconhecimento no sentido de não terem exercido um papel político, acadêmico e/ou cultural relevante. Eram pessoas que escreviam a Alceu dos cantos mais recônditos do Brasil, especialmente das regiões Sul e Nordeste, pedindo a ajuda e a intervenção de Alceu junto ao Ministério da Educação, especialmente no sentido de solicitar remanejamento de cargo ou simplesmente pedindo algum tipo de emprego público – via nomeação – nos diversos setores ligados ao Ministério da Educação, como se percebe neste bilhete de Drummond a Alceu:

> Caro Alceu:
> O caso do prof. Augusto Lopes Pontes está na Comissão de Eficiência e, voltando ao Gabinete, será objeto dos meus melhores cuidados.
> Um abraço, muito cordial, do seu
> Carlos Drummond
> 10-2-37

Ou, então, o pedido era feito por entidades, em geral católicas, solicitando algum tipo de ajuda a Alceu, que logo remetia a Drummond, no Ministério, como se pode perceber neste telegrama:

> 24-11-38
> Comunico-lhe ministro autorizou verificação prévia Colégio Santa Catarina em Petrópolis conforme sua solicitação abraços
> Carlos Drummond de Andrade
> Chefe do Gabinete

II. Cartas para Alceu Amoroso Lima

Insisto em afirmar a importância de tais relatos e situações para compreendermos a noção de vida literária no nosso modernismo que, certamente, ultrapassou as fronteiras das relações e eventos puramente culturais, atingindo as relações de amizade e/ou profissionais as mais diversas, fornecendo-nos dados que ajudam no preenchimento deste enorme quebra-cabeças biográfico-cultural da modernidade brasileira.

Com esta rápida panorâmica, concluímos as ideias acerca deste segundo momento epistolar entre Alceu e Drummond, passando para a terceira e última fase, que marca a maturidade pessoal e profissional de ambos e o fim desta correspondência.

Terceira fase: de 1945 a 1982

Este momento, o mais longo da correspondência, começa com o fim do Estado Novo e a consequente saída de Drummond do gabinete Capanema, uma vez que este foi substituído por Raul Leitão da Cunha, no rápido governo de José Linhares.

Essa etapa é conclusiva sob vários aspectos, especialmente por testemunhar a consolidação artístico-profissional de ambos: Drummond se configurando aos poucos como o grande poeta nacional e Alceu como o mais importante crítico literário brasileiro e intelectual leigo católico. Além destas perspectivas, percebemos um amadurecimento mútuo que se traduz pela imensa amizade e profundo reconhecimento do valor humano entre ambos, como afirmado nesta carta que o poeta enviou ao crítico:

Rio, 8 de setembro de 1945.
Meu caro Alceu:
Aqui está, com dedicatória amiga e para mim tão grata, a 'Estética Literária', livro tão rico de ideias como próprio a suscitar outras, e em que é fácil verificar a madura experiência do crítico depois de um alongado convívio com os livros. Embora discordando de muitas das suas afirmações, não posso deixar de admirar o conjunto do seu livro, que representa algo de novo em nossa mofina e instintiva arte literária. Você deu aos novos um instrumento de trabalho e meditação. Escreveu uma obra indispensável. Com o meu afetuoso muito obrigado, também um abraço do
Carlos Drummond

Salienta-se o fato de que a forte amizade não impede a observação crítica de Drummond, ao contrário, possibilita-a: "Embora discordando de muitas das suas afirmações, não posso deixar de admirar o conjunto do seu livro, que representa algo de novo em nossa mofina e instintiva arte literária". Ou seja, as diferenças e discordâncias não impedem a livre manifestação das opiniões e impressões que um sentia pelo outro, como neste fragmento de Alceu:

> Rio – 20 – Março -1946
> Meu caro Carlos
> Não preciso dizer-lhe a alegria que me deu sua carta. Meu livro encontrou em você o que eu mais desejaria. Um julgamento de valor moral, de uma alma que eu respeito, não apenas como um grande poeta, um dos mais autênticos em toda a nossa história literária, mas como um grande coração e um caráter intangível. Todas as nossas divergências são acidentais em face de tal fraternidade. (...)

É o momento de valorização das respectivas obras e da estruturação de ambos os pensamentos, inclusive, é quando iniciaram as revisões críticas feitas através de trabalhos acadêmicos e de certas publicações, como coletâneas e entrevistas, como esta aludida por Alceu:

> Meu caro Carlos
> Esse jovem Gomes L. Rocha está fazendo um inquérito literário para 'Letras e Artes' e sua palavra não pode faltar. Parece coisa séria. Um grande abraço do velho amigo
> Alceu Amoroso Lima
> 30.X.56

O mesmo interesse também se dava por meio da organização de "obras completas", como aquela que a Editora Aguilar fez de Alceu e que tanto impressionou Drummond:

> Rio, 6 de julho de 1966.
> Meu caro Alceu:
> Gratíssimo pelo bom presente dos 'Estudos Literários'. Que livro! Foi abri-lo e folheá-lo, e logo me apareceram, vivos, os dias, as ideias, a agitação, entre criadora e destrutiva, da década de 20, em meio a qual havia um ponto de referência, uma claridade: você e sua crítica. (...) Este volume Aguilar é precioso

como retrato de um escritor que deu à crítica de livros e de ideias, entre nós, categoria universal. O abraço agradecido e fraterno do seu
Carlos Drummond de Andrade

Ou então através da entrega de prêmios e/ou homenagens, importantes mecanismos de canonização de um escritor e de sua obra, como informa este telegrama:

Petrópolis, 25.10.75
O júri é que está de parabéns você está acima de todos os prêmios. Alceu

Ou então este:

Petrópolis, 25.6.80
Aproveite merecidíssimo prêmio conhecer pessoalmente terra nossos avós fonte sua genialidade. Alceu

Todo esse movimento de exposição emotiva e reconhecimento mútuo é próprio deste momento final da correspondência, dadas as circunstâncias histórico-biográficas nas quais a mesma se organizou durante esse período.

No sentido amplo, a amizade é também geradora de histórias e de biografias, é parte integrante desse importante e sintomático sentimento que une as pessoas, que provoca convívios e relações, que constrói legados e uma espécie de patrimônio imaterial que o tempo apenas alimenta e enriquece, como podemos perceber neste pequeno cartão que Alceu enviou a Drummond:

Salvador, 29.XII.72
Ao querido Carlos e os seus queridos, nossos votos de Natal e a gratidão pelo seu carinhoso telegrama. Que em 1973 continue a ser... o <u>nosso Carlos</u> de sempre!
Alceu e família

Em outras palavras: o Alceu de sempre, o Carlos de sempre. As cartas de sempre.

Percursos e Caminhos

A organização de uma correspondência como esta – considerável no tamanho e nos assuntos tratados – é sempre um trabalho que requer paciência, visão crítica e método. Tais mecanismos são utilizados como ferramentas auxiliares à leitura e à pesquisa de tais documentos, nunca como limitação ao acesso e interpretação dos mesmos.

Nesse sentido, leituras bibliográficas, pesquisa de campo em arquivos, análise de fotografias, entrevistas, conversas informais, transcrição de documentos e acesso a fontes primárias formam o caminho necessário para se organizar uma obra como esta.

As cartas de Carlos Drummond de Andrade

Os originais que Drummond enviou a Alceu se encontram – todos – no arquivo do Centro Alceu Amoroso Lima para a Liberdade (CAALL), em Petrópolis (RJ). Neste local, temos toda a correspondência passiva de Alceu, mais de 30 mil cartas que o crítico recebeu ao longo dos seus quase 90 anos. Todo este acervo está dividido em pastas, com os nomes dos respectivos remetentes. Uma delas é a de Carlos Drummond de Andrade.

A qualidade física deste material é excelente. Mesmo nas cartas mais antigas, a conservação tem se mostrado adequada. Devido ao pouco manuseio, tudo se encontra em ótimo estado.

A primeira tarefa foi dividir tais originais por décadas – de 20 a 80 – no sentido de organizá-los cronologicamente. Feita esta pequena arrumação, o passo seguinte foi fazer a transcrição, momento muito meticuloso que requer responsabilidade para com a fonte primária textual.

A caligrafia de Drummond é boa de se compreender, especialmente no final da vida (paradoxo), quando se mostra ainda mais legível do que na época da juventude. O autor de *Claro enigma* teve algumas preferências materiais para escrever tais cartas, utilizando-se de papel ofício branco, alguns timbrados com os nomes e símbolos dos respectivos órgãos públicos onde trabalhou, outros sem qualquer timbre, em folha branca simples. É notório também o gosto de Drummond em escrever em pequenos cartões de visita, que enviou aos montes a Alceu, numa clara referência à comunicação telegráfica própria dos locais de serviço e do dia a dia corrido de funcionário público de alto escalão.

Drummond não apresenta nenhuma particularidade ortográfica que mereça observação, nenhum vício de linguagem foi percebido. Apenas usou, em algumas cartas, a fórmula "V." para definir "Você". Optamos em respeitar e manter tal recurso do poeta.

II. Cartas para Alceu Amoroso Lima

Em quase todos esses originais, Alceu escreveu – com lápis de cera vermelho – as iniciais "And." (Andrade), no sentido de facilitar a sua catalogação e que foi feita, num primeiro momento da história deste acervo, pelo próprio Alceu.

Na pasta de Drummond depositada no CAALL, não encontramos nenhuma fotografia e/ou qualquer outro material iconográfico, apenas as cartas e alguns recortes de folhas do *Jornal do Brasil* nos quais se encontram artigos ou poemas que Drummond escreveu e dedicou a Alceu, todos integralmente transcritos nos Anexos deste livro. Os telegramas, abundantes, também se encontram em perfeito estado de conservação, mantendo a cor e o formato originais, especialmente os diferentes logotipos que o Correio brasileiro teve ao longo do tempo.

Um aspecto particular da escrita de Drummond diz respeito ao seu costume de grafar a data da carta apenas no final, após a sua assinatura. Como o leitor perceberá, mantive tal opção do poeta quando da transcrição; todavia, para auxiliar o leitor, optei por registrar entre colchetes "[ ]", no início da carta, a sua respectiva data, pois creio que este artifício auxiliará a leitura de tais textos.

Após este momento de transcrição dos originais, seguiu-se a produção das notas de rodapé no sentido de enriquecer a leitura dos mesmos. Para tal, optei por utilizar material crítico de alta qualidade produzido sobre a obra de Drummond, produção esta muito numerosa e que auxilia na compreensão dos meandros poéticos deste poeta. Além deste recurso, lancei mão de dois importantes epistolários já publicados de autoria drummondiana: sua correspondência com Mário de Andrade e com Cyro dos Anjos. Nestas, procurei utilizar fragmentos que estivessem, de uma forma ou outra, interligados tematicamente com as cartas enviadas a Alceu, fazendo uma espécie de cruzamento sintomático que contextualiza a própria carta analisada. Um último recurso usado foi através de entrevistas e troca de e-mails com especialistas na obra de Drummond, especialmente os meus queridos amigos Antônio Carlos Secchin, Marcos Pasche e Luiz Maurício Graña Drummond, cujas observações e comentários muito ajudaram na composição de tais notas.

No geral, posso afirmar que esta fase de organização foi tranquila e produtiva, com algumas boas revelações temáticas por parte de Drummond, especialmente sua delicada visão de mundo, determinados aspectos da sua vida pessoal, um pouco da sua própria história de vida e a sua forte e determinada amizade com Alceu.

As cartas de Alceu Amoroso Lima

As missivas originais que Alceu enviou a Drummond estão todas depositadas no Arquivo Museu de Literatura Brasileira da Fundação Casa de Rui Barbosa (FCRB-AMLB), no Rio de Janeiro.

O arquivo de Drummond na FCRB é largamente conhecido e utilizado, sendo um dos mais visitados e pesquisados daquela instituição de pesquisa. As cartas de Alceu estão todas catalogadas numa pasta-fichário que recebe o nome deste. Tais documentos se encontram em excelente estado de conservação, sem rasgos e/ou outro aspecto físico que impossibilite a sua devida leitura.

Nessa pasta-fichário, além dos originais epistolares, encontram-se também outros itens de interesse à pesquisa: cartões-postais bem decorados, recortes de jornal, cópia de uma carta de Alceu Amoroso Lima à Cléa de Figueiredo (filha de Jackson de Figueiredo) comparando os estilos de Jackson e de Drummond e uma cópia de um depoimento feito pela Madre Maria Teresa Amoroso Lima, filha de Alceu e monja beneditina por muitos anos. Tal narrativa diz respeito aos últimos dias e momentos de uma outra freira bem idosa do seu mosteiro, que fora sua mestra de noviças quando entrou para a vida religiosa. Alceu o envia a Drummond que se mostrou sensibilizado por tal relato.

Após a obtenção das devidas cópias, iniciei o trabalho de transcrição e posso afirmar, categoricamente, que foi o momento mais difícil e complicado desta pesquisa, dada a imensa dificuldade que é decifrar a caligrafia de Alceu, já muito conhecida pela quase impossibilidade de decifração. Demorei aproximadamente oito meses neste exercício de paciência e perícia, meticuloso por natureza e lento. O maior problema é que Alceu não segue uma padronização caligráfica, varia muito e constantemente na escrita das palavras e nos formatos de letras utilizados. Ainda assim, nenhuma palavra deixou de ser transcrita por falta de compreensão do texto original, daí o imenso tempo gasto nesta fase importante e delicada desta Correspondência.

Fora a problemática envolvendo a sua caligrafia, Alceu não tinha grandes particularidades estilísticas na sua escrita, apenas usou muito a fórmula "V." (como Drummond) para designar "Você", o que foi respeitado e mantido. Um problema que muito dificultou na organização cronológica de tal correspondência diz respeito à sua opção por não grafar o ano no cabeçalho das suas cartas, registrando apenas o dia e o mês. O encaixe temporal de tais documentos foi possível conhecendo o fio narrativo que envolve qualquer correspondência, o que permite certas associações entre assuntos discutidos e a definição temporal definitiva. Quando tal fato ocorreu, optei por escrever o ano entre colchetes "[ ]", no sentido de facilitar a leitura e a compreensão do texto.

Feita tal transcrição, segui à produção das notas explicativas no rodapé. Ao contrário do ocorrido em relação às cartas enviadas por Drummond, quando, além de intensa pesquisa bibliográfica, também consultei amigos e especialistas em sua obra, no caso das cartas escritas por Alceu usei de investigação em livros e outras pesquisas por mim realizadas, principalmente em seu arquivo pessoal no CAALL. Tais consultas foram realizadas no sentido de localizar alguns outros remetentes a partir dos quais cruzamos informações, fatos, datas, temáticas e quaisquer outras possibilidades intertextuais, sempre no sentido de enriquecer a interpretação destas mesmas cartas.

A não ser pela dificuldade de compreensão caligráfica de Alceu quando da transcrição, posso afirmar que tal etapa transcorreu bem, sem problemas e já se encaminhando para a conclusão.

Organização – Etapa Final

Terminada a fase das transcrições e imediata crítica de rodapé a estas missivas, o próximo passo foi organizar todo o epistolário de forma cronológica e coerente. Decidi separar sistematicamente por décadas, de acordo com o modelo utilizado pelo Instituto de Estudos Brasileiros (IEB-USP) na organização e publicação da Coleção Correspondência Mário de Andrade, da qual participo com um volume sobre as cartas de Mário com o mesmo Alceu Amoroso Lima. Feita esta separação pelos decênios – de 20 a 80 –, o passo seguinte foi catalogar as missivas cronologicamente dentro destas mesmas décadas.

Outra ferramenta que julguei necessária para auxiliar o leitor diz respeito à numeração e definição de cada carta. Optei pela forma – no início de todos os documentos deste epistolário – da equação AAL – CDA (de Alceu Amoroso Lima a Carlos Drummond de Andrade), ou então CDA – AAL, isto é, exatamente o contrário.

Com o corpo da Correspondência já estruturado, optei por escrever este ensaio introdutório no sentido de elucidar criticamente determinados conteúdos deste epistolário, apresentando ao futuro leitor o que ele encontrará e as sintomáticas diferenças e particularidades de um Drummond e de um Alceu epistolares, bem diferentes daqueles conhecidos apenas através da obra canônica já publicada.

Decidi em não escrever uma bibliografia crítica sobre a obra de Drummond, pois considero que a publicação do *Caderno de Literatura Brasileira – Carlos Drummond de Andrade* (Instituto Moreira Salles, 2012) contribuiu satisfatoriamente com este fim, uma vez que uma minuciosa pesquisa foi realizada no sentido de identificar as principais análises críticas sobre Drummond feitas até hoje. Quanto à crítica sobre a obra de Alceu, também optei por não escrever nada neste volume, pois tal trabalho já foi feito e publicado no meu livro *Alceu Amoroso Lima – Cultura, Religião e Vida Literária* (Edusp, 2012), fruto da minha tese de doutoramento em Estudos Literários, na PUC-RJ, em 2009.

As fotografias utilizadas neste volume foram todas obtidas no arquivo de Drummond no FCRB-AMLB e no arquivo de Alceu, no CAALL, com as devidas permissões legais para a obtenção e divulgação delas.

Quanto aos anexos, a opção por fazê-los se deveu à necessidade de transcrever fontes inéditas e/ou publicadas há muito tempo e, por isso mesmo, já esgotadas. Os textos relativos às crônicas do *Jornal do Brasil*, muito citados neste trabalho, foram obtidos nos sites http://www.alceuamorosolima.com.br e http://www.pesdoc.com.br/pesdoc, cuja manutenção está sob a responsabilidade de alguns membros da Família Amoroso Lima, ou então através de recortes das páginas destes jornais guardadas nos respectivos arquivos.

Em linhas gerais, estas foram as diretrizes metodológicas que nortearam a organização desta Correspondência. Outros recursos de metodologia, acaso não apresentados nesta introdução, serão devidamente informados e esclarecidos mais adiante.

Concluindo

Certamente, a conclusão de uma correspondência longa e complexa como esta é uma função que compartilho com o leitor. Todavia, gostaria de propor algumas ideias que julgo essenciais quanto às 131 cartas trocadas entre Alceu Amoroso Lima e Carlos Drummond de Andrade.

II. Cartas para Alceu Amoroso Lima

As cartas fazem parte de um gênero – o epistolar – complexo e potencialmente híbrido em natureza constitutiva. Desta forma, é sempre difícil e complicado estabelecer conceitos e postulados teóricos rígidos e inflexíveis para distingui-lo, portanto, cabe ao pesquisador identificar os pontos nevrálgicos da escrita epistolar e elucidá-los, propondo uma exegese múltipla e que dialogue com outras possibilidades hermenêuticas.

É o que quero demonstrar com a correspondência trocada entre Alceu e Drummond, completamente atravessada por questões religiosas, biográficas, históricas, humanas e culturais, aspectos estes que tornam ainda mais intrigante a noção de vida literária, conceito essencialmente aberto e sempre esperando novas formulações e propostas exegéticas.

Foram dois missivistas de peso: um grande escritor e um grande crítico literário. Duas personalidades essenciais para se compreender a cultura literária brasileira do século XX, marcada pela diversidade ideológica, temática e estilística. Dois intelectuais de pensamento e práxis inteiramente diferentes que refletem a própria heterogeneidade do nosso movimento modernista, marcado por sintomáticas rachaduras e fragmentações.

Este epistolário que ora vem à lume já chega com uma espécie de "missão", e esta se configura em propor novas abordagens e considerações acerca das pessoas e das obras de Alceu Amoroso Lima e Carlos Drummond de Andrade, contribuindo para uma necessária e sempre bem-vinda (re)avaliação do cânone literário brasileiro.

CARTAS PARA OS OUTROS –
PAULO FRANCIS E ALCEU[1]

A correspondência entre escritores é um espaço privilegiado para o debate de ideias, para discutir a própria obra e a produção artística de outros interlocutores, as ideias de um determinado momento histórico, enfim, as mais diferentes e possíveis idiossincrasias no entorno dos respectivos correspondentes. Nesse sentido, mostra-se sintomática a (pequena) troca de cartas entre Alceu Amoroso Lima, o Tristão de Athayde, e Franz Paul Trannin da Matta Heilborn, o Paulo Francis.

No início dos anos de 1950, Paulo Francis estudou na antiga Faculdade Nacional de Filosofia, no Rio, onde foi aluno de Alceu Amoroso Lima, que lecionava Literatura Brasileira e Crítica Literária. Certamente, começou aí a forte admiração que o futuro jornalista nutriria pelo crítico. Alceu vinha, desde os anos 20, numa incansável atividade de crítica militante – fosse literária ou de ideias gerais – com uma produção intelectual considerável e volumosa. Convertido à fé católica em 1928, por influência de Jackson de Figueiredo, Alceu abraçou um padrão conservador e reacionário de catolicismo, algo comum naquela época. A partir dos anos 50, todavia, sofreu uma forte mudança paradigmática, influenciado que foi – dentre outros – por Thomas Merton, Jacques Maritain e Teilhard de Chardin, abandonando aos poucos o conservadorismo. Com o Concílio Vaticano II, do

---

1. Publicado, em versão mais simplificada, no jornal *O Globo* em 17 de dezembro de 2016. Entretanto, no ano seguinte, a *Revista Brasileira* (ABL) publicou, no seu número 91, a versão completa desta correspondência, sob o título "Ao destinatário múltiplo – Cartas de Alceu Amoroso Lima e Paulo Francis".

qual participou ativamente, Alceu abraçou em definitivo um novo padrão de catolicismo, mais aberto, flexível, atento aos sinais do tempo. Tornou-se adepto e defensor da Teologia da Libertação e de sua práxis, e um ferrenho crítico do Regime Militar instaurado com o Golpe de 64, contra o qual se chocou na imprensa e na vida, como fez na veemente defesa dos presos políticos, particularmente os frades dominicanos, que o enviavam cartas denunciando as agruras e sevícias sofridas nos porões da ditadura, e que Alceu não se intimidou em divulgá-las através dos seus artigos e crônicas em diferentes jornais brasileiros e estrangeiros.[2]

Paulo Francis fez um caminho um tanto contrário, embora partilhando de valores semelhantes aos de Alceu. Iniciou sua carreira no teatro, tendo sido ator e diretor. No Teatro Brasileiro de Comédia (TBC), produziu peças de Bernard Shaw, Antonio Callado e Millôr Fernandes, atividade esta concomitante à de crítico literário e teatral, mister este adquirido na Universidade Colúmbia, em 1955, onde foi aluno de Eric Bentley. Ideologicamente, Francis era alinhado à esquerda e considerado um trotskista, pela força dos seus argumentos e posição frente aos desequilíbrios do Regime Militar brasileiro e dos fatos internacionais, como a invasão do Vietnã pelos EUA, o que o levou a ser preso, em dezembro de 1968, logo após a promulgação do AI-5, sendo liberado da prisão um mês depois. Em 1971, mudou-se definitivamente para Nova York, iniciando sua brilhante carreira de correspondente internacional e colaborando, à distância, com diversos jornais e revistas brasileiros (*O Globo*, *Folha de São Paulo*, *O Estado de São Paulo*, *O Pasquim* etc.), bem como a televisão. Aos poucos, abandonou alguns dos seus posicionamentos ideológicos, redefinindo-os em outra direção, com o que ganhou a pecha de conservador, esnobe, elitizado e de direita.

Várias podem ser as razões que aproximam, epistolarmente, remetente e destinatário. No caso de Francis e Alceu, foi um artigo ("Eros e Ágape") que este último publicou no antigo *JB*, em 19/9/1969, e também a entrevista que Alceu deu ao jornal *O Pasquim*, naquele mesmo setembro de 1969. No mês seguinte, na edição 14 d'*O Pasquim*, Paulo Francis publicou a crônica "Freud explica", na qual dialogou com o artigo e com a entrevista de Alceu, afirmando:

---

2. Cf. o livro *Cartas de Esperança em Tempos de Ditadura* (Vozes, 2015), por mim organizado, que traz a correspondência completa entre o dominicano Frei Betto e Alceu Amoroso Lima.

II. Cartas para Alceu Amoroso Lima

Alceu Amoroso Lima disse ao Pasquim: 'O Marcuse[3] é justamente um filósofo que erigiu o erotismo como a filosofia da vida'. Admiro Alceu Amoroso Lima por vários motivos e principalmente pela sua capacidade de mudar de opinião de maneira sincera e inteligente – a coerência perfeita quase sempre se ancora na mediocridade intelectual – mas Marcuse nunca fez essa 'ereção'. O pós-marcusiano, Norman O. Brown,[4] sim, mas ainda nele o termo erotismo tem um sentido amplo e abrangente de toda a energia humana, expressando um extremo materialismo, enquanto o erotismo condenado por Alceu – e, depois da entrevista, pelo Papa – é o do Playboy, subúrbios e adjacências.

Ao ler estes comentários de Francis, Alceu escreveu-lhe a primeira carta, em 9/10/1969, dando início à pequena correspondência entre ambos:[5]

Rio, 9 outubro 1969
Meu caro Paulo Francis
Não costumo explicar o que escrevo. Mas admiro tanto o que você escreve, mesmo sem partilhar de suas convicções profundas, que me deu vontade de dizer duas palavras sobre seu comentário, tão simpático, no último número do 'Pasquim', à minha entrevista.

---

3. Herbert Marcuse (1898 – 1979) foi um sociólogo e filósofo alemão naturalizado norte-americano, pertenceu à Escola de Frankfurt. Estudou Filosofia e Literatura Alemã Contemporânea em Freiburg, onde conheceu Martin Heidegger, tornando-se seu auxiliar de cátedra. Com a ascensão do Nazismo, Marcuse se mudou para os Estados Unidos, onde manteve uma produção acadêmica e docente juntamente a Theodor Adorno e Max Horkheimer. Foi um crítico feroz da sociedade de consumo e tecnológica, o que aproximou sua filosofia dos diversos movimentos de contracultura dos anos 60 e 70. No Brasil, sua obra foi muito lida e ajudou na formação de várias gerações de intelectuais e artistas, destacando-se os seguintes títulos: *Razão e Revolução* (Paz e Terra, 1941), *Eros e Civilização* (Zahar Editores, 1955), *Marxismo Soviético* (Saga, 1958), *Ideologia da Sociedade Industrial* (Zahar Editores, 1964), *O fim da Utopia* (Editora Civilização Brasileira, 1967), *Ideias sobre uma Teoria Crítica da Sociedade* (Zahar Editores, 1969), *Contrarrevolução e Revolta* (Zahar Editores, 1973) e *Cultura e Psicanálise* (Paz e Terra, 1997).
4. Norman Oliver Brown (1913 – 2002) foi escritor e filósofo, cuja produção intelectual dialoga – de forma interdisciplinar – com a Filosofia e com outras áreas, tais como Literatura, Mitologia, Religião, Cultura e Psicologia. Publicou *Hermes the Thief: The Evolution of a Myth* (University of Wisconsin Press, 1947), *Life Against Death: The Psychoanalytical Meaning of History* (Wesleyan University Press, 1959), *Love's Body* (Random House, 1966), *Closing Time* (Random House, 1973), *Apocalypse and/or Metamorphosis* (University of California Press, 1991) e *The Challenge of Islam: The Prophetic Tradition* (New Pacific Press, 2009).
5. Por se tratar de uma correspondência pequena, opto por transcrever estas cartas integralmente a fim de que o leitor possa ter uma visão completa do respectivo texto, valorizando o próprio gênero epistolar.

A palavra Erotismo é ambígua por natureza. Qual a que não é? Quando a empreguei, em relação a Marcuse, foi exatamente no sentido mais amplo, admitindo inúmeros entretons. Mas como um ponto extremo e antitético à concepção cristã do Amor. Tanto a filosofia cristã da vida, substancialmente antimaterialista, mas incluindo de tal modo a matéria em suas linhas mestras, que Teilhard de Chardin[6] pôde escrever em seu admirável 'Hino à Matéria' – como o materialismo integral, no sentido 'browniano' (tão diverso do materialismo vulgar) – fazem do Amor o eixo da verdade. Há, pois, entre essa dupla integralização – a Espiritualista e a Materialista – digamos assim um eixo comum. Apenas se colocam na ponta extrema, oposta desse eixo. E por isso podemos falar de Eros, o ponto extremo do eixo, segundo os materialistas, tipo Freud,[7] Marcuse ou Brown, e de Ágape, o extremo oposto, em

---

6. Pierre Teilhard de Chardin (1881 – 1955) foi cientista (químico e paleontólogo) e também sacerdote da Companhia de Jesus (Jesuítas). Toda a sua obra foi desenvolvida no sentido de aproximar ciência e fé, buscando compreender a força evolutiva na perspectiva da ação divina. Realizou inúmeras pesquisas de campo em partes da Ásia, Europa e África, principalmente em sítios arqueológicos, bem como desenvolveu um complexo pensamento científico-teológico publicado em livros e periódicos especializados. Sofreu uma intensa perseguição por parte de setores conservadores da Igreja Católica que, inicialmente, não compreenderam a sua obra, acusando-a de herética em relação aos dogmas da fé. Somente no início da década de 80 que o pensamento de Chardin foi reabilitado pela Igreja. No seu livro *Memórias Improvisadas* (Vozes, 1973, p. 172-173), Alceu Amoroso Lima afirmou: "Teilhard de Chardin, quando me familiarizei com a sua obra, exerceu sobre mim um efeito fulminante. Eu fui, como já disse, um evolucionista spenceriano, depois um evolucionista bergsoniano. Com a minha conversão, e sob a influência da filosofia ontológica de Maritain, tornei-me um antievolucionista. Ao ler Teilhard percebi o quanto o evolucionismo estava na espontaneidade de meu pensamento. Assim, através de sua obra, reconciliei-me com essa tendência do pensamento filosófico. Já não se tratava de um evolucionista naturalista, como no caso de Spencer, nem de um evolucionismo espiritualista como no caso de Bergson, mas de um *evolucionismo teocêntrico*, digamos assim, em que o caminho para a humanidade, o fim da humanidade, a nossa projeção enfim deve ser para o futuro e não para o passado. Tudo isto que eu sentia, encontrei em Teilhard de Chardin, um filósofo muito menos sólido e muito menos consistente que Maritain, e por isto mesmo muito mais contestado. Tratava-se de um homem de ciência e não de um filósofo". Da vasta obra de Teilhard de Chardin, destaco sua obra-prima *O Fenômeno Humano*, traduzida e publicada por diversas editoras.
7. Sigmund Freud (1856 – 1939) foi médico neurologista e criador da Psicanálise. Freud nasceu em uma família judaica e iniciou seus estudos utilizando a técnica da hipnose no tratamento de pacientes com histeria, como forma de acesso aos seus conteúdos mentais. Ao observar a melhora dos pacientes tratados pelo médico francês Charcot, elaborou a hipótese de que a causa da histeria era psicológica e não orgânica. Freud também é conhecido por suas teorias dos mecanismos de defesa e repressão psicológica e por criar a utilização da Psicanálise como tratamento das psicopatologias por intermédio do diálogo entre o paciente e o psicanalista. Suas teorias e seus tratamentos foram controversos na

que o Amor assume a sua translucidez absoluta em Deus, que 'é Amor'. 'Deus charitas est', segundo a definição joanina. Foi o que tentei fazer num artigo 'Eros e Ágape' (*Jornal do Brasil*, 19 set. 69).

Ora, quando disse, de passagem na minha entrevista, que o erotismo era, para Marcuse, uma filosofia da vida, entendia o erotismo não apenas no sentido que Freud designaria por genitalismo para distinguir de sexualismo, mas no sentido filosófico. É provável que Marcuse, como você tão bem o desenvolveu, não tenha chegado a uma concepção total do erotismo, como Freud ou Brown ou Reich,[8] mas tão pouco o entendi no sentido vulgar da expressão, tipo *Play Boy*. Eleva-o a uma concepção filosófica da vida, de tipo muito mais profundo que o simples erotismo burguês que assola o mundo moderno e é o sinal patente, como o nudismo, de uma civilização decadente e que se despe para morrer. Marcuse não é apenas um Ovídio do século XX.

Se não aceito a filosofia erótica da vida, tanto no sentido ovidiano como no sentido marcusiano, não a confundo com o erotismo do *Reader's Digest* ou do *Time*, muito menos da *Play Boy*. É que aceito o agapismo (se assim posso dizer) que se coloca no extremo oposto, embora situado no mesmo eixo da verdade, em que o amor é supremo. Ágape não é uma negação de Eros. É a sua espiritualização, imanente e mesmo transcendente, na mesma linha em

---

Europa do século XIX, e ainda continuam a ser muito debatidos nos dias de hoje. Sua teoria é de grande influência na psicologia atual e, além do contínuo debate sobre sua aplicação no tratamento médico, também é discutida e analisada como ferramenta teórica da literatura e da cultura em geral.

8. Wilhelm Reich (1897 – 1957) foi médico, psicanalista e cientista natural. Ex-discípulo de Sigmund Freud, rompeu com este para dar prosseguimento à elaboração de suas próprias ideias no campo da psicanálise, especialmente dos temas ligados à sexualidade humana. Reich dava grande ênfase à importância de desenvolver uma livre expressão dos sentimentos sexuais e emocionais dentro do relacionamento amoroso maduro, enfatizando a natureza essencialmente sexual das energias com as quais lidamos.

que gênios poéticos opostos se encontram: Baudelaire[9] (voltado para Eros) e Claudel[10] (voltado para Ágape).

São esses, em resumo, os comentários que seu excelente artigo me despertaram e que me valem a oportunidade de dizer-lhe o prazer que tenho de o ler, mesmo quando discordo e quando o admiro.

Do confrade amigo e admirador

[Alceu Amoroso Lima][11]

Dentre as suas várias funções, a correspondência serve como um poderoso "laboratório de ideias", possibilitando aos correspondentes não apenas uma troca de informações mas, sobretudo, o partilhar de convicções, (des)construindo valores e opiniões, (re)construindo novos saberes, propondo outras perspectivas semânticas e hermenêuticas. Nesse sentido, o próprio Alceu valorizou a escrita epistolar, conforme afirmou a Carlos Drummond de Andrade, numa carta de 1/2/1929: "Sem ter tempo de escrever, escrevo demais e escrevo pelo prazer de receber a resposta. E pelo amor à correspondência, essa forma literária que hoje em dia me satisfaz".[12]

---

9. Charles Baudelaire (1821 – 1867) foi um dos poetas mais importantes da literatura francesa no século XIX, sendo conhecido pela sua dimensão de *dandy* e/ou *flâneur*. É considerado um dos precursores do Simbolismo e sempre lembrado como o fundador da tradição moderna em poesia, juntamente com Walt Whitman e Mallarmé, embora tenha se relacionado com diversas escolas artísticas, como o Romantismo. Sua obra teórica também influenciou profundamente as artes plásticas e a filosofia da sua época. Em 1857 foi lançada a sua obra prima – *As Flores do Mal* – contendo 100 poemas, que logo recebeu uma forte censura, tendo sido proibida a sua venda e circulação, o que obrigou Baudelaire a modificar alguns dos poemas, a fim de a obra poder circular normalmente. É um dos poetas que mais exerceram influência sobre diversos escritores brasileiros, especialmente no início do nosso século XX.

10. Paul Claudel (1868 – 1955) foi diplomata, dramaturgo e poeta francês, membro da Academia Francesa e considerado um dos mais importantes escritores católicos do século XX. Em 1886, Paul Claudel, que tinha 18 anos e até então era ateu, converteu-se subitamente ao Catolicismo na missa de Natal, ao ouvir o coro da catedral de Notre Dame de Paris, passando a representar temas e imagens religiosas na sua Poesia. Sobre Paul Claudel, afirmou Alceu Amoroso Lima (1973, p. 45) em *Memórias Improvisadas*: "Creio que só vim a compreender a importância da liberdade literária depois da leitura Rimbaud e Claudel, sempre a marca da literatura francesa".

11. Esta carta foi transcrita a partir de uma cópia, feita com carbono roxo, em papel de seda branco, 21cm x 30cm. Assim como os demais documentos transcritos neste ensaio, este se encontra no Centro Alceu Amoroso Lima para a Liberdade (CAALL), Arquivo Tristão de Athayde, Pasta Paulo Francis.

12. Cf. o livro *Alceu & Drummond* (UFMG, 2014), por mim organizado, que traz a correspondência completa entre Alceu Amoroso Lima e Carlos Drummond de Andrade, num total de 132 cartas inéditas.

Outro fator determinante na troca de cartas é a amizade, espécie de *leitmotiv* a conduzir esse tipo de escrita no partilhar organizado de afetos e histórias. Entretanto, não pensemos que as missivas continham apenas concordâncias mútuas de opinião, ao contrário, também era espaço para desavenças e ideias cruzadas, conforme o próprio Alceu escreveu no final da mesma carta a Francis: "São esses, em resumo, os comentários que seu excelente artigo me despertou e que me valem a oportunidade de dizer-lhe o prazer que tenho de o ler, mesmo quando discordo e quando o admiro". A respeito destas intrincadas questões, Geneviève Haroche-Bouzinac explica:

> A carta depende de fatores ligados ao contexto histórico: situação das vias e das comunicações postais, estrutura hierárquica das relações sociais, maior ou menor grau de aceitação de uma moda ou etiqueta, acesso à escrita de uma massa variável dos sujeitos que produzem as mensagens. (...) De uma carta se espera, de modo muito diferente conforme a época, notícias da vida política ou pessoal, anedotas, relatos agradáveis, análises, reflexões, revelações sobre si, confidências, expressão de sentimentos.[13]

Certamente, Paulo Francis respondeu ao seu antigo professor, pois o jornalista, como todo bom correspondente, não deixava carta sem resposta, ainda mais uma de Alceu. Contudo, não encontrei esta resposta no arquivo do crítico, hoje em dia salvaguardado no Centro Alceu Amoroso Lima para a Liberdade, em Petrópolis (RJ). É comum, nas correspondências, encontrarmos lacunas temporais e materiais entre as cartas, pelos mais diferentes motivos: o não envio, documento perdido, destruição voluntária, extravio dos Correios etc. Lembrando que as cartas recebidas por Paulo Francis (sua correspondência passiva) se encontram, atualmente, com Sônia Nolasco Heilborn, sua viúva, que gentilmente me abriu o seu arquivo pessoal para consulta.

No arquivo de Alceu, há duas cartas recebidas de Paulo Francis, tempos depois deste primeiro contato, reforçando a dimensão lacunar desta efêmera troca. Na primeira, enviada de Nova York em 23/3/1975, percebe-se que a amizade entre ambos estava selada, não obstante as diferenças ideológicas entre ambos:

---

13. In: *Escritas Epistolares* (EDUSP: 2016, p. 26-27).

Cartas que falam

23 de março de 1975[14]
Meu caro Alceu
Só recebi sua carta de 1 de janeiro em 21 de março. Não sei o que aconteceu. Aqui eles acham sempre a gente (!) Em todo o caso meu endereço aqui é 301 E. 47 th St. Apt 15-J, New York, N.Y., 10017. Desculpe o papel, o meu, pessoal, acabou. Quanto à questão dos livros, o mais simples é você telefonar à Nelma Quadros,[15] no Rio (256-7934, ou 257-2556), dizer o que quer. Ela é secretária geral do Pasquim, moça ótima. Trocamos um malote diário pela Varig. Não me custa comprar o que você desejar e depois acertamos as contas. Vou às livrarias praticamente todos os dias.[16]

Tenho uma ideia do que acontece no Brasil por cartas e pelo pouco que sai na imprensa, em verdade o que você e (às vezes, nas entrelinhas) o Carlos Castello Branco[17] escrevem. Não vejo, também, a médio prazo, possibilidade de mudança. Por isso, fico aqui, onde, ao menos, tenho acesso a informações, à paz e tranquilidade, apesar do excesso de trabalho jornalístico, que me permitiram inclusive iniciar um romance político e semiautobiográfico.

---

14. Carta datilografada, tinta preta, em duas folhas de papel ofício branco, 20cm x 31cm, assinatura: "Francis". No canto superior direito, lê-se o seguinte timbre: "Visão / A Revista dos Homens de Negócios / S. Paulo: Sete de Abril, 345 – 3°. – 33.4184 / Rio: General Justo, 275 – B – 52.3085".
15. Nelma Quadros (1935 – 1991) foi secretária executiva d'*O Pasquim*, uma das pessoas mais queridas nos meios boêmios e intelectuais e, por conta da sua função naquele jornal, foi amiga e confidente de várias personalidades da cultura e da política. Amiga pessoal de Leonel Brizola, foi uma das fundadoras do Partido Democrático Trabalhista, o PDT, no início dos anos 80.
16. Aqui, Paulo Francis alude a uma das principais funções da troca de correspondências: o intercâmbio de material: livros, fotografias, recortes de imprensa, entrevistas, objetos etc., reforçando a já lembrada rede de sociabilidade epistolar através das trocas entre remetente e destinatário.
17. Carlos Castello Branco (1920 – 1993) foi jornalista, escritor e membro da Academia Brasileira de Letras (cadeira 34). A coluna que manteve, por décadas, no *Jornal do Brasil* é um marco do jornalismo político brasileiro. *Castelinho*, como era chamado, começou nos *Diários Associados* em 1939 e, depois de exercer cargos de chefia, resolveu dedicar-se à reportagem política, inicialmente n'*O Jornal*, depois no *Diário Carioca* e na revista *O Cruzeiro*. Por sua luta pela liberdade de imprensa, ganhou vários prêmios internacionais, como o Maria Moors Cabot (Universidade de Columbia) e o Mergenthaler. Publicou *Continhos brasileiros* (Noite, 1952), *Arco de triunfo* (Parma, 1959), *Introdução à Revolução de 1964* (Artenova, 1975), *Os militares no Poder* (Nova Fronteira, 1976), *Retratos e fatos da História Recente* (Revan, 1994) e *A renúncia de Jânio* (Revan, 1996).

II. Cartas para Alceu Amoroso Lima

Vejo que nos encontramos em Opinião.[18] Vou colaborar mais porque gosto muito do Fernando Gasparian[19] contra quem fazem muitas intrigas provincianas, no momento, e porque acho que vale à pena uma tentativa de manter o jornal. Li um artigo seu excelente sobre Divórcio e Capitalismo. Considero-o uma resposta às tolices reacionárias que D. Marcos Barbosa[20] tem escrito a respeito (dou-me bem com ele, acrescento, mas nunca escondi dele o que penso sobre o que escreve). Em Portugal, a história é a de sempre. A Direita, enraizada há 50 anos, não aceita um mínimo de reformas e tenta o golpe. Se é bem sucedida,

---

18. O jornal *Opinião* circulou entre 1972 e 1977, atingindo a tiragem de 38 mil exemplares semanais em seu primeiro ano, com grande repercussão no cenário nacional. Destacou-se, ao lado de *O Pasquim* e *Movimento*, como um periódico ligado à imprensa alternativa, com artigos de jornalistas e intelectuais que exerciam oposição ao regime militar brasileiro. Entre seus articulistas, passaram nomes como Antonio Candido, Antonio Callado, Fernando Henrique Cardoso, Francisco Weffort, Paul Singer, Darcy Ribeiro, Celso Furtado, Otto Maria Carpeaux, Hélio Jaguaribe, Jean-Claude Bernardet, Millôr Fernandes, Oscar Niemeyer e os próprios Paulo Francis e Alceu Amoroso Lima. O fim do *Opinião* se deu por conta das restrições impostas pela censura. Juntamente com *Movimento* e *Tribuna da Imprensa*, o jornal profundamente afetado pela censura, com base no artigo 9 do AI-5. Mesmo assim, *Opinião* resistiu a quatro anos e meio de pressões políticas, tendo as suas 221 edições sido feitas sob censura prévia do Ministério da Justiça.
19. Fernando Gasparian (1930 – 2006) foi empresário, político e editor. Sempre ligado ideologicamente à esquerda, teve importante ação nos meios editoriais brasileiros, especialmente aqueles de combate intelectual ao Regime de 64. Além do jornal *Opinião*, também fundou os *Cadernos de Opinião*, a livraria e revista *Argumento* e a editora Paz e Terra.
20. Trata-se de Lauro de Araújo Barbosa (1915-1997), mais conhecido como Dom Marcos Barbosa, seu nome religioso de monge beneditino. Dom Marcos cursou Direito na antiga Faculdade Nacional de Direito, no Rio de Janeiro, onde teve contatos com alguns integrantes da Associação Universitária Católica, e estes o conduziram aos encontros do Centro Dom Vital (CDV) e da própria Associação. Foi no CDV que o jovem Lauro Barbosa conheceu Alceu Amoroso Lima e Dom Martinho Michler; este último, naquele momento, organizava retiros com rapazes vocacionados à vida religiosa. Quando terminou o curso superior, Lauro tornou-se secretário particular de Alceu na presidência da Coligação Católica Brasileira, órgão que comandava as ações da Ação Católica no país. No final de 1939, muito influenciado por Dom Martinho, Lauro Barbosa deixou o seu emprego na Coligação e entrou para o Mosteiro de São Bento do Rio de Janeiro, fazendo sua profissão religiosa em 11 de julho de 1941 e ordenando-se sacerdote em 21 de dezembro de 1946. A esta época, já assumira o nome religioso como Dom Marcos Barbosa, com o qual ficou conhecido nas Letras brasileiras, especialmente por conta das suas traduções dos livros *O Pequeno Príncipe* e *Marcelino Pão e Vinho*. Dom Marcos Barbosa teve uma vasta produção literária, da qual destaco: *Poemas do Reino de Deus* (José Olympio, 1980), *Nossos amigos os Santos* (José Olympio, 1985), *As vinte e seis andorinhas* (Brasil, 1991) e *Poemas para crianças e alguns adultos* (Grafline, 1994). Em 1980, Dom Marcos Barbosa foi eleito para a cadeira 15 da Academia Brasileira de Letras, na sucessão de Odilo Costa Filho, sendo recebido por Alceu Amoroso Lima.

temos um novo Chile ou Brasil. Se não, os radicais de esquerda, bem, radicalizam. Isso me lembra Burke pedindo uma "longa guerra" contra a Revolução Francesa, no período liberal de 1789, e se queixando do radicalismo do 1793, depois que a longa guerra começou. Um grande abraço
Francis

Francis se refere ao seu romance *Cabeça de papel*, publicado pela Civilização Brasileira em 1977, de seu amigo Ênio Silveira, que também era amigo pessoal de Alceu. Este romance não foi muito bem visto pela crítica da época, já marcada pela produção universitária e acadêmica, de direção marxista e à esquerda, que o considerou "elitista demais", de "difícil compreensão", porém, teve uma calorosa recepção de Alceu, que se manifestou na imprensa a seu respeito, exaltando-o como um "exemplar de inteligência e erudição". E o tom ácido de Paulo Francis, sempre lembrado em relação à sua escrita, não poderia ficar de fora, como neste outro fragmento da mesma carta: "Li um artigo seu excelente sobre Divórcio e Capitalismo. Considero-o uma resposta às tolices reacionárias que D. Marcos Barbosa tem escrito a respeito (dou-me bem com ele, acrescento, mas nunca escondi dele o que penso sobre o que escreve)".

Aqui, percebe-se outra característica fundamental da epistolografia: a formação de redes de sociabilidade, isto é, a correspondência cruzando amizades e relações entre amigos e até desconhecidos, minimizando as distâncias físicas e geográficas, servindo de elo a provocar ligações entre as mais diferentes partes. Nessas redes epistolares, percebe-se a importância dos intercâmbios de materiais: livros, revistas, recortes, matérias jornalísticas etc., posto que remetente e destinatário pactuam do fator confiança para pedidos e trocas de objetos, como se percebe no primeiro parágrafo da carta, quando Paulo Francis estabelece um acordo de trocas mútuas com Alceu: "Trocamos um malote diário pela Varig. Não me custa comprar o que você desejar e depois acertamos as contas. Vou às livrarias praticamente todos os dias".

A segunda carta que Paulo Francis enviou a Alceu Amoroso Lima é de 4/7/1982, após outro grande espaço cronológico e um ano antes do falecimento do crítico. É mais longa, ontológica e reflexiva quanto ao seu papel de jornalista e intelectual, questionando a sua função de homem público num contexto marcado por guerras e conflitos. Nela, Francis desabafou:

N.Y. 4/7/1982[21]
Meu caro Alceu
A referência a você foi num artigo que escrevi na 'Folha', na angústia de não ter palavras, 'instrumentos', 'metodologia', diriam os acadêmicos, em face do genocídio de palestinos e libaneses por Israel. Pedi que você escrevesse sobre a concepção de pecado, cristã, porque não só eu seria incapaz de escrever sobre o assunto com convicção, como – o que deixei explícito na 'Folha' – o humanismo secular permite, em alguns casos, 'convida' a esse tipo de crime, se justificando em ideologias, de Hitler a Stalin. Se a Igreja cometeu crimes – e os cometeu, claro – ao menos nunca perdeu a crença no caráter sacrossanto da vida humana, e essa crença sempre termina reemergindo dos períodos de treva e obscurantismo do cristianismo. E o cristianismo nunca perdeu o senso do que é a individualidade do ser humano, hoje reduzido à mera cifra ou coisa pior pelos ideólogos e tecnocratas. Hannah Arendt,[22] uma judia sem religião, escreveu muito e admiravelmente sobre isso e me influenciou bastante. Mas o meu artigo tinha um tom mais pessoal, de desespero, de desesperança de que a imprensa, ou essa palavra abominável, mídia, algum dia pare de ser papagaio dos poderosos. Enchi páginas da 'Folha' sobre mais esse crime de Israel. Nada posso fazer para influenciar o que acontece, naturalmente, e me pergunto se a maioria das pessoas hoje ainda é capaz de sentir, entender, o que aconteceu em Biafra, Vietnã, Salvador e acontece no Líbano. Ou se a maioria das pessoas sequer se interessa por questões morais, tal a massificação da sociedade.

---

21. Carta datilografada, tinta preta, em três folhas de papel ofício azul, 20cm x 31cm, assinatura: "P. Francis". No canto superior da folha, lê-se o seguinte timbre: "Paulo Francis".
22. Hannah Arendt (1906 – 1975) foi uma filósofa política alemã de origem judaica, uma das mais influentes intelectuais do século XX. Sofreu forte perseguição do regime nazista, tendo sido encarcerada e perdido a nacionalidade alemã, o que a obrigou a imigrar-se pros Estados Unidos. Foi uma arguta pesquisadora do conceito de pluralismo, sempre no sentido de inclusão do Outro nos mais diferentes âmbitos da vida em sociedade. Como fontes de suas investigações, Arendt usou fontes filosóficas, políticas, históricas, biografias e obras literárias, formando um vasto campo de investigação filosófica de tendência existencialista, o que a credencia como uma das maiores pensadoras de todos os tempos. De sua imensa obra intelectual, destaco *Entre o Passado e o Futuro* (Perspectiva, 1972), *Homens em Tempos Sombrios* (Companhia das Letras, 1987), *A Condição Humana* (Forense, 1987), *Origens do Totalitarismo* (Companhia das Letras, 1988), *Sobre a Violência* (Relume Dumará, 1994), *Eichmann em Jerusalém* (Companhia das Letras, 1999) e *O que é Política?* (Difel, 2008).

Cartas que falam

Me lembro que D. Evaristo,[23] usando uma palavra que nenhum cientista político pensaria escrever, carestia, foi o catalista do que temos de oposição às formas de crueldade da classe dirigente brasileira. É duro para mim, sendo quem sou, admitir que a linguagem dele é muito mais eficaz do que os brilharecos humanistas seculares de pessoas como eu. Mas, ao menos, não perdi ainda a capacidade de me render aos fatos, por mais dolorosos me sejam pessoalmente.

Foi isso. Soube pelo nosso comum amigo, Paulo Bertazzi,[24] da morte de sua mulher, e pensei em escrever-lhe, mas a timidez me inibiu. Afinal, nosso conhecimento pessoal é mínimo. Acredite que pensei nela e em você, ainda que não a conhecesse pessoalmente. Tenho a maior admiração pelo seu trabalho, que li quase todo, admiração pela coragem pessoal de mudar honestamente de posições, admiração pela serenidade com que ignora ataques estúpidos de gente pequena ou meramente mal intencionada (acredito como Arendt que o mal é banal. Apenas o bem é radical). Nenhum intelectual deu tanto a um povo marcado por uma história repleta de erros, condenado à miséria e ao atraso. A minha referência irônica à sua fé em *Cabeça de Papel* é de pura inveja, e a ironia no meu léxico é um breve contra a malícia. A inveja é de que neste ano de 1982 não consigo mais acreditar que escapemos da barbárie que avança lenta e totalitariamente sobre todas as concepções de civilizações. Jesus, Marx e Freud, tão diferentes, se entre nós, talvez não tivessem a serenidade que encontro em tudo que você escreve.

Obrigado pela carta e entrevista, e fique certo da minha amizade e admiração.
P. Francis

Fica explícita a preocupação humanista de Paulo Francis, que via em Alceu Amoroso Lima a figura exemplar e segura para se discutir tais questões, especialmente qual seria a resposta cristã para todas essas agruras do

---

23. Dom Paulo Evaristo Arns (1921 – 2016) foi um dos principais nomes do catolicismo brasileiro, internacionalmente reconhecido pela sua luta em prol dos direitos humanos. Foi religioso franciscano, bispo auxiliar (1966 – 1970) da Arquidiocese de São Paulo e depois seu arcebispo titular (1970-1998). Em 1973, foi criado cardeal pelo Papa Paulo VI, de quem era amigo pessoal. Dom Evaristo foi um duro crítico do Regime Civil-Militar de 64, o qual combateu de várias formas, especialmente denunciando os seus desequilíbrios e atentados contra a dignidade humana. Foi grande incentivador das comunidades eclesiais de base e adepto da Teologia da Libertação, o que provocou a ira de muitos setores conservadores da Igreja Católica dentro e fora do Brasil. Foi grande amigo de Alceu Amoroso Lima, com quem manteve uma extensa correspondência pessoal. Autor de uma vasta obra intelectual, com mais de cinquenta livros publicados, dom Evaristo Arns deixou seu nome gravado na História contemporânea brasileira.
24. A pesquisa não identificou esta pessoa.

seu tempo, fato este que nos obriga a questionar as tradicionais acusações recebidas pelo jornalista, especialmente as de ser alienado e subserviente ao poder econômico norte-americano, como sempre é acusado. Ou seja: poderíamos até falar de um "outro Francis" – o das cartas a Alceu – bem diferente do "tradicional Francis" do qual lembramos e tivemos contato, especialmente pelo seu estilo único de falar e produzir suas reportagens e investigações. Retorno à Geneviève Haroche-Bouzinac (2016, p. 14) e suas investigações quanto à natureza do fenômeno epistolar envolvendo remetente e destinatário:

> Num primeiro momento, essa forma de leitura [das cartas] é efetuada pelo destinatário, mas uma possibilidade de ampliar o número de leitores, seja um pequeno grupo – uma família –, seja um conjunto de leitores mais amplo – um público –, às vezes aparece de forma latente. Através da massa indistinta representada pelos futuros leitores da carta, às vezes é outro leitor, diferente do destinatário, que é esperado. Aquele que escreve só pode contar com a realização um tanto incerta dessa leitura que, na maioria das vezes, depende da notoriedade adquirida pelo epistológrafo em outros níveis.

Percebe-se que a correspondência entre ambos também foi usada como espaço privilegiado para o debate intelectual, para a formação mútua de ideias, para o desabafo e tentativa de consolo, elementos estes constitutivos da escrita epistolar, como o mesmo Alceu se utilizou na sua correspondência com Mário de Andrade, Murilo Mendes e Carlos Drummond de Andrade, dentre outros correspondentes. Tal fato foi reconhecido por Paulo Francis na mesma carta, quando afirmou: "Tenho a maior admiração pelo seu trabalho, que li quase todo, admiração pela coragem pessoal de mudar honestamente de posições, admiração pela serenidade com que ignora ataques estúpidos de gente pequena ou meramente mal intencionada".

Neste aspecto das mudanças de posição, tanto Francis quanto Alceu cambiaram de um lugar ao outro, cada um na sua perspectiva ideológica, buscando uma ressignificação quanto aos seus respectivos papéis na sociedade. Talvez este fosse um outro elemento que atraía Francis a Alceu, embora mantendo as especificidades destas transformações, mas respeitando-se um ao outro nas suas respectivas grandezas. Ou seja, penso aqui na carta enquanto uma espécie de categoria "trans-histórica" repleta de várias discursividades e semânticas.

Considero esta correspondência trocada por Alceu e Francis pequena em números de missivas enviadas e recebidas, porém importante e volumosa em sentido e fatos debatidos e problematizados pelos correspondentes.

Cartas que falam

Embora trocadas no ambiente íntimo da amizade entre ambos, elas são públicas, adquiriram um *status* social e até comunitário, uma vez que falam sobre os conflitos do mundo naquele momento histórico, com um Paulo Francis discutindo e admitindo a sua dimensão de humanista, demonstrando solidariedade pelos conflitos e guerras internacionais, especialmente todos aqueles envolvidos nestes tristes episódios. Por isso, penso neste epistolário – e tantos outros – como "cartas para os outros", "cartas para todos".

Desta forma, podemos dizer que determinadas Correspondências, especialmente aquelas mais "pensadas" e organizadas, funcionam como verdadeiros laboratórios de criação e de pensamento, espaços de debate e discussão de problemas e soluções. Estes são alguns dos sintomas do gênero epistolar, híbrido e polissêmico por natureza, um "polichinelo" de possibilidades semânticas e analíticas, instável nas formas e sempre em movimento expressivo e de conteúdo, numa corda bamba que lhe oferece múltiplas aplicabilidades teóricas e performáticas.

Saudando o aniversário de 80 anos de Alceu, ocorrido em 1973, assim Paulo Francis afirmou sobre o amigo, na crônica "Alceu", publicada na *Tribuna da Imprensa* em 19/12/1973:

> Agora que estou sabendo dos 80 anos de Alceu Amoroso Lima o envio o meu abraço, minha admiração, minha (saudável) inveja por um dos intelectuais mais decentes e influentes que o Brasil já produziu. *Visão* fez uma excelente matéria de capa sobre Alceu e Sobral Pinto outro dia, cuja leitura já sugeri daqui, mas basta o convívio que temos com ele, nas páginas do *Jornal do Brasil*, para que sintamos, além dos outros méritos a importância de Alceu na vida brasileira, hoje mais que nunca. Almoçamos juntos aqui [em NY], há tempos, e mais uma vez pude observar de perto a serenidade, a alegria, a consideração pelo próximo que caracteriza esse animal humano dos mais raros: o homem de consciência tranquila. Bastaria inclusive a simples coragem de Alceu, nesses dias difíceis, para nos levantar da opressiva depressão que nos consome. Ele tem esse efeito sobre mim. Não posso dizer isso de nenhum outro intelectual brasileiro, mesmo daqueles a quem também admiro profundamente.

Francis e Alceu. O jornalista e o crítico. O mestre e o antigo discípulo que se tornou discípulo para toda a vida. Eros e Ágape. Tantas diferenças que se uniam, em harmonia, pelo respeito, em função de algo maior, de um bem superior, de uma beleza que não finda – a amizade.

TRISTÃO DE ATAÍDE E OS TRÊS ANDRADES – O PROBLEMA DE DEUS[1]

A área da Teopoética, ou Teopoesia para alguns, ainda é algo um tanto recente no Brasil, se a considerarmos desta forma em função dos poucos anos de criação da ALALITE (Associação Brasileira de Literatura e Teologia), que tem dinamizado e ajudado na divulgação desses saberes por meio de encontros acadêmicos e publicações que, com ajuda de bons trabalhos acadêmicos em nível de pós-graduação, temos percebido não apenas um maior interesse de pesquisadores e estudantes de diferentes áreas, mas também o surgimento de novas abordagens e hermenêuticas que obrigam a nova visão e (re)avaliação dos mais diferentes cânones – literários e religiosos – no que concerne ao "lidar" com o texto literário.

Na verdade, o que se vê é um trabalho e uma pesquisa "atravessados" pelos mais diferentes saberes, sempre na perspectiva do encontro com outras linguagens e abordagens, percebendo uma espécie de dissincronia do sincrônico, como proposto por Frederic Jameson em diversos dos seus textos e entrevistas. É este sincrônico complexo dos estudos – tantos literários quanto teológicos – que se busca aproximar, nunca no sentido de descobrir e estabelecer verdades, ao contrário, valorizando justamente esta tal dissincronia que nos obriga a se afastar de hierarquias (pré)estabelecidas no tocante ao diálogo teopoético. A teologia ilumina a literatura ou é a literatura que, sintomaticamente, representa o teológico? Não ouso responder a esta pergunta, mesmo porque, o melhor é deixá-la sem resposta a nos

---

[1]. Publicado na revista *Interações* (PUC-Minas), volume 11, série 19, 2016.

remoer por dentro, a nos provocar pensamentos e possibilidades díspares no que concerne à natureza destes dois saberes.

Nesta perspectiva, proponho um diálogo entre quatro importantes personalidades do nosso mundo cultural: qual a relação entre Alceu Amoroso Lima com Oswald de Andrade, Carlos Drummond de Andrade e Mário de Andrade? Ou seja, como o próprio título deste ensaio adiantou, o que interliga os três Andrades do nosso modernismo ao crítico literário e intelectual católico Tristão de Ataíde? Aproximações? Dissonâncias? Interesses mútuos? Ou apenas a boa e velha prática da correspondência?

Vejamos.

Ao contrário do que muitos ainda acreditam e se confundem, estes três Andrades não foram parentes, são interligados pelo mesmo sobrenome apenas por uma grande e conhecida "coincidência literária".

Devo lembrar também, em termos metodológicos, a declarada opção que tive pelo corpus epistolar, isto é, como especialista em Epistolografia – ciência literária que pesquisa cartas e correspondências –, é a partir deste lugar que farei as minhas considerações críticas. Também é bom lembrar que, para isso, usarei os últimos livros que organizei, a saber: *Drummond & Alceu – Correspondência de Carlos Drummond de Andrade e Alceu Amoroso Lima* (UFMG, 2014) – para as cartas trocadas entre este poeta e o crítico católico; *Cartas de Esperança em Tempos de Ditadura – Frei Betto e Leonardo Boff Escrevem a Alceu Amoroso Lima* (Vozes, 2015) e *Correspondência Mário de Andrade e Alceu Amoroso Lima* (EDUSP, 2018). Para as cartas entre Alceu e Oswald de Andrade, que estão inéditas, utilizei o arquivo do próprio Alceu Amoroso Lima, localizado na cidade de Petrópolis (RJ), sob a salvaguarda do Centro Alceu Amoroso Lima para a Liberdade (CAALL).

É importante ressaltar, também, que foi minha opção por citar/transcrever longos fragmentos destas cartas; inclusive, há uma carta integral de Oswald de Andrade a Alceu, inédita, cujo conteúdo é-me importante no sentido de desenvolver minhas considerações críticas. Além disso, ainda não temos no Brasil uma boa tradição de pesquisa epistolográfica, se levarmos em consideração outros países como França e Inglaterra, onde tal sistemática vem sendo feita desde o século XIX. Por isso a minha opção por privilegiar, ao máximo, a fonte missivista dos respectivos autores analisados neste ensaio.

Com Oswald de Andrade – "O Deus Morto"

A julgar pela precária correspondência entre Alceu Amoroso Lima e Oswald de Andrade, podemos concluir que os mesmos nunca foram propriamente amigos epistolares, como ocorreu entre Drummond e Mário de Andrade com Alceu. Oswaldo, na verdade, não era um bom escritor de cartas, raramente as respondia, muito dificilmente as guardava, tanto que seu arquivo pessoal hoje depositado no CEDAE (Centro de Documentação Alexandre Eulálio), que pertence ao Instituto de Estudos da Linguagem da Unicamp, é pobre no que diz respeito à correspondência passiva, isto é, ao que ele recebeu ao longo da vida. De Alceu, por exemplo, o arquivo registra apenas a presença de um telegrama.

Ao contrário, no arquivo do CAALL, sentimos uma maior preocupação de Alceu, seu senso arquivístico é exemplar, guardando e preservando tudo. Então temos 9 (nove) cartas de Oswald a ele endereçadas. Uma delas me parece sintomática, e transcrevo-a integralmente:

> São Paulo 8 de fevereiro de 1929
> Tristão, meu caro crítico
> Não posso ir ao Rio agora. O meu desejo, além de levar-lhe *Serafim Ponte Grande*, era pedir-lhe que centralizasse uma polêmica nacional, onde as grandes orientações se pudessem afirmar. Acabo de ver o Alexandre Correa que me disse estar pronto a entrar num debate sério que se fizesse aí, numa folha de circulação nacional. Ele e o professor Van Acker. Poderia ser no 'O Jornal', organizada e distribuída pelo seu tato e pelo seu prestígio?
> Essa ideia partiu das conversas que tive sobre ANTROPOFAGIA com Tasso da Silveira e Andrade Muricy ultimamente. O Tasso me disse: 'Só podemos discutir por escrito'. Eu aceitei. Combinamos que eu abrisse a questão. Eu começaria expondo seriamente os meus pontos de vista em cerrado ataque contra as duas correntes que, na minha opinião, estão procurando envenenar o Brasil – os católicos e os bolchevistas. O Tasso replicaria imediatamente. Há aqui um grupo marxista de apreciável cultura que falaria também. Que pensa você disso tudo? Eu só vejo uma possibilidade de realização – é você centralizar o debate e distribuí-lo, entrando nele está claro com a sua arguta inteligência e infelizmente com o seu horroroso catolicismo. O Raul Bopp conversará detalhes.
> Responda ao
> Oswald de Andrade

Alameda Barão de Piracicaba 44 – S. Paulo
P.S. O Mário só tem um destino – refugiar-se no folclore!
(CAALL / Série Correspondência Passiva / Pasta Oswald de Andrade – *Texto Inédito*)

Pelas propostas feitas por Oswald de Andrade, é-nos possível perceber as suas intenções e o porquê da sua aproximação de Alceu, já que esta é a primeira carta da correspondência entre eles. Fica claro também o tom declaradamente sarcástico e caricatural de Oswald, ao pedir que Alceu contribuísse na tal polêmica "com o seu horroroso catolicismo". Isto era próprio da verve de Oswald, conhecido pelo seu caráter demolidor em relação a tudo e a todos. Percebemos também a interligação com Mário de Andrade que, pelo ano (1929), já não mais tinha qualquer tipo de amizade com Oswald. A referência ao refúgio de Mário no folclore diz respeito à publicação de *Macunaíma*, no ano anterior, sabidamente um romance de caráter híbrido quanto às nossas tradições folclóricas.

Podemos afirmar que com Mário Alceu trocou cartas, com Oswald trocou farpas. A respeito das diferenças entre estes dois Andrades, Alceu afirmou:

> Essa dupla de Andrades, sem nenhum parentesco entre si, me parecia ser a própria expressão das duas faces da nova escola. Sem negar o valor intrínseco de cada um e sem querer excluir um pelo outro, Mário me parecia ser o lado *construtivo* do modernismo. Oswald, o seu aspecto *demolidor*, agitado e agressivo. Este chegara ao modernismo através da sátira, do espírito irreverente e visceralmente revolucionário, de tudo enfim que o torna hoje muito mais influente e expressivo para as novas gerações do fim do século XX, do que Mário. Este fora ao modernismo depois de um catolicismo convicto. De uma grande curiosidade intelectual. De uma procura da verdade com seriedade e esforço. Dois temperamentos tão opostos, que em pouco uma divergência de ordem moral, mais do que um simples mal entendido, os iria separar definitivamente. Nos dois, aliás, eu via a dupla vertente do modernismo. (Lima, 1973, p. 92)

Certamente, a admiração de Alceu por Mário se dava por uma profunda identificação intelectual. Com a mentalidade que tinha, Alceu dificilmente aceitava uma proposta artística que surgisse de leviandades estéticas, de experimentalismos vazios e sem razão de existir. Nesse sentido, Mário, com a sua personalidade de *scholar* e pesquisador, encaixava-se perfeitamente nos critérios artísticos de Alceu. Era o artista estudioso, que atravessava o rio sem se esquecer da margem anterior.

Já Oswald era justamente o contrário, era o "anti-Mário", o "anti-Alceu". Oriundo de uma das famílias mais ricas de São Paulo, aproveitou o que pôde da fortuna que herdou do seu pai, principalmente esbanjando-a em diversas viagens que fez ao exterior. Paris era o seu destino mais certo. Oswald tinha uma personalidade demolidora, seus desafetos diziam que tudo o que tocasse automaticamente se destruía. De grande criatividade como polemista, desde cedo soube aproveitar bem os bons efeitos de um escândalo, de um bom bate-boca literário. Quanto à sua visão de literatura, Oswald foi quem melhor vestiu o uniforme da vanguarda. Desde cedo se apaixonou pela noção de ruptura, de transgressão, de desafio à ordem cultural estabelecida.

Nessa perspectiva, a questão religiosa foi algo importante na sua vida, posto que esta era vista como sinônimo de tradição, de passado, de valor familiar. Dificilmente, nessa visada vanguardista, Deus não tinha lugar, era preciso matar Deus de alguma forma e matar também tudo que lembrasse/representasse a presença divina, em especial, o binômio religião/religiosidade, vista por Oswald como um dos mais importantes sintomas do nosso atraso intelectual e cultural. Oswald não via uma forma de conciliar a herança religiosa com uma desprendida vida acadêmico-cultural, eram realidades que não dialogavam, o artista verdadeiramente livre não podia praticar e viver uma religião, particularmente a católica, fruto do nosso passado colonial e atrasado.

Décadas depois, em 1967, quando a equipe do diretor teatral José Celso Martinez Corrêa ensaiava a peça *O Rei da Vela*, de Oswald de Andrade, montada no Teatro Oficina, um certo assistente de direção escreveu a Alceu pedindo um texto crítico sobre Oswald. Era Carlos Alberto Christo, ou simplesmente Frei Betto, que dividia a vida de frade dominicano com esta função na equipe do Oficina. Assim escreveu Frei Betto a Alceu:

S. Paulo, 6 de agosto de 1967.
Caríssimo Dr. Alceu
O Teatro Oficina de São Paulo pretende lançar em cartaz, no próximo mês de setembro, a peça 'O Rei da Vela', de Oswald de Andrade. Nome tão importante em nossas letras, ficou esquecido durante muito tempo. É a primeira vez que a peça será encenada e, por isso, temos feito um trabalho sério em torno de sua preparação.

A família de Oswald de Andrade tem nos ajudado e, junto ao espetáculo, faremos uma exposição de suas obras e manuscritos inéditos. Por outro lado, lançaremos uma publicação contendo vários artigos sobre a peça e seu contexto histórico, religioso, filosófico, sociológico, moral etc.

Em vista de sua ligação com Oswald de Andrade, sobretudo em torno da Semana de Arte Moderna, consideramos imprescindível sua colaboração para a peça. Queremos lhe pedir, para que possamos publicar em nossos Cadernos, um artigo sobre a presença de Oswald de Andrade na literatura brasileira e o contexto histórico da peça 'O Rei da Vela'. Seria interessante também que o senhor discorresse sobre a visão religiosa que o autor demonstra nesta peça. Gostaríamos de ter em mãos sua colaboração antes que este mês termine, pois assim ela nos serviria na montagem do espetáculo. Certos de sua atenção e disponibilidade, despedimos com um forte abraço.

Pelo Teatro Oficina,

Frei Carlos Alberto Christo OP

(Frei Betto apud Rodrigues, 2015, p. 61-64)

A peça *O Rei da Vela* foi escrita em 1933, ainda sob o impacto político-social da Crise de 1929, sendo publicada apenas em 1937, mas nunca recebendo uma montagem durante a vida de Oswald de Andrade, permanecendo inédita até a montagem feita por Zé Celso Martinez Corrêa para o Teatro Oficina. O enredo explora os problemas advindos da dependência financeira, do sistema capitalista carnívoro que não livra ninguém, e a submissão do homem moderno a este mesmo sistema. Por intermédio de personagens caricatos, Oswald critica a falta de moral da burguesia urbana e rural, bem como suas taras e desvios sexuais e comportamentais como um todo. Vale lembrar que, com esta iniciativa, Zé Celso resgatou a obra de Oswald de Andrade, na época envolta numa espécie de ostracismo e pouco pesquisada.

Curiosamente, Alceu Amoroso Lima foi duramente caricaturado por Oswald em *O Rei da Vela* (Ato I), como se percebe nesta fala do personagem Abelardo I a respeito "de um crítico respeitado do Rio de Janeiro":

ABELARDO I: Bem! Depois não venha fazer vales aqui, hein. Eu também sei ser fiel ao sistema da casa. Vá lá. Redija! Não. Tome nota. Olhe. É uma carta confidencial. A um tal Cristiano de Bensaúde. Industrial no Rio. Metido a escritor. Redija sem erros de português. O homem foi crítico literário e avançado, quando era pronto... (...) Esse negócio de escrever livros de sociologia com anjos é contraproducente. Ninguém mais crê. Fica ridículo para nós industriais avançados. Diante dos americanos e dos ingleses. Olhe, diga isto. Que a burguesia morre sem Deus. Recusa a extrema unção. (Andrade, 2000, p. 53)

De fato, ignorando os antigos problemas que teve com Oswald, Alceu Amoroso Lima escreveu uma pequena crônica – "O Deus Perdido" – publicada nos *Cadernos do Oficina*, mas que também saiu na *Folha de S. Paulo* (caderno Ilustrada), em 28 de setembro de 1967 e mais tarde (1971) foi compilado no livro de memórias *Companheiros de Viagem*. Nesse texto, Alceu fez uma dramática narrativa do seu tenso convívio com Oswald de Andrade. Embora longa, a nota é interessante:

> Minhas relações com Oswald de Andrade sempre foram distintas e tumultuosas, como convinha a dois temperamentos totalmente opostos. Poucas vezes nos encontramos pessoalmente e outras tantas nos mimoseamos reciprocamente com sarcasmos periódicos, sem maior maldade e muito menos rancor. Conhecemo-nos de longe, quando publicou *Os Condenados*, em 1922, que recebi com entusiasmo, no meu rodapé dominical de *O Jornal*. Pouco mais tarde, a propósito da 'Poesia Pau Brasil' e do 'primitivismo', nos desentendemos. Fui encontrá-lo pessoalmente, pela primeira vez, quase vinte anos depois, em 1941, ao fazer uma série de conferências em *A Gazeta*, de que iria resultar o livro *Estética Literária*. Estava modestamente, como qualquer ouvinte comum, na fila dos cumprimentos, depois da última conferência: 'Sou o Oswald de Andrade. Você continua a ser um liberal', ainda ouço suas palavras e relembro seu sorriso gaiato. Mas o nosso encontro dramático foi poucas semanas antes de sua morte. Sabendo-o gravemente enfermo, fui visitá-lo, sem prevenir. Ao me ver, começou a chorar convulsivamente, abraçando-me. Eram trinta anos de vida literária brasileira, seus encontros e desencontros, que se reviam em face do irreparável. Era todo o nosso passado, nossas brigas, nossos entusiasmos, nossas transformações íntimas, nossas melancolias, que se juntavam naquele abraço convulso da modesta casinha em que habitava, com sua última esposa e seu casal de filhos, adolescentes. Encontramo-nos ainda duas outras vezes. O tema, a que voltava invariavelmente comigo, era o religioso. Logo no primeiro encontro me interpelou: 'Tristão, diga-me por favor, por que é que você se converteu?' E ouvindo longamente minhas palavras, tinha o olhar distante e insatisfeito. O problema religioso sempre foi nele uma obsessão. Seu ódio à Igreja e seus sarcasmos constantes contra a fé eram a sua forma de amar a Deus! Quem não compreende esse paradoxo não compreenderá jamais essa

alma trabalhada sempre por uma angústia profunda, por um desesperado protesto contra as injustiças da sociedade e por uma irreparável nostalgia do Deus perdido. (Lima, 1971, p. 256-257)

"O problema religioso sempre foi nele uma obsessão". Interessante ressaltar que Alceu Amoroso Lima fez esta observação para os três Andrades. Indo mais longe: Alceu detectou este "problema" em relação a vários escritores da sua geração como Augusto Frederico Schmidt, Cornélio Pena, Murilo Mendes, Jorge de Lima, Lúcio Cardoso, Otávio de Faria e tantos outros. Em relação ao problema de Deus nos três Andrades, Drummond foi cético, Oswald foi destrutivo e Mário foi um mal resolvido. Todavia, mesmo quando negavam Deus, de uma certa forma (paradoxalmente), estavam a afirmá-Lo.

Infelizmente, as outras cartas enviadas por Oswald a Alceu não citaram mais esta problemática, ao contrário, falavam de questões puramente literárias e também de problemas quando, em 1942, o escritor carioca Múcio Leão publicou uma carta de Oswald de Andrade a Alcântara Machado, na qual citava suas (de Oswald) brigas com Mário de Andrade. Rapidamente, o autor de *Macunaíma* se sentiu pessoalmente ofendido com a atitude de Oswald, cabendo a Alceu "apagar as chamas deste incêndio", interferindo junto a Múcio Leão e ao *Correio da Manhã* para que se retratassem publicamente.

Entre o Deus morto, o poeta vivo e o crítico literário, estava a linha tênue que os interligava – a religião – tida como certeza inquestionável para Alceu e problema (e até escárnio) para Oswald. Todavia, um escárnio sintomático que, mais do que negava, indiretamente afirmava e confirmava a importância desta temática para ambos. Não apenas para eles, mas para toda uma geração de artistas e intelectuais envolvidos no processo de modernização cultural do Brasil.

Com Carlos Drummond de Andrade – "A paz não é deste mundo"

Alceu e Drummond "se conheceram" através de Mário de Andrade, que os "aproximou" epistolarmente, isto é, propôs que Drummond escrevesse a Tristão de Ataíde, o então crítico literário mais importante na longínqua década de 20 do século passado. A correspondência entre ambos durou de 1929 até 1982 num total de 132 documentos (cartas, telegramas, postais, fotos e bilhetes) trocados.

II. Cartas para Alceu Amoroso Lima

Dividi toda esta narrativa epistolar em três fases, considerando que os debates mudaram muito de acordo com a época da troca missivista. A primeira fase, que foi de 1929 a 1934, foi profundamente marcada pelas dúvidas existenciais e religiosas de Drummond, todas expostas em tais cartas, relato único deste poeta conhecido pela timidez e dificuldade de falar sobre si próprio. Mas nas cartas era diferente...

Mais uma vez, o problema de Deus aflora como problema da religião, que Drummond vê em Alceu a pessoa certa para expor e tentar compreender, como se percebe nesta carta de 24 de janeiro de 1929, que o poeta enviou ao crítico:

> Sou dos maus, dos piores católicos que há por aí. Talvez seja uma crise da mocidade, não sei, entretanto sinto pouca disposição para crer, e um contato extremamente doloroso que tive com os jesuítas me afastou ainda mais da religião. Fiz mal, talvez, em confundir a religião com os seus ministros... ou não é possível julgar aquela a não ser através destes? De qualquer maneira, admiro e quase que invejo os que como V. deram uma solução definitiva a esse problema religioso que nós carregamos como uma ferida. Quem sabe se ainda não chegarei até lá? Por enquanto vejo tudo escuro dentro de mim, e a vida sem compromissos me solicita terrivelmente.

"Sinto pouca disposição para crer", esta é uma afirmação deveras interessante que marca não apenas a pessoa de Drummond, mas de uma boa parte da sua geração, fortemente marcada pelos ideais do Positivismo e do Cientificismo, ideologias estas vindas da Europa e que se impregnavam na mentalidade culta brasileira com uma força realmente considerável.

"Fiz mal, talvez, em confundir a religião com os seus ministros". Outra questão de relevância: o problema de Drummond, inicialmente, foi com a instituição Igreja Católica, e não necessariamente com a religião em si. O poeta de Itabira foi aluno de dois colégios religiosos – o Colégio Arnaldo, de Belo Horizonte (MG), dirigido pelos padres verbitas; e também do Colégio Anchieta, em Nova Friburgo (RJ), dirigido pelos jesuítas. Deste último, Drummond foi expulso por "insubordinação mental", fato este digno de ser ressaltado, pois, naquela época, ser expulso de um colégio religioso não era uma vergonha apenas para a criança, mas para toda sua família, sendo motivo de críticas na pequena sociedade da qual participava.

Entretanto, em cada pessoa, tais acontecimentos provocam e projetam diferentes sensações, cada um somatiza de maneira diferente, fazendo surgir revoltas e separações, o que se percebe na relação de Drummond com a religião. Para o poeta, Deus estava morto? Certamente não. Mas a sua Igreja sim, considerando aqui o catolicismo como religião tradicionalmente adquirida, ainda mais na perspectiva de Minas Gerais. Neste afã, Alceu tentou entender a celeuma drummondiana, e esta compreensão era algo comum a ele Alceu, que também fora um cético e fora convertido ao catolicismo graças à ação epistolar de Jackson de Figueiredo. Em carta a Drummond, a 1º de fevereiro de 1929, assim o crítico responde:

> Sou um terrível pesquisador de almas. Amo as almas como um avarento ama as moedas: não por caridade (ou <u>ainda</u> não, pois a lição da cruz é que é preciso amá-las por amor e só por amor) mas por avidez do mistério, por curiosidade, por insatisfação do que já sei, do que já vi, do que já despachei. V. fala na <u>ferida</u> que levam os que como v. não creem ou não sabem que creem. Essa ferida é já um pouco de amor à Fé. Os que nada esperam dela, nem ao menos tem a noção da ferida, a suspeição de uma ausência, a intuição de que há qualquer coisa além do mundo que nos cerca. E no mais, a Fé é também uma ferida. É mesmo a maior das feridas humanas. Veja como nós, católicos, representamos o coração de Cristo <u>ferido</u> de amor aos homens. Pois bem, a Fé é uma ferida quase crônica. Creia, é sentir toda a <u>falta</u> do mundo em torno de si, se bem que será também sentir o equilíbrio profundo em tudo. Mas será um equilíbrio que se conquista dolorosamente, pelos caminhos sempre sombra, pelas 'portas estreitas'. Enfim, não quero posar de pregador leigo. A Fé não se incute, conquista-se. E como é um alargamento e não uma restrição, como é uma plenitude, só mesmo o caminho interior pode levar a ela ou <u>tornar</u> a ela.

Ao afirmar que "A Fé não se incute, conquista-se", Alceu dá uma ideia da sua práxis intelectual entre os artistas céticos: conquistar pelo convencimento, não pela obrigatoriedade. Assim, o crítico alimentou uma forte relação de argumentação e contra-argumentação com diferentes correspondentes a respeito da existência ou não de Deus, da importância ou não da fé e da religião, como se percebe neste seu diálogo epistolar com Carlos Drummond de Andrade.

Alceu analisa o estado de Drummond pela ótica de um recém-convertido (sua conversão se deu em 1928) ainda empolgado com o Mistério, inebriado e absorto na mística da transformação integral da criatura que reconhece o seu Criador, por isso sente nesta "ferida" drummondiana a presença silenciosa e ruminante da fé: a ferida como presença calada de Deus e, paradoxalmente,

II. Cartas para Alceu Amoroso Lima

um silêncio que arrebenta em questionamentos e inquietações, um estranhamento consigo mesmo e com a sua própria história pessoal. Interessante perceber que Alceu não compactua com aquela noção messiânica de que a fé é sinônimo de paz interior e sossego para a alma, como esperava Drummond, mas trata-se de uma experiência que revoluciona o ser por dentro, tirando-o de uma condição de conforto. Ou seja, a fé é algo que revoluciona por dentro, provoca inquietações, tremores na existência. Para Alceu, a fé é busca incessante de um porquê, de uma razão, de um para quê buscar a Deus, ou seja, um movimento constante e tenso, às vezes desnorteador, nunca pacífico e calmo, como muitos pensam, como o próprio Drummond pensava. Por isso "a Fé não se incute, conquista-se", entendendo por conquista uma ação desafiadora e, às vezes, desconfortável. Como era de se esperar, Alceu não convenceu Drummond com tais propostas, tanto que o poeta retrucou, em 1º de março de 1929, com esta espécie de carta-desabafo:

> Caro Tristão
> Sou-lhe muito grato pela sua bela e generosa carta, que guardo com carinho entre os meus papéis. Só um trecho dela é que me perturbou: aquele em que você dá a entender que não encontrou a paz na religião, porque <u>a paz não é deste mundo</u>. Mas então não sei o que se deva procurar na religião. Se ela não é uma paz máxima e consoladora, uma dissolução de todos os ímpetos, revoltas, inquietações, não seria preferível continuar <u>do lado de cá</u>, sem nenhuma certeza superior e sem nenhuma esperança?

O problema é que o "lado de cá" é por natureza fragmentado, rachado, incerto, cético, e tais estados não preenchem o costumeiro vazio próprio da condição humana, a nossa busca pelo eterno, pelo infinito, por aquilo que fica e dura. É justamente este entrelugar, profundamente marcado pela tensão (como qualquer entrelugar), que corrói e traz incerteza e ceticismo, possibilidades e não certezas, desconfianças e o sentimento inquieto e incômodo de que algo a mais existe, esta espécie de metafísica perturbadora e tentadora do eu lírico. Tais aspectos críticos são deveras sintomáticos na poesia de Carlos Drummond de Andrade – uma busca por uma razão, por um sentido maior para a vida e para a existência como um todo. Drummond desabafou, na mesma carta, o seu não entendimento para a razão de Deus (e da própria fé) existir:

> Você talvez ache covarde o meu pensamento; ou, no mínimo, comodista. Veja, mas em todo caso é humano. A minha pobre humanidade só poderia

procurar na ideia religiosa o apaziguamento do espírito, o termo das lutas com o mundo e comigo mesmo (estas sobretudo). Não consigo compreender aqueles que dando tudo o que têm de melhor a Deus (como você) dele não recebem a paz. Mas não posso deixar mais um dia sem resposta as suas linhas tão cautas, quanto cheias de <u>coisas</u>. Não posso também dizer muita coisa. Estou positivamente exausto. (...) Que problema tremendo esse que você toca. O problema da felicidade!

Tentemos aproximar tais questionamentos por uma outra ótica de cálculo. Para o Alceu ainda agnóstico, a felicidade era encontrada nas conquistas práticas do engenho humano, forte, com aquele destemor incentivado pelas diversas teorias cientificistas que pululuaram na transição dos séculos XIX-XX, das quais ele sempre se viu como um fruto ideológico, bem como toda a sua geração. Para o Alceu convertido, as forças do engenho humano continuavam com o seu devido valor, porém acrescido de uma mística envolvente que lhe dava transcendência, ou seja, o existir só tinha razão se fosse direcionado a Deus, a verdadeira e única felicidade/realização do Homem, a razão última de todas as coisas. Como a correspondência demonstra, Drummond não concordou com esta equação, tanto que respondeu, em outubro do mesmo ano:

> Eu sou um pobre homem sem orientação e sem coragem para optar, e se reconheço os meus erros não me animo a dar-lhes combate. Se eu lhe contasse a minha vida moral!... Sou fraco, fraquíssimo. Todos os dias as mesmas quedas silenciosas e um desgosto profundo, imenso de viver, com o medo de morrer que é o mais triste de todos os medos.

Parece mesmo que o "tremor na alma" perseguiu o poeta, especialmente nesta fase inicial da sua obra e do seu fazer poético. Entretanto, em entrevistas dadas nos últimos anos da sua vida, Drummond continuava com este ceticismo em relação à fé, em relação à religião, num claro agnosticismo que marcou o seu pensamento, sempre lembrado pelos biógrafos e críticos da sua obra. Seria este o seu lado "gauche"? Ou o "gauche", mais do que um simples lado, seria todo um estado de vida?

Perguntas sempre suscitadas pela problemática religiosa que envolve artistas e intelectuais, muito disso percebido na intensa onda de conversão religiosa de escritores quando da Ação Católica francesa, particularmente no início do século XX.

Como se percebe, o problema de Deus é complexo, muitas vezes sem solução, apenas sintomas de fragmentação do sujeito num século XX por si só fragmentado e ávido de um sentido para o existir, para o estar no mundo.

Com Mário de Andrade – "A Civilização vai mudar, Tristão"

A correspondência entre Mário e Alceu foi publicada em 2018, numa edição por mim organizada, preparada pelo Instituto de Estudos Brasileiros da Universidade de São Paulo (IEB-USP) e publicada em coedição entre a EDUSP e a editora da PUC-Rio.

Tais documentos foram todos transcritos a partir dos respectivos originais, assim depositados: as cartas de Mário a Alceu estão no Centro Alceu Amoroso Lima para a Liberdade, em Petrópolis (RJ). O outro lado da correspondência – as cartas de Alceu a Mário – está sob os cuidados do Instituto de Estudos Brasileiros (IEB-USP).

Discutiram sobre um pouco de tudo nesta correspondência: literatura, criação, vida literária, livros e... religião. Este último tópico, na minha opinião, é o que tem de mais original e substancioso nesta troca missivista entre ambos. Inclusive, tais cartas ajudam a compreender este "buraco" na biografia de Mário de Andrade, já que a maioria dos seus biógrafos insistem em considerá-lo um ateu. Discordo radicalmente desta classificação comumente empregada ao autor de *Pauliceia desvairada*. Acho-a pobre demais, carente de uma boa argumentação biográfica, enfim, simplista. Nesta carta de 14 de julho de 1929, Mário dá boas informações sobre o seu estado religioso:

> S. Paulo, 14-VII-29
> Alceu,
> Talvez devido às amarguras, eu tenha exagerado um pouco o meu estado de espírito de agora. Nada de fundamental se modificou em mim e se você me permite chamar de 'catolicismo' que sempre tive, continuo tendo. Não sei nem me deitar nem levantar sem essa carícia pra Deus e os nossos intermediários que é a reza. É certo que estou no momento atual numa irritação muito forte. Mas não é contra o Catolicismo. É principalmente contra os católicos. Os porquês são muito longos e já são vinte e quatro horas deste meu último dia de férias. Mas você também há-de sentir que existe hoje uma 'moda católica' que, profícua ou não pros almofadinhas dela, há-de irritar com nitidez um espírito como o meu. Minha produção si tem sido especialmente

acatólica, pode ter certeza que é pela discrição sensibilizada com que me sinto na impossibilidade de jogar uma coisa pra mim tão essencial e tão elevada como a religião dentro dessas coisas tão vitais, terrestres e mundanas como as artes. Por isso apenas me limitei a respeitar uns gritos de sincero religioso e amarguras que saíram em versos e prosa minha. Na *Pauliceia* o 'Religião', a imitação do salmo de Davi e o que a circunda no 'Carnaval Carioca', as páginas amargamente irônicas sobre o catolicismo tradicional da família Sousa Costa no 'Amar, Verbo Intransitivo' e quase que só. (...)

Ora, percebemos aqui uma questão semelhante à que Drummond partilhara com Alceu: Deus não é de todo um problema, mas a religião sim, a Igreja sim, os católicos sim. Só que tudo isso é vivido de forma meio híbrida, não se separa tão cartesianamente os mesmos, provocando uma plêiade de questionamentos e até sofrimentos internos e pessoais. E isto foi assaz sintomático em relação a Mário de Andrade, digo mesmo que foi uma das suas principais "feridas na alma", para usar a mesma expressão aludida por Drummond.

Inclusive, Mário nunca escondeu a sua religiosidade – católica – nem mesmo em parte da sua produção poética, como ele próprio lembrou nesta carta a Alceu. O seu poema "Religião", publicado em *Pauliceia desvairada*, assim começa: "Deus! Creio em Ti! Creio na tua Bíblia! / Não que a explicasse eu mesmo, / Porque a recebi das mãos dos que viveram as iluminações! (...)". Isto sem dizer do seu "Carnaval carioca", cujos seguintes versos são bem elucidativos:

> Aleluia!
> Louvemos o Criador com os sons dos saxofones arrastados,
> Louvemo-Lo com os salpicos dos xilofones nítidos!
> Louvemos o Senhor com os riscos dos recorrecos e os estouros do tantã,
> Louvemo-Lo com a instrumentarada crespa do jazz-band!
> Louvemo-Lo com os violões de cordas de tripa e as cordeonas imigrantes,
> Louvemo-Lo com as flautas dos choros mulatos e os cavaquinhos de serestas ambulantes!
> Louvemos O que permanece através das festanças virtuosas e dos gozos ilegítimos!
> Louvemo-Lo sempre e sobre tudo! Louvemo-Lo com todos os instrumentos e todos os ritmos!... (...)
> (Andrade, 1993, p. 169)

Salta aos olhos o hibridismo poético praticado por Mário de Andrade, uma vez que faz um amálgama interessante da tradição dos salmos bíblicos com aspectos da cultura, tais como o jazz, o samba, instrumentos musicais, a tradição da música negra etc. Isto é, uma espécie de antropofagia cultural muito defendida por eles modernistas, especialmente aqueles alinhados às propostas de renovação de Oswald de Andrade no seu *Manifesto antropófago*. Além da sua produção artística e ficcional, Mário já dera algumas pistas em textos críticos, especialmente nas suas crônicas jornalísticas, acerca da sua (tensa) relação com Deus e com a religião. É o que percebemos em "Começo da Crítica", na qual podemos ler:

> Creio em Deus, tenho essa felicidade. E jamais precisei de provas filosóficas para crer. Deus é uma espécie de constância do meu ser (não se dará o mesmo com todos?...), eu O sinto na ponta do meu nariz. Mas se trata de uma entidade verdadeiramente sobre-humana, que a minha inteligência não consegue alcançar, de uma grave superioridade silenciosa. Isso, aliás, se percebe muito facilmente no sereno agnosticismo em que descansa toda a minha confraternização com a vida. Deus jamais não me prejudicou a minha compreensão dos homens e das artes. (Andrade, 1993, p. 13)

E não foi esta a única vez que Mário falou, tão abertamente, acerca do seu sentimento e da sua práxis religiosa, encarando Deus como um ser onisciente, onipresente e, acima de tudo, necessário ao ser humano, aspectos estes que contribuem bastante para repensarmos o seu "ateísmo" tão afirmado e confirmado por alguns críticos quando analisam a sua obra, como já dito anteriormente.

Alceu sempre se mostrou sensível a esta dimensão do seu amigo paulista, tanto que falou e discorreu muito sobre ela em diferentes crônicas e depoimentos que fez sobre Mário de Andrade, como no artigo "Dez anos depois":

> Creio que perdeu a fé explícita depois de uma infância profundamente religiosa. Mas conservou a vida inteira uma fé implícita, a marca indelével da Presença inefável que uma vez por todas tinha entrado, na infância, em seu coração. E por isso, escrevia a Manuel Bandeira, que repudiava todos os poemas da *Pauliceia desvairada*, exceto o poema 'Religião'. E esse era justamente aquele em que fazia o contraste veemente entre a falsa religiosidade mundana das 'missas das onze' e a figura do Cristo Crucificado, da religião verdadeira. Nas discussões de ordem religiosa, entre companheiros, quando a maioria se

mostrava anticlerical ou antirreligiosa, ele sempre tomou a defesa do Cristo e da Fé Cristã. Podia, no íntimo, sentir o vazio ou viver lutando contra o ceticismo ou protestando contra a 'indignidade dos cristãos' de que fala Mauriac – mas sempre teve, no fundo da consciência o problema de Deus como polo norte de sua vida ardentemente vivida. (Lima, 1971, p. 45-50)

Alceu é bem claro na sua tese: Mário "conservou a vida inteira uma fé implícita, a marca indelével da Presença inefável que uma vez por todas tinha entrado, na infância, em seu coração". E isto era maior do que a própria concepção de uma religião, de um credo, de uma instituição. Ou seja, o *religare* era mais importante do que a *religião*, e Deus estava acima disso tudo, já que é esta "Presença inefável" e misteriosa, porém presente. Sem querer brigar ou abrir um debate mais raivoso com o amigo, Alceu responde a Mário, nesta carta de 17 de julho de 1929:

> Mário
> (...) Não quero, porém, abusar de sua confiança e acanhar e preocupar a quem talvez no momento não deseja ou possa dedicar tempo a esses problemas. Eu mesmo sei que não tenho qualidade, e sobretudo capacidade alguma para tratar disso, e que, no seu caso, o trabalho terá de ser interior, com a graça especial de Deus que até hoje nunca lhe faltou de todo. Abstenho-me, por isso, de entrar diretamente no que na carta tem de mais geral, reservando-me para o fazer algum dia, ou já, se você julgar oportuno.
> Você bem sabe que nós, católicos não de moda mas de convicção e de drama interior, não podemos nunca nos recusar a debater esses problemas que são, para nós, de vida ou morte.

Aqui, Alceu aborda uma questão que considero importante e crucial nesta correspondência – isto é, ser "católico não de moda mas de convicção e de drama interior". Isto era algo realmente problemático para aquela geração, marcada no âmago pelas correntes ateias do Positivismo e do Cientificismo arraigados que tanto se desenvolveram no Brasil desde o final do século XIX e que tinham se reforçado no início do século XX. De fato, era difícil para um intelectual declarar-se crente em Deus naquele contexto, pois seria sectarizado ou mesmo excluído do convívio daqueles que não compactuavam com tais ideologias. Além desta problemática "mais prática", havia aquela de natureza mais ontológica, isto é, não é simples converter-se, não é simples crer numa realidade não materializada, não palpável, sentida apenas na perspectiva do Mistério e da entrega pessoal ao ato de crer, considerando a fé como uma espécie de ofertório pessoal a este mesmo Mistério.

Décadas depois, após um longo e sintomático hiato na correspondência, Mário e Alceu voltaram a discutir esta mesma problemática, com Mário se expressando de forma mais ácida e profundamente cético em relação à necessidade da religião na sua vida, mas sempre afirmando a sua crença em Deus, de forma subjetiva, íntima e procurando "sentir" Deus numa perspectiva toda pessoal, até mesmo um tanto ontológica, como se percebe nesta carta a Alceu, em 17 de junho de 1943:

> Sim: o Catolicismo é muito maior que você e vocês todos católicos. Mas o Catolicismo tem esse, pelo menos, perigo de ser além de uma Ideia, uma religião. Vocês têm de pôr a ideia em ação. E é dentro desta Ideia em ação que com todos os padres que cercam você, bem ou mal intencionados, úteis ou nefastos; com todos os fiéis que admiram você e aceitam preliminarmente as suas pregações; com todos os moços safados de carne que se torturam no espírito e a que você dará suavização e o sabor católico de uma rápida paz; com todas as boas ações, atos de caridade ocultos, esmolas escondidas que você possa fazer: é dentro dessa Ideia em ação que eu não aceito você. Que você me irrita. Que você me afasta porque não quer me atingir. Você e a 'religião', a coletividade terrestre que guarda a Ideia católica. (...)
> A civilização vai mudar, Tristão. A Civilização Cristã chamada, e que não sei se algumas vezes V. não confunde um bocado com Cristo, está se acabando e vai ser um capítulo da História. Tão lindo como o dessas igualmente nobilíssimas civilizações da Antiguidade, o Egito, a China, a Grécia. Com a Cristã nós demos um passo a mais, apenas um passo a mais do amilhoramento terrestre do homem e da sociedade humana. Se nem tudo foi pra melhor, o todo foi incontestavelmente pra melhor. E a civilização que vem ainda há-de ser fatalmente um passo a mais, e um todo melhor. Tudo isto nada tem que ver com o outro mundo. Nem eu sei nem quero a morte da Igreja imortal e o desaparecimento da religião nem a sempre por demais próxima chegada do Anticristo. Mas não haverá o perigo pra muitos e pra você, de preferir a Igreja a Deus?. Eu não ignoro não os perigos dos meus argumentos para o meu para-catolicismo em que me debato. Serão argumentos do Diabo. Ou serão argumentos do orgulho. Mas eu quero bater a uma porta mas essa porta não pode se abrir porque os que estão lá dentro não podem interromper o *Te-Deum*. Então eu solto um grande grito pra Deus me escutar. E como eu 'quero' que Ele me escute, Ele me escuta. Mas ainda não pude saltar o grande

grito e me sinto sozinho. Porque os que deviam vir a mim porque eu não vou a eles, não vêm até mim. E eu não sei si há-de haver tempo para eu soltar o grande grito.

Mário chega a ser duro e um tanto inflexível com Alceu, fazendo de sua carta uma espécie de testamento espiritual a respeito das suas conturbadas convicções religiosas. Foi justamente nesta acidez espiritual que Mário viveu a fé nos seus últimos anos de vida, vindo a falecer em fevereiro de 1945, mas deixando em testamento o seu desejo de ser sepultado com o hábito da Ordem Terceira Carmelita, da qual era membro com profissão solene de votos.

Além destas questões, Mário de Andrade usa constantemente o termo *para-catolicismo* para designar uma espécie de "catolicismo paralelo", ou seja, um sentimento católico que ainda permanecia nele próprio devido à sua formação e criação. Todavia, era uma simples permanência, quase que como uma "lembrança", e não como "prática de um credo", isto ele sempre deixa bem claro nas suas cartas não apenas a Alceu, mas a todos os seus correspondentes que tocavam neste assunto. E novamente toca no mesmo problema que o atormentou por muito tempo: "A Civilização Cristã chamada, e que não sei se algumas vezes V. não confunde um bocado com Cristo", isto é, a complicada simbiose entre Cristo e a Igreja, entre a fé e a profissão de um credo, entre seguir ou não uma religião.

Por seu lado, mais conciliador e tentando compreender as idiossincrasias do amigo, Alceu deu o seu ponto de vista em relação aos problemas e dramas aludidos por Mário, tanto que respondeu ao amigo:

Petrópolis – 24 – junho [1943]
Sim, meu caro Mário, é sempre tempo de você soltar 'o grande grito'. (...)
Em que é que ficamos? Você se contradiz a cada passo. Aliás, como toda alma 'com raiva'. Você diz que o Cristianismo 'morreu'. Uma forma de Cristianismo sim. Mas não o Cristianismo. Na civilização de amanhã, que será socialista como a de ontem foi liberal, o lugar da Igreja e do Cristianismo será o mesmo.

É a defesa de um crente, o que se esperava de uma personalidade como a de Alceu Amoroso Lima que, a esta altura, não era apenas o editor-chefe da revista *A Ordem* e diretor do Centro Dom Vital, mas também presidente de toda a Coligação Católica Brasileira, uma megaestrutura organizacional dos órgãos e entidades que impulsionavam a vida pastoral do catolicismo brasileiro, sempre alinhado com a ortodoxia doutrinal e com a própria hierarquia da Igreja.

Para finalizar, cito aqui o fragmento de uma crônica – "Mário de Andrade e o Catolicismo" – publicado no livro *Companheiros de Viagem*, na qual Alceu conclui as suas observações críticas sobre o problema religioso na obra e na pessoa de Mário de Andrade:

> E como Mário não era homem de fingir o que quer que fosse, o que está nas suas cartas estava na sua alma. E o que estava na sua alma é que crepita nas cavernas interiores da sua obra. A religião é o elemento central mas invisível na obra de Mário de Andrade. E essa é, a meu ver, a chave do seu segredo. E a religião *católica*. Não apenas uma religiosidade vaga ou convencional ou herdada ou de mero desejo de crer. O que houve sempre nele foi a luta incessante entre uma crença em Deus e em Cristo inabalável, e a impossibilidade de se curvar ante às exigências morais e sociais do catolicismo e, acima de tudo, uma irritação *contra os católicos*, contra a 'pseudocivilização cristã', contra a Igreja, em geral. (Lima, 1971, p. 50-59)

Desta forma, concluímos esta abordagem crítica, mas estamos longe de esgotar as considerações sobre esta tão complexa problemática que afligiu (e ainda aflige!) uma considerável parcela da nossa intelectualidade, fenômeno este vivido em todos os tempos, mas com considerável ênfase nas primeiras décadas do século XX.

Os três Andrades do modernismo não ficaram imunes a isso. Viveram e problematizaram das mais diferentes formas, seja pela negação, pelo ceticismo ou pela caricatura. Mas não se livraram deste mesmo problema.

Encontraram em Alceu Amoroso Lima o destinatário à altura de tais debates, alguém com quem podiam não apenas compartilhar as inquietações, mas, acima de tudo, digladiar ideologias e possibilidades, provocando novas hermenêuticas e instaurando um sintomático debate de alto nível, travado nas inúmeras cartas trocadas ao longo de décadas a fio, especialmente com Carlos Drummond de Andrade, numa amizade epistolar que durou mais de cinquenta anos.

Não apenas cartas, mas importantes testemunhos de uma época conturbada, de almas conturbadas e sedentas por encontrarem um sentido ontológico da existência, do estar no mundo, tendo Deus como o eixo de um problema longe de ser facilmente resolvido.

Conclusão

Muitas são as possibilidades epistemológicas levantadas por uma correspondência; as cartas, longe de serem apenas trocas de informações e dados, são verdadeiras possibilidades de criação estilística e debate ideológico. São verdadeiros "laboratórios de ideias", para usar a expressão de Vincent Kaufmann, crítico literário francês e um especialista deste gênero textual.

Numa outra visada mais historiográfica, a correspondência também serve para iluminar e mostrar as particularidades – erros e acertos – do próprio movimento modernista brasileiro, através dos filtros de Alceu Amoroso Lima e dos três Andrades aqui analisados, elucidando suas lacunas, conquistas, limitações, dúvidas, questionamentos, obras, avanços e retrocessos. Dentre tantas possibilidades hermenêuticas levantadas numa correspondência, creio que isto foi possível de perceber na questão levantada do "problema religioso", vivido pelos três Andrades do nosso modernismo.

Aliás, a quem pertence uma carta? Ao remetente? Ao destinatário? Ao futuro leitor? Não respondo, apenas especulo e pondero determinadas possibilidades. É o que vejo analisando o triplo conjunto epistolar entre os Andrades do modernismo brasileiro com Alceu Amoroso Lima, recortando este mesmo conjunto na direção dos problemas relacionados à fé e a Deus debatidos ao longo destas cartas. Tal fato me obriga a repetir, de forma clara e objetiva: suas cartas, nossas cartas.

REFERÊNCIAS

ANDRADE, Mário de. *Aspectos da Literatura Brasileira*. São Paulo: Martins/MEC, 1972.

_____. *Cartas a Manuel Bandeira*. Prefácio e notas de Manuel Bandeira. Rio de Janeiro: Org. Simões, 1958.

_____. *Mário de Andrade escreve Cartas a Alceu, Meyer e Outros*. Rio de Janeiro: Editora do Autor, 1968.

_____. *O Empalhador de Passarinho*. Belo Horizonte: Itatiaia, 2002.

_____. *Vida Literária*. São Paulo: EDUSP/HUCITEC, 1993.

ANDRADE, Mário de & ANDRADE, Carlos Drummond de. *Correspondência Mário de Andrade e Carlos Drummond de Andrade*. Ed. Preparada por Silviano Santiago. Rio de Janeiro: Bem-Te-Vi, 2003.

ANDRADE, Mário de & BANDEIRA, Manuel. *Correspondência Mário de Andrade e Manuel Bandeira*. Ed. Preparada por Marcos Antonio Moraes. São Paulo: IEB/EDUSP, 2000.

ANDRADE, Oswald de. *O Rei da Vela*. Rio de Janeiro: Editora Globo, 2000.

AZZI, Riolando. *História da Igreja no Brasil – Terceira Época 1930-1964*. Petrópolis: Vozes, 2008.

FERNANDES, Cléa Alves de Figueiredo. *Jackson de Figueiredo – Uma Trajetória Apaixonada*. Rio de Janeiro: Forense Universitária, 1989.

GALVÃO, Walnice Nogueira. "À Margem da Carta". In: *Desconversa (Ensaios Críticos)*. Rio de Janeiro: Editora da UFRJ, 1998.

GENETTE, Gérard. *Palimpsestes – La Littérature au second degré*. Paris: Seuil, 1987.

GOMES, Ângela de Castro. *Essa Gente do Rio... – Modernismo e Nacionalismo*. Rio de Janeiro: Fundação Getúlio Vargas Editora, 1999.

GUIMARÃES, Júlio Castañon. *Contrapontos*: notas sobre correspondência no modernismo. Rio de Janeiro: Fundação Casa de Rui Barbosa, 2004.

_____. *Distribuição de Papéis*: Murilo Mendes escreve a Carlos Drummond de Andrade e a Lúcio Cardoso. Rio de Janeiro: Fundação Casa de Rui Barbosa, 1996.

KAUFMANN, Vincent. *L'équivoque Épistolaire*. Paris: Éditions de Minuit, 1990.

LIMA, Alceu Amoroso. *Affonso Arinos*. Rio de Janeiro: Civilização Brasileira, 1922.

_____. *A Estética Literária e o Crítico*. Rio de Janeiro: Livraria Agir Editora, 1954.

_____. *Companheiros de Viagem*. Rio de Janeiro: José Olympio, 1971.

_____. *Memorando dos 90*. Rio de Janeiro: Editora Nova Fronteira, 1984.

_____. *Memórias Improvisadas – Diálogos com Medeiros Lima*. Petrópolis: Vozes, 1973.

_____. *Notas para a História do Centro Dom Vital*. Rio de Janeiro: Educam/Paulinas, 2001.

LIMA, Alceu Amoroso & FIGUEIREDO, Jackson de. *Correspondência – Harmonia de Contrastes, Tomos I e II*. Rio de Janeiro: Academia Brasileira de Letras, 1991.

LOPEZ, Telê Ancona. *Táxi e Crônicas no Diário Nacional*. São Paulo: Duas Cidades, 1976.

MORAES, Marcos Antônio (Org.). *Correspondência Mário de Andrade & Manuel Bandeira*. São Paulo: EDUSP, 2000.

_____. *Orgulho de Jamais Aconselhar – A Epistolografia de Mário de Andrade*. São Paulo: EDUSP/FAPESP, 2007.

_____. "Razões mais profundas". In: RODRIGUES, Leandro Garcia. *Drummond & Alceu – Correspondência de Carlos Drummond de Andrade e Alceu Amoroso Lima*. Belo Horizonte: UFMG, 2014.

RODRIGUES, Leandro Garcia. *Alceu Amoroso Lima – Cultura, Religião e Vida Literária*. São Paulo: EDUSP, 2012.

_____. *Cartas de Esperança em Tempos de Ditadura – Frei Betto e Leonardo Boff escrevem a Alceu Amoroso Lima*. Petrópolis: Vozes, 2015.

_____. *Correspondência Mário de Andrade & Alceu Amoroso Lima*. São Paulo: EDUSP/PUC-Rio, 2016. [no prelo]

_____. *Drummond & Alceu – Correspondência de Carlos Drummond de Andrade e Alceu Amoroso Lima*. Belo Horizonte: UFMG, 2014.

_____. *Uma Leitura do Modernismo – Cartas de Mário de Andrade a Manuel Bandeira*. Dissertação de mestrado. Rio de Janeiro: Pontifícia Universidade Católica do Rio de Janeiro, 2003.

SANTIAGO, Silviano. "Suas cartas, nossas cartas". In: ANDRADE, Carlos Drummond de & ANDRADE, Mário de. *Carlos & Mário – Correspondência completa entre Carlos Drummond de Andrade e Mário de Andrade*. Organização e pesquisa iconográfica de Lélia Coelho Frota. Rio de Janeiro: Bem-Te-Vi, 2002.

CARTAS DE ALCEU E MURILO MENDES – RELIGIÃO E VIDA LITERÁRIA[1]

Nos últimos vinte anos, os estudos literários brasileiros têm se deparado com um campo de pesquisa de grande abrangência – a epistolografia. Na França, esse tipo de estudo já é uma realidade desde o final do século XIX, quando as principais correntes da crítica biográfica utilizavam informações e dados presentes nos mais diversos epistolários que eram publicados. Naquele momento, essa corrente de crítica literária tentava, a todo custo, justificar e compreender a obra de acordo com as particularidades biográficas do seu autor, e, nesse sentido, a correspondência com amigos e familiares era um manancial abundante de tais informações, corroborando a análise desses críticos. Por essa razão, na tradição dos estudos literários franceses, a epistolografia sempre foi valorizada e considerada uma importante fonte de pesquisa.

A bem da verdade, a crítica literária brasileira sempre teve dificuldades com a chamada "paraliteratura", isto é, toda sorte de escritos não ficcionais, autográficos, de cunho autobiográfico contendo informações pessoais, tais como cartas, diários, memórias, agendas e outros textos dessa natureza. Por isso, a epistolografia – numa perspectiva sistematizada – ainda é um campo de pesquisa relativamente novo no Brasil, fato este comprovado pelas publicações científicas dessa natureza, comuns a partir – somente – do ano 2000, com todo o trabalho feito pela equipe de Literatura Brasileira do Instituto

---

[1]. Conferência apresentada no Centro de Pesquisa e Formação do SESC, em São Paulo, como uma das atividades do ciclo denominado *Diálogos: correspondência, pensamento e cultura*, ocorrido em 2017.

de Estudos Brasileiros da Universidade de São Paulo (IEB-USP) no sentido de organizar e publicar a correspondência do polígrafo Mário de Andrade.

É necessário afirmar que uma correspondência recíproca, como esta entre Alceu Amoroso Lima e Murilo Mendes, é dotada de um rico universo expressivo que se revela quando da leitura crítica de tais documentos. A troca epistolar pressupõe uma relação de amizade e cumplicidade entre os missivistas, fato este que possibilita certa naturalidade no intercâmbio de ideias e propostas. Outro aspecto crítico importante da pesquisa epistolográfica diz respeito ao fato de a correspondência ser considerada uma espécie de "laboratório de criação", no sentido de que remetente e destinatário utilizam a troca epistolar como espaço de debates e teorizações sobre o próprio ato criador – a carta serve como verso e reverso da própria obra de ambos, ou seja, há uma verdadeira construção de pensamento e de estilo de criação que é partilhado pelos missivistas, possibilitando-nos acompanhar os meandros e as particularidades desse rico processo.

As parcelas recebidas e enviadas por Alceu e Murilo são bem diferentes entre si, não havendo um equilíbrio entre as partes. Assim, temos a seguinte distribuição:

a) De Murilo a Alceu
    3 telegramas
    7 cartões (de visita, Natal, aniversário etc.)
    39 cartas
b) De Alceu a Murilo
    2 cartas

Todos esses documentos estão salvaguardados no arquivo do Centro Alceu Amoroso Lima para a Liberdade (CAALL), em Petrópolis (RJ), entidade que mantém o legado arquivístico do crítico literário, disponibilizando-o à pesquisa e à consulta públicas. Vale dizer que o período cronológico dessa correspondência se dá entre 27/12/1930 (com a primeira carta – de Murilo Mendes – enviada a Alceu) até 19/2/1974, com a última carta também enviada por Murilo, que, aliás, foi mais assíduo nessa troca epistolar.

Infelizmente, as cartas de Alceu a Murilo se perderam em sua maioria, permanecendo apenas duas delas, cujo conteúdo acessamos através de cópias, em carbono, mantidas por Alceu no seu arquivo. Segundo informações, na década de 1980 houve um incêndio na casa de Maria da Saudade Cortesão, viúva de Murilo Mendes, destruindo 90% do arquivo do poeta, inclusive seu acervo epistolar e, dentro dele, as cartas de Alceu Amoroso Lima.

Os assuntos dessa correspondência são os mais variados, destacando-se o debate no universo literário da época – brasileiro e europeu –, algo muito comum nas correspondências entre escritores. Na verdade, a maioria dos escritores brasileiros da primeira metade do século XX se correspondeu com Alceu Amoroso Lima, que, entre as décadas de 1920-1950, foi o principal crítico literário brasileiro, tendo exercido grande influência sobre a intelectualidade de então. Escrever a Tristão de Athayde, seu famoso pseudônimo literário criado em 1919, era uma tentativa de o escritor brasileiro de então conseguir "um lugar ao sol" no mundo literário.

Escrevendo a Mário de Andrade, em 3 de junho de 1926, assim afirmou Carlos Drummond de Andrade acerca da crítica literária praticada por Alceu Amoroso Lima:

> A crítica de Tristão é de fato desopilante. Ele é o mais inteligente e ao mesmo tempo o mais burro dos críticos nacionais. Eu aprecio infinitamente o Tristão. E observo ele. Notei que o Tristão sofre com a volta da lua. Tem semanas que ele vem bom mesmo, tem outras que vem regular e outras ruizinho que nem pra jogar fora serve. Porém mesmo assim ele é tão necessário! E honesto. Você não acha ele honesto? (Não conheço o homem, mas me parece que sua escrita no *Jornal* revela um caráter de fato. É um homem.) (Andrade & Andrade, 2002, p. 220-221)

Por esse fragmento, percebe-se a força e a importância da crítica literária exercida por Alceu Amoroso Lima nos anos heroicos do nosso modernismo. Mesmo sem concordar com a ideologia presente em seu exercício crítico, Alceu era "tão necessário" e "honesto". Ou seja, não podia ser ignorado. E, de fato, não o era, tanto que Mário de Andrade, outro grande correspondente tanto de Alceu quanto de Murilo Mendes, assim respondeu ao comentário de Drummond, em carta de 8 de junho de 1926:

> As opiniões de você sobre o Tristão me parecem perfeitamente exatas. Não apenas é um homem útil mas atualmente me parece o crítico mais importante e útil que nós temos. Inda sofre um pouco de culturite mas a doença já não é mais aguda e é certo que está animado das melhores intenções deste mundo. Não tem culpa positivamente de ser pouco sensível ao lirismo moderno. Por oposição percebe muito bem os valores da prosa e naquele mesmo dia em que escreveu sobre o *Losango* escreveu outra nota admirável sobre o *Pathé-Baby*

do Alcântara. Aliás mesmo a nota que escreveu sobre o meu livro não é ruim não, é meio cômica por causa que a gente sente o esforço sincero que ele fez pra penetrar e mesmo gostar mas não conseguiu. Não conseguiu e foi sincero, está muito bem assim. E aliás toda a nota está cheia de reflexões muito justas e bem maturadas, me parece. (ibid., p. 223)

Certamente, toda essa movimentação em prol do modernismo e do seu definitivo estabelecimento em nossas letras motivou o primeiro contato de Murilo Mendes, em 27 de dezembro de 1930, quando o poeta ainda vivia na provinciana Juiz de Fora, cidade do interior mineiro, no ano de lançamento do seu primeiro livro – *Poemas*. Por essa época, Alceu já era um crítico consagrado, com imensa experiência analítica de autores e obras, pois iniciara sua atividade analítica em 1919, nas páginas de *O Jornal*, periódico de alto nível intelectual do Rio de Janeiro. Na carta a seguir, de 27 de fevereiro de 1931, Murilo escreveu a Alceu:

Pitangui – E. F. Oeste Minas[2]
Prezado Alceu,
Li o seu artigo que me confortou sobremodo – não tanto pelos elogios que contém – mas pela justeza de certas observações. Você disse o essencial sobre meu livro. É claro que, se você dispusesse de mais espaço, poderia entrar em maiores detalhes – mas dentro daquelas reduzidas 2 colunas você tinha mesmo que espremer seu pensamento. Vejo que você me toma a sério, o que para mim é muito importante: não vê no sujeito dos *Poemas* um jogral, nem um mistificador – mas sim um indivíduo dissociado, mas que se esforça por atingir uma ordem. Já o mesmo não viu, por exemplo, o Agripino Grieco – cujo artigo, aliás, me serviria mesmo muito se eu pretendesse forçar a atenção do público – o que não é o caso dum sujeito que publica um livro sem nenhum aviso, e tira só 200 exemplares, sendo 100 fora do comércio. O Grieco censura minha irreverência, como se o livro todo fosse em tal tom. Entretanto, é só uma parte, e um pouco da segunda – poemas, aliás, que eu introduzi ali mais para documentação; como é fácil verificar (a data da composição está indicada no frontispício) – os tais poemas-piadas foram escritos em 1925. Aliás, não abandonei tais manejos – exercito sempre assuntos ligeiros, que é para não ficar muito pesadão na horinha do apocalipse. Tenho horror às comadrices, arranjos, etc. – se lhe mando dizer tudo isto, é porque vou dizer

---

2. Nesse momento, Murilo se encontrava na casa do seu irmão mais velho, Onofre, que residia em Pitangui, interior de Minas Gerais.

o mesmo, e mais ainda, por estes dias, ao Grieco – que tem, aliás, algumas anotações muito certas no seu artigo. Espero com o meu próximo livro, que está entrando para o prelo, afastar a queixa, justa, da monotonia dos temas e da técnica fatigante – e não desmerecer a confiança de meia dúzia de sujeitos a cuja opinião dou apreço e entre os quais se conta você, naturalmente.

Nesse fragmento se percebe uma das principais forças da epistolografia – o intercâmbio crítico propiciado pela troca de cartas. Isto é, a motivação de Murilo é a recepção que Alceu fez do seu livro *Poemas*, uma vez que o crítico publicou em *O Jornal* a crônica "Mais vozes de perto", na qual analisou o lançamento de Murilo Mendes. Daí que Murilo afirmou na sua carta: "Vejo que você me toma a sério, o que para mim é muito importante: não vê no sujeito dos *Poemas* um jogral, nem um mistificador – mas sim um indivíduo dissociado, mas que se esforça por atingir uma ordem". De fato, o livro de Murilo alcançou um considerável sucesso, tendo recebido um importante prêmio literário da Academia Brasileira de Letras, não obstante a recepção negativa de outro importante crítico da época, Agripino Grieco. Destaco, na crônica de Alceu, a seguinte passagem:

> O que me interessa sobretudo é o senso do invisível que possui e que dá à sua poesia um movimento por vezes formidável. Irrita-me ter de louvar o que para o intolerável 'espírito moderno' é apenas procura de originalidade. Mas o fato é que esse poeta, que positivamente tem momentos de puro desvario, tem um contato com o invisível e um senso concreto da espiritualidade que o colocam inteiramente à parte. Quanto caminho andado desde os tempos do naturalismo poético, que se julgava uma aurora e era uma agonia! O Sr. Murilo Mendes é um poeta que luta quase que tangivelmente com os anjos e os demônios. Sua poesia é um dissídio constante e angustioso entre o angelismo e o demonismo. Quisera ter espaço bastante para citar. Difícil citar, aliás, pois é um grande poeta, mas não para o grande público.

É importante perceber o olhar preciso e arguto de Alceu, que constatou a grandeza poética de Murilo Mendes já no seu primeiro livro, reconhecendo que Murilo "luta quase que tangivelmente com os anjos e os demônios", ou seja, o crítico percebeu uma linha criativa muito cara a Murilo: a exploração de temáticas surrealistas e religiosas na sua criação poética, numa sintomática simbiose que muito enriqueceu a sua obra, distinguindo-a dentro do contexto maior de criação literária do nosso modernismo. Afinal, como o próprio Murilo afirmou na sua carta: "não abandonei tais manejos – exercito sempre assuntos ligeiros, que é para não ficar muito pesadão na horinha do apocalipse. Tenho horror às comadrices, arranjos, etc". Certamente, tais "manejos" conquistaram Alceu Amoroso Lima, levando-o a decidir: "é um grande poeta, mas não para o grande público".

As inúmeras cartas trocadas entre ambos testemunham o período da conversão religiosa de Murilo, cujo momento culminante se deu com a morte do pintor Ismael Nery, seu grande amigo, em 1934.

Sabe-se que o processo de conversão religiosa não é algo simples, superficial. Ao contrário, envolve a pessoa como um todo, muda os seus paradigmas de vida, suas opções, provocando um verdadeiro movimento de transformação interna – nas questões de fé – e externa, nas novas práticas e costumes religiosos, amizades e grupos de pertencimento.

Tal situação não foi diferente com Murilo Mendes, que, após essa metamorfose pessoal, passou a frequentar as reuniões e os compromissos do Centro Dom Vital[3] de Juiz de Fora, tornou-se assinante da revista *A Ordem*[4] e, quando estava no Rio de Janeiro, não perdia as famosas conferências que o Pe. Leonel Franca[5] realizava no Colégio Santo Inácio, em Botafogo. Escrevendo a Alceu Amoroso Lima, em 18 de fevereiro de 1936, comentando como estava o clima religioso do Rio de Janeiro, onde ele acabara de chegar, registrou:

---

3. O Centro Dom Vital (CDV) foi fundado por Jackson de Figueiredo, em 1922, no Rio de Janeiro. Era um centro de intelectuais católicos pertencente à Arquidiocese do Rio de Janeiro, cuja ação pastoral se destinava aos meios mais abastados da sociedade, bem como artistas, políticos e o mundo intelectual como um todo. Sua sede era na praça XV de Novembro, no coração da antiga capital federal, e a ele se filiaram figuras como Jorge Amado, Augusto Frederico Schmidt, Jorge de Lima, Lúcio Cardoso, Cornélio Penna, Ismael Nery e o próprio Murilo Mendes, dentre outros. O CDV expandiu-se para outros estados do país, principalmente Minas Gerais, que recebeu filiais do CDV em Juiz de Fora, São João del-Rei, Ouro Preto, Cataguases e Belo Horizonte. A partir de 1928, Alceu Amoroso Lima assumiu a presidência do CDV, logo após a morte trágica de Jackson de Figueiredo.
4. *A Ordem* foi criada em 1921, por iniciativa do mesmo Jackson de Figueiredo e de dom Sebastião Leme, então cardeal-arcebispo do Rio de Janeiro. Era uma espécie de "diário oficial" dos intelectuais católicos do Rio, que no ano seguinte se congregaram em torno do Centro Dom Vital.
5. Leonel Franca (1893 – 1948) – sacerdote jesuíta que fundou a PUC do Rio de Janeiro e era muito conhecido nos meios intelectuais da época, por conta da sua amizade com escritores, artistas e cientistas.

II. Cartas para Alceu Amoroso Lima

Ao chegar aqui encontrei a cidade saindo da semana de ação católica – e completamente goffineizada[6] pelo cônego Henrique Magalhães.[7] Depois disto recolhi-me em casa com um braço enguiçado, só saí ontem – de maneira que não pude tomar altura do pessoal. Em todo o caso, nos primeiros dias, encontrei grande resistência nos meus propósitos de desgoffineização. É verdade que Deus escreve direito por linhas tortas – de maneira que não duvido nada que a semana produza bons resultados. Seria preciso tirar vários exemplares de D. Martinho[8] a fim de expurgar a turma, por aí e revitalizar o ambiente. E vocês, como vão? Conto estar de volta em fins de março a fim de assistir a semana santa no mosteiro.
Recomendações especiais ao caro D. Martinho. Para vocês todos um abraço do amigo em Cristo.
Murilo

"Conto estar de volta em fins de março a fim de assistir a semana santa no mosteiro" – por essa afirmação percebe-se a total mudança de rumos na vida pessoal de Murilo, que de *dandy* rebelde passou a católico praticante, com imensa sensibilidade para as ações pastorais da Igreja Católica voltadas

---

6. Referência ao monge alemão Leonard Goffiné (1648 – 1719), cujo livro *Manual do Cristão* (espécie de devocionário), publicado no Brasil em 1912, foi largamente difundido pelos beneditinos do Rio de Janeiro. Todavia, com o avançar dos anos, especialmente com as novidades trazidas pela Ação Católica, esse livro foi considerado ultrapassado, pois se baseava em devoções de piedade retrógradas e sem muito sentido para o século XX. A respeito do tom pejorativo do adjetivo "goffineizado", esclarece-nos dom Clemente Isnard (1999, p. 76): "Goffiné era o nome de um livro de orações, originário da França, que, traduzido para o português, se encontrava nas mãos das pessoas piedosas antes da divulgação do missal. Nele se encontram as interpretações piegas das partes da missa e dos paramentos, além de muita outra coisa nesta linha. Chamando de Goffiné alguém ou alguma coisa, esta já estava classificada como piegas".
7. O cônego (e depois monsenhor) Henrique de Magalhães (1884 – 1964) pertenceu ao clero da Arquidiocese do Rio de Janeiro, onde foi ordenado sacerdote em 1907. De orientação doutrinal bem conservadora, foi pároco da Igreja da Candelária, membro do Cabido da Catedral Metropolitana do Rio e articulista em diversos jornais e revistas da antiga capital federal. No arquivo do Centro Alceu Amoroso Lima para a Liberdade, temos oito cartas enviadas pelo religioso a Alceu Amoroso Lima. (Para mais informações biográficas acerca deste clérigo, consultar *Anuário Eclesiástico* da Arquidiocese de São Sebastião do Rio de Janeiro de 1950 e 1968 / Catedral do Rio de Janeiro, Arquivo da Cúria).
8. Referência a dom Martinho Michler (1901 – 1989) – monge beneditino, de origem alemã, que veio para o Brasil na década de 1930. Foi responsável pelo Movimento Litúrgico brasileiro, isto é, uma transformação na liturgia católica que iniciou mudanças, como a celebração da missa em português, e não mais em latim, muito antes das inovações trazidas pelo Concílio Vaticano II. Dom Martinho foi abade do mosteiro beneditino do Rio de Janeiro, quando se tornou grande amigo de Alceu Amoroso Lima e também de Murilo Mendes.

aos dramas sociais, e se tornou membro de uma conferência vicentina no Rio de Janeiro, grupo religioso conhecido pelas ações de caridade social.

Saltando um pouco no tempo, chegando à década de 1950, vemos Murilo Mendes envolvido em outras atividades culturais, agora fora do Brasil. Respondendo a um convite feito pelo Ministério das Relações Exteriores do Brasil, o poeta proferiu uma série de palestras em universidades e instituições culturais europeias. Nesse momento, suas cartas a Alceu Amoroso Lima narram o seu périplo pela Europa, os contatos feitos no Velho Mundo, a difusão que fazia da nossa literatura através de conferências e aulas ministradas em diferentes locais. Nesta carta enviada a Alceu, em 1º de março de 1954, percebemos a importante atividade que Murilo exerce naquele momento:

> Querido Alceu,
> Antes do mais, peço-lhe que me desculpe o atraso desta. Meus trabalhos, e a intensa vida cultural desta cidade, são a causa da minha incivilidade. Recebi uma carta e um cartão seus. Quanto a este último, escaparam-me algumas palavras... porque era manuscrito!
> Você me pede minhas notícias, inclusive, coisas sobre a minha missão aqui. No princípio, como o Embaixador lhe contou, as coisas foram difíceis. A Universidade – conto-lhe isto reservadamente – objetou ao fato de eu ser católico.[9] Resolvi então ir lá sozinho, um dia (nas primeiras visitas era acom-

---

9. Em outra ocasião, na Espanha, Murilo teve um problema semelhante, porém com motivação ideológica contrária. Numa carta enviada ao escritor francês Albert Camus, em 4 de agosto de 1953, ele relatou: "Meu caro Camus / Eu lhe escrevi de Madrid, mas agora tenho boas razões para acreditar que o senhor não recebeu minha carta. Ficamos dez meses na Europa. Em fim de março preparávamos para voltar ao Brasil, quando recebi um telegrama do Ministério das Relações Exteriores (no Rio) convidando-me a assumir o posto de professor de Cultura Brasileira em Madrid. A Espanha tinha acabado de ser admitida na Unesco; revistas espanholas publicavam artigos em que se propunha o diálogo a todos os adversários do regime atual, e onde a obra dos emigrados espanhóis recebia, pela primeira vez desde a guerra da Espanha, grandes elogios. Aceitei; fui incentivado sobretudo por amigos de esquerda, em Lisboa. Ao cabo de dois meses fui declarado *persona non grata*. Entre os argumentos citados contra mim (17), em um documento assinado pelo Ministro dos Negócios Estrangeiros, figurava este: 'O Sr. Mendes é um admirador de Jacques Maritain, líder de uma corrente que quer destruir a Igreja Católica. Pertence ao catolicismo de esquerda'. É textual. Aceitando a intimação para deixar a Espanha, fiz com que o ministro espanhol soubesse que o problema tinha sido mal colocado: embora eu tivesse tomado posição antifascista há muito tempo, meu cargo não tinha caráter político nem diplomático: eu era enviado e pago por meu Governo, como professor universitário. O apelo deles ao diálogo era hipócrita: jogo duplo, sem dúvida para causar impressão no

panhado de um secretário da Embaixada), procurei o reitor e o decano da Faculdade de Filosofia e Letras, e expus-lhes algumas ideias sobre liberdade de pensamento e de cátedra, sobre minha posição política e de católico, etc. A investida seguinte do encarregado de Negócio a coisa mudou. Não era possível por enquanto organizar o Curso de Estudos Brasileiros, como deseja o Itamaraty, porque... as gestões necessárias não tinham sido feitas... Não foi assinado ainda o acordo cultural belga-brasileiro... Pelo que me propuseram fazer um ciclo de 4 conferências (como teste, evidentemente), na série oficial das conferências da Universidade. Aceitamos. Depois de feitas as 2 primeiras, começam a surgir os convites para as Universidades de Liége e Louvain, Escola de Altos Estudos de Gand, Musées Royaux d'Art et d'Histoire, e outros mais. Já fiz 2 conferências em Louvain.[10] Padre Beltrão e padre Ávila, que você conhece (que ótimas figuras, hein?), disseram-me: 'Você vá a Louvain 2 ou 3 vezes, tome contato com alguns professores, que faremos o resto'. Assim foi feito. Confesso-lhe que fui para lá tremendo de medo, pois nunca fui professor, e fiz poucas conferências no Brasil. Mas até agora, modéstia à parte, as coisas não vão indo mal. Trouxe uma série de livros fundamentais sobre o Brasil, de onde extraio informações e conceitos. É claro que os seus têm me ajudado muito. Além de T. de A., repasso S. Romero, Nabuco, Euclides, João Ribeiro, S. B. de H., Gilberto Freyre e outros. Muitas coisas do Brasil, vejo-as agora, do estrangeiro de forma diferente... como é estranho! E passo também imagens das nossas coisas e da nossa gente que despertam o interesse de muitos.

---

exterior. Alguns dias depois eu era nomeado para o mesmo posto em Bruxelas; mas, como já estávamos de férias, decidi voltar ao Brasil com minha mulher, para cuidar de algumas questões; e devemos partir de novo para a Europa em setembro" (Guimarães, 2012, p. 58-59).
10. Estando ainda em Bruxelas, Murilo Mendes escreveu a Carlos Drummond de Andrade, em 3 de janeiro de 1955, dando mais detalhes acerca da sua vida de conferencista: "Caríssimo Carlos, / Aproveito este começo de ano, em que é de boa tradição mandar aos amigos notícias agradáveis, para comunicar-lhe que durante o ano findo tive ocasião de me referir várias vezes ao seu nome, em conferências e lições aqui e na Holanda. Além de outras experiências, tive a do 'Collège Théologique et Philosophique de la Compagnie de Jésus' em Louvain, a dos 'Midis de la Poésie' (Théâtre Résidence) em Bruxelas, e a da 'École des Hautes Études' de Gand. O primeiro é uma instituição da maior importância. Auditório internacional de teólogos, filósofos e estudantes, gente muito culta, é claro, mas que em geral não se ocupa de poesia. O comentário que fiz a sua pessoa e sua obra interessou vivamente o auditório. 'A flor e a náusea', em texto francês trabalhado por Saudade, provocou um tal entusiasmo que tive – com prazer – de bisá-lo, e dar 4 ou 5 cópias mais tarde. Também 'Os ombros suportam o mundo' e o 'Sentimento do mundo' são peças que provocam uma grande admiração" (FCRB-AMLB, Arquivo Carlos Drummond de Andrade, Série Correspondência Passiva, Pasta Murilo Mendes).

Quarta-feira falei em Louvain sobre o nosso barroco e sobre a arquitetura e pintura modernas, estabelecendo pontos de ligação. Grande foi a emoção, ao comentar e passar imagens de Ouro Preto, Mariana, Congonhas, Aleijadinho e de edifícios do Lúcio, Niemeyer, pinturas do Di, Portinari, Segall e outros.

Com tantos nomes e referências citados, não seria interessante fazer tanta nota explicativa no rodapé desta página, creio que deixaria este artigo pesado, lento e um tanto prolixo. Entretanto, é-nos possível perceber a rede de informações e contatos que o poeta de *Convergência* desenvolveu nas suas atividades acadêmico-culturais na Europa.

Murilo sabia fazer bom uso dessas viagens, as quais funcionaram não apenas para ele, mas para diversos escritores brasileiros que se deslocaram pelo mundo, como franca oportunidade de conhecimento, de pesquisa, contato com fontes e outros escritores locais. Essas viagens não eram apenas turismo, ao contrário, funcionavam como intercâmbio do artista brasileiro, ávido pela velha Europa, fonte dos inúmeros cânones literários que moldaram as literaturas das antigas colônias, inclusive o Brasil.

Era um momento ímpar na política externa brasileira, que acreditava muito nas atividades exercidas pelos centros de cultura brasileira e pelas cátedras de estudos brasilianistas que foram fundadas mundo afora, tudo isso com o objetivo de difundir o que o Brasil tinha de melhor no seu universo cultural. O trabalho de Murilo Mendes se encaixou nesse programa, nesse objetivo, nessa espécie de missão político-diplomática que tanto contribuiu para a apresentação do Brasil ao mundo, algo fundamental para a grandeza de uma nação ainda sem um lugar definido no "concerto geral das nações", usando a expressão de Mário de Andrade que tão bem esclarece a situação.

Em 1957, Murilo Mendes se mudou definitivamente para a Itália, passando a residir na capital italiana, pois foi lecionar Literatura Brasileira na Universidade de Roma, também a convite do Itamaraty, num programa de cátedras de estudos sobre o Brasil.

Em Roma, Murilo e sua esposa, Maria da Saudade Cortesão, transformaram o seu apartamento na "embaixada cultural do Brasil na Itália", usando a expressão criada por Alceu Amoroso Lima para definir a práxis cultural de Murilo Mendes. Sua residência era ponto de encontro de artistas, professores, políticos e intelectuais não apenas italianos, mas também de outros países, especialmente Espanha e Portugal, que tinham em Murilo e Maria da Saudade não apenas o casal de amigos, mas também a figura de "agitadores culturais" que apresentavam o Brasil à Europa e ao mundo.

II. Cartas para Alceu Amoroso Lima

Nesse sentido, nesta carta enviada a Murilo Mendes em 23 de novembro de 1960, Alceu Amoroso Lima destaca o papel de Murilo e a função de Murilo na Cidade Eterna:

> Queridos amigos
> Maria da Saudade e Murilo
> Estou em tão grande falta para com vocês dois, que nem sei como explicar o meu silêncio. Não tem explicação nenhuma, a não ser... a minha letra. Ainda não me habituei, e já agora é um pouco tarde..., a escrever diretamente à máquina. Vou então adiando, adiando, para me decidir afinal o que decido... é mesmo fazer como faço com os artigos e crônicas: pedir ao Carlos que decifre, como o faz todas as semanas, os meus garranchos e os passe a limpo para poupar a vocês o trabalho de devolverem a carta pedindo um intérprete, como frequentemente sucede. (...)
> Sempre temos ecos da esplêndida atuação do Murilo, nos seus cursos e do casal nos meios artísticos e intelectuais de Roma. A ponto de ter ouvido há dias, creio que de Sílvio da Cunha (de volta de Santiago do Chile e com projetos de se fixar em S. Paulo), que Murilo não deseja mais voltar cá para esta cidade-estado, que ganhou muito com Brasília. Ganhou, não porque começasse sequer a resolver os seus eternos problemas, de água, de comunicações, de enchentes – pois se tem a impressão de que ninguém deixou o Rio, a começar pelo Governo, pois Brasília é ainda um cemitério de vivos, além de uma cidade sem alma.[11] O Rio ganhou, por ter ficado... provinciano. E com isso juntar aos seus velhos motivos de encanto, mais este que lhe faltava. Será uma impressão talvez puramente subjetiva, mas que um casal de poetas como vocês bem sabe compreender. Eu bem compreendo, aliás, que vocês, sendo o que são, e podendo viver pelo Brasil, sem prejudicar em nada o que faziam aqui, é de valor inestimável. Mas no fim, não podemos deixar de sentir a ausência, mesmo que saibamos tão fecunda e tão de acordo com o temperamento e as qualidades intelectuais de ambos.

Logo no início da carta, Alceu toca num fato que se transformou numa espécie de lenda acerca da sua biografia: a sua caligrafia, muito conhecida pela extrema dificuldade de compreensão, especialmente para nós, que hoje em dia organizamos e editamos a sua correspondência.

Alceu também aborda um assunto delicado: o possível retorno de Murilo Mendes após longos anos vivendo em Roma. De fato, o autor de *Poliedro*

---

11. Brasília foi fundada em 21 de abril de 1960, portanto poucos meses antes dessa carta.

viveu na capital italiana de 1957 a 1975, quando da sua morte. O fato é que Murilo teve uma excelente adaptação na Europa, tendo sido professor das universidades de Roma e Pisa, instituições de grande e tradicional prestígio. Além disso, o poeta tinha medo de não ter, no Brasil, a mesma segurança profissional que conquistou na Itália, e tal indefinição poderia comprometer a sua vida pessoal, caso retornasse ao Brasil. Sabemos também que Murilo gostava e desfrutava do ambiente artístico europeu, algo que o marcou profundamente ao longo de todo o tempo em que lá viveu, propiciando-lhe uma vida cosmopolita e internacionalizada que muito marcou a própria obra. Continuando na mesma carta, seguimos acompanhando Alceu se dirigindo a Murilo e Maria da Saudade:

> A carta admirável do Murilo me animou a fazer um pedido: não será que você, Murilo, possa mandar-nos de vez em quando, para *A Ordem*, uma 'correspondência de Roma'? Seria como uma carta em que você tratasse dos assuntos que quisesse, sagrados ou profanos, políticos ou de arte, do seu próprio curso ou de um filme como *La dolce vita*, por exemplo, que encantou e despertou tantas opiniões disparatadas por aqui. Seria para nós uma bênção.[12] Estamos, como sempre, procurando manter e desenvolver as nossas atividades no Centro. Estamos agora preparando os nossos cursos para o ano que vem, ampliados. E talvez um possível desdobramento de *A Ordem* em revista trimestral e acompanhada de boletim mensal mais leve. Seja como for, uma 'correspondência romana' sua seria, para nós, um presente do céu. Fiz o mesmo pedido a um jovem secretário de Embaixada no Japão, que conheci de New York e casado com uma ex-aluna, prima da Raquel de Queiroz. Mandou-nos duas correspondências de Tóquio muito interessantes, focalizando os aspectos típicos do misticismo no Japão. De Roma, você poderia mandar-nos coisas maravilhosas, no estilo de sua carta e apenas contando o que se passa nessa capital do mundo. Tá?, como dizem os brotinhos e 'bossas novas'![13]

---

12. *La dolce vita* (A doce vida) é um filme franco-italiano de 1960 dirigido pelo cineasta Federico Fellini com Marcello Mastroianni no papel principal. Trata-se de uma forte crítica à sociedade romana do pós-guerra, retratando algumas instituições decadentes e hedonistas marcadas pela superficialidade e pela incomunicabilidade entre as pessoas.
13. A julgar pelos artigos e matérias publicados na revista *A Ordem*, nas edições após este pedido de Alceu, Murilo Mendes e Maria da Saudade nunca concretizaram a colaboração sugerida. Uma hipótese para explicar tal fato, creio, seja o desmantelamento do próprio Centro Dom Vital logo após o Concílio Vaticano II, posto que muitos dos seus membros, por discordarem das decisões do Concílio, abandonaram o CDV, tanto que *A Ordem* ficou dez anos sem ser publicada, entre 1964 e 1974.

Essa "correspondência de Roma" não se concretizou. Todavia, o mais interessante é o pedido de Alceu a Murilo, já que este estava inserido nos berços da cultura ocidental e poderia, mesmo à distância, alimentar aqueles que aqui permaneceram. Ou seja, o que sobrava em Murilo poderia preencher o que faltava nos daqui.

Já aproximando o fim deste artigo, ressalto agora um aspecto que considero dos mais fundamentais na pesquisa para organização de uma correspondência literária: a descoberta de materiais inéditos.

Sabe-se que os missivistas usavam a carta, dentre outras finalidades, para trocar mutuamente a sua produção literária no *hic et nunc* da criação. Nesse sentido, Murilo Mendes e tantos outros missivistas confiaram em Alceu, enviando-lhe textos da própria lavra. Muitos destes não foram publicados, permaneceram guardados no arquivo pessoal do crítico. Por quê? Não sabemos exatamente, talvez por (des)gosto pessoal de Alceu em relação a alguns desses manuscritos, preferindo mantê-los guardados a jogá-los fora, destruindo-os de vez. Mal de arquivo? Certamente. É interessante a descoberta de poemas como este:

A morte da puta
A puta morreu.
Dois soldados e quatro velas
ficaram de plantão a noite inteira.
Algumas mulheres torraram o serviço,
foram espiar
– pra quem ficarão os vestidos dela?
Um deputado mandou um buquê de rosas.
Não veio oração fúnebre no jornal.
Os filhos da puta não souberam.

Ou então este:

Box
Um anjo lutava com um demônio.
O Tristão de Ataíde interessadíssimo
assistia
torcendo pro anjo ganhar.

Houve empate.

Quem ficou nocaute
foi o Tristão.

Na primeira peça, percebe-se ainda um poeta em formação, gozando da liberdade própria dos primeiros anos modernistas nesse poema-piada, tão a gosto da poética de um Oswald de Andrade. Certamente, esse tipo de poesia não agradava Alceu Amoroso Lima, que, na década de 1930, ainda estava eivado do espírito religioso herdado de Jackson de Figueiredo, marcado por um profundo espírito de conservadorismo religioso, político e moral. Mas, como afirmado acima, Alceu era do tipo que não jogava papel fora, isto é, tinha um forte sentimento de arquivamento de tudo, especialmente de suas cartas, parte fundamental na sua práxis de crítico literário.

Na segunda peça – "Box" –, vemos uma total experimentação de criação poética, algo ainda totalmente incipiente, marcado até mesmo por certa falta de profundidade do fazer literário e do manuseio com o material da poesia. "Box" é um excelente exemplo de início de carreira literária de um poeta, e Alceu sabia disso, mas também sabia que Murilo era muito mais do que isso, que tinha muito mais a oferecer à Poesia, ao modernismo brasileiro. Talvez por isso Alceu tenha guardado esse manuscrito, pois não deixa de ser um testemunho da biografia do poeta. Outro exemplo de manuscrito inédito é este:

> **Mágica da baleia**
> Jackson, o pálido profeta,
> entrou no mar, botou dois dedos na boca
> chamando a baleia
> para lhe dizer um sermão.
> A baleia chegou, não quis escutar,
> engoliu o profeta, coitado,
> então o profeta viajou
> sete dias dentro dela.
> Os pescadores chamavam a baleia,
> não vê que ela respondia.
> No fim dos sete dias
> a baleia levou uns ossos para a praia
> e uma alma para o céu,
> depois foi palitar os dentes.

Trata-se de um poema panegírico, pois vê-se claramente o elogio embutido à figura de Jackson de Figueiredo, que morrera de forma acidental e violenta em 1928, deixando "órfã" toda a intelectualidade católica brasileira, tamanha era a força da sua liderança intelectual, principalmente na direção do Centro Dom Vital e da revista *A Ordem*.

Mas, voltando ao poema "Mágica da baleia", também encontrado em manuscrito inédito no arquivo de Alceu Amoroso Lima, sentimos um melhor argumento poético, uma feitura mais elaborada no conjunto do texto. O que considero mais importante: uma clara abertura ao surrealismo, elemento de vanguarda tão presente na obra de Murilo Mendes, especialmente nos seus primeiros anos de atividade poética. E um surrealismo que dialoga com a tradição religiosa católica, uma vez que o poeta intertextualiza o seu poema com a tradição bíblica dos profetas e das feras selvagens, estas sempre subjugadas ao poder imperativo e inexorável de Deus, isto sem dizer das metáforas numéricas dos "sete dias", algo tão presente e forte na linhagem do Antigo Testamento.

Conclusão

Murilo se aproximou de Alceu no início da década de 1930 do século passado, ou seja, na conclusão da nossa primeira década modernista, período este muito conhecido como "modernismo heroico". O objetivo foi o mesmo de tantos outros escritores daquele momento: a aproximação ao mais importante crítico literário da época. De fato, esse objetivo do poeta foi alcançado, e uma forte amizade teve início, durando até a morte inesperada de Murilo, em 1975.

Alceu sempre viu em Murilo o poeta exemplar, aquele que se converteu ao catolicismo, que produziu uma poesia de altíssimo nível artístico e expressivo. Mas Murilo também exerceu uma função fundamental na concepção de Alceu: o de embaixador da nossa cultura no estrangeiro, dado que Murilo Mendes viveu na Europa (Itália) durante longos e bons anos, exercendo a atividade docente e de promotor da literatura brasileira em terras distantes.

Muito de tudo isso foi feito e pensado através da correspondência que ambos mantiveram ao longo da vida. A carta foi o elemento que uniu distâncias, que promoveu intercâmbios, que propiciou o encurtamento de caminhos entre os missivistas. Alceu e Murilo exploraram ao máximo as dinâmicas do gênero epistolar, isto é, viram nas missivas oportunidades não apenas de trocas de informações mútuas, mas também lócus de intercâmbios mais profundos e duradouros. A carta como testemunho. A carta como narrativa de vida e de amizade. Aliás, tudo isso só foi possível graças a este sentimento tão fundamental nas trocas epistolares – a amizade –, que possibilita o contato, o carinho e o bem-querer entre remetente e destinatário.

REFERÊNCIAS

AMOROSO, Maria Betânia. *Murilo Mendes* – o poeta brasileiro de Roma. Campinas: Editora Unicamp/MAMM, 2013.

ANDRADE, Carlos Drummond de & ANDRADE, Mário de. *Correspondência*. [Edição organizada por Silviano Santiago]. Rio de Janeiro: Bem-Te-Vi, 2002.

ANTELO, Raul. Da vista à visão, de Mário a Murilo. *Revista da Biblioteca Mário de Andrade*, v. 51, p. 163-170, 1993.

_____. Murilo, o surrealismo e a religião. *Luso-Brazilian Review*, v. 41, p. 107-120, 2004.

ARAÚJO, Laís Corrêa de. *Murilo Mendes*. Petrópolis: Vozes, 1972.

_____. Murilo através de suas cartas. *Suplemento Literário de Minas Gerais*, Belo Horizonte, n. 13, p. 6-16, mai. 1996.

_____. Murilo Mendes: contemporaneidade, agoridade. *Suplemento Literário de Minas Gerais*, Belo Horizonte, n. 44, p. 3-5, dez. 1998.

_____. *Murilo Mendes*: ensaio crítico, antologia, correspondência. São Paulo: Perspectiva, 2000.

ARQUIVO do Centro Alceu Amoroso Lima para a Liberdade (CAALL). [pesquisa com os manuscritos inéditos de Murilo Mendes enviados a Alceu].

GUIMARÃES, Júlio Castañon (Org.). *Cartas de Murilo Mendes a Correspondentes Europeus*. Rio de Janeiro: Fundação Casa de Rui Barbosa, 2012.

_____. *Territórios/Conjunções* – poesia e prosa críticas de Murilo Mendes. Rio de Janeiro: Imago, 1993.

ISNARD, Clemente. *Dom Martinho*. Rio de Janeiro: Lumen Christi, 1999.

LIMA, Alceu Amoroso. *Memórias Improvisadas*. Petrópolis: Vozes, 1973.

_____. *Obra Completa* – Volume I. Rio de Janeiro: Aguilar, 1967.

MENDES, Murilo. *Obra completa*. Rio de Janeiro: Nova Aguilar, 1994.

ANTONIO CANDIDO E ALCEU – DIÁLOGOS E CORRESPONDÊNCIA[1]

Com os atuais estudos sobre cartas/correspondências entre escritores, cada vez mais estamos fortalecendo o que se tem convencionado chamar de "Crítica epistolográfica". Com metodologias próprias e muito específicas, utilizando instrumentais teóricos e hermenêuticos que a diferem das outras correntes críticas, esta área quer se construir cada vez mais na perspectiva da interdisciplinaridade, utilizando o texto epistolar numa direção ampla e múltipla que problematiza remetentes, destinatários, cartas, envelopes, selos, fotografias, recortes de periódicos trocados e outros rituais próprios da correspondência.

Quando Philippe Lejeune escreveu o seu pequeno ensaio-crônica "A quem pertence uma carta?", inserido em *O pacto autobiográfico* (Ed. UFMG, 2014), o crítico francês tocou num dos principais problemas do gênero epistolar – o direito de posse do objeto carta numa correspondência, especialmente aquelas missivas que se tornaram públicas via publicação *com* ou *sem* o consentimento de uma das partes. Aqui, levanto uma questão sempre atual e intrigante: será que o missivista escreve a sua carta e pensa na possibilidade futura de a mesma ser publicada? Ou a publicação é uma vontade de seus herdeiros ou então de pesquisadores ávidos por revelar o inédito?

---

1. Conferência apresentada no Centro de Pesquisa e Formação do SESC, em São Paulo, como uma das atividades do ciclo denominado *Afeto e Convicção – Uma Homenagem a Antonio Candido de Mello e Souza (1918-2017)* – evento ocorrido em 2018. Num segundo momento, foi publicado com título homônimo, como um dos capítulos do livro *Antonio Candido: afeto e convicção* (Edições SESC, 2021, p. 169-179).

A correspondência entre Antonio Candido e Alceu Amoroso Lima foi pequena em termos quantitativos; ao que se sabe, apenas três documentos: duas cartas de Candido a Alceu e apenas uma deste àquele.[2] O arquivo de Antonio Candido ainda não está aberto e disponível à consulta e pesquisa, por isso mesmo podemos ter essa quantidade revista quando da disponibilização desse acervo. Inclusive, a única carta de Alceu a Candido que conhecemos é uma cópia, feita via carbono a partir do datiloscrito original. Pessoalmente, Alceu não tinha o bom costume de fazer cópias das suas missivas, mas alguns dos seus secretários o faziam, particularmente João Etienne Filho, que nunca deixou de copiar as cartas que datilografava e Alceu apenas assinava. Foi por esse artifício que localizamos o documento no arquivo do crítico.

Alceu iniciou a correspondência, como se pode depreender desta resposta de Antonio Candido:

> S. Paulo, 5 de dezembro de 57
> Meu caro Mestre
> Venho, um pouco atrasado, acusar o recebimento da sua carta de 24 de outubro, convidando-me para preparar um livrinho sobre Graciliano Ramos. Convite seu é ordem, a que não me saberia furtar. Procurarei corresponder à sua confiança, trabalhando nessa tarefa como homenagem não apenas ao grande romancista, mas ao grande crítico.
> E o prazo? Estaria bem dentro do primeiro semestre de 58? Espero as suas ordens neste sentido, com os sentimentos mais cordiais, o
> Antonio Candido.

Esse "livrinho sobre Graciliano Ramos" que Antonio Candido escreveu é *Graciliano Ramos – Trechos escolhidos*. Inicialmente, a ideia de Alceu é que Candido o publicasse pela editora Agir, a qual tinha Alceu Amoroso Lima como um dos seus sócios proprietários e editor-chefe. Desconheço totalmente a razão pela qual o livro não saiu pela Agir – talvez quando o arquivo de Antonio Candido estiver aberto às pesquisas possamos saber o porquê.

Esse pedido de Alceu a Candido é algo corriqueiro nas trocas epistolares. A correspondência, conforme os estudos vêm mostrando, não serve apenas

---

2. Os originais desses documentos se encontram no arquivo do Centro Alceu Amoroso Lima para a Liberdade, instituição que salvaguarda o acervo do crítico, localizada na cidade de Petrópolis (RJ).

para intercâmbio de informações e notícias, é um espaço de sociabilidade, de formação de pensamento, um laboratório de ideias e de estilísticas. Daí o convite de Alceu: o velho crítico reconhecia no novo crítico a capacidade profissional deste acerca da obra e do pensamento do autor de *Vidas secas*. Anos depois, Antonio Candido volta a fazer contato, enviando esta carta a Alceu Amoroso Lima:

> São Paulo, 2 de dezembro de 60
> Meu caro Mestre
> Escrevo para fazer-lhe um honroso convite. Como é do seu conhecimento, no ano passado realizamos, em Recife, o Primeiro Congresso Brasileiro de Crítica e História Literária, evento este de suma importância para todos nós. Naquele, foi unânime a decisão da Comissão Organizadora, pela qual escrevo agora, de que deveríamos homenagear o nosso querido Mestre Alceu Amoroso Lima num próximo Congresso.
> Por isso, venho solicitar ao querido Mestre um relato da sua vida de crítico literário e de pensador católico que iluminou a todos nós. E, claro, a sua participação conosco é uma honra de grande alegria.
> Este segundo congresso será realizado na Faculdade de Filosofia de Assis, no interior paulista, uma cidadezinha pequena que se quer grande, e este encontro ajudará neste propósito.
> Ficamos, meu caro Mestre, aguardando a sua preciosa contribuição. Fique à vontade no formato, pois vindo do seu engenho, temos a certeza da qualidade.
> Com os mais sinceros sentimentos do seu discípulo
> Antonio Candido.

O Segundo Congresso Brasileiro de Crítica e História Literária ocorreu na Faculdade de Filosofia, Ciências e Letras de Assis (SP) nos dias 24 a 30 de julho de 1961, e teve Alceu Amoroso Lima como um dos seus presidentes de honra.[3] No seu discurso, na sessão de abertura, assim afirmou Antônio Soares Amora:

> Um congresso não vale só pela sua organização e pelos bons propósitos da Administração Pública. Vale sobretudo pelo espírito que o domina e pelo

---

3. Segundo o livro dos anais deste evento, os presidentes de honra foram: Alceu Amoroso Lima, Álvaro Lins, Aristeu Seixas, Arsênio Tavolieri, Augusto Meyer, Austregésilo de Athayde, Cândido Jucá Filho, Gilberto Freyre, Herbert Moses, João Alfredo da Costa Lima, Nilo Pereira, Paulo Duarte, Peregrino Júnior, Sérgio Buarque de Holanda e Sérgio Milliet. A presidência executiva do congresso ficou sob a responsabilidade de Antônio Augusto Soares Amora; e o secretariado geral foi de Jorge de Sena.

trabalho que realizam seus participantes. E quanto a isto, não tenho dúvida: críticos, investigadores, intelectuais e professores universitários do mais alto nível profissional aqui estão reunidos, evidentemente não para resolver todos os problemas suscitados pela Crítica e pela História Literária modernas, ou para defender esta ou aquela posição doutrinária, pois que um congresso científico não compadece tais objetivos. Aqui, o que se visa é, num clima de absoluta liberdade de convicções e de verdadeira cooperação intelectual, estabelecer um diálogo que resulte fecundo em matéria de atualização de conhecimentos, no campo da Problemática da Literatura, da Crítica e da Historiografia Literária, cada uma em si, e na sua aplicação à literatura brasileira. (Amora *in* Anais, 1963, p. 29)

Ainda fazendo memória aos organizadores dessa cúpula que muito pensou e deliberou sobre os nossos estudos literários, destaco as palavras do escritor e professor Jorge de Sena, secretário-geral daquela reunião:

Com efeito, como escritor que sou, ser-me-ia muito penoso, em meu túmulo, descobrir que eu tinha escrito tanto, apenas para que um sujeito fizesse, à minha custa, uma carreira. Os escritores não escrevem para os críticos ou os historiadores; escrevem para ser lidos, compreendidos, amados, e para que a humanidade seja um pouco menos pobre e um pouco mais fraterna. E, sem escritores, em verdade a Crítica e a História Literária não teriam razão de existir, a não ser que, esquecidas do seu objetivo fundamental, passassem a vida a criticar-se e a historiar-se a si mesmas... transformando-se naquilo mesmo que querem disciplinar, a literatura. Mas tudo isto, com a sua imensa autoridade, vô-lo diz melhor o crítico Tristão de Athayde, ou seja, o Prof. Alceu Amoroso Lima, patriarca da Crítica no Brasil. (ibid., p. 35)

Com efeito, Alceu Amoroso Lima respondeu à segunda carta que recebeu de Antonio Candido. Particularmente, como especialista que sou na obra e no pensamento de Alceu, considero essa missiva um dos mais importantes documentos escritos pelo crítico, no qual ele faz uma verdadeira história da Crítica Literária no Brasil. Alceu enviou esta carta-resposta a Candido, que a leu em forma de mensagem na sessão de abertura do Congresso de Assis. Anos depois, em 1963, saiu publicada nos anais do evento em forma de mensagem, tendo sofrido algumas poucas mudanças, apenas no seu cabeçalho, retirando-se os elementos iniciais e finais que em geral configuram uma carta, sem modificar seu conteúdo e mensagem. Ei-la:

II. Cartas para Alceu Amoroso Lima

Petrópolis, 1º de maio de 1961.
Meu caro Antonio Candido
Peço desculpas pela demora na resposta, mas os afazeres e compromissos são tantos que demoro cumpri-los.

Sua carta trouxe alegria a este velho combatente, me honrando com a homenagem dos maiores críticos do nosso país, dentre os quais, você. Estive há dias com o Álvaro Lins que me falou desta novidade do congresso e da homenagem que vocês me prestarão. É uma alegria.

Você me pede um relato da minha vida de crítico de ideias, tentarei fazê-lo. Só não sei se compareço ao evento, pois me julgo definitivamente à margem da crítica literária militante. E julgo que só devem dele participar aqueles que se encontram em plena atividade. Já me considero um homem de outras eras, tendo em vista a marcha precipitada dos tempos, em que cada ano vale por um decênio a menos... Não devemos perturbar os debates dos jovens com as nossas presenças. Podemos, quando muito, trazer-lhes a voz de um passado que vale apenas para a História Literária. Para essa nada envelhece. Tudo é presente. E tudo vale pelo que a ela comunicamos do que em nós havia de mais sincero, de mais profundo. Por isso é que para corresponder, ao menos de longe, à grande generosidade dos organizadores desse segundo certame de Crítica e História Literária em nosso meio, aqui estou ao menos para agradecer e para trazer uma palavra de estímulo aos que se dedicam, de corpo e alma, a uma tarefa que, no meu tempo, em 1919, quando também me lancei nessas mesmas lides, era apenas tarefa isolada de livres atiradores. Fiquei até hoje um deles. Ninguém se isenta daquilo que foi a atmosfera de sua mocidade.

Quando me lancei, ou antes fui lançado por Renato de Toledo Lopes, nessa '*selva selvaggia ed aspra e forte*' da crítica literária militante, em 1919, o terreno estava praticamente vazio. Já haviam desaparecido os grandes críticos de outrora. Só restavam uns epígonos sem valor, sem ideias, sem doutrina, sem prestígio, a não ser um grande mestre que exercia a crítica com imenso saber, mas com certa displicência, que mostrava quanto estava distante da gravidade da tarefa a que se dedicava, marginalmente, só interessado em outros estudos. Quero referir-me, como todos sabem, à figura singular de João Ribeiro, que foi o traço de união entre os grandes críticos da geração naturalista – Sílvio Romero, José Veríssimo e Araripe Júnior – e a nossa própria ambição de participantes direta ou indiretamente da geração modernista.

Lancei-me à aventura sem nenhuma preocupação revolucionária ou contrarrevolucionária, futurista ou passadista, como então se dizia. Lancei-me com uma preocupação que Emmanuel Mounier, de saudosa memória, diria puramente personalista. Não de um personalismo, como vulgarmente se entende a expressão, isto é, com a preocupação central das pessoas, mas de um personalismo, digamos assim, filosófico, de um humanismo em que o valor das obras se mede não por sua obediência a regras transmitidas ou a uma perfeição verbal estereotipada, mas como expressão de uma convicção pessoal, em que o valor da pessoa humana é primordial. E portanto uma visão de literatura como expressão total da vida, da vida em todos os seus aspectos, natural e sobrenatural, passado, presente e futuro, com uma sede de totalidade, limitada apenas pela natureza da pessoa humana e por um humanismo teocêntrico que, longe de o limitar, é realmente a sua integralização.

Essa colocação da crítica literária dentro de uma filosofia da vida que a transcenda e por isso mesmo a valorizava, longe de diminuí-la, é que iria ser, de 1919 a 1928, a preocupação não única certamente, mas crescente desse crítico tímido de 1919 que, para melhor resguardar sua independência, se protegia por detrás de um escudo, no caso um pseudônimo, que era como que a ilusão do avestruz escondendo a cabeça debaixo das asas, pensando com isso defender-se dos seus perseguidores. No dia seguinte ao do nascimento do Tristão, já ninguém ignorava, ao menos entre os que o cercavam, quem era o jovem e novo crítico que surgia no meio das hostes pré-modernistas. Nesse tempo, aliás, ainda não se falava em modernismo ou passadismo. Estávamos ainda no crepúsculo de um mundo de transição que mal começava a ter consciência de que era, ao menos por metade, um mundo morto. Começávamos, por isso mesmo, sem nenhuma preocupação doutrinária ou sistemática. Éramos apenas um jovem de vinte e poucos anos que aceitava um convite para fazer a 'Bibliografia' (assim se chamava a nossa seção no *O Jornal*, fundado em 1919, por Renato de Toledo Lopes) dos livros recentemente publicados. Não havia no momento nenhuma veleidade revolucionária a não ser em conversas particulares de cafés. E como não fui muito de conversas literárias de café, a verdade é que o Tristão nascia sem compromisso algum. Pois, se não tinha contato, a não ser apenas acidental, com os novos, muito menos o tinha com os velhos, com os acadêmicos, com os consagrados. Chegava totalmente de mãos abanando. Sem nenhuma ambição literária. Em plena disponibilidade. Pois nem ao menos havia então resolvido os seus próprios problemas de filosofia da vida. Vinha de mãos livres. Sem compromisso com ninguém. Nem mesmo com qualquer ideia ou posição de ordem social, filosófica ou religiosa. Era realmente uma página em branco, disposta exclusivamente a dar uma opinião pessoal, quando muito marcada profundamente pela profissão de fé impressionista dos mestres da crítica literária francesa de então, a única que realmente nos marcara em nossa adolescência prematura: Anatole France, Jules Lemaître e Rémy de Gourmont. Foram os únicos mestres cujos ensinamentos literários havíamos bebido durante esses anos de intensa leitura, sem a menor preocupação de sermos, nós mesmos, os responsáveis por qualquer trabalho próprio nesse sentido e, muito menos, por qualquer orientação na evolução da crítica literária entre nós. Sílvio Romero fora nosso mestre na Faculdade de Direito, e muito nos impressionara como professor. O melhor de todos os nossos mestres. O único, pode-se dizer, que exerceu alguma influência em nossa geração fora das aulas e das matérias que nos ensinava: a princípio Filosofia do Direito e mais tarde Economia Política. Como crítico literário nessa época, pouco ou mesmo nada nos dizia. Impressionou-nos e marcou-nos apenas como homem de ideias e acima de tudo como homem de uma personalidade inconfundível, como nordestino típico e ao mesmo tempo como grande agitador de ideias, que nos comunicou, insensivelmente, o evolucionismo spenceriano em que assentou, junto ao criticismo kantista, sua própria filosofia da vida, ainda no fundo, impregnada de certo sentimentalismo cristão, mal encoberto por seu filosofismo anglo-germânico. Como crítica literária, eram as ideias do impressionismo francês que nos marcaram antes de nos lançarem, mais do que propriamente nos lançarmos, nesse campo em que, por tantos anos, iríamos militar. Havia um grande vazio no momento. Nele entrávamos por mãos alheias e marcados pelo Impressionismo francês. Só depois de começarmos a tarimba cotidiana da leitura e da impressão crítica hebdomadária a princípio mesmo diária, é que fomo-nos libertando do jugo desse impressionismo que até então víramos apenas, seja dito de passagem, não como um jugo, mas como uma libertação. Mantemos até hoje a mesma convicção. O Impressionismo foi uma libertação. E até hoje possui e pode comunicar uma lição de bom gosto, de liberdade, de humanidade autêntica, que é de valor imortal e que nenhum didatismo, nenhum formalismo, nenhuma disciplina objetiva ou científica pode suprir. A crítica literária deve ao Impressionismo francês uma lição imortal a que nunca será suficientemente grata. E que precisa sempre guardar como um valor intrínseco e insubstituível. Quem nos libertou do unilateralismo impressionista foi Benedetto Croce. Por ele e com ele, sem dúvida, alargamos o nosso campo de visão da crítica, não por antítese ao Impressionismo, mas por uma nova libertação: a dos nossos pontos de vista puramente individuais, isto é, do próprio crítico, numa tentativa de devolver aos autores e às obras aquilo que o crítico tinha chamado exclusivamente para si. Essa volta à objetividade, não por um repúdio ao subjetivismo impressionista, mas por uma superação, é que consideramos a lição recebida de Benedetto Croce. E já nos levava, desde 1922, ao nosso próprio expressionismo tal já como procurávamos exprimi-lo, no prefácio dessa nossa estreia literária com a biografia de Afonso Arinos, no próprio ano da Semana de Arte Moderna.

Esse livro nada teve de intencionalmente comum com a Semana. Foi escrito a convite de Jackson de Figueiredo numa coleção que a revista *Terra de Sol*, dirigida pelo editor português Álvaro Pinto, então residindo e trabalhando entre nós, ia lançar. Acabou este livrinho de estreia ligado à Semana de São Paulo pela data e pela veleidade de lançar a Crítica Literária brasileira nos rumos de uma nova objetividade que viria a ser mais tarde o próprio sentido de sua expressão mais recente de que são sintomas marcantes, tanto o Congresso de Recife como o de Assis, que ora se realiza.

Meu caro Antonio Candido, como você pediu na sua última carta, trago à nova geração estas palavras de congratulação e de saudade de coisas idas e vividas há tanto tempo. Passados quarenta e dois anos desses idos de 1919 em que tercei as minhas primeiras armas, a Crítica Literária, longe de ser, como então era, quase uma '*no man's land*', é um campo aberto, por vezes de batalhas sem dúvida, mas de batalhas sadias, como demonstração de vitalidade, de interesse, de estudo, de amor por uma tarefa árdua, que só deve crescer com o tempo, porque o Brasil realmente é hoje, muito mais do que era há quarenta anos, uma potência, material e culturalmente, em caminho de uma posição internacional que então lhe faltava. E é para os homens da velha guarda como eu, já aposentados das tarefas militantes da Crítica uma alegria indizível, sentir que essas quatro décadas, longe de representarem uma decadência ou mesmo uma estagnação, representaram um inegável progresso, que faz com que a Crítica e a História Literárias sejam hoje em dia, no panorama de nossa vida cultural, um dos terrenos mais fecundos em ideias, obras e vitalidade. E quando a crítica de uma literatura está como a nossa hoje em dia em plena vitalidade é porque a cultura do povo de alto a baixo da escala social está em plena ascensão.

Meu caro amigo, esta nota de otimismo e alegria é que coloco no limiar desta reunião como um signo de continuidade e simpatia e um penhor da cordialidade de vossos debates, pedindo a Deus que não os olvidem, pois certamente já ninguém delas se recorda, das palavras com que, em 1944, este

velho crítico terminava a sua tese para a cátedra de que em breve se despedirá na Faculdade Nacional de Filosofia:
'A crítica literária é vida vivida em união com todas as angústias e vicissitudes dos nossos irmãos, ou apenas a sombra de uma vaidade vã.'
É isso, meu caro Antonio Candido, que eu tenho a dizer, a te relatar, na certeza de que esqueci de muita coisa, fui injusto com muita gente. Mais uma vez, te agradeço muito o carinho e a deferência, você que sempre me chama de mestre, mas os mestres mudam, e sinto que você já não é mais discípulo. Despeço na graça de Deus, na certeza do sucesso do nosso congresso. Desculpe este relato tão breve, mas foi o que consegui me lembrar.
Em Cristo,
Alceu Amoroso Lima

Sem dúvida, essa carta se autoexplica. Mais do que uma missiva, trata-se de um ensaio cheio de vida e narrativa crítico-histórica que muito interessa ao pensamento brasileiro e, em particular, aos nossos estudos literários.

Dentre as suas tantas funções, a correspondência também serve como uma espécie de experiência ensaística, possibilitando aos correspondentes não apenas a troca de informações, mas, sobretudo, o partilhar de convicções, (des)construindo valores e opiniões e (re)construindo novos saberes.[4]

Esta longa carta de Alceu a Antonio Candido é uma das melhores comprovações da ideia de que, em alguns casos, a correspondência entre intelectuais é um verdadeiro espaço para a construção do saber. Na verdade, esta carta possui uma forte dimensão historiográfica, uma vez que Alceu citou e analisou diferentes e complicados momentos da história da crítica literária brasileira, bem como da história do próprio pensamento literário do Brasil.

Testemunha de vivência destes principais momentos da nossa narrativa literária, pois Alceu Amoroso Lima começou na crítica literária profissional em 1919, escrevendo até o ano de sua morte, em 1983. Ou seja, podemos afirmar que a biografia de Alceu se confunde, de uma certa maneira, com a

---

4. No livro *Contrapontos: notas sobre a correspondência no modernismo*, Júlio Castañon Guimarães (2004, p. 17) propõe que a pesquisa em torno da epistolografia possibilita essa aproximação do texto epistolar com a produção ensaística: "Associadas a esse tipo de utilização do termo carta, estariam as cartas escritas efetivamente para um destinatário particular, mas veiculadas publicamente pela imprensa. Ou, ainda, cartas dirigidas a um destinatário particular e a ele de fato enviadas, mas escritas de tal forma a constituírem um ensaio sobre determinado assunto, de modo que posteriormente, com sua reunião e publicação, assumem praticamente a forma de um ensaio".

própria crítica modernista, com o próprio modernismo brasileiro nas suas diferentes expressões através de fases, gerações, autores e obras.

Quanto a Antonio Candido, mesmo não tendo trocado uma longa correspondência com Alceu, é inegável a influência deste sobre o professor e crítico paulista. Além da homenagem ao mestre da crítica neste congresso de 1961, Candido também prestou outro grande tributo à memória de Alceu quando, em 1993, dez anos após a morte deste, organizou o seminário "Presença crítica de Alceu", com o apoio do Instituto Moreira Salles de São Paulo. Neste evento, além do próprio Antonio Candido, nomes como João Luiz Lafetá, João Etienne Filho, José Paulo Paes, Francisco Iglésias, Davi Arrigucci e Augusto Massi também proferiram conferências que revisaram o impacto do pensamento amorosiano nos estudos literários brasileiros.

Desta forma, quero terminar com a opinião de Silviano Santiago (2002, p. 11), especialmente da relação que este faz entre correspondência e amizade:

> Ao se entregar ao amigo, o missivista nunca se distancia de si mesmo. O texto da carta é semelhante ao *alter ego* do escritor em busca de diálogo consigo e com o outro. Exercício de introspecção? Sim. Desde que se defina *introspecção* como aconselha Michel Foucault – antes de ser uma decifração do sujeito por ele próprio, a introspecção é uma *abertura* que o sujeito oferece ao outro sobre si mesmo. Essa abertura tem procedência e nome: amizade.

Amizade que gera cartas, correspondências, admiração e a construção mútua de saberes comuns.

REFERÊNCIAS

ANAIS – Segundo Congresso Brasileiro de Crítica e História Literária. Assis: Faculdade de Filosofia, Ciências e Letras de Assis, 1963.

ANDRADE, Mário de. *Aspectos da Literatura Brasileira*. São Paulo: Martins/MEC, 1972.

_____. *Mário de Andrade escreve Cartas a Alceu, Meyer e Outros*. Rio de Janeiro: Editora do Autor, 1968.

ARQUIVO do Centro Alceu Amoroso Lima para a Liberdade, Petrópolis (RJ).

BERNANOS, Georges. *Correspondance inédite 1904-1948*. Paris: Plon, 1983.

BOFF, Leonardo. *O Testemunho Espiritual de Alceu Amoroso Lima*. Petrópolis: Vozes, 1983.
DIAZ, Brigitte. *O gênero epistolar ou o pensamento nômade*. São Paulo: EDUSP, 2016.
DIAZ, José-Luis. Qual genética para as correspondências? (Tradução de Cláudio Hiro e Maria Sílvia B. Ianni). *Manuscrítica*, Revista de Crítica Genética, São Paulo, n. 15, 2007.
_____. "Épistolaire: genèse des œuvres, genèse de soi". In: CIRILLO, José; GRANDO, Ângela. Atas do IX Congresso da Associação de Pesquisadores em Crítica Genética: *Processo de criação e interações: a crítica genética em debate nas artes, literatura e ensino*. Belo Horizonte: Editora C/ Arte, 2008.
DIDIER, Béatrice. "La correspondance de Flaubert et George Sand". In: *Les Amis de George Sand*. Paris: Nouvelle Series, 1989.
DUQUE-ESTRADA, Elizabeth Muylaert. *Devires Autobiográficos* – a atualidade da escrita de si. Rio de Janeiro: Nau/PUC-Rio, 2009.
GALVÃO, Walnice Nogueira. "À Margem da Carta". In: *Desconversa (Ensaios Críticos)*. Rio de Janeiro: Editora da UFRJ, 1998.
GENETTE, Gérard. *Palimpsestes – La Littérature au second degré*. Paris: Seuil, 1987.
GOMES, Ângela de Castro. *Essa Gente do Rio... – Modernismo e Nacionalismo*. Rio de Janeiro: Fundação Getúlio Vargas Editora, 1999.
GUIMARÃES, Júlio Castañon. *Contrapontos*: notas sobre correspondência no modernismo. Rio de Janeiro: Fundação Casa de Rui Barbosa, 2004.
_____. *Distribuição de Papéis*: Murilo Mendes escreve a Carlos Drummond de Andrade e a Lúcio Cardoso. Rio de Janeiro: Fundação Casa de Rui Barbosa, 1996.
HAROCHE-BOUZINAC, Geneviève. *Escritas Epistolares*. São Paulo: EDUSP, 2016.
KAUFMANN, Vincent. *L'équivoque Épistolaire*. Paris: Éditions de Minuit, 1990.
KHÉDE, Sonia Salomão. Memorialismo e identidade. *O Eixo e a Roda* – Memorialismo e Literatura. Vol. 6. Belo Horizonte: UFMG, 1988.
LEJEUNE, Philippe. *O pacto autobiográfico* – de Rousseau à internet. Belo Horizonte: UFMG, 2014.
_____. *Pour l'autobiographie*. Paris: Seuil, 1998.
LIMA, Alceu Amoroso. *Affonso Arinos*. Rio de Janeiro: Civilização Brasileira, 1922.

_____. *A Estética Literária e o Crítico*. Rio de Janeiro: Livraria Agir Editora, 1954.

_____. *Companheiros de Viagem*. Rio de Janeiro: José Olympio, 1971.

_____. *Memórias Improvisadas – Diálogos com Medeiros Lima*. Petrópolis: Vozes, 1973.

LIMA, Alceu Amoroso & FIGUEIREDO, Jackson de. *Correspondência – Harmonia de Contrastes, Tomos I e II*. Rio de Janeiro: Academia Brasileira de Letras, 1991.

MARTINS, Wilson. *A Crítica Literária no Brasil*, volume 1. Rio de Janeiro: Francisco Alves, 2002.

MORAES, Marcos Antônio (Org.). *Correspondência Mário de Andrade & Manuel Bandeira*. São Paulo: EDUSP, 2000.

_____. (Org.). *Mário, Otávio. Cartas de Mário de Andrade a Otávio Dias Leite*. São Paulo: Ateliê Editorial, 2007.

MORAES, Marcos Antônio. *Orgulho de Jamais Aconselhar – A Epistolografia de Mário de Andrade*. São Paulo: EDUSP/FAPESP, 2007.

_____. "Razões mais profundas". In: RODRIGUES, Leandro Garcia. *Drummond & Alceu – Correspondência de Carlos Drummond de Andrade e Alceu Amoroso Lima*. Belo Horizonte: UFMG, 2014.

OLINTO, Heidrun Krieger. "Historiografia literária: cenários multitemporais". In: PEDROSA, Célia et alii. *Crítica e Valor*. Rio de Janeiro: Fundação Casa de Rui Barbosa, 2014.

RODRIGUES, Leandro Garcia. *Alceu Amoroso Lima – Cultura, Religião e Vida Literária*. São Paulo: EDUSP, 2012.

_____. Ao Destinatário Múltiplo – Cartas de Alceu Amoroso Lima e Paulo Francis. *Revista Brasileira* (ABL), n. 90, 2017.

_____. *Cartas de Esperança em Tempos de Ditadura – Frei Betto e Leonardo Boff escrevem a Alceu Amoroso Lima*. Petrópolis: Vozes, 2015.

_____. *Correspondência Mário de Andrade & Alceu Amoroso Lima*. São Paulo: EDUSP/PUC-Rio, 2018.

_____. *Drummond & Alceu – Correspondência de Carlos Drummond de Andrade e Alceu Amoroso Lima*. Belo Horizonte: UFMG, 2014.

_____. Mário de Andrade e Alceu Amoroso Lima – correspondência, (des)harmonia e vida literária. *Letras de Hoje*, Porto Alegre: PUC-RS, v. 49, n. 2, 2014.

II. Cartas para Alceu Amoroso Lima

_____. *Uma Leitura do Modernismo – Cartas de Mário de Andrade a Manuel Bandeira*. Dissertação de Mestrado. Rio de Janeiro: Pontifícia Universidade Católica do Rio de Janeiro, 2003.

SANTIAGO, Silviano. "Suas cartas, nossas cartas". In: ANDRADE, Carlos Drummond de & ANDRADE, Mário de. *Carlos & Mário – Correspondência completa entre Carlos Drummond de Andrade e Mário de Andrade*. Organização e pesquisa iconográfica de Lélia Coelho Frota. Rio de Janeiro: Bem-Te-Vi, 2002.

ALCEU E GEORGES BERNANOS – LITERATURA, MÍSTICA E CORRESPONDÊNCIA[1]

Alceu Amoroso Lima e Georges Bernanos, certamente, não planejaram a publicação e muito menos a pesquisa sobre os seus arquivos, sobre as suas cartas, sobre os seus mais diferentes documentos manuscritos até hoje inéditos. O arquivo pessoal de um escritor é um espaço privado, múltiplo, híbrido de linguagens e textualidades, no qual a correspondência, na maioria das vezes, ocupa um espaço singular de produção de notícias e de conhecimentos, proporcionando ao crítico as mais diferentes possibilidades hermenêuticas e de produção de sentidos.

Refletir sobre as diversas funções da epistolografia é, certamente, explorar um espaço de pensamento e uma prática de escrita das mais antigas e complexas. De fato, estamos diante de dois grandes epistológrafos: Alceu e Bernanos, para os quais a correspondência era, incontestavelmente, parte importante das suas próprias obras, do pensamento que cada um desenvolveu ao longo de suas histórias de vida.

Na história da Teologia e dos mais diferentes pensamentos religiosos, a troca de missivas sempre foi um ato deveras praticado e até incentivado, já que muitos místicos utilizaram cartas e diários para expressar, quase sempre na primeira pessoa, as suas inquietações de natureza transcendental.

---

1. Conferência apresentada na PUC-Rio, em outubro de 2018, durante o congresso internacional da ALALITE (Associação Latino-Americana de Literatura e Teologia). Num segundo momento, foi publicado sob o título "Literatura, mística e correspondência – Alceu Amoroso Lima & Georges Bernanos", em BINGEMER, Maria Clara; VILLAS-BOAS, Alex (Orgs.). *Teopoética*: mística e poesia. Rio de Janeiro/São Paulo: PUC-Rio/Paulinas, 2020, v. 1. p. 35-50.

Já no Novo Testamento, as cartas de São Paulo aos seus mais diferentes destinatários ajudaram a pensar e organizar os primeiros anos do cristianismo. Poucos séculos depois, em pleno movimento da Patrística, a carta foi o principal documento utilizado pelos padres da Igreja para sistematizar os primeiros tratados teológicos. Bem como o foi para os místicos, ao longo dos séculos, que registram na sua correspondência os seus mais profundos desassossegos espirituais, enviando-as aos seus discípulos no sentido de orientar a evolução destes através das experiências do/com o sagrado.

No caso dos escritores católicos, a correspondência assumiu diversas funções além da tradicional troca de fatos e notícias: a) partilha dos mais diferentes sentimentos religiosos; b) (des)construção de aspectos e dúvidas em relação à fé e aos dogmas e crenças; c) as mais fortes experiências com a expressão da transcendência e d) as consequências de tudo isso no universo pessoal e particular destes escritores. Não nos esqueçamos que são autores de literatura – poetas e/ou romancistas –, por isso mesmo lidam com a ficção no seu mister criativo e artístico. A grande questão é: como estes escritores tematizam e representam o sagrado artisticamente? Que aspectos religiosos são utilizados em tais criações? O elemento religioso sofre algum tipo de reconstrução (ou destruição) daquilo que o constitui quando é inserido na literatura? É possível dizer que, em determinadas situações, a ficção pode comunicar Deus e/ou outras linguagens do divino e do etéreo?

Certamente, ao longo das mais de oitenta cartas que trocaram, Alceu Amoroso Lima e Georges Bernanos debateram esses assuntos, pensaram o papel e o lugar do escritor católico num universo – o da intelectualidade – marcado pelo forte indiferentismo religioso e, em alguns casos, a total negação da religião.

É o que pretendo explorar e discutir nesta apresentação, ainda que saiba ser impossível – pelas circunstâncias próprias de um evento científico – aprofundar-me em determinados aspectos, em documentos específicos. Mas creio que esta panorâmica conseguirá o seu principal objetivo: apresentar um pouco da correspondência entre Alceu e Bernanos, principalmente a dimensão religiosa discutida através desta, bem como as implicações desta temática ao longo da literatura produzida pelo escritor francês.

A (anti)mística do mundo moderno

Georges Bernanos nasceu em Paris, em 1888, e faleceu no subúrbio da mesma capital, em 1948. De família numerosa e muito religiosa, desde cedo se encaminhou nas fileiras do catolicismo conservador francês, de tendência monarquista e orleanista e sempre alinhado ideologicamente à Action Française. Foi contemporâneo, leitor e comentador de grandes escritores desse período, como Charles Maurras, Joseph de Maistre, François Mauriac, Paul Claudel, Charles Péguy, Léon Bloy, Jacques Maritain, dentre tantos outros.

Bernanos não se encaixa naquela perspectiva do escritor isolado do mundo e da sociedade a fim de criar a sua obra. Ao contrário, participou intensamente da vida política francesa: lutou no exército francês durante a Primeira Guerra Mundial, foi correspondente durante a Guerra Civil Espanhola, repórter de guerra em diversos jornais e revistas da França e membro ativo de inúmeras entidades e instituições religiosas e culturais da sua época.

Um pouco antes da vitória e da invasão alemã sobre a França, Bernanos se mudou para o Brasil e organizou uma verdadeira rede de contatos em favor da Resistência Francesa. Em 1940, começou a apoiar, mesmo à distância, o movimento "França Livre", sendo o seu principal representante aqui no Brasil. Por conta de todos estes compromissos, Bernanos escreveu uma infinidade de artigos nos mais diferentes periódicos brasileiros, provocando críticas negativas, mas também arregimentando apoios apaixonados.

Nessa mesma Resistência, Georges Bernanos atuou via literatura e imprensa, acreditando no soerguimento da "segunda filha da Igreja", mesmo após o esfacelamento da mesma pelas "patologias" da modernidade: Iluminismo, Revolução Francesa, República, Cientificismo, Marxismo, Comunismo etc. Quando se referia a Bernanos, Alceu sempre o chamava de o "martelo da Igreja", epíteto este motivado pela contundência ideológica que o autor de *Sob o sol de Satã* defendia a instituição e, ao mesmo tempo, atacava com força o mundo moderno e as suas derivas, como se pode verificar neste fragmento de *Les enfants humiliés*:

> A esperança, eis a palavra que eu queria escrever. (...) O mundo vive demasiado depressa, o mundo já não tem tempo de esperar. A vida interior do homem moderno tem um ritmo demasiado rápido para que nela se forme e amadureça um sentimento tão ardente e terno, e ele encolhe os ombros à ideia dessas

castas núpcias com o futuro... A esperança é um alimento demasiado leve para o ambicioso, ameaçaria enternecer-lhe o coração. O mundo moderno não tem tempo de esperar, nem de amar, nem de sonhar. É a pobre gente que espera em seu lugar, exatamente como os santos amam e padecem por nós. (Bernanos, 1973, p. 241)

Nessa passagem, como em tantas outras, Bernanos apresenta um dos temas mais caros à sua obra e ao seu pensamento: a difícil convivência com o mundo moderno, com a modernidade, esta inimiga da cristandade – pois, para esse autor, a experiência católica se dava pela manutenção cega dos valores mais tradicionais do catolicismo, numa perspectiva medieval de cristandade e manutenção dos valores desta. Se para Baudelaire, poeta e filósofo, a modernidade se caracteriza, dentre outros aspectos, pela tensão entre o efêmero e o eterno, entre o contingente e o imutável, Bernanos achava que a solução para esse conflito estava justamente em evitar e até mesmo negar esses valores do transitório, declarando uma espécie de guerra a esse elemento inexorável da experiência existencial. Daí sua noção de mística calcada na afirmação dos valores cristãos mais antigos, especialmente aqueles defendidos pelos padres da Igreja e pelos textos sagrados mais arcaicos. Nesta carta a Alceu Amoroso Lima, em janeiro de 1940, assim afirmou:

Eu estava só, ou, melhor dizendo, eu estava a bordo da solidão, eu me acreditava só, ainda que eu não ignorasse, no fundo, que eu não me comportasse bem, que eu iria seguramente mais além. (...) No plano da exegese, esta preguiça clerical nos valeu a crise modernista. Se verificará bem cedo o resultado no plano político. Como transcender a este mundo, a esta realidade, a esta dor de existir que tanto arruinou os santos?

"Como transcender a este mundo, a esta realidade"? Parece-me que a dúvida do autor do *Diálogo das carmelitas* é deveras atemporal e, por isso mesmo, atual, buscando uma resposta sempre intrigante e desconcertante seja para a mística moderna, seja para a mais tradicional. Respondendo ao amigo, em 25 de fevereiro de 1940, assim afirmou Alceu Amoroso Lima:

Creio ser impossível a sobrevivência humana e intelectual neste mundo que se organiza em torno de uma guerra, de mortes organizadas e programadas. Meu caro Georges, como sobreviver neste mundo que caminha rumo ao nada? Como viver num mundo sem Deus, num mundo que mata a sua juventude? Como viver num mundo que nega Cristo e sua Igreja sabidamente? (...)

II. Cartas para Alceu Amoroso Lima

Entretanto, meu caro Georges, é neste mesmo mundo que deve-se forçar a graça de Deus, porque não conseguimos nos afastar deste mesmo mundo, e nele devemos agir em nome da única Verdade.

Lembro que essa defesa intransigente pela Verdade, por parte de Alceu Amoroso Lima, condiz com aquele momento biográfico do crítico literário, isto é, os anos 1940. Este "primeiro Alceu" dialogava bem com Bernanos, uma vez que também defendia valores e pressupostos da ideia de cristandade. Na realidade, esse "primeiro Alceu" ainda estava impregnado pela liderança ideológica de Jackson de Figueiredo, principal responsável pela conversão religiosa do crítico ao catolicismo, em 1928. Era o Alceu intransigente e presidente do Centro Dom Vital, editor da revista *A Ordem*, homem de confiança do ministro Gustavo Capanema, último reitor da antiga Universidade do Distrito Federal, que um ano antes, em 1939, decidiu pela total extinção desta, alegando que ela era "um ninho infestado de comunistas". Nessa fase de sua vida e à frente da Ação Católica brasileira, Alceu fortaleceu a aliança de cooperação político-religiosa entre o Estado brasileiro e a Igreja Católica, fazendo as pontes necessárias entre os palácios do Catete e São Joaquim. Ambos – Alceu e Bernanos – acreditavam numa espécie de recristianização da sociedade: Alceu por meio da arregimentação de intelectuais, artistas e políticos em torno da Ação Católica e Bernanos por intermédio da sua produção literária e atuação quase bélica na imprensa do seu tempo – mas ambos imbuídos de um mesmo ideal místico de afirmação intransigente da fé católica e recuperação, na sociedade hodierna do seu tempo, do prestígio milenar da Igreja. Escrevendo a Alceu, em 25 de fevereiro de 1942, e relatando o processo de criação do seu romance *Monsieur Ouine*, Bernanos *dá mais informações acerca da sua visão de inclusão ou exclusão no Mistério:*

> Assim como em *Sous le Soleil de Satan* quis fazer uma sátira contra Anatole France, neste livro pretendo uma sátira contra André Gide. Escolhi este nome por ser uma contradição: *oui* e *non*. Para Gide não há sim nem não. Não há bem nem mal. Não há passado nem futuro. Não há distinção entre virtude e vício. Tudo lhe é indiferente. O que há de perverso no gidismo é que ele destrói nas criaturas humanas o sentido do bem e do mal, a capacidade de escolha. É como aquele inseto relatado por Fabre, que, ao ferrar suas presas, termina diluindo-as, transformando-as numa espécie de geleia fácil de ser deglutida. Gide é um desses insetos, que mergulha seu ferrão na indistinção de todos os valores modernos. *Monsieur Ouine* é precisamente este homem para o

qual não existe nem sim, nem não. Precisamos, meu caro Alceu, mergulhar no grande Mistério que é Deus e sua Igreja, precisamos ser envolvidos, sem temor, neste grande Mistério que nos envolve, que nos engloba, que nos cerca, que nos une indelevelmente nesta espécie de matrimônio místico e sagrado. Ou é isso ou é a danação eterna.

Percebe-se o diálogo com a mística própria dos carmelitas espanhóis do século XVI, especialmente Santa Teresa de Ávila e seu ideal místico de uma união quase hierogâmica com o Sagrado.

Ora, não se pode querer uma única perspectiva de compreensão da ideia de mística, uma vez que esta é sempre mutante, contextualizada e atravessada pelas forças e dinâmicas de cada época, obrigando que o mesmo conceito sofra os mais diversos processos de diferenciação e até mesmo de marginalização e incompreensão, conforme bem nos alerta Michel de Certeau no seu livro *Le lieu de l'autre: histoire religieuse et mystique* (Paris: Gallimard, 2005, p. 335). E, quando se trata da experiência moderna de mística presente na literatura, e lembro aqui da ficção de Georges Bernanos e da crítica literária de Alceu Amoroso Lima, cito o que afirmou Eduardo Guerreiro Losso no seu ensaio "Teoria crítica da mística e teoria da literatura":[2]

> A mística moderna nos apresenta um sujeito que, devido à sua perda de horizonte de valores metafísicos, remete cada vez mais para si mesmo. A falta de orientação metafísica torna a própria subjetividade incerta e deixa aparecer a busca pela verdade e autenticidade, assim como a saudade, direcionada a si mesma através da aniquilação de si, da experiência da diferença e do desenraizamento radical. Ao contrário da mística anterior, que proporia a união mística com o absoluto, a indistinção de sujeito e objeto, a mística na modernidade procura o contato com o outro já em si mesmo. Em vez da humilhação que é também um sentimento de elevação, da autodiminuição que também é autoengrandecimento, o artista moderno duvida desse modelo de aniquilamento do eu e inventa outro.

Podemos dizer que, nesse momento, Bernanos e Alceu invertem a direção do que se poderia esperar de um artista moderno na perspectiva defendida acima por Eduardo Losso, ou seja, enquanto a modernidade pratica as mais diferentes formas de mística, inclusive uma neomística

---

2. Publicado em CABRAL, Jimmy Sudário & BINGEMER, Maria Clara (Orgs.). *Finitude e mistério*. Rio de Janeiro: PUC-Rio; Mauad, 2014. p. 23-52.

II. Cartas para Alceu Amoroso Lima

ateia sem Deus, Bernanos e Alceu defendem uma espécie de retorno àquela noção mais tradicional de mística teocêntrica corroborada e praticada, ao longo dos séculos, por santos, santas, clérigos, religiosos, religiosas, leigos e leigas que mergulharam em águas mais profundas do Absoluto, do Mistério, do Inefável. Tanto que, nesta carta a Bernanos, em janeiro de 1942, Alceu assim afirmou:

> O mundo moderno perdeu a vocação para a verdade e para a paixão em nome da vontade pela destruição. (...) A linguagem interior do homem está reprimida, anulada que o faz perder a abertura ao sagrado, à perfeição. E perde-se mais: a comunicação ecumênica, a participação na Verdade, na beleza. (...) O homem moderno perdeu sua comunhão, sua humanidade, entrou numa crise fremente com este mundo que o atrai e do qual não consegue repelir. As guerras, as bombas provocam o escândalo de um mundo cadavérico, que produz uma poesia igualmente cadavérica que provoca o escândalo da Verdade. A Verdade está mutilada, a poesia está mutilada, este mundo está mutilado, o Eu está mutilado. Somente a inserção e a permanência no Mistério poderá nos resgatar, nos fará respirar e resistir a este caos generalizado no qual vivemos.

Devemos afirmar a necessidade de se diferenciarem e particularizarem as mais diversas práxis místicas, respeitando sempre o contexto, as forças motivadoras e, principalmente, os sujeitos envolvidos e praticantes. Não se pode compreender as experiências místicas ignorando a noção de transformação e movimento inerente a tais experiências. Talvez resida, nesse aspecto, uma imensa dificuldade que a crítica literária tem apresentado, pelo menos no Brasil, em compreender o pensamento de Alceu e Bernanos, pelo menos deste "primeiro Alceu" que dialogou e foi amigo pessoal do romancista francês entre 1925 – início da correspondência – até 1948, quando da morte de Bernanos.

Sabe-se que Alceu Amoroso Lima, a partir dos anos 1950, sofreu uma profunda mutação ideológica que influenciou diretamente na construção do seu pensamento e na sua maneira de encarar a vida, o mundo, a teologia e a Igreja. Tenho algumas pistas para se compreender essa mudança: a) a amizade epistolar e o convívio pessoal com Thomas Merton, com quem Alceu teve contato com noções de pluralismo religioso e ecumenismo, bem como diferentes tipos de asceses orientais e uma mística integrada na vida comum e cotidiana; b) a reflexão teológica de Dominique Chenu e Yves Congar, teólogos dominicanos, futuros peritos do Concílio Vaticano II, com quem Alceu conviveu durante as várias temporadas em que passou no convento dominicano de Saint Jacques, em Paris (no caso de Chenu), e na Cúria Geral dos dominicanos, em Roma (no caso de Congar), por influência direta do poeta Murilo Mendes, que, no final dos anos 1950, vivia e lecionava na Universidade de Roma, e estabeleceu amizade e contato direto com Yves Congar; c) a mística cósmica de Teilhard de Chardin, teólogo jesuíta que Alceu conheceu nos Estados Unidos, no início dos anos 1950, quando o pensador brasileiro ocupou a presidência do Departamento Cultural da União Pan-Americana, futura Unesco, e teve contato com toda a reflexão teológica e filosófica de Chardin, ainda hoje incompreendida por muitos. Poderia citar outras influências que contribuíram para a guinada ideológica de Tristão de Athayde, todavia, creio que estas foram as mais significativas.

Georges Bernanos não conheceu o Alceu dos anos 1960, 1970 e início dos 1980, época marcada por um profetismo deste em denunciar os sadismos do Regime Militar brasileiro e suas torturas institucionalizadas pela Lei de Segurança Nacional. Bernanos não viu Alceu defender o Concílio Vaticano II, a renovação pastoral e teológica da Igreja, as conferências episcopais latino-americanas – especialmente a de Medellín –, a teologia da libertação e o então profetismo da CNBB e de algumas figuras do episcopado brasileiro, destaco aqui dom Hélder Câmara, outro grande amigo de Alceu desde a época da Ação Católica e do Integralismo. Bernanos não viu Alceu, em 1979, em companhia de Antonio Candido e Sérgio Buarque de Holanda, assinando a ata de fundação do Partido dos Trabalhadores, o PT, e recebendo após a cerimônia o então líder metalúrgico Luiz Inácio Lula da Silva para almoçar na Abadia beneditina de Santa Maria, em São Paulo, cuja abadessa era a sua filha, a madre Maria Teresa Amoroso Lima.

Certamente, Bernanos não teria aceitado e convivido com este Alceu, não teriam trocado 89 cartas ao longo de vinte e oito anos, não teriam refletido – na crítica literária de cada um – a obra e o pensamento do outro. Bernanos era intransigente e, segundo o grande poeta Jorge de Lima, "estranhamente autoritário, porém necessário".

Contudo, em 1973, ao lançar, pela Editora Vozes, o seu precioso livro *Memórias improvisadas*, Alceu lembrou do amigo francês e sua influência, afirmando:

> A posição de Bernanos sempre foi extremamente radical. Personalidade inconfundível, não se adaptava e não se adequava a coisa alguma e a nenhum partido. Era um exilado no mundo moderno, uma espécie de feudal. Sendo

um agressivo por temperamento, mostrava-se frequentemente capaz das maiores manifestações de ternura. (...) No fundo, era um homem desarvorado num mundo onde se sentia um estranho, um anjo caído ou um feudal egresso da Idade Média. Jamais aceitou a vida moderna. Daí seu horror aos Estados Unidos, país onde nunca pisou. É que não podia entender a civilização mecânica, a civilização do robô, como costumava dizer. Era um cruzado, um cavaleiro de outras eras perdido neste mundo. (...) Bernanos foi para mim a reação agressiva, violenta, ao diletantismo, ao ceticismo, a tudo aquilo que exercera tão grande influência sobre a minha evolução intelectual, do evolucionismo spenceriano ao evolucionismo bergsoniano. Uma fase igualmente difícil, caótica, de grande decepção com relação ao Brasil, sua cultura, sua política, sua literatura.

Assim, podemos afirmar e acreditar que a amizade e o respeito mútuos são possíveis na diversidade, podemos construir uma harmonia dos contrários que transcenda as adversidades e os paradoxos. Não estaria aí, nessa perspectiva, uma possibilidade de se viver e construir uma experiência de mística contemporânea necessária e vital a estes tempos sombrios de hoje em dia? Acredito que sim.

REFERÊNCIAS

ANDRADE, Mário de. *Aspectos da Literatura Brasileira*. São Paulo: Martins/MEC, 1972.

_____. *Mário de Andrade escreve Cartas a Alceu, Meyer e Outros*. Rio de Janeiro: Editora do Autor, 1968.

_____. *O Empalhador de Passarinho*. Belo Horizonte: Itatiaia, 2002.

_____. *Vida Literária*. São Paulo: EDUSP/HUCITEC, 1993.

AZZI, Riolando. *História da Igreja no Brasil – Terceira Época 1930-1964*. Petrópolis: Vozes, 2008.

_____. O Início da Restauração Católica no Brasil: 1920-1930. *Síntese*, NF 4, n. 10, 1977.

_____. *Os Pioneiros do Centro Dom Vital*. Rio de Janeiro: Educam, 2003.

BERNANOS, Georges. *Correspondance inédite 1904-1948*. Paris: Plon, 1983.

_____. *Diário de Um Pároco de Aldeia*. São Paulo: É Realizações, 2011.

_____. *Os Grandes Cemitérios sob a Lua* – Um testemunho de fé diante da guerra civil espanhola. São Paulo: É Realizações, 2015.

BERNANOS, Georges. *Les enfants humiliés*. Paris: Gallimard, 1973.

_____. *Sob o Sol de Satã*. São Paulo: É Realizações, 2010.

BOFF, Leonardo. *O Testemunho Espiritual de Alceu Amoroso Lima*. Petrópolis: Vozes, 1983.

BOTHOREL, Jean. *Bernanos*: Le Mal-pensant. Paris: Grasset, 1998.

CABRAL, Jimmy Sudário & BINGEMER, Maria Clara (Orgs.). *Finitude e mistério*. Rio de Janeiro: PUC-Rio; Mauad, 2014

FERNANDES, Cléa Alves de Figueiredo. *Jackson de Figueiredo – Uma Trajetória Apaixonada*. Rio de Janeiro: Forense Universitária, 1989.

GALVÃO, Walnice Nogueira. "À Margem da Carta". In: *Desconversa (Ensaios Críticos)*. Rio de Janeiro: Editora da UFRJ, 1998.

GENETTE, Gérard. *Palimpsestes – La Littérature au second degré*. Paris: Seuil, 1987.

GOMES, Ângela de Castro. *Essa Gente do Rio... – Modernismo e Nacionalismo*. Rio de Janeiro: Fundação Getúlio Vargas Editora, 1999.

GOSSELIN-NOAT, Monique. *Bernanos, militant de l'éternel*. Paris: Michalon, 2007.

GUIMARÃES, Júlio Castañon. *Contrapontos*: notas sobre correspondência no modernismo. Rio de Janeiro: Fundação Casa de Rui Barbosa, 2004.

_____. *Distribuição de Papéis*: Murilo Mendes escreve a Carlos Drummond de Andrade e a Lúcio Cardoso. Rio de Janeiro: Fundação Casa de Rui Barbosa, 1996.

KAUFMANN, Vincent. *L'équivoque Épistolaire*. Paris: Éditions de Minuit, 1990.

LIMA, Alceu Amoroso. *Affonso Arinos*. Rio de Janeiro: Civilização Brasileira, 1922.

_____. *A Estética Literária e o Crítico*. Rio de Janeiro: Livraria Agir Editora, 1954.

_____. *Companheiros de Viagem*. Rio de Janeiro: José Olympio, 1971.

_____. *Memorando dos 90*. Rio de Janeiro: Editora Nova Fronteira, 1984.

_____. *Memórias Improvisadas – Diálogos com Medeiros Lima*. Petrópolis: Vozes, 1973.

LIMA, Alceu Amoroso & FIGUEIREDO, Jackson de. *Correspondência – Harmonia de Contrastes, Tomos I e II*. Rio de Janeiro: Academia Brasileira de Letras, 1991.

MARITAIN, Jacques. *Religião e Cultura*. Rio de Janeiro: Atlântica, 1945.

MARTINA, Giacomo. *História da Igreja – de Lutero a Nossos Dias*. São Paulo: Loyola, 1997.

MARTINS, Wilson. *A Crítica Literária no Brasil*, volume 1. Rio de Janeiro: Francisco Alves, 2002.

MATOS, Henrique Cristiano José. *Nossa História – 500 anos de Presença da Igreja Católica no Brasil*, Tomo 3 – Período Republicano e Atualidade. São Paulo: Paulinas, 2003.

MENDES, Cândido. *Dr. Alceu*: da Persona à Pessoa. São Paulo: Paulinas/EDUCAM, 2009.

MILLET-GÉRARD, Dominique. *Bernanos, un sacerdoce de l'écriture*. Roma: Via Romana, 2009.

MORAES, Marcos Antônio (Org.). *Correspondência Mário de Andrade & Manuel Bandeira*. São Paulo: EDUSP, 2000.

MORAES, Marcos Antônio. *Orgulho de Jamais Aconselhar – A Epistolografia de Mário de Andrade*. São Paulo: EDUSP/FAPESP, 2007.

_____. "Razões mais profundas". In: RODRIGUES, Leandro Garcia. *Drummond & Alceu – Correspondência de Carlos Drummond de Andrade e Alceu Amoroso Lima*. Belo Horizonte: UFMG, 2014.

RODRIGUES, Leandro Garcia. *Alceu Amoroso Lima – Cultura, Religião e Vida Literária*. São Paulo: EDUSP, 2012.

_____. *Cartas de Esperança em Tempos de Ditadura* – Frei Betto e Leonardo Boff escrevem a Alceu Amoroso Lima. Petrópolis: Vozes, 2015.

_____. *Correspondência Mário de Andrade & Alceu Amoroso Lima*. São Paulo: EDUSP/PUC-Rio, 2016. [no prelo]

_____. *Drummond & Alceu – Correspondência de Carlos Drummond de Andrade e Alceu Amoroso Lima*. Belo Horizonte: UFMG, 2014.

_____. *Uma Leitura do Modernismo – Cartas de Mário de Andrade a Manuel Bandeira*. Dissertação de Mestrado. Rio de Janeiro: Pontifícia Universidade Católica do Rio de Janeiro, 2003.

SANTIAGO, Silviano. "Suas cartas, nossas cartas". In: ANDRADE, Carlos Drummond de & ANDRADE, Mário de. *Carlos & Mário – Correspondência completa entre Carlos Drummond de Andrade e Mário de Andrade*. Organização e pesquisa iconográfica de Lélia Coelho Frota. Rio de Janeiro: Bem-Te-Vi, 2002.

SARRAZIN, Hubert. *Georges Bernanos no Brasil*. Petrópolis: Vozes, 1968.

VILLAÇA, Antônio Carlos. *O Pensamento Católico no Brasil*. Rio de Janeiro: Civilização Brasileira, 2006.

ARTE, POLÍTICA E RELIGIÃO – ALCEU E DI CAVALCANTI[1]

O arquivo de Tristão de Athayde está preservado no Centro Alceu Amoroso Lima para a Liberdade, em Petrópolis. Nele, milhares de documentos e livros testemunham a obra e o pensamento do crítico; chamo atenção à sua correspondência, espaço privilegiado que Alceu utilizou para pensar, formular suas ideias, (trans)formar ideologias, criar e intercambiar a sua inteligência nas mais diferentes áreas do pensamento humanístico – crítica literária, história, teologia, direito, filosofia, história da Igreja etc. Ou seja, o arquivo epistolar de Alceu Amoroso Lima é aquilo que, na Crítica Epistolográfica, chamamos de "laboratório de criação" aplicado à epistolografia de um escritor, de um intelectual. A respeito desta dimensão ensaística da correspondência, é interessante o que nos diz Geneviève Haroche-Bouzinac (1998, p. 283):

> Certas trocas de cartas ocupam um lugar comparável ao das revistas científicas. O aparecimento dessas revistas modificará sensivelmente os dados do problema: o gênero epistolar deverá ser escolhido entre várias outras formas rápidas de difusão do pensamento. Essas cartas humanísticas têm assim um estatuto que as coloca no limiar do público e do privado.

O gênero epistolar como "difusão do pensamento" – é exatamente esta noção de epistolografia que sempre me interessou na práxis missivista de Alceu Amoroso Lima; e isto tem ficado muito claro se pensarmos os volumes

---

[1]. Conferência apresentada na Jornada Tristão de Ataíde 2019, ocorrida nas cidades de São Paulo e Campinas. Posteriormente, a mesma foi publicada como artigo no site http://www.alceuamorosolima.com.br.

recentemente publicados da sua correspondência. Este conjunto, ainda modesto se pensarmos na imensidão de documentos do seu arquivo pessoal, já é suficiente para considerarmos a epistolografia de Alceu Amoroso Lima como uma das mais significativas para a história do pensamento brasileiro, e não exagero quando faço esta afirmação, pois estas publicações, bem como as que estão no prelo, testemunham tal fato. Tudo isso nos leva a (re)pensar o arquivo de um escritor, o arquivo literário como uma potência epistemológica das mais diversas possibilidades hermenêuticas, como nos lembra Eneida Maria de Souza:

> O convívio permanente com arquivos de escritores e a necessidade de sistematizar tanto seus dados pessoais, quanto sua produção literária e intelectual, exigiam mudanças no modo de abordagem do texto. A sedução pelos manuscritos, cadernos de notas, papéis esparsos, correspondência, diários de viagem e fotos tem como contrapartida a participação efetiva do pesquisador para a construção de ensaios de teor biográfico. (Souza, 2011, p. 9)

Problematizando as teorias de Eneida Maria de Souza, o professor Rodrigo Oliveira, no seu ensaio "O espaço exterior do arquivo", corrobora esta visão interdisciplinar e problemática dos arquivos literários, afirmando:

> O estudo de fontes primárias, oriundas de Acervos literários, articulado à produção literária dos escritores, possibilita ao pesquisador a construção de múltiplos discursos tramados entre vida e obra, além de proporcionar a conservação memorialística da imagem autoral. Para Eneida Maria de Souza, a crítica biográfica permite o estudo da literatura 'além de seus limites intrínsecos e exclusivos, por meio da construção de pontes metafóricas entre o fato e a ficção'. Louis Hay, ao traçar um panorama histórico sobre a origem e a consolidação da crítica genética e de sua importância na análise literária, afirma que 'a literatura sai dos arquivos'. Em contrapartida, Jacques Derrida postula que todo arquivo guarda intrinsecamente certo princípio de consignação que promove a comunicabilidade entre espaço interior e exterior, pois 'não há arquivo sem um lugar de consignação, sem uma técnica de repetição e sem uma certa exterioridade. Não há arquivo sem exterior'. (Oliveira, 2010, p. 69)

"A literatura sai dos arquivos" – esta afirmação de Louis Hay, citada por Rodrigo Oliveira, parece-me das mais intrigantes e potentes quando pensamos o arquivo de um escritor como um espaço transversal e multifacetado, atravessado pelos mais diversos saberes e possibilidades semânticas e hermenêuticas. No caso do arquivo de Alceu Amoroso Lima, estas implicações corroboram tais hipóteses, uma vez que a grandeza documental e bibliográfica dele possui infindas possibilidades para a investigação científica. Tal fato nos causa, no dia a dia da pesquisa, grandes surpresas, especialmente nas descobertas e nos achados que alimentam a vida de um pesquisador de arquivos sempre à procura por novidades e situações que revigorem o conhecimento científico a partir de textualidades antigas que, mesmo com o passar do tempo, ainda produzem o efeito do novo.

Assim, encontrei, no início deste ano de 2019, o conjunto de cartas que Alceu Amoroso Lima recebeu do pintor Di Cavalcanti. Fiquei surpreso com seu conteúdo, ainda mais por conta do catolicismo de Di Cavalcanti revelado neste pequeno conjunto de cinco cartas, pois sempre se destacou o compromisso do artista com o Comunismo e com o pensamento marxista de esquerda, tendo explorado uma boa parte da sua pintura para fazer denúncias sociais e humanas – arte comprometida, arte de cunho social e com a responsabilidade de questionar a nossa realidade histórica através das mais diferentes formas de se fazer estas mesmas denúncias sociais. Transcrevo integralmente esta missiva, pois creio que apresentá-la em fragmentos comprometeria a compreensão geral das ideias e dos dramas de Di Cavalcanti compartilhados com Alceu:

S. Paulo, 8 de outubro de 1940.
City Hotel
721 Rua brigadeiro Tobias

Meu caro Alceu
Depois daquele almoço tão agradável na boa companhia de Aloysio Schmidt e do magnífico Jean Michel Frank abalei para o interior de S. Paulo onde estive trabalhando na minha pintura. E por isso não lhe procurei para uma demorada conversa tão necessária para mim.
Esta carta porém precisa um ponto essencial nas nossas novas relações, agora que volto, guiado pela profecia de minha idolatrada mãe, à crença em Deus e aos ensinamentos morais que ela me deu, quando me ensinou adorar a imagem de Jesus. Hoje me considero um católico e se o orgulho não fosse quase um pecado eu diria orgulhosamente. Prefiro entretanto dizer que me considero humildemente um servo de Jesus Cristo.

Nessa volta à crença completa e à obediência aos ensinamentos da Santa Madre Igreja eu sinto-me integrado na minha verdadeira personalidade de artista, e nessa alegria que recebo de Deus eu me sinto profundamente humano.

Meu caro amigo nada pagaria essa imensa alegria a não ser a misericórdia divina que eu hoje compreendo tão bem. Não saberia explicar o que foi para mim voltar à Igreja. Quando obedecendo às forças interiores do meu ser me ajoelhei e chorei diante à imagem de Nossa Senhora, numa singela igrejinha da França... Acontece porém que andei muito longe da minha religião, acontece que reneguei o meu Deus e me alistei entre os materialistas. Com o meu notável temperamento de apaixonado, alistei-me entre revolucionários comunistas e dei tudo que podia dar a esse partido político, a essa seita de extremistas. Devo me arrepender de me ter entregue a cogitações e ações tão diferentes das minhas verdadeiras inclinações de artista? Não. E por quê? Porque quando me atirei no abismo do materialismo comunista eu seguia um impulso a favor dos abandonados da sorte e me revoltava contra o poderio dos maus sobre os ignorantes. Num momento de irreflexão incorporei a Igreja aos poderes temporais sem ter pensado um só momento no valor do poder espiritual que ela exerce. Mas na minha confusão só eu fui prejudicado. Minha ação junto aos operários, junto aos proletários desamparados foi leal. Minha inadaptação ao partido comunista é uma prova real. Por isso não me arrependo do que fiz, porque a prova pela qual passei o conhecimento da fuga do povo e o sofrimento das prisões e do exílio envolveram meu espírito e deram-me mais forças na luta da vida.

Hoje a crença em Deus ajustou a minha coragem à profunda alegria de ser um homem superior porque só almejo obedecer às doutrinas que emanam do Sermão da Montanha. Sei que muitos amigos meus dos mais queridos estimam [os] materialistas, só peço a Deus que os inspire... Outras pessoas intrigantes, mesquinhas, fúteis, tolas estão propalando que eu tomei atualmente uma atitude para me livrar da pecha de comunista. Ridículo tudo isso. Nunca temi nada nem nada temerei na minha vida. Fui comunista. Reconheço que há ainda comunistas errados, mas puros nos seus malfadados ideais. Hoje porém não aceito mais o comunismo. Nada ganhei para meu gozo material ou para meu gozo espiritual pertencendo a um partido político. Não sou e não fui jamais político. E pode meu caro Alceu me aceitar como um bom católico. Não serei um homem sem falhas, mas também não serei nunca um homem de duas caras. Peço-lhe porém acusar publicamente ter recebido essa carta minha. Diga a seu público que no meu drama íntimo está o espelho do

drama de muitos homens do Brasil e de toda uma geração que pensa muito mais nas oportunidades que nas verdadeiras razões da existência. A minha pobreza é profundamente gloriosa porque é fruto do meu amor à vida. A minha vida tem sido uma aventura. Continuaria uma aventura. Os cruzados foram aventureiros. E Deus está presente no meu espírito. E Deus me salvará. Termino aqui. Perdoe-me o arrebatamento romântico. Não releio o que escrevi. Você chefe intelectual dos católicos brasileiros exponha aos intelectuais do Brasil meu caso. Não se trata de fazer reclame de um artista que não precisa disso. Trata-se de tudo aproveitar para chamar a Deus os infiéis.
Um abraço do seu
E. di Cavalcanti

Interessante que noutra carta, de 1940, Di Cavalcanti comunicou a Alceu a sua conversão ao catolicismo, mas mantendo a sua liberdade de pensamento e de vivência da sua fé, distante dos "doutrinarismos". Sua biografia é clara na sua adesão ideológica ao Comunismo, todavia, o desafio era conciliar esta atitude crítica em relação ao mundo à sua nova orientação religiosa. Como ignorar o empresário que explora o "trabalhador na fábrica como um servo, (...) sem ser chamado de comunista?". Certamente, o pintor vivia numa forte tensão, num sintomático entrelugar que o levava a questionar-se: "Pelo fato de eu ser católico, pelo fato de eu ser como eu sou (...) devo não estender a mão aos injustiçados?".

Numa outra carta de 1944, que também transcrevo aqui integralmente, Di Cavalcanti apresenta seus dramas, suas dores existenciais, sua complexa forma de enxergar a vida e os problemas próprios do seu dia a dia, especialmente sua visão crítica em relação aos exageros religiosos, aos fanatismos muito próprios de certos grupos católicos sectários por natureza:

São Paulo, 16 de julho de 1944
Meu caro Alceu
De volta de Minas Gerais, onde andei por velhas cidades (Ouro Preto, Congonhas, Sabará) e pela nova Belo Horizonte, encontrei sua carta que li com merecida atenção. Não deve você estranhar sempre que eu me manifeste seu admirador e amigo porque só isso me inspira sua inteligência e seu coração. Hoje, mais do que nunca, um católico como eu sou, sem outro compromisso com a Igreja ou a doutrina do que a de compreensivo servidor de Cristo, tem um dever humano – unir a fé à liberdade. Em Belo Horizonte dando uma entrevista ao <u>Diário</u>, frisei a necessidade de sermos crentes e humanos, não

nos deixando levar pela ilusão do sectarismo que é tantas vezes um grande mal, um terrível mal para os fiéis. Na sua carta você falou de catolicismo convencional. Tudo que é convencional me apavora e por isso eu hoje vivo numa espécie de solidão, onde só há eco para os apelos do coração e da consciência. Não me venham perturbar com doutrinarismos, nem com falsas manifestações de cobiçosa esperança de um mundo melhor. Não me venham dizer que devemos defender a civilização cristã combatendo o comunismo, como não me venham dizer que no comunismo marxista encontramos o corpo de doutrina do mundo de amanhã. A civilização cristã que nos deu São Tomás nos deu também Montaigne e nos dando Pascal nos deu também Bossuet e outros ilustres espíritos mais modernos e menos afins com a estrita moral puritana das ordens e dos ascetas como esse imenso Chateaubriand. A grandeza da civilização cristã vem do seu anti-sectarismo, vem da renovação constante do seu humanismo e você percebe o que desejo dizer com isso.

Por acaso não sou eu um bom católico um bom cristão não tomando contato com a política dos jesuítas? Estarei eu mais perto da Verdade fugindo de constatar a miséria moral da burguesia e verificando quanto essa casta dominante é mesquinha?

Meu caro Alceu, hoje assistimos neste infeliz Brasil esta coisa infame: 'Lutamos ao lado das democracias', diz o governo e em nosso território as liberdades públicas estão completamente tolhidas. E para cúmulo inventa a polícia uma nova farsa de revolução comunista para dar o privilégio ao industrial de atrelar o trabalhador na fábrica como um servo. 10 horas de trabalho o mesmo salário. E como vai esse homem que tem família se vestir e se sustentar? Tudo aumenta de preço. E hoje quem protestará contra isso sem ser chamado de comunista? Sei como foi tudo isso organizado aqui pela Federação das Indústrias. Sei como e porque o bêbado General Góis Monteiro de parceria com o mentecapto Leyardo criaram a conspiração comunista do Uruguai visando o Brasil e andam distribuindo documentos forjados para iludir aqueles que por ignorância julgam ser o Brasil presa futura dos soviets.

Tudo para que se perpetue no poder esse nosso fascismo tão terrível e preso com toda tirania, covarde e ladravaz.

As infâmias e corrupção de mãos dadas são os únicos fantasmas da guerra, em nosso território. O realismo do norte americano ou do inglês, pouco se incomoda com a nossa desgraça de povo semicolonial, contanto que eles possam tirar o máximo proveito de nossos bens materiais. E ainda por cima eles sabem que poderão contar com um governo como o nosso em possíveis conchavos na mesa da Paz.

Agora eu pergunto a você. Pelo fato de eu ser católico, pelo fato de eu ser como eu sou um crente consciente e amante de Deus e de Jesus Cristo que são uma única e grande Pessoa devo não estender a mão aos injustiçados? Sim meu amigo, meu catolicismo não é convencional e aceite esta carta como um desabafo e como mais uma afirmação de meu grande carinho pelo seu coração.

Abraço do
Di Cavalcanti

Esta missiva, embora de 1944, parece ter sido escrita para os dias atuais: severa em criticar os exageros ideológicos, o fanatismo religioso e o extremismo político de conotação messiânica. O remetente deixa claro o seu objetivo: "unir a fé à liberdade", pois, na sua opinião, para ser católico não era preciso insistir na cartilha fascista de perpetuar um fantasma comunista existente e renitente, ou seja, não se "deixando levar pela ilusão do sectarismo que é tantas vezes um grande mal, um terrível mal para os fiéis".

Dramaticamente atual, a dúvida do artista é a de muitos nos dias de hoje, quando o sectarismo religioso de certos grupos – numa atitude clara de farisaísmo pós-moderno – acusa e julga usando textos religiosos como se fossem códigos penais, sem qualquer abertura ao diálogo, à tentativa de conviver e compreender as diferenças, as pluralidades e os porquês das decisões de cada um. Aqui, recorro às teorias da Crítica Epistolográfica propostas por Brigitte Diaz, que defende a existência de certas "cartas humanistas", isto é, a troca epistolar enquanto espaço de registro e reflexão do mundo, das ideias em movimento e o lugar ocupado pelo eu que se corresponde:

> A respeito da difusão da carta humanista, Geneviève Haroche-Bouzinac constata: 'certas trocas de cartas ocupam um lugar comparável ao das revistas científicas. O aparecimento dessas revistas modificará sensivelmente os dados do problema: o gênero epistolar deverá ser escolhido entre várias outras formas rápidas de difusão do pensamento. Essas cartas humanistas têm assim um estatuto que as coloca no limiar do público e do privado'. (...) Desde a reflexão moral até a crítica literária, passando pela introspecção autobiográfica, não existem campos que a sonda epistolar não se dê ao trabalho de explorar. O estatuto genérico vago da carta a abre para todos os horizontes epistemológicos. (...) A carta, então, afirma-se como o meio essencial de todos os grandes debates

que marcaram o século, e impõe-se como o indispensável instrumento formal de uma vasta reflexão epistemológica. (Diaz, 2016, p. 27; 46; 48)

Infelizmente, não temos as respostas de Alceu, já que Di Cavalcanti não guardou as cartas que recebeu do pensador católico e crítico literário, não criou o seu próprio arquivo pessoal, não formou a sua inteligência arquivística a partir da sua papelada pessoal, das inúmeras cartas que certamente recebeu ao longo da vida. Entretanto, temos uma crônica – "Volta a Deus" – que Amoroso Lima publicou no *Diário de Notícias*, em 22/12/1940, logo depois da conversão religiosa de Di, na qual o crítico compreendeu os dramas e a personalidade do artista: "Era uma alma ardente e séria. Sua pintura não era apenas decorativa ou desinteressadamente revolucionária. Estávamos em pleno modernismo. (...) Aquela arte essencialmente popular tinha um sentido social e revolucionário mais fundo, transpictórico, se me posso assim exprimir. Ele visava a Revolução através da Arte. (...) Di era homem 'da verdade'. Sua pintura não era de mentira. Seu devotamento aos pobres e desamparados não era de mentira".

No Brasil de hoje, marcado por diferentes radicalismos e extremismos, tal diálogo e tal nível de amizade e respeito fazem falta. Assim como fazem falta o bom senso e a abertura ao outro que vem com sua diversidade própria da condição humana. Alceu encontrou isso em Di Cavalcanti, por isso tornaram-se amigos, harmonizaram as diferenças, produziram um dos mais belos diálogos intelectuais calcado na diversidade ideológica e na pluralidade das suas opiniões.

REFERÊNCIAS

DIAZ, Brigitte. *O gênero epistolar ou o pensamento nômade*. São Paulo: EDUSP, 2016.
HAROCHE-BOUZINAC, Geneviève. *Escritas epistolares*. São Paulo: EDUSP, 2016.
_____. "Penser le destinataire". In: *Penser par Lettre*. Montréal: Fides, 1998.
MIRANDA, Wander Melo (Org.). *A trama do arquivo*. Belo Horizonte: Editora UFMG, 1995.

OLIVEIRA, Rodrigo. "O espaço exterior do arquivo". In: SAID, Roberto & NUNES, Sandra. *Margens Teóricas* – memória e acervos literários. Belo Horizonte: Editora UFMG, 2010.

RODRIGUES, Leandro Garcia. Ao destinatário múltiplo: cartas de Alceu Amoroso Lima e Paulo Francis. *Revista Brasileira*, v. 91, 2017.

_____. *Cartas de esperança em tempos de ditadura* – Alceu Amoroso Lima escreve para Frei Betto e Leonardo Boff. Petrópolis: Vozes, 2016.

_____. *Correspondência Mário de Andrade & Alceu Amoroso Lima*. São Paulo: EDUSP/PUC-Rio, 2018.

_____. *Drummond & Alceu*. Belo Horizonte: UFMG, 2014.

SAID, Roberto & NUNES, Sandra. *Margens Teóricas* – memória e acervos literários. Belo Horizonte: Editora UFMG, 2010.

SOUZA, Eneida Maria de. *Janelas Indiscretas* – Ensaios de crítica biográfica. Belo Horizonte: Editora UFMG, 2011.

JOSÉ AMÉRICO DE ALMEIDA E O SEU TRIBUTO A ALCEU[1]

O arquivo de Alceu Amoroso Lima, atualmente salvaguardado no Centro Alceu Amoroso Lima para a Liberdade (CAALL), é rico e diversificado nas mais diversas tipologias documentais. Com imenso destaque, tenho pesquisado especialmente a sua imensa correspondência com os mais diferentes missivistas e interlocutores. Deste imenso volume, quero aqui refletir um pouco acerca da amizade entre Alceu e José Américo de Almeida, autor de uma importante obra, cujo destaque é sempre *A Bagaceira*, publicado em 1928, que teve de Alceu não apenas a sua leitura de crítico literário, mas uma entusiasta divulgação no meio cultural da época.

Infelizmente, por conta do atual estado da pandemia da Covid-19, foi impossível acessar o arquivo de José Américo de Almeida, a fim de buscar as cartas que ele recebeu de Alceu. Assim, este ensaio foi escrito levando em consideração apenas a parcela que Alceu recebeu do escritor paraibano, bem como artigos do crítico sobre José Américo publicados na imprensa da época.[2] Também exploramos algumas cartas já publicadas de Alceu

---

1. Publicado com título homônimo na *Revista Brasileira* (da Academia Brasileira de Letras), Rio de Janeiro, v. 3, p. 79-90, 2020.
2. Em razão de outras pesquisas já realizadas no arquivo de Alceu, possuía algumas cartas de José Américo já transcritas, bem como utilizei – e muito – o acervo digital do site http://www.alceuamorosolima.com.br, que disponibiliza sua correspondência passiva, uma preciosa ajuda em tempos de pandemia, quando o nosso acesso aos arquivos físicos ficou totalmente impossibilitado. Para acessar os artigos de Alceu publicados na imprensa da época, recorri ao mesmo site e também ao conteúdo da Hemeroteca Digital da Biblioteca Nacional, bem como coletâneas de textos críticos já publicados.

com Mário de Andrade, as quais falam e refletem a obra de José Américo, tudo no sentido de completar um pouco a dimensão que nos foi impossível investigar pelas razões expostas.

O lançamento

O romance *A Bagaceira*, publicado em 1928 pela Imprensa Oficial da Paraíba, é sempre lembrado como o marco inicial do nosso modernismo regionalista, especialmente na perspectiva nordestina deste mesmo regionalismo, uma vez que tivemos várias experiências desta proposta estética que refletiram diferentes espaços geográficos do país. Na crônica "Raquel", publicada em *O Jornal* em 4/5/1958, Alceu Amoroso Lima não apenas fez uma revisão acerca da obra de Raquel de Queirós, mas também refletiu criticamente acerca de outros importantes escritores nordestinos, dentre eles, José Américo de Almeida:

> O romancista paraibano, enfim – que iria tornar-se depois de 30 um dos homens públicos mais representativos do Brasil moderno – vinha abrir para as nossas letras contemporâneas um capítulo novo, reintroduzindo a literatura das secas que já vinha do século XIX, mas com um novo vigor e restaurando entre o Norte e o Modernismo os laços que, em 1923, Gilberto Freyre tinha evitado, quando opôs o tradicionalismo nordestino às exigências, em parte cosmopolitas, de Graça Aranha e dos modernistas de São Paulo e do Rio. (Lima, 1969, p. 110)

A bem da verdade, em fevereiro de 1928, José Américo enviou a sua primeira carta a Alceu Amoroso Lima, e, junto dela, ia também um exemplar de *A Bagaceira*,[3] com uma bela dedicatória – que também é uma carta – na qual se lê:

> 'É um ciclo literário que perdura e durará enquanto persistir nos espíritos a repercussão do fenômeno que o provoca. / Tristão de Athayde, Affonso Arinos, p. 163'

---

[3]. Transcrevo estes textos manuscritos – todos inéditos – diretamente deste mesmo exemplar, atualmente na biblioteca Tristão de Athayde, no CAALL.

Tristão de Athayde:
Se nem mesmo a epopeia admirável de Euclides da Cunha pode ainda traduzir o 'horror da realidade', eu, bicho do mato, não alcançaria exprimi-lo. Mas senti-lo como ninguém.
No mais, invoco (em minha gíria forense) os doutos suplementos de sua crítica de adivinhão.
José Américo de Almeida
Paraíba do Norte, 1928.

De fato, ele não foi o único a se aproximar de Alceu por conta da atividade crítica deste. Desde 1919, Alceu vinha exercendo um verdadeiro apostolado na crítica literária brasileira, semanalmente, analisando e divulgando escritores dos mais diferentes rincões do Brasil. De norte a sul, autores jovens e/ou consagrados enviavam-lhe os seus lançamentos na esperança de ter uma análise e, se possível, alguma menção nas suas crônicas publicadas em diferentes jornais, mas especialmente em *O Jornal*. Havia mesmo uma espécie de "fé" na práxis crítica amorosiana, como se percebe na dedicatória que o poeta Raul de Leoni escreveu na folha de rosto do seu *Luz Mediterrânea*, enviado a Alceu em novembro de 1922: "a Tristão de Athayde, / a quem entrego este livro / com tranquila confiança / na lealdade da sua nobre / crítica construtiva".[4] Esta "tranquila confiança" de Leoni era igualmente sentida e compartilhada por outros autores, e alguns ressaltavam a "crítica construtiva" de Alceu, até mesmo quando este discordava e avaliava negativamente o exemplar analisado.

Avaliando este exemplar do livro, lido e anotado por Alceu, deparamo-nos com diversas anotações que o crítico fez no sentido de orientar o seu futuro artigo, no qual apresentaria ao público as suas impressões d'*A Bagaceira*. Felizmente, para nós pesquisadores, Alceu tinha o bom hábito de rabiscar os seus exemplares, sublinhar determinadas passagens, anotar às margens, registrar asteriscos nas laterais, sinais de exclamação e/ou interrogação em diversos trechos, enfim, não era uma leitura passiva – mas um verdadeiro debate (ou embate) com o que estava lendo e analisando. Transcrevo, abaixo, os registros feitos pelo crítico no verso da folha de rosto deste volume:

p. 3 – muito bom
p. 26 – autorreflexão

---
4. Idem à situação da nota anterior.

p. 90 – descrição do sertanejo
p. 172 – 1ª. Decaída
p. 182 – <u>citar</u>
p. 214 – perplexo
p. 227 – descrição admirável em três linhas – <u>citar</u>
p. 245/246 – descrição admirável – <u>citar</u>
p. 249 – citar antepassado da mãe preta
p. 251 – reflexões sutis

Ao longo de outras páginas do livro, Alceu também registrou as suas marcas de leitura, suas opiniões, como na introdução, página 3, na qual sublinhou a passagem *Um romance brasileiro sem paisagem seria como Eva expulsa do paraíso. O ponto é suprimir os lugares comuns da natureza* e registrou ao lado: "Muito bom". Na página 11, sublinhou o trecho *A solidão entretinha intimidades desiguais* e escreveu acima: "Este livro me está parecendo notável"; e no fim deste mesmo capítulo, anotou: "capítulo admirável".

Continuo folheando este exemplar, quando encontro sublinhado, na página 30, o seguinte fragmento *em sua dúplice organização moral, em sua sensibilidade contraditória, ria-se e comovia-se*, o que levou Alceu a anotar: "<u>Admirável</u>, que coisa trágica!". Já na página 58, o crítico sublinhou o fragmento *O sertão é pra nós como homem malvado pra mulher: quanto mais maltrata, mais se quer bem. (...) Porque saber sofrer, moço, isso é que é ter coragem* e fez a seguinte observação: "Esplêndido e terrivelmente verdadeiro".

Mais adiante, na página 105, Alceu ressaltou a seguinte passagem: *E foi ver Soledade que estava queimada... com Pironga, porque a carregara nos braços*, escrevendo bem ao lado: "A linguagem é de uma riqueza extraordinária de termos e de um sabor local esplêndido". Já na página 206, assinalou o trecho *De noite, rebolava-se na cama. Não se lembrava dele, mas sentia que lhe faltava alguma coisa, como alguém que dormisse sem travesseiro*, e deu a sua opinião de crítico: "É admirável nas expressões, sempre original e saboroso".

Particularmente, o último capítulo foi fartamente sublinhado e demarcado por Alceu – quer com asteriscos, quer com linhas verticais às margens direita e esquerda – no sentido de ressaltar a importância da conclusão deste romance. Na última folha, à página 331, Alceu esboçou o começo do seu futuro texto crítico a ser publicado na imprensa, onde lemos: "Eu afirmo sem hesitar que este livrinho de um desconhecido pode ser explorado com vantagem, ao lado, senão acima, dos maiores romances brasileiros. Pois não é apenas um grande livro novo: é um grande livro humano".

Em 11/3/1928, Alceu Amoroso Lima publicou, em *O Jornal*, o texto "Uma revelação", no qual apresentava ao público *A Bagaceira*, de José Américo de Almeida.[5] Tratou-se de uma análise verdadeiramente apaixonada feita pelo crítico, ocupando ¾ da página daquele periódico, demonstrando a robustez do seu escrito, com diversas citações de passagens do romance. Destaco alguns momentos desta análise, como esta:

> Pois esse livro é um romance da seca, e embora a considerando apenas em suas repercussões e não diretamente – talvez o grande romance do Nordeste pelo qual há tanto tempo eu esperava. Senão completo, ao menos intenso. (...) Nem apenas um romance social; nem apenas um romance de instintos, embora exagerando um pouco esta face em prejuízo daquela. Ambas as coisas, ao mesmo tempo, e ambas com tal originalidade, tal firmeza de traço, tal angústia de sentimentos profundos, bárbaros, primitivos, e ao mesmo tempo tal requinte de psicologia em recolher a cada passo gotas de verdade profunda, que acabei o livro sentindo que nascera realmente alguém para exprimir não apenas o horror do inexprimível daquela terra do Nordeste, mas um pouco de todo o homem brasileiro de hoje. E dizê-lo duramente, mas sem grosseria. Asperamente, mas sem brutalidade. Dizê-lo com o coração ferido e ao mesmo tempo com a alma apaixonada e uma inteligência extraordinariamente penetrante. (...) Há, portanto, nesse livro, a síntese em que eu vejo o que já pode haver de realmente nosso, de realmente novo em nossa arte literária: a inteligência e o instinto, a natureza bárbara da terra e dos homens do interior da terra, e a natureza civilizada, requintada do espírito que vai transformando essa terra, que se vai fundindo com ela e transfigurando-a para uma unidade futura. (Lima, 1930, p. 138-140)

Devemos levar em consideração o entusiasmo – até um tanto ufanista – de Alceu em sua análise: ainda não tínhamos, no nosso modernismo, o que a historiografia literária batizou de Romance de 30, ou Regionalismo Nordestino, ou então Regionalismo de 30 e quaisquer outros nomes e expressões para esta práxis literária. De fato, os "clássicos" da literatura nordestina de 30 viriam algum tempo depois: *O Quinze* (1930), *Menino*

---

5. Alceu tinha o costume de, numa mesma crônica, apresentar dois ou três lançamentos literários, analisando ambos. Todavia, nesta ocasião, usou todo o seu artigo para refletir apenas *A Bagaceira*.

de Engenho (1932), *Cacau* (1933), *São Bernardo* (1934) e *Vidas Secas* (1938), dentre tantos outros títulos. Daí certamente se compreender o entusiasmo de Alceu enquanto crítico e analista d'*A Bagaceira*, pois certamente ele sentia neste romance o irromper de algo novo na nossa literatura; em suas palavras: "talvez o grande romance do Nordeste pelo qual há tanto tempo eu esperava". Por isso, há de se ressaltar o caráter realmente fundador de José Américo de Almeida – deslocando àquela região a produção modernista ainda muito concentrada no sudeste brasileiro, especialmente entre os estados do Rio de Janeiro, Minas Gerais e São Paulo. Mais adiante, na conclusão do seu artigo, assim Alceu afirmou:

> Não posso entrar em mais detalhes. Não quero privar o leitor do gosto de desvendar a trama angustiosa, esse entrechocar de instintos bárbaros e primitivos que o autor sabe fazer viver com tanta paixão e tanta sutileza. (...) Só noto um defeito sério, além de certa parcialidade no realismo dos sentidos: a falta de impressão de 'tempo'. O livro se passa entre 1898 e 1915, os dois períodos da seca. E, no entanto, não se sente bem a passagem do tempo. Talvez que a narrativa pedisse mais de um volume. Como teve de fazer Proust para colocar o leitor no tempo vivo. Eu afirmo sem hesitar: este livrinho de um desconhecido pode ser colocado, com vantagem, ao lado dos maiores romances brasileiros. Pois não é apenas um grande livro nosso: é um grande livro humano. (ibid., p. 150-151)

Percebam que Alceu termina o seu artigo usando – embora com poucas modificações – o pensamento que ele manuscreveu no seu exemplar, e que transcrevi anteriormente. Tal fato reafirma a importância da interdisciplinaridade ao tratarmos de arquivo, biblioteca e produção intelectual de um determinado escritor – são saberes cruzados, uma polifonia de textos, ideias e linguagens que se entrecruzam no nosso fazer investigativo. Não sem razão que Alfredo Bosi afirmou, na sua *História Concisa da Literatura Brasileira*:

> De qualquer modo, *A Bagaceira*, escrito nos fins da década de 20, momento em que o Modernismo começava a tomar no Nordeste uma coloração original, oferecia elementos que iriam ficar no melhor romance da década seguinte: um tratamento mais coerente da linguagem coloquial, traços impressionistas na técnica da descrição e, no nível dos significados, uma atitude reivindicatória que o clima de decadência da região propiciava. O romance, saudado pelo principal crítico da época, Tristão de Athayde, vinha também ao encontro dos novos estudos sociais que, sob a inspiração de Gilberto Freyre, começaram a

II. Cartas para Alceu Amoroso Lima

assumir feição mais sistemática a partir do Congresso Regionalista do Recife, em 1926. (Bosi, 1994, p. 395)

Realmente, Alceu Amoroso Lima se empolgou com *A Bagaceira*, e, não satisfeito de tê-lo lançado nos meios literários da antiga capital federal, tratou igualmente de divulgá-lo alhures, enviando volumes a determinados amigos de outros estados, no sentido mesmo de promover a obra de José Américo de Almeida – esta "novidade bárbara" que vinha da Paraíba. Assim, dentre os seus importantes correspondentes, Alceu enviou um exemplar a Mário de Andrade, em São Paulo, em 9/4/1928, ressaltando:

> Meu caro Mário
> Agradeço sua última carta. Junto, isto é, pelo correio de hoje, mando a você o exemplar de um romance do Norte que me parece conter coisas admiráveis. Foi para mim uma revelação. Como o livro não se encontra nas livrarias, lembrei-me de mandar a v. um dos exemplares que recebi do autor. (Rodrigues, 2018, p. 106)

Era o início de um riquíssimo intercâmbio hermenêutico-epistolar entre Mário e Alceu, tendo *A Bagaceira* como o centro deste debate: ora com o entusiasmo da novidade (para o crítico literário), ora com reconhecimento, mas seguido de um certo ceticismo (para o polígrafo paulista). Respondendo a Alceu Amoroso Lima, em carta de 22/4/1928, assim afirmou Mário de Andrade:

> E recebi a *Bagaceira*.[6] Já conhecia. Acho de fato um livro muito bom, mas muito irregular. O assunto geral sobretudo tem um ar de coisa já sabida, já lida, que água bem o livro. Mas esse paraibano é de força.[7] Quanto a você falar

---

6. Pela afirmação de Mário, percebe-se que José Américo de Almeida remeteu seu romance a diversas personalidades do meio literário do Rio e de São Paulo, tanto que há dois exemplares na biblioteca do escritor paulista: um dedicado (provavelmente enviado por José Américo) e outro analisado e comentado por Mário, o seu "exemplar de trabalho", como ele gostava de dizer, enviado por Alceu. No primeiro, temos a seguinte dedicatória: "A você Mário de Andrade, criador / da beleza brasileira e crítico / adivinhão, com a condição de ler até / o fim atrás de alguma coisa de / seu apetite de Brasil. / José Américo de Almeida / Paraíba do Norte / 1928". Na mesma folha, logo abaixo, Mário assim escreveu, a lápis: "Redação d'A União / Direção José Américo de Almeida / Trincheiras / Paraíba do Norte" (IEB, Biblioteca, Fundo Mário de Andrade).

7. Dois anos depois, em 16 de novembro de 1930, na sua coluna do *Diário Nacional*, Mário publicou a crônica "José Américo de Almeida", na qual fez uma interessante análise da dimensão política do autor paraibano, motivado pela elevação de José Américo à condição de governador do estado da Paraíba (cf. ANDRADE, Mário de. *Táxi e crônicas no Diário*

> que o livro não é regional, discordo. É regionalíssimo. O vocabulário nem é paraibano sequer porque segundo me informaram está cheio de localismos que requeriam mesmo na Paraíba um glossário pro livro.[8] O caso também é regional: só possível de suceder no extremo Nordeste. Até o sentimento do caso. Amores daqueles, contrastes de pais e filhos daqueles, eram possíveis só mesmo num Brasil de dantes. Cheira: 'mostraram-me um dia na roça dançando mestiça formosa' etc. Hoje, só mesmo em regiões atrasadíssimas repisando fenômenos fazendológicos (!) da monarquia. Isso até me parece que regionaliza tanto o livro, tornando-o tão de possibilidade esporádica em algum lugar do Norte (nem em Mato Grosso é possível porque os criadores de lá vivem em S. Paulo, nem em Minas, onde o guzerate é mesmo pura questão de patriotismo... mineiro, nem no Amazonas, onde a língua corrente é o... inglês) regionaliza tanto o livro que o localiza e portanto... o desregionaliza. (ibid., p. 108-109)

Alceu recebeu a carta de Mário e não tardou em respondê-la, discordando frontalmente da opinião do autor de *Macunaíma*. Semanas depois, em 10/5/1928, o crítico enviou longa carta ao polígrafo, reservando a metade final dela apenas para tratar do "caso José Américo de Almeida", e afirmou:

> Não creio que v. tenha razão em <u>acusar</u> o livro de regionalismo. Quando eu digo que ele não é regionalista, não digo que não seja um livro <u>enraizado</u>. Nunca. Ao contrário. Sustentei que o livro era 'o romance do Nordeste', 'o romance da seca'. Agora, o que eu nego é que ele seja regionalista, isto é, que restrinja o seu <u>significado</u> a região de onde veio. V. diz que o problema, a luta do pai e do filho, em torno da mesma mulher, é um caso que só se podia dar <u>na fazenda</u>. Não compreendo bem o que v. quer dizer. Pois a evidência do contrário está, por ex., em toda a literatura francesa. *Fort comme la Mort*[9] de Maupassant é a luta de mãe e filha em torno do mesmo homem. E creio

---

Nacional. Estabelecimento de texto, introdução e notas de Telê Porto Ancona Lopez. São Paulo, Livraria Duas Cidades, 1976. p. 275-276).

8. No seu exemplar de *A Bagaceira*, Mário não escreveu nenhuma nota marginal. Todavia, é sintomática a quantidade de palavras que ele sublinhou ao longo do livro, todas de caráter regionalista e comuns no interior nordestino, ressaltando uma espécie de pesquisa sociolinguística feita por Mário. Cito algumas: esgalepada, moambeiro, encostão, remanchado, chambão, tope, pegadio, estrompa, estrovinhado, afutrique, cambiteiro, empacho, azucrim etc.

9. Quinto romance de Guy de Maupassant (1850 – 1893), publicado em 1889. O título foi tirado do livro bíblico *Cântico dos Cânticos*, no qual se lê: "O amor é forte como a morte, o ciúme é duro como a sepultura".

II. Cartas para Alceu Amoroso Lima

que o *Vieil Homme*[10] de Porto-Riche é o mesmo caso entre pai e filho. E há inúmeros casos a citar.

Eu acho justamente que esse ato do Lúcio e do Dagoberto <u>universalizam</u> o romance da *Bagaceira*.

Em primeiro lugar, é <u>visível</u> o caráter simbólico que tem essa dissidência. Não são apenas dois homens que se defrontam ali. Muito mais do que isso. São <u>duas gerações</u>. E mais ainda – são <u>dois</u> Brasis. É o Brasil de ontem, semi-bárbaro, empírico, instintivo, e o Brasil de hoje – ideólogo, cerebral, hesitante. Dagoberto e Lúcio, <u>além</u> de serem duas criaturas de carne e osso (e o são <u>de verdade</u>), são <u>dois</u> símbolos.

Ora, isso dá ao romance uma significação <u>nacional</u>, muito além dos limites do Marzagão ou do Bondó. É toda a tragédia do Brasil de hoje que passa naquele episódio tão localizado de fatos, tão regionalizado de ambiente. (ibid., p. 112)

Parece que nada abalava o entusiasmo e a admiração de Alceu pelo lançamento de José Américo de Almeida, mesmo o ceticismo de Mário de Andrade, cuja opinião era muito respeitada pelo crítico carioca. E repito: *A Bagaceira* era lançada com um ar de novidade, como algo novo, um experimentalismo literário que trazia a realidade nordestina à baila do mundo literário do nosso modernismo. Pelo olhar analítico amorosiano, tal fato deveria ser valorizado, pois isso era uma demonstração da vitalidade da nossa literatura, a comprovação da sua diversidade expressiva e, por que não dizer, uma certa chance de se fazer justiça ao Nordeste, incluí-lo de vez na produção literária da época. Tal orientação de Alceu fica clara quando analisamos a sua correspondência com Jorge de Lima, ora em processo de organização para futura publicação: em várias cartas, ele admoesta Jorge de Lima a publicar em editoras do Rio de Janeiro, no sentido de dar visibilidade à sua poesia e à sua obra nos meios culturais da então capital federal. E como sabemos, Mário de Andrade não deixava uma carta sem resposta, não fugia ao embate que a epistolografia suscitava, e então conclui a sua opinião acerca d'*A Bagaceira*, nesta carta enviada a Alceu Amoroso Lima, em 19/5/1928:

Tempo está passando e inda não respondi ao caso que você vinha discutindo na última carta. Fui besta em não especificar de que antagonismo entre pai

---

10. Peça teatral de Porto-Riche (1849 – 1930), publicada em 1911. Como bem afirmou Alceu, o enredo tematiza o triângulo amoroso entre pai, filho e uma amante, tal como já fora explorado em outras peças de vulto, como *Amoureuse* (1891) e *Le Passé* (1897).

e filho eu falava. Não é no caso de amor, coisa possível, está claro, em todas as épocas e países. Falei, mas era no antagonismo de ideias de modernização prática entre os dois. Pai atrasadão e filho inovador isso é que com o caráter em que está na *Bagaceira* é regionalíssimo. Existe sempre entre pai e filho aquele antagonismo fatal de progresso ou que nome tenha, que distingue uma geração da seguinte, porém não com o caráter que isso tem na *Bagaceira*. (ibid., p. 118)

Com este debate crítico, encerro minha análise a respeito das opiniões suscitadas pelo lançamento deste romance de José Américo de Almeida, no sentido de demonstrar a não unanimidade crítica em relação a este livro e o seu lançamento. Entretanto, é notória a defesa saudável de opiniões diferentes que ajudam a compreender a obra em questão. Passo para as reações do autor.

O tributo de José Américo

Desde o momento que Alceu decide ajudar na divulgação d'*A Bagaceira*, como era de se esperar, José Américo de Almeida não se conteve em alegria e reconhecimento ao amigo por este feito, por esta colaboração em apresentar ao grande público o seu novo romance. Dias após ter saído a crônica de Alceu, em 13/3/1928, José Américo enviou a este o seguinte telegrama: "Desvanecido seu interesse meu romance. Remeti correio. Saudações. José Américo de Almeida". Era o início de uma série de cartas, todas saindo de João Pessoa rumo ao Rio de Janeiro, mantendo Alceu informado acerca das encomendas, do interesse da imprensa em diversos estados brasileiros pelo livro etc. Nesta carta de 2/4/1928, José Américo nos fornece as suas primeiras explicações:

> Paraíba do Norte, 2 de abril de 1928
> Meu generoso confrade e amigo:
> Acabo de receber a sua carta que é mais um documento de estímulo para o obscuro escritor provinciano.
> Eu escrevi o romance *A Bagaceira* do nordeste e para o nordeste. Certo de que somente as sensibilidades impregnadas das mesmas impressões imediatas poderiam compreendê-lo. E por aqui não houve quem não o sentisse, porque todos estavam acostumados a observá-lo na realidade de nossa vida dramática. Posso dizer que cheguei a criar a crítica indígena: não faltou homem de imprensa que não viesse dar o seu juízo comprobatório.

II. Cartas para Alceu Amoroso Lima

Mas sempre me pareceu que no sul o ambiente físico e a paisagem social da tragédia seriam considerados falsos. É tudo tão diverso por aí!

E eu tinha medo também da incompreensão cultural: seria recusada minha arte bárbara que reage em fórmulas novas contra o academicismo pé de boi...

Mas – digo-lhe com a maior sinceridade – sempre confiei no seu extraordinário discernimento crítico e, principalmente, na orientação da sua inteligência brasileira que não se desvirtua e, antes, se define com mais vigor pelo grande conhecimento comparativo das literaturas estrangeiras.

Crítica de adivinhão – foi o que lhe disse na dedicatória, porque vinha surpreendendo em seus estudos essa agudíssima penetração de quem sente toda a obra antes de compreendê-la. Crítica de adivinhão – repito agora, depois que me virou a alma pelo avesso.

Basta-me, pois, ter sido revelado pelo mais prestigioso dos paraninfos.

É tamanha [a] sua autoridade, que de toda parte me chegam pedidos do romance, de literatos, de pessoas desconhecidas e de livrarias.

A primeira edição limitada de 500 exemplares tinha-se esgotado aqui e no Recife. A segunda, saída há dois dias, pelo que vejo, não chega para nada.

Eu não quero mercantilizar minhas emoções acumuladas, mas desejo ser lido para divulgar estas coisas do nordeste.

Enviei-lhe em duas remessas 19 volumes e ponho à sua disposição outros tantos que ache por bem distribuir pelos seus amigos. São os leitores que mais me convém.

Agora, nós temos que ser camaradas. Mando-lhe, por isso, desde já, o <u>retrato</u> do 'desconhecido': 41 anos com um princípio de calvície correspondente aos cabelos que preferem cair a ficar brancos; 3 anos de seminário, a pulso, com sonhos frequentes de que volta a ser seminarista; 14 anos de recolhimento com a inteligência entupida da poeira dos clássicos; vida ao ar livre, nos últimos tempos, com um grande estrago de sensibilidade no fórum; <u>bibliografia</u>: uma conferência sobre poetas da abolição, uma caricatura de novela e um volume de mais de 600 páginas sobre problemas econômicos e sociais, que não figuram como <u>obras do mesmo autor</u>; péssimo conversador; língua solta nas indesejáveis emoções da oratória; ex especialista em polêmicas estéreis; um tanto ou quanto sorumbático; exageradamente míope; só sabe assinar o nome, sendo o mais feito à máquina de escrever e mais não diz...

Creia na minha gratidão, porque o que *A Bagaceira* <u>vale</u> hoje é a sua crítica.

E aqui fico como seu maior admirador,

Confrade e amigo

José Américo de Almeida

Cartas que falam

Desta forma, mesmo sem tê-lo planejado, Alceu Amoroso Lima se tornou uma espécie de "padrinho literário" d'*A Bagaceira*. A carta é deveras interessante por diversas razões, exploro algumas: a) a correspondência como espaço de debate sobre literatura, isto é, a carta apresentando aspectos críticos da criação, os bastidores do fazer literário, as primeiras motivações do autor, sua ideia primaz e central; b) neste caso bem específico, o intercâmbio epistolar entre Nordeste e Sudeste brasileiros deflagrando distâncias e incompreensões mútuas, especialmente uma espécie de vácuo cultural entre estes dois Brasis, entre os diferentes projetos modernistas ora em desenvolvimento. Tudo isso deve ser percebido numa correspondência como esta, que não foi a única neste sentido e com este objetivo, ao contrário, o fluxo epistolar naquele tempo e espaço propiciou aproximações e denunciou sintomáticos distanciamentos, difíceis incompreensões. A seguir, pela importância do seu conteúdo, opto em transcrever integralmente esta carta de José Américo a Alceu, datada de 10/6/1928, pois se trata de um verdadeiro documento para a nossa crítica e para a historiografia da literatura brasileira:

> Paraíba, 10 de junho de 1928.
> Caro amigo Tristão de Athayde:
> Recebi com muita alegria a sua impressão sobre a minha réplica ao Agripino.[11] Têm-me chegado de toda parte, até dos cafundós de Minas, palavras de solidariedade e de aplausos a essa despretensiosa defesa; mas, só sua aprovação me convinha.
> A referência à nova Escola do Recife foi uma ironia com que visei certo grupo que exagera os méritos de Gilberto Freyre. Um desses fanáticos chegou a escrever que o tema d'*A Bagaceira* relativo à desorganização da família em consequência da seca foi inspirado num estudo desse escritor em livro comemorativo do centenário do *Diário de Pernambuco*, esquecido de que *A Paraíba e seus problemas*[12] é anterior ao mesmo estudo e de que o 'jovem pensador nordestino' se apoiou na minha humilde autoridade em longas citações.

---

11. No sentido de "dar voz" a José Américo de Almeida, frontalmente atacado pelo crítico Agripino Grieco quando do lançamento de *A Bagaceira*, Alceu "cedeu" a sua coluna "Vida Literária", em *O Jornal*, no dia 5 de maio, 1928. Nela, José Américo escreveu um longo artigo de título "Crítica de Bagaceira – Carta Aberta a Agripino Grieco", defendendo-se das incompreensões do crítico e explicando as motivações do seu romance.
12. Publicado em 1923, pela Imprensa Oficial da Paraíba.

II. Cartas para Alceu Amoroso Lima

A tréplica do Grieco não merece atenção. Ele revelou até falta de espírito, aludindo aos termos secos da dedicatória ('crítico que desejo e temo'), sem compreender a razão desse temor que se justificou...

O que me diz sobre o juízo do Alberto de Faria,[13] nome de meu grande apreço depois do *Mauá*, é muito interessante.

Não sei se já lhe falei nessa '3ª. Edição com glossário'. O contrato foi estipulado por meus amigos deputados Oscar Soares e Pereira de Carvalho: 5 mil exemplares e mais 100 para distribuição gratuita.

O glossário foi pedido com urgência por telegrama e organizado de afogadilho. Resultado: escaparam muitos brasileirismos e foram registrados outros desnecessários. O pior, porém, é que não foi feita a revisão. Saiu tudo truncado, uma palavra por outra, etc. Imagine que deram olhar como sinônimo de ver, em vez de vir: olhe aqui que corresponde a venha cá.

O livro não está menos defeituoso. Arranjaram até solecismo.

Outra coisa: o Castilho não espalhou o romance pelo norte. De forma que vivo importunado por constantes pedidos do Piauí, do Ceará, de Alagoas etc. Só esta semana uma livraria daqui conseguiu obter os volumes encomendados com urgência por telegrama.

Parece que a saída no sul tem sido grande. O Pereira de Carvalho mandou me dizer que o livreiro já fala em outra edição. Um meu amigo, Waldemar Leite, vindo de Florianópolis, contou-me que sua passagem em Santos coincidiu com a chegada da *A Bagaceira*. E viu venderem-se 150 exemplares em menos de duas horas.

Tudo isso é obra do seu extraordinário prestígio de crítico.

A Companhia Editora de S. Paulo interessou-se também pelo contrato, mandou pedir meu endereço etc; mas já havia compromisso com o Castilho. A Editora tem a vantagem de difundir livros para todo o Brasil. As livrarias daqui recebem grandes consignações.

Voltando ao caso de Corisco, só o 'cavalo de sela' do senhor de engenho é mantido na estrebaria. Os outros ficam soltos na bagaceira. Dagoberto disse à Xinane, no 2º. Cap.: 'estrebaria é para cavalo de sela; você nasceu foi pra cangalha'. E Pirunga pediu licença a Dagoberto para acabar de matar o animal moribundo. Aliás, um paraibano, jornalista em Belém, também incidiu nesse equívoco.

---

13. Alberto de Faria (1965 – 1931) – advogado e intelectual que, no séc. XIX, foi filiado aos diversos grupos republicanos e abolicionistas. Publicou, em 1902, a biografia *Mauá* (Pongetti & Cia.); em 1928, foi eleito para a cadeira 39 da ABL. Era sogro de Alceu Amoroso Lima.

Agora, as confidências que me pede. Faço uma confissão fiel. Como no tempo em que eu era seminarista.

Comecei como jornalista político, principalmente em campanhas de oposição. Nesse exercício diário, adquiri certa facilidade de redação. Cheguei a ditar os artigos ou, por outra, a encher o jornal de trabalhos ditados.

Depois li muito. Lia tudo quanto alcançava, sem nenhuma sistematização. Fui, assim, adquirindo fumos de letrado.

Tornei-me cronista da revista *Era Nova*, de muita circulação no nordeste. Os diretores dessa revista resolveram publicar minhas crônicas em volume a que dei o título de *Sem me rir, sem chorar*.

Mas, quando a composição já ia em meio, impliquei com esse gênero literário. E sacrifiquei tudo, inclusive algumas conferências enfeixadas.

Surgiu, então, *A novela*, edição paraibana. Carlos D. Fernandes deu 'Branca Dias'. E eu que nesse tempo já andava descontente com o ficcionismo nacional, fiz uma brincadeira: dei *Reflexões de uma cabra*.[14] Uma caricatura perpetrada em menos de 8 dias. É localíssima e de mau gosto. Não presta para nada: representa, apenas, um documento de reação contra os modelos consagrados. Voltei-me para estudos mais sérios, com algum método.

Fui, daí a pouco, incumbido de escrever *A Paraíba e seus problemas*. Aproveitando-me das noções acumuladas, preparei esse livro, dia a dia, à medida da composição. Ia, simultaneamente, consultando as fontes, redigindo e emendando as provas.

Concebi, afinal, em 1924, o plano da *A Bagaceira*. Primeiro, as teses. E meu maior esforço foi procurar diluí-las na ação para que o romance não tivesse o caráter de um ensaio. O enredo devia ficar apenas impregnado dessas intenções sociais e humanas; não devia anunciá-las em fórmulas expressas.

Modificou-se, então, meu sistema de vida: deixei o cargo de procurador geral do Estado, lugar sedentário, passando a advogar. E, absorvido por essa nova atividade, tive quase que renunciar à literatura. Mas fiquei pensando; não me esquecia da *A Bagaceira*. E, assim, fui, pouco a pouco, disciplinando o entrecho e fazendo o trabalho de discriminação das cenas.

Consegui, desse modo, a distribuição em capítulos. Feito isso, organizei um caderno com as respectivas epígrafes e entrei a anotar tudo que me ocorria em observações de atitudes, de emoções e de particularidades de linguagem popular.

---

14. Publicado em 1922, pela Editora A União.

II. Cartas para Alceu Amoroso Lima

Pude reconstituir as minhas impressões de duas secas. E fui passar uma estação de repouso no 'brejo', de cuja vida rural guardava vivas reminiscências. Aí já ia começando a redigir com grandes pausas. Com intervalos de meses a fio. Mas, quando tornava, tinha a vantagem da autocrítica: emendava o que já me parecia ruim. Do que nunca deixei foi de registar flagrantes do interior em minhas escapadas por lá.

Essa elaboração não vinha sofrendo nenhuma influência porque eu não tinha tempo de ler.

A preocupação com o romance prejudicava-me, às vezes, o trabalho forense, porque eu não deixava de pensar nele. Resolvi, assim, em maio do ano passado, acabá-lo, fosse como fosse.

Havia muito material informe acumulado. Entrei a condensá-lo. Tenho horror à 'continuidade da narrativa' de que falou o Grieco. Detesto também a minúcia. Daí o processo de eliminação. Procurei reduzir tudo a flagrantes, manchas e sugestões. O que parece 'detalhe' ao Agripino é uma intervenção das coisas que compõem a tragédia.

Fiz tudo também para suprimir a ênfase e a sensibilidade própria. Minha sentimentalidade é fácil. Mas eu queria que a tragédia se manifestasse por si mesma e não por minha exaltação verbal.

Só não tive coragem de adoçar as realidades. *A Bagaceira* é quase toda sentida. Feita de emoções reconstituídas. Teria sido uma traição ao meu sentimento da terra e do momento humano sacrificar à pureza acadêmica as fealdades e as asperezas da verdade interpretada.

A construção dos primeiros capítulos foi lenta. Depois, já não fui muito senhor de mim; o romance passou a dominar-me. Escrevi mais de um capítulo desprezando o subsídio preparado e modificando o plano preconcebido. Muitas cenas e descrições, das mais aplaudidas pela crítica, como a serenata de cigarras, ocorreram-me nesse turbilhão.

Os nomes dos personagens e dos lugares são todos de minha Areia. Uns tipos são símbolos de mentalidades dominantes em cada meio; outros, como João Troçulho, são de carne e osso. As paisagens são todas do natural.

Que mais direi?

Eu não podia fazer *A Bagaceira* em 25 noites de convulsões. Triturei-a: ela já estava no meu sangue; saiu com um pouco de mim.

É uma confissão que me desmerece perante os romancistas de partos duplos. Permita-se, agora, que lhe fale um pouquinho de seus estudos.

Feliz é o crítico que pode enfeixar seus trabalhos com essa unidade fundamental. José Veríssimo, com tantos defeitos, era um tipo desse censor igual, dentro da mesma concepção da literatura. Depois, só vejo a sua obra. Grande obra de intérprete e de orientador que, apesar da atual confusão de valores, já consegue firmar todo o seu prestígio. Crítica de sugestões, que parece um pretexto pra descarregar ideias. Que aplaudindo ou divergindo, é sempre construtiva. Não se restringe às impressões da leitura: disciplina dentro de sua ordem de conhecimentos, mas com uma probidade exemplar. É o modelo que convém às correntes literárias imbuídas de pensamento que subsistem a arte pela palavra.

O livro não é, apenas, interpretado com extraordinária penetração: é julgado como uma parcela da inteligência geral.

Só uma cultura bem aparelhada como a sua é capaz desses estudos. (Não poderia ser outro o título). E o que mais me admira é você com essa visão de conjunto não perder o sentimento de brasilidade. Ao contrário: cada vez mais o revigora como nos ensaios sobre a língua brasileira, os poetas de hoje e como [eles] nos veem. Com toda a minha franqueza, chego a dizer-lhe que os seus últimos trabalhos estão ganhando em consistência e limpidez na colheita desses sentidos.

E é tão forte o seu poder de apreensão dos temas brasileiros, a ponto de nas referidas crônicas ter vindo ao encontro de peculiaridades do nordeste que já estavam no meu plano de revelações. (Em outra carta tratarei deste ponto para satisfazer também à sua generosa curiosidade sobre meus projetos de futuro).

Já pareço suspeito para julgá-lo. Queria dizer tudo o que penso de sua função de crítico sem nenhuma autoridade, mas de formas que todos sentissem o que eu dissesse. Mas, já que anuncia a edição da 2ª. Série e talvez a reedição da 1ª. Para o próximo mês de julho, aguardo essa oportunidade. Farei com que as livrarias daqui façam pedidos em conta firme.

Não precisa devolver os artigos. Quando sai qualquer coisa, mandam-me às dúzias como pretexto para pedir o livro.

Remeto agora outros escritos que, por mais modestos que sejam, não deixam de ter alguma novidade. Vai o do escritor que também considerou Corisco liquidado na estrebaria. Ele é do sertão paraibano.

De José Lins do Rego só tem mesmo maior interesse o 4º. Os outros são resumos do enredo com ligeiros comentários. O 5º. Tem algum sabor local.

Vão *A Paraíba e seus problemas* e as *Reflexões* para esconder na estante.

Aceite um afetuoso abraço do grande admirador
José Américo de Almeida

Esta carta se explica. E explica muito a respeito do romance *A Bagaceira*. Temos aqui uma das melhores demonstrações acerca da flexibilidade do gênero epistolar: um verdadeiro laboratório de ideias, uma espécie de reflexo, o outro lado de uma obra. Ou seja, podemos afirmar, sem medo da hipérbole, que esta carta de José Américo pode ser considerada uma biografia d'*A Bagaceira*, o relato das motivações e decisões que possibilitaram a sua gênese.

Interessante perceber a confiança do autor na crítica feita por Alceu Amoroso Lima que, na sua opinião, é a razão para o total sucesso editorial do seu romance. Pela carta, percebe-se a imensa diferença nas propostas de crítica literária exercidas por Alceu e Agripino Grieco – aquele conhecido pelo caráter construtivo e apaziguador na práxis hermenêutica; já este, sempre visto como demolidor e fomentador de polêmicas.

É a epistolografia possibilitando novas abordagens críticas, tecendo e revelando verdadeiras redes de sociabilidade, é o arquivo de um escritor trazendo à lume novidades a partir de documentos e textualidades antigas. Ressalto sempre a importância e a necessidade de salvaguardarmos os arquivos literários, pois estes revigoram e atualizam os estudos e pesquisas, possibilitam descobertas e novas abordagens que trazem frescor e ajudam na tarefa de historiografar e compreender o complexo processo da literatura brasileira.

Concluindo

Ao longo de toda a sua vida, sempre que lhe fosse possível, em livros, cartas, artigos e entrevistas, José Américo de Almeida atribuía a Alceu Amoroso Lima o sucesso do seu principal romance, bem como agradecia ao crítico a sua definitiva entrada nos meios literários da época. É importante entendermos este tributo de reconhecimento, pois o conceito de vida literária é construído, inclusive, com narrativas de amizades e inimizades, de grupos afins ou contrários, confrarias, influências pessoais etc. Nesse sentido, a amizade entre Alceu e José Américo é um importante capítulo na trajetória da nossa literatura modernista, especialmente ao aproximarem-se as comemorações do centenário da Semana de Arte Moderna, quando seremos levados a constantes (re)avaliações não apenas do nosso cânone, mas da nossa própria história literária.

REFERÊNCIAS

ALMEIDA, José Américo de. *A Bagaceira*. João Pessoa: Imprensa Oficial da Paraíba, 1928.

ANDRADE, Mário de. *Táxi e crônicas no Diário Nacional*. Estabelecimento de texto, introdução e notas de Telê Porto Ancona Lopez. São Paulo: Livraria Duas Cidades, 1976.

ARQUIVO do Centro Alceu Amoroso Lima para a Liberdade (CAALL). Petrópolis, Rio de Janeiro.

BOSI, Alfredo. *História Concisa da Literatura Brasileira*. São Paulo: Cultrix, 1994.

INSTITUTO DE ESTUDOS BRASILEIROS DA USP (IEB-USP). Arquivo Mário de Andrade.

_____. Biblioteca, Fundo Mário de Andrade.

LEONI, Raul de. *Luz Mediterrânea*. Rio de Janeiro: Jacinto Ribeiros dos Santos, 1922.

LIMA, Alceu Amoroso. *Estudos* – 3ª. Série. Rio de Janeiro: A Ordem, 1930.

_____. *Meio século de presença literária*. Rio de Janeiro: Livraria José Olympio Editora, 1969.

RODRIGUES, Leandro Garcia. *Alceu Amoroso Lima* – cultura, religião e vida literária. São Paulo: EDUSP, 2012.

_____. *Correspondência Mário de Andrade e Alceu Amoroso Lima*. Rio de Janeiro/São Paulo: PUC-Rio/EDUSP, 2018.

"NUNCA FUI SENÃO UMA COISA HÍBRIDA" – JORGE DE LIMA E ALCEU[1]

Este primeiro verso do poema 20 de *Anunciação e Encontro de Mira-Celi* poderia resumir e exprimir não apenas a obra de Jorge de Lima, mas especialmente a sua vida e suas metamorfoses estilísticas e de criação literária. Não apenas do poeta alagoano, mas também do seu correspondente nesta troca epistolar – Alceu Amoroso Lima – que ressignificou em sua própria vida a noção de hibridismo.

Organizar e editar uma correspondência não é trabalho simples e de rápido desenvolvimento, é algo complexo, trabalhoso, sensível, cheio de armadilhas e até surpresas; escolhas e possibilidades que deixam o organizador, em muitos momentos, angustiado e duvidoso acerca da melhor solução a ser tomada, o caminho certo a percorrer.

Uma correspondência não é apenas uma troca de cartas, bilhetes e telegramas, é o intercâmbio de afetos, sentidos e, obviamente, documentos de caráter íntimo que testemunham amizade e um projeto em comum entre os correspondentes envolvidos. Nesta concepção ampla da troca epistolar, devemos considerar o vai e vem de missivas, imagens, recortes, fotografias, cartões, poemas, livros, dedicatórias, objetos, afetos, lembranças, sentimentos, reflexão crítica recíproca entre os remetentes (especialmente em crônicas) etc. Ou seja, algo é construído e enviado via Correios & Telégrafos: todo um universo hermenêutico que ajuda a compreender os

---

1. Publicado como introdução crítica de RODRIGUES, Leandro Garcia. *Jorge de Lima & Alceu Amoroso Lima – correspondência*. Rio de Janeiro / Maceió: Francisco Alves Editora / UNEAL, 2022.

meandros, as vicissitudes e até as idiossincrasias da nossa tradição literária, das biografias nela envolvidas, dos fatos ocorridos que testemunham os altos e baixos desta mesma tradição.

A troca epistolar pressupõe a experiência vivida de amizade e cumplicidade entre os missivistas, ainda mais numa longa correspondência como esta entre Jorge e Alceu, fato este que impulsiona e possibilita uma certa naturalidade na troca de ideias e propostas. De fato, o poeta e o crítico foram dois grandes amigos, diria mesmo: cúmplices! Tal fato fica claro não apenas nas declarações recíprocas de uma quase irmandade, mas especialmente no que um significou para o outro e como se complementaram e compartilharam de sonhos e objetivos comuns, especialmente os literários e os de natureza religiosa e existencial. Não seria exagero afirmar que ambos tiveram um apostolado comum e bem parecido.

Ambos nasceram no mesmo ano – 1893 – e viram toda uma geração terminar para ceder espaço ao nascimento de outra. Falo de um século XIX bem amplo, complicado e cheio de particularidades, que adentrou no século XX e instaurou um período de transição entre estas duas eras. Mas a ideia de modernidade trazida pelas luzes, pela velocidade, pelo cientificismo, pelo crescimento urbano e populacional e também pelas guerras... tudo isso explodiu em forma de uma nova era com toda a sua força construtiva e também destruidora. Tudo isso Jorge e Alceu testemunharam e viveram de forma (in)tensa. Eram as forças do seu tempo, e Jorge de Lima (1967, p. 104) foi poético na memória deste momento, desta transição temporal entre os dois tempos:

> A última noite do século dezenove enchera a Praça da Madalena, transbordando para encher a manhã do Século Vinte. Aglutinava-se uma esperança. Eu a via nos olhos de todos, transformados momentaneamente em bons até que num certo momento, em cima da expirante fração de segundo, a sensação de Deus encheu os nossos corações, meninos, velhos, moços, ali na praça. E foi quando Padre Pires, acolitado, benzeu a enorme Cruz de ferro sinaladora da continuação de Cristo, encravada à parede interna da nave resistente aos poderes do inferno que jamais em todos os séculos prevalecerão contra Ela.

Quanto a Alceu Amoroso Lima, este fez uma narrativa mais reflexiva e até um tanto trágica em relação à transição entre os séculos que, para ele, foi mais visível e perceptível quando da Primeira Guerra Mundial, mostrando o impacto de tal acontecimento em sua vida e na sua mentalidade, lembrando de pessoas que o acompanharam e viveram esta mesma experiência:

> Quando veio a guerra sentimos que estávamos em presença do agonizar de uma época, o fim do século XIX. A guerra foi a introdução da tragédia numa civilização que os saudosistas chamavam de belle époque, uma civilização de fatuidade, de divertimento, de superficialidade. (...) Era nesse ambiente de uma vida nova, displicente e conformista que se ia formando a minha geração, aqueles que como Ronald de Carvalho, Mário de Andrade, Leonel Franca, Jorge de Lima, Leonídio Ribeiro, Sobral Pinto e eu haviam nascido em 1893. (Lima, 1973, p. 55; 60)

Em União dos Palmares, no interior de Alagoas, nasceu o *menino impossível* em seu mundo próprio de encantos e fantasia, descobrindo o lirismo nas situações mais corriqueiras e hodiernas de sua vida, fato este que levou Afrânio Coutinho (1958, p. 11) a afirmar categoricamente: "A espinha dorsal de sua obra é a recomposição poética da infância. As vivências infanto-juvenis estão sempre presentes". Em *Minhas Memórias*, ele registrou sua terra natal, sua gente e costumes:

> Pelos seis anos, só cismava com a enorme feira defronte do sobradão colonial em que nasci. Minha vida estava espraiada ali no pátio baitíssimo de Maria Madalena, abarrotado em sábados, de gente, matutama de muitas léguas em torno, que vinha vender. Bem cedo começava a armação das barracas (galo cantando antes das barras da madrugada clarearem o dia), e terminava de noite com a babulagem sem fim, encomprida, dos bêbados de fim de feira, muitos mesmos. Beberronia imensa. / Digo memórias, não digo? Poderia falar de coisas antes, imprecisas, misturadas com sombras de camarinhas, caixas de música, álbuns de família, sarampo, malinconias das noites, madornas de meidias, sustos no mundo nascendo, abusões, sobrossos. (ibid., p. 99)

Inúmeros críticos literários e especialistas da obra de Jorge de Lima afirmam que este nunca esqueceu a sua terra e, principalmente, sua infância. Defendem mesmo que há um "menino impossível" que se faz presente em diversas épocas e fases da sua produção literária, mesmo em alguns poemas religiosos, aos quais Jorge de Lima fornece uma leveza e uma proximidade com o sagrado, humanizando este, tornando-o próximo ao eu do poeta e à vida.

Cartas que falam

Concomitante à vida do menino alagoano – já com sensibilidade poética desde pequeno –, a infância daquele que, com o passar dos anos, seria o mais importante crítico literário do nosso modernismo, transcorreu sem grandes emoções, na tranquilidade de uma família burguesa, bem situada socialmente, que cresceu na efervescência político-cultural da antiga capital federal. É o próprio Alceu Amoroso Lima (1973, p. 121) quem lembra:

> Minha infância se passou, como mais de uma vez tenho contado, no vale das Laranjeiras, à margem do rio carioca ou das Caboclas, que corria a descoberto, vindo das encostas do Corcovado para alcançar o mar, passando pelo Flamengo, no encontro das ruas Barão do Flamengo e Paissandu. A minha geração tomou banho de mar ali, na praia que tinha o nome ridículo High-Life. Copacabana era ainda uma Anfítrite irrevelada.

Dois intelectuais – o alagoano e o carioca – que, anos depois, em 1928, iniciaram uma das mais promissoras trocas epistolares da literatura brasileira: uma permuta que não privilegiou apenas o envio e o recebimento de cartas, mas se tornou um verdadeiro laboratório de ideias, de possibilidades criativas, de debate político, de conversa sobre pessoas e amigos em comum, sobre projetos de apostolado intelectual e religioso, de intercâmbio de intenções e sonhos comuns a ambos... enfim, uma correspondência.

Foi Jorge de Lima que, timidamente, fez o contato inicial:

> Senhor Tristão de Athayde,
> Há dias lhe mandei os originais de minha segunda série de *Poemas*.
> Remeto-lhe agora alguns mais que irão completar o livro. Não é vontade de amolá-lo não, meu amigo. É mesmo mais que estima, é apreço à sua opinião. É mais: é medo. Medo sagrado. Depois de impresso o meu amigo dizer que não presta!
> Se tiver de dizer, diga antes. Junto uma carta de Meyer. Não tenha o trabalho de devolvê-la. Veja que eu estou esperando pelo meu leitor. Meu leitor continua o senhor Tristão de Athayde.
> Muito grato seu admirador respeitosamente
> Jorge de Lima

O tom um tanto cerimonioso é marcante: "Senhor Tristão de Athayde", "seu admirador respeitosamente", "é apreço à sua opinião". E ainda completo: além de cerimônias, havia também um certo temor em relação ao crítico, um respeito um tanto desmedido àquela figura que representava o pensamento crítico modernista, que, a partir de sua coluna em *O Jornal*, analisava publicações e lançamentos de todos os lados do país, que se esforçava para construir a ideia de que criticar é também criar – literariamente falando.

Alceu Amoroso Lima iniciou sua vida de crítico literário publicando o livro *Affonso Arinos*, em 1919, para logo ser convidado a integrar a equipe de *O Jornal*, no qual ele assinou a coluna "Vida Literária", a mesma que Mário de Andrade se sentia obrigado a ler, todos os domingos, nas tardes da sua pauliceia. Aliás, o autor de *Macunaíma* dizia que "ler a coluna do Tristão é uma obrigação", ainda que fosse para discordar, para falar mal, para se informar ou mesmo para se acompanhar a produção da moderna literatura brasileira.

A aproximação de Jorge de Lima a Alceu não foi muito diferente do que ocorreu com Mário de Andrade, com Carlos Drummond de Andrade, Murilo Mendes, Oswald de Andrade, Raul Bopp, Augusto Frederico Schmidt, Raul de Leoni e tantos outros: ser lido, comentado e – quem sabe – ser reconhecido pelo crítico. Naquele contexto, ter um livro analisado e criticado por Tristão de Athayde – pseudônimo literário de Alceu Amoroso Lima – era sinônimo de seriedade e reconhecimento, ainda que os comentários de Alceu fossem negativos. Lembro aqui da eterna gratidão de Lima Barreto, em 1919, quando foi reconhecido e elogiado por Alceu, na crônica "Um discípulo de Machado". Sabemos que Lima Barreto foi vítima da chamada "conspiração do silêncio" por parte da crítica literária. Pior que não reconhecer a sua qualidade era o fato de que o autor de *O Triste Fim de Policarpo Quaresma* foi silenciado e ignorado pelos grandes nomes do *mainstream* da crítica literária brasileira. O contrário se deu na atitude de Alceu, que não evitou merecidos elogios àquele romancista, filiando-o à tradição literária de Machado de Assis. Por isso, não tardou chegar a resposta de Alceu Amoroso Lima, que, em 10/7/1928, respondeu ao poeta do Mundaú:

> Sr. Jorge de Lima
> Maceió
>
> Prezado poeta amigo
> Recebi o volume das poesias inéditas, bem como as que vieram em carta posterior. Agradeço-lhe a distinção. Vou ler tudo com o interesse que isso merece e o gosto já estimulado pela 'Negra Fulô'. Logo lhe direi com toda a franqueza o que julgar a respeito.
> Do amigo e admirador
> T. de Athayde

Em sua práxis analítica, Alceu sempre expressava a vontade de compreender o seu objeto analisado como um todo, as motivações do autor, os aspectos existenciais das personagens, suas razões de existir e até mesmo os títulos das obras analisadas, já que estes também possuíam a sua própria natureza e o porquê de terem sido criados. Ou seja, mesmo sem definir teoricamente este termo, Alceu não deixou de praticar uma espécie de crítica ontológica, preocupada com questões da existência tanto da obra quanto do seu autor, o que não se confundia com a antiga crítica biográfica francesa, própria do século XIX. Em "Saudade da crítica", Alceu explica um pouco:

> Não era a *presença* que me ligava a esses autores, que deslizavam pelo rodapé dominical, numa ânsia de não deixar sem registro nada do que de menos incaracterístico aparecesse nas letras nacionais, de 1919 a 1945. Era, ao contrário, a *ausência*. Sempre cultivei a ausência como uma das grandes virtudes da crítica literária. A ausência, não como indiferença ou atitude olímpica, mas como meio de preservar a independência. A ausência como uma forma paradoxal e intensificada de presença. A ausência como garantia de honestidade e de objetividade, como fuga às panelinhas, às intrigas e aos elogios mútuos. Era uma ausência que me permitia a mais fervorosa das presenças: a presença do livro e do autor como que *sub specie aeternitatis*, sem as fricções e os compromissos com a realidade ambiente. (Lima, 1969, p. 55)

Podemos dizer, a julgar pelo seu arquivo epistolar, que de Alagoas Alceu não atraiu apenas Jorge de Lima, mas também lhe enviaram cartas Graciliano Ramos, Aluísio Branco, Valdemar Cavalcanti, Aurélio Buarque de Holanda, Lêdo Ivo, Carlos Moliterno, Povina Cavalcanti, Théo Brandão e outros não alagoanos, mas que residiram em Maceió, tais como José Lins do Rego e Rachel de Queiroz.

Tal movimento de aproximação de escritores ao crítico literário foi uma constante, com maior intensidade nas décadas de 20 e 30, período de afirmação do nosso modernismo, o que possibilitou a Alceu Amoroso Lima uma visão nacional de nossa literatura, seus altos e baixos, avanços e retrocessos, tradição e vanguarda se opondo ou até mesmo caminhando juntas, em alguns casos. No caso de Jorge de Lima, sua entrada na corrente modernista não foi pacífica, pois como ele próprio afirmou: "os ventos da renovação demoravam a chegar na província":

> Aquilo que os rapazes de São Paulo faziam era o que nós do Norte também achávamos que precisava ser feito. Havia então o sentimento generalizado da

necessidade de uma renovação. Nós mesmos, que éramos considerados por uns simbolistas e parnasianos por outros, como Manuel Bandeira, Mário de Andrade e eu, pensávamos assim, aspirávamos por uma revisão do conceito de arte então dominante. Talvez não soubéssemos direito o que queríamos – como observaria mais tarde Aníbal Machado – mas sabíamos muito bem o que não queríamos. (...) Em Maceió nós também fazíamos literatura modernista, muito embora não nos prendesse aos próceres do Rio e de São Paulo nenhum laço mais estreito do que aquele que une escritores com as mesmas ideias. Naturalmente nos centros maiores e mais populosos, o movimento suscitou maior curiosidade, fez mais rumor. Na província, passávamos quase despercebidos, e não ganhávamos senão os ataques dos velhos que nos julgavam doidos, ou os risinhos de deboche dos mais sutis. (...) Abandonamos os velhos moldes porque também em Maceió, como em todo o Nordeste, àquele tempo, amadureceu e tomou forma, no espírito dos escritores, o desejo de fazer alguma coisa nova e diferente do que então se perpetrava por esse Brasil afora, na poesia, no romance, no ensaio, etc. (Lima, 1967, p. 82-83)

Como vários outros modernistas da primeira hora, Jorge de Lima começou parnasiano, simbolista e passadista – que o diga o seu livro *XIV Alexandrinos*, cujo título não esconde a sua herança e tributo às influências clássicas. Pode-se dizer, sem nenhum tom pejorativo, que sempre houve uma paixão nossa pelo soneto e pelas formas fixas, e tal predileção atravessou até mesmo o período da revolução estética, que foi o modernismo. Manuel Bandeira, Mário de Andrade, Cecília Meireles, Murilo Mendes, Augusto Frederico Schmidt, Vinícius de Moraes e o nosso Jorge de Lima – todos, em um ou outro momento de suas trajetórias literárias, prestaram continências à forma fixa de Petrarca. Tal fato, longe de ser um descrédito criativo, imprimiu riqueza e diversidade à poesia modernista, como sempre reconheceu o Orfeu alagoano:

> Vivemos, como já se disse, numa época de preocupação com a forma. E acredito que muito lucrará a poesia brasileira com tudo isso. Passou evidentemente o tempo em que o poeta, obrigado pelas circunstâncias, partia apenas em busca da aventura vivencial da poesia; hoje se deve ter em mira também a bela e nobre aventura da forma. (...) Os grandes poetas do Modernismo – no que pesem ou não as divergências, a meu ver, verdadeiros mal-entendidos com poetas mais novos – mal-entendidos estes de parte a parte – os grandes poetas modernistas como os grandes poetas mais novos e novíssimos (que

já os há), na verdade, vivem, respiram essa atmosfera de formalismos. E digo formalismos no sentido autêntico e não pejorativo da expressão. (Lima, 1967, p. 67-68)

Entretanto, é este mesmo poeta – defensor da forma e sua tradição – que experimentou as mais diferentes formas poéticas ao longo da sua obra, que o digam as peças publicadas em *Poemas Negros*, *Tempo e Eternidade* e n'*A Túnica Inconsútil*, por exemplo. Desta forma, retorno ao título que iniciou esta reflexão – "Nunca fui senão uma coisa híbrida" – e confirmo que ela bem resume e expressa a produção artística de Jorge de Lima: como poeta, romancista, ensaísta, pintor e escultor.

O poeta diante de Deus

Por ter produzido uma obra ampla e polifônica, Jorge de Lima é lembrado por várias dimensões e abordagens críticas. Foi um verdadeiro polígrafo, pois conseguiu transitar em diferentes linguagens artísticas e produzir uma literatura ampla e assaz ramificada tematicamente.

Em seu diálogo epistolar com Alceu Amoroso Lima, a dimensão religiosa foi a mais explorada e debatida, aquela que mais despertou o interesse crítico de Alceu, fazendo-o reconhecer em Jorge de Lima a figura do poeta católico comprometido e consciente de sua fé e do impacto desta em sua obra. É Antônio Carlos Secchin (2006, p. 14) quem pondera e afirma:

> Até que ponto a fé religiosa poderia converter-se em obstáculo para a grande realização poética? A questão é extremamente complexa, e, certamente, bem poucos críticos veriam nos 'livros cristãos' o ápice da poesia de Jorge de Lima. Todavia, a perspectiva oposta tende a ser adotada: estigmatizam-se essas obras aprioristicamente, pelo 'pecado' de serem cristãs, como se tal filiação implicasse liminarmente uma desqualificação estética.

De fato, houve uma verdadeira onda religiosa e mística dentro do modernismo brasileiro. Tal fato, em geral ignorado pelos manuais de crítica e historiografia literárias, sempre foi um assunto complexo e controverso em alguns casos, com mal-entendidos que persistem e atrapalham uma revisão honesta de cada caso e cada pessoa envolvida.

Em geral, estamos falando de escritores e artistas convertidos ao catolicismo, conversão religiosa esta que mudou não apenas o rumo existencial de cada um, mas também a obra e as opções estéticas. Ao longo desta correspondência, vários são os convertidos que são lembrados nestas cartas: Jackson de Figueiredo, Alceu Amoroso Lima, Paul Claudel, Charles Péguy, Murilo Mendes e o próprio Jorge de Lima. Havia mesmo uma divulgação pública de tais acontecimentos, como foi noticiado no jornal *O Semeador*, órgão oficial da Arquidiocese de Maceió, em 23/4/1929, informando que Jorge de Lima foi "arrastado por aturado raciocínio ao grande renovamento da intelectualidade cristã, de que foram no Brasil precursores Jackson de Figueiredo e Tristão de Athayde, grandes luminares da mentalidade brasileira" (apud Sant'ana, 1994, p. 59). A respeito da conversão do poeta da *Negra Fulô*, assim afirmou Hamilton Nogueira, um dos fundadores do Centro Dom Vital e da revista *A Ordem*:

> Convertendo-se ao Catolicismo, Jorge de Lima ampliou o campo de suas experiências. O mundo lhe aparecia com outro sentido, e as coisas visíveis passaram a ter um sentido novo, sacral. A religiosidade de seus primeiros poemas adquire uma nova força, reveste-se desse forte misticismo encontrado entre nós na primeira fase da poesia de Augusto Frederico Schmidt, talvez em alguns poemas de Alphonsus de Guimaraens e nas admiráveis criações de Murilo Mendes. Lendo o jornal íntimo de Kafka, esse judeu genial que perdeu a fé, encontra-se esta confissão: 'Nós cavamos poços de Babel'. Jorge de Lima, como Péguy, constrói a cada instante torres de Babel. São poetas que nos revelam a presença de Deus nos mais insignificantes acontecimentos, e nos põem em contato permanente com a eternidade. Para alguns, Jorge de Lima será o romancista de *Calunga*, para outros um pintor que começa a revelar-se, para mim um dos grandes poetas místicos contemporâneos. (Nogueira apud Cavalcanti, 1969, p. 113)

O processo de conversão religiosa não é algo simples, superficial. Ao contrário, envolve a pessoa como um todo, muda os seus paradigmas de vida, suas opções, provocando um verdadeiro movimento de transformação interna – nas questões de fé – e externa, nas novas práticas e costumes religiosos, amizades, publicações e grupos de pertencimento. Não podemos compreender um processo de conversão apenas do ponto de vista de uma escolha que foi feita, é algo mais existencial, transcendental, que convulsiona o todo da pessoa, mexe com sua estrutura interna, com o seu sistema de significados, obrigando-a a um largo questionamento a respeito da vida e dos próprios objetivos, despertando uma certa sensação de "deserto", de secura espiritual em busca de algo que lhe preencha o ser. Esta busca é sempre penosa, difícil, na qual a pessoa se depara com inúmeros dramas pessoais, intelectuais e até espirituais. Isto é, confronta-se com outras realidades diversas daquelas do cotidiano da sua vida.

Tão complexo quanto os fatos e ações anteriores à conversão, a fase após esta mudança é também difícil e cheia de desafios e escolhas a serem feitas, como lembra Alceu Amoroso Lima, acerca do seu período pós-conversão:

> De maneira nenhuma minha conversão importou no abandono de minhas outras posições. Ao converter-me, não me recolhi a um porto, mas parti para o mar alto. A minha conversão se fez contra a minha vontade. Por quê? Porque eu temia, me convertendo, a perda da liberdade. A conversão e as influências de Jackson sobre mim não chegaram a alterar as minhas ideias liberais anteriores. Continuei sendo o mesmo homem, para quem a ideia de liberdade estava ligada à ideia de justiça. O sentimento da responsabilidade, a tradição deixada por ele, a presença dos amigos comuns me empolgou. A partir daí caminhei numa outra direção, passando do liberalismo anterior para uma posição ortodoxamente autoritária, baseada no sentimento da disciplina e da ordem. Fui tomado da convicção de que o Catolicismo era uma posição de Direita. Esta era realmente a minha posição à época, uma posição marcadamente de direita, antiliberal, ortodoxamente autoritária. Viria depois a reconhecer o equívoco. A partir de 1938 fiz uma revisão dentro de mim mesmo e voltei politicamente ao que era antes da conversão. (Lima, 1974, p. 120)

Enfim, sempre analiso a conversão religiosa como um fenômeno místico e existencial que envolve e modifica o todo da pessoa. Não se trata apenas de uma troca de posição pessoal ou mesmo de uma religião para outra, ou então de um estado ateu e/ou agnóstico para a prática de uma crença doutrinária. Há uma metamorfose integral e, no caso de escritores e poetas, é rara a não percepção de tais fatores na obra literária por eles produzida após tal evento. E por ser um polígrafo, Jorge de Lima explorou uma imensa gama de temáticas religiosas na sua obra, especialmente na poesia. Defendendo a ideia de que houve duas fases religiosas na poesia de Jorge, assim afirmou Afrânio Coutinho:

> [num primeiro momento] dominava uma espiritualidade católica popular, um sincretismo religioso, um catolicidade vaga de mistura com temas de religiosidade popular e negra, originária da infância; depois, a inspiração religiosa universalizou-se e exprimiu-se no ideal de 'restaurar a poesia em

Cristo", lema de *Tempo e Eternidade* (1935), a que se seguiu *A Túnica Inconsútil* (1938). (Coutinho apud Lima, 1974, p. 11)

Particularmente – não obstante tantos outros bons exemplos de religiosidade em sua extensa obra –, acho que existe uma espécie de "cristocentrismo poético" desenvolvido por Jorge de Lima nos textos de *Anunciação e Encontro de Mira-Celi*, como fica bem explícito no "Poema 5" deste livro:

> Todos os séculos e dentro de todos os séculos – todos os poetas,
> desde o início, foram cristãos pela esperança que continham.
> Tu és cristocêntrica, Mira-Celi,
> e és uma dádiva, tão aderente ao Senhor,
> como o cordeiro de Abel
> ou o pão e o vinho de Melquisedec e os holocaustos dos profetas.
> Sobre o meu ombro, ditas-me tuas palavras ocultas,
> enches minhas vigílias,
> sinto-te docemente respirando
> nos objetos familiares do eu quarto;
> ouço em torno de mim teu harmonioso passo;
> vejo-te debruçada sobre a cadeira em que escrevo;
> certa vez, minha mão estacou ao gravar uma blasfêmia;
> foi tua mão breve que susteve esta pata de demônio.
> Visita-me e assiste-me de teu imenso domínio
> teu furtivo olhar com que enches meus silêncios.
> Por tua doce vontade, os meus pulsos são harpas.
> Por teu simples convite, pertenço às tuas origens divinas.

"Tu és cristocêntrica, Mira-Celi" – um dos versos mais explícitos dentro desta temática mística – tão cara a Jorge de Lima – pode servir como chave interpretativa para esta dimensão da sua obra: a centralidade da mensagem cristã.

Tal fato, em geral, é mal interpretado nos estudos literários brasileiros, pois sempre houve uma dificuldade em analisar e lidar com tais questões. Na verdade, em não raras situações, sempre existiu um verdadeiro preconceito – principalmente na crítica universitária – com temáticas ligadas ao universo religioso dos escritores. Em Jorge de Lima (e também em Murilo Mendes, dentre tantos outros), o elemento religioso sempre foi associado ao surrealismo. Sem dúvidas, existem aspectos surrealistas na poesia de Jorge de Lima, mas nem todos podem ser classificados dentro desta vanguarda artística apenas por serem místicos.

Surrealismo e catolicismo são expressões completamente diferentes em suas naturezas constitutiva e expressiva. É bem verdade que, em algumas obras, o poeta pode utilizar de elementos da tradição católica aplicando-lhes uma abordagem surrealista. Por exemplo: Nossa Senhora da Conceição (madrinha de Jorge de Lima, em sua devoção pessoal) pode cruzar os céus e espalhar as estrelas com o balançar do seu manto; ou então São Jorge (protetor do poeta) pode matar todos os dragões do mundo e espalhar as cabeças e vísceras das feras para comprovar o poder de Deus. Tais aplicações poderiam propor um hibridismo entre surrealismo e catolicismo.

Entretanto, quando explora os assuntos cristãos – de tradição católica –, Jorge de Lima não transgride os cânones representativos desta religião: Jesus Cristo é o Filho de Deus, São Francisco continua sendo o santo dos pobres e desvalidos, Santa Rita de Cássia é a protetora das causas impossíveis e Santa Maria Madalena é a santa protetora da sua cidade natal, União dos Palmares.

É totalmente possível (e até rico!) o hibridismo entre estas expressões, mas é necessário o devido cuidado para diferenciá-las, não relegando ambas a uma mesma classificação e a uma igual natureza expressiva. E o artista diante de Deus é livre para expressar este encontro das mais diferentes formas: numa orientação fortemente surrealista, como o pintor Ismael Nery; num catolicismo agônico e trágico, como Octávio de Faria e Lúcio Cardoso; numa perspectiva mais conformista e afirmando a tradição católica, como Augusto Frederico Schmidt; na linha de um forte sincretismo religioso, como Jorge Amado; propondo a existência de um surrealismo católico, como Murilo Mendes ou simplesmente fazendo a simbiose de uma tradição popular e religiosa nordestina (num primeiro momento), para depois atingir o universal e o transcendental no sentido mais amplo desta ideia – caso de Jorge de Lima. Seja lá qual for a experiência, é sempre necessário um olhar mais apurado da crítica, com um instrumental teórico-metodológico rico e transversal, totalmente desprovido de antigos preconceitos quando se analisa a tradição religiosa presente na obra de um determinado escritor.

Na sua crônica "A desforra do Espírito", escrita quando da publicação de *Tempo e Eternidade*, Alceu reconheceu certas questões críticas que podem ajudar na compreensão mais ampla dos elementos religiosos e transcendentais na poesia de Jorge de Lima (1967, p. 378-379):

> Moderna, extremamente moderna, mas sem qualquer Modernismo artificial. Poesia, enfim, que lida num cenáculo de homens de fé, numa hora de

fraternidade e de meditação, nos levantou a todos como uma só alma num sentimento unânime de alegria e de comunhão com o Santo dos Santos. (...) A beleza catedralícia de alguns desses poemas e a força impressionante de certos diálogos desses dramas mostram, bem ao vivo, como não há mais alta inspiração para a arte do que o verdadeiro cristianismo católico.

Por fim, Gilberto Mendonça Teles, numa de suas conferências do congresso *90 anos de Jorge de Lima*, apresenta uma interessante análise das influências e dos elementos místicos na obra deste poeta:

> A religião procura escamotear do homem a morte dentro da vida porque acena para o homem com uma eternidade depois que ele morreu. A poesia procura dar eternidade para o homem enquanto o homem está vivendo, porque, a partir desta obra, leitores em inúmeras épocas vão vê-la e vão sentir a eternidade nesta presença. (...) O problema da religiosidade e da espiritualidade em Jorge de Lima é inicialmente um problema pessoal. Pessoal, no sentido de que ele nasceu e se criou numa época em que se cruzavam duas grandes ideias: o positivismo parnasiano e simbolista de um lado e um transcendentalismo do outro. (Teles, 1988, p. 49-50)

Assim, o eu-lírico diante de Deus ousou dizer: "Porque o sangue de Cristo / jorrou sobre os meus olhos, / a minha visão é universal / e tem dimensões que ninguém sabe" ("Poema do Cristão" em *A túnica inconsútil*). De fato, diante do Mistério, a eternidade é uma poesia que se tenta alcançar no dia a dia das nossas experiências mais humanas, pois a humanidade nos (e)leva até Deus, santificando e dando sentido à nossa própria existência.

Esta correspondência e seus projetos

Toda correspondência é um complexo exercício de entrega e da doação de si próprio através de cartas, bilhetes, telegramas e os mais diversos textos e documentos intercambiados. Há um desejo mútuo de complementaridade entre remetente e destinatário: cada um busca preencher determinados vazios que existem no outro. Por isso, toda troca missivista pressupõe um interlocutor: escreve-se para não estar só e também para não deixar o outro só. Aqui, penso neste adjetivo "só" na perspectiva do compromisso recíproco de contribuir com um projeto, com uma missão, de entregar-se a uma causa maior do que si próprio, de inscrever-se em planos pessoais e coletivos de construção de um propósito. Tudo isso fica claro em diferentes momentos deste epistolário, como na carta que Alceu enviou a Jorge, em 22/11/1928, anunciando uma subscrição de doações no sentido de ajudar a viúva e os filhos de Jackson de Figueiredo, por conta da morte súbita deste:

> Estamos agora empenhados em amparar a viúva do Jackson, que ficou com 4 filhos menores, além das 4 filhas do Farias Brito, que ele também tinha recebido! E tudo na maior necessidade, pois a Livraria Católica já tinha dívidas e ele vivia com dificuldade do que faltava. O Epitácio iniciou uma subscrição, que estamos levando avante com grandes dificuldades, dada a situação delicada do momento, de clara generalidade. Pergunto-lhe com toda a franqueza – seria possível obter alguma coisa aí, que viesse contribuir, por pouco que fosse, para o pequeno pecúlio que desejamos reunir? Responda também com toda a franqueza.

Não tardou a Jorge de Lima fazer o que pode no sentido de contribuir com esta causa que, para ele, era mais do que nobre – era uma forma de se aproximar espiritualmente à figura do seu amigo, que conhecera ainda na época de juventude, no Colégio Diocesano de Maceió. Assim, dias depois, em 17/12/1928, o poeta de Alagoas respondeu ao crítico literário carioca:

> Meu caro Tristão,
> O resultado da lista iniciada por mim a favor da família de Jackson pouco deu. Apenas 310 $. Aqui há uma academia de letras. Ninguém nela ligou ao meu apelo. Mesmo porque essa academia estadual não me liga. Eu não me arriscaria a enviar-lhe tão pequena quantia se você na sua carta não dissesse que por insignificante que fosse a importância remetida assim mesmo serviria. Mas acredite que houve simpatia de minha parte. E não poderia deixar de haver em se tratando de um pedido seu (e que pedido cheio de amor e de grandeza!) em favor da família desamparada de um dos meus melhores amigos. Você me perdoe Tristão e me mande dizer em que lhe posso sempre servir. Tenho intenção de contribuir com o meu esforço material para *A Ordem* que você vai dirigir. Dir-lhe-ei em breve o que vou fazer nesse sentido.

Eram tempos de militância e participação, de envolvimento em causas nobres e construtivas. Especialmente para os católicos, era o momento de um catolicismo realmente comprometido em tentar modificar a sociedade, um catolicismo de afirmação e positivo. Desta forma, a caridade social era uma das tantas estratégias utilizadas por aquela geração, que o diga a sempre lembrada generosidade do médico Jorge de Lima em atender e cuidar da saúde dos mais desvalidos. Fosse nos seus consultórios nas capitais onde exerceu a medicina – Maceió e Rio –, fosse nas viagens assistenciais pelo interior de Alagoas e também do Rio de Janeiro, pois hoje sabemos de sua ação caritativa em algumas cidades do interior fluminense.

Muito de tudo isso foi pensado e narrado através da correspondência que ambos mantiveram ao longo de tantos anos, de 1928 a 1953. A carta foi o elemento que encurtou distâncias geográficas, que promoveu intercâmbios, que propiciou o encurtamento de caminhos entre os missivistas e os seus relatos. Alceu Amoroso Lima e Jorge de Lima exploraram ao máximo as dinâmicas do gênero epistolar, isto é, viram nas missivas oportunidades não apenas de trocas de informações mútuas, mas também *locus* de intercâmbios mais profundos e duradouros, com a abordagem de questões íntimas e até existenciais. A carta como testemunho e relato. A carta como narrativa de vida, de amizade e de opções e escolhas feitas. Aliás, tudo isso só foi possível graças a este sentimento tão fundamental nas trocas epistolares – a amizade – que possibilita o contato, o carinho e bem querer entre remetente e destinatário. Lembro da carta que Jorge enviou a Alceu, em 11/11/1930, manifestando o seu sincero carinho:

> Quero notícias suas meu querido mano. Não me chegaram mais jornais do Rio. Quero saber de você, de sua atitude defronte da revolução. Eu estou ainda tonto. Meio grogue mal me foi possível ler perante as autoridades civis e eclesiásticas uma conferência reclamando ensino religioso nas escolas. Bem sei que voto não pega. Adeus meu querido Alceu e me escreva sem demora. Você é a amizade em que eu penso e donde me vem uma segurança de quem olha uma bússola.

Alceu sempre reconheceu e valorizou este sentimento do amigo poeta, como ficou registrado nesta carta de 10/12/1943:

> Querido Jorge
> Muito obrigado por suas palavras de amigo, de um desses 'raros amigos' de que você fala no seu admirável artigo. Você, com o dom da amizade, da poesia, vê no íntimo do coração. E soube situar tão bem uma posição que tão poucos compreendem. Você, que vive e pratica a verdadeira caridade cristã, soube perfeitamente dizer que só nesse centro, o da caridade, está a salvação do mundo.

A amizade é uma experiência humana complexa, heterodoxa em seus sentimentos e expressões, marcada sempre pela noção de diversidade, na qual as trocas existenciais são deveras intensas e, em alguns casos, até problemáticas. Uma correspondência comprometida como esta trocada entre Jorge e Alceu nos fornece suficiente material para pensar não apenas as biografias destes correspondentes, mas também todo um conjunto cultural e memorialístico que muito pode contribuir para alargar a nossa compreensão acerca das vicissitudes da literatura brasileira e seus meandros.

É possível, nos bastidores de uma correspondência, compreendermos determinados atos e fatos concernentes a pessoas e grupos. No caso de um epistolário trocado entre escritores, há todo um projeto literário que se desnuda e se constrói através do vai e vem das cartas e outras materialidades enviadas e recebidas.

Muito se fala na correspondência como um verdadeiro "laboratório de criação"; mas também defendo a noção de um "laboratório de ideias e de estilos", de possibilidades compartilhadas nos campos da literatura, da hermenêutica, da filosofia e da religião – um assunto deveras discutido neste epistolário, especialmente ao longo dos anos 20 e 30. Que o diga o compromisso de Jorge de Lima em divulgar a revista católica *A Ordem* entre leitores e possíveis assinantes da mesma em diferentes localidades de Alagoas. Cito aqui um fragmento da carta enviada por Alceu Amoroso Lima em 19/12/1928: "Recebeu a 2ª. série dos *Estudos* que lhe mandei por intermédio do Mário de Andrade? *A Ordem* deve sair até o fim do mês e lhe mandarei alguns exemplares para você ver se pode arranjar alguns assinantes aí. Não é caro. 20$ por ano, 4 anos". Não tardou o comprometimento de Jorge de Lima com esta causa – a de espalhar pelo seu estado natal – a "boa nova" vinda dos intelectuais católicos do Centro Dom Vital, como percebemos nesta sua carta de 27/2/1929:

> Meu Tristão, aqui vai a lista de assinantes da *A Ordem*. Pode crer que ela representa uma vitória. Pois a gente desta cidade de Maceió não lê mais do que *Para Todos, Fon-Fon, R. da Semana* etc. / Quando vi a aceitação que teve a *A Ordem* (sem ninguém a conhecer) fiquei surpreso mesmo.

Enfim, poderia fornecer aqui inúmeros outros objetivos que surgiram ao longo desta troca epistolar, mas deixo ao leitor a tarefa e o desafio de descobrir os caminhos e surpresas que este epistolário nos oferece.

II. Cartas para Alceu Amoroso Lima

Muitos são os projetos e interesses envolvidos num diálogo – longo e complexo – feito através de cartas, e a leitura destas comprova esta minha afirmação. Dentre as tantas possíveis classificações, creio que Jorge de Lima e Alceu Amoroso Lima desenvolveram uma "correspondência de projetos", isto é, não foi uma troca fortuita e desinteressada de mensagens escritas e telegrafadas. Foi algo pensado e desejado que correspondeu a diferentes interesses de cada um: Jorge queria ser (re)conhecido como um bom poeta que, de fato, era, queria ser lido e analisado pelo principal crítico literário modernista, desejava furar os bloqueios de grupos e capelas de escritores e intelectuais da antiga capital federal, queria entrar para a Academia Brasileira de Letras, como será minuciosamente demonstrado em cartas que testemunharam as suas diversas tentativas de figurar entre os membros da Casa de Machado de Assis. Por seu lado, Alceu viu no amigo das Alagoas a possibilidade de estender o seu projeto religioso e intelectual de arregimentar novos "soldados de Cristo" no universo cultural alagoano; intencionava criar um novo núcleo do Centro Dom Vital naquele estado e espalhar exemplares da revista *A Ordem* através de assinaturas e compromissos firmados – a distância – pelo amigo Jorge de Lima.

Já morando no Rio de Janeiro, Jorge não abandonou o hábito de se corresponder com Alceu, embora trabalhassem a menos de 1km de distância um do outro: Alceu na sede da Coligação Católica Brasileira, na Praça XV de Novembro, e Jorge de Lima na Cinelândia.

Nesse período da amizade, a "correspondência de projetos" se direcionou para a dimensão docente de ambos, pois, por indicação de Alceu, Jorge de Lima foi contratado para lecionar literatura brasileira na antiga Universidade do Distrito Federal. Com a extinção desta, em 1939, foi automaticamente transferido e incorporado ao corpo docente da recém-criada Universidade do Brasil, atual UFRJ, onde também lecionou a mesma disciplina, substituindo o amigo Alceu em diversas ocasiões. Assim, a correspondência entre ambos testemunha muito da história e das dinâmicas próprias dos cursos de Letras daquela época, com ações que nos possibilitam, nos dias de hoje, vislumbrar uma certa ideia de como era a formação desta área das ciências humanas.

Afinal, como bem afirmou Mário de Andrade: "Ao sol, carta é farol". De fato, um farol a iluminar sombras e até escuridões próprias das relações humanas, a carta como oportunidade de entendimento e combinações mútuas: enfim, uma correspondência de projetos.

Ler uma correspondência não é apenas ter contato com determinados textos epistolares, é algo que vai mais além, é adentrar e participar de um intrincado universo de relações que é pensado e compartilhado nas missivas, no vai e vem próprio do movimento do gênero epistolar. É invadir mundos e quebrar muros, é se apropriar do privado e torná-lo público. É descobrir o que a amizade dos correspondentes tentou manter em segredo e silêncio. É, por fim, descoberta e partilha.

REFERÊNCIAS

AMOROSO, Maria Betânia. *Murilo Mendes* – o poeta brasileiro de Roma. Campinas: Editora UNICAMP/MAMM, 2013.

ARDUINI, Guilherme Ramalho. *Os soldados de Roma contra Moscou*: a atuação do Centro Dom Vital no cenário político e cultural brasileiro (Rio de Janeiro, 1922-1948). Tese de Doutorado. São Paulo: USP, 2014.

ARQUIVO da Província Franciscana de Santo Antônio do Brasil (Recife-PE). Acervo documental "Frei José Pohlmann".

ATHAYDE, Tristão de. *Meio século de presença literária*. Rio de Janeiro: Livraria José Olympio Editora, 1969.

AZZI, Riolando. *Os pioneiros do Centro Dom Vital*. Rio de Janeiro: EDUCAM, 2003.

BANDEIRA, Antônio Rangel. *Jorge de Lima* – o roteiro de uma contradição. Rio de Janeiro: Livraria São José, 1959.

BOPP, Raul. *Vida e morte da Antropofagia*. Rio de Janeiro: José Olympio Editora, 2006.

CARDOSO, Rafael. *Impresso no Brasil 1808-1930* – Destaques da história gráfica no acervo da Biblioteca Nacional. Rio de Janeiro: Editora Verso Brasil, 2009.

CARNEIRO, José Fernando. *Apresentação de Jorge de Lima*. Rio de Janeiro: Agir, 1958.

COLIGAÇÃO CATÓLICA BRASILEIRA. "Programa". Rio de Janeiro: setembro de 1933.

CORRÊA, Roberto Alvim. *Diário 1950 – 1960*. Rio de Janeiro: Livraria Agir Editora, 1960.

COUTINHO, Afrânio. "Introdução Geral". In: LIMA, Jorge de. *Obra Completa*. Rio de Janeiro: Editora José Aguilar Ltda, 1958.

HEMEROTECA NACIONAL. Biblioteca Nacional. [disponível *on-line*]

ÍNDICE DA REVISTA A ORDEM (1921-1980). Salvador: Centro de Documentação do Pensamento Brasileiro, 1987.

INVENTÁRIO DO ARQUIVO JORGE DE LIMA. Rio de Janeiro: Fundação Casa de Rui Barbosa, s/d.

INVENTÁRIO DO ARQUIVO THIERS MARTINS MOREIRA. Rio de Janeiro: Fundação Casa de Rui Barbosa, 1988.

FERNANDES, Lygia (Org.). *71 cartas de Mário de Andrade*. Rio de Janeiro: Livraria São José, 1966.

FERREIRA, Xikito Affonso. *Histórias de meu avô Tristão* – a biografia de Alceu Amoroso Lima. São Paulo: Azulsol Editora, 2015.

FRANQUI, Renata & PERIOTTO, Marcília Rosa. *A trajetória de Fon-Fon! (1907-1958)*: de semanário ilustrado e crítico à revista para o lar. Maringá: Universidade Estadual do Maringá, 2015.

"Frei José Pohmann". In: *Santo Antônio – Provinzzeistschrift der Franziskaner in Nordbrasilien*. Salvador, abril de 1933.

FREYRE, Gilberto. *Tempo morto e outros tempos*: trechos de um diário de adolescência e primeira mocidade – 1915 -1930. Rio de Janeiro: José Olympio, 1975.

LIMA, Alceu Amoroso. *A vida sobrenatural e o mundo moderno*. Rio de Janeiro: Livraria Agir Editora, 1956.

_____. *Cartas do Pai – De Alceu Amoroso Lima para sua filha Madre Teresa*. Rio de Janeiro: Instituto Moreira Salles, 2006.

_____. *Companheiros de Viagem*. Rio de Janeiro: José Olympio, 1971.

_____. *Debates pedagógicos*. Rio de Janeiro: Schmidt Editor, 1931.

_____. *Estudos* – 3ª. série. Rio de Janeiro: Edição de A Ordem, 1930.

_____. *Estudos Literários* [Obra completa]. Rio de Janeiro: Companhia Aguilar Editora, 1966.

_____. *Memorando dos 90*. Rio de Janeiro: Editora Nova Fronteira, 1984.

_____. *Memórias Improvisadas*. Petrópolis: Vozes, 1973.

_____. *Notas para a história do Centro Dom Vital*. [Introdução e Organização de Riolando Azzi]. Rio de Janeiro: EDUCAM, 2001.

_____. *Obra Completa* – Volume I. Rio de Janeiro: Aguilar, 1967.

_____. *O Crítico Literário*. Rio de Janeiro: Livraria Agir Editora, 1945.

LIMA, Jorge de. *A túnica inconsútil*. Rio de Janeiro: Cooperativa Cultural Guanabara, 1938.

_____. "Jackson de Figueiredo". In: SANT'ANA, Moacir Medeiros de. *Documentário do Modernismo*. Maceió: Universidade Federal de Alagoas, 1978, p. 89

_____. *Obra Poética* [organização de Otto Maria Carpeaux]. Rio de Janeiro: Editora Getúlio Costa, 1950.

_____. Por que se candidatou à Academia? *Revista da Semana*, Rio de Janeiro, 11 mar. 1944.

MADAULE, Jacques. "Paul Claudel". In: LELOTTE, F. (Org.). *Convertidos do século XX*. Rio de Janeiro: Agir, 1966.

MEIRELES, Cecília. *Crônicas de educação*. Rio de Janeiro: Nova Fronteira/Fundação Biblioteca Nacional, 2001.

MENDES, Murilo. Invenção de Orfeu. *Letras e Artes* – suplemento de *A Manhã*. Rio de Janeiro, n. 210, domingo 10-6-1951, p. 3. [disponível na Hemeroteca Nacional]

MORAES, Marcos Antônio de. Mário, Jorge. *Teresa*, n. 3, 2002, p. 139-159. Disponível em: https://www.revistas.usp.br/teresa/article/view/121142.

NASCIMENTO, Luiz do. "A Província". In: *História da imprensa em Pernambuco (1821-1954)*. Vol. II. Recife: Imprensa Universitária, 1966.

PEIXOTO, Renato Amado. A colusão entre o catolicismo e o integralismo no Rio Grande do Norte (1932-1935). *Anais do XXVIII Simpósio Nacional de História*. Disponível em: https://anpuh.org.br/uploads/anais-simposios/pdf/2019-01.

REBAUD, Jean-Paul (Org.). *90 anos de Jorge de Lima* – Anais do Segundo Simpósio de Literatura Alagoana. Maceió: Universidade Federal de Alagoas, 1988.

REVISTA DE ANTROPOFAGIA. Reedição da revista literária publicada em São Paulo – 1ª. e 2ª. "dentições" – 1928-1929. São Paulo: Abril Cultural & Metal Leve S/A, 1975.

ROCHA, Tadeu. *Modernismo & Regionalismo*. Maceió: Departamento Estadual de Cultura, 1964.

RODRIGUES, Cândido Moreira. *A Ordem* – uma revista de intelectuais católicos 1934 – 1945. Belo Horizonte: Autêntica/FAPESP, 2005.

RODRIGUES, Leandro Garcia. *Alceu Amoroso Lima – Cultura, Religião e Vida Literária*. São Paulo: EDUSP, 2012.

RODRIGUES, Leandro Garcia (Org.). *Correspondência Mário de Andrade & Alceu Amoroso Lima*. São Paulo: EDUSP/PUC-Rio, 2018.

_____. *Drummond & Alceu* – Correspondência de Carlos Drummond de Andrade & Alceu Amoroso Lima. Belo Horizonte: Editora UFMG, 2014.

SALLA, Thiago Mio. Graciliano Ramos e o poder público: de escritor-funcionário a funcionário-escritor. *Brasil Brazil* – Revista de Literatura Brasileira. Vol. 32, no. 59, 2019. Disponível em: https://seer.ufrgs.br/brasilbrazil/article/view/95006.

SANT'ANA, Moacir Medeiros de. *Documentário do Modernismo*. Maceió: Universidade Federal de Alagoas, 1978.

_____. *Jorge de Lima entre o real e o imaginário*. Rio de Janeiro: Fundação Casa de Rui Barbosa, 1994.

SCHWARTZMAN, Simon et alii. *Tempos de Capanema*. São Paulo: EDUSP/Paz e Terra, 1984.

SECCHIN, Antônio Carlos. "Jorge de Lima: a clausura do divino". In: LIMA, Jorge de. *Anunciação e Encontro de Mira-Celi et alii*. Rio de Janeiro: Record, 2006.

SENNA, Homero. *República das Letras* – Entrevistas com 20 grandes escritores brasileiros. Rio de Janeiro: Civilização Brasileira, 1996.

SODRÉ, Nelson Werneck. *História da imprensa no Brasil*. Rio de Janeiro: Mauad, 1999.

STEGAGNO-PICCHIO, Luciana. "Jorge de Lima: o poeta e a sua dimensão universal". In: REBAUD, Jean-Paul (Org.). *90 anos de Jorge de Lima* – Anais do Segundo Simpósio de Literatura Alagoana. Maceió: Universidade Federal de Alagoas, 1988. p. 73.

TELES, Gilberto Mendonça. *A escrituração da escrita*. Petrópolis: Vozes, 1996.

VILLAÇA, Antônio Carlos. *O nariz do morto*. Rio de Janeiro: Rocco, 1975.

Rio, 10.5.48.

Querido Alceu,

Também eu verifico com surpresa que não sou sócio do Centro... Há vários anos atrás, lembro-me, pedi minha inscrição. É verdade que nunca me haviam cobrado a taxa mensal. Mas como essas coisas no Brasil são sempre desorganizadas...

Mandei-lhe há dias pelo correio o 1º artigo da série s/ São Paulo.

Estou lendo um livro extraordinário: Le Seigneur, de Romano Guardini. Isto é que é mesmo uma revolução.

O grande abraço do seu

Murilo.

III. CARTAS DO MODERNISMO

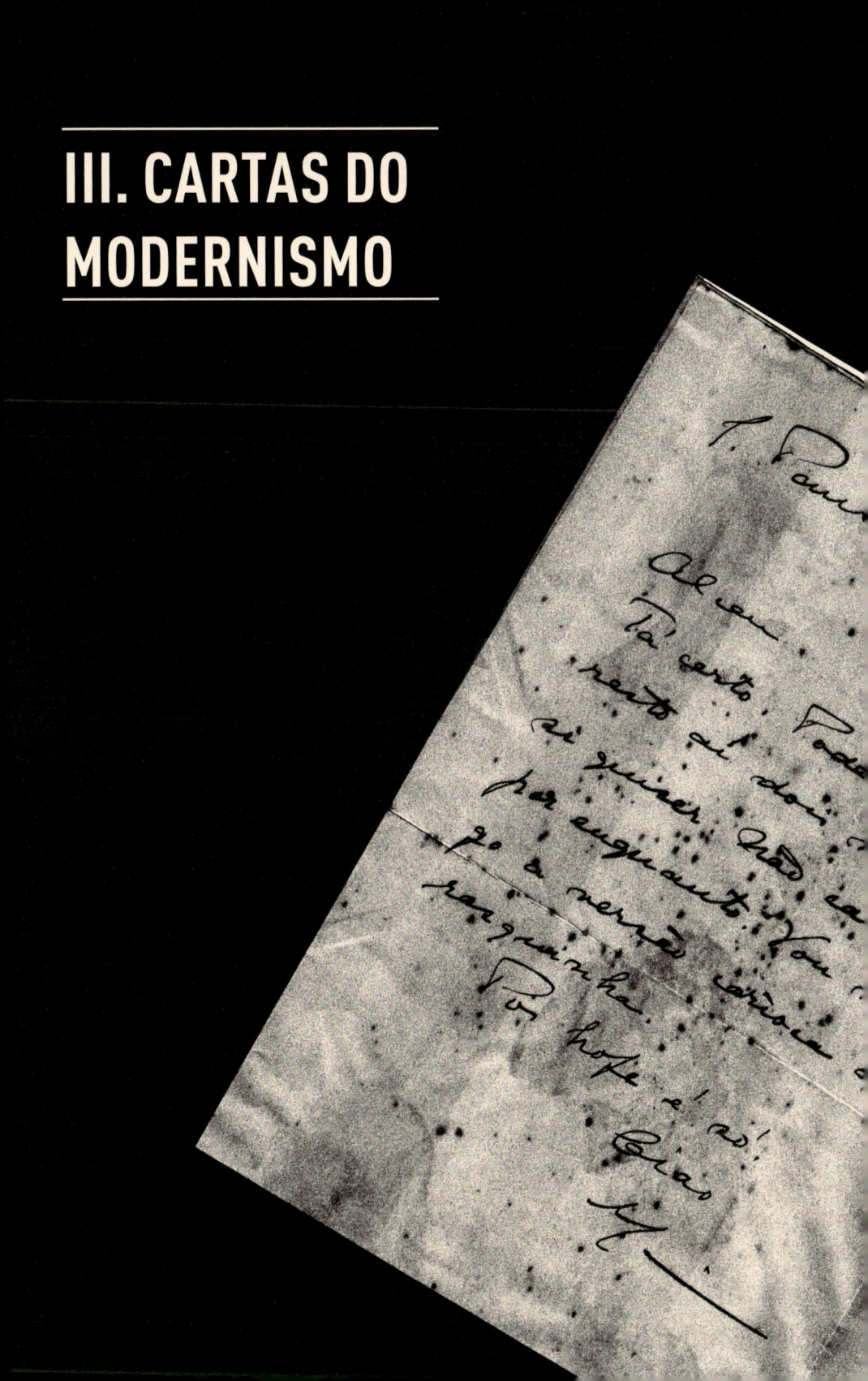

S. Paulo
18 de Junho de 1941
480 Avenida Ypiranga

Meu caro amigo

Escrevo-lhe para participar minha mudança
já a perguntar notícias suas. Levando-me
aqui estava para realizar uma empreitada
ao longo do transito social na esfera de
gripe é por isso a replica minha ausencia
tendendo o prazer de ouvi-los.
Uma revista aí do Rio, traz uma entrevista desfadicionária comigo. A culpa da-
tudo isso é do R. F. Schmidt que em
o maior da popularidade me metto em
apuros. Lea uma salva minha fé á cada
[illegible] a todellefj trabalhos na vida
até. Vale a pena de beras.
Remenbra-me a sua Sª e filhos. Seu
[...] de Nacria
                         O seu
                         [signature]

CARTA & LITERATURA – POSSÍVEIS INTERSEÇÕES[1]

Há alguns anos, o estudo da correspondência (cartas, bilhetes, telegramas, memorandos, algumas anotações) vem despertando grande interesse para a compreensão das obras de determinados autores, bem como para que se entenda mais acerca das transformações estilísticas do próprio autor e também o panorama histórico-cultural do qual ele faz parte. Tarefa complexa e árdua, pois temos de reavaliar e até questionar postulados já oficializados pelo cânone literário. É nesta perspectiva que se inserem os debates acerca da epistolografia e, de maneira mais íntima, a epistolografia literária.

A *carta* possui uma natureza deveras híbrida e complexa para que se faça sobre ela uma teorização absolutamente sistemática e segura. Na correspondência, remetente e destinatário revelam sentimentos às vezes recônditos que num diálogo do tipo cara a cara não revelariam com certa facilidade; a este respeito, declara Mário de Andrade: "Sei me abrir nas cartas, mas não sei, em corpo presente confessar minhas franquezas".[2]

---

1. Publicado como capítulo do livro SILVA, Odalice de Castro (Org.). *Problemas e Perspectivas – Estudos de Literatura*. Fortaleza: Programa de Pós-Graduação em Letras (UFC), 2006. Trata-se da minha primeira produção ensaística sobre Epistolografia, escrita no início do meu mestrado, em 2001, na qual desenvolvo determinadas questões que, no futuro, seriam muito mais aprofundadas em outros ensaios, como se pode perceber ao longo dos trabalhos publicados neste livro. Dito isto, compreender-se-á a não profundidade analítica e metodológica deste texto, que reflete bem o início de carreira acadêmica deste pesquisador.
2. ANDRADE, Mário de. *Cartas a Murilo Miranda 1934/1945*. Rio de Janeiro: Nova Fronteira, 1981. p. 55. (Carta de 17 de janeiro de 1940).

Cartas que falam

O intercâmbio epistolar opõe-se à realidade da troca de palavras sobre um referido assunto na presença física daqueles que se comunicam, nada é dito, proferido ou mesmo formulado pela boca, são frases interiores, apoiadas no silêncio, possibilitando que muitos fantasmas ganhem faces e muitas máscaras caiam, revelando o mundo pessoal e subjetivo de cada um. Atrás da não presença física, o sujeito se preserva e se reserva, é ali que se encontra o seu eu: aquele do sentimento e da franqueza; é escondendo-se que se torna franco e, neste retiro, o eu se permite e se flexibiliza. A carta se torna a possibilidade de uma abertura íntima e confiável na qual o íntimo se abre, revela-se (mas também se esconde), desnuda-se em trocas de informações e até confissões, contribuindo para a criação de um mundo metafísico e relacional; podemos mesmo afirmar que nas cartas de natureza mais íntima é difícil evitar(-se), ou seja, não temos como evitar quem realmente somos e no que pensamos, principalmente numa relação epistolar um tanto pessoal, quando a carta passa a ser também uma espécie de "espelho" a revelar as verdadeiras identidades e aptidões de quem as escreve; como muito bem afirmou Roland Barthes (2003, p. 36): o epistolário é um "desabafo, um extravasamento de si", isto é, reprime-se o mínimo possível e a carta transpõe aquilo que era considerado intransponível.

Todavia, numa outra possível direção, a carta também pode ser o espaço propício da encenação, da (auto)ficcionalização, já que o remetente escolhe o que será dito e revelado ao destinatário, isto é, este só fica sabendo aquilo que o emissor decide, escolhe. Nesse sentido, quando selecionamos e determinamos o que será dito, o compromisso com a verdade fica abalado, pois trata-se de uma "verdade escolhida, construída", ou seja, uma não verdade.

Numa outra perspectiva, até mesmo o aspecto físico das cartas é importante e pode revelar muito de quem as escreve: as cores do papel, as formas utilizadas, o tipo de letra que foi empregada e nas inúmeras combinações desses elementos entre si. Nesta perspectiva, é muito interessante a correspondência entre o escritor Mário de Andrade e a artista plástica Anita Malfatti. Nas suas 77 cartas enviadas ao autor de *Pauliceia desvairada*, a artista plástica utilizava papéis de várias cores: azul, violeta, rosa, amarelo, verde, branco ou cinza, cada cor expressando aquele determinado momento da sua vida e o que ela queria transmitir ao amigo. Numa de suas tantas cartas em papel de cor violeta ela começa escrevendo:

> Escrevo-te num dia violeta quente. Fiz uma grande descoberta hoje – sei onde começa e onde acaba o arco-íris e o horizonte também e mais ainda achei o

fim destas coisas. Começam e terminam no mesmo lugar. Todas essas descobertas maravilhosas fi-las de madrugada e tudo era violeta uuuuuuuiiiiiii.[3]

É sintomática essa importância do material físico que compõe as cartas, principalmente se levarmos a nossa interpretação pelas vias psicanalíticas. Tocar se sobrepõe ao ato de ver, logo, a mão se torna o órgão por excelência da carta: rasgar uma carta, tê-la nas mãos, amassá-la, abri-la, (des)dobrá-la, escrevê-la, cheirá-la, enfim, são pequenos gestos que necessitam da habilidade de uma pessoa; mas é sobretudo na posse (in)consciente da carta que, ao tocá-la, remetemo-nos a outra implicação – o manuseio da mesma pode criar uma sensação de aproximação física do outro: a carta pode ser beijada, abraçada, tida junto ao peito como se o estivéssemos fazendo com o próprio remetente da mesma. O toque real do papel pode provocar uma experiência simbólica ao toque imaginário do outro.

Entrar nesse mundo é ter um constante contato com o inesperado, com aquilo que ainda pode ser revelado, com o que ainda pode ser escrito, uma vez que uma das grandes características da correspondência é a sua aparente natureza fragmentária, lacunar, possibilitando novos espaços de criação e revelação daqueles que interagem nesse tipo de diálogo.

Unindo distâncias

As correspondências mais pessoais trazem um certo teor de ausência, fazendo com que a carta também possua uma outra importante característica: a construção de uma pseudopresença física. A troca de correspondências pressupõe uma dificuldade natural e circunstancial de duas pessoas não estarem física e geograficamente próximas uma da outra. Ao escrever, o emissor quer se fazer presente no espaço do seu receptor, presença esta que se verificará pela sua exposição e abertura sentimentais.

Devemos lembrar sempre que a correspondência desestabiliza o binômio tempo-espaço, posto que o "agora" e o "onde" da escrita da carta não são, certamente, o "agora" e o "onde" da leitura do destinatário. Ou seja, neste intervalo temporal e espacial, muito pode acontecer, transformações ocorrem, o próprio texto epistolar pode se tornar obsoleto, as informações adquirem outras semânticas. E não devemos nos esquecer de que a carta

---

3. Fragmento de uma carta de Anita Malfatti a Mário de Andrade em *O Estado de S. Paulo – Caderno 2*. São Paulo, 12/08/1997, p. 6-7.

produz sempre um diálogo, ainda que o remetente escreva para si próprio, sendo destinatário do seu próprio texto.

Tal interlocução nessas relações dialógicas acontece principalmente quando o outro entra no discurso, ou seja, aquele a quem se destina adentra, entranha-se, na escrita do remetente. Para Michel de Foucault (1983, p. 89), escrever cartas é "mostrar-se, chamar a atenção, presentificar a imagem do outro", isto é, chamar o outro ao diálogo, torná-lo próximo, materializá-lo através de linhas e páginas de uma escrita marcada pela subjetividade. Essa construção simbólica não é somente da imagem física, mas também dos sentimentos e emoções que circundam uma determinada relação. E quando se trata de uma troca epistolar com caráter literário (que é o objetivo do nosso trabalho), tal presentificação é ainda mais sintomática, pois traz à luz também as respectivas obras construídas ou em construção dos autores missivistas.

Nos dias atuais, as dificuldades impostas pela separação do espaço geográfico são superadas pelos mais eficientes meios de comunicação, inicialmente com o telegrama, depois com o telefone e, atualmente, com o correio eletrônico. Mas, ainda assim, o distanciamento físico é uma poderosa força que suscita a correspondência e o contato entre as pessoas. Essa tentativa de superação da distância espacial é uma das grandes motivações para a escrita de cartas, a ausência do ente querido parece ser suavizada quando "se chega" até ele através do texto epistolar, é um ir ao encontro de, é um estar com, como bem observou Andrée Crabbé Rocha (1965, p. 12): "Escreve-se, pois, ou para não estar só, ou para não deixar só. Lição de fraternidade, em que as palavras substituem os atos ou os gestos". Foi como uma espécie de paliativo para vencer a distância que vários escritores e outros pensadores em épocas tão diferentes utilizaram as cartas: Cícero, Horácio, Sêneca, Diderot, Voltaire, Flaubert, Kafka, Eça de Queirós, Fernando Pessoa, Mário de Andrade e tantos outros modernistas brasileiros.

É justamente aí que se processam a abertura e o deciframento do remetente, tornando-o vivo e presente junto ao destinatário. A ausência enriquece o conteúdo e o teor daquilo que se tem para dizer ao destinatário, é quando a carta se torna uma possibilidade de preenchimento emotivo e comunicativo entre aqueles que estão afastados. Não se toca fisicamente; todavia, aquela que é uma espécie de símbolo palpável da distância é a que mais se aproxima. A correspondência pode contribuir, desta forma, na criação de verdadeiros mundos reais ou ficcionais na história das amizades e dos relacionamentos.

Correspondência e Literatura

Muitos críticos defendem a forte aproximação entre as escritas epistolar e ficcional – carta e literatura teriam mais aproximações do que divergências. Sabe-se que, na França dos séculos XVIII e XIX, muitos pretensos escritores começavam a vida literária não publicando ficção, mas cartas. Publicar epistolário era o primeiro passo àqueles que desejavam a vida literária, daí o fortalecimento do romance epistolar naquela literatura, bem como na inglesa, gênero largamente utilizado em diversas literaturas europeias. Lembro aqui do que Manuel Bandeira escreveu a Mário de Andrade em 1925:

> Há uma diferença grande entre o você da vida e o você das cartas. Parece que os dois vocês estão trocados: o das cartas é que é o da vida e o da vida é que é o das cartas. Nas cartas você se abre, pede explicação, esculhamba, diz merda e vá se foder; quando está com a gente é ... paulista. Frieza bruma latinidade em maior proporção pudores de exceção.[4]

Eis uma questão realmente intrigante para Manuel Bandeira: com qual Mário ele estava falando e enviando a sua carta? O "Mário das cartas" ou o "Mário da vida"? O "Mário de verdade" ou o "Mário da ficção"? Aqui, temos a demonstração prática daquela antiga definição quanto ao gênero epistolar: assaz híbrido e passível das mais diferentes abordagens e representações.

Podemos dizer que a carta, como todo documento, possui duas faces: uma documental e outra literária. A sua dimensão de documento sempre foi mais reconhecida por alguns setores críticos, pois são testemunhas de um determinado contexto histórico e também acompanham a própria trajetória do remetente. Quem escreve se torna um sujeito de enunciação histórico daquele tipo de discurso.

Ainda que uma carta possua um caráter eminentemente literário, ela contém elementos de testemunho pessoal que não são reconhecidos como obra de literatura, embora sejam elementos de caráter (auto)biográfico. Muitas cartas podem ser lidas como retratos íntimos de quem as escreve, revelam o que há de superficial e até mesmo de mais profundo das

---

4. Carta de Manuel Bandeira a Mário de Andrade de 16/12/1925.

personalidades daqueles que as escrevem, por isso podem ser considerados textos com certo teor (auto)biográfico, e não são poucos os biógrafos que recorrem às correspondências para sugar-lhe com mais propriedade os fatos da vida. Isto sem dizer que, ao longo da História, inúmeros acontecimentos decisivos se fizeram por meio das mais diversas missivas ou foram relatados por elas. Essa dimensão histórica se justifica porque as cartas também possuem um caráter de seriedade no que diz respeito ao que nelas é escrito; a carta se faz necessária cada vez que o objeto de conversação é relativamente sério, pois há um desejo de obter garantias mais formais, engajamentos mais positivos que não seriam através de palavras somente pronunciadas ou mesmo para um determinado assunto que não admite improvisação. Desta forma, a carta comprova o ditado latino de que "As palavras voam, os escritos ficam" (*Verba volant, scripta manent*).

A pesquisa acerca da sua possível dimensão literária tem tomado grandes impulsos nos últimos tempos, principalmente com as contribuições teóricas fornecidas pelas chamadas crítica genética e textual. Durante muito tempo, o texto epistolar, enquanto possibilidade de aprofundamento de pesquisa do texto literário, foi negligenciado e ignorado por muitos críticos e historiadores da literatura. Contudo, valoriza-se cada vez mais esse tipo de pesquisa associando correspondência, literatura, história e vida cultural. Segundo Vincent Kaufmann (1990), a correspondência é, para alguns escritores, "independentemente de seu eventual valor estético, uma passagem obrigatória, um meio privilegiado de ter acesso a uma obra, o elo que falta entre o homem e a obra", ou seja, o estudo de determinadas cartas possibilita um maior e melhor entendimento da obra e do estilo dos respectivos escritores-missivistas. Uma outra observação sintomática de Kaufmann é de que "as correspondências representam um corpus ao mesmo tempo superabundante e sempre lacunar" (ibid.). Entendemos que a correspondência seja "lacunar" pois ela ajuda a compor um texto de natureza fragmentada, e esses fragmentos originam espaços propícios a serem preenchidos por interpretações acerca da obra e do próprio autor.

Nas trocas epistolares de cunho literário, a carta propicia também um campo experimental para a construção estilística dos respectivos autores, bem como para expor a diversificação das experiências de ambos: comentários acerca da vida social, cultural e política de um determinado momento, as mudanças das conjunturas intelectual e ideológica que permeiam a vida de cada remetente. Isto sem dizer que, ao escrevermos uma carta, não podemos ignorar a necessidade de um código específico para modelar e expressar o que queremos dizer, acabamos por fazer literatura sem muito o perceber. Em algumas correspondências, notamos que os remetentes também utilizam o espaço epistolar para teorizar certos assuntos ou até mesmo para criarem teorias próprias: é muito conhecida a luta de Mário de Andrade na sua troca epistolar com Manuel Bandeira para criar uma língua brasileira (uma Língua Portuguesa com caráter essencialmente brasileiro), ou na sua troca epistolar com Carlos Drummond de Andrade e Gilberto Freyre, na qual o que está em questão é a construção de um determinado conceito de nacionalismo que levaria o Brasil à universalidade; é quando as cartas adquirem características de verdadeiros ensaios teóricos.

A prática epistolar também pode se aproximar da literatura quando ela "frequenta" determinada obra, estando à sua sombra e se desenvolvendo ao fundo da narrativa, o que nos possibilita pensar na escrita de um romance. As cartas podem caminhar paralelamente à própria obra fornecendo diversas possibilidades de interpretação em relação a ela, pois revelam certos dados inéditos que às vezes são negligenciados pelos ensaios teóricos. Quando lemos um romance, podemos nos identificar com o "outro ficcional", projetando-nos muitas vezes nele. Quando lemos determinadas cartas, podemos também nos identificar com esse outro sem fazermos o desvio pelo romance, porém mantendo o mesmo transporte de um tipo de texto para o outro. Isto acontece porque também é possível que nos identifiquemos com o eu-epistolar, reconhecendo nele e nas suas atitudes aspectos do nosso próprio jeito de ser. A esse respeito, E. M. de Melo e Castro afirmou:

> É que nas cartas, que são escritas, trata-se obviamente de um código em que o que se comunica é uma metarrealidade. Tanto o que se escreve como o que se lê fazem parte de um jogo de estados textuais que inevitavelmente obrigam a leituras outras do próprio presente, à luz modificadora, e talvez mistificadora, do que leio na carta que agora recebo e leio. (Castro *in* Galvão & Gotlib, 2000, p. 15)

A mesma mão que escreve a carta é também aquela que escreve um romance, obviamente diferindo o estilo, o gênero, o propósito e a natureza de cada texto. A escrita do romance e da carta compõe espaços diferenciados, nos quais algumas oposições se revelam: aspecto obra e aspecto cartas, a frente e o verso, o avesso e o direito. Assim concebido, o texto epistolar pode agir como o verso do texto, e a obra começa logo que se passa de um envio individual a um endereçamento geral e coletivo. Por fim, não podemos nos esquecer que muitas cartas (principalmente quando são sequenciais) são lidas sobre um fundo de romance, no qual o eixo narrativo da ficção dá espaço a um eixo de acompanhamento dos fatos e situações narrados nas linhas das cartas, contribuindo mais ainda para a aproximação dos textos literário e epistolar.

As cartas possuem elementos biográficos e informativos, impossibilitando que as consideremos como textos apenas literários; tal fato é aceito com uma certa facilidade, pois a carta se caracteriza por uma natureza notadamente transdisciplinar na sua composição, mas tal verdade não nos impossibilita de fazer importantes ligações entre esse tipo de texto e a literatura.

Questões práticas

a) O ato de lacrar

Nos tempos passados, as cartas eram seladas com um lacre, geralmente composto de um tipo de cera derretida sobre a qual era impresso o brasão da família ou do próprio remetente. Nos dias de hoje, a correspondência segue normalmente guardada dentro de envelopes fechados, assinados e selados ou, quando se trata do correio eletrônico, mantém-se o caráter sigiloso, pois cada um possui uma senha determinada que possibilita o acesso pessoal aos textos recebidos através do *e-mail*. Todos esses procedimentos ressaltam o caráter confidencial e secreto das mensagens epistolares.

A carta é uma espécie de espaço particular onde pessoas, sentimentos, relações íntimas e experiências subjetivas são manifestadas e reveladas, daí o medo de muitos escritores de verem publicadas as suas cartas, uma vez que estão comprometidas e são comprometedoras quanto ao seu conteúdo. É-nos conhecido o posicionamento de Mário de Andrade quanto à publicação da sua correspondência, posto que ele sempre se mostrou contrário a tal prática e, em certa ocasião, ordenou expressamente a seu amigo Manuel

Bandeira: "As cartas que mando para você são suas. Se eu morrer amanhã não quero que você as publique. Nem depois da morte de nós dois".[5]

Em seu testamento, Mário ordena que toda a sua correspondência só poderia ser aberta após cinquenta anos do seu falecimento, pois assim a individualidade dos seus correspondentes não seria violada pela exposição pública. Todavia, o desejo de Mário não foi integralmente cumprido por Bandeira, pois este, em 1958, decidiu publicar as cartas recebidas do autor de *Pauliceia desvairada*. O ato de selar uma correspondência apresenta o desejo inquestionável do remetente de assegurar o total sigilo das suas mensagens, a própria palavra selo tem a sua origem etimológica no vocábulo latino *sigillu*, o que muito justifica a sua aplicação.

Sabemos que, em várias situações, a inviolabilidade epistolar não foi respeitada pelos mais diversos motivos, violentando profundamente a sinceridade própria deste gênero. Quando se decide pela publicação da correspondência de alguns escritores, temos o princípio do sigilo um tanto afetado, pois a confiança adquirida entre o remetente e o destinatário ao longo do intercâmbio epistolar é um tanto abalada, uma vez que seus textos vêm à luz. Temos então a censura como uma das soluções encontradas pelos organizadores para salvaguardar os personagens deste "romance". Quando Manuel Bandeira decidiu publicar as cartas recebidas de Mário, ele apresentou os seus motivos e fez algumas ressalvas:

> Nas que aqui se vão ler, cartas tão esclarecedoras da obra de Mário, da sua maneira de trabalhar, da sua visão, tão pessoal, da vida e da literatura, da música e das artes plásticas, uma ou outra passagem seria indiscreto revelar sem a cautela de alguns cortes. Assim procedendo, atendo à confiança com que o grande poeta escreveu e me mandou tantas páginas admiráveis, muitas não inferiores às melhores que publicou em livro. (Bandeira, 1958)

Esses "cortes" foram feitos através de reticências entre parênteses ou com o emprego de algumas maiúsculas no lugar de certos nomes, como X ou Y. No caso específico do epistolário de Mário de Andrade, todos os seus correspondentes foram unânimes quando decidiram pela publicação: as cartas de Mário formavam um material precioso de crítica e teoria a respeito da literatura e das artes em geral, o que tornava esses escritos de domínio público por excelência.

---

5. Carta a Manuel Bandeira, novembro de 1924.

Trazidas à lume ou não, a verdade é que quem escreve uma carta não espera ou acredita que o seu texto se tornará público no futuro. Lacrar não é somente guardar, mas também confiar e acreditar na leitura unilateral do destinatário.

b) Os direitos autorais

Um problema comum à pesquisa epistolográfica diz respeito aos direitos autorais da correspondência dos escritores. Assunto quase sempre controverso, a utilização dos textos epistolares abre inúmeras discussões sobre a propriedade desse material.

É inquestionável o direito que cada remetente possui sobre a carta que ele escreve, afinal, ele é o autor que lacra e depois envia ao destinatário; este naturalmente faz a leitura, mas não é o proprietário daquele texto. Tal fato é sintomático, pois geralmente quem recebe se considera no direito de usufruir da melhor maneira aquela determinada missiva.

Enquanto estão vivos, tais regras são um tanto negligenciadas devido a vários fatores, especialmente a confiança recíproca entre ambos. Na "carte-ação" (expressão criada por Mário de Andrade para definir a sua intensa atividade epistolar) entre o autor de *Lira Paulistana* e Manuel Bandeira, percebemos essa liberdade que um tinha sobre a carta recebida do outro, pois, em vários momentos, Bandeira comunicava a Mário que retirara determinada passagem de uma carta para compor um artigo, ou para iniciar as reflexões de um estudo ou de uma análise. Mário também praticou tal ato quando utilizou alguns manuscritos de poemas enviados por Bandeira ainda não publicados, ou mesmo algumas passagens, principalmente quando Mário escrevia seus artigos de crítica literária nos jornais e revistas especializados. Entretanto, esse direito de exploração da produção alheia sobreviveu somente quando atendia aos interesses críticos e literários de ambos, ficando as passagens de cunho pessoal e íntimo reservadas à confiança da não exposição pública.

A grande dificuldade dessa política dos direitos autorais relacionados às cartas se faz após a morte do respectivo autor-remetente. Por direito, os seus descendentes exercem a função de salvaguardar e autorizar ou não a utilização desse material. Contudo, um fato se impõe: pelo conteúdo e pela importância enquanto documento histórico-literário, as cartas de escritores e artistas adquirem um caráter mais universal do que poderia ser intencionado pelos respectivos autores. Elas são importantes pois iluminam e fomentam discussões que são cruciais para uma historiografia artística. Daí a sensação de que elas já não mais pertencem ao seu criador, mas a uma coletividade, fazem parte de um acervo que ajuda a configurar a inteligência de um grupo.

A realidade, contudo, não tem se mostrado tão vanguardista assim. É comum a intervenção de alguns herdeiros desses espólios no que concerne à sua utilização. Certas proibições são feitas com o intuito de preservar algumas individualidades pessoais, certas particularidades, porém outras não se justificam e refletem um caráter arbitrário dos detentores desses direitos autorais.

Concluindo

O remetente não percebe, no exercício cotidiano de escrever suas cartas, a importância dessa atividade. Escrevendo ao sabor da naturalidade, ele em alguns momentos não se dá conta de que está construindo uma obra, principalmente se tal prática for linear e ritmada, obedecendo a algumas determinações de organização. Mas o seu direito de autor lhe é assegurado, possibilitando a utilização da sua produção segundo os seus interesses ou, sob sua permissão, de outrem. Respeitar essa premissa é necessário, mas sem nos esquecer da importância de tais textos para a leitura de um movimento artístico ou mesmo de uma época.

As dinâmicas dos textos epistolares não param por aí. Como já foi afirmado, trata-se de uma composição que se caracteriza pela fluidez de sua própria natureza. A carta é sempre um território aberto, à espera de uma nova leitura, de um novo encontro simbólico entre pessoas que, embora separadas, estão sempre unidas por laços subjetivos que são alimentados dia após dia, carta após carta, selo após selo.

REFERÊNCIAS

ANGELIDES, Sophia. *Carta e Literatura – Correspondência entre Tchékhov e Górki*. São Paulo: EDUSP, 2001.

BANDEIRA, Manuel. *Cartas de Mário de Andrade a Manuel Bandeira*. Prefácio de Manuel Bandeira. Rio de Janeiro: Org. Simões Editora, 1958.

BONNAT, Jean et alii. *Les correspondances*; problématique et *économie* d'un genre littéraire. Nantes: Publication de la Université, 1982.

CASTRO, E. M. de Melo e. "Odeio cartas". In: GALVÃO, Walnice N. & GOTLIB, Nádia B. *Prezado Senhor, Prezada Senhora – Estudos sobre cartas*. São Paulo: Companhia das Letras, 2000. p. 15.

CHARTIER, Roger (Org.). *La correspondance – Les usages de la lettre au XIXe. Siècle*. Paris: Fayard, 1991.

FRANÇON, André & GOYARD, Claude (Org.). *Les correspondances inédites*. Paris: Economica, 1984.

FOUCAULT, Michel. *L'écriture de soi. Corps écrit*. Paris: PUF, 1983.

GALVÃO, Walnice Nogueira & GOTLIB, Nádia Battella. *Prezado senhor, Prezada senhora – Estudos sobre cartas*. São Paulo: Companhia das Letras, 2000.

KAUFMANN, Vincent. *L'équivoque Épistolaire*. Paris: Éditions de Minuit, 1990.

_____. *Relations épistolaires. Poétique, 68*. Paris: Seuil, 1968.

MORAES, Marcos Antonio de (Org.). *Correspondência Mário de Andrade & Manuel Bandeira*. São Paulo: EDUSP, 2001.

ROCHA, Andrée Crabbé. *A epistolografia em Portugal*. Coimbra: Almedina, 1965.

SANTOS, Matildes Demétrio dos. *Ao sol carta é farol – A correspondência de Mário de Andrade e outros missivistas*. São Paulo: Annablume, 1998.

ESCREVENDO CARTAS, ESCREVENDO A VIDA – A CORRESPONDÊNCIA DE MÁRIO DE ANDRADE E TARSILA DO AMARAL[1]

"Ao sol carta é farol". Com esta simples imagem num de seus poemas, Mário de Andrade evoca a imagem do farol. Mas por que farol? Iluminando o que ou quem? Cada vez mais é atual a afirmação de Antonio Candido quando da morte de Mário: "Sua obra só será inteiramente compreendida através da leitura de suas cartas". De fato, a leitura e a interpretação de tais textos possuem enorme importância para possíveis hermenêuticas do autor de *Macunaíma*.

Mário teve inúmeros destinatários: amigos particulares, escritores, artistas plásticos, políticos, músicos etc. Seu epistolário chega perto de 8 mil cartas, isto sem dizer daquelas tantas que se destruíram ou foram destruídas. Neste trabalho, optamos pelo conjunto de suas cartas com a pintora Tarsila do Amaral.

Mário e Tarsila se conheceram logo depois da Semana de Arte Moderna, em 1922. Ajudaram a compor o chamado Grupo dos 5, com Oswald de Andrade, Anita Malfatti e Menotti del Picchia. Sua troca epistolar começou em 20 de novembro de 1922, quando Tarsila está a bordo do navio Lutetia, rumo a Paris, para mais uma das suas tantas temporadas na capital francesa. A partir deste momento, iniciou-se uma correspondência não muito intensa, já que ambos passaram grandes temporadas sem fazer nenhum tipo de

---

1. Publicado como artigo científico na *Darandina Revisteletrônica*. Juiz de Fora: UFJF, volume 2, série 3, 2009.

contato, isto sem dizer que as cartas enviadas por Tarsila são pequenas, às vezes telegráficas, respondendo pela metade às missivas longas e substanciosas enviadas por Mário.

Nosso objetivo é fazer uma leitura crítica de tais textos: doze cartas de Tarsila e dezessete de Mário, procurando capturar a atmosfera do momento da escrita, levantando os debates e até brigas entre esses "faróis" do modernismo. Isto sem dizer da discussão artística envolvida – a criação de estilos e de composições, as motivações criacionistas, a recepção crítica e, principalmente, a estruturação crítico-teórica do próprio movimento modernista. Outra questão importante é a interligação que fizemos deste epistolário analisado com outras cartas de Mário, especialmente com Carlos Drummond de Andrade e Manuel Bandeira, com o objetivo de enriquecer ainda mais esse mapeamento das cartas de Mário e de Tarsila.

Como esclarecimento metodológico, foi utilizada a edição *Correspondência Mário de Andrade & Tarsila do Amaral*, organizada por Aracy Amaral e pertencente à *Coleção Correspondência de Mário de Andrade*, publicada pela Edusp e pelo IEB. Da mesma coleção, também utilizamos o primeiro número dedicado às cartas de Mário e de Manuel Bandeira, organizado por Marcos Antonio de Moraes. Para as cartas de Mário e de Carlos Drummond de Andrade, fizemos uso da edição *Carlos & Mário*, organizada por Silviano Santiago e Lélia Coelho Frota, pela Editora Bem-Te-Vi.

Escrever cartas, escrever a vida, enfim, escrever o próprio modernismo e as suas diferentes formas de expressão. Eis o que as inúmeras cartas de Mário de Andrade e Tarsila do Amaral revelam (ou escamoteiam!).

Mário e Tarsila – a amizade

Parece haver certo paradoxo quando optamos por debruçar sobre cartas na era da internet, do e-mail, do Facebook e tantas outras redes sociais – tais suportes cibernéticos agilizam cada vez mais a comunicação entre as pessoas, relegando as cartas e os Correios & Telégrafos a uma posição de "museu contemporâneo". Obviamente, não podemos compreender o fenômeno epistolar neste atual contexto, no qual o segundo de um clique no computador separa remetente e destinatário. Temos de nos remeter a uma época desprovida de tais recursos eletrônicos, a uma época sem a imagética televisiva e com linhas telefônicas precárias. É nesse contexto, sem imediatismos comunicacionais, que encontramos Mário de Andrade e Tarsila do Amaral se escrevendo.

As dificuldades de comunicação eram tão significativas que as pessoas se correspondiam com assiduidade, em alguns casos, dentro da mesma cidade. Logicamente, quando os interlocutores estavam separados por estados e países, a carta se tornava a grande solução para unir esses dois extremos. A troca de correspondências pressupõe uma dificuldade natural e circunstancial de duas pessoas não estarem fisicamente e geograficamente próximas uma da outra. Ao escrever, o emissor quer se fazer presente no espaço do seu receptor, presença esta que se verificará pela sua exposição e abertura sentimentais. A correspondência ofusca a distância entre duas temporalidades: aquela que se liga ao ato da escrita e aquela do ato da leitura, transportando as instâncias narrante e leitora ao presente da escrita, ao *hic et nunc* do evento narrado ou descrito. Cria-se uma relação dialógica: o "outro" entra no discurso epistolar do remetente através de uma interlocução entre ambos, como bem observou Bakhtin (1990, p. 36): "É próprio da carta uma sensação do interlocutor, do destinatário a quem ela visa. Como a réplica do diálogo, a carta se destina a um ser determinado, leva em conta as suas possíveis reações, sua possível resposta".

De fato, os modernistas viveram na prática essa realidade – comunicavam-se intensamente e faziam uso da carta não somente para a simples troca de fatos do dia a dia, mas também para críticas, criação de teorias, pressupostos de criação artística e até mesmo para a narrativa das várias divergências ideológicas entre os grupos. Desta forma, a carta extravasava os limites geográficos e até éticos, nos quais o distanciamento físico não impedia que os interlocutores chegassem uns aos outros. É um "ir ao encontro de", é um "estar com", como bem observou Andrée Crabbé Rocha (1965, p. 12): "Escreve-se, pois, ou para não estar só, ou para não deixar só. Lição de fraternidade, em que as palavras substituem os atos ou os gestos".

Por essas razões, as cartas eram esperadas com grande intensidade. É o que escreve Oswald de Andrade (apud Amaral, 2003, p. 19) numa missiva a Mário de Andrade em 1923: "Escreve cartas longas, informativas, minuciosas". Ou numa carta de Tarsila a Mário, em setembro de 1924: "Não se esqueça de mandar-me notícias suas e das brigas literárias daí" (ibid., p. 20). Mário, ávido remetente, exige como destinatário: "Escreva-me alguma coisa. Conte-me de ti. Teus projetos, anseios, vitórias. Sabes perfeitamente quanto me interessa qualquer coisa que te diga respeito" (ibid.). Trata-se de uma ânsia própria do movimento do texto epistolar, isto é, o dialogismo que caracteriza a troca missivista: quem escreve, fá-lo esperando sempre uma resposta.

Tarsila não participou da Semana de 22, conheceu Mário de Andrade poucos meses depois por meio de Anita Malfatti. A amizade de Mário e Tarsila foi intensa e perpassou através dos vários relacionamentos e uniões conjugais que a pintora teve. E como todo bom amigo, observamos uma grande doçura por parte do autor de *Pauliceia desvairada* pela amiga, como observamos neste fragmento:

> Escrevo-lhe para lhe dizer que evoco de vez em quando sua imagem. É um prazer. Sinto-me tão feliz a seu lado. Essa felicidade que vem da confiança mútua. Nada de preocupações ou de dúvidas. Uma amizade muito grande, lindo oásis nesta vida de lutas, de ambições, invejas e... segundas-intenções. Tarsila, você não imagina o bem que me faz. Sua passagem foi tão leve no meio de nós, não há dúvida, minha amiga (...) De forma, Tarsila, que se poderá dizer sem erro, que um pequeno sulco modificou o aspecto exterior do mar. Você foi como um sulco. Será vaidade comparar minha alma de poeta a um mar? (Amaral, 2003, p. 52)[2]

Nos fins de 1922, Tarsila já estava novamente em Paris para aulas e estágios com artistas como Gleizes, Lhote e a observação atenta à pintura de Léger, Delaunay, Brancusi, Picasso etc. Todavia, foi nos meses anteriores que Mário e Tarsila selaram sua amizade que durou até a morte do poeta, em 1945. Nas suas cartas, Mário sempre dedicava algumas linhas para enaltecer o carinho que sentia pela amiga, até mesmo nas cartas que reclamavam das atitudes desconcertantes de Oswald, parece mesmo que Tarsila estava isenta de tais desafetos. Daí Mário comparar-se a um mar sendo sulcado pelo "barco" que é Tarsila. A imagem que Mário utiliza não é ingênua: o mar é algo que envolve completamente os corpos e objetos que nele penetram, ou seja, sua amizade envolve Tarsila por inteira. Mário é conhecido por certas hipérboles que utilizava em suas cartas, possuía uma tendência de sentir-se um "eterno solitário", não compreendido por muitos. Com Tarsila, tal fato não se deu de forma diferente:

> Aproximo-me temeroso de ti. Creio que és uma deusa: NÊMESIS, senhora do equilíbrio e da medida, inimiga dos excessos. (...) És Nêmesis, sem dúvida. Eu

---

2. Carta a Tarsila do Amaral, 19 de dezembro de 1922.

era são. Alegre, confiante, corajoso. Mas Nêmesis aproximou-se de mim, com seu passo lento, muito lenta. Depois partiu. Doenças. Cansaços. Desconsolos. Ainda todo o final de dezembro estive de cama. Venho agora da fazenda onde repousei 10 dias. (Amaral, 2003, p. 57)[3]

Mário tocou num assunto recorrente nas suas missivas: doenças. Este é um dos assuntos mais hiperbolicamente comentados pelo missivista, especialmente para os seus destinatários que também eram amigos. Neste fragmento, Mário compara Tarsila à deusa Nêmesis não sem sentido. Para Aracy Amaral (2001, p. 57), a escolha desta entidade mitológica é proposital: "Na verdade, Nêmesis era a deusa grega que cuidava da distribuição uniforme da justiça e da boa sorte na vida humana e que aplicava os castigos devidos por más ações e pela arrogância (*hybris*)".

Ou seja, Mário associa a partida de Tarsila do Brasil aos seus males, a pintora é corresponsável por suas dores, uma vez que, se acaso estivesse por perto, a proximidade da amizade não permitiria a existência de tais moléstias. Por isso, ela é comparada à Nêmesis – deusa que oferece e retira ao mesmo tempo. Tarsila adentra na vida de Mário pela amizade e retira-se fisicamente, deixando como única opção o contato via carta. É nesse sentido que é apropriada a opinião de Foucault (1983, p. 84) quando afirma que "escrever cartas é mostrar-se, chamar a atenção, presentificar a imagem do outro". Fato este que, na escrita missivista de Mário, possui estatuto de verdade – Mário realmente constrói o seu interlocutor, as dificuldades próprias do espaço físico e material da carta não o impedem de mostrar-se e cobrar do seu interlocutor que também se mostre.

E quanto à Tarsila? Como é sua relação de amizade com Mário? Há reciprocidade de tom? De fato, após terem sido apresentados, Tarsila nunca deixou de ser amiga de Mário, sempre possuiu pelo autor de *Lira Paulistana* um grande carinho. Todavia, este sentimento não foi transmitido tão explicitamente via cartas como fez Mário. Suas cartas são sempre rápidas e nem sempre respondem às indagações do amigo, são objetivas e até opta muito por outra forma comunicativa: o cartão-postal, sucinto por natureza. Seu carinho por Mário é mais bem demonstrado nos epítetos: "Mário, meu caro amigo", "Mário, meu bom amigo". Em alguns momentos, Tarsila ficou tanto tempo sem responder as cartas de Mário que ele reclamava e imaginava o pior, a ponto de a missivista lhe escrever: "Cabe na sua cabeça que eu esteja

---

3. Carta a Tarsila do Amaral, 11 de janeiro de 1923.

zangada com você? Foi a Dolur[4] que me escreveu sobre isso" (Amaral, 2003, p. 115).[5]

Uma forma que Tarsila encontrou de estar sempre presente na vida de Mário foi enviando a este os seus pedidos e encomendas de Paris. O poeta possuía um arguto senso de colecionador, comprava obras de arte (especialmente quadros) de outros países, coletava peças do artesanato de diferentes estados brasileiros, especialmente durante as suas duas viagens ao Norte e ao Nordeste do Brasil. Morando em Paris, Tarsila estava no coração cultural do mundo naquele momento, local onde todas as vanguardas artísticas surgiam e também se tornavam Tradição, sendo mais fácil para ela adquirir peças e remetê-las ao amigo em São Paulo. Um exemplo:

> O teu quadro encomendado já está de antemão arranjado. Vou dizer-te como: fiz a bordo conhecimento com o representante da Galeria Georges Petit no Rio. Trata-se de um expert de tableaux, um senhor muito gentil e inteligente, profundamente conhecedor de pintura, conhecendo também o mundo artístico de Paris. Prometeu-me arranjar um Picasso em ótimas condições, de maneira que podes contar com ele muito breve. (Amaral, 2003, p. 51)[6]

A gravura de Picasso que Tarsila adquire para Mário é *Arlequim*. Pablo Picasso utilizou com frequência este tema na sua fase de cubismo sintético, principalmente no biênio 1917-1918, isto sem dizer nas outras figuras advindas da Commedia Dell'Arte italiana, como a Colombina e o Pierrot. Ora, sintomaticamente, o próprio Mário de Andrade utilizou em demasiado a imagem do arlequim em vários dos seus poemas, especialmente criando o adjetivo "arlequinal" para designar toda realidade desajustada subjetivamente, ambígua, às vezes carnavalizada. Dentre os tantos usos, Mário utilizou o "arlequinal" para designar a cidade de São Paulo, como no poema *Inspiração*:

> São Paulo! Comoção da minha vida ...
> Os meus amores são flores feitas de original! ...

---

4. Trata-se de Dulce do Amaral Pinto (1907 – 1966), filha de Tarsila do seu primeiro casamento. Também possuía grande amizade com Mário de Andrade, a ponto de o mesmo tê-la dedicado um soneto de nome *Dolur em 10 minutos*. Além desta dedicatória, Mário escreveu um artigo em francês intitulado *Présentation de la Jeune Fille*, publicado no número 5 da *Revista Verde* (de Cataguases, MG), em janeiro de 1928.
5. Cartão-postal a Mário de Andrade, 21 de agosto de 1931.
6. Carta a Mário de Andrade, 20 de novembro de 1922. (Trata-se da primeira carta de Tarsila a Mário.)

> Arlequinal! ... Trajes de losangos ... Cinza e ouro ...
> Luz e bruma ... Forno e inverno morno ...
> Elegâncias sutis sem escândalos, sem ciúmes ...
> Perfumes de Paris ... Arys!
> Bofetadas líricas no Trianon ... Algodoal! ...
> São Paulo! Comoção da minha vida ...
> Galicismo a berrar nos desertos da América.
> (Andrade, 1993, p. 45)

Percebe-se a importância semântica da ideia de "arlequinal", é a própria cidade que se configura de forma difusa e heterogênea. Isto sem dizer que a própria capa do livro *Pauliceia desvairada* traz inúmeros losangos coloridos na sua composição, numa alusão clara à própria fantasia do arlequim. Mais tarde, Mário agradeceu à Tarsila pelas encomendas chegadas:

> Chegaram os quadros. Recebi a comunicação do Ronald que eles já estão na casa dele.[7] Assim acabaram-se os nossos cuidados e mais uma vez te agradeço de coração a infinita bondade que tiveste para comigo. Pedi ao Ronald que os guardasse por algum tempo até que eu os fosse buscar. Não quis expor as obras às vicissitudes do nosso Correio. (Amaral, 2003, p. 85)[8]

A pintora também enviou outros pedidos feitos por Mário, como livros, manifestos, desenhos etc. Nesse sentido, a troca de cartas entre ambos foi de suma importância, uma vez que a correspondência não serviu somente para ratificar o companheirismo entre ambos, mas também para estabelecer um intercâmbio artístico de grande relevância, uma vez que os cânones estético-ideológicos do modernismo no Brasil ainda estavam se solidificando utilizando-se de vários paradigmas europeus, especialmente parisienses.

---

[7]. Ronald de Carvalho nesta época já trabalhava no Ministério das Relações Exteriores, por isso tinha facilidades em virtude da sua imunidade diplomática. Na verdade, Tarsila não adquiriu somente o *Arlequim* de Picasso, mas também *Futebol*, de André Lhote e *Torre Eiffel*, de Delaunay. Os três quadros foram trazidos de Paris – via México e depois Peru – por Ronald de Carvalho.

[8]. Carta a Tarsila do Amaral, 27 de setembro de 1924.

As intrigas – o outro lado do modernismo

Uma leitura crítica deste movimento não pode ser feita sem nos situarmos um pouco naquela época. O modernismo foi construído entre muitas divisões ideológicas, ocorrendo a criação de vários grupos com tendências e mentores próprios. Nem sempre as relações entre esses diferentes grupos eram pacíficas, daí surgirem inúmeras intrigas entre os mesmos que nos permitem uma interessante visão dos relacionamentos entre esses artistas.[9] Nas cartas trocadas entre Mário e Tarsila, percebemos este clima nem sempre amistoso, especialmente porque entra em cena a figura conturbadora de Oswald de Andrade.

As relações entre Mário e Oswald de Andrade começaram em 1917 após os incidentes ideológicos propiciados pela exposição de Anita Malfatti. Ambos se colocaram em defesa da artista contra as investidas da imprensa conservadora, principalmente os artigos de Monteiro Lobato. Oswald e Mário aproveitaram cada espaço do meio cultural paulista para se posicionarem a favor de mudanças nas artes brasileiras. Entretanto, as formas de se implantar tal ideia, e, especialmente, o comportamento de ambos, se diferenciou demasiadamente, o que implicou em brigas, discussões, humilhações e rompimentos definitivos de amizade.

Nas cartas trocadas por Mário e Tarsila, a presença de Oswald é sentida. Às vezes Mário enviava a carta aos dois (quando se dirigia a "Tarsivaldo") ou, em alguns momentos, a presença de Oswald é meio fantasmagórica e oculta, isto é, está implícita a sua pessoa e o que ela representava naquele determinado momento. O primeiro indício de confusão entre eles ocorreu em 1923, como reclama Mário com Tarsila:

---

9. O epistolário de Mário de Andrade e Manuel Bandeira é um bom depositário dessas intrigas. As cartas trocadas são testemunhas dessas tensas relações, tanto que o próprio Mário de Andrade reconheceu o valor das intrigas que elas narram: "Eu sempre afirmo que a literatura brasileira só principiou escrevendo realmente cartas, com o movimento modernista. Antes, com alguma rara exceção, os escritores brasileiros só faziam 'estilo epistolar', oh primores de estilo! *Mas cartas com assunto, falando mal dos outros, xingando, contando coisas, dizendo palavrões, discutindo problemas estéticos e sociais*, cartas de pijama, onde as vidas se vivem sem mandar respeitos à excelentíssima esposa do próximo nem descrever crepúsculos, sem dançar minuetos sobre eleições acadêmicas e doenças do fígado: só mesmo com o modernismo se tornaram uma forma espiritual de vida em nossa literatura" (Andrade, 1983, p. 35, grifo nosso).

III. Cartas do modernismo

> Foi bom deixar que passassem dois dias depois do recebimento da tua carta, para te escrever. Já agora passou a primeira forte irritação que me causou o procedimento do Oswaldo. (...) Não sei, nem quero imaginar o que te disse Oswaldo a meu respeito. Sei que não mentiria. Não é dele mentir. Mas sei também que exagerou. E muito. (...) Oswaldo tropeça. Diz o que sente. Magoa-me com três ou quatro injustiças pesadas. (...) Depois, no Rio, ainda Oswaldo, meu amigo, tenta desacreditar-me. Não o consegue. Ele mesmo o confessou. Agora, em Paris, contigo. (esta carta é para que ele a leia). Não o consegue ainda. (Amaral, 2003, p. 72)[10]

Fica bem clara a indisposição de Mário em relação ao então amigo. Toda essa problemática surgiu de uma crítica elogiosa que Mário fizera de um livro de Menotti del Picchia – *O Homem e a Morte* –, considerando-o um dos melhores romances daquele ano, quando, para a maioria dos outros críticos, o romance *Os Condenados* – de Oswald de Andrade – era imensamente superior em qualidade. Travou-se, na realidade, uma briga de egos um tanto exaltados, uma vez que a dimensão pessoal e subjetiva também faz parte do processo de análise crítica, principalmente quando se analisa obras de amigos. Rubens Borba de Moraes, testemunha ocular do incidente, esclarece o ocorrido:

> Quando Menotti publicou O Homem e a Morte nosso grupo (Tácito de Almeida, Couto de Barros e eu) o rejeitou integralmente. Em Klaxon tudo era feito em equipe: um artigo era iniciado por um, terminado e revisto por outros dois ou três. Mas escrevemos os três uma crítica terrível ao livro, chamando-o de dannunziano, passadista etc. O artigo estava pronto para ser publicado quando chega o Mário. Leu o artigo. Disse que absolutamente não poderia ser publicado. Que deveríamos respeitar a personalidade do Menotti pelo que ele significava para o movimento, seu prestígio a serviço da causa, etc. Foi uma grande discussão e briga. Mário então disse-nos que ele ia escrever outro artigo substituindo aquele. No dia seguinte, ou dois dias depois, ele apareceu na redação com o artigo sobre O Homem e a Morte: um elogio só, a exaltação do livro. O momento de fúria foi então nosso. Finalmente Mário acedeu a que revisássemos o artigo, diminuindo um pouco o calor do elogio. O que fizemos, riscando aqui e ali. E esse foi o artigo finalmente publicado. (...) Se havia em nosso movimento um instinto genial como Oswald, havia um homem de cultura e erudição como Mário de Andrade, profunda

---

10. Carta a Tarsila do Amaral, 16 de junho de 1923.

> e rapidamente informado do que se passava no mundo literário e artístico na Europa como na América. Menotti, de sua parte, não era um homem de formação regular, sistemática. Daí o porquê, em textos seus, de citações, lado a lado, de D'Annunzio, Romain Rolland e Taine. Chegamos mesmo a combinar com o Mário que lhe fossem dadas aulas, visando informar o Menotti de maneira mais racional. (Moraes apud Amaral, 2001, p. 61-62)

Com esse depoimento, percebemos que as intrigas dentro dos grupos modernistas tinham uma razão claramente pessoal. Tais fatos chegaram até Oswald, que, furioso, destilou um pouco de fel sobre os principais envolvidos nesta questão. Nesta mesma época, Oswald de Andrade proferiu uma conferência na Universidade Paris chamada "O Esforço Intelectual do Brasil Contemporâneo",[11] na qual destacou os primeiros anos do movimento modernista brasileiro, seus principais autores e respectivas obras. Oswald escreveu a Mário para contar-lhe da recepção de sua palestra, e não deixou de tocar no mesmo assunto:

> Coitado de mim se não visse no Homem e a Morte a nossa melhor obra moderna! Outras vítimas da maçonariazinha da Rua Lopes Chaves satisfazem perfeitamente as exigências da modernidade de Paris – Graça, Ronald, Tarsila. Ao contrário, João Epstein é considerado um traste. (Andrade apud Amaral, 2003, p. 7)[12]

Percebe-se o tom altamente sarcástico e irônico com o qual Oswald se referiu a tal crítica de Mário em relação ao livro de Menotti. Tarsila, por sua vez, responde de forma rápida e sem entrar em detalhes: "Não pensei que você tomasse a sério a minha brincadeira. O Osvaldo e o Sergio[13] que aqui estavam no dia em que te escrevi leram a carta" (Amaral, 2003, p. 76).[14] Vários problemas surgiram em função de comentários críticos a respeito de livros, um outro exemplo aconteceu quando da publicação de *Serafim Ponte Grande*, de Oswald de Andrade, quando Mário escreveu à Tarsila:

> Osvaldo, apesar de todo o cabotinismo dele (quero-lhe bem apesar disso) é fraquinho agente de ligação. A gordura é má condutora, dizem os tratados

---

11. *L'Effort Intellectuel du Brésil Contemporain* foi publicada inicialmente na *Revue de l'Amérique Latine*. Foi traduzida para o português e publicada novamente na *Revista do Brasil* de número 96, em dezembro de 1923.
12. Carta a Mário de Andrade, maio de 1923.
13. Sérgio Milliet.
14. Carta a Mário de Andrade, 22 de julho de 1923.

III. Cartas do modernismo

de física. Era. Hoje está em Paris esse felizardo das dúzias que eu invejo quanto se pode invejar neste mundo. Que faz ele? Mostrou-te o Serafim Ponte Grande? Ficou (o Osvaldo) meio corcundo comigo porque eu disse que não gostei. Mas se ele conhecesse os meus trabalhos atuais, faria as pazes comigo. (Amaral, 2003, p. 86)[15]

Como de costume, Tarsila não respondeu a este comentário de Mário na sua próxima carta ao amigo. Mesmo porque, o próximo ano, 1925, praticamente não registrou intercâmbios epistolares entre ambos. Há somente uma carta de Mário para Tarsila datada de 7 de janeiro de 1925, e a seguinte foi somente em 21 de abril de 1926, também do poeta à amiga.

Contudo, o episódio mais delicado ocorrido entre os três deu-se em 1929, quando houve o rompimento definitivo entre Mário e Oswald de Andrade.[16] Como se sabe, Oswald possuía uma personalidade irreverente e totalmente demolidora: não pensava nas palavras que utilizava e tampouco se importava quando suas opiniões eram publicadas em jornais e revistas, atingindo diretamente as pessoas. O autor de *Macunaíma* já estava acostumado a conviver com as mais diferentes críticas que saíam na imprensa a respeito da sua obra e dos seus projetos para o modernismo. Todavia, tais opiniões se dirigiam exclusivamente aos seus escritos e às suas ideias, o que não ocorreu em relação a determinadas insinuações feitas por Oswald de Andrade na *Revista de Antropofagia*, que tiveram um caráter de ataque moral à pessoa de Mário, deixando de lado o escritor. Na única carta de 1929 enviada à Tarsila, percebe-se uma atmosfera de rompimento total de Mário em relação a Oswald.[17] Escreveu ele ao casal "Tarsilvaldo":

---

15. Carta a Tarsila do Amaral, 1 de dezembro de 1924.
16. Tempos mais tarde, em carta a Carlos Drummond de Andrade, Mário comenta: "É curioso como de certas feridas que já passaram a gente tem um certo prazer melancólico de acariciar depois a cicatriz. Em amizade eu sou assim. A cicatriz se torna tão analisável, tão chuvisco miúdo... Falo isto porque outro dia ainda com um casal que eu quero muito bem, o Mário Pedrosa e a Mary Houston, não sei se você conhece, pensei longamente no Osvaldo de Andrade. Está aí um com o qual eu jamais farei as pazes enquanto estiver na posse das minhas forças de homem. Não é possível" (Carta a Carlos Drummond de Andrade, 16 de dezembro de 1934).
17. Numa carta a Manuel Bandeira, em 18 de janeiro de 1933, Mário falou de Oswald de Andrade de forma rancorosa: "Sou incapaz de imaginar o Raul Bopp, apesar da canalhice que ele fez comigo e eu não me dar mais com ele nem ter por ele a mais mínima ternura senão num dos aspectos mais bons, mais felizes em que ele me apareceu nos nossos raros contatos. Mesma coisa com o Osvaldo de Andrade, que no entanto eu odeio friamente, organizadamente, a quem certamente não ofereceria um pau à mão, pra que ele se sal-

Espero que esta carta seja lida confidencialmente apenas por você e Osvaldo pois que só a você é dirigida. Acabo de receber por Anita o convite[18] que você me faz e que, feito com o desprendimento e o coração tão maravilhoso de você, inda mais me entristece. Mas eu não o posso aceitar. Por isso mesmo que a elevação de amizade sempre existida entre você, Osvaldo, Dulce e eu foi das mais nobres e tenho a certeza que das mais limpas, tudo ficou embaçado pra nunca mais. É coisa que não se endireita, desgraçadamente pra mim. (...) Apenas, Tarsila: esses assuntos existem. E como os podemos esquecer, vocês e eu, que todos conservamos nosso passado comum? E quanto a mim, Tarsila, esses assuntos, criados por quem quer que seja (essas pessoas não me interessam), como será possível imaginar que não me tenham ferido crudelissimamente? (...) Mas não posso ignorar que tudo foi feito na assistência dum amigo meu.[19] Isso é que me quebra cruelmente, Tarsila, e apesar de meu orgulho enorme, não tenho força no momento que me evite de confessar que ando arrasado de experiência. Eu sei que fomos todos vítimas dum ventarrão que passou. Passou. Porém a árvore caiu no chão e no lugar duma árvore grande, outra árvore tamanha não nasce mais. É impossível. (...) E paro porque afinal tudo isso é muito triste e pouco digno dos seus olhos e coração que só podem merecer felicidade. (Amaral, 2003, p. 106)[20]

Embora ele não diga explicitamente o que ocorreu naqueles dias, sabe-se que Oswald utilizou o espaço da *Revista de Antropofagia* para difamar Mário moralmente, insinuando sua possível homossexualidade. Oswald fazia diversas piadas a respeito desta questão, inclusive, na edição de 26 de junho de 1929, foi publicado um artigo nesta revista intitulado *Miss Macunaíma*, o que deixou Mário profundamente ofendido. Meses antes deste incidente, o mesmo Oswald já tinha despertado o rancor de Mário quando aquele escreveu, na edição de 14 de abril, um artigo de título *Cabo Machado*,[21] no

---

vasse de afogar. Você está vendo que sou assassino em espírito! Mas é que eu me gastei excessivamente com ele" (Andrade, 2001, p. 547).
18. Não se sabe ao certo de que convite Mário fala, porém, no dia 20 deste mesmo mês, aconteceu a primeira exposição de Tarsila no Brasil, ocorrida no Rio de Janeiro; é possível que o convite fosse para integrar a comitiva paulista que acompanharia a pintora na inauguração de sua mostra.
19. Trata-se do próprio Oswald de Andrade.
20. Carta a Tarsila do Amaral, 4 de julho de 1929.
21. *Cabo Machado* é o nome de um poema de Mário publicado em *Losango cáqui*. De fato, há neste texto um claro homoerotismo quando o eu lírico retrata os aspectos físicos do tal Cabo Machado.

qual chama Mário de "o nosso Miss São Paulo traduzido em masculino". Por isso, Mário escreve à Tarsila numa linguagem tão lamentosa e já definitiva quanto ao rompimento da amizade com o autor de *Pau Brasil*.

Mário de Andrade não foi o único a tomar este tipo de atitude em relação a Oswald. Foi publicado na mesma *Revista de Antropofagia* um artigo de nome *Moquém/I-Aperitivo*, no qual Oswald criticava duramente o livro *Retrato do Brasil*, de Paulo Prado. Este estava no Rio de Janeiro em decorrência de enfermidades de seu pai quando foi avisado por amigos acerca do tal artigo. Logo tratou de romper, também em definitivo, as relações com Oswald. O mesmo fez o poeta francês Blaise Cendrars, amigo pessoal de Paulo Prado, em solidariedade a este. Logo se vê o isolamento artístico e de relações sociais ao qual Oswald se colocou;[22] e sua situação piorou ainda mais quando da separação de Tarsila do Amaral em razão do seu romance com Patrícia Galvão, a Pagu. Toda a aristocracia paulista se ressentiu do acontecido e deu apoio moral a Tarsila. Sintomaticamente, não há registrada nenhuma carta de Tarsila a Mário respondendo sobre esses acontecimentos. Certamente, houve alguma resposta, o que nos leva a acreditar na sua destruição por parte de Mário, possivelmente a pedido da própria Tarsila.

Tais fragmentos epistolares exemplificam um pouco o objetivo deste ensaio – problematizar como as intrigas entre estes artistas podem contribuir para que façamos uma releitura do movimento modernista a partir de um outro ângulo – o das margens, aquele que os textos críticos canônicos ignoram ou desconhecem. Eis aí um grande atributo dos estudos epistolares: o de tentar "decifrar" as entrelinhas de algumas produções artísticas e os principais sujeitos envolvidos nelas, fazendo sintomáticas interseções com as vidas que "cruzam" tais discursos.

---

22. O ódio que Mário passou a sentir por Oswald realmente foi definitivo, tanto que, em 1944, já doente, escreve uma carta a Murilo Miranda onde deixa bem claro tal sentimento pelo autor de "Os Condenados: Se eu visse ele se afogando, acho que o meu impulso natural seria pegar num pau e dar pra ele se salvar. Mas logo, refletindo, eu percebia que devo odiar ele, e o pau me servia pra empurrar ele mais fundo na água bendita. (...) se trata dum indivíduo que é em toda a rica extensão da palavra 'miserável', tanto usada pra leprosos, como pra qualquer indigente ou qualquer bandido: esse miserável. Não imagine que estou me vingando por carta: me entenebreço. Se trata de um miserável, e apenas. Nunca pensei, não leio ele, não falo, não quero, jamais quis saber dele" (10 jul. 1944, *Cartas a Murilo Miranda*, 1934/1945, p. 167-168).

Quando Mário analisa a obra de Tarsila

Uma das funções mais conhecidas das trocas epistolares entre artistas é a dimensão da crítica que um realiza em relação à obra do outro. Quando o intercâmbio missivista é intenso, a carta pode tornar-se um laboratório de criação – elas testemunham e acompanham os diferentes momentos que antecedem o ato de criar, o estilo adotado, as diferentes inspirações e as possíveis relações com outras obras e outros estilos.

No que diz respeito à troca de cartas entre Mário e Tarsila, infelizmente nossas expectativas a este respeito ficam um tanto frustradas, já que Mário até tece alguns comentários sobre o estilo e as realizações da amiga; todavia, o mesmo não se pode esperar de Tarsila – em raros momentos ela faz alusão à sua técnica e à sua estilística, tampouco as discute com Mário. Fato este digno de ser lamentado, uma vez que em Mário Tarsila teria um interlocutor à altura para a discussão de tais questões.[23] O autor de *Losango cáqui* utilizou outro gênero textual para analisar mais tecnicamente a obra de Tarsila – os artigos especializados em jornais e revistas. Mas vejamos alguns fragmentos de suas cartas que aludem a esta temática: "E responde-me dizendo que preferes: minha amizade, essa que me fez dizer um dia que tua Espanhola era, como cor, o melhor trabalho do Salão Paulista e que a Chinesa, de Anita era um trabalho frustrado" (Amaral, 2003, p. 74).[24]

O primeiro Salão Paulista de Belas Artes foi realizado em setembro de 1922, meses depois da incendiária Semana de Arte Moderna. Nesta pequena confidência, Mário faz elogios ao quadro de Tarsila inspirado em uma das suas sobrinhas – Maria – que mais tarde se casou com Souza Lima, também integrante dos grupos modernistas. Importante ressaltar a depreciação, por parte de Mário, do quadro de Anita Malfatti – *Chinesa*. Já em 1922, Mário e Oswald de Andrade percebiam uma espécie de queda qualitativa

---

23. Tal situação não ocorreu com todos os destinatários de Mário. Um exemplo disso é o enorme conjunto de correspondência trocada entre Mário e Manuel Bandeira, o maior do seu inventário. Em Bandeira, como mais tarde com Carlos Drummond de Andrade e Alceu Amoroso Lima, Mário teria interlocutores privilegiados para o debate a respeito da criação artística, o que nos relegou importantes cartas que mais se tornaram ensaios acerca deste assunto. Com outros destinatários menos providos de tais suportes teóricos, o papel de Mário era de orientar e apresentar diferentes mecanismos de pensamento e práticas artísticas, como é exemplo da sua rápida correspondência com o então jovem escritor Fernando Sabino. Ou seja, o que faltava teoricamente em alguns era completado por aquilo que "sobrava" de Mário.

24. Carta a Tarsila do Amaral, 16 de junho de 1923.

na produção de Anita. Segundo seus biógrafos, a pintora somatizou sobremaneira as críticas violentas que recebeu em virtude da sua exposição de 1917, mudando radicalmente as temáticas das suas pinturas, passando a dar preferência a temas religiosos e naturezas mortas, ou seja, indo na contramão das vanguardas artísticas daquele momento, especialmente não ousando com novidades.[25] Enquanto isso, Tarsila dava seus primeiros passos em direção à estruturação do seu estilo próprio em total consonância com os programas de renovação europeus. No final desta mesma carta, Mário teceu outras observações críticas sobre pintura:

> Vi um nu de Lhote. Gostei bastante. Adoro-lhe o desenho. Creio que não cairás no Cubismo. Aproveita deste apenas os ensinamentos. Equilíbrio, Construção, Sobriedade. Cuidado com o abstrato. A pintura tem campo próprio. Não gosto dos vizinhos que fazem incursões pelas searas alheias. E adeus. (Andrade apud Amaral, 2003, p. 74)[26]

Ao que tudo indica, pela linguagem de Mário, parece-nos que o Cubismo já estava entrando em estado de tradição, isto é, Mário defende a ideia de que se faça uma espécie de seleção dos aspectos mais significativos desta vanguarda, daí seu conselho "Aproveita deste apenas os ensinamentos". No final deste mesmo ano, Tarsila retornou ao Brasil e passou uma rápida temporada no Rio de Janeiro, onde concedeu uma entrevista ao *Correio da Manhã*, no dia de Natal:

> Os cubistas estão lançando as bases da arte futura. São simplesmente artistas do seu tempo, mas tornam-se futuristas aos olhos dos rotineiros.(...) O cubismo é exercício militar. Todo artista, para ser forte, deve passar por ele. (...) Pretendo, sobretudo, trabalhar. Sou profundamente brasileira e vou estudar o gosto e a

---

25. Aos poucos, as relações entre Anita Malfatti e Tarsila do Amaral se tornaram complicadas. No primeiro ano do modernismo, ainda em São Paulo, ambas tinham relações amistosas, tanto que integravam o chamado Grupo dos Cinco. Todavia, com o passar do tempo e a consequente especialização de Tarsila, Anita se sentia um tanto excluída dos elogios da crítica e aos poucos cortou relações com Tarsila. Esta, numa carta aos seus familiares, em 29 de setembro de 1923, comentou: "Acha-se também aqui o Di Cavalcante, pintor do Rio muito considerado. Ele e Anita disputarão a mim o primeiro lugar na pintura moderna brasileira. Esperei Anita também para saber como seria recebida aí a exposição que levo. Ela me deu, no nosso primeiro encontro no hotel, a noção de que em vez de uma amiga tenho uma rival" (Malfatti apud Amaral, 2001, p. 96).
26. Carta a Tarsila do Amaral, 16 de junho de 1923.

arte dos nossos caipiras. Espero, no interior, aprender com os que ainda não foram corrompidos pelas academias. (Amaral, 2003, p. 79)

O que a pintora não dialogou com Mário nas cartas, ela afirmou de forma explícita nesta e em outras entrevistas. Ressalta-se uma certa busca pelo primitivo, pelo brasileiro do interior sem contato com a cidade. Há um certo sentimento de purismo no sentido de captar daquele tipo humano o que ele tem de mais íntimo e não contaminado. Tal intenção é confirmada numa carta que Tarsila envia à sua família nesta mesma época: "As reminiscências desse tempo vão se tornando preciosas para mim. Quero, na arte, ser a caipirinha de São Bernardo, brincando com bonecas de mato, como no último quadro que estou pintando.[27] Não pensem que essa tendência brasileira é mal vista aqui" (Amaral, 2001, p. 23).

Essa busca do nacional às vezes produziu debates acalorados, pois, mesmo em pleno século XX, alguns ainda insistiam em enxergar o Brasil através de lentes externas, especialmente francesas. Fato notável foi a vinda ao Brasil do poeta francês Blaise Cendrars, em 1924. Os modernistas paulistas o levaram a Minas Gerais naquela que ficou conhecida como "A Caravana Paulista". O objetivo era apresentá-lo às obras barrocas das cidades históricas mineiras. Cendrars maravilhou-se e advertiu os artistas: por que buscar o nacional fora do país? Por que apropriar-se de outras tradições uma vez que nós já possuíamos as nossas? Tais debates foram amadurecendo no intelecto dos nossos artistas e, mesmo com apenas dois anos de início oficial do movimento no Brasil, já se podia perceber certa mudança ideológica no sentido de a revolução estética não ignorar por completo a Tradição, como propunham determinados manifestos vanguardistas mais radicais. Mário reconheceu o valor de Tarsila em vários dos seus artigos publicados em jornais e revistas do Rio de Janeiro e de São Paulo:

> Tarsila é um dos temperamentos mais fortes que os modernos revelaram pro Brasil. Afeita às correntes mais em voga da pintura universal, ela conseguiu uma solução absolutamente pessoal que chamou a atenção dos mandões da pintura moderna parisiense. Provinda de família tradicional, se sentindo muito a gosto dentro da realidade brasileira. Pode-se dizer que dentro da história da nossa pintura ela foi a primeira que conseguiu realizar uma obra de realidade nacional. (Andrade apud Amaral, 2003, p. 131-132)

---

27. Trata-se do quadro *A Caipirinha*, inspirado em suas lembranças da infância.

Mário destacou na obra um tanto incipiente de Tarsila o seu traço marcante: a busca da realidade nacional; esta foi obtida mesmo com a tradição aristocrática de Tarsila e de sua família, o que, para um outro artista, poderia ser uma espécie de empecilho, já que o mesmo não teria vivenciado as dinâmicas típicas da vida simples da maioria do nosso povo. Dentro deste debate, Mário enviou uma importante carta a Tarsila, que se torna, aos olhos críticos de hoje, uma espécie de manifesto, uma exortação para que a amiga mudasse totalmente os rumos do seu estilo:

> Mas é verdade que considero vocês todos uns caipiras em Paris. Vocês se parisianizaram na epiderme. Isso é horrível! Tarsila, Tarsila, volta para dentro de ti mesma. Abandona o Gris e o Lhote, empresários de criticismos decrépitos e de estesias decadentes! Abandona Paris! Tarsila! Tarsila! Vem para a mata-virgem, onde não há arte negra, onde não há também arroios gentis. Há MATA VIRGEM. Criei o matavirgismo. Sou matavirgista. Disso é que o mundo, a arte, o Brasil e minha queridíssima Tarsila precisam. (Amaral, 2003, p. 78-79)[28]

De certa forma, Mário antecipou em seis meses um pouco do teor do *Manifesto Pau-Brasil*, de Oswald de Andrade. Mário ironizou de forma sutil os artistas brasileiros que estavam deslumbrados com a atmosfera artística parisiense e os exorta a voltar à realidade brasileira – "Abandona Paris! Tarsila!". Daí o "matavirgismo", que é nada menos do que isso: enxergar o Brasil pela ótica do próprio Brasil e pelo o que ele tem de mais configurador, isto é, suas matas. Além da antecipação do movimento *Pau-Brasil*, Mário também antecipou o que seria, anos depois, a estética e as principais propostas temáticas de *Macunaíma*.

Tarsila, como se pode esperar, não enviou resposta a esta carta do poeta comentando tais assuntos. Na verdade, como se nota numa leitura atenta das suas cartas, a pintora não trocou ideias com o poeta acerca do seu estilo, porém o fez de forma sistemática com os seus familiares, enviando-lhes cartas com regular assiduidade informando-lhes a respeito das transformações que estavam ocorrendo na sua pintura. Em outro artigo para o *Diário Nacional*, Mário voltou a analisar criticamente aspectos inerentes à obra e ao estilo da amiga:

---

28. Carta a Tarsila do Amaral, 15 de novembro de 1923. (Mário escreve no cabeçalho desta carta o epíteto *Viva a República!* como era de seu gênero fazer nas datas comemorativas. Existe aí algum indício nacionalista repercutido no teor da própria carta?).

> Por dois lados Tarsila é uma das figuras mais importantes na evolução da pintura nacional. Pela primeira vez com ela terminou a confusão entre nacionalizar a pintura e pintar o nacional. (...) Tarsila ajuntou a esse pintoresco do assunto, uma verticalidade nova que consistia em buscar, dentro do fenômeno humano do país as suas tradições profundas de cores e de formas, especialmente circunscritas até então nas obras do povo e nas manifestações objetivas da nossa religiosidade. (...) De forma que, progredindo sobre os outros, ao invés de condicionar a plástica a um fenômeno de assunto, soube condicionar sempre o assunto a um fenômeno de plástica. (...) Estes são os maiores méritos da maior pintora do nosso Modernismo. Aprofundou a nacionalidade da nossa pintura, ajuntando ao pitoresco brasileiro, as cores e formas do nosso humano tradicional ao mesmo tempo que converteu o assunto brasileiro a uma expressão de plástica. (Andrade apud Amaral, 2001, p. 75)

Tais considerações de Mário são pertinentes: "pintar o nacional" é mais importante do que "nacionalizar a pintura", seria a retratação dos nossos signos culturais constitutivos, o que nos configura culturalmente. Outra aquisição de Tarsila foi a plasticidade dada a determinados assuntos, ou seja, a pintora conseguiu atravessar bem as diferentes linguagens até conquistar definitivamente o seu estilo e forma pessoais.

O rompimento conjugal de Tarsila e Oswald aconteceu no início de 1930, pois, em inícios de 1931, Tarsila enviou um cartão-postal a Mário já deixando claro que estava na companhia do seu terceiro companheiro – Osório César. A partir de 1930, a correspondência de Tarsila passa a ser ainda mais espaçada e descompromissada em responder ao amigo em São Paulo – ela passou a enviar mais cartões-postais e telegramas do que propriamente cartas.

Mário e Tarsila passaram grandes temporadas sem se corresponderem, pelo menos não há registros de tais intercâmbios no inventário epistolar de cada um; certamente alguns textos foram destruídos. Por exemplo, o ano de 1932 só registra uma carta de Mário para Tarsila. Depois, somente em 1936 há uma carta de Tarsila para Mário. O último contato via correspondência entre ambos aconteceu em 1940, quando Mário enviou um telegrama à amiga, que estava em Paris; esta lhe respondeu com um bilhete assinado já em companhia de Luiz Martins, seu quarto e último companheiro.

Infelizmente, todos esses espaços cronológicos nos impedem de analisar minuciosamente as relações entre Tarsila, Mário e o seu mundo. Diferentemente do que aconteceu com outros correspondentes, como

III. Cartas do modernismo

Drummond e Manuel Bandeira, com os quais Mário trocou mais de trezentas cartas. Sua correspondência com Tarsila foi concisa, porém notável, e nos possibilita as mais diversas interpretações.

Conclusão

Acompanhamos nos últimos anos uma espécie de "boom" das biografias, as estantes das livrarias estão repletas deste gênero textual que busca fazer da vida o material principal de uma curiosidade às vezes normativa, mas principalmente *voyeurística*. Por isso mesmo, vale destacar um fato curioso: não existe uma biografia de Mário de Andrade![29] Existem várias publicações, especialmente de crítica literária, que tentam decifrar o "fenômeno Mário de Andrade". "Fenômeno" pois o autor de *Macunaíma* se mostrou, ao longo da sua vida, um arguto pensador a respeito dos principais assuntos que norteavam a sua época, especialmente os de natureza artística. É quando emergem as várias publicações das suas cartas que tentam fazer um mapeamento do pensamento e das ideologias de Mário.

As cartas se caracterizam por possuírem uma natureza polimorfa, isto é, há uma polifonia genealógica que contribui ainda mais para a sua complexidade teórica. Tal verdade é ainda mais sintomática quando se trata da correspondência de Mário de Andrade; este subverte o sentido original do gênero epistolar, distorce e até violenta o purismo de gênero proposto pelos antigos manuais de retórica epistolar presentes nas Artes Poéticas da Antiguidade. Mário dá um caráter arlequinal, ou seja, exageradamente híbrido às suas cartas, retirando delas a função tradicional de somente fazer contato e transformando-as ora em verdadeiros ensaios teóricos, ora em narrativas que mais se assemelham a um romance epistolar. Para Mário de Andrade, a correspondência adquiriu um verdadeiro estatuto de produção intelectual – o gigantismo epistolar – que certa vez disse a Drummond que possuía.

---

29. Este ensaio foi escrito em 2006 e publicado em 2009, conforme foi afirmado no início do mesmo. Entretanto, em 2015, Eduardo Jardim publicou *Eu Sou Trezentos* (Edições de Janeiro), a primeira biografia de Mário de Andrade. Decidi não modificar o meu texto, pois compreendo que se trata de uma questão circunstancial, que narra e acompanha a minha própria produção intelectual.

No seu intercâmbio com Tarsila do Amaral, percebemos claramente o grande sentimento de amizade que permeava a relação dos dois. Conheceram-se por intermédio de Anita Malfatti, em 1922, e mantiveram o mesmo companheirismo até a morte do poeta, em 1945. Todavia, quem espera um diálogo consistente em todos os possíveis assuntos através destas cartas pode se frustrar: as cartas de Mário são mais complexas e providas de diversas ideias do que as respostas de Tarsila. Na verdade, fica claro que Mário propõe o debate de vários assuntos, o que não é realizado pela pintora, cujas respostas são sempre muito simples, rápidas e às vezes secas, em virtude de uma concisão exagerada usada por ela.

Quando iniciamos a leitura crítica de um epistolário, percebemos que existiu uma espécie de marco inicial que motivou o início de tal diálogo. Contudo, na maioria das vezes, o final deste conjunto epistolar quase sempre é indefinido e inesperado. A este respeito, um recente estudo do teórico francês Philippe Lejeune, intitulado "Como os diários terminam?", ajuda na compreensão deste exato momento – o final da escrita.

Ora, sabemos que a correspondência não é necessariamente um diário nas concepções originais desta tipologia textual. Entretanto, em determinados momentos, as cartas adquirem um tom diarístico devido à narrativa do dia a dia de quem as escreve. Para Lejeune, os diários (e por que não as cartas?) sempre possuem um início bem definido com apresentações pessoais, dedicatórias e compromissos com a verdade. Contudo, os finais nem sempre são bem definidos e programados, pois não se trata de autobiografias previamente definidas. Tal fato fica bem claro nas últimas cartas entre Mário e Tarsila, com imensos intervalos entre elas. Geralmente, o final destes diálogos se dá com algum acontecimento que interrompe a relação epistolar; no caso específico de Mário de Andrade, somente a morte conseguiu paralisar o seu gigantismo epistolar.

REFERÊNCIAS

AMARAL, Aracy (Org.). *Correspondência Mário de Andrade & Tarsila do Amaral*. São Paulo: EDUSP, 2003.

AMARAL, Aracy. *Tarsila*: Sua Obra e Seu Tempo. São Paulo: EDUSP, 2001.

ANDRADE, Mário de. *Entrevistas e Depoimentos*. Ed. Preparada por Telê Ancona Lopes. São Paulo: T. A. Queirós, 1983.

_____. *Macunaíma*. 31. ed. Rio de Janeiro: Garnier, 2000.

_____. *Poesias Completas*. Ed. Prep. Por Diléia Zanotto Manfio. Belo Horizonte: Villa Rica, 1993.

BAKHTIN, Mikail. "O Discurso no Romance". In: *Questões de Literatura e de Estética. A Teoria do Romance*. São Paulo: Hucitec, 1990.

BOSI, Alfredo. "Moderno e Modernista na Literatura Brasileira". In: *Céu, Inferno*. São Paulo: Ática, 1988.

FOUCAULT, Michel de. *L'écriture de soi. Corps écrit*. Paris: PUF, 1983.

KAUFMANN, Vincent. *L'équivoque Épistolaire*. Paris: Éditions de Minuit, 1990.

_____. *Relations Épistolaires*. Paris: Seuil, 1968.

MORAES, Marcos Antônio de (Org.). *Correspondência Mário de Andrade & Manuel Bandeira*. São Paulo: EDUSP, 2001.

ROCHA, Andrée Crabbé. *A Epistolografia em Portugal*. Coimbra: Almedina, 1965.

RODRIGUES, Leandro Garcia. *Mário de Andrade Epistolar – Autobiografia, Cartas e Modernismo*. In: Anais do congresso *Escrever a Vida – Novas Abordagens de uma Teoria da Autobiografia*. São Paulo: USP, 2005.

_____. *Uma Leitura do Modernismo – Cartas de Mário de Andrade e Manuel Bandeira*. Dissertação de mestrado. Rio de Janeiro: Pontifícia Universidade Católica do Rio de Janeiro, 2003.

SANTIAGO, Silviano; FROTA, Lélia Coelho (Orgs.). *Carlos & Mário – A Correspondência de Mário de Andrade e Carlos Drummond de Andrade*. Rio de Janeiro: Bem-Te-Vi, 2004.

AS INTRIGAS NO MODERNISMO BRASILEIRO – RELATOS EPISTOLARES E VIDA LITERÁRIA[1]

Quando lemos sobre o modernismo brasileiro nos manuais tradicionais de historiografia literária, temos a impressão de certo pacifismo e um desejo mútuo de construção deste movimento artístico-literário. Estamos enganados. Percebemos que o movimento foi construído aos poucos entre as muitas divisões ideológicas, chegando mesmo na criação de vários grupos com tendências e mentores próprios. Nem sempre as relações entre esses diferentes grupos eram pacíficas, daí surgirem inúmeras intrigas entre os mesmos, o que, por sua vez, nos permite uma interessante visão dos relacionamentos entre os modernistas.

Nesse sentido, o epistolário de Mário de Andrade e Manuel Bandeira é um bom depositário dessas intrigas. Os dois amigos tinham uma total confiança recíproca, o que os permitia serem demasiadamente sinceros um com o outro – é quando acompanhamos os vários desentendimentos vividos por aquela geração. As cartas trocadas são testemunhas dessas tensas relações, tanto que o próprio Mário de Andrade, na sua crônica "Amadeu Amaral", reconhece o valor das intrigas que elas narram:

> Eu sempre afirmo que a literatura brasileira só principiou escrevendo realmente cartas, com o movimento modernista. Antes, com alguma rara exceção, os escritores brasileiros só faziam 'estilo epistolar', oh primores de estilo! *Mas*

---

[1]. Inicialmente, foi um dos capítulos da minha dissertação de mestrado em Letras, defendido na PUC-Rio, em 2003, sob o título *Uma Outra Leitura do Modernismo – Cartas de Mário de Andrade a Manuel Bandeira*. Posteriormente, após várias mudanças, foi publicado como artigo científico na *Revista da UNIABEU*, v. 6, n. 14, 2013.

> *cartas com assunto, falando mal dos outros, xingando, contando coisas, dizendo palavrões*, discutindo problemas estéticos e sociais, cartas de pijama, onde as vidas se vivem sem mandar respeitos à excelentíssima esposa do próximo nem descrever crepúsculos, sem dançar minuetos sobre eleições acadêmicas e doenças do fígado: só mesmo com o modernismo se tornaram uma forma espiritual de vida em nossa literatura. (Andrade, 2002, p. 136, grifo nosso)

Desta forma, as brigas entre eles adquirem, sob um olhar crítico e atento, uma singular importância dentro da configuração do movimento.

Rio de Janeiro: um palco de rivalidades

É antiga a rivalidade entre cariocas e paulistas em vários aspectos da convivência: esporte, música, política, produção cultural etc. As cartas entre Mário e Bandeira retratam bem essas dualidades. Numa delas, Mário fala desse afastamento: "Sensibilizou-nos teu interesse. Foste o primeiro dos amigos do Rio a nos demonstrar alguma simpatia. Por que esse afastamento? Será possível que em literatura se perpetuem as rivalidades de futebol? Manuel Bandeira, obrigado" (Andrade, 2002, p. 55).[2]

O ano desta carta é 1922. É a primeira que Mário escreve a Manuel Bandeira, e só estavam há quatro meses passados da Semana de Arte Moderna, ocorrida em fevereiro daquele mesmo ano. Bandeira recebe um exemplar da revista *Klaxon* enviado por Mário e demonstra um grande interesse, mostrando-se entusiasmado em divulgá-la no Rio de Janeiro; é quando Mário se mostra um tanto surpreso com a disposição de Bandeira. Este, quando recebe a carta do amigo paulista, tenta anular qualquer aparente indiferença dos cariocas:

> Não creia que haja por cá afastamento, indiferentismo pelos artistas de São Paulo. Ao contrário, desde que eles aparecem são prezados e queridos. Haja vista você, inédito e já de reputação feita aqui. O que há é uma dispersão formidável de metrópole. Não há aqui esse aconchego que permite a província. Já vivi em São Paulo onde cursei o 1° ano da Escola Politécnica (ia estudar arquitetura)[3] e posso dizer: São Paulo é uma coisa e o Rio é uma mistura de coisas onde também a coisa paulista entra. (ibid., p. 65)

---

2. Carta a Manuel Bandeira, 6 de junho de 1922.
3. Manuel Bandeira se mudou para SP em 1903, permanecendo lá até o final de 1904. Nesse período, o poeta estudou e trabalhou nos escritórios da Estrada de Ferro Sorocabana, frequentando também um curso noturno de Ornato no Liceu de Artes e Ofícios.

III. Cartas do modernismo

É interessante notar que, em algumas de suas cartas, Bandeira apresenta o meio cultural da então capital federal como um eterno palco de brigas entre muitos, no qual conviviam entusiastas e algozes do modernismo. Em 1925, o jornal carioca *A Noite* promoveu o Mês Futurista,[4] com vários artigos diários sobre o modernismo, chamado por muitos de Futurismo. Bandeira foi convidado por Viriato Corrêa, então redator-chefe, para fazer parte do grupo que colaboraria com trabalhos em defesa do modernismo – é quando Bandeira questiona um tanto cético:

> Prudentico[5] me transmitiu o convite para colaborar no mês futurista da Noite. Fiquei assim sem saber se posso fazer coisa que preste. De que é que se tem de falar? De modernismos ou de toda coisa sabível? Não vão apresentar a gente como bicho ensinado, não? Esse Viriato detesta modernismos, incluindo na rubrica futurismo até a ausência de rima. Se a Noite vai fazer esse mês, será unicamente por ordem do Geraldo Rocha,[6] influenciado pelo Oswald, pois todos os redatores do jornal são adversários do nosso grupo. Não farão sacanagem? (ibid., p. 255)

O aparente medo de Bandeira é justificado, já que naquele momento o movimento ainda não estava totalmente consolidado, sendo construído com erros, acertos e dúvidas. Tais intrigas não se realizavam somente no meio literário, estavam presentes no meio artístico como um todo. Manuel Bandeira tinha vários amigos músicos, e, embora ele sempre afirmasse que não tinha muito conhecimento de teoria musical, frequentava as casas de

---

4. Mário teve a responsabilidade de selecionar os colaboradores do "Mês Futurista", que durou de 12 de dezembro de 1925 a 12 de janeiro de 1926. Em 29 de novembro daquele ano, Mário apresentou ao jornal a ordem estabelecida: segunda-feira, Carlos Drummond de Andrade; terça, Sérgio Milliet; quarta, Manuel Bandeira; quinta, Martins de Almeida; sexta, Mário de Andrade, e sábado, Prudente de Moraes Neto. A primeira reportagem do "Mês" foi uma entrevista de Viriato Corrêa com Mário de Andrade intitulada "Assim falou o papa do futurismo".
5. Francisco de Paula Prudente de Moraes era carinhosamente chamado pelos amigos de "Pru", "Prudentico", "Prudentinho"; com Mário e Bandeira o neto do presidente Prudente de Moraes teve uma sólida amizade. Usou o pseudônimo "Pedro Dantas" para assinar vários dos seus trabalhos.
6. Geraldo Rocha era o proprietário do jornal *A Noite*.

Cartas que falam

Villa-Lobos,[7] Germana Bittencourt,[8] Jayme Ovalle[9] e outros tantos. Um desentendimento sério entre esses três músicos fez Bandeira escrever uma longa carta a Mário relatando o que ocorrera:

> Nunca mais voltei à casa do Villa. Houve umas cenas muito desagradáveis entre o Villa e a Germana. Duas vezes: da 1ª não houve rompimento. Germana me procurou pra aconselhar-se. A história foi assim: a G. estava ensaiando o Caboclinho do Ovalle com a Lucília[10] e o Villa. Em certo pedaço a G. diz: 'Isso é bem o Ovalle!' O Villa protestou dizendo que aquele ritmo já estava no Noneto, que a coisa toda aliás não tinha nenhuma originalidade e revelava uma porção de influências – Debussy, Fauré, René, Baton. Germana queimou-se e respondeu. Palavra puxa palavra, o V. acabou esbravejando 'Que não queria mistura e que se G. incluísse as músicas do O. no programa, ele retiraria as dele'. (...) Aconselhei a G. fazer tudo pra não brigar; aconselhei que nada contasse a ninguém e sobretudo ao Ovalle; mostrei o mal que adviria pra ela, pro V., pro O., pra mim, pra todo o mundo se ela ou o Villa tomassem o pião na unha. (...) Pois faz uma semana G. telefona toda afobada dizendo ter brigado naquele momento com o Ovalle e vinha em minha casa contar tudo. Chegou toda excitada chorando. Da 2ª vez a cena foi esta: estava ela com o casal conversando Germana disse que ia a São Paulo entre 15 e 20 cantar em duas conferências de Afonso Lopes de Almeida. O Villa estrilou que era uma falta de respeito pra com ele G. dar assim o fora nos ensaios para o concerto de coros dele Villa (ia realizar-se a 25 mais ou menos). Que antes de G. pensar no próprio concerto dela, devia pensar no concerto dele. G. explicou as encrencas de dinheiro dela. Deu a raiva nos dois e ambos se insultaram e se humilharam à bessa. G. disse que o V. não tinha caráter nem

---

7. Villa-Lobos teve os primeiros contatos com os modernistas paulistas através de Graça Aranha e Ronald de Carvalho, que o convidaram para participar da Semana de Arte Moderna, em 1922. Mário defendia muito a sua música, que para ele era tinha um nacionalismo crítico. O vanguardismo de sua música se deu em decorrência de um aproveitamento das nossas raízes musicais populares associado à sólida formação erudita que teve. Incompreendido por muitos, principalmente no Brasil, Villa-Lobos conseguiu um grande reconhecimento no exterior, especialmente em Paris.
8. Germana Bittencourt (a Germaninha) era estimada por Manuel Bandeira, porém rompeu a amizade com Mário de Andrade, pois ela tentou divulgar na Argentina várias canções folclóricas colhidas por Mário no Nordeste sem a autorização deste. Faleceu em 1931.
9. Jayme Rojas de Aragón y Ovalle foi amigo de Manuel Bandeira. Musicou vários poemas de Bandeira e publicou-os com o título *Azulão, Modinha e Berimbau*, que o consagrou dentro e fora do Brasil.
10. Primeira esposa de Villa-Lobos.

III. Cartas do modernismo

como artista nem como homem. V. que G. não valia nada, que nós é que a enchíamos de vento (mentira, pois nós vivemos espinafrando a G.), que o concerto dela é pura cavação e que se ela tinha necessidade de dinheiro ele daria um concerto em benefício dela. Quando G. enfim teve a ideia de dizer que ia embora ele gritou: 'Pois puxe pra fora daqui'. (ibid., p. 315)

Com esse relato de Bandeira, é possível sentir o clima às vezes tenso entre os artistas daquela época, chegando mesmo às fronteiras das agressões verbais e morais. É interessante o relato que Manuel Bandeira faz de um concurso para a cadeira de Literatura Vernácula da antiga Escola Normal, ocorrido em 1930. Nesta época, *Macunaíma* já tinha sido publicado e a recepção do mesmo era a mais variada possível. A rapsódia escrita por Mário de Andrade era incompreendida por muitos e discutia-se este "herói sem nenhum caráter" de Mário. No momento do referido concurso da Escola Normal, *Macunaíma* foi citado e fez parte das discussões. Manuel Bandeira assistiu o certame e comentou com Mário:

A propósito: Macunaíma veio à baila no concurso de Literatura Vernácula da Escola Normal. O Osvaldo Orico[11] esculhambou-o depois de não ter feito a menor referência na tese que era sobre mitos ameríndios. O Alceu[12] arguindo-o espinafrou com o Orico. Cheguei à sala no momento em que o A. irritadamente dizia que você podia ser no conceito de Orico um imbecil, um cretino, não obstante o Macunaíma representava uma contribuição que não podia ser calada sem grava falta: omissão imperdoável em tese de tal assunto. Orico engoliu. Depois o safadinho quis se valer do Macunaíma para justificar um avanço errado sobre a importância das contribuições tupis no léxico, ponto em que foi sovado pelo Alceu e pelo Nascentes,[13] outro examinador.
— Só no Macunaíma se encontram cerca de quinhentas palavras tupis.

---

11. Osvaldo Orico (1900 – 1981). Poeta e ensaísta, Orico ocupou o cargo de Diretor de Instrução do Distrito Federal e, mais tarde, professor da Escola Normal; publicou *Os mitos ameríndios: sobrevivências na tradição e na literatura brasileira*.
12. Alceu Amoroso Lima (1893 – 1983). Sob o pseudônimo "Tristão de Athayde", escreveu inúmeras críticas literárias ao longo de décadas no jornalismo e na produção acadêmica universitária. Foi amigo dos modernistas, embora no início do movimento tenha se mostrado um tanto cético em relação ao mesmo. De sua vasta obra destacamos: *O espírito e o mundo* (1936), *O crítico literário* (1945) e *Introdução à Literatura Brasileira* (1956).
13. Antenor Nascentes. Filólogo e gramático, foi grande amigo de Bandeira, a quem o poeta geralmente recorria nas suas dúvidas sobre Gramática.

Cartas que falam

Aí o malandro velho do Nestor Vítor[14] aparteou ironicamente:
— Um livro que não vale nada...
A assistência caiu na gargalhada.
Mas não parou aí. Na prova escrita a Cecília Meireles[15] escreveu que o Bernardo Guimarães teve grande influência sobre a geração modernista, tanto que o sr. Mário de Andrade é autor de uma obra intitulada A escrava que não é Isaura. (ibid., p. 460)

Não levando em consideração os equívocos teóricos de Cecília Meireles, o fato é que este concurso provocou muita discussão nos bastidores. Numa carta a Alcântara Machado, Bandeira revela certos detalhes que nos ajudam a entender um pouco da atmosfera daquele evento:

> O concurso (...) tem dado que falar ao mundozinho da Livraria Católica (...) tudo correu de maneira amena até dadas as notas da primeira prova: Clóvis Monteiro (irmão do Mozart) e Cecília Meireles 8,5; Homero 8; Sílvio Júlio 7,5, Orico 7. Aí os três últimos se queimaram. Homero se limitou a interromper o concurso. Orico veio para os jornais se declarando 'enojado do safadismo desse crioulo que atende pelo nome de Antenor Nascentes e do senvergonhismo medular do velho Nestor Vítor, que Deus haja'. O Nascentes responde no Correio da Manhã de hoje dando a entender que o Orico é puto. O Sílvio Júlio, que andou espalhando que a Cecília usava e abusava dos seus olhos verdes dela para conquistar as boas graças do júri, teve que ouvir uma descomponenda da poetisa à vista de todo o mundo que acabava de presenciar o concurso. A Cecília, que é diserta, esculhambou o ibero-americanista e este não teve remédio senão agüentar firme e sem retrucar. (Arquivo Antônio de Alcântara Machado, IEB-USP)

É importante perceber que tais intrigas fornecem traços pessoais e comportamentais que a obra ficcional não revela, mostrando a importância de estudarmos o conceito de vida literária.

---

14. Nestor Vítor (1868 – 1932). Foi crítico literário e professor do Colégio Pedro II; colaborou durante longos anos em jornais como *O Globo* e *Correio da Manhã*. Publicou *Cartas à gente nova* (1924).
15. Cecília Meireles (1901 – 1964). Poetisa e também educadora, tendo colaborado durante vários anos no *Diário de Notícias* com artigos sobre educação; como poetisa, seu estilo sempre foi marcado por um tom existencialista com tendências simbolistas, fazendo um relacionamento profundo entre os valores eternos e efêmeros. Publicou *Espectros* (1919), *Viagem* (1939), *Vaga música* (1942), *Mar absoluto* (1945) e *Romanceiro da Inconfidência* (1953).

III. Cartas do modernismo

Em vários momentos da sua vida, Mário aproveitou o espaço que tinha na imprensa para se autodefender de alguns ataques, em algumas situações escreveu uma ou outra carta aberta para atacar certas pessoas que o destratavam. Bandeira não concordava com essa prática do amigo e sempre pedia que Mário se resguardasse e não se expusesse tanto; é o próprio Bandeira que fala a respeito dessas brigas:

> Discordo de ti, achando que podemos perfeitamente atacar-nos em público e raso. Fazer o contrário não só é fingimento, visto que de fato divergimos e nos atacamos, como prejudicial por dar a impressão de queremos constituir panelinhas. Pouco me importa a perfídia dos adversários. O ataque de um adversário diverte-me quando é tolo e estimula-me quando é inteligente. O que me dói é a perfídia dos amigos. E estou verificando-a todos os dias. (Andrade, 2002, p. 117)

O autor de *Libertinagem* revela um pouco do seu caráter equilibrado no que diz respeito à opinião alheia acerca dele e também da sua obra: os ataques lhe são importantes, pois contribuem para o enriquecimento do seu estilo e da sua obra; é quando Bandeira revela o que realmente lhe deixava mais triste: a falsidade de muitos que se diziam amigos.

O ambiente artístico-literário do Rio de Janeiro estava bem dividido, havia muitas divergências ideológicas entre os modernistas da capital da República (como também acontecia em São Paulo). Manuel Bandeira formava um coeso grupo com Prudentinho e Sérgio Buarque de Holanda; do outro lado estavam Ronald de Carvalho, Guilherme de Almeida e Filipe d'Oliveira, todos guiados por Graça Aranha. Em alguns momentos, o clima de divisão e rivalidade ficava deveras explícito, tanto que Bandeira revela ao amigo de São Paulo:

> Estive na conferência do Guilherme. Estavam também presentes Graça, Ronald, Felipe d'Oliveira (na mesa), Rodrigo,[16] Prudente e ... Sérgio. A conferência justificou o juízo do Sérgio: 'O mais que eles fizeram foi criar uma poesia principalmente brilhante: prova que sujeitaram uma matéria pobre e sem densidade'. Sérgio fez mouche, como diz Ribeiro Couto.[17] O Guilherme estava

---

16. Rodrigo Melo Franco de Andrade (1898 – 1969). Foi advogado e jornalista, tendo se destacado no trabalho exercido no Serviço do Patrimônio Histórico e Artístico Nacional entre 1936 e 1968.
17. Ribeiro Couto (1898 – 1963). Foi responsável direto na aproximação de Mário de Andrade e Manuel Bandeira. Publicou *O jardim das confidências* (1921), *Poemetos de ternura e*

com tanta raiva dele que perdeu inteiramente ... o quê meu Deus? E aludiu ao outro como um desses rapazinhos dúbios, efeminados, tomadores de cocaína. O Sérgio deveria ter-se levantado e agredido o Guilherme em plena conferência. Depois da conferência eu disse ao Guilherme que ele tinha feito mal. Ao que ele respondeu falando muito e dizendo uma porção de impropérios como este 'que estes safadinhos iriam lamber o cu dele pois ele estava no Estado de São Paulo'!! Prudente e Sérgio, creio que intencionalmente, passaram diante do Guilherme sem falar com ele. Prudente com aquele raciocínio saudável e honesto concluiu que o Guilherme foi vil. (ibid., p. 318)

Esta atitude violenta de Guilherme de Almeida é explicada, pois, alguns dias antes (15 de outubro), Sérgio Buarque de Holanda publicara na *Revista do Brasil* um artigo intitulado "O lado oposto e outros lados", no qual afirmou:

> São autores que se acham situados positivamente do lado oposto e que fazem todo o possível para sentirem um pouco a inquietação da gente da vanguarda. Houve tempo em que esses autores foram tudo quanto havia de bom na literatura brasileira. No ponto em que estamos hoje eles não significam mais nada para nós. (Holanda, 1996, p. 225)

Sérgio percebia que o movimento, embora jovem, já estava impregnado de ideologias que comprometiam os ideais nacionalistas da Semana de 22; certamente, é por isso que, nesse mesmo artigo, o autor de *Raízes do Brasil* louva incondicionalmente o nacionalismo crítico praticado por Oswald de Andrade. Enfim, a crítica tinha um direcionamento certo: Graça Aranha e o seu grupo, especialmente Guilherme de Almeida, todos do lado oposto do grupo de Mário e Bandeira. Essas revelações de Bandeira deixam Mário entristecido e o levam a escrever uma longa carta ao amigo do Rio de Janeiro; nela, Mário se mostra equilibrado ao analisar os fatos e as pessoas citadas por Bandeira. No que diz respeito aos desentendimentos acontecidos na referida conferência, Mário comenta:

> Eu tenho feito em artigos muita restrição ao Gui e ao Ronald restrição que não aceitaram ou que discutiram porém não brigaram comigo. Porém quando citei a frase de você foi pra chamar sua atenção sobre uma coisa: é que Prudentico principalmente ainda mais que o Sérgio quando escrevem contra dão pras frases um ar de ataque que fere. Fazem a restrição com uma secura uma aspereza que pode ser peculiar neles porém faz com que os outros caiam na

---

melancolia (1924) e *Cancioneiro de Dom Afonso* (1939).

ideia de ataque. Sobre isso já me preveni bem porque sei que me atacarão e se o ataque vier assim não ressentirei porque pode ser feitio deles. (...) Eu quando tenho um camarada procuro lhe ocultar os defeitos e quando sou obrigado a reconhecer estes, os reconheço porém amigamente. E creio que não sou nenhuma exceção. (Andrade, 2002, p. 321)

Era próprio de Mário esse caráter mais apaziguador, embora em alguns momentos ele faça defesas e ataques com muita força. Mas, no geral, Mário é um tanto brando e mais diplomático, sabe como atacar. Todo esse clima leva Manuel Bandeira a considerar ser o modernismo o culpado pela desunião dos amigos de outrora, tanto que ele o revela a Mário:

> Eu sei, e compreendo bem, que você, o Ribeiro Couto gostam da poesia do R. e são sinceros. Já o R. C.[18] não tolera a do Guilherme. O que atrapalha tudo é essa história de modernismo. Que coisa pau! Parece uma putinha intrigante que apareceu pra desunir os amigos. Ninguém sabe definir essa merda, que todo mundo quer ser! Isso sempre me aporrinhou. Não tem a menor importância ser modernista! Vamos acabar com isso? Por enquanto o que acabou de fato foi o meu papel! (ibid., p. 326)

Com isso, percebemos que o Rio de Janeiro era realmente um palco armado para as brigas às vezes sutis, às vezes violentas, daqueles cujos nomes figuram nos estudos da Literatura Brasileira. Não queremos dizer, com esses relatos, que São Paulo se caracterizasse pela paz intelectual, certamente o seu meio tinha as suas próprias intrigas e problemas. Todavia, no conjunto de cartas de Mário de Andrade e Manuel Bandeira, a posição sempre armada do Rio de Janeiro é mais proeminente e explícita. Mário desabafava com Bandeira problemas com terceiros que tivessem algum tipo de consequência diretamente ligada à sua pessoa, como aconteceu nos constantes conflitos ideológicos que teve com Graça Aranha e o seu grupo. Já Bandeira aproveitava da amizade e da confiança que tinha em Mário para relatá-lo incidentes envolvendo outras pessoas e não apenas ele, o que nos possibilita hoje fazer essa leitura do modernismo que também se construiu através de relações em alguns momentos tensas e complexas.

---

18. Trata-se de Ronald de Carvalho.

O "Caso Graça Aranha"

Graça Aranha foi uma figura que provocou inúmeras reações dentro do movimento modernista; vangloriado por alguns e rebatido por outros, ele foi um divisor que formou um considerável grupo de simpatizantes ideológicos que sempre esteve em conflito com o grupo de Mário de Andrade e Manuel Bandeira. No início do modernismo brasileiro, Mário de Andrade demonstrou profunda admiração por Graça Aranha, reconhecendo um grande valor naquele que fora capaz de entrar em conflito com a Academia Brasileira de Letras para defender mais intimamente o movimento modernista. É Mário quem escreve:

> A propósito de Graça continuo a achar que tu e o Couto não tiveram razão em não homenagear o homem. Compreendes: por mais que ele se ponha na nossa frente, por mais que os coiós, daí, do Norte, do Sul até o Antônio Ferro[19] agora em Portugal digam que ele iniciou o modernismo brasileiro, as datas estão aí. E as obras. Agora o que ninguém negará é a importância dele para a viabilidade do movimento, e o valor pessoal dele. É lógico: mesmo que o Graça não existisse nós continuaríamos modernistas e outros virão atrás de nós, mas ele trouxe mais facilidade e maior rapidez pra nossa implantação. Hoje nós somos. Se o Graça não existisse, seríamos só pra nós, e já somos pra quase toda gente. (...) Eu sei que também admiras o Graça. Eu, ainda mais, sou camarada dele, apesar de todos os defeitos feios que lhe reconheço. Ele saiu da Academia ... Pois eu lhe mandei uma carta de solidariedade que esforcei-me por deixar sem nenhum laivo de ironia. A ironia vinha do sacrifício que ele fazia da Academia pra ganhar a grande glória de ser condutor de gentes. (ibid., p. 154)

É possível perceber ainda uma considerável admiração de Mário por Graça, tanto que o referido número de *Klaxon* em homenagem a Graça foi financiado unicamente por Mário, pois, neste momento, a revista já estava em séria crise financeira (inclusive, esse número foi o último). Contudo, essa admiração vai logo ceder lugar a um sério repúdio de Mário pelo acadêmico. Quanto a Bandeira, podemos afirmar que nunca houve, por

---

19. António Ferro (1895 – 1956). Foi um dos editores de *Orpheu*, revista da vanguarda futurista portuguesa. Viveu quatro meses no Brasil e teve profundos contatos com os nossos modernistas, escrevendo o manifesto antiburguês *Nós* e colaborando em *Klaxon*. Publicou *Estados Unidos da Saudade* (1949).

parte dele, uma simpatia por Graça Aranha, e tal fato ele nunca deixou de revelar ao amigo paulista, como nesta carta de 1922, quando convidado por Mário para integrar o grupo de escritores que homenageariam Graça Aranha na *Klaxon*:

> Quanto à 'Doação dos Poetas' pesa-me, meu caro Mário, ter que dizer que não me sinto qualificado para tomar parte nele. Uma homenagem como essa que os klaxistas vão prestar ao Graça Aranha implica não só a admiração mas também e sobretudo a simpatia pelo homem e pela obra. É o que me falta, e seria insincero da minha parte aparecer ao lado de vocês. Admiro o Graça, mas sinto-o distanciado de mim. (ibid., p. 76)

Mas o que provocava essa inquestionável repulsa de alguns modernistas para com Graça Aranha? Além da referida postura de Graça de querer ser a principal liderança do modernismo, havia também um outro motivo: a "filosofia da alegria" defendida pelo autor de *Espírito moderno*.

Graça afirmava que o caráter do brasileiro se definia por uma eterna alegria. Tal fato faria o diferencial na universalização da nossa cultura, seria uma espécie de porta-voz da brasilidade, ideia esta ironizada largamente por Mário e o seu grupo. Numa conferência proferida no Rio de Janeiro, Graça Aranha (*in* Andrade, 2002, p. 156) solidificou a sua crença na "perpétua alegria" do brasileiro afirmando: "Aos líricos da tristeza opomos os entusiastas da esperança. Venceremos pela alegria. Mais inteligente do que a tristeza, a alegria é a compreensão de que tudo é efêmero e exige ser realizada com vida na plenitude da força criadora". Essa alegria é motivo de riso para Manuel Bandeira: "Nem Sérgio nem Prudentinho aceitam a filosofia de Graça. Fazem blague. Admirando, como todos, é claro, o mestre da perpétua alegria" (ibid.).

A partir deste momento, Mário passa a demonstrar uma total aversão a Graça Aranha; é quando tem início uma série de cartas que testemunham essa importante mudança paradigmática em Mário de Andrade. Numa longa carta enviada ao amigo do Rio de Janeiro, o autor de *Clã do Jabuti* afirma:

> Agora ainda tenho de escrever uma carta pro Renato sobre o artigo bonito dele a respeito do Espírito moderno. Vou mostrar pra ele que ele tem muita contemplação com o Graça e formulo duma vez todas as queixas que tenho do Graça aliás de quem não sou amigo. Manuel (...) me parece irremediável: quando se falar do nosso movimento pro futuro o Graça aparecerá como chefe dele e diretor das nossas consciências, o que é a coisa mais inexata

e injusta que pode haver. Mas me parece irremediável isso. Dá raiva. Não porque eu pretendesse dirigir o movimento, creio que já bem provei a minha repugnância de ser diretor de consciência, não tenho coragem de assumir tanta responsabilidade porém dá raiva ver um homem aparecer de repente de longe e com a reputação que já tinha apossar-se duma coisa que ainda não sabia o que era mas que inteligente como era viu que viável, só porque tinha a esperança de que do livro dele, essa Estética da vida que é apenas uma síntese mal feita de filosofias orientais, saísse a renovação do Brasil. E como chegou no momento psicológico em que o Brasil estava com o nosso sacrifício se renovando, afeiçoou-se a essa renovação pra ser o manda-chuva dela. Quando o Osvaldo disse que o Graça desconhecia inteiramente o modernismo quando chegou no Brasil, disse a mais verdadeira das verdades. Leu e observou tudo o que estávamos fazendo, bem me lembro das palavras vagas que pronunciava ouvindo e vendo as nossas pinturas e poesia! E se apossou de tudo. Isso dói porque o sofrimento nosso embora continue a valer pelo que traz pelo Brasil foi se tornar pedestal dum homem que em nada nos influenciou. Em nada. (...) Detesto o Graça. (...) Graça querendo fazer do brasileiro um tipão alegre por... teoria filosófica e integração no Todo Infinito com uma incompreensão inteirinha do homem brasileiro que ele não observou, contrariando a psicologia natural desse homem, fazendo da alegria um preconceito. (ibid., p. 206)

Mário é bem claro no seu raciocínio: a pseudoliderança de Graça Aranha o irrita, bem como a sua filosofia da alegria que caracteriza o diferencial do homem brasileiro, levando-o à universalização e posterior transcendência, introduzindo-o num "Todo Infinito". As ideias de Graça Aranha denotam uma obtusa percepção do espírito modernista e das suas dinâmicas ideológicas; ele apadrinhou o movimento e quis dar um credo ao mesmo. Mas, aos poucos, tal ideologia vai minando cada vez mais as relações de Graça com aqueles que discordavam dele, também minando as relações dentro do próprio modernismo, a ponto de Bandeira desabafar:

> Essa história de modernismo está mesmo extremamente aporrinhante. Sabe o meu sentir íntimo? É que o grupo precisa ser espatifado porque não há nele real espírito de camaradagem. Tudo o que você diz do Graça é justo. A coisa é ainda mais revoltante do que você pensa, pois aos olhos de muita gente o Graça é um ingênuo que está fazendo idealisticamente o jogo de meia dúzia de cabotinos!! Já ouvi dizer isso mais de uma vez. (...) Sem querer influir na sua conduta, acho que você só deve ter intimidade de coração e inteligência

com os seus bons amigos de São Paulo. Com os de fora, muita cautela. (...) O Ronald não sabe o que é amar, verbo intransitivo. O Graça então é horrível. Eu, por mim, vou deixar de procurar toda essa gente porque é horrível sorrir pra homens que a gente não estima. Aliás tanto o Graça como o Ronald devem ter sentido a desconfiança com que por um momento eu me aproximei deles. E me arrependo. (ibid., p. 208)

Todos esses conflitos levam Mário a escrever e a publicar no jornal carioca *A Manhã*, de 10 de janeiro de 1926, uma "Carta aberta a Graça Aranha", que veio à luz como uma bomba, aumentando ainda mais as distâncias entre os partidos modernistas e contribuindo para separar de uma só vez os partidários de Graça dos demais. Nesta carta-artigo, Mário afirma:

Você falha como orientador porque em vez daquele que imagináramos no começo, sujeito de ideias largas, observando a época e condescendendo com o Modernismo tal como ela e ele são (...) você pela preocupação excessiva de si mesmo, pela estreiteza crítica a que essa preocupação o levou, está hoje sobrando em nosso despeito apenas como dogmático irritante, passador de pitos inda por cima indiscretos, e um modernista adaptado ao Modernismo apenas pelo desejo de chefiar alguma coisa. (...) Você em Filosofia não passa dum interventor que vive abrindo portas abertas. (ibid., p. 305)

É explícita a aridez de Mário nas suas considerações acerca de Graça Aranha; todavia, este dava motivos, provocava a ira dos seus críticos com certas atitudes, como observa Bandeira:

Você sabe que não gosto nem um tiquinho do Graça. Ele é um intrigante. Agora mesmo anda espalhando que o Geraldo[20] é que sabe debochar a gente; que fez o mês pra debochar a gente; etc. Um amigo meu contou-me isso, sem revelar de onde partia, e estava tão interessado por mim que andou me telefonando para evitar que eu desse a colaboração. Não me encontrou pelo telefone, a minha primeira colaboração saiu e dois dias depois ele me encontrou na rua e falou-me. Eu disse a ele que a 'mesa'[21] andava dizendo isso e que se a informação vinha dessa fonte ela era suspeita e não tinha importância. Ele não quis comprometer ninguém mas deixou transparecer que a intriguinha saiu dali. (Bandeira apud Andrade, 2002, p. 267)

---

20. Geraldo Rocha.
21. Mário e Bandeira se referem metaforicamente à "mesa" em decorrência de uma fotografia tirada por Graça Aranha, Ronald de Carvalho e Renato Almeida em 18 de março de 1922, todos sentados em volta a uma mesa.

A "mesa" ainda aprontará outras com os nossos missivistas analisados, havendo a necessidade de uma tese específica somente para analisar tais intrigas; mas e as brigas com os outros? Certamente, Graça Aranha e os seus súditos não foram os únicos contemplados com a ira recíproca de Mário de Andrade e Manuel Bandeira, outros também brigaram com os dois. Contudo, a presença de Graça foi muito forte, chegando mesmo a constituir um caso particular. O modernismo estava bem dividido ideologicamente, o que levou o crítico Tristão de Athayde a escrever, em *O Jornal*, um artigo que demonstra esses separatismos de direita e esquerda dentro do nosso modernismo, como bem esclareceu Marcos Antônio de Moraes:

> Em 'Um girondino no Modernismo I', Tristão opõe a 'esquerda' e a 'direita' entre os modernistas brasileiros. Os jacobinos encabeçados por Oswald de Andrade perpetuavam, segundo o crítico de O Jornal, a 'concepção radical e suicida da poesia'; os girondinos, entre os quais Guilherme de Almeida se incluía, abraçavam 'a anuência ao novo sem sacrifício total do antigo. A revolução das formas com a conservação da essência'. Assim, contrariamente ao 'instinto demolidor' dos primeiros, os girondinos desagregam para melhor exprimirem, julgam eles, uma sensibilidade mais sutil, ampla, reticente, que se sente insatisfeita em moldes rígidos, em formas regulares. Procuram, portanto, a destruição da forma (...), não por uma radical pessimismo, por um espírito demoníaco de negação, como os suicidas do pau-brasil – mas por adaptarem a forma poética à sua sensibilidade dispersa e vaga. (Nota deslocada de Moraes *in* Andrade, 2002, p. 223)

Podemos dizer que Graça Aranha fazia parte dessa direita do modernismo brasileiro, como também o fazia Guilherme de Almeida, citado na nota anterior; a esquerda era composta por Mário, Bandeira, Oswald e outros tantos rapazes. Manuel Bandeira sempre se mostrou um tanto frio frente aos problemas de convivência com os seus desafetos, procurando não absorver para si os problemas alheios; tinha uma espécie de autodefesa que lhe permitia um certo distanciamento. Mário de Andrade, por seu turno, já se comportava diferente, somatizava mais as dificuldades de convivência com os demais, procurando sempre uma razão para tudo o que acontecia; sua sensibilidade extremada o fazia sofrer por causa dos outros, provocando-lhe inúmeros momentos de depressão e dificultando-lhe o convívio com os demais.

III. Cartas do modernismo

Todas essas intrigas narradas e comentadas nos fazem perceber a importância do estudo dessas cartas, afinal, elas são testemunhos narrativos de fatos que contribuem para essa nossa leitura do modernismo. Os desentendimentos entre as principais figuras do movimento revelam as dinâmicas desse mundo marcado pela heterogeneidade ideológica e comportamental, permitindo-nos um olhar mais crítico e compreensivo dos autores envolvidos, bem como de suas respectivas obras.

REFERÊNCIAS

ANDRADE, Mário & BANDEIRA, Manuel. *Correspondência Mário de Andrade e Manuel Bandeira*. Edição Preparada por Marcos Antônio Moraes. São Paulo: Edusp, 2002.

HOLANDA, Sérgio Buarque de. *O Espírito e a Lei*. São Paulo: Companhia das Letras, 1996.

RODRIGUES, Leandro Garcia. *Alceu Amoroso Lima – Cultura, Religião e Vida Literária*. São Paulo: Edusp, 2012.

RODRIGUES, Leandro Garcia. *Uma Outra Leitura do Modernismo – Cartas de Mário de Andrade a Manuel Bandeira*. Dissertação de mestrado. Rio de Janeiro: Pontifícia Universidade Católica do Rio de Janeiro, 2003.

A LÍNGUA BRASILEIRA DE MÁRIO DE ANDRADE – NACIONALISMO, LITERATURA E EPISTOLOGRAFIA[1]

O modernismo no Brasil despertou um profundo questionamento sobre nacionalismo, e a busca de uma definição plausível para essa questão foi, por sua vez, uma constante durante todo o movimento, com uma considerável ênfase na primeira geração. Os escritores e artistas em geral buscaram representar um Brasil real, embora saibamos que alguns ainda repetiram fórmulas passadas e até reacionárias, provocando algumas intrigas de natureza ideológica e, às vezes, pessoal.

A nacionalidade brasileira já tinha sido explorada em outros momentos da nossa cultura, particularmente no Romantismo, contudo, essa discussão apresentou certos preconceitos e não abordou o problema por um viés crítico e mais satisfatório. Já é conhecida a crítica hoje feita a alguns autores românticos que não conseguiram libertar as suas representações das influências externas e passadistas, tendo o índio romântico como o melhor exemplo dessa tendência que continha permanências não mais desejadas quanto à nacionalidade. Por isso, Mário de Andrade condena um certo exagero de exotismo presente na literatura: o elemento exótico não era considerado

---

1. Inicialmente, foi um dos capítulos da minha dissertação de mestrado em Letras, defendida na PUC-Rio em 2003, sob o título *Uma Outra Leitura do Modernismo – Cartas de Mário de Andrade a Manuel Bandeira*. Posteriormente, após algumas mudanças no conteúdo, tal capítulo foi publicado como artigo científico em *Todas as Musas: Revista de Literatura e das Múltiplas Linguagens da Arte*, v. 2, p. 100-116, 2013.

por ele como o fator mais importante de uma teoria sobre o nacionalismo. Comentando com Manuel Bandeira as suas opiniões sobre o poema "Raça", de Guilherme de Almeida, ele diz:

> A parte brasileira do poema, sob o ponto de vista ideal crítico de realidade brasileira não corresponde à verdade, porém a uma convenção que se vai tornando exótica dentro do Brasil e que é regional, não duma só região, porém de regiões que não representam a realidade com que o Brasil concorre pra atual civilização universal. Porque essa concorrência se realiza com a parte progressista dum país, com o que nele é útil pra civilização e não com o que nele é exótico.[2]

Vemos então que essa nova ideia de nacionalismo procurava uma espécie de utilidade da cultura brasileira, o porquê de ela existir, a sua contribuição no cenário internacional, somente assim nos tornaríamos universais, para usar um termo caro a Mário.

Nessa busca pelo elemento nacional, destacamos a criação, ou pelo menos a tentativa, de uma "língua brasileira" que atendesse às expectativas dessa nova maneira de se representar o Brasil através da literatura. Daí a missão do modernismo que logo foi declarada: criar um conceito de nacionalismo que realmente respondesse às dinâmicas daquele momento histórico. Missão esta muito bem combatida pela primeira geração, especialmente por Mário de Andrade e Manuel Bandeira. As cartas desses dois amigos expressam muito bem a construção de tais conceitos que tanto nos são necessários nessa análise.

Ambos brigaram muito e tiveram inúmeras opiniões díspares quanto à criação dessa língua. A ideia foi muito defendida por Mário de Andrade, que, desde o início, considerou-a como um apostolado, uma necessidade imperativa para aquela proposta artístico-literária que estava sendo elaborada. Manuel Bandeira foi um arguto crítico dessa língua, tendo uma postura decidida quanto aos possíveis problemas da mesma, principalmente no que dizia respeito à sua normatização.

Mas se quisermos analisar a língua brasileira, devemos acima de tudo incluí-la nos novos conceitos de nacionalismo que o modernismo propunha. A concepção de Mário e de Bandeira era comum a Oswald de Andrade, Sérgio Buarque de Holanda, Prudente de Moraes Neto e outros, provocando

---

2. Carta a Manuel Bandeira, 26 de julho de 1925.

as rupturas ideológicas já faladas em outro capítulo. Mário esclarece o que pensa:

> Minha ideia exata é que é só sendo brasileiros, isto é, adquirindo uma personalidade racial e patriótica (sentido físico) brasileira que nos universalizaremos, pois que então concorremos com um contingente novo, novo *assemblage* de caracteres psíquicos pro enriquecimento do universal humano.[3]

Um aspecto importante a ser ressaltado é que a universalização da cultura brasileira se daria com a afirmação dos valores de nossa identidade, aquilo que realmente nos configurava como brasileiros,[4] ou seja, o caminho para o *universal* teria necessariamente de passar pelo *nacional*. Certamente, aí está o cerne da crítica de Mário a outros modelos de nacionalismos; estes tinham a tendência de falar do nacional na perspectiva de outras práticas que nada se identificavam com a nossa realidade; muitos deles, equivocadamente, tentavam compreender o Brasil com os postulados teóricos utilizados em outros países, particularmente na França.

A atuação de Bandeira se deu principalmente nas discussões sobre a língua nacional defendida por Mário, mas ele sempre concordou com o amigo sobre os caminhos para um nacionalismo mais crítico e realista. Nesta mesma época, o jornalista Bezerra de Freitas, do jornal *A Pátria*, relega a Bandeira a resposta para a questão: "Há uma arte autenticamente brasileira?"; esta veio através de um artigo no mesmo periódico, do qual destacamos as seguintes afirmações:

> Nos melhores poetas brasileiros de agora há esse sentimento forte de brasilidade. Não patriotada abstrata, mas uma funda ternura pela terra e coisas da terra. Ternura criadora. Mário de Andrade é o que foi mais longe e mais fundo até agora. (...) O brasileirismo de Mário de Andrade não é primitivismo nem regionalismo: situa-se na cultura universal e é mesmo fruto de uma espécie de integração cultural. (Freitas *in* Moraes, 2000, p. 237)

---

3. Carta a Manuel Bandeira, junho de 1925.
4. Nesta mesma época, Mário de Andrade enviou uma carta a Joaquim Inojosa (1901 – 1987) que difundia as ideias modernistas em Pernambuco. Nela, ele desenvolveu as suas ideias acerca do Nacionalismo: "O Brasil pra ser civilizado artisticamente, entrar no concerto das nações que hoje em dia dirigem a Civilização da Terra, tem de concorrer para esse concerto com a sua parte pessoal, com o que o singulariza e o individualiza, parte essa única que poderá enriquecer e alargar a Civilização". Joaquim Inojosa publicou esta carta de Mário no *Jornal do Commércio* de Recife, no dia 28 de dezembro de 1924 (cf. *O movimento modernista em Pernambuco*, v. 2, p. 340).

Cartas que falam

Para completar a busca dessa brasilidade só faltava mesmo uma língua que fornecesse o suporte linguístico-ideológico necessário para a sua concretização. Língua e nacionalidade estarão intimamente ligadas nessas discussões, trazendo à luz um interessante debate registrado nessa correspondência.

Por uma língua brasileira

Como sempre se tem afirmado, a língua é um consistente fator de identidade da nacionalidade. Ela é importante como componente de unificação cultural de um determinado espaço ocupado pelo seu povo. Mário e Bandeira perceberam tal verdade e se dispuseram nessa empresa linguística, sendo o autor de *Macunaíma* o mais desbravador e idealista dos dois. O desejo de Mário de nacionalizar a linguagem se dava até mesmo nos títulos por ele escolhidos para os seus livros, como *Clã do jabuti*:

> Escrevi Clam com eme, quero nacionalizar a palavra. Que achas? Tomar-me-ão por besta, naturalmente. Isso não tem importância, aliás. Examina a pontuação que adotei atualmente. O mínimo de vírgulas possível. A vírgula a maior parte das vezes, sabes, é preconceito de gramático. Uso dela só quando sua ausência prejudica a clareza do discurso, ou como descanso rítmico expressivo. Também abandonei a pontuação em certos lugares onde as frases se amontoam polifônicas. Que achas?[5]

Bandeira responde e já demonstra um pouco das suas ideias, principalmente no que diz respeito aos aspectos filológicos, assunto muito apreciado por ele, que, em caso de dúvidas gramaticais, recorria aos amigos Souza da Silveira e Serafim da Silva Neto, companheiros acadêmicos do Colégio Pedro II desde sua época como aluno e, posteriormente, como professor. Quanto à dúvida sobre *Clã do Jabuti*, ele afirma:

> Clan com n. Com m é que fica estrangeirado, nem se sabe o que é à primeira vista. O a nasal no fim das palavras representa-se hoje por an ou ã. No antigo português era ora com m, ora com n, conforme a etimologia. Mas as formas em am evoluíram para ão: tam, quam e todas as 3as. pessoas do plural dos verbos: amam, amaram. Isso nas palavras originárias do latim. Nas que vieram do tupi ou da África também se transcreveu o a nasal por an (nhan-nhan,

---

5. Carta a Manuel Bandeira, 29 de setembro de 1924.

Itapoan, Ibirapuitan, etc). Ou <u>clan</u> ou <u>clã</u>. Mas para que mudar? Todo o mundo já está habituado com o <u>n</u>.⁶

Mário concordou com Bandeira e, na capa da primeira edição, lemos: "Mário de Andrade / Clan do jabuti / Poesia / *1927* / São Paulo", todos os nomes dispostos na ordem vertical da capa. Essa disposição dele de escrever em brasileiro não era somente uma vaga intenção modernista, um modismo daquele momento ideologicamente inflamado; para ele, era necessário sistematizar essa linguagem, codificá-la e organizá-la, uma espécie de destino por ele pretendido:

> Fugi com sistema do português. Que me importa que o livro seja falho? Meu destino não é ficar. Meu destino é lembrar que existem mais coisas que as vistas e ouvidas por todos. Se conseguir que se escreva brasileiro sem por isso ser caipira, mas sistematizando erros diários de conversação, idiotismos brasileiros e sobretudo psicologia brasileira, já cumpri o meu destino.⁷

Aos poucos, Mário foi se convencendo de que realmente estava escrevendo em língua brasileira, ideia esta que defenderá com todos os seus argumentos teóricos e ideológicos. Numa determinada ocasião, Mário foi questionado por Roquette-Pinto, que queria saber do autor se ele escrevia em português ou em brasileiro, o que Mário logo esclarece num artigo e depois comenta com Bandeira:

> Quando me senti escrevendo brasileiro primeiro que tudo pensei e estabeleci: Não reagir contra Portugal. Esquecer Portugal, isso sim. É o que fiz. Inda faz pouco, João Ribeiro me chamou à fala num artiguete sobre se escrevo brasileiro ou português (Diário Nacional). E concluía que escrevemos por mais nota forçada, português. (...) Pouco me incomoda agora que eu esteja escrevendo igualzinho ou não com Portugal: o que eu escrevo é língua brasileira pelo simples fato de ser a língua minha, a língua de meu país, a língua que hoje representa no mundo muito mais o Brasil que Portugal: enfim: a língua do Brasil.⁸

Essa língua do Brasil foi aos poucos sendo revelada por Mário através de vocábulos e estruturas sintáticas usados por ele nos seus textos: o *pra* no lugar do *para*; *prá*, e não *para a*; *prao* em vez de *para o*; *si* no lugar da

---

6. Carta a Mário de Andrade, outubro de 1924.
7. Carta a Manuel Bandeira, 10 de outubro de 1924.
8. Carta a Manuel Bandeira, 1º de julho de 1929.

conjunção condicional *se*; *milhor(es)*, e não *melhor(es)*; *sube* pelo verbo conjugado *soube*; *inda* e não *ainda*; *exprimentar* em vez de *experimentar*; as formas contractas *senvergonha, sencerimônia, trinteoito, praquê* e *há-de*; construções sintáticas como *a carta de você*, e não *a sua carta* etc. Todas essas mudanças provocativas despertaram desde cedo certo repúdio por parte de Bandeira, que não as aceitava com facilidade, chegando mesmo a declarar que o amigo estava construindo uma linguagem artificial e sem vida, compreensível somente a si próprio, não sendo compartilhada pelos demais, criando não uma língua brasileira, porém uma língua paulista, como ele bem diz:

> Me parece, por poemas e cartas, que à força de quereres escrever brasileiro, estás escrevendo paulista. Ficando um tanto afetado de tanto buscar a naturalidade. A sua sistematização pode levar, está levando, a uma linguagem artificial, o que é pena porque compromete uma ideia evidentemente boa e sadia. (...) Acho que devias andar com mais cautela, só pisando em terreno firme.[9]

Ou seja, o autor de *Libertinagem* não era radicalmente contrário à ideia de uma língua que representasse mais intimamente a identidade do brasileiro, especialmente um sistema linguístico que conseguisse aproximar um pouco as duas dimensões sempre distantes e às vezes inconciliáveis: as línguas falada e escrita. Mas o jeito com o qual Mário estava empreendendo o seu objetivo provocava certas resistências em Manuel Bandeira, tanto que no prefácio da primeira edição das cartas de Mário de Andrade (Rio de Janeiro, Simões, 1958) a ele endereçadas está escrito:

> Outra coisa que vemos largamente esclarecida nesta correspondência é o caso da língua. Sempre fui partidário do abrasileiramento do nosso português literário, de sorte que aceitava em princípio a iniciativa de Mário. Mas discordava dele profundamente na sua sistematização, que me parecia indiscretamente pessoal, resultando numa construção cerebrina, que não era língua de ninguém. Eu não podia compreender como alguém, cujo fito principal era 'funcionar socialmente dentro de uma nacionalidade', se deixava levar, por espírito de sistema, a escrever numa linguagem artificialíssima, que repugnava à quase totalidade de seus patrícios. Mário, que se prezava de psicólogo, escrevia-me, para justificar-se de seus exageros, que era preciso forçar a nota: 'exigir muito dos homens pra que eles cedam um poucadinho'. O reformador não se limitava

---

9. Carta a Mário de Andrade, 19 de janeiro de 1925.

a aproveitar-se do tesouro das dicções populares, algumas tão saborosas como esse 'poucadinho', nascido por contaminação de 'pouco' e 'bocado'. Ia abusivamente além, procedendo por dedução 'lógica, filosófica e psicológica'.[10]

É bem claro o posicionamento de Bandeira: ele não recusa a transformação gradativa da linguagem literária, que, na sua opinião, deveria incorporar mais elementos da linguagem coloquial; todavia, deveria ser uma incorporação que não tirasse a funcionalidade social da língua. Para ele, Mário tomou justamente o caminho contrário, como bem fica avaliado neste seu prefácio. Bandeira nunca escondeu essa sua opinião do amigo, o que suscitou neste afamadas defesas a favor da sua língua:

> Vamos logo pra questão do brasileiro. (...) Você compreende, Manuel, a tentativa em que me lancei é uma coisa imensa, enorme, nunca foi pra um homem só. E você sabe muito bem que não sou indivíduo de gabinete. Não posso ir fazendo no silêncio e no trabalho oculto toda uma gramática brasileira pra depois de repente, pá, atirar com isso na cabeça do pessoal. (...) Careço que os outros me ajudem pra que eu realize a minha intenção: ajudar a formação literária, isto é, culta da língua brasileira. (...) A parte messiânica do meu esforço, o sacrificar minhas obras, escrevendo-as em língua que ainda não é língua, não é sacrifício de Jesus, é uma necessidade fatal do meu espírito e da minha maneira de amar, só isso. (...) Mas daí se pensar, ou você, como parece pela sua carta, que estou agindo por leviandade nesta questão de escrever brasileiro, vai um estirão largo, meu Manuel. Não senhor. Não sou leviano, não. (...) Você diz por exemplo que eu em vez de escrever brasileiro estou escrevendo paulista. Injustiça grave. Me tenho preocupado muito com não escrever paulista e é por isso que certos italianismos pitorescos que eu empregava dantes por pândega, eu comecei por retirar eles todos da minha escrita de agora. (...) Não estou escrevendo paulista, não. Ao contrário. Tanto que fundo na minha linguagem brasileira de agora termos do Norte e do Sul. (...) Não quero imaginar que o meu brasileiro – o estilo que adotei – venha a ser o brasileiro de amanhã. Não tenho essa pretensão, juro. (...) Estudei o português e estou consciente dos meus erros em português. Ao menos da grande maioria deles.[11]

---

10. Prefácio da edição *Cartas a Manuel Bandeira* (Rio de Janeiro, Simões, 1956), preparada pelo próprio Bandeira.
11. Carta a Manuel Bandeira, janeiro de 1925. [Esta é uma das maiores cartas de Mário a Bandeira, totalizando seis páginas.]

Esse fragmento epistolar nos dá uma boa ideia do que realmente Mário considerava ser a língua que ele estava criando, bem como a sua importância cultural. Aos poucos ele ia construindo esse seu projeto, imbuído de certo messianismo que era traduzido no seu desejo de contribuir para a formação culta e literária do Brasil. Ao perceber que não estava sendo compreendido por Bandeira, Mário se defende e afirma que não é leviano nessa empreitada linguístico-nacionalista, e que tampouco estava escrevendo em língua paulista. Os erros e modismos de linguagem criados por Mário eram todos praticados conscientemente por ele, e influenciavam na tentativa de normatização dessa nova língua. Bandeira se mostra contrário à ideia de uma língua brasileira, pelo menos do jeito que o seu mentor estava vislumbrando:

> Sobre a língua brasileira, só conversando. Que você foi com muita sede ao pote, não tem dúvida. (...) Depois acho perigoso tocar no ponto mais controverso desses assuntos – os fonemas e as suas representações. Pois se dentro do português é uma conflagração, que não será no português brasileiro? E isso de fonemas é um terreno tão instável! Duna perenemente errante do Nordeste praieiro. Primeiro sintaxe e léxico. Aliás não creio que o brasileiro se diferencie até constituir língua. Ele já é bem diverso do português, porém muito mais diverso do que o português de hoje é o português dos cancioneiros e a gente sente que a língua é a mesma. Não é possível uma transformação como aquela donde saíram as línguas românicas sem uma invasão de bárbaros. As eras das desintegrações linguísticas passaram. Hoje, ao contrário, tudo favorece as integrações. (...) O que nós devemos é enriquecer essa maravilhosa algaravia com os dengues, a graça e essa esculhambação brasileira amulatada e cabrocha. Sou contra a sistematização pessoal voluntária.[12]

Das tantas afirmações, uma é sentencial: "não creio que o brasileiro se diferencie até constituir língua". Esta será a principal tese na qual Bandeira se apoiará para não concordar com a proposta de uma língua brasileira. Para ele, o português falado no Brasil ainda não tinha sofrido uma variação suficiente para formar um novo idioma, tanto que ele tem como paradigma o sistema linguístico utilizado pelos cancioneiros portugueses da Idade Média, que, mesmo com a distância temporal, não podia ser considerado outra língua que não o próprio português. Para Bandeira, o enriquecimento do português falado no Brasil se daria à medida que incorporasse cada vez mais o léxico particular à realidade sociocultural do país, contribuindo não para a formação

---

12. Carta a Mário de Andrade, 16 de março de 1925.

de um novo idioma, mas valorizando cada vez mais a língua pátria que se mostraria então flexível às particularidades lexicais. Daí ele ser contra a uma sistematização pessoal voluntária, pois a mesma poderia cair no risco de certa individualidade que não seria o reflexo de uma pluralidade. Na opinião de Manuel Bandeira, Mário com as suas inovações estava caindo no perigo de uma considerável artificialidade, chegando mesmo a ser incompreendido por certas pessoas. É quando o autor de *Libertinagem* faz uma crítica:

> Se eu tivesse sanção sobre você, obrigá-lo-ia a tirar da sua linguagem o que a está assinalando como sua e os outros arremedam. Nisso é que você é escandalosamente, condenavelmente individualista. A sua ideia tão bela, a que eu aderi com ternura, está sacrificada pelo seu espírito de sistema. Você está escrevendo numa língua artificial que não é de você nem é dos brasileiros.[13]

Nesse momento, Bandeira já percebia que Mário estava caminhando rumo à intenção de doutrinar a sua nova língua, teorizando-a aos poucos e demonstrando-a nos seus escritos como um todo. Contudo, a afirmação de Bandeira de que teria "aderido com ternura" à proposta do amigo nos soa um tanto paradoxal, como está demonstrado nas suas próprias cartas.

No que concerne à artificialidade de tal linguagem, Bandeira terá sempre uma posição muito bem clara: Mário não estava se fazendo compreender em muita coisa que ele escrevia, a ponto de as pessoas condenarem a sua língua por não entendê-la.[14] Essa língua desconhecida de Mário em alguns momentos irritou Bandeira, despertando uma reação mais contundente:

---

13. Carta a Mário de Andrade, 4 de fevereiro de 1928.
14. A esse respeito, é interessante a opinião de Souza da Silveira, filólogo, professor de Língua Portuguesa do Colégio Pedro II e amigo pessoal de Manuel Bandeira. Quando o gramático teve contato com *Os contos de Belazarte*, a recepção foi inusitada, na forma de um certo "estranhamento" com a linguagem de Mário. Em 26 de dezembro de 1934, Silveira escreve ao autor de *Lira Paulistana* para compartilhar as suas ideias: "Não é a língua que falo, nem a que ouço falar; não é a dos autores brasileiros mais conhecidos (...) Não é a dos jornais (...) Parece-me que uma língua criada pelo escritor, uma língua sua, individual; – e daí essa impressão de artificialidade, que nos dá, daí o aspecto heteróclito, com que se apresenta; daí, enfim, a estranheza que nos causa, a dificuldade que encontramos em segui-la e o consequente cansaço que às vezes nos produz" [nota deslocada de MORAES, Marcos Antônio de (org.). *Correspondência Mário de Andrade & Manuel Bandeira*, p. 613]. Em outro momento da carta, Souza da Silveira reconhece que Mário "conhece a fundo" a Língua Portuguesa e "só se afasta das normas da língua literária quando quer e porque quer". Tal acontecimento foi importante pois iniciou a amizade epistolar entre esses dois vultos da cultura brasileira; na resposta ao gramático, Mário argumenta que a sua intenção era "encurtar a distância entre a língua geral brasileira e a literária".

Repito que isso não é português nem brasileiro nem língua nenhuma. Não é 'fato' da linguagem. A sua sistematização só é lícita quando se exerce sobre fatos de linguagem. <u>Me</u> desespera, <u>te</u> desespera, <u>lhe</u> desespera, <u>nos</u> desespera, mesmo <u>se</u> desespera (mais raro e em casos especiais) são fatos da língua: <u>o</u> desespera não. Não é fato da língua literária nem da língua popular ou familiar. E a sua insistência é tanto mais incompreensível quando se reflete que você põe sempre o interesse social acima das satisfações individualistas mais legítimas como são as do artista. Ora, esses purismos da sua gramatiquinha da fala brasileira irritam todo o mundo e prejudicam enormemente a sua ação social. Se irritam a mim, que sou seu amigo! ... Afinal falei, mas sei que será à toa.[15]

Um fato curioso é que Mário sempre foi deveras flexível no que concernia às propostas críticas de Bandeira quanto aos seus versos. Bandeira exercia uma espécie de autoridade junto ao amigo para propor mudanças sutis, ou mesmo totais, em diversos textos de Mário. Sabemos que poemas inteiros foram modificados por sugestão do autor de *Carnaval*. Mas quando o assunto era a Língua Brasileira, Mário se tornou um tanto irredutível; ele tinha a plena certeza do caráter de vanguarda dessa sua ideia, bem como a sua importância dentro de um estilo que propunha uma reavaliação dos conceitos de nacionalismo e posterior tomada de posição. Mesmo que muitos não o compreendessem, Mário de Andrade foi adiante com os seus planos, fazendo defesas e exposições apaixonadas sobre a sua língua, tanto que ele afirma:

> Agora vejamos de perto o problema da língua que você acha 'se tem afirmado dessocializante' etc. Não tem não, Manu. Pois você mesmo não se constituiu um dos advogados-do-diabo no início dessa minha tentativa? Não deve ter esquecido como estavam bem nítidas as minhas intenções nem que não iam além do possível as minhas ambições. Forcei a nota pra chamar a atenção sobre o problema, sempre com a intenção de no futuro, quando o problema estivesse bem em marcha (o que não quer dizer, resolvido), voltar a uma menos ofensiva verdade, e a uma mais lógica liberdade de mim. (...) Nem o meu trabalho resultou dessocializante, nem voltei pra trás. Pus um problema em evidência tão ferinte que toda a gente o encarou, dei uma liberdade nova (ajudei a dar, e com incontestável maior generosidade), de que toda a gente que importava se aproveitou (os que já não eram passado) e que hoje incontestavelmente é uma norma (você discutirá que um moço de hoje hesitará

---

15. Carta a Mário de Andrade, 30 de julho de 1933.

em errar uma colocação de pronome, por exemplo se carecer disso na sua expressão) (...). Repare mais que nos artigos de agora a minha linguagem não é a mesma dos estudos sérios, dos trabalhos pra livro etc. que publico ou faço. É que nos artigos a que não dou força de obra permanente, me reservo o direito de conservar com o meu descrédito, a evidência ferinte do problema (que por isso mesmo me repugna faz o problema requerer outra evidência e outras soluções). De resto a língua, creio que você bem sabe, não passa dum detalhe dum problema muito mais complexo e cuja complexidade está analiticamente se desenvolvendo em quase todos os marcos da minha obra.[16]

Mário é bem claro, toda a sua obra estava passando pelo crivo da nova língua, a ponto de Bandeira se indignar quando o amigo passou a grafar "intaliano" (e não italiano) em alguns dos seus textos. Outra problemática que é aludida nesta carta é a questão da colocação dos pronomes, aspecto este que muito aguçará os ânimos de Manuel Bandeira em longas explanações gramaticais e filológicas. Bandeira nunca escondeu o seu classicismo linguístico-literário, principalmente no que dizia respeito à estrutura gramatical da sua linguagem.

Uma prática de Mário, sempre discutida por Bandeira, era o uso dos pronomes oblíquos no início de certas orações; embora defensor de uma postura mais conservadora, o autor de *Carnaval* não ignorava o uso da próclise pronominal tão comum aos brasileiros, chegando mesmo a justificá-la em determinadas situações:

> Existia, como ainda existe, é inegável, atração do pronome oblíquo pela negação e pelos relativos. Essa atração em linguagem brasileira não é tão forte quanto na portuguesa mas não deixa de existir. Os brasileiros muitas vezes violavam essa tendência em virtude de muitas causas ainda obscuras (nunca foram pesquisadas) mas entre elas pode-se pôr a diferente acentuação dos termos do discurso com o quase desaparecimento da vogal muda. Veio uma reação gramatical de influência portuguesa e os escritores se puseram a observar as leis portuguesas. Essa tendência durante mais de 30 anos de uso geral não foi combatida, ao contrário, e o fato é que se formou uma tradição. Os ouvidos habituaram-se. Para fazer contramarcha agora me parece que é preciso muita discrição. O ouvido brasileiro muitas vezes tolera e até pede a violação da regra portuguesa.[17]

---

16. Carta a Manuel Bandeira, 16 de agosto de 1931.
17. Carta a Mário de Andrade, 13 de julho de 1929.

Percebemos certo equilíbrio de Manuel Bandeira nessas suas afirmações sobre o uso dos pronomes oblíquos da Língua Portuguesa falada no Brasil. Tal questão era importante nesse momento, pois a criação e posterior sistematização de uma nova língua não pode ignorar os trâmites da colocação dos pronomes. O objetivo principal de Mário era tentar reproduzir na escrita a fala brasileira tal qual ela se apresentava na oralidade do dia a dia, especialmente na prática das camadas mais pobres e populares, e é justamente nesse uso coloquial que a próclise supera a ênclise. Mário tinha uma clareza de julgamento muito nítida ao perceber tais verdades, tanto que ele fala a Bandeira sobre a problemática dos pronomes na sua linguagem:

> Confesso com lealdade que jamais refleti seriamente sobre isso, isto é, seriamente refleti sim, mas não refleti longamente. Mas a seriedade está nisto: se emprego flexões pronominais iniciando a frase, coisa que literariamente é erro, Me parece etc., devo empregar também literariamente 'O desespera' porque o caso é absolutamente o mesmo. Se trata duma ilação, é verdade, mas ilação absolutamente lógica sobre o ponto de vista psicológico, e tirada da índole brasileira de falar, o que a torna, além de filosoficamente certa, psicologicamente admissível. Diz você que não se trata dum fato de linguagem brasileira. Poderei estar de acordo. Mas isso se dá simplesmente porque o povo, pelo menos o povo rural é que a grande e pura fonte, ignora o 'o' pronominal, e diz, por exemplo, 'ele se desespera', 'desespera ele', 'fazer isso' e 'dizer isso' por fazê-lo e dizê-lo. Você tem o argumento dos alfabetizados da cidade. Sim, mas estes desque ponham um reparinho na fala, já não dizem 'me parece' também, porque o professor da escola primária proibia. Mas se dizem sem querer 'me parece', porque então não dizem 'o desespera'?[18]

Sendo um grande especialista em música popular e folclore, Mário tinha uma sensível percepção do coloquialismo que envolve a linguagem do povo menos abastado, por isso mesmo recolhia certos vocábulos e locuções próprios desses grupos e tentava incorporá-los à sua obra. Entretanto, essa incorporação quase sempre está em contradição com as normas cultas da Língua Portuguesa, pois sabemos que há um considerável abismo entre as leis canônicas da gramática e seu uso popular.

Bandeira não concorda com a afirmação contundente de Mário quando este diz que há uma lógica no interior e na estruturação de uma língua. Certamente, Bandeira o afirma por considerar a língua um sistema

---

18. Carta a Manuel Bandeira, 6 de agosto de 1933.

deveras híbrido e polimorfo, dificultando assim a apreensão dos aspectos que justifiquem uma lógica segura de organização. Respondendo essa questão, Bandeira escreve:

> As suas alegações de lógica não pegam. Não pegam, não pegam, não pegam. A língua não é uma criação lógica. Ou por outra, ela tem uma lógica que não é a individual e muitas vezes nos escapa. Justamente para não contrariar essa lógica é que é preciso a gente se conformar com os fatos da linguagem. Os gramáticos e os puristas só querem se conformar com os fatos da linguagem escrita, da linguagem literária, e muitos da linguagem literária dos clássicos e alguns de certos clássicos. Os que trabalham sobre os fatos da linguagem falada da classe cultivada é que me parecem no melhor caminho. As criações do povo em geral são as mais vivas e legítimas. Elas se impõem [à] classe cultivada quando nelas fala o gênio da língua. A sua lógica individual, como a de qualquer escritor culto só se exerce legitimamente até o ponto em que sistematiza dentro dos fatos da linguagem ainda que só populares. Começar o período com o, a oblíquos não me parecia fato da língua. (...) A língua afinal de contas vai se fazendo quer você ou quem quer que seja queira ou não queira. Escreva naturalmente, Mário. Adotando o que lhe pareça bom para a sua expressão, mas sem essa preocupação de exigir muito para obter um poucadinho. Você é escritor, não é gramático. Os escritores só podem influir na língua pelo gosto da expressão, não pela lógica. A lógica é para os gramáticos, que trabalham sobre a criação do gosto dos bons escritores.[19]

A lógica está diretamente ligada às premissas da razão, sendo esta verdade a principal dificuldade vista por Bandeira para admitir a afirmação de Mário, daí ele afirmar com certa veemência que "A língua não é uma criação lógica" e repeti-lo várias vezes. Um dos principais problemas vistos por Bandeira era a questão do individualismo desse projeto, o que fazia dessa língua uma criação absolutamente de Mário, e não de domínio público. Com isso, os fatos da linguagem seriam a apropriação de uma pluralidade sociolinguística, comum a uma comunidade de falantes e praticantes dessa língua, o que proporcionaria um caráter comunitário que tiraria a individualidade criticada por Bandeira.

Manuel Bandeira faz um sintomático alerta a Mário: "Você é escritor, não é gramático". Tal afirmação é importante pois deixa clara a intenção de Bandeira de fazer uma espécie de separação entre essas duas diferentes

---

19. Carta a Mário de Andrade, 7 de agosto de 1933.

posições: a de escritor e a de gramático. Aos gramáticos estão reservados os assuntos ligados à sistematização da língua, especialmente a escrita. A participação do escritor nos assuntos ligados à língua dar-se-ia particularmente na expressão, isto é, na criação literária; daí o conselho de Bandeira: "Escreva naturalmente, Mário". "Escrever naturalmente" seria a prática da escrita sem se preocupar necessariamente com a criação de uma língua, selecionando aquilo que fosse suficiente para exprimir a sua criatividade artística.

Mário de Andrade é ambíguo em alguns momentos quanto à sua disposição de criar uma nova língua que pudesse exprimir mais intimamente a nacionalidade brasileira. Em certos momentos, ele reconhece o seu próprio vanguardismo nesse assunto, em outros ele tenta se reservar quanto ao pioneirismo dessa questão: "Eu não tenho a mais mínima pretensão de criar uma língua (...) Eu me fiz instrumento duma coisa natural, e só".[20] Incontestavelmente, todo esse embate de ideias foi interessante pois fomentou um sadio e complexo diálogo entre Mário e Bandeira através das suas cartas.

O modernismo resgatou os debates ideológicos acerca do nacionalismo e das suas dinâmicas. Com uma proposta de inclusão dos elementos sociais excluídos da realidade capitalista brasileira, o movimento cultural adquire também uma conotação política, que o enriquecerá demasiadamente. O que Mário certamente percebia é que o não domínio da língua sempre foi um aspecto de exclusão das benesses fundamentais para uma sobrevivência digna do brasileiro, perpetuando assim um modelo de sociedade centrado nas desigualdades provocadas pela má distribuição da renda entre os seus.

Culturalmente falando, o autor de *Pauliceia desvairada* tinha a total clareza de que as manifestações literárias brasileiras por muito tempo privilegiaram as camadas mais abastadas da nossa sociedade, especialmente no que dizia respeito à linguagem utilizada em tais obras – sempre rígida e privilegiando os cânones gramaticais vigentes. Embora saibamos que certas tentativas – como o Romantismo – foram feitas no afã de abrasileirar um pouco mais a linguagem, percebemos que não avançaram além de um considerável aproveitamento do léxico nacional, especialmente o indígena, que passou a integrar determinadas obras. Todavia, a estrutura sintática das orações não tinha mudado, valorizando demasiadamente os rigores gramaticais como o uso da mesóclise pronominal, tão rara (ou inexistente) na linguagem coloquial.

---

20. Carta a Manuel Bandeira, 6 de agosto de 1933.

III. Cartas do modernismo

Tal verdade fez Mário perceber que existia um profundo abismo entre a língua geral falada e a literária, tendo esta última sempre se aproveitado até então das regras que a normatizavam. É quando ele se lança à missão de diminuir essa distância, passando a escrever com uma nova linguagem, chamada por ele ora de língua nacional, ora de língua brasileira.

Somente a citação do termo *língua brasileira* já nos fornece motivo suficiente para um caloroso debate. Desde muito tempo que se discute se o Português praticado no Brasil sofreu uma variação considerável a ponto de se tornar uma nova língua. Manuel Bandeira é totalmente contrário a essa tese, para ele deveras remota, e insiste que mesmo que tenha passado por inúmeras modificações e variações ao longo do tempo e dos espaços geográficos, o idioma de Camões ainda é o mesmo, não havendo, portanto, uma nova língua.

Mário respeita as opiniões críticas do amigo, porém se mostra irredutível na sua opinião de que algo deveria ser feito para expressar essa nova tomada de posição, é quando surge o momento da língua nacional. Mário passa então a utilizar uma linguagem diferente, que ele julgava se aproximar da língua falada pelos brasileiros, principalmente daquela falada pelas camadas mais simples da população. Ele então consegue incorporar esse novo código à sua obra.

A língua nacional não foi compreendida por muitos, pois achavam que era incompreensível e artificial, fruto de um posicionamento individual, e não de uma coletividade. Bandeira insistiu muito nesse aspecto com Mário, que se justificava e sempre defendia o seu projeto como algo necessário dentro do debate linguístico-nacionalista. Ainda que sua língua não tenha se difundido a ponto de ser praticada de forma plural, somente a disposição de introduzi-la na linguagem literária é um fato que merece destaque, pois denota o vanguardismo da proposta e de quem a criou.

REFERÊNCIAS

ANDRADE, Mário de. *Cartas a Manuel Bandeira*. Rio de Janeiro: Simões, 1956.

INOJOSA, Joaquim. *O Movimento Modernista em Pernambuco*. Recife: Tupy, 1968.

MORAES, Marcos Antonio de. *Correspondência Mário de Andrade & Manuel Bandeira*. São Paulo: EDUSP, 2000.

RODRIGUES, Leandro Garcia. *Alceu Amoroso Lima*: Cultura, Religião e Vida Literária. Tese de doutorado. Rio de Janeiro: Pontifícia Universidade Católica do Rio de Janeiro, 2009.

_____. *Uma Leitura do Modernismo – Cartas de Mário de Andrade a Manuel Bandeira*. Dissertação de mestrado. Rio de Janeiro: Pontifícia Universidade Católica do Rio de Janeiro, 2003.

LÚCIO CARDOSO E MÁRIO DE ANDRADE – CORRESPONDÊNCIA[1]

> *Um conselho de amigo: nunca escreva cartas. Dê somente entrevistas. As cartas traem, são terrivelmente cartas.*
>
> Lúcio Cardoso, *Diários*

A relação epistolar entre Mário de Andrade e Lúcio Cardoso foi pequena, somando ao todo quatro peças: uma carta enviada por Lúcio, duas cartas e um cartão de visitas enviados por Mário.

Embora reduzido, este epistolário dá boas pistas da amizade entre ambos, especialmente a análise crítica que Mário fez do romance *A luz no subsolo*, na carta de 20 de agosto de 1936, enviada a Lúcio. Com uma leitura marcada pelo estranhamento em relação ao estilo, à ideologia e às opções literárias do autor de *Salgueiro*, percebe-se um certo interesse de Mário, uma atração pela diferença que Lúcio Cardoso lhe apresenta no então panorama da produção literária brasileira da década de 30 do século passado, tão marcada que foi pelos mais diferentes regionalismos e romances de tese.

Diferente ou não em relação à literatura de então, Mário foi preciso numa afirmação que muito bem define a obra de Lúcio: "Deus voltou a se mover sobre a face das águas". De fato, escritores como Octávio de Faria, Cornélio Pena, Murilo Mendes, Jorge de Lima, Augusto Frederico Schmidt, Henriqueta Lisboa e o próprio Lúcio Cardoso trouxeram Deus e suas idiossincrasias e interrogações para a literatura que eles produziram, fato este

---

[1]. Publicado, sob título homônimo, em RODRIGUES, Leandro Garcia (Org.). *Lúcio Cardoso – 50 anos depois*. Belo Horizonte: Relicário Edições, 2020. p. 97-105.

que provocou (e ainda provoca) incompreensões e miopias críticas. Quero, neste capítulo, resgatar esta amizade entre ambos e analisar os seus efeitos e impactos, no sentido de enriquecer um pouco mais o discurso crítico em torno da obra de Lúcio Cardoso, contribuindo um pouco mais na exegese do seu pensamento e da sua complexa escrita.

Para tanto, alguns detalhes metodológicos se fazem necessários, especialmente por se tratar de cartas e, com elas, os problemas teóricos e críticos próprios do gênero epistolar. Como são poucas missivas, aumentei esse diálogo com fragmentos do diário de Lúcio Cardoso que falavam e/ou citavam Mário de Andrade de alguma forma, propondo que o diário possa responder às cartas e vice-versa. Esta opção foi apenas no sentido de enriquecer a análise, resgatando como e quando Lúcio registrou – ao longo da vida – o nome e a influência de Mário. Todas essas citações foram retiradas do volume (Editora Civilização Brasileira, 2012) organizado por Ésio Macedo Ribeiro, que congrega toda a escrita diarística de Lúcio Cardoso. Um problema destes fragmentos diarísticos diz respeito à não identificação, em alguns casos, de uma data clara e específica para cada passagem, especialmente em relação ao dia do registro. Assim, soluções do tipo "dezembro de 1959" foram utilizadas no sentido de aproximar ao máximo possível do momento da escrita de Lúcio. Outro detalhe é a minha opção de grafar em itálico esses mesmos fragmentos, apenas como estratégia para diferenciá-los dos textos das cartas.

Do ponto de vista ortográfico em relação às cartas de Mário de Andrade, são conhecidas as formas "si", "siquer", "amilhoramento" etc. com as quais o autor de *Macunaíma* expressava o seu nacionalismo linguístico, tudo no sentido de criar a sua "língua brasileira", como ele tão bem debateu na sua correspondência pessoal com Manuel Bandeira.[2] Para este trabalho, optei por atualizar tais estruturas (poucas) à forma ortográfica vigente, pois não vejo perda/prejuízo de sentido hermenêutico em tal procedimento de transcrição. Quanto à ortografia de Lúcio Cardoso, pelo menos nestas cartas, não houve qualquer particularidade que se possa ressaltar.

Mantive todos os trechos sublinhados pelos missivistas no texto original. Tal decisão se deu pelo fato de que este procedimento foi usado para ressaltar ideias importantes, possibilidades de reflexão e/ou consideração, bem

---

2. Cf. o volume desta correspondência organizado por Marcos Antônio Moraes, publicado pela EDUSP em 2000.

como permaneceram as formas "pra" e "pro", pois indicam a velocidade de linguagem e de pensamento refletida na escrita de ambos.

No que concerne à identificação das missivas, optei pela sigla MA (Mário de Andrade) e LC (Lúcio Cardoso) para identificar adequadamente cada uma das peças trocadas nesta rápida correspondência. No rodapé, elaborei algumas notas descritivas em relação aos originais: estado do papel, dimensões, condições físicas etc., tudo no sentido de dar ao leitor a possibilidade de visualizar o texto-fonte.

Com a explicação destas opções metodológicas, espero que o leitor possa compreender melhor o conteúdo destes importantes textos, tão necessários para se compor o quebra-cabeça biográfico de cada um destes correspondentes, bem como para aumentar o entendimento acerca da literatura modernista brasileira.

De cartas e diários

Releio alguns ensaios de Mário de Andrade, procurando rememorar as duas ou três vezes em que o vi. Tenho presente na memória uma máscara contraída, desconfiada sob linhas sem muita amenidade. Quando o encontrei pela primeira vez, menino ainda, falou-me todo o tempo em Augusto Frederico Schmidt, de quem então ele me considerava um admirador e um discípulo. Admirador, sim – e sabia até alguns poemas de cor. Discípulo, não sei... Tenho sido tão mal discípulo de tanta gente grande!

Outra vez, no consultório de Jorge de Lima, encontrei Mário de Andrade em palestra com o poeta Deolindo Tavares.[3] Falamos em Cézanne e Van Gogh – eu, com aquela incontinência de quem está começando a descobrir as coisas, o autor de Belazarte provavelmente com um acerto de quem não me recordo mais... Hoje, que rememoro isto, não estão vivos nem Mário de Andrade, nem Deolindo Tavares. No entanto, as figuras permanecem nítidas, e eu os revejo agora, bloqueados num mútuo desconhecimento – a selvageria, a sensibilidade em carne viva de Deolindo Tavares! – enquanto eu também, um pouco desnorteado, esforçava-me para brilhar numa conversa que não interessava a ninguém. (Diários, dezembro de 1950, p. 317)[4]

---

3. Deolindo Tavares (1918 – 1942). Poeta e escritor natural de Recife (PE), morou um certo tempo na antiga capital federal, aproximando-se dos artistas nordestinos que viviam no Rio de Janeiro. Publicou postumamente o livro *Poesias*, pela editora Irmãos Pongetti, em 1955.
4. Por opção, os fragmentos do *Diário* de Lúcio Cardoso estão aqui grafados em itálico para não se confundir com as cartas trocadas entre ambos.

Cartas que falam

LC – MA[5]
[Carta][6]

Rio, 21/6/35
Mário de Andrade:
Há bastante tempo já, recebi o seu 'Belazarte',[7] o que me obriga agora a lhe pedir desculpas por não ter agradecido há mais tempo a sua lembrança. Entretanto, estive doente e passei alguns meses fora. Só agora, por intermédio de José Lins do Rego,[8] consegui o seu endereço, pois tenho visto muito pouco

---

5. LC: Lúcio Cardoso; MA: Mário de Andrade.
6. A folha na qual Lúcio Cardoso escreveu esta carta a Mário de Andrade possui uma grande legenda no seu timbre; embora longa, vale a pena registrá-la integralmente, até mesmo pelos nomes citados, o que pode favorecer elementos críticos e biográficos: "Presidente / Dr. F. Solano Carneiro da Cunha / Diretores / Dr. Afrânio de Mello Franco / Dr. Justo Mendes de Moraes / Dr. João Daudt de Oliveira / Conselho Fiscal / Dr. F. Mendes Pimentel / Dr. Virgílio de Mello Franco / Dr. Edmundo da Luz Pinto / Suplentes / Dr. Alceu de Amoroso Lima / Dr. Heráclito Sobral Pinto / Dr. Francisco de Sá Lessa".
7. *Contos de Belazarte* foi publicado pela editora Piratininga, em 1934.
8. José Lins do Rego (1901 – 1957) foi um dos mais importantes escritores da segunda fase do nosso modernismo, conhecida pela produção regionalista, especialmente do nordeste brasileiro. Nascido em uma família de antigas tradições, porém em graves crises financeiras, representou esta decadência em boa parte da sua obra, principalmente *Fogo morto*. Obteve um grande sucesso de público, o que enfurecia outros escritores mais intimistas, como Octávio de Faria, Cornélio Pena e o próprio Lúcio Cardoso. Escrevendo a Lúcio Cardoso a respeito do romance *A Luz no subsolo*, assim afirmou Octávio de Faria, em carta de 18/4/1936: "Para ser absolutamente franco para com você, o que vem acontecendo comigo em relação à 'Luz' é isso. Minha vontade, meu impulso natural é sair gritando: rua, canalha! (Zé Lins e Zé Linsinhos) rua, que o que interessa está aqui. Pode não ser ainda o definitivo, mas é isso – os defeitos não importam. (...) Por sinal: o trecho publicado em 'Letras' impressiona muito, mesmo lido assim sozinho. Grande qualidade. Nossos amigos Zé Lins e Jorge Amado já não devem estar dormindo direito" (FCRB / Arquivo Museu de Literatura Brasileira / Arquivo Lúcio Cardoso / Dossiê Octávio de Faria – carta inédita). José Lins do Rego publicou muitos títulos, dos quais destaco *Menino de Engenho* (Editora Andersen, 1932), *Banguê* (José Olympio, 1934), *Usina* (José Olympio, 1936) e *Fogo Morto* (José Olympio, 1943).

III. Cartas do modernismo

o Rosário Fusco.⁹ Posso lhe garantir, que apesar de tudo, o preto Ellis há muito ocupa um lugar de destaque no meu coração.¹⁰
Vai aí junto, o 'Salgueiro',¹¹ sobre que conversamos naquela noite.
Um abraço do
Lúcio Cardoso

MA – LC
[Cartão de visita]¹²

Ao Lúcio Cardoso, estes dois ensaios em gratidão pelo seu admirável *Salgueiro*. Gostei muitíssimo. Com um abraço do
Mário de Andrade

Ainda Guimarães Rosa: como Mário de Andrade gostaria de encontrar este livro. Macunaíma, com todos os exageros dos precursores, é um São João Batista do Corpo de baile. (Diários, 4/9/1956, p. 573).

MA – LC
[Carta]¹³

São Paulo, 20 de Agosto de 1936.
Lúcio Cardoso.

---

9. Rosário Fusco (1910 – 1977) foi romancista, poeta, dramaturgo, jornalista e crítico literário. Autor de grande talento, já muito jovem iniciou na vida literária, participando ativamente da criação do manifesto e da revista *Verde*, de Cataguases (MG), em 1927. Mudou-se para o Rio de Janeiro em 1932, onde se formou em Direito e também iniciou uma intensa atividade na imprensa como crítico literário e jornalista. Em 1940, publicou o romance *O Agressor*, sua obra de maior repercussão, considerado pela crítica um excelente exemplo de romance surrealista. Publicou *Fruta de conde* (Ribeiro Garcia, 1929), *Política e Letras* (José Olympio, 1940), *Vida Literária* (SEP, 1940), *O agressor* (José Olympio, 1943), *Introdução à experiência estética* (MEC, 1952), dentre outros. Sabe-se que Mário de Andrade e Lúcio Cardoso se conheceram na residência de Rosário Fusco, no Rio de Janeiro, em data e evento desconhecidos.
10. A pesquisa não encontrou qualquer referência e/ou explicação para esta afirmação.
11. *Salgueiro* foi publicado pela Livraria José Olympio Editora em 1935.
12. Cartão de visitas manuscrito, 6cm x 10cm, papel cartão branco, sem data. Timbre: "MÁRIO DE ANDRADE". Estado de conservação bom, com uma dobradura no canto superior direito, amarelado pela ação do tempo. Assinatura: "Mário de Andrade".
13. Carta assinada "Mário de Andrade"; datiloscrita em tinta preta, 21cm x 26cm, papel ofício verde, 1 folha. Forma de tratamento: "Lúcio Cardoso". Estado de conservação: bom, com pequenas manchas amareladas na lateral direita, um pequeno rasgo no canto inferior esquerdo. Assinatura: "Mário de Andrade", manuscrita.

Muito obrigado pelo envio da *Luz no Subsolo*.¹⁴ Que romance estranho e assombrado você escreveu! Já tinha começado a ler ele quando recebi o presente, e agora ajunto este à minha vaidosa coleção de 'exemplar dedicado e não cortado' que guardo junto ao exemplar cortado, lido e anotado. Quase sempre anotado. Este seu não anotei. Me deu um bruto de soco no estômago, fiquei sem ar, li, lia, o caso me prendia, os personagens não me interessavam, às vezes as análises me fatigavam muito, às vezes me iluminavam, não sabia em que mundo estava, inteiramente despaisado. Falar que gostei do seu livro, não seria propriamente uma insinceridade. Seria muito mais vaidade de escritor já da segunda linha e que quer bancar o conhecedor *up to date*. Achei seu livro absurdo porque os personagens <u>me pareceram</u> absurdos. Tanto no Brasil como em qualquer parte do mundo. E não me pareceram, não cheguei a senti-los como personagens do outro mundo. Loucos? Aberrados de qualquer realidade já percebida por mim? Ou antes criaturas exclusivamente criadas pelo autor pra demonstrar a sua percepção sutil e pra mim um bocado confusa (não compreendi exatamente) da luz no subsolo? Tive mais a sensação que se tratava deste último caso.

E no entanto, não gostando do todo, não me interessando os personagens, não vivendo muitas das análises, não percebendo muitas das reticências, gritos, medos, gestos: apesar de tudo, fui até o fim, preso, lendo horas seguidas. É verdade que esta prisão ao livro derivava em parte duma curiosidade falsa: esse desejo que dá às vezes, romanticamente, de saber o que vai acontecer pros personagens. Mas nesse caso é que os personagens viveram dentro de mim!... Seu livro é um forte livro. Artisticamente me pareceu ruim. Socialmente me pareceu detestável. Mas compreendi perfeitamente a sua finalidade (no livro) de repor o espiritual dentro da materialística literatura de romance que estamos fazendo agora no Brasil. Deus voltou a se mover sobre a face das águas¹⁵. Enfim.

---

14. *A luz no subsolo* foi publicado em 1936, pela editora José Olympio.
15. A relação de Mário de Andrade com a religião, particularmente o catolicismo, foi pacífica na infância e juventude, porém tensa e amargurada na fase adulta, principalmente no fim da vida. Em 5 de março de 1939, Mário iniciava a sua atividade de colunista do jornal carioca *Diário de Notícias*, substituindo Rosário Fusco. Sua primeira colaboração foi o texto "Começo de Crítica", no qual ele fornece uma forma toda pessoal de crer em Deus: "O que sou?... Creio em Deus, tenho essa felicidade. E jamais precisei de provas filosóficas para crer. Deus é uma espécie de constância do meu ser (não se dará o mesmo com todos?), eu O sinto na ponta do meu nariz. Mas se trata de uma entidade verdadeiramente sobre-humana, que a minha inteligência não consegue alcançar, de uma grave superioridade silenciosa. Isso, aliás, se percebe muito facilmente no severo agnosticismo em que descansa toda a minha confraternização com a vida. Deus jamais não me pre-

III. Cartas do modernismo

É possível que você tenha agido um pouco nazistamente, ou comunistamente demais. Quero dizer: viu por demais a tese, teve o desejo de agir de certo modo e abandonou por essa norma de ação e intenção, arte e realidade.
Também senti o esforço pessoal de não marcar passo, transformar-se, completar-se. Também aplaudo isso violentamente.
E assim fiquei. Você perceberá pela sinceridade desta carta que seu livro me fez percorrer escalas de vaidade pessoal, de esforço de compreensão, de desejo de gostar, de prazeres reais e de impossibilidades pessoais de acertar. Mas me prendeu. Livro ruim, livro bom: sou incapaz de decidir. Mas que é a abertura de uma coisa nova pra nós, uma advertência forte, é incontestável. E você, cristalizado nesse caminho que abriu, quando as suas intenções forem menos ostensivas e o seu amor dos homens e da vida voltar, dominando a intenção, você não sei, não sou profeta, acho besta profetizar, parece que estou consolando você dum livro errado! Quando não tenho elementos meus pra garantir que você errou!...
Um grande abraço do
Mário de Andrade

Creio que foi nessa mesma tarde que ele me convidou para ir à casa de um mineiro, sujeito simpático e inteligente. Fui. Fiquei conhecendo Rosário Fusco, que desde então se tornou meu amigo. Mas o conhecimento que aí fiz e que mais me impressionou foi o de Mário de Andrade. Parecia dedicar a Fusco um paternal afeto. (Diários, 4/12/1956, p. 669)

MA – LC
[Carta][16]

São Paulo, 18 de Maio de 1937.
Ilmo. Sr.
Lúcio Cardoso

IPANEMA – RIO DE JANEIRO.

---

judicou a minha compreensão dos homens e das artes" (Andrade, 1993, p. 13). Para um maior aprofundamento dos dramas pessoais de Mário com a religião, Cf. RODRIGUES, Leandro Garcia (Org.). *Correspondência Mário de Andrade & Alceu Amoroso Lima*. São Paulo: EDUSP/PUC-Rio, 2018.
16. Carta datiloscrita em tinta preta, 21cm x 30cm, papel ofício amarelo, 1 folha. Timbre: "Prefeitura do Município de S. Paulo / DEPARTAMENTO MUNICIPAL DE CULTURA". No canto superior esquerdo, há o brasão municipal de São Paulo. Estado de conservação: regular, com pequenas manchas amareladas no centro da folha, diversas rasgaduras no centro superior e no canto superior direito e também na lateral direita, ao meio da folha. Assinatura: "Mário de Andrade", manuscrita em tinta preta.

No intuito de facilitar os trabalhos do Congresso de Língua Nacional Cantada,[17] que o Departamento de Cultura realizará na semana de 7 a 14 de julho deste ano, esta Diretoria vem solicitar de V. S. a especial fineza de providenciar para que estejam neste Gabinete, as teses e comunicações de sua colaboração, quinze dias, ou no mínimo 7 dias antes da realização do Congresso. Pede-lhe também a gentileza de avisar às pessoas que por seu intermédio se prestaram a colaborar em tão útil empreendimento. As teses necessitam estar nesta Diretoria com a antecedência pedida para serem devidamente mimeografadas e distribuídas aos Srs. Congressistas.

Na expectativa de ser atendida em seu apelo, agradecendo, esta Diretoria aproveita o ensejo para apresentar a V.S. as suas

Cordiais saudações

Mário de Andrade

Diretor.

REFERÊNCIAS

ARQUIVO MÁRIO DE ANDRADE. Instituto de Estudos Brasileiros da Universidade de São Paulo.

BIBLIOTECA MÁRIO DE ANDRADE. Instituto de Estudos Brasileiros da Universidade de São Paulo.

CARDOSO, Lúcio. *Diários* – organização de Ésio Macedo Ribeiro. Rio de Janeiro: Civilização Brasileira, 2012.

MORAES, Marcos Antônio (Org.). *Correspondência Mário de Andrade & Manuel Bandeira*. São Paulo: EDUSP, 2018.

RODRIGUES, Leandro Garcia (Org.). *Correspondência Mário de Andrade & Alceu Amoroso Lima*. São Paulo/Rio de Janeiro: EDUSP/PUC-Rio, 2018.

---

17. O Congresso de Língua Nacional Cantada aconteceu entre os dias 7 e 14 de julho daquele ano, no Teatro Municipal de São Paulo, por iniciativa da gestão de Mário de Andrade à frente do Departamento Municipal de Cultura de São Paulo. Foi uma iniciativa realmente inédita, contando com a presença de especialistas em língua, literatura, música, composição musical etc. Dentre os vários participantes, destacam-se as presenças de Heitor Villa-Lobos, Antenor Nascentes, Manuel Bandeira, Oneyda Alvarenga e Camargo Guarnieri. No ano seguinte, o mesmo Departamento publicou os *Anais* do evento, que traz um precioso conteúdo científico em torno dos debates e das apresentações. Não consta a participação de Lúcio Cardoso neste evento.

AS FICÇÕES EPISTOLARES DE UMA *CRÔNICA*[1]

Em geral, costuma-se afirmar que a literatura brasileira produziu pouca ficção epistolar, principalmente romances. Informação sintomática e que revela muito da nossa complicada produção literária, na qual o gênero epistolar não obteve o mesmo espaço de expressão como nas literaturas francesa e inglesa, por exemplo, sempre lembradas como aquelas em que a carta aparece como elemento constituinte e definidor de alguns enredos.

Nesse sentido, *Crônica da casa assassinada*, de Lúcio Cardoso, mostra-se como um importante diferencial: um dos romances mais complexos da nossa literatura, com clara estrutura epistolar, com inúmeras cartas que complicam e enriquecem o seu enredo, textos estes definidores dos dramas e fantasmas pessoais dos seus remetentes e destinatários. Enfim: cartas que expressam náuseas e rancores definidores de uma família em franca decadência moral e existencial.

Questões da ficção epistolar

Na "Primeira carta de Nina a Valdo Meneses", assim afirma o narrador:

> (...) Não se assuste, Valdo, ao encontrar esta entre seus papéis. Sei que há muito você não espera mais notícias minhas, e que para todos os efeitos me considera uma mulher morta. Ah, Deus, como as coisas se modificam neste mundo. Até o vejo, num esforço que paralisa a mão com que escrevo, sentado

---

1. Publicado no dossiê sobre "Crônica da Casa Assassinada", na revista *Opiniães* (Revista dos Alunos de Literatura Brasileira da USP), São Paulo, ano 9, n. 17, jul.-dez., 2020.

diante de seu irmão e de sua cunhada, na varanda, como costumavam fazer antigamente, e dizendo entre dois grandes silêncios: 'Afinal, aquela pobre Nina seguiu o único caminho que deveria seguir...' (...) E eis que de repente, sobre a poeira habitual que cobre seus livros de cabeceira, você encontrará esta carta. Talvez custe um pouco a reconhecer a letra – talvez não custe, e então seu coração bata com um pouco mais de força, enquanto pensa: 'Aquela pobre Nina, de novo'. (Cardoso, 1979, p. 27)

Interessante notar, nas cartas que se espalham pela *Crônica*, um total descompromisso do seu autor pelos elementos textuais que compõem, tradicionalmente, o gênero epistolar: data, vocativo, introdução, despedida e assinatura. Essas cartas já começam em pleno desenvolvimento do assunto, partindo do princípio de que há um entendimento acerca de questões prévias, uma certa ideia de cumplicidade entre narrador e leitor. Isso sem dizer do uso abusado e até exagerado de reticências e períodos inteiros em branco, vazios gráficos, espaços truncados intencionalmente, criando uma espécie de fragmentação do discurso próprio de certas narrativas, próprio da ficção. E continua:

> Ao escrever esta carta, quisera transmitir exatamente as condoídas expressões que tem para com a situação que atravesso. Só assim, talvez, você pudesse compreender que este mundo, cuja opinião parece pesar tanto em seu conceito, não está ao seu lado, e sim do meu. (...) Suspendi esta carta um pouco, a fim de enxugar o pranto que me subia aos olhos. É difícil escrever, e é mais difícil ainda escrever quando se tem palavras de amor que nos sobem aos lábios, mas o coração se cala sob o peso das mais duras queixas. (ibid., p. 31)

É uma carta, se ainda resta alguma dúvida: é uma carta. Não apenas pelo discurso na primeira pessoa do singular, mas também porque temos a clara presença dialógica de um interlocutor, ou seja, um "você" que funciona aqui como destinatário, uma das principais características da epistolografia. Interessante notar uma certa metalinguagem ficcional quanto ao ato de escrever a carta: "É difícil escrever, e é mais difícil ainda escrever quando se tem palavras de amor que nos sobem aos lábios". O narrador pensa e reflete sobre o complicado ato de escrever a sua carta, algo que lhe é dolorido, uma escrita que expõe as suas feridas, as queixas e as tristezas recônditas do seu eu.

III. Cartas do modernismo

De fato, existe uma dimensão de ficção nas cartas e, em geral, nas correspondências. Não confundir aqui romance epistolar[2] com a dimensão ficcional de certas cartas, de certos epistolários. Embora sejam situações diferentes, elas dialogam entre si, possibilitam cruzamentos e pontes que ajudam a compreender a complexidade do primeiro caso. Analisando as cartas de amor trocadas entre o poeta Fernando Pessoa e sua amada, Ofélia Queiroz, assim afirma Leyla Perrone-Moisés (2000, p. 179):

> Acreditar que as cartas de amor de um poeta são mais reveladoras de seu 'verdadeiro eu' do que seus textos literários é mais do que um engano, é uma ingenuidade. Em se tratando de Fernando Pessoa, poeta que fundamentou o essencial de sua obra na questão do 'fingimento verdadeiro', o problema da sinceridade de suas cartas de amor é uma questão em abismo e, por isso mesmo, fascinante.

O narrar, em si, é um ato ficcional; e o que são as cartas senão textos narrativos? Existe um contar sobre si e sobre os outros, narra-se a si próprio e as experiências de outros citados e comentados ao longo da dinâmica missivista.[3] A respeito da dimensão ficcional na epistolografia, é sempre bom lembrar o exemplo problemático de Mário de Andrade, para quem escrever cartas era também um exercício de escrita literária:

> Aquela pergunta desgraçada 'não estarei fazendo literatura?', 'não estarei posando?', me martiriza também a cada imagem que brota, a cada frase que ficou mais bem feitinha, e o que é pior, a cada sentimento ou ideia mais nobre e mais intenso. É detestável, e muita coisa que prejudicará a naturalidade das minhas cartas, sobretudo sentimentos sequestrados, discrições estúpidas e processos, exageros, tudo vem de uma naturalidade falsa, criada sem pensar

---

2. Segundo Ernstpeter Ruhe (2009, p. 381; tradução nossa), a definição mais básica para romance epistolar, largamente aceita pelos escritores franceses dos séculos XVIII e XIX, afirmava que: "Será considerado como um romance epistolar qualquer história em prosa, longa ou curta, em grande parte ou totalmente imaginária na qual as cartas, parcial ou totalmente fictícias, são usados de certa forma como uma estratégia para contar histórias ou desempenhar um papel importante no desdobramento destas histórias".
3. De acordo com Geneviève Haroche-Bouzinac (2016, p. 168; p. 171-172): "A correspondência atua como um reservatório, convertendo-se na fonte que alimenta a criação: parágrafos inteiros, transpostos, vão alimentar a ficção, tanto de maneira direta quanto indireta. [Desta forma] A correspondência, que pertence à vida vivida, é despejada com pouquíssimas alterações na vida imaginada. (...) A carta se faz receptáculo dos transbordamentos da ficção".

ao léu da escrita pra amainar o ímpeto da sinceridade, da paixão, do amor. (Andrade apud Moraes, 2007, p. 70)

"Não estarei fazendo literatura?" – trata-se de uma questão sempre pertinente para os pesquisadores do gênero epistolar, especialmente porque estamos lidando com experiências de textos e gêneros híbridos, plurissignificativos, que se esticam em performances expressivas que revigoram a própria noção de gênero literário.[4] Nesse sentido, *Crônica da casa assassinada* é um feliz e instigante exemplo: um romance totalmente híbrido no que concerne às fronteiras e presenças do próprio gênero narrativo, no qual temos grafias de cartas, diário, memórias, (auto)biografia etc.,[5] tudo hibridizado na economia do seu enredo.[6] Ou seja, trata-se de um romance assaz polifônico não apenas no que concerne às vozes que nele atravessam, mas também no que diz respeito à sua estrutura, na (des)organização dos gêneros que o compõem, fator este que contribui para a sua riqueza expressional.

De certa forma, e guardando todas as devidas proporções e possibilidades, acredito que as cartas se tornam ficção e representação da vida de

---

4. A este respeito, lembro o que afirmou Marcos Antônio Moraes (2007, p. 75): "A experiência comum de quem escreve cartas não ignora que o carteador se modifica em graus diferentes, moldando-se pela imagem que tenciona mostrar ao outro, reflexo não muito distante das ações sociais que modelam o indivíduo em mil facetas da personalidade. Esse caráter particular e intransferível da carta determina um espaço narrativo subterrâneo, protegido pelo segredo, próximo de uma 'encenação' do eu, consciente ou apenas movido pela intuição".
5. Em sua dissertação de mestrado, Eduardo Marinho da Silva (2019, p. 48) faz um interessante esclarecimento: "Os registros escritos dos dez narradores-personagens são representados na narrativa como manuscritos, isto é, como relatos escritos à mão, em um determinado tipo de suporte e, algumas vezes, até com a indicação de mudanças na caligrafia ou da cor da tinta empregada na escrita. Estes manuscritos são ficcionais, ou seja, foram produzidos por personagens de ficção". Entretanto, a respeito desta mesma questão, Júlio Castañon Guimarães (apud Silva, 2019, p. 49) explica que estes "manuscritos ficcionais" estão interligados a "manuscritos reais", atualmente salvaguardados no arquivo de Lúcio Cardoso, na Fundação Casa de Rui Barbosa: "O manuscrito ficcionalizado na Crônica brotou do manuscrito real hoje depositado num arquivo. A concatenação dos manuscritos de cartas, depoimentos, diários, memórias na narrativa da Crônica torna-se palpável no conjunto de originais, que, no processo de sua ordenação e classificação, acarretam uma análise da organização da narrativa. Com esse material, está-se, portanto, diante de manuscritos reais de manuscritos ficcionais, havendo uma interação das duas dimensões".
6. Indicando a futura composição da sua obra, é o próprio Lúcio Cardoso (apud Carelli, 1988, p. 183) quem esclarece: "Em Crônica da casa assassinada a história já aconteceu e aflora por meio de cartas, documentos, diários, confissões etc. Está esfacelada no tempo. É uma reconstituição".

III. Cartas do modernismo

quem as escreve. Há, claramente, um sintomático dispositivo de *mise-en-scène* na relação remetente-destinatário, sendo mais forte naquele que escreve a carta. É o perigo de confiarmos nessas escritas do eu, nesses textos autográficos que levam a marca da primeira pessoa do singular, que iludem no que concerne à verdade. Assim, considero perigosa essa dicotomia carta autêntica *vs.* carta fictícia, e lembro a opinião de Geneviève Haroche-Bouzinac (2016, p. 193):

> Utilizada para restabelecer uma situação, a carta pode igualmente, na vida real, ser usada como ferramenta dramática, destinada a criar circunstâncias novas: uma verdadeira carta falsa permite puxar os fios dos acontecimentos. O processo cujo objetivo é fazer com que se acredite na verdade de cartas fabricadas de modo fraudulento não é idêntico ao que pretende integrar as cartas num conjunto epistolar de coloração romanesca. Recorrendo a uma explicação cômoda, procuraremos distinguir entre 'carta fictícia' (carta falsa que se faz passar por verdadeira na troca de correspondência real ou da publicação de correspondência) e 'carta de ficção' (composta pelo romancista dentro do romance epistolar).

Em relação à práxis epistolar de Lúcio Cardoso, ambos os movimentos de composição são legítimos e convivem no universo de criação do autor. Suas "cartas verdadeiras" são um pouco "cartas fictícias", pois não sabemos delimitar exatamente onde está a "verdade" de cada uma. Penso aqui nas suas cartas trocadas com o crítico teatral Sábato Magaldi,[7] as quais mais parecem as falas dos personagens do seu Teatro de Câmara. Ou então as suas cartas ao amigo e escritor Octávio de Faria, cujos originais se perderam, mas encontramos vários fragmentos delas no livro *Corcel de fogo*, de Mário Carelli, e percebemos o alto tom de criação e devaneio literário. Quanto às suas "cartas de ficção", assunto deste ensaio, acho que os melhores exemplares estão mesmo em *Crônica da casa assassinada*, como neste fragmento que traz Nina como remetente e Valdo Meneses como destinatário:

> Eu, que sou realmente a perseguida e a injustiçada, apesar dos esforços de Demétrio para converter-me numa mulher fantástica e caprichosa, que levará qualquer homem à ruína. E, coisa curiosa, o rumor que tanto temem não atinge a mim, conforme podem supor, mas aos Menezes. Aos Menezes de Vila Velha, desse velho tronco cujas raízes se aprofundam nos primórdios

---

[7]. Atualmente, estão em processo de organização crítica para futura publicação.

de Minas Gerais. Ah, não posso deixar de sentir certo prazer ao dizer isto, evocando a imagem de Demétrio, trêmulo em seu despeito, e Ana, erguendo a cabeça quando passa ao meu lado, e no entanto espiando por trás de todas as venezianas que encontra. (Cardoso, 1979, p. 31)

Há uma verdade na/da ficção, e não é apenas a sua verossimilhança. Lúcio Cardoso sabia muito bem disso, tanto que seu recurso criativo com as cartas, na *Crônica*, produz esse efeito de aproximação e subverte os limites e fronteiras entre autor, narrador, epistológrafo, personagem, remetente, verdade e ficção. Creio ser tudo uma forte encenação: de si próprio, do texto, do enredo, da carta e das personas nela envolvidas. E retorno às teorias de Geneviève Haroche-Bouzinac (2016, p. 197), para quem "a carta é com frequência forma utilizada como propulsor da ficção: meio fácil de trazer informação à narrativa, irrupção da realidade externa ao teatro, oportunidade para revelar os traços escondidos da personagem". Ou seja, na estrutura da ficção epistolar, a carta dá acesso a fatos exteriores à própria narrativa, retroalimenta o enredo com dados pertinentes e que ajudarão na sua definição. Na *Crônica*, as cartas de Nina expõem não apenas o seu mundo interior e os seus sentimentos, mas também as motivações e os porquês das suas atitudes e opções. É uma espécie de narrativa dentro da narrativa, isto é, o texto da carta que se funde ao todo do romance provocando uma simbiose que se interliga em sentido, que explica e esclarece determinadas situações da história romanesca. Dessa forma, o narrador se sente à vontade para explorar a mensagem contida nas cartas e explorar os seus efeitos e resultados, ressignificando-os pelo filtro das suas intenções.

Assim, podemos pensar numa dimensão monofônica muito comum ao romance epistolar – um eu que se firma e ocupa o seu espaço, delibera sobre as suas demandas, organiza e orquestra as suas ações e expõe os seus sentimentos, conforme esclarece Isabelle Tremblay:

> No romance epistolar de uma só voz, todas as informações sobre o interlocutor são transmitidas pela pena do escritor que recria e inventa. Como Frédéric Calas aponta, a forma epistolar monofônica opera 'uma polarização excessiva na voz do remetente'. O interlocutor ausente, que Gérard Genette chama de 'narrador intradiegético' e que Jean-Paul Sanfourche descreve como 'narrador dialógico', pode parecer ausente do romance epistolar monofônico por seu silêncio. O romance dá a impressão de

III. Cartas do modernismo

ter sido amputado pela outra metade e funcionar como um monólogo. Mais forte, a voz do narrador não deixa de se encarregar da fala daquele a quem se dirige e de esboçar uma imagem dela. Desenhado de acordo com a ideia ou memória que ele tem de seu correspondente, suas cartas obedecem aos princípios do 'diálogo virtual'. (...) Inserida no discurso do epistológrafo, a sua imagem confere ao olhar míope que o texto pretende reivindicar uma nova dimensão. Alter ego do epistológrafo, o interlocutor ausente não se reduz a uma tela sobre a qual se projeta o eu da carta, mas se vê como um personagem de direito próprio cujos processos narrativos para orquestrar a ilusão de sua presença devem ser estudados. (Tremblay, 2014, p. 1; tradução nossa)

Parece-me que é justamente este o movimento criativo e narrativo em diversas passagens da *Crônica da casa assassinada* – uma voz epistolar monofônica que transita ao longo do romance, interliga as suas partes e transcende a própria (des)organização dos capítulos, como nesta passagem da "Carta de Valdo Meneses", endereçada à Nina: "Lembro-me neste instante, de modo particular, da noite em que você veio à minha cabeceira para se despedir. Como eu a amava naquele instante, Nina, que perturbação e que dor indizível sua presença me causava! (Cardoso, 1979, p. 119).

Todavia, mesmo que o discurso fictício-epistolar seja monofônico, no sentido de valorizar e destacar a narrativa em primeira pessoa, há um endereçamento coletivo, uma espécie de polifonia que resgata e dá espaços a diferentes vozes e interlocutores. Não sei se seria forçar muito, mas sinto e leio a *Crônica* como uma grande carta, uma extensa e complexa carta dirigida a um destinatário múltiplo – nós, os leitores. E afirmo isso com base em inúmeras passagens da obra, como neste outro fragmento da mesma "Carta de Valdo Meneses":

> Sim, você pode vir, é verdade, ninguém poderá impedi-la de regressar a esta casa que você própria desdenhou outrora (quinze anos, quinze anos já, Nina!) com a sua inacreditável leviandade. Não tinha intenção de responder à sua carta, e nem de atender nunca a qualquer dos seus apelos... (...) cessamos bruscamente no tempo, e o nosso lento progresso para a extinção é um clima a que você talvez não se adapte mais. (...) Resta-nos, como essas ervas desesperadas que se agarram às paredes em ruínas, a nostalgia do que poderia ter sido, e que foi destruído, por fraqueza nossa ou por negligência. (ibid., p. 118-119)

Nós – leitores e destinatários múltiplos desta grande carta de Lúcio Cardoso – somos por ele chamados a ser cúmplices da atmosfera de ruína e decadência que permeia a sua *Crônica*, desta escatologia sensível que emerge de reconstituições feitas por meio de cartas, diários, relatos, lembranças e uma heterodoxia temporal que contribui para nos inserir neste caos existencial em torno da família Meneses.

Outras fronteiras epistolares

Na edição crítica da *Crônica da casa assassinada*, organizada por Mario Carelli, temos um belo depoimento de Lúcio Cardoso acerca desse romance. Tal texto foi republicado na nova edição dos *Diários*, organizada por Ésio Macedo Ribeiro, da qual destaco:

> Mas voltemos ao romance. Há muitos anos que ouço os nossos arrebatados jovens me chamarem de reacionário. Não sei bem que sentido emprestam a esta palavra, e confesso que não me interessa muito. Sou apenas um homem sincero e que não se contagia assim com entusiasmos efêmeros e fora do meu alcance. Decerto não acredito em muita coisa, mas também não julgo possível confundir os fatos a este ponto. É verdade que não creio no romance sociológico, mas também não creio em Virginia Woolf. (...) Mas tenho afirmado que acredito no romance, quero acrescentar que acredito apenas naquele que é feito com sangue, e não com o cérebro unicamente, ou o caderninho de notas, no que foi criado com as vísceras, os ossos, o corpo inteiro, o desespero e alma doente do seu autor, do que foi feito como se escarra sangue, contra a vontade e como quem lança à face dos homens uma blasfêmia. (Cardoso, 2012, p. 553)

O depoimento de Lúcio Cardoso, a respeito do seu estilo e das suas motivações para escrever literatura, revela muito da sua personalidade e da sua própria obra – uma literatura agônica. Claro que estou usando esse adjetivo numa perspectiva assaz generalizante, mas assumo aqui o risco da minha hipérbole, pois creio que esta imagem – da agonia – é muito cara a Lúcio e à sua literatura. Afinal, esta deveria ser escrita a partir das "vísceras" e dos "ossos", de "corpo inteiro", em clima de total "desespero", e seu autor deveria ter uma alma "doente". Afinal: uma escrita lavrada ao "escarrar do sangue", uma inteira "blasfêmia". Leio e interpreto a *Crônica*

III. Cartas do modernismo

nesta chave – a de um romance que provoca náusea, às vezes horror e um total estranhamento em certos leitores.[8]

Mas volto à questão da ficção epistolar, do enredo entrecruzado por cartas e relatos diarísticos igualmente fictícios. Aqui, compartilho da opinião de Murilo Mendes, para quem o diário, em Lúcio Cardoso, "é o documento de uma personalidade insubornável, humana e sincera ainda nas suas lacunas e fraquezas". Inclusive, sincero na ficção, na imaginação, no uso criativo de relatos escritos, no hibridismo realizado entre os "manuscritos ficcionais" e os "manuscritos reais", como já esclareceu Júlio Castañon Guimarães. Novamente, exploro as teorias a respeito da ficção epistolar, propostas por Geneviève Haroche-Bouzinac (2016, p. 191; p. 209):

> Ainda que a questão do pertencimento da carta ao campo da literatura não ignore as eventuais relações entre a carta e o mundo do romance, deve-se reconhecer a existência de diversas conexões entre o universo epistolar e o universo romanesco. No que diz respeito especialmente a esses dois universos distintos, o primeiro não fica a dever nada ao segundo. 'Haverá ainda uma ocasião em que vos contarei coisas que não se veem nem nos romances de Prévost nem nos de Richardson', escreve Mademoiselle de Lespinasse, sublinhando, por sua vez, que o verdadeiro pode não ser verossímil. '(...) No romance epistolar, assiste-se a uma concentração de efeitos; nada do que é dito é inútil. O leitor encontra-se diante de agenciamento restrito de informações. Até os desenvolvimentos supérfluos (pensemos, por exemplo, em algumas 'dissertações' de Rousseau ou de Madame de Staël) servem ao propósito do romancista. Os detalhes, quando relatados, têm valor ornamental e suas proporções são sempre limitadas. Tensão e energia se desprendem do todo. Num conjunto de cartas de ficção, a leitura é prevista, guiada, organizada

---

8. Segundo Ruth Silviano Brandão (1998, p. 33): "Intitulando-se uma crônica, o romance constitui-se, entretanto, dos discursos fragmentários de vários e diferentes sujeitos, separados dos demais por suas próprias obsessões, seus próprios universos enclausurados, limitados por fantasias diversas e incomunicáveis. O efeito produzido por este tipo de enunciação é a de um tempo não cronológico, e de uma estranha narrativa, cujos fios parecem não se encaixar, já que, entre as personagens, predomina a contradição. Assim, os fatos presentes na narrativa de um não se relacionam com os de outro, produzindo-se um estranho efeito de confusão, como numa inquietante Babel, em que os discursos não se comunicam, presos de uma opacidade paralisante. Longe de essa construção enunciativa ser um defeito, como já foi afirmado por alguns críticos de Lúcio Cardoso, tal estratégia parece-me, antes, uma desconstrução da técnica do romance realista tradicional que supõe uma única verdade subjacente à superfície da narrativa".

pelo narrador de vozes múltiplas; a descoberta já está ordenada e, no fundo, sem surpresas verdadeiras".

Muito desse movimento está presente nas cartas que encontramos na *Crônica da casa assassinada*, especialmente no sentido de "tensão e energia [que] se desprendem do todo". Na *Crônica*, as cartas são tensas e deflagradoras não apenas de angústias e inquietações dos seus remetentes e destinatários, mas também deixam transparecer ânsias e tentativas de (auto)explicações, principalmente do remetente, para esclarecer os seus dramas e convencer das suas razões, os porquês de suas atitudes e decisões. Cito esta passagem da "Carta de Nina ao coronel":

> (...) Tudo o que aconteceu após minha saída. Imagino bem o choque que deve ter tido, com este seu coração paternal. Vejo-o até retirando um lenço do bolso e enxugando furtivamente os olhos, sem uma palavra de queixa contra mim. Ah, coronel, eu própria não posso impedir que o pranto me suba aos olhos. No entanto, não é difícil adivinhar o motivo do meu procedimento, não podia mais viver assim, a imagem do meu filho não me saía do pensamento. Sentia-me culpada, tinha horror de morrer sem tê-lo visto, e ajoelhada aos seus pés, pedindo perdão. Talvez o senhor não saiba o que seja um coração de mãe, mas nada existe no mundo mais poderoso do que a lembrança deste ser que nasceu de nossa carne. Também não sei se o senhor se lembra que eu havia escrito ao meu marido reclamando um dinheiro que havia prometido e não mandava nunca. As tardes que passei naquela moradia estreita, sozinha, sem ninguém para me socorrer. A perversidade do mundo, dos seres indiferentes que enchiam a rua, e eu via transitar do alto da janela. Ah, creio que teria sucumbido se não fosse a sua generosidade. (Cardoso, 1979, p. 199)

Como se vê, Nina explora ao máximo os recursos da sua carta: vitimiza-se perante o coronel, esclarece os seus motivos e sofre as agruras da sua culpa: "a imagem do meu filho não me saía do pensamento. Sentia-me culpada, tinha horror de morrer sem tê-lo visto, e ajoelhada aos seus pés, pedindo perdão". Aliás, já foi ressaltado por vários críticos que a culpa é um importante personagem nos romances de Lúcio Cardoso. Não apenas na obra do autor curvelano, mas também de outros escritores do seu círculo, como Octávio de Faria e Cornélio Penna.

Em geral, nos romances que exploram a ficção epistolar, a carta é usada como estratégia de espelho e/ou retrato da alma, isto é, o discurso missivista centrado na primeira pessoa causa este efeito: um eu que conta as suas verdades, que se abre de forma espontânea e não esconde nada, não ilude o seu destinatário. Há uma valorização, às vezes até exagerada, da sinceridade, como nesta passagem da "Segunda carta de Nina ao coronel":

> Bem sei, coronel, que o senhor está longe de esperar esta carta. Nem sequer saberá o que ela contém, nem o poderá imaginar, ao apanhar desprevenidamente o envelope na caixa do correio. No entanto, desde as primeiras linhas suas mãos hão de tremer, as frases se tornarão embaralhadas – e correrá a ler o nome de quem a assina, incrédulo ainda, o coração batendo forte. Sim, sou eu mesma. Confesso que, a mim, o fato não parece tão sensacional: sempre imaginei que um dia voltaria a escrever-lhe, não para relembrar o modo indigno como o tratei, minha fuga e outras coisas que já pertencem ao passado, mas para conversarmos no tom sério de dois velhos amigos que, após a passagem de períodos tempestuosos, encontram afinal terreno – o único – em que podem se entender. (ibid., p. 334)

Tais recursos apelam para uma certa dramatização performática da personagem, provocando os mais diferentes sentimentos no seu destinatário, buscando uma certa catarse deste, chamando-o a compartilhar do universo íntimo do remetente. É possível mesmo uma sensação, por parte do leitor, de que esteja lendo uma carta verdadeira, tamanha a verossimilhança de certas cartas ficcionais. Sinto que este recurso foi largamente explorado por Lúcio Cardoso na sua *Crônica*, atingindo um alto grau de aproximação do leitor ao texto por conta da sensação de autenticidade. Todavia, não nos esqueçamos sempre que estamos diante de uma forte e sintomática teatralização da fala e da própria narração.

Outro recurso muito empregado nas cartas ficcionais, bem como nas cartas reais, é a oportunidade de exploração biográfica de outrem. Ou seja, em ambas as tipologias epistolares, o texto missivista também serve para falar sobre e/ou descrever o outro, atribuindo-lhe características próprias, explorando as suas particularidades físicas e subjetivas, sua visão de mundo, o seu estar no mundo. Nesse aspecto, as cartas espalhadas ao longo dos capítulos da *Crônica* nos trazem excelentes descrições, como neste fragmento da "Continuação da carta de Nina ao coronel", no qual ela apresenta ao amigo e confidente aspectos muito particulares a respeito de Timóteo:

> Arrastou-me para junto da janela e então pude vê-lo claramente: seu aspecto era tão estranho, que me senti paralisada. Não era mais aquele que eu conhecera, mas o que se poderia chamar de um exagero daquele, um excesso do

exagero, uma caricatura. Monstruosa talvez, não havia nenhuma dúvida, mas extraordinariamente patética. Os olhos, sempre vivos, haviam desaparecido sob uma massa flácida, de cor amarela, que lhe tombava sobre o rosto em duas dilatadas vagas. Os lábios, pequenos, estreitos, mal deixavam extravasar as palavras, num sopro, ou melhor, num assovio idêntico ao do ar que irrompe de um fole. Naturalmente ainda conservava seu aspecto feminino, mas de há muito deixara de ser a grande dama, magnífica e soberana. Era um rebotalho humano, decrépito e enxundioso, que mal conseguia se mover e que já atingira esse grau extremo em que as semelhanças animais se sobrepõem às humanas. Essa impressão de decadência era acrescida pela roupa que vestia, restos do que haviam sido pomposos vestidos, hoje trapos esgarçados, que se esforçavam para cobrir não o corpo de uma senhora ainda nessa meia idade capaz de ofuscar certos olhos juvenis, mas o de uma velha dama derrotada pelo desleixo e pela hidropisia. (ibid., p. 208)

Essa caracterização de Timóteo, na perspectiva da sua decadência física e moral, é realçada pelo narrador que sabe aproveitar bem os recursos da carta, no sentido de dramatizar a descrição da personagem. Assim, o "rebotalho humano, decrépito e enxundioso" se aproxima de nós, quase que se materializa quando da nossa leitura, sendo esta uma das principais peculiaridades do gênero epistolar, seja este na modalidade ficcional, seja na real. Na verdade, quando lemos uma carta, há uma sensação de materialização da figura do remetente da mesma, bem como dos fatos escritos e narrados, uma espécie de presentificação do outro e do seu discurso. Ou seja, claramente, na economia do enredo, Nina não apenas falou de Timóteo ao coronel, mas corporificou aquele a este. Assim, encerro essas questões por pura vontade própria, uma vez que esse debate é deveras rico e merece um maior aprofundamento. Penso que apenas levantei alguns aspectos da *Crônica* que sempre despertaram a minha atenção e o meu maior interesse: a sua dimensão epistolar, as suas cartas ficcionais agrupadas ao longo do enredo e a importância destas na elucidação dos problemas e dramas.

Tentativa de conclusão

Apresentada esta argumentação, na minha opinião, concluo que *Crônica da casa assassinada* não seja um romance epistolar, mas uma ficção de contorno epistolar. Tento explicar.

III. Cartas do modernismo

Por mais que estejamos num tempo marcado pelo forte desprestígio da noção de gênero literário, especialmente no que diz respeito às flexibilizações ou não dessa ideia, penso que alguns aspectos em termos da estrutura do que define a natureza de um romance devam ser considerados. No que concerne especificamente às características do romance epistolar, este se caracteriza – dentre outros aspectos formais – por possuir um enredo integralmente entremeado a cartas e/ou bilhetes que ajudam a definir e complexar o andamento desse mesmo enredo. Nesse sentido, temos uma longa lista de títulos já clássicos do romance epistolar dito integral, da qual destaco alguns: *Cartas portuguesas* (1669), *Pamela* (Richardson, 1740), *Lettre d'une péruvienne* (Mme. Graffigny, 1747), *Clarissa* (Richardson, 1748), *A nova Heloísa* (Rousseau, 1761), *Os sofrimentos do jovem Werther* (Goethe, 1774), *As ligações perigosas* (Choderlos de Laclos, 1782) etc. Fico apenas nesses exemplos europeus pois, como exposto, o romance epistolar não se desenvolveu muito na literatura brasileira, e nossos poucos exemplares buscaram os seus parâmetros nos modelos europeus, salvaguardando algumas poucas exceções.

Nesse sentido, *Crônica da casa assassinada* é composto por uma diversidade de gêneros textuais, com destaque para cartas, diários, lembranças, depoimentos, memórias, (auto)biografias e outras textualidades que configuram a sua riqueza e singularidade, mas que não constituem a estrutura tradicional de um romance dito epistolar. Há, sem dúvida, uma forte linha e presença de "epistolaridade", isso sempre foi reconhecido pelos críticos da obra de Lúcio Cardoso, mas creio que esse romance subverte as fronteiras e os parâmetros do modelo tradicional do romance epistolar como o conhecemos. Mais uma vez, insisto: tal fator agrega um imenso valor de originalidade e unicidade à criação de Lúcio Cardoso, longe de ser algo negativo. Se hoje, considerando o atual contexto de produção da literatura brasileira, a opção criativa de Lúcio não se configura mais como tão original, pois vários escritores contemporâneos igualmente optam por este formato literário; na época do seu lançamento, certamente, *Crônica da casa assassinada* trouxe novidade e liberdade à produção literária brasileira de então. Isso é inegável.

Dessa forma, acredito que Lúcio Cardoso ainda não recebeu o valor e reconhecimento que realmente merece. Se desperta paixões em seus especialistas e interesse em alguns críticos, ainda está longe de ser um autor largamente conhecido e lido, que o digam as pouquíssimas (ou nenhuma!) reedições de seus livros, o que configura um imenso erro por parte do nosso mundo editorial tão marcado por modismos e preocupações essencialmente mercadológicas.

REFERÊNCIAS

ATHAYDE, Tristão de. *Meio século de presença literária*. Rio de Janeiro: Livraria José Olympio Editora, 1969.

BRANDÃO, Ruth Silviano (Org.). *Lúcio Cardoso – a travessia da escrita*. Belo Horizonte: Editora UFMG, 1998.

CALAS, Frédéric. *Le roman épistolaire*. Nathan: Nathan Université, 1996.

CARDOSO, Lúcio. *Crônica da casa assassinada*. Rio de Janeiro: Editora Nova Fronteira, 1979.

_____. *Crônica da casa assassinada* – Edição crítica, coordenação de Mario Carelli. São Paulo: ALLCA XX/Edusp, 1996.

_____. *Diários*. Editados por Ésio Macedo Ribeiro. Rio de Janeiro: Civilização Brasileira, 2012.

CARELLI, Mário. *Corcel de fogo* – vida e obra de Lúcio Cardoso (1912-1968). Rio de Janeiro: Editora Guanabara, 1988.

HAROCHE-BOUZINAC, Geneviève. *Escritas epistolares*. São Paulo: EDUSP, 2016.

MORAES, Marcos Antônio de. *Orgulho de jamais aconselhar*. A epistolografia de Mário de Andrade. São Paulo: Edusp, 2007.

PERRONE-MOISÉS, Leyla. "Sinceridade e ficção nas cartas de amor de Fernando Pessoa". In: GALVÃO, Walnice Nogueira & GOTLIB, Nádia Battella. *Prezado senhor, prezada senhora – Estudos sobre cartas*. São Paulo: Companhia das Letras, 2000.

RUHE, Ernstpeter. *Comment dater la naissance du roman par lettres en France?* Traduit de l'allemand par Isabelle Demangeat. Université de Würzburg, 2009.

SILVA, Eduardo Marinho da. *Trama íntima e figuração derradeira*: o arranjador e a orquestração das vozes narrativas na *Crônica da casa assassinada*, de Lúcio Cardoso. 2019. Dissertação (Mestrado em Literatura Brasileira) – Universidade de São Paulo, São Paulo, 2019.

TREMBLAY, Isabelle. Le roman épistolaire monophonique ou la construction d'un discours fantôme. *Fabula – la recherche en littérature*, n. 13, nov. 2014.

ESCREVER A VIDA, ESCREVER ESTILOS – DE CARTA EM CARTA, MODERNISMOS[1]

Nos últimos anos, as inúmeras pesquisas realizadas com arquivos de escritores demonstram e comprovam a importância dessas fontes para o enriquecimento teórico dos estudos, bem como para uma melhor compreensão do próprio processo da literatura. Os levantamentos feitos em correspondências literárias revelam o mundo pessoal de quem utilizou o texto epistolar como testemunha de um relato, como material de criação, representação e instrumento de interlocução crítica.

Atualmente, numa era marcada pelas revoluções tecnológicas aplicadas à comunicação, é notório como determinados interesses de pesquisa se voltam para esses textos escritos ao sabor da tinta e do papel, enviados e

---

1. Trata-se do texto que apresentei, em agosto de 2007, à banca de qualificação de doutorado, na PUC-Rio, formada pelos professores Júlio Diniz (orientador), Marília Rothier Cardoso (avaliadora) e Pina Coco (avaliadora). Defendi o tema propondo uma espécie de "mapeamento epistolar" do modernismo brasileiro. Entretanto, a tese saiu com temática completamente diferente, sobre a pessoa e a obra de Alceu Amoroso Lima, o Tristão de Ataíde. Aqui, reconheço a imensa generosidade de Júlio Diniz, pois permitiu essa sintomática mudança "no apagar das luzes" do que me restava de tempo regulamentar para escrever e defender a mesma tese. Esta foi publicada em 2012 pela Edusp, sob o título *Alceu Amoroso Lima: cultura, religião e vida literária*. Todavia, ao organizar esta coletânea dos meus textos críticos, lembrei-me do que disse a minha querida amiga Marília Rothier quando fazia a arguição durante a qualificação: "Leandro, acho que você precisa, um dia, publicar este material, pois ele pode servir como fonte didática no ensino de graduação, já que temos poucas opções para indicar aos nossos alunos. Então acho que este seu texto será ótimo neste sentido". Nunca me esqueci dessa proposta feita por Marília. Foi apenas por essa razão que decidi publicar esta produção intelectual que considero bem interessante aos pesquisadores da epistolografia brasileira.

recebidos pelos mais diferentes correspondentes nos mais diversos contextos. E podemos dizer que o nosso modernismo foi pensado e discutido através da correspondência dos seus principais representantes. Não somente no seu período heroico de formação, mas também quando o movimento já estava pleno da sua importância e começava a ser revisado criticamente. Nesse percurso, tivemos um grande debate epistolar entre os escritores de outros polos culturais que também pensavam e produziam literatura longe do eixo Rio-São Paulo.

Nesse afã, a epistolografia do escritor Mário de Andrade possui considerável destaque. Mário foi um compulsivo escritor de cartas, a ponto de os críticos considerarem tal atividade como a escrita de uma obra paralela à canônica, que, além de acompanhar os diversos momentos da vida pessoal do escritor, também registra os passos de criação da sua obra. Mas não somente isso, Mário pensa o projeto modernista brasileiro como uma espécie de missão para a qual ele se auto-oferece como holocausto artístico em favor dessa causa, inclusive na troca de milhares de cartas com os mais diferentes escritores – jovens ou maduros – no sentido de servir-lhes de paradigma a orientar e/ou partilhar as dificuldades encontradas. Daí o papel fundamental que o epistolário de Mário desempenhará neste trabalho, pesquisado e refletido sobremaneira.

Também vamos levantar a problemática regionalista. Tradicionalmente carimbados como regionais, inúmeros escritores negaram de maneira veemente tal conceituação, como foi o caso de Gilberto Freyre e Érico Veríssimo, que o afirmam de forma explícita em algumas missivas. Para eles, o regional não poderia ser geograficamente localizado no interior, no homem da roça com os seus costumes próprios. Para esses escritores, havia certa urgência em desterritorializar o regional, transformando tal ideia em uma postura que independe do local de produção do escritor, haja vista que Érico Veríssimo escreveu boa parte de *O tempo e o vento* enquanto residia nos Estados Unidos.

Como todo movimento artístico marcado pela complexidade de ideologias e expressões, o modernismo sofreu o rumo natural de ser avaliado, revisto e revisitado por alguns dos seus principais sujeitos, principalmente quando a sanha rebelde dos primeiros anos terminou. É quando temos a participação de algumas figuras da fase heroica paulista em eventos revisionistas, como exposições, conferências, lançamentos de antologias e publicação de grandes entrevistas. Isso tudo num momento em que novos escritores conquistavam o seu lugar ao sol na cena cultural, como é o caso de Clarice Lispector, Guimarães Rosa e João Cabral de Melo Neto.

Por fim, quero analisar e pensar um pouco as chamadas Poéticas da Margem, vanguardas e posturas artístico-literárias surgidas a partir do momento no qual o modernismo já se torna canônico e passa a ser estudado e analisado, porém não mais vivenciado artisticamente sob as ideologias das primeiras décadas. Como essas propostas estilísticas foram narradas e representadas através da correspondência dos seus principais representantes? Como a cultura brasileira foi lida não nos livros, mas nas cartas, bilhetes, telegramas, manifestos e determinadas publicações?

Nosso interesse é levantar algumas trocas epistolares, realizar uma (trans)leitura do processo modernista desenvolvido nas diferentes regiões e realidades da nossa vida cultural, percebendo como as mesmas podem servir de fonte inesgotável de informações e de dados teóricos para a formulação de novas possibilidades interpretativas sobre o modernismo brasileiro.

Pensando o modernismo: um projeto fragmentado

O modernismo no Brasil não foi implantado casualmente e tampouco foi uma proposta aceita e vivida por todos os setores da sociedade brasileira de forma serena. A década de 1920 marcou o início do movimento na nossa cultura, embora saibamos que bem antes algumas posturas artísticas já antecipavam um pouco do que estaria por vir, como é o caso da histórica exposição de Anita Malfatti em 1917, que serviu de precedente às discussões acerca da arte futurista. Após a Semana de 22, formaram-se alguns grupos com ideologias próprias, discípulos e cada um pleiteando lideranças nas diferentes vertentes do movimento. Por isso, é difícil falarmos de modernismo ou de uma Escola Modernista brasileira, pois a primeira pergunta que surge é: de qual modernismo estamos falando? Do projeto paulista, considerado mais hegemônico? Da tendência carioca, marcada por alguns aspectos do simbolismo? Pelas posturas gaúcha e nordestina, ávidas por anularem a classificação de regionalista? Ou da proposta mineira, tão peculiar quanto às temáticas abordadas e de grande intercâmbio com os paulistas? O desafio para quem estuda o modernismo brasileiro, disposto a não repetir velhos chavões e fórmulas necrosadas, reside justamente em deslocalizar o movimento, anarquizar a geografia tradicional que fixa em

São Paulo o epicentro absoluto da modernidade brasileira, o que nos leva a falar de *modernismos*, termo mais abrangente e com as fissuras necessárias para reavaliarmos postulados petrificados pela crítica tradicional.

O projeto modernista brasileiro se desenvolveu de maneira bastante diversa, em que cada uma das tendências (e dos sujeitos implicados) procurou desenvolver suas próprias teorias (manifestos, artigos na imprensa, entrevistas etc.), criando seus grupos e publicando obras cujas temáticas corroboravam os seus direcionamentos e suas opções ideológicas. Entretanto, prevaleceu o discurso hegemônico de São Paulo, como afirmou Oswald de Andrade (1977, p. 16): "Em 22, nós, da Semana, agimos como semáforos. Anunciamos o que se cumpriu depois, o que está se cumprindo a nossos olhos". Aceitar tal liderança significa se submeter a um padrão paulista para avaliar um fenômeno nacional. Entretanto, a Geração de 22 teve o tempo a seu favor, afinal, foi ele que postulou em favor dos modernistas paulistas quando o movimento se historicizou. Algumas declarações de Carlos Drummond de Andrade reforçam o caráter fragmentário dos primeiros anos do movimento, especialmente quando lembra o atraso mineiro em relação às ideias que já estavam em voga na capital paulista. Numa entrevista a Homero Senna, Drummond fala a respeito da Semana de Arte Moderna:

> Tanto quanto posso lembrar-me, o pequeno grupo de rapazes mineiros que parecia dado às letras não tomou conhecimento. Explica-se: só por acaso líamos jornais paulistas e os do Rio não deram maior importância ao fato, se é que lhe deram alguma. O que era escândalo na capital de São Paulo, ou em certo meio de lá, em 1922, não chegava a atingir BH. Como se dá com tantos acontecimentos ditos memoráveis e históricos, a Semana veio a projetar-se efetivamente nos diferentes meios culturais brasileiros em estado de comemoração. Celebrou-se em 1947, e mais tarde, o que tinha passado despercebido em 1922. (Senna, 1996, p. 306)

Ou seja, o que foi o estopim de vários posicionamentos a favor e contra no seio da intelectualidade paulista, na capital mineira nem sequer foi notado pelos futuros escritores. Na mesma entrevista, perguntado a respeito das possíveis influências (ainda que futuras) que a Semana exerceu sobre sua obra, Drummond responde:

> Não vejo influência direta da Semana no que escrevi ou deixei de escrever. Não me traçou nenhum rumo, pela simples razão de que devo tê-la ignorado

na ocasião, por falta de notícia. Nosso grupo modernista de BH se formou ao acaso das afinidades e dos achados de livraria. (idem)

Para o poeta, Manuel Bandeira foi a grande influência anterior à própria Semana de 22: "Foi ele a minha verdadeira e pessoal Semana de Arte Moderna, por volta dos 15 anos" (ibid., p. 307). Somente em 1924, segundo Drummond, o grupo mineiro teria um contato mais íntimo com o modernismo paulista através da Caravana Paulista às cidades históricas mineiras, em especial com Mário de Andrade, que representava "o tempo modernista, sua encarnação e exemplificação mais direta e empolgante" (idem).

Tais declarações evidenciam uma considerável dissonância quanto aos diferentes projetos de modernidade (se é que todos tinham compreensão da sua natureza), daí o caráter lacunar e desorientado do movimento, como bem atesta Sérgio Buarque de Holanda: "Não foi nem bem nem mal orientado, porque não houve, propriamente, orientação. Cada um, isoladamente, procurava manifestar como podia suas tendências" (ibid., p. 111).

Confirmando a declaração de Sérgio Buarque, temos o posicionamento de alguns intelectuais nordestinos quanto ao início do modernismo e a predominância da cena paulista, especialmente se levarmos em consideração a celeuma histórico-cultural entre Nordeste e Sudeste. Num depoimento para o "Suplemento Literário" de *O Estado de São Paulo*, José Lins do Rego (apud Weinhardt, 1982, p. 55) declarou: "Para nós, de Recife, essa Semana de Arte Moderna não existiu". Na mesma edição do "Suplemento" (que fazia uma homenagem aos 40 anos da Semana de 22), foi a vez de Gilberto Freyre afirmar que em Recife havia "outro desenvolvimento no mesmo sentido de modernidade inquieta e renovadora das letras, das artes e também dos estudos sociais no Brasil" (ibid., p. 85). Todavia, uma das declarações mais ásperas vociferando contra a ideia de um movimento modernista no Nordeste veio de Graciliano Ramos. Numa entrevista a Homero Senna publicada na *Revista do Globo* de 18/12/1948, Graciliano (apud Senna, 1996, p. 202) declarou: "Nunca fui modernista. Enquanto os rapazes de 22 promoviam seu movimentozinho, achava-me em Palmeira dos Índios, em pleno sertão alagoano, vendendo chita no balcão". Por isso o fato de reafirmarmos a não existência de um projeto modernista nacional, único, abarcando de forma homogênea os diferentes grupos da intelectualidade brasileira. Ele foi fragmentário por natureza.

E o que dizer do modernismo carioca? Tal assunto tem adquirido uma dimensão muito complexa, especialmente nos últimos anos, quando inúmeras pesquisas têm trazido à baila novas considerações acerca das letras modernistas praticadas em terras cariocas. Grande contribuição foi dada por Mônica Velloso com o livro *Modernismo no Rio de Janeiro*. Uma das principais teses de Velloso (1996, p. 32) reside no fato de que "o modernismo no Rio de Janeiro não se organizou como um movimento de vanguarda em torno da ideia de moderno", como acontecera de forma mais explícita em São Paulo. Dentre as suas tantas metodologias, os intelectuais daquela capital procuraram vincular a noção de moderno à ruptura com o passado, pregando o culto à industrialização, principal forma de incluir a sua cidade (e o próprio Brasil) no "concerto geral das nações" (expressão de Mário de Andrade). Esse seria o principal eixo conector do movimento aos outros modernismos internacionais, o que fazia com que a situação histórica do Rio de Janeiro fosse realmente diferente, já que a antiga capital federal tinha de adaptar as suas estruturas coloniais e imperiais ao incipiente contexto moderno. Enquanto São Paulo, possuidora de uma fortíssima e poderosa aristocracia rural, monopolizava o mercado internacional do café, aumentando a movimentação de capitais estrangeiros e gerando uma considerável modernização das suas estruturas socioculturais: ferrovias, criação de bancos, de companhias de seguro, ampliação dos sistemas elétricos, construção de arranha-céus, indústrias, grandes teatros, espaços luxuosos frequentados pela alta burguesia e outras benesses dignas de figurar na fórmula futurista, segundo a qual a experiência de moderno está vinculada ao progresso industrial. Tais fatos levam Velloso (1996, p. 135) a afirmar que "é mesmo de assombrar como o Rio mantém, dentro da sua malícia vibrátil de cidade internacional, uma espécie de ruralismo, um caráter parado tradicional muito maior que São Paulo". Numa carta a Murilo Miranda, Mário de Andrade faz uma intrigante afirmação a respeito de alguns modernistas do Rio de Janeiro:

> Talvez mesmo devido a preocupações de ordem espiritual um pouco abstrata que o animam, tem um grupo de literatos no Brasil, que vae passando por demais na sombra. Esse grupo afinal resolveu chamar a atenção do brasileiro leitor para ele e está publicando uma revista, *Festa*. Faz muito bem. Se mais ou menos ele vivia na sombra, não se pode culpar disso os que viviam chamando a atenção, conseguindo em um momento quasi monopolizar a preocupação literária brasileira. A agitação, a vida nova principiou com essa gente. É possível que o pessoal de *Festa* não carecesse de movimento modernista para ser o

que é. Mas, é incontestável que vivia apagado, numa torre de marfim, muito orgulhosa e isolada. (Andrade, 1981, p. 14)

As palavras de Mário – "tem um grupo de literatos no Brasil, que vae passando por demais na sombra" – de certa forma demonstram o grau da falta de informação entre os vários grupos modernistas espalhados pelo país, uma vez que a parcela carioca poderia "passar pela sombra" unicamente para alguns distantes em outras cidades. Contudo, dentro do contexto carioca, havia uma grande agitação cultural que ia configurando o modernismo aos poucos, de maneiras e opções bem diferentes daquelas de São Paulo e de outros estados, tendo a revista *Festa* como um dos seus tantos mecanismos de divulgação e promoção de ideias.

Não esqueçamos que o Rio de Janeiro dispunha de instituições culturais de grande vulto, como a Academia Brasileira de Letras, a Sociedade Felipe d'Oliveira, a Academia Carioca de Letras, a Federação Nacional das Academias de Letras, a Fundação Graça Aranha, a Associação Brasileira de Imprensa e o PEN Club, isso sem mencionar a própria Presidência da República e todo o aparelho burocrático do Estado ali instalado. E é claro que todo esse aparato institucional colaborou nos rumos que a ideia de modernidade tomou na antiga capital da República.

Em muitos momentos, a relação entre Rio e São Paulo se tornou um verdadeiro palco de rivalidades, cada cidade pleiteando o protagonismo quanto à implantação do modernismo brasileiro. Tal fato fica mais claro quando analisamos determinados trechos do epistolário de Mário de Andrade e Manuel Bandeira; tais escritores narraram um pouco da cena carioca-paulista no que tangia às disputas entre esses dois grupos com projetos de modernidade tão diferentes, contribuindo para sabermos um pouco mais a respeito da vida cultural daquele momento, bem como rejeitarmos considerações teóricas uníssonas quanto ao início do movimento.

Podemos dizer, sem medo, que os debates e as negociações em relação a esses fenômenos culturais se deram, em boa parte, através da troca epistolar. Para esses artistas e intelectuais, a correspondência foi o lócus privilegiado para se pensar o Brasil, para propor e colocar em prática os mais diferentes projetos de Nação. Tudo isso foi pensado nas diversas missivas trocadas, numa clara demonstração de uma "função pública" das correspondências.

Pensando as funções da literatura

Aos poucos, o grau de maturidade dos modernistas ia aumentando, bem como o próprio movimento adquirindo algumas bases teóricas que o sustentavam, como é o caso da Antropofagia Cultural idealizada por Oswald de Andrade e praticada por Mário de Andrade em alguns momentos da sua obra. Comentando sobre o amadurecimento das propostas modernistas, Mário de Andrade, no artigo denominado "Música brasileira", afirma:

> Com efeito já estamos naquele estado de desvaidade e de largueza de espírito descuidado de si, pelo qual nos apropriamos de tudo o que as tendências, movimentos e intenções estrangeiras podem dar pra riqueza e liberdade da gente. (...) Já possuímos aquela fatalidade psicológica interior que faz toda contribuição exterior ser bem mastigada e assimilada, separada do que tem de particularmente racial e de inútil pra nós e ser aproveitada só no que tem de humano e universal. (Andrade apud Moraes, 2001, p. 318)

É a antropofagia em seu grau elevado enquanto proposta teórica para enriquecer o nosso modernismo. As influências estrangeiras eram "deglutidas e assimiladas" segundo o nosso interesse artístico, passavam todas por um "processo metabólico" a fim de ser aproveitado o que realmente fosse bom e produtivo – o "humano e universal".

Outro aspecto importante nesse momento de pensar a modernidade foi a definição (delimitação) do papel exercido pelo artista e pela arte. Nesse sentido, Mário também possui uma postura decisiva, já que o poeta discute em várias cartas como o escritor deveria se comportar, sendo um defensor entusiasta do comprometimento do artista com as causas sociais do seu tempo:

> Mas me rio porque num julgamento diletante que nem esse do Paulo, o que vejo é uma incompreensão absoluta do que é vida humana.[2] Como se num momento como o que atravessamos no Brasil, pudesse ter eficiência um poeta de arte pura e nada mais! Vocês todos, sei que repulsam minha intenção e o que eu fiz de mim, porém agora o que vale é mesmo a arte interessada, arte agindo como remédio, diretriz ou o que o diabo seja. (...) É possível que eu seja um até 'grande poeta'. Mas eu olho pra mim 'grande poeta' e até juro que

---

[2]. Numa carta a Mário de Andrade, Paulo Prado afirmara que aquele era "somente poeta e nada mais", isto é, relegou a Mário justamente o que ele discordava: o descomprometimento da poesia com a vida real.

minha figura assim me desinteressa, me fatiga. Perde o perfil legítimo que é e tem de ser humano. (ibid., p. 390)

Essa vontade de engajamento social aconteceu num momento politicamente conturbado, que se estendeu ao longo das décadas de 1920 e 1930. Tais fatores tiveram suma importância para as artes em geral e provocaram grandes debates a respeito do papel do artista nesse contexto. O modernismo vivia a sua primeira geração e avançava com um discurso nacionalista imbuído da vontade de alcançar a transformação da mentalidade brasileira. Daí o fato de Mário explicitamente defender a arte interessada, a arte como instrumento de metamorfose político-social. O autor de *Pauliceia desvairada* faz uma crítica às práticas artísticas consideradas "puras", ou seja, uma alusão implícita ao parnasianismo e aos seus conceitos de pureza e independência da obra de arte. Manuel Bandeira também concordava com a capacidade de socialização que a arte produz, tanto que afirma:

> Se a gente soubesse calcular sempre o alcance social do que faz, muito que bem e você teria em parte razão. Digo em parte porque o meu sentimento é que todo artista genuíno tem ação socializante mesmo quando pensa estar batendo a punhetinha mais pessoal na famosa Torre. Arte, como você disse na Escrava, é também comunicação e toda comunicação é socializante. Ora, além disso, ninguém sabe o alcance do que faz. Considere que das suas obras a que teve maior efeito, maior alcance e mais repercussão foi inegavelmente a Pauliceia, escrita em quinze dias num desabafo de raiva e de amargura, não foi? (ibid., p. 284)

Bandeira concorda com a premissa de que qualquer ação do artista é intencional e produz reflexos imediatos no seu meio. Ele parte do princípio de que a arte é linguagem e por isso mesmo ela comunica, daí o seu poder socializador. Em outra carta, reafirma as mesmas ideias:

> A verdade é que em tudo que fazemos há interesse e arte ou qualquer outra atividade desinteressada é coisa que não existe. (...) Um poeta que se exprime ingenuamente, mesmo que tenha a ilusão de fazer arte pura, age socialmente. (ibid., p. 668)

O final da década de 1930 e os primeiros anos da década de 1940 foram decisivos para a criação de novos paradigmas, especialmente se lembrarmos que a Segunda Guerra Mundial ocorreu entre 1939-1945, proporcionando um grande aumento de correntes de pensamento como o nazismo e o fascismo.

Mário não admitia aquilo que ele classificava de "inércia dos moços", ou seja, uma apatia generalizada em boa parcela da juventude brasileira que não se posicionava criticamente perante essa realidade, uma vez que no Brasil a liberdade de expressão já não era uma garantia tão assegurada como deveria ser. O Estado Novo de Getúlio Vargas ocultava muitas ideias e práticas inaceitáveis pela parcela da população que discordava ideologicamente dele, o próprio Mário se viu vítima da política de Vargas em vários momentos da sua vida, sobretudo quando foi destituído da direção do Departamento de Cultura de São Paulo ou quando amigos seus foram presos pelas forças do governo, como a pintora Tarsila do Amaral após sua viagem de retorno da União Soviética.

Com todos esses acontecimentos, Mário e Bandeira (assim como outros artistas) defendiam a expressão artística como uma possibilidade de reação contra esses fatos. Para Manuel Bandeira, o engajamento social do artista é algo inato e que ele não pode ignorar. No dia 6 de janeiro de 1944, Mário concede uma entrevista ao jornalista Francisco de Assis Barbosa, da revista *Diretrizes*, que foi intitulada "Acusa Mário de Andrade: todos são responsáveis", nela destacamos:

> A arte é exatamente como a cátedra uma forma de ensinar, uma proposição de verdades, o anseio agente de uma vida melhor. (...) O artista pode não ser político enquanto homem, mas a obra de arte é sempre política enquanto ensinamento e lição; e quando não serve a uma ideologia serve a outra, quando não serve a um partido serve ao seu contrário. (ibid., p. 667)

Com afirmações dessa natureza, Mário "oficializava" as suas opiniões que defendiam uma produção artística engajada politicamente no seu contexto histórico. Para ele, a obra de arte tem a capacidade de doutrinar, servindo como um mecanismo de instrução e debate acerca de determinado assunto. O artista então se torna um componente importante dentro da conjuntura social, pois sua função excede os limites do seu ambiente particular e alcança a pluralidade – o particular torna-se público, isto é, a cultura brasileira alcança "o concerto geral das nações", objetivo sempre perseguido por Mário.

Mário de Andrade: Mestre e Amigo

A correspondência de Mário de Andrade adquiriu relevo de produção intelectual e artística, uma atividade pensada de forma clara e intencional.

III. Cartas do modernismo

O autor de *Losango cáqui* sabia da importância da sua atividade epistolar, constatava que exercia certo poder de influência e persuasão sobre amigos e outros intelectuais da sua época. Entre a cena e os bastidores, entre uma carta e outra recebida ou enviada, a história do modernismo se enriquece, perdendo a fixidez livresca: críticas literárias mútuas, brigas dos grupos, exposições, lançamentos de livros, políticas culturais e, principalmente, a construção de aspectos crítico-estilísticos dos outros companheiros. É quando tem início a construção da *persona* do "Mário de Andrade Mestre", outra contundente dimensão da obra epistolar desse escritor que muito contribuiu para a definição do projeto modernista hegemônico (o de São Paulo) e, por acréscimo, também influenciou outros modernismos, sobretudo pelo seu apostolado com novos escritores que chegavam até ele via correspondência para tirar dúvidas ou propor diálogos artísticos e fazer debates ideológicos, estendendo bastante a teia de contatos e influências exercidas pelo poeta paulista.

Considerado por muitos amigos como mentor intelectual do movimento, Mário comunica-se com alguns deles se colocando no papel de professor, tendo estes como discípulos e seguidores. É o caso de Carlos Drummond de Andrade,[3] como ele mesmo reconhece:

> Aquelas grandes cartas paulistanas escritas com amor e verdade implacável, que a gente recebia e ia correndo mostrar aos amigos reunidos no bar, para discutir cada ponto e dar jeito na vida e na literatura. Eu era então um sujeito muito desgraçado, pelo menos me supunha tal, mas agora reconheço que tudo foi ótimo e valeu a pena. E em grande parte valeu por causa de você. (Andrade, 2002, p. 497)

Percebemos que as cartas de Mário extravasavam o próprio destinatário; estendiam-se também aos demais, disciplinava igualmente outros

---

3. Drummond conheceu Mário durante a Caravana Paulista de escritores e artistas modernistas que visitaram Minas Gerais em 1924. O propósito principal da viagem foi levar o poeta francês Blaise Cendrars para conhecer a beleza do Barroco mineiro. Contudo, o encanto se deu principalmente nos próprios modernistas brasileiros, que se viram diante de uma importante questão: o que fazer com aquela Tradição do Barroco mineiro? Como incluí-la no processo modernista? A partir desses questionamentos e também das viagens que, poucos anos depois, faria ao Norte e ao Nordeste (quando teria contato com a cultura popular e o folclore), Mário iniciou uma grande transformação estilística ao longo da sua obra, que culminaria na importância atribuída por ele ao passado na histórica conferência no Itamaraty em 1942, quando faria um balanço crítico de todo o modernismo a partir da Semana de 22.

representantes dos grupos, num autêntico movimento de arregimentação de novos discípulos. Mas é em 1924 que fica mais explícito esse posicionamento de Mário sobre Drummond. Ao comentar a primeira carta recebida do poeta mineiro, enviada com a cópia de um artigo sobre o poeta francês Anatole France,[4] Mário responde a Drummond:

> Li seu artigo. Está muito bom. Mas nele ressalta bem o que falta a você – espírito de mocidade brasileira. Está bom demais pra você. Quero dizer: está muito bem pensante, refletido, sereno, acomodado, justo, principalmente isso, escrito com grande espírito de justiça. Pois eu preferia que você dissesse asneiras, injustiças, maldades moças que nunca fizeram mal a quem sofre delas. Você é uma sólida inteligência e já muito bem mobilizada... à francesa. Com toda a abundância do meu coração eu lhe digo que isso é uma pena. Eu sofro com isso. Carlos, devote-se ao Brasil, junto comigo. (ibid., p. 50)

Nesse fragmento, percebemos inúmeros aspectos sintomáticos que configuram o posicionamento de Mário em relação ao seu discipulado: "nele ressalta bem o que falta a você". O autor de *Macunaíma* se comunica com seus missivistas utilizando sempre o que lhe *sobra* e o que *falta* nos destinatários, ou seja, em Mário sobra o espírito gerenciador do movimento, de criação de uma mentalidade formativa e ideológica que aos poucos ia estruturando o próprio modernismo, confirmando ainda mais a teoria de Foucault, para quem introspecção é a abertura ao outro, isto é, *eu sou* à medida que *preencho* as lacunas do meu receptor. E isso Mário fez com vários dos seus correspondentes, porém sempre na perspectiva de aderir outros seguidores ao movimento modernista. Enquanto isso, Drummond continua com uma visão ainda equivocada em relação à arte e à sua atuação enquanto artista:

> Reconheço alguns defeitos que aponta no meu espírito. Não sou ainda suficientemente brasileiro. Mas, às vezes, me pergunto se vale a pena sê-lo. Pessoalmente, acho lastimável essa história de nascer entre paisagens incultas e sob céus pouco civilizados. Tenho uma estima bem medíocre pelo panorama brasileiro. Sou um mau cidadão, confesso. É que nasci em Minas, quando devera nascer

---

4. Para Mário, Anatole France simboliza tudo o que deveria ser evitado pelos modernistas brasileiros: um poeta francês de uma tradição simbolista que nada contribuía para a criação de uma consciência literária crítica, pelo contrário, o "culto" a Anatole France e toda a sua geração representava, na opinião de Mário, a confirmação da nossa dependência cultural em relação ao Velho Mundo, fato este que o modernismo veio romper.

> (não veja cabotismo nesta confissão, peço-lhe!) em Paris. O meio em que vivo me é estranho: sou um exilado. (...) Sabe de uma coisa? Acho o Brasil infecto. Perdoe o desabafo, que a você, inteligência clara, não causará escândalo. O Brasil não tem atmosfera mental; não tem literatura; não tem arte; tem apenas políticos muito vagabundos e razoavelmente imbecis e velhacos. (ibid., p. 56)

A atitude de Drummond revela um profundo preconceito de sua parte em relação à realidade histórico-cultural brasileira. Tal sentimento era partilhado por toda uma geração que aprendeu a olhar o Brasil via Paris, tendo como paradigma o que se discutia, a ordem do dia na capital francesa, que era uma espécie de "umbigo cultural" da humanidade. Todavia, tal perspectiva se chocava diretamente com as opiniões dos modernistas mais revoltados de São Paulo, o que leva Mário a afirmar:

> Mas meu caro Drummond, você pois você não vê que é esse todo o mal que aquela peste amaldiçoada fez a você! Anatole ainda ensinou outra coisa de que você se esqueceu: ensinou a gente a ter vergonha das atitudes francas, práticas, vitais. Anatole é uma decadência, é o fim duma civilização que morreu por lei fatal e histórica. Não podia ir mais pra diante. Tem tudo que é decadência nele. Perfeição formal. (...) Fez literatura e nada mais. E agiu dessa maneira com que você mesmo se confessa atingido: escangalhou os pobres moços fazendo deles uns gastos, uns frouxos, sem atitudes, sem coragem, duvidando se vale a pena qualquer coisa, duvidando da felicidade, duvidando do amor, duvidando da fé, duvidando da esperança, sem esperança nenhuma, amargos, inadaptados, horrorosos. Isso é que esse filho da puta fez. (ibid., p. 70)

Em situações como essa, o "professor Mário de Andrade" era rígido e de uma única opinião. Daí percebermos o quanto esse posicionamento era importante para o poeta paulista: era uma postura de combate crítico-ideológica que não deveria ser cedida por qualquer razão. Para isso, Mário não hesitava em utilizar todo tipo de palavrão e xingamento. Mas toda essa radicalidade tinha o único objetivo de fomentar a definição do modernismo brasileiro, trilhar seus rumos e corrigir os erros já muito cometidos no nosso passado cultural.

Por isso (re)afirmarmos o papel decisivo que a correspondência de Mário alcançou. Este subverte o sentido original do gênero epistolar: faz dele um verdadeiro "arlequim", híbrido e desconfigurado quanto às regras do seu cânone, perdendo o seu caráter tradicional puramente comunicativo. Para Mário de Andrade, a carta adquire um atributo de ensaio, no qual inúmeras teorias podem aí ser formuladas. E é justamente isso que ele faz quando quer seduzir novos adeptos à proposta modernista, persuadindo-os àquilo que ele chama de missão, isto é, ajudar a pensar e pôr em prática uma proposta de modernidade para o Brasil.

Todavia, essa postura de Mário se mostrou problemática: ele utilizou inúmeras metáforas religiosas para caracterizar-se como uma espécie de missionário do modernismo, especialmente nas cartas para Carlos Drummond de Andrade, a quem conclama a juntar-se ao seu apostolado, a fazer uma "doação" de si mesmo ao Brasil, a "devotar-se inteiramente" ao projeto modernista como ele estava fazendo. Exageros à parte, tal postura de Mário teve um lado positivo, pois ele conseguiu que novos discípulos aderissem à sua proposta civilizatória. É inegável que tal fato provocou mudanças paradigmáticas em algumas obras e estilos, como o que aconteceu com o próprio Drummond (apud Senna, 1996, p. 307), uma vez que reconheceu: "O acontecimento intelectual mais relevante de minha vida, insisto em dizê-lo, foram as cartas que recebi dele, anos a fio". Porém, o lado negativo foi a dimensão reacionária que tal postura de Mário adquiriu. Embora ele negasse veementemente, aos poucos o autor de *Macunaíma* foi se considerando uma espécie de pilar, de modelo a ser seguido no que tangia às ideias e práticas modernistas; excluindo, em alguns casos, amizades e contatos que fugissem um pouco da sua práxis artística.

Ninguém queria ser regionalista

Os temas regionais sempre marcaram presença na literatura brasileira, especialmente na prosa. Sua experimentação teve início no romantismo, como parte de um programa de reconhecimento das nossas realidades sociais que estivessem fora dos circuitos da Corte. Isso se deu através de diferentes fórmulas: indianismo, caboclismo, sertanismo etc. Dessa forma, ao iniciar-se o modernismo, o romance regionalista brasileiro já possuía um considerável desenvolvimento estético e temático, dando continuidade às diferentes tradições das décadas anteriores. E, no caso específico do ciclo nordestino, não é possível compreendê-lo sem estabelecer uma correlação com outras experiências antecessoras ligadas aos históricos problemas sociais da região, como com Franklin Távora, Domingos Olímpio, Rodolfo Teófilo e outros.

III. Cartas do modernismo

Entretanto, o advento modernista trouxe novo fôlego a essas questões. Novas propostas estéticas, manifestos, conferências, publicações propiciaram uma nova forma de desenvolver o regionalismo, em especial incorporando este a uma espécie de drama universal, de dor humana que não se restringe apenas ao solo nordestino, ao cerrado goiano ou aos pampas gaúchos. Gilberto Freyre cria, em 1926, o Centro Regionalista do Nordeste, que tinha, no seu programa de fundação, vários objetivos, dentre os quais:

> (...) 2º. Para isto será o Centro Constituído e organizado dentro da comunhão regional, aproveitando os bons elementos da inteligência nordestina, com exclusão de qualquer particularismo provinciano, quer quanto às coisas, quer quanto às pessoas.
> 3º. O Centro conservará a sua ação livre às injunções das correntes partidárias, colaborando com todos os grandes movimentos políticos que visem o desenvolvimento material e moral do Nordeste e do Brasil. (Freyre apud Teles, 1992, p. 343)

Pelos seus próprios objetivos, percebemos bem clara a ideia de Freyre em não relegar a noção de regional apenas a uma perspectiva puramente geográfica, localizável no interior da região mais pobre do país. Ainda que em outro momento histórico da nossa literatura, a frase de abertura de *Grande sertão: veredas* é enfática: "O sertão é o mundo". É esse universalismo que vamos perceber como sendo aquilo que se busca nessa nova forma de encarar o regional. Em 1926, Gilberto Freyre lança o *Manifesto Regionalista*, no qual defendia:

> A maior injustiça que se poderia fazer a um regionalismo como o nosso seria confundi-lo com separatismo ou com bairrismo. Com anti-internacionalismo, antiuniversalismo ou antinacionalismo. Ele é tão contrário a qualquer espécie de separatismo que, mais unionista que o atual e precário unionismo brasileiro, visa a superação do estadualismo, lamentavelmente desenvolvido aqui pela República – este sim, separatista – para substituí-lo por novo e flexível sistema em que as regiões, mais importantes que os Estados, se completem e se integrem ativa e creadoramente numa verdadeira organização nacional. Pois são modos de ser – os caracterizados no brasileiro por sua forma regional de expressão – que pedem estudos ou indagações dentro de um critério de inter-relação que, ao mesmo tempo que amplie, no nosso caso, o que é pernambucano, paraibano, norte-rio-grandense, piauiense e até maranhense, ou alagoano

ou cearense em nordestino, articule o que é nordestino em conjunto com o que é geral e difusamente brasileiro ou vagamente americano.[5]

Freyre se coloca frontalmente contrário a todo tipo de regionalismo que pudesse, de alguma forma, fazer qualquer ligação dessa importante temática à natureza do exótico, do pitoresco, como há muito tinha sido feito. Por isso o subtítulo provocador: *Ninguém queria ser regionalista*, pelo menos não nessa fórmula já tão engessada de se conceber o regional. Vale dizer que essa também era a opinião dos modernistas paulistas, especialmente a de Mário de Andrade.

Mas geralmente estudamos Gilberto Freyre pelo olhar da antropologia e da sociologia. O intelectual de primeiro calibre muitas vezes substitui o homem, o amigo e o correspondente de muitos destinatários. Sua correspondência é gigantesca: aproximadamente 15 mil documentos,[6] dos quais 3.500 são cartas; os demais são telegramas, cartões-postais, bilhetes e pequenos recados anotados em folhas avulsas. Sintomaticamente, suas cartas não são tão "laboratoriais" quanto as de outros escritores da sua época; nelas, são falados assuntos corriqueiros do cotidiano, como publicações e assuntos da sua vida acadêmica, como neste fragmento de uma carta a Monteiro Lobato a respeito da publicação de suas conferências:

> Pede-me o Oliveira Lima que lhe escreva a respeito da tradução de suas conferências: deseja v. editar tal tradução? Parecem-me interessantes. Informam-me que v. está com mais de 100 livros contratados – notícia que me espanta e me horroriza.[7]

Monteiro Lobato foi um dos tantos que manteve troca de cartas com o autor de *Casa Grande & Senzala*. Proprietário de editoras, Lobato conquistou inúmeras inimizades com o núcleo modernista de São Paulo, especialmente no que diz respeito à publicação de livros e manutenção de originais. Mas com Freyre sua postura sempre foi outra, especialmente por devotar um

---

5. Disponível no endereço: http://prossiga.bvgf.fgf.org.br/portugues/obra/opusculos/manifesto.htm.
6. Tal quantidade faz cair um mito: de que apenas Mário de Andrade possuiu tamanha produção epistolar.
7. Arquivo da Fundação Gilberto Freyre. Esses textos ainda não foram integralmente publicados, permanecendo a consulta no próprio arquivo ou em algumas versões *on-line*, de onde retiramos esses fragmentos. Cf.: http://www.fgf.org.br/centrodedocumentacao/arquivodocumental.html.

III. Cartas do modernismo

pouco a imagem do intelectual nordestino. Respondendo à carta anterior, Lobato escreve:

> É verdade. Mais de 100. Cento e tantos! No Brasil, o que falta são leitores. Escritores há a dar com pau. Poetas, então, que castigo! Há cá poeta e meio por quilômetro quadrado. O Lima escreveu-me. Não conheço as conferências. Recebi-as em inglês e corri os olhos – não há tempo para nada. Mas não creio que interesse a nossa gente. A nossa gente é muito mais idiota do que eu tenho dito nos meus livros (isto é cá entre nós). E tenho a impressão de que encruei o estômago do país com o milhão de exemplares que lancei. Estou a refrear o enxurro.[8]

Certamente, Lobato se refere aos seus livros de temática regionalista e infantil, especialmente aqueles que retratam o homem simples da roça, como *Jeca Tatu*. Tal troca de cartas entre um escritor nordestino e um paulista é bem interessante, uma vez que havia inúmeros preconceitos por parte de alguns intelectuais do Sudeste em relação aos do Nordeste, o que levou Oswald de Andrade a cunhar a expressão "búfalos do Nordeste" para se dirigir àqueles. Outra presença marcante no epistolário de Freyre é José Lins do Rego.[9] Descendente de uma antiga aristocracia canavieira falida naquele momento, o autor de *Fogo morto* também fez parte do ciclo modernista do Nordeste. Escrevendo a Freyre quando este estava em Nova York, ele diz:

> Tudo indo por água abaixo. O Brasil arredado daquele destino histórico de que tanto gostava você de falar em toda parte as suas ideias de ordem e estabilidade sofrendo uma crise, como se estivéssemos na virada do século. O Brasil anda em dias de mais perigos. Nem mesmo na regência esteve a nossa terra tão abalada. Mandaram buscar um médico inglês, mas penso que o doente precisa mais de um padre confessor. Na Paraíba anda a fome que nem em 1874. Em Alagoas e Pernambuco o açúcar a pedir esmolas ao Banco do Brasil. Tudo uma desgraça de cortar coração. A situação pessoal de cada um é uma catástrofe. O país não tem dinheiro e não tem homens. O nosso amigo José Américo, que foi comigo de uma grande gentileza, parece que o destino lhe pregou uma peça: presidir como ministro da aviação uma seca, sem dinheiro para atender os reclamos de socorro. E sofrendo uma

---

8. Idem.
9. Lins do Rego é dono da maior parte das cartas endereçadas a Gilberto Freyre: enviou mais de duzentas e recebeu mais de cem respostas do amigo.

campanha medonha sempre que os recursos não chegam. Voltei, como você deve saber, a um emprego público. Mas, fique certo, se encontrasse qualquer meio de vida, por mais modesto que fosse, deixaria o emprego público. É uma coisa horrível viver assim, cheio de sobressaltos e de intrigas, levando uma dura vida de cachorro. E eu que nada sei fazer, que não sei nada, um homem incapaz para tudo. Você é o maior dos brasileiros, mas não deve ter saudades do Brasil. Não venha tão cedo. É uma terra essa que não merece as suas saudades.[10]

Percebe-se o tom amargurado de Lins do Rego ao falar da sua situação e a do próprio país. A sociedade nordestina passava por várias transformações sociais, a principal era a mudança do antigo modelo agroprodutor dos engenhos para a agroindústria usineira da cana-de-açúcar, o que provocou o aumento da miséria da população de baixa renda e a queda do poder das antigas aristocracias rurais, das quais tinha saído José Lins. O epistolário de Gilberto Freyre (assim como todo o seu arquivo) ainda se encontra em processo de organização, a maior parte da sua correspondência nem sequer foi publicada. Todavia, aquilo a que temos acesso é suficiente para demonstrar a importância da sua pesquisa para entendermos um pouco melhor os caminhos do modernismo no Nordeste brasileiro.

Câmara Cascudo

Luís da Câmara Cascudo era descendente de uma das famílias mais ricas do Rio Grande do Norte. Nosso maior folclorista manteve intensa amizade com os principais nomes da literatura modernista. Monteiro Lobato discutiu com ele as primeiras páginas de *Reinações de Narizinho*. Manuel Bandeira disse-lhe uma vez que sua Pasárgada era o sertão do Seridó, no Rio Grande do Norte. Foi Mário de Andrade, no entanto, quem o tomou por confidente e trocou a mais longa correspondência com o escritor potiguar, falecido em 1986. Ele mesmo declarou a respeito das suas motivações para pesquisar:

> Queria saber a história de todas as cousas do campo e da cidade. Convivências dos humildes, sábios, analfabetos, sabedores dos segredos do Mar das Estrelas, dos morros silenciosos. Assombrações. Mistérios. Jamais abandonei o caminho que leva ao encantamento do passado. Pesquisas. Indagações. Confidências

---

10. Arquivo da Fundação Gilberto Freyre.

III. Cartas do modernismo

> que hoje não têm preço. Percepção medular da contemporaneidade. Nossa casa no Tirol hospedou a Família Imperial e Fabião das Queimadas, cantador que fora escravo. Intimidade com a velha Silvana, Cebola quente, alforriada na Abolição. Filho único de chefe político, ninguém acreditava no meu desinteresse eleitoral. Impossível para mim dividir conterrâneos em cores, gestos de dedos, quando a terra é uma unidade com sua gente. Foram os motivos de minha vida expostos em todos os livros. (Cascudo, 2000, p. 15)

Foi a partir dessa formação cultural que o etnógrafo desenvolveu a sua pesquisa. Outro "gigante epistolar", Cascudo acumulou um arquivo de aproximadamente 8 mil cartas para os mais diferentes destinatários, num tempo em que não existia internet. O pesquisador escrevia para estudiosos do Brasil inteiro e de várias cidades do mundo com perguntas prosaicas do tipo: "Como se diz 'amarelinha' na tua cidade?". Ia descobrindo, assim, que em Portugal e no Nordeste brasileiro se diz *academia*, na Bahia se diz *pular macaco*, em Minas Gerais fala-se *maré* e que o termo em voga no Rio de Janeiro e em São Paulo deriva do termo utilizado na França – *marelle*. Numa carta a Manuel Bandeira em 13/05/1960, Cascudo diz ao amigo (num tom de lembrança) o que o levou a pesquisar o folclore:

> Eu não achava graça no que se escrevia por aqui. Era tudo na base do 'alto gabarito'. Eu achava graça mais era no trivial cotidiano. Comecei a fazer rodapés, 'ronda da noite', acompanhava a cavalo a ronda policial e ia descrever o que via, pileques e prostitutas, brigas e trapaças. O escândalo maior era ser feito por um menino rico. Depois, vieram naturalmente coisas como a Festa dos Reis Magos. Tanta coisa que Mário de Andrade não podia compreender. Pensava que eu tinha sido levado à cultura popular pela erudição. Mentira! A cultura popular é que me levou a esta. Por esta sala já passaram Juscelino e Villa-Lobos, vários presidentes, mas aqui também vieram Jararaca e Ratinho.[11]

Cascudo inverte a premissa de que foi a partir de uma profunda erudição clássica que possuía o conhecimento da base popular. Segundo ele, o popular é que "iluminou" o erudito, fato este que seduzirá o autor de *Pauliceia desvairada*. Mário de Andrade tomou contato com Cascudo por intermédio do poeta pernambucano Joaquim Inojosa, que lhe mandou o recorte de um artigo do folclorista. A partir de então, iniciaram-se a correspondência e a amizade entre os dois. Mário viajou pelo interior de Pernambuco, Paraíba

---

11. Arquivo Manuel Bandeira, Casa de Rui Barbosa, pasta 47.

e Rio Grande do Norte recuperando histórias e danças populares. Em tal viagem, Mário descobre o Brasil das danças dramáticas, dos autos que a Idade Média nos legou através da colonização portuguesa, tendo como cicerone Câmara Cascudo. No prefácio da edição parisiense do *Turista aprendiz*, o crítico francês Gilles Lapouge escreveria que esse é o momento em que os modernistas "assaltam seu país para revirar tradições, canções, lendas, a dor e os homens da terra para decifrar seus silêncios e não para colecionar índios de comédia, flechas e plumas" (Andrade, 1975, p. 6).

Numa de suas inúmeras cartas a Câmara Cascudo, Mário o alerta e até mesmo direciona a pesquisa do amigo:

> Minha convicção é que você vale muito mais que o que já produziu. (...) Você tem a riqueza folclórica aí passando na rua a qualquer hora. Você precisa um bocado mais descer dessa rede em que você passa o dia inteiro lendo até dormir. Não faça escritos ao vaivém da rede, faça escritos caídos das bocas e dos hábitos que você foi buscar na casa, no mocambo, no antro, na festança, na plantação, no cais, no boteco do povo. Pare com essa coisa de ficar fazendo biografias de Solano López, conde D'Eu, coisas assim. (Andrade, 1991, p. 85)

Segundo os seus biógrafos, essa carta de Mário foi fundamental na total mudança de rumos que sua atividade de pesquisador tomaria dali para a frente. Cascudo (ou Cascudinho, como Mário passa a chamá-lo) direciona todo o seu interesse para a cultura popular, tornando-se um paradigma a todos aqueles que, de uma forma ou de outra, utilizaram esse rico manancial que ajuda a nos configurar culturalmente. Daí a sua importância para o modernismo, já que vários artistas se reportam a Luís da Câmara Cascudo para tirar dúvidas, enviar opiniões, pesquisar acerca do nosso folclore e, o que mais nos interessa, incluir parte desse conhecimento nas suas respectivas obras, como muito bem demonstra um estudo mais aprofundado da sua correspondência, confirmando ainda mais a premissa de que o regional pode ser também nacional – e por que não universal?

Érico Veríssimo

Um equívoco constantemente repetido é delegar o regionalismo apenas às terras nordestinas. Verdade é que, em termos quantitativos, o Nordeste brasileiro legou muitos escritores, bem mais que o Sul, talvez por isso a insistência em reconhecer como regional apenas as temáticas da seca.

III. Cartas do modernismo

Entretanto, tivemos uma interessante produção intelectual nos pampas gaúchos que nem sempre reconhecemos – é o caso do autor de *O tempo e o vento*.

No início da adolescência, Veríssimo lia compulsivamente autores clássicos, tanto nacionais quanto estrangeiros. Com a separação dos pais, aos 17 anos, Érico acaba tendo de trabalhar como balconista no armazém de um tio, o que não o afasta dos livros. Ao contrário, ele não só continua lendo como começa a traduzir trechos de renomados escritores ingleses e franceses e a escrever seus próprios textos. Dessa forma, o balcão transformou-se em posto de observação do mundo:

> O balcão me punha em contato com gente de toda espécie: operários, soldados, empregados do comércio, funcionários públicos, caixeiros-viajantes, pequenos burgueses, estancieiros, trabalhadores do campo, caudilhos e vagabundos... Era uma parada singular. Estávamos ainda no tempo dos coronéis truculentos, da violência e do banditismo. Vi cadáveres cobertos de geada estendidos na lama sangrenta de minha rua. Ouvi histórias de degolamentos e crueldades sem nome. Assisti a espetáculos de degradação. Conheci homens que se sujeitavam às atitudes mais abjetas para atingirem os seus objetivos de lucro, mando ou mera vaidade, ou então para conseguirem simplesmente o pão de cada dia. E comecei a compreender que a vida é muito diferente dos nossos sonhos e do que nos prometem as novelas românticas.[12]

É um pouco do que vemos nas míticas cidades da sua obra, especialmente Santa Fé. Paradoxalmente, Veríssimo nunca fez apologia aos programas regionalistas de literatura, pois tinha uma visão universalizante do gaúcho. Numa carta ao seu editor em Nova York, Veríssimo declara: "Nunca morri de amores pelo regionalismo e, para ser sincero, tinha e ainda tenho para com esse gênero literário minhas reservas. Nunca usei galochas pois nunca fui convidado para uma festa de carnaval na roça" (ibid.).

Por isso que, em sua correspondência, não temos explicações metodológicas quanto às temáticas regionais abordadas na sua obra, corroborando a sua ideologia até combativa em não se encarcerar dentro de uma etiqueta regionalista. Por isso que Érico defendia a ideia de que Santa Fé poderia ser qualquer cidade. Suas cartas são até evasivas, algumas prolixas, nas quais o

---

12. Arquivo Érico Veríssimo, PUC-RS. Disponível no endereço: http://www.pucrs.br/letras/pos/acersul/ericoverissimo.

principal assunto é a vida, o cotidiano, suas predileções, sua família e amigos, como podemos perceber nesta endereçada ao jornalista Carlos Lacerda:

> Quero ver se escrevo pelo menos uns quatro ou cinco pequenos livros para crianças. No mais aqui vou, lendo muito (Roland Barthes, Merleau-Ponty, o maravilhoso diário da Anaïs Nin, uma biografia do Cocteau. Ontem li umas páginas de Robinson Crusoé). Tenho vagos projetos de romance, mas sinto já que a lagoa vai secando. Seja o que Deus quiser.[13]

Outro assunto muito comum na correspondência desse autor são as informações que dava aos amigos a respeito das suas publicações. Numa carta a Clarice Lispector, amiga e comadre, Veríssimo fala a respeito do seu principal romance:

> Estou na página 1.000 de o tempo e o vento, e isso é mais ou menos a metade! Estou de tal modo saturado da história que já começo a achar tudo ruim. Parei. Tenho todas as notas para terminar o livro em Washington. Acho que conseguirei. Eu jamais poderia ter escrito este terceiro volume se tivesse ficado aí... Mas já que o comecei e o tenho todo estruturado, estou convencido de que agora será possível. (Veríssimo apud Lispector, 2002, p. 239)

De certa forma, percebemos a principal linha do programa regionalista de Veríssimo: um regional que não tivesse os pés unicamente fincados à terra de origem, ou mesmo aquele equívoco de que estar na região facilita o trabalho da representação artística dela, tanto que ele escreve sobre o Rio Grande do Sul em solo norte-americano. Na verdade, as cartas mais interessantes de Veríssimo quanto ao seu processo estilístico são aquelas endereçadas aos seus editores espalhados pelo mundo, infelizmente a maior parte não foi publicada, posto que encontra-se em arquivos particulares de difícil acesso. Todavia, o próprio Érico Veríssimo ainda não foi totalmente rastreado pela crítica, em especial no que diz respeito ao outro lado da sua obra: cartas, conferências, entrevistas, artigos em periódicos e trabalhos ensaísticos.

Balanços e avaliações

Como toda vanguarda, o modernismo também se estabeleceu nas prateleiras do cânone artístico, o que pode ser mais bem verificado a partir da

---

13. Arquivo Carlos Lacerda – UNB. Carta de 21/09/1972.

década de 1940. Quando em 1942, Mário de Andrade profere a sua famosa conferência no Palácio do Itamaraty, no Rio de Janeiro, ele inicia uma prática constante nos anos seguintes: revisar o movimento iniciado pela Semana de 22.

A essa altura, o próprio modernismo já tinha se amadurecido em relação às propostas de ruptura defendidas nos anos 1920 pelos setores paulistas mais radicais. Já tínhamos passado pela efervescência regionalista dos anos 1930, já conhecíamos a subjetividade lírica de Cecília Meireles (bem como do grupo em torno da revista *Festa*), a poética de Drummond e o místico e sentimental de Vinicius de Moraes. É quando novos experimentalismos estéticos começam a surgir, principalmente aquela prosa intimista e psicológica que marcaria a obra de Clarice Lispector e de Guimarães Rosa. Nesse momento, nossos escritores já estavam praticando novas experiências estilísticas que o amadurecimento modernista permitia; alguns até mesmo pendiam para certo isolamento social, como o que aconteceu com Oswald de Andrade.

Primeiro balanço: a conferência do Itamaraty

No final de 1942, o jornalista Edgar Cavalheiro iniciou um audacioso projeto para o jornal *O Estado de S. Paulo*: um memorial com quarenta personalidades do mundo da cultura que foram contemporâneos da Geração de 22, entre eles Oswald de Andrade, Alceu Amoroso Lima, Di Cavalcanti e Jorge de Lima. O objetivo era recolher as principais impressões de cada um no que dizia respeito aos problemas literários, políticos, artísticos e sociais daquele momento. Um consenso praticamente unânime era quanto à sensação de que o modernismo, embora revelador de inúmeros talentos, não havia ultrapassado a fronteira do esteticismo. Nesse afã, dois convidados não aceitaram fazer parte da publicação: Monteiro Lobato (já radicado na Argentina por causa de problemas políticos com o Estado Novo) e Mário de Andrade. Este justifica a sua negação dizendo que

> não há ambiente para ele. Irá causar, quando muito, pequenos escândalos, mexericos pessoais. Deturparão problemas mais humanos e gerais em prol de estéreis ataques individuais, nem sequer restará o consolo de um amplo escândalo que agite a água morna na qual nos aborrecemos. (Andrade apud Silva, 2006, p. 64)

Cavalheiro, contudo, não desistiu daquele que era chamado por muitos de "papa do modernismo", insistiu com o poeta, mas em vão. A contribuição de Mário nos festejos culturais dos 20 anos da Semana será de outra forma, como lembra o próprio Cavalheiro:

> Com as comemorações da Semana de Arte Moderna ele foi tentado a repor as coisas nos seus devidos lugares. Escreveu três artigos para o *Estado de S. Paulo*, nos quais historiava a famosa semana e explicava sua posição artística e humana no movimento. Pouco depois, convidado pela Casa do Estudante, reviu esses artigos, transformando-os numa esplêndida conferência que foi lida no Itamaraty a 30 de abril de 1942. Quem quer que leia essas páginas admiráveis, de uma coragem rara, verá que Mário de Andrade não fez outra coisa senão o seu testamento, isto é, que essa conferência serve perfeitamente a este inquérito, constitui a melhor resposta que poderíamos ambicionar. (Cavalheiro apud Teles, 1992, p. 308-309)

No seu texto, Mário admite que sua geração recebeu inúmeras influências futuristas: "o espírito modernista e as suas modas foram diretamente importados da Europa" (ibid., p. 310), de certa forma aludindo a esse caráter universal da modernidade, como ele sempre gostava de afirmar. Mais adiante, fala da retórica da destruição praticada pelos artistas desse período: "o movimento modernista foi essencialmente destruidor. Até destruídos de nós mesmos, porque o pragmatismo das pesquisas sempre enfraqueceu a liberdade de criação" (idem).

Uma das teses que Mário defende nessa conferência diz respeito à natureza apolítica da sua geração, isto é, esta não serviu de exemplo e inspiração para os grupos vindouros, principalmente os de 1940 em diante, tão marcados no plano nacional pelas políticas do Estado Novo e no âmbito internacional pelos efeitos da Segunda Guerra. O poeta defende a opinião de que os envolvidos no debate cultural "não contribuíram muito para um amilhoramento político-social do homem", já que no fundo eram uns *inconscientes* (Andrade apud Silva, 2006, p. 65), daí a confirmação daquele prognóstico geral dos participantes do inquérito cultural de Cavalheiro, quando falam que as experiências de 22 prevaleceram mais no campo estético do que político.

O tom de Mário nesse texto é de uma considerável melancolia. Várias são as razões para tal estado: a inexistência dos primeiros grupos que marcaram o início do movimento, o clima de combate vivido diretamente por Mário em relação a determinados direcionamentos artísticos e a sua situação pessoal e profissional, já que o poeta fora vítima direta das politicagens da Era Vargas (na sua demissão do Departamento de Cultura de São Paulo), fato que marcou sua vida para sempre. É quando afirma:

> É melancólico chegar assim no crepúsculo, sem contar com a solidariedade de si mesmo. Eu não posso estar satisfeito de mim. O meu passado não é mais meu companheiro. Eu desconfio do meu passado. (...) Eu creio que os modernistas da Semana de Arte Moderna não devemos servir de exemplo a ninguém. Mas podemos servir de lição. (Andrade apud Teles, 1992, p. 310)

Mário, entretanto, sempre volta ao seu tom de mestre de gerações e aproveita a plateia – a maioria jovens diplomatas e alguns futuros escritores – para acentuar a sua crença numa revolução de mentalidades e atitudes: "Façam ou se recusem a fazer arte, ciências, ofícios. Mas não fiquem apenas nisto, espiões da vida, camuflados em técnicos de vida, espiando a multidão passar. Marchem com a multidão" (Andrade apud Silva, 2006, p. 65). Nesse momento, Mário encarnava a figura do intelectual completo, aquele que possuía uma espécie de função civilizatória numa sociedade e nos seus projetos estéticos, sociais e políticos.

Segundo balanço: a Exposição de Arte Moderna de Belo Horizonte

Em 1944, o então prefeito de Belo Horizonte Juscelino Kubitschek realizou a Primeira Exposição de Arte Moderna. Esta teve a participação de inúmeros artistas modernistas, dentre os quais Portinari, Di Cavalcanti, Volpi, Lasar Segall e Guignard, o curador da exposição. Além da programação plástica, o evento também contou com a participação de Oswald de Andrade, que fez uma conferência intitulada "O Caminho Percorrido", na qual foi feito um balanço dos vinte e dois anos da Semana de 22. O evento foi apelidado pela imprensa de "Semaninha de Arte Moderna".

O texto de Oswald é um contraponto direto às ideias de Mário defendidas dois anos antes no Itamaraty. À tese de Mário de que o artista modernista se isolou numa práxis puramente estética e distanciada do povo, Oswald (apud Silva, 2006, p. 67) afirma: "de 22 para cá, o escritor não traiu o povo, antes o descobriu e o exaltou (...) vede o exemplo admirável de Jorge Amado". Reconhecimento intrigante o de Oswald quanto a Jorge Amado, pois, no início dos anos 1930, foi o autor de *Pau-brasil* o criador da alcunha "Búfalos do Nordeste", que designava os romancistas cujas obras representavam as mazelas sociais nordestinas. Entretanto, a principal tese de Oswald na sua apresentação seria a articulação histórica entre a Inconfidência Mineira e a Semana de 22. De acordo com o conferencista, a Inconfidência e a Semana foram antecedidas por forças revolucionárias vindas de uma "Europa subversiva e revoltada", isto é, a Inconfidência foi tramada ideologicamente a partir das influências iluministas, com o objetivo principal de tornar o Brasil livre de Portugal; enquanto a Semana foi pensada a partir dos moldes igualmente revoltados das vanguardas artísticas, radicais e destruidores por natureza.

Um ponto de semelhança entre os textos de Mário e Oswald diz respeito a certo tom confessional que ambos utilizam nos seus discursos. Se Mário foi um tanto pessimista quanto à eficácia de todas as propostas modernistas, Oswald foi amargo ao tratar da sua própria situação enquanto artista, principalmente no que concernia a um isolamento por parte da intelectualidade e da própria geração de 45. O trecho a seguir demonstra um pouco do seu estado:

> Na elucidação da questão da antropofagia entra um ato de elegância do Sr. Tristão de Athayde que muito me comoveu. Antes de me referir a isso, quero fazer notar que o Sr. Tristão de Athayde está tingindo a cabeça de acaju. Esquece-se que há pouco mais de um ano desejava em grandes artigos que a Rússia fosse esmagada pela Alemanha nazista, pois seria logo em seguida posta a nocaute pelos vencedores de Cassino. Agora já vê diferente e deseja retomar a posição contrita de crítico. Mas antes dessa remada para a esquerda, o leão da Academia que Agripino Grieco chamou de 'rei dos animais de farda', ou seja, o inodoro e presidencial Sr. Múcio Leão deu à publicidade uma carta de Alcântara Machado que lhe foi piedosamente passada pelo crítico católico d'*O Jornal*, a fim de me xingar pela boca de um morto. Quem havia de publicar essa carta senão a ratazana em molho-pardo que é o Sr. Cassiano Ricardo? Nesse documento vem à tona o estado de sítio que proclamaram contra mim os amigos da véspera modernista de 22. Pretendia-se que eu fosse esmagado pelo silêncio, talvez por ter lançado Mário de Andrade e prefaciado o primeiro livro de Antônio Alcântara Machado. É ele mesmo que depõe de além-túmulo. (ibid., p. 69)

E seria esse "esmagamento pelo silêncio" um dos maiores dramas de Oswald no final da sua vida. Na carta a que ele se refere, Alcântara Machado fala dos motivos que o levaram a romper com o poeta da Antropofagia; segundo Machado, Oswald "tinha tudo, menos caráter", chegando a utilizar a *Revista de Antropofagia* para desferir difamações morais contra seus companheiros de 22, dentre os quais Mário de Andrade, Paulo Prado, Guilherme de Almeida e quase todos os poetas e escritores do Rio de Janeiro. Segundo Lúcia Helena no trabalho *Um caminho percorrido*, nos seus textos produzidos a partir da década de 1940, Oswald de Andrade adquire uma sintomática posição de combate perante o meio cultural que o relegou às margens do modernismo. Nesses textos

> ressoa o mesmo espírito em que se misturam mágoa, reavaliação, defesa e cobrança pelo que Oswald interpretava como falta de reconhecimento. [O poeta] Destoa da atitude de Mário de Andrade, que em 1942, na conferência sobre a Semana de 22, desautorizara e minimizara as vantagens do afã destruidor da voragem modernista. Enquanto Mário fazia uma avaliação de rumos em que repudiava o 'calor da hora', Oswald nele insistia. (Helena apud Silva, 2006, p. 70)

Os posicionamentos de Mário e de Oswald colaboram não apenas na avaliação de certos direcionamentos do movimento, mas servem principalmente para explicitar quão distintas eram as propostas modernistas vivenciadas por eles, e de que forma "esta diferença seria responsável pelo lugar que ocupariam no processo de canonização do modernismo" (ibid., p. 71). Mário falou e escreveu sobre os mais diferentes assuntos, sendo exageradamente plural quanto aos seus interesses artísticos, e isso fica bem notado no conjunto da sua obra, diversa e sempre em expansão, sendo ainda um desafio para a crítica literária e artística. Já Oswald se perdeu nos seus próprios discursos – o da obra e o da vida. A crítica a partir da década de 1940 o excluiu de forma contundente, seus textos não mais participavam das antologias lançadas no mercado, como foi o caso da *Apresentação da poesia brasileira*, organizada por Manuel Bandeira. Tentando encontrar uma síntese que colabore na interpretação dos papéis que cada um exerceu dentro do modernismo, Antonio Candido (1992, p. 244) dá um palpite:

> Para quem estiver preocupado com os precursores de um discurso em rompimento com a mimese tradicional, seria Oswald. Para quem está interessado num discurso vinculado a uma visão do mundo no Brasil, seria Mário. Quem construiu mais? Mário. Qual personalidade mais fascinante? Oswald. Qual individualidade intelectual mais poderosa? Mário. Qual o mais agradável

como pessoa? Oswald. Qual o mais scholar? Mário. Qual o mais coerente? Mário. Quem explorou mais terrenos? Mário. Quem pensou em profundidade a realidade brasileira? Mário. Oswald era um homem de intuições geniais, mas com escalas de valor muito desiguais. Em resumo, foram dois grandes homens, sendo irrelevante optar entre eles.

De fato, é irrelevante fazermos pesos e medidas quanto à importância de cada um, todavia fica bem clara a distância dos projetos de modernidade que cada um, ao seu jeito, colocou em prática. O mais importante é que tais debates começam num relativo pouco tempo após a Semana de 22, aproximadamente vinte e cinco anos, o que já permite não apenas o tom revisionista de alguns, como também o surgimento de outras cenas literárias, novos personagens, grupos e amizades que ajudarão a compor o novo cenário modernista brasileiro, contribuindo para o surgimento de outras trocas epistolares e debates que fornecem uma panorâmica acerca do cenário cultural brasileiro dos anos 1940 e 1950.

João Cabral de Melo Neto

João Cabral de Melo Neto exerceu considerável importância no meio artístico-literário nas décadas de 1940 e 1950. Cabral residiu vários anos fora do Brasil por conta do serviço diplomático, o que o levou a manter uma intensa correspondência com diversos amigos para tratar de assuntos como: o processo de autoconscientização da criação poética de cada um, o Brasil (e o próprio modernismo) durante e após a Segunda Guerra Mundial, as políticas culturais durante e após o Estado Novo, a afirmação da Geração de 45, o intenso diálogo sobre artes plásticas e música erudita travado com Manuel Bandeira, análises sobre a arte modernista brasileira em face às produções europeias (especialmente as vanguardas espanholas), acompanhadas de perto pelo poeta quando lá residia. Devido à amplitude do seu epistolário, analisaremos alguns fragmentos da sua correspondência com Manuel Bandeira, Carlos Drummond de Andrade e Clarice Lispector.

O epistolário desse período revela muitas diferenças em relação à primeira fase do nosso modernismo, isto é, não percebemos mais aquele entusiasmo rebelde dos primeiros anos, a criação das primeiras teorias, a produção de manifestos e a busca por novas adesões intelectuais numa espécie de "caça" a novos talentos que confirmassem as principais propostas modernistas. A correspondência agora revela um movimento mais seguro quanto às direções estilísticas e a busca de novas matrizes literárias, quando as experimentações vanguardistas já não eram tão praticadas. É Manuel Bandeira quem fala a Cabral a esse respeito:

> E já que estamos falando em versos, saiba que a Geração de 45 continua ávida de afirmar-se, e da parte de alguns mais impacientes de glória com muita má vontade para com os velhos de 22 e até para com os maduros de 30. Pela parte que me toca não acho mau: já tem gente de mais que gosta de mim, e os novos que não gostam têm para mim uma vantagem – não me chateiam, não me fatigam mandando poemas para que eu dê a minha opinião. Está-se dando nessa geração nova uma coisa engraçada: meia dúzia deles, menos citados do que outra meia dúzia, encheu-se de despeito e estão disputando a primeira colocação à força de golpes baixos, por exemplo xingando de puxa-saco aos que nos querem bem. É visível que a sua situação (sua de você) os põe doentes: você está longe daqui, fora completamente da mêlée, e no entanto o seu nome não sai das seções literárias dos jornais e é opinião quase geral que você foi o abridor de caminho. Ao passo que eles para serem falados têm que dar entrevistas solicitadas, fundar revistas, etc. (Bandeira apud Süssekind, 2001, p. 140)

Fica claro o caráter equilibrado de Bandeira ao analisar a sua geração – *os velhos de 22* – e a de 45, que tenta se autoafirmar. Um aspecto até cômico é a recusa de Bandeira em ser uma espécie de crítico-avalista da poesia que estava sendo produzida, evitando ler e emitir juízo de textos produzidos pelos novatos. Nesse momento, Cabral já estava exercendo um tímido papel de influência no cenário da literatura brasileira, o que sem dúvida alguma teve a participação de Manuel Bandeira, como o próprio afirmou: "Quando li 'Não sei dançar', do Manuel Bandeira, numa antologia de Estevão Pinto, para mim foi um deslumbramento".[14] O movimento epistolar de Bandeira em direção a Cabral se caracterizou por uma imensa troca de poemas produzidos por ambos. O autor de *Libertinagem* enviou uma quantidade muito grande de poemas e fragmentos de artigos e ensaios para o amigo fazer a sua consideração crítica. Tal fato constitui um diferencial da sua prática epistolar em relação aos demais: Bandeira aproveita suas linhas para comentar e decidir publicações, falar de eventos culturais ocorridos

---

14. Entrevista a Augusto Massi e Alcino Leite Neto. *Folha de S. Paulo*, 30/03/1991. Caderno "Letras". (Cabral apud Süssekind, 2001, p. 12).

no Brasil, sobre políticas culturais em relação aos lançamentos e, acima de tudo, manter um intercâmbio crítico-poético, como os comentários de Cabral em relação ao poema "O bicho", de Bandeira:

> Recebi uma carta – não resposta à minha que levou as primeiras provas aéreas – com seus três últimos poemas. Achei-os excelentes, principalmente 'O bicho'. Não sei quantos poetas no mundo são capazes de tirar poesia de um 'fato', como você faz. Fato que v. comunica sem qualquer jogo formal, sem qualquer palavra especial: antes, pelo contrário: como que querendo anular qualquer efeito autônomo dos meios de expressão. (ibid., p. 60)

Bandeira e Cabral não costumam utilizar suas cartas para analisar a fundo a produção da geração daquele momento, como era comum com Mário de Andrade. Tal fato se explica por eles não estarem mais num momento de pensar o movimento, mas de convivência com as conquistas estilísticas das primeiras gerações. Num dos poucos momentos no qual Cabral comenta com Bandeira acerca da crítica daquele período, ele afirma:

> Nossa crítica é um caso impressionante de 'sensibilidade habituada'. Você já reparou na maneira como cada geração, no Brasil, ao se impor, traz seu crítico e abandona o anterior? O caso de Tristão de Ataíde, por exemplo, que nunca percebeu os nossos romancistas, é típico. O que vale é que esses críticos posteriores não negam a sensibilidade anterior; pelo contrário, incorporam-na a uma região nova, que eles trazem e que termina sendo hábito também. Isso, por exemplo, é que permite um Álvaro Lins topar sua (de você) poesia. (ibid., p. 68)

Cabral fala do movimento próprio do processo literário de construção e desconstrução de postulados críticos mediante a produção poética de cada momento. Mas já notamos certo teor de conciliação desses novos críticos que "não negam a sensibilidade anterior", o que já denota uma considerável diferença em relação ao movimento crítico-destruidor da primeira geração, quando certos críticos exerciam suas atividades praticamente dentro de trincheiras ideológicas, tamanha era a necessidade de autoafirmação do movimento.

Outro correspondente significativo do autor de *Morte e vida severina* foi Carlos Drummond de Andrade. O poeta mineiro também exerceu forte influência sobre João Cabral de Melo Neto, especialmente após a leitura de *Brejos das almas*, é o próprio Cabral quem reconheceu tal fato: "Foi a dicção áspera de Drummond que me mostrou uma poesia sem aquela oratória escorregada que me irritava"[15] (ibid., p. 12). Diferentemente de Manuel Bandeira, Drummond utilizou várias das suas cartas para analisar o estilo do amigo que se construía aos poucos, num verdadeiro processo de metalinguagem crítica, como podemos perceber na seguinte passagem

> Meu caro João Cabral:
> (...) Sou de opinião que tudo deve ser publicado, uma vez que foi escrito. Escrever para si mesmo é narcisismo, ou medo disfarçado em timidez. Se lhe desagradar a opinião dos jornais e revistas, não publique para eles; publique para o povo. (...) Eu acredito de certo que sua fase poética atual é fase de transição que v., com métodos, inclusive os mais velhos, está procurando caminho, e que há muita coisa ainda a fazer antes de chegarmos a uma poesia integrada ao nosso tempo, que o exprima limpidamente e que ao mesmo tempo o supere. Não devemos nos desanimar com isso. (ibid., p. 174-175)

Essa carta de Drummond é do início de 1942, ou seja, meses antes de Cabral lançar o seu primeiro livro, *Pedra do sono*; todavia, seus textos foram enviados antecipadamente a Drummond para que este fizesse suas análises críticas. Na verdade, o autor de *Rosa do povo* exerce em relação a Cabral aquela postura comumente associada a Mário de Andrade – o de mestre e orientador, mas com uma clara diferença: Drummond não encarna de forma tão explícita o tom de apóstolo que se doa pelo movimento, como era o costume de Mário; sua postura é mais sutil. Isso se verifica em várias cartas nas quais Drummond aconselha e fornece inúmeras dicas a João Cabral, que sempre as acata e faz com que o poeta mineiro analise, constantemente, o desenvolvimento do estilo cabralino:

> Ultimamente ficamos aqui considerando que v. está abrindo um caminho para a nossa poesia empacada diante de modelos já gastos. (...) E por que v. não manda de vez em quando alguma coisa para os jornais daqui? Sei que v. não frequentava os suplementos quando morava no Rio, mas que diabo, eles servem para a gente ficar a par do trabalho dos amigos, e depois, insisto, acho que sua poesia está adquirindo um valor didático (nada de confusões quanto a esta palavra), um caráter de prova límpida, de exemplo, que há de ser muito proveitoso para os rapazes desorientados de cá. Bem sei que v. não pretende provar nada, mas por isso mesmo sua poesia prova. É de uma

---

15. Entrevista a Ferreira Gullar em *O Globo*, 27/09/1987 (ibid.).

qualidade artística evidente. E por mais individual que seja a sua solução para o impasse geral de nossa poesia, ela é um tipo de solução e sobretudo convida ao esforço e à pesquisa. Insisto mais uma vez. V. precisa comunicar-se regularmente com os nossos índios. (ibid., p. 225)

Drummond alude a um importante aspecto do nosso meio cultural desse momento: a relação com a imprensa como forma segura de divulgação da obra e do estilo do artista. Nesse período, é de grande valia o papel dos jornais e revistas especializados que faziam circular as novas produções e os novos talentos da literatura, bem como dando continuidade à presença daqueles que já estavam inseridos no cânone. Outro aspecto a ser ressaltado é a continuidade da relação mestre-discípulo; nesse caso, Cabral ocupa tal espaço, pois estava em avançado processo de criação do seu estilo, o que já lhe facultava a oportunidade de servir de paradigma a outros que surgiam no cenário literário. É o próprio Drummond que pede a colaboração de Cabral no aconselhamento a alguns novos talentos: "Você precisa comunicar-se regularmente com os nossos índios, os rapazes desorientados de cá" (ibid., p. 226). Assim, dar-se-ia continuação à antiga prática de "preencher na produção e no estilo do outro aquilo que sobra em mim", que fora tão caro a Mário de Andrade.

As cartas de João Cabral de Melo Neto desse período, concomitantes à configuração do seu método particular de escrita, já expressam certa dimensão crítica característica à sua poesia, uma vez que nela parecem exercitar um sujeito e uma obra em construção; daí o fato de suas cartas, a partir da década de 1950, inaugurarem um caráter ensaístico, metalinguístico de análise e teorização constante a respeito da sua criação. Entretanto, Cabral só o pratica em relação a determinados amigos, especialmente Clarice Lispector e Vinicius de Moraes, ambos no mesmo patamar de geração. Sintomaticamente, esse movimento não acontece em relação a Drummond e Bandeira, pois, como já foi dito, a relação hierárquica era bem diferente.

Clarice Lispector

Finalizando esse momento de avaliações e balanços do modernismo canonizado, temos o epistolário de Clarice Lispector. Se hoje a autora é uma das tantas consagrações da literatura brasileira, nas décadas de 1940 e 1950 temos uma Clarice no início da carreira, fazendo as primeiras

III. Cartas do modernismo

experimentações literárias não apenas na prosa, mas também na poesia, como sempre lembrava Manuel Bandeira, a quem Clarice enviou alguns dos seus poemas para serem analisados. Casada com um diplomata, a autora de *A hora da estrela* viajou por boa parte do mundo através das missões diplomáticas do marido. A distância da família e dos amigos fez de Clarice uma ávida missivista – teve inúmeros correspondentes no meio artístico, destacando o intercâmbio epistolar com Cabral, Lúcio Cardoso, Érico Veríssimo e Fernando Sabino.

A amizade entre Clarice e João Cabral de Melo Neto foi iniciada nos meios diplomáticos, já que Cabral e o marido de Clarice – Maury – eram funcionários do Itamaraty e chegaram a trabalhar juntos em algumas repartições daquele ministério. Contudo, a troca epistolar dos dois escritores se dará por motivos literários, especialmente por compartilharem uma parecida situação: ambos eram novos na cena artística da época, dividiam experiências e trocavam informações recíprocas a respeito das suas obras, como informa Cabral neste fragmento:

> Logo que meu livro termine – falta pouco – mandá-lo-ei a vocês. De certo modo é este o primeiro livro que consigo fazer com alguma honestidade para com minhas ideias sobre poesia. É um livro construidíssimo; não só no sentido comum, i.e., no sentido que trabalhei muitíssimo nele, como num outro sentido também, mas importante pra mim: é um livro que nasceu de fora pra dentro, quero dizer: a construção não é nele a modelagem de uma substância que eu antes expeli, i.e., não é um trabalho posterior ao material, como correntemente; mas, pelo contrário é a própria determinante do material. Quero dizer que primeiro o planejei, abstratamente, procurando depois, nos dicionários, aqui e ali, com que encher tal esboço. O que eu fiz me lembra que há nas ruas do Rio, que serve para fazer algodão de açúcar. Você a olha no começo e só vê uma roda girando, depois, uma tênue nuvem de açúcar se vai concretizando em torno da roda e termina por ser algodão. A imagem me serve para dizer isso: que primeiro a roda, i.e., o trabalho de construção: o material – que é a inspiração, soprado pelo Espírito Santo, ou humano etc. – vem depois: é menos importante e apenas existe para que o outro não fique rodando no vazio (prazer individual, mas sem justificação social, imprescindível numa arte que lida com coisa essencialmente social, como a palavra). (Neto apud Lispector, 2002, p. 185)

Cartas que falam

Infelizmente, as cartas de Clarice a Cabral não estão publicadas, permanecendo arquivadas no espólio do poeta, o que impossibilita acompanharmos o diálogo através das respostas da romancista. Contudo, uma diferença fundamental na escrita epistolar de Cabral à Clarice é o tom de abertura e revelação daquele em relação a esta, isto é, Cabral expõe com detalhes à amiga o seu processo de criação poética, suas motivações e suas técnicas; o que não acontece com muita frequência em relação a Bandeira e Drummond, pois, com estes, o poeta pernambucano tinha mais a aprender, a ouvir, a sugar daqueles que, para ele, eram mestres já consagrados pelo público e pela crítica. Já a relação com Clarice era mais "de igual para igual", daí um caráter mais de cumplicidade, de exposição da sua natureza criativa, por isso flagramos tantas situações nas quais o poeta fala do seu próprio estilo:

> V. sabe perfeitamente que escreve a única prosa de autor brasileiro atual que eu gostaria de escrever. Não digo que V. escreve os únicos romances que eu gostaria de escrever, por dois motivos: a) porque não creio que o romance seja meu meio de expressão etc. (coisas já discutidas com v. há tempo); b) porque sou um sujeito tão envenenado por 'construção', montagem, arquitetura literária etc. (coisas que também já conversamos), que forçosamente construiria mais o romance (do que V.): não vai nisso uma crítica, mas o reconhecimento de que distintas coisas buscamos realizar. (ibid., p. 216)

Cabral afirma explicitamente uma das linhas mestras da sua poesia: o caráter de construção arquitetônica do verso, do ato de pensar a expressão da palavra e da criteriosa seleção vocabular que envolve todo esse processo. É a construção do seu *estilo mineral*, expressão usada por ele numa carta a Drummond para caracterizar o seu fazer poético, ou seja, a "mineralização" da palavra. Em outro momento, Cabral fala sobre a literatura no Brasil:

> Que coisa é escrever literatura no Brasil. Eu creio que o melhor é não fazer mais nada. No Brasil, só se entende escrever em jornal. Daí essa coisa superficial improvisada, fragmentária que é a literatura nacional. Às vezes, fico pensando em certas coisas que eu gostaria de escrever: ensaios (não artigos de jornal), viagens, etc: prosa, enfim. E de repente me lembro de que é muito mal isso de escrever e não publicar. Imediatamente desisto. Escrever poesia tem, pelo menos, a vantagem de que é possível sempre se fazer uma edição limitada, barata, e até mesmo mimeografada. Mas a prosa já sai mais cara e nem nós diplomatas podemos nos permitir o luxo de romance ou mais para amigos. (Neto apud Lispector, 2002, p. 248)

Esse fragmento é um tanto raro na correspondência de ambos: considerações críticas a respeito da literatura produzida naquele momento. Podemos dizer que Clarice não utiliza suas cartas para pensar os rumos do movimento modernista, tampouco para buscar um lugar para a sua própria obra e estilo. Embora ela comente com alguns amigos (especialmente Fernando Sabino) determinados aspectos do seu fazer artístico, nunca o faz pensando numa teorização, numa adequação a qualquer corrente crítica. A maior parte da correspondência de Clarice se situa no campo da troca de notícias, de informações acerca de publicações dos amigos e também do antigo costume entre os escritores: a oferta recíproca das suas produções, como podemos perceber nesta criativa "carta-poema" de Drummond, em que este atesta o recebimento de um livro[16] de Clarice:

Rio, 5 de maio de 1974.

Querida Clarice:

Que impressão me deixou o seu livro!
Tentei exprimi-la nestas palavras:

— Onde estivestes de noite
que de manhã regressais
com o ultramundo nas veias,
entre flores abissais?

— Estivemos no mais longe
que a letra pode alcançar:
lendo o livro de Clarice,
mistério e chave do ar.

Obrigado, amiga! O mais carinhoso abraço da admiração do
Carlos
(Drummond apud Lispector, 2002, p. 287)

É interessante perceber a total desconfiguração dos cânones epistolares: a carta adquire outra dimensão formal – a dos versos – para exprimir o lirismo de um eu lírico/remetente, retomando a tradição clássica quando as cartas eram metrificadas e seguiam todas as normas próprias do gênero.

Outro importante conjunto no epistolário de Clarice diz respeito às cartas trocadas com Lúcio Cardoso. Os dois se conheceram em 1940, quando

---

16. Trata-se do livro *Onde estiveste de noite*.

trabalhavam na Agência Nacional de Imprensa. Clarice exercia a função de redatora e lá conheceu, além de Lúcio, escritores como Antonio Callado, Francisco de Assis Barbosa e José Condé. Segundo relatos dos seus contemporâneos, era fácil encontrar a escritora no bar Recreio (na Cinelândia), que na época era um dos palcos da boêmia intelectual da antiga capital. Havia um grupo cativo a frequentar o Recreio: Clarice, Lúcio Cardoso, Rachel de Queiroz, Vinicius de Moraes, Manuel Bandeira, Gustavo de Faria e Sérgio Porto (Stanislaw Ponte Preta). A amizade com Lúcio Cardoso se estenderá às cartas, um bom número foi trocado até a morte do escritor, em 1968. Com ele, Clarice possui uma imensa confiança em revelar-se, em traduzir-se em sentimentos os mais diferentes, principalmente as dificuldades quanto à escrita, como ela mesma revela:

> Antes de começar a escrever eu tinha a impressão de que ia lhe contar como eu tenho escrito, como eu tenho duvidado, como eu acho horrível o que eu tenho escrito e como às vezes me parece sufocante de bom o que tenho escrito, e dois dias depois aquilo não vale nada, como eu tenho aprendido a ser paciente, como é ruim ser paciente, como eu tenho medo de ser uma 'escritora' bem instalada, como eu tenho medo de usar minhas próprias palavras, de me explorar. (...) O fato é que eu queria escrever agora um livro limpo e calmo, sem nenhuma palavra forte, mas alguma coisa real – real como o que se sonha, e que se pensa uma coisa real e bem fina. (ibid., p. 42-43)

A autora diz que quer escrever "alguma coisa real – real como o que se sonha", ou seja, postula mais uma vez a ficção, já que deseja escrever o que se sonha. O tom das respostas de Lúcio é bem direto, o escritor não hesita em apresentar de forma clara o que pensa e o que sente em relação às palavras da amiga através das cartas, principalmente quando tem de analisar determinados aspectos da sua obra, como neste fragmento: "Não li o seu livro, mas tive muita vontade disto. Gosto do título *O lustre mas não muito*. Acho meio mansfieldiano e um tanto pobre para pessoa tão rica como você" (ibid., p. 60). Nessa época, Clarice estava descobrindo a obra de Katherine Mansfield através das cartas desta, pois logo foram publicadas após sua morte na década de 1930, assim como a correspondência de outra gigante do modernismo inglês, Virginia Woolf. É a própria Clarice que esclarece a Lúcio sobre as cartas de Mansfield:

> Reli a *Porta estreita* de Gide, sobretudo encontrei as *Cartas* de K. Mansfield. Não pode haver uma vida maior que a dela, e eu não sei o que fazer simplesmente.

Que coisa absolutamente extraordinária que ela é. Passei alguns dias aérea. (ibid., p. 56)

Já se tornou uma espécie de lugar-comum da crítica associar algumas dimensões do estilo de Clarice ao da escritora britânica, especialmente no que tange ao intimismo e ao psicologismo empregados no desenvolvimento dos enredos, isto sem dizer de direcionamentos claramente existencialistas por parte de alguns personagens. Uma obra de Mansfield sempre citada é o conto "Bliss", Clarice comenta a seu respeito em várias cartas após ler a tradução feita por Érico Veríssimo, em 1942.[17] A romancista continua falando sobre seu estilo de escrita e suas motivações para criar:

> Nunca consegui mesmo convencer você de que eu sou pobre. (...) No dia em que eu conseguir uma forma tão pobre quanto eu o sou por dentro, em vez de carta, parece que já lhe disse, você recebe uma caixinha cheia de pó de Clarice. Talvez você ache o título mansfieldeano porque você sabe que eu li ultimamente as cartas da Katherine. Mas acho que não. Para as mesmas palavras dá-se essa ou aquela cor. (ibid., p. 62)

É justamente esse aparente despojamento que encontramos nos seus textos, com enredos que, numa primeira leitura, não apresentam fortes emoções vividas pelos personagens. Talvez sejam efeitos do "pó de Clarice", esse pó outrora carta agora (re)semantizado em novo discurso marcado pela simplicidade.

Entretanto, a maior troca epistolar de Clarice Lispector se deu com Fernando Sabino, tanto que mereceu uma publicação específica – *Cartas perto do coração* – que registra o intercâmbio desses dois escritores "ante o mistério da criação", como o próprio subtítulo do livro indica. É Fernando Sabino que esclarece quando ambos iniciaram a amizade:

> Em janeiro de 1944, eu mal havia completado vinte anos e recebia em Belo Horizonte, onde ainda morava, o exemplar de um romance chamado *Perto do coração selvagem*, com uma dedicatória da autora, Clarice Lispector, que eu não sabia quem fosse. Também não sabia por recomendação de quem – talvez de Lúcio Cardoso. Fiquei deslumbrado com o livro. Fiquei deslumbrado com ela. A partir de então tivemos um convívio diário: passávamos horas de conversa em nossos encontros marcados numa confeitaria da cidade. Ou

---

17. Décadas depois (em 1981), outra versão de "Bliss" seria o assunto da dissertação de mestrado da poetisa Ana Cristina César, na área de Tradução Literária.

mesmo em minha casa, onde ela teve ocasião de conhecer, além de Helena, meus companheiros de Minas Otto Lara Resende, Paulo Mendes Campos (mais tarde Hélio Pellegrino). E assim nos tornamos amigos – só não digo 'inseparáveis', porque outras viagens nos separaram, cada um para o seu lado. Mas a amizade continuou, através das cartas 'perto do coração', de 1946 a 1969, com uma frequência só interrompida quando nos encontrávamos ambos no Rio. (Sabino apud Lispector, 2003, p. 7-8)

Outra característica da correspondência entre Clarice e Sabino é a continuidade narrativa, já que ambos tiveram a preocupação de preservar as missivas, o que nos possibilita acompanhar mais de perto os fatos mencionados. O momento de maior intensidade epistolar foi quando Sabino morou nos Estados Unidos. Nessa fase, os missivistas fizeram das suas cartas uma espécie de laboratório de criação/experimentação, ou seja, utilizaram-nas com aquela finalidade já muito explorada no que concerne à correspondência entre escritores. Um aspecto que sempre vem à tona é o desenvolvimento de ficções no texto dessas cartas, como este fragmento demonstra:

> Clarice
> Uma praia com areia preta. Um jardim todo torto, a grama cheia de folhas secas. Na frente o mar, com um homem barbado dando braçadas. A mulher de touca branca olha para trás dentro d'água, ri do barbado que deve ser seu marido, apesar da barba. A barba fica molhada, colada ao peito, escorrendo água. Na cabeça ele tem uma touca de meia de mulher. Estamos em 1912. No jardim tem uma árvore, debaixo da árvore tem uma mesa de vime, em cima da mesa uma máquina, em frente à mesa uma cadeira de vime e em cima da cadeira eu. Me sinto feito de vime também. O hotel todo branco aqui atrás de mim tem formas normandas, não é hotel, é estalagem, para botar um pouco de cor no local: Old Greenwich Inn. Estamos em 1912. (ibid., p. 42)

São vários os momentos de penetração do discurso claramente fictício dentro das cartas, sendo às vezes difícil perceber o que é ficção e o que é a carta propriamente dita. Segundo Yves Reuter, os estudiosos da narrativa consideram a existência de dois modos narrativos – *diegesis*: "o narrador fala em seu nome ou, pelo menos, não dissimula as marcas de sua presença. O leitor sabe que a história é narrada, mediada por um ou vários narradores, uma ou várias consciências" (1995, p. 65) e *mimesis*, "a história parece narrar-se por si mesma, sem mediação, sem narrador aparente. Estamos no reino do mostrar que sem dúvida remete mais ao teatro, ao drama, a certos romances dialogados ou monologados ou à narração neutra" (idem). É óbvio que em ambos os modos há a narração de uma história. Porém, é o modo mimético que constrói uma impressão de presença ao permitir que a própria personagem se revele, uma vez que o discurso é enunciado em primeira pessoa, apagando a marca do narrador extratextual, justamente o que acontece em vários momentos da correspondência entre Clarice Lispector e Fernando Sabino. Respondendo a respeito desse devaneio imaginativo, Clarice escreve:

> Fernando,
> A descrição de Old Greenwich começou muito bem, eu lendo apenas; depois fui entrando em 1912, e entrei em transe – fiquei passeando pela praia com um maillot até os tornozelos e com meu lanche numa cestinha; e depois, na hora do pôr do sol, botei meu chapéu de abas largas até os olhos, meu vestido comprido de linho bordado e me sentei num banco junto de um homem de bigode e chapéu de palha. Que maravilha se a gente pudesse mesmo usar o pó do pirlimpimpim. (Lispector, 2003, p. 52)

Outros momentos de pura ficção ocorrem quando um conta ao outro sonhos noturnos com visões e presença de estranhos presságios. Em tais fragmentos, temos uma clara demonstração da total destruição das fronteiras teóricas dos gêneros de escrita, perdendo-se a delimitação do epistolar, do lírico, do narrativo e do ensaístico. A respeito desta "flutuação teórica", Georg Lukács afirma que os gêneros são:

> Aglutinadores mas não totalizantes, os gêneros se subdividem numa espécie de divisão do trabalho para dar conta da missão abrangente da forma. O que é capaz de vida numa forma está morto em outra: eis aqui uma prova prática, tangível, da distinção interna das formas. (Lukács, 2003, p. 198)

Essa subdivisão (ou extensão, ou anulação) dos limites genealógicos contribui para enriquecer o discurso epistolar, híbrido por natureza tanto nos temas quanto nas formas, possibilitando a destruição de cânones teóricos mais rígidos.

Outra dimensão da correspondência entre Clarice e Sabino gira em torno da discussão de aspectos relativos ao estilo de cada um. Como a outros correspondentes, a missivista não utiliza as cartas para fazer análises de conjuntura acerca do modernismo ou da cena literária brasileira, mas tais textos são espaços privilegiados para revelar dados da própria escrita, como ela revela nesta passagem: "Estou estudando cálculo das probabilidades. Não só porque o abstrato cada vez mais me interessa, como porque eu posso renovar minha incompreensão e concretizar minhas dificuldades gerais" (Lispector, 2003, p. 20-21). Já Sabino desenvolve a prática constante de analisar o estilo da amiga (o que ela não faz tanto com ele), de tentar acompanhar as mudanças e conquistas no dia a dia da sua escrita. É ele quem analisa:

> Posso perceber uma coisa muito mais importante do que a própria importância do conto: que você está escrevendo bem, com calma, estilo seguro, sem precipitação. Talvez porque agora você já não esteja sofrendo muito, mas sofrendo bem: é uma diferença bem importante, para a qual o Mário sempre me chamava a atenção. A gente sofre muito: o que é preciso é sofrer bem, com discernimento, com classe, com serenidade de quem já é iniciado no sofrimento. Não para tirar dele uma compensação, mas um reflexo. É o reflexo disso que vejo no seu conto, você procura escrever bem, e escreve bem. (ibid., p. 60)

Para o escritor, é a diferença na forma de sofrer que produz as particularidades da própria criação. E, quanto ao aspecto de sofrimento pessoal, Clarice utiliza a amizade com Sabino para partilhar com ele seus piores momentos de depressão, o que não acontece muito nas cartas com os seus demais correspondentes. Numa delas, ela se abre com o amigo:

> Não trabalho mais, Fernando. Passo os dias procurando enganar minha angústia e procurando não fazer horror a mim mesma. Tem dias que me deito às 3 da tarde e acordo às 6 para em seguida ir para o divã e fechar os olhos até às 7 que é hora de jantar. Isso tudo não é bonito. Sei que é horrível. Caí inteiramente e não vejo um começo sequer de alguma coisa nascendo. (ibid., p. 35)

Tais momentos de intensa tristeza foram constantes na vida da escritora, principalmente nos anos em que viveu fora do Brasil, fato este que se tornaria constante nas cartas de Clarice às irmãs Tânia Kaufmann e Elisa Lispector. Se não é prática de Clarice analisar os andamentos do modernismo, em alguns momentos Fernando Sabino se aventura em tentativas críticas, como ocorre nesta passagem:

> Há uma tentativa de classificação de romancistas, em várias espécies de categorias. Por exemplo: os que começam e acabam (José Lins do Rego), os que

III. Cartas do modernismo

> acabam e não começam (Cyro dos Anjos), os que começam mas não acabam (Octávio de Faria) e os que nem começam e nem acabam (Lúcio Cardoso). Outra: os romancistas redondos, os romancistas quadrados, os romancistas cônicos e os romancistas piramidais. As locuções verbais da literatura brasileira: Álvaro Lins é o *Apesar de Tudo* da crítica nacional; o *Ainda* da poesia brasileira é o Schmidt. O *Ainda Mais* é o Carlos Lacerda e o *Ainda Bem* é o Tristão de Ataíde. *Contra o Qual* é o Octávio, *Oxalá* é o Ribeiro Couto e o Marques Rebelo é o *Ora!* Da nossa literatura: tanto pode ser ora pro nobis como ora bolas. (ibid., p. 73)

Chega a ser um tanto cômica a classificação de Sabino para os representantes e para as linhagens da Literatura Brasileira daquele momento, contudo, não deixa de haver um tom misto de acidez e ironia nas suas palavras. Como já era de esperar, Clarice não responde nada a respeito desse comentário do amigo. Em várias entrevistas, ela se dizia "fora de picuinhas literárias", e isso é bem perceptível no seu discurso epistolar, quando a carta adquire uma importância que vai além dos mexericos de grupos e rodinhas do meio artístico: a construção de uma persona literária que é parte fundamental da obra da própria escritora.

A postura de Clarice e Sabino reflete bem o teor do projeto modernista brasileiro nos seus momentos finais, quando os seus principais figurões já não possuíam aquela postura combativa e metalinguística típica dos primeiros anos. A correspondência desse período perde aquele caráter eminentemente laboratorial dos primeiros tempos, em que havia troca de ideias, de textos e de manifestos entre os missivistas. As cartas das décadas de 1940 e 1950 não testemunham aquela prática inicial de mudança de enredos inteiros mediante a opinião crítica do destinatário, como acontecia constantemente nas missivas de Mário de Andrade e Manuel Bandeira. Agora, o que salta à vista em profusão é a *vida* dos missivistas, seus percalços de altos e baixos. A vida se torna, dessa forma, a grande motivação narrativa. Brigas, grupos, "panelinhas" e politicagens do meio artístico até surgem nesses textos, porém não mais com a intensidade dos primeiros anos. O momento é outro. As cartas são outras.

Poéticas da Margem

A chamada Vanguarda Marginal que predominou na poesia brasileira nos idos dos anos 1970 já é, historicamente falando, um tema muito estudado, e podemos dizer que tais debates contribuem para o seu ingresso no cânone, não aquele de base clássica e analógica (na perspectiva de Octavio Paz), mas o cânone que se instaura pela absorção de um determinado tema para o seu devido estudo e crítica. O que ainda nos chama atenção nesse grupo que tinha a vivência do marginal não apenas nos versos criados, mas, principalmente, nas atitudes? Nesse sentido, tentamos entender a transgressão dos anos 1970 como uma consequência (continuidade) cultural do que se iniciara na década de 1960, especialmente com o Movimento Tropicalista.

Nessa perspectiva, só podemos entender o fenômeno das *margens* se o concebermos como uma reação direta às posturas do *centro*. O Brasil não poderia ficar à parte de toda uma revolução cultural que o mundo testemunhava como a ampla luta pelos direitos civis – gays, lésbicas, negros, hippies, jovens refugiados, imigrantes, mulheres –, todos "berrando" para serem vistos e notados pela sociedade. As ruas e avenidas das grandes capitais mundiais serviram de palco para passeatas e protestos cujo principal foco era a conquista de autonomias – na sexualidade, nos direitos mais básicos, pelo uso de drogas, pela expressão mais sincera do próprio "eu", sempre perdido em meio às multidões. São os efeitos da contracultura que começam a chegar ao nosso dia a dia imprimindo uma gama de (re)questionamentos acerca da nossa própria situação histórico-cultural. O *centro* (as condições do *status quo*) já não é mais visto como "estrela" de valores a serem seguidos, criando um espaço híbrido e tenso de revisão dos valores. Toda essa fúria de reivindicação por novos paradigmas acontece justamente quando se percebe a debilitação dos esquemas cristalizados de unidade e de autenticidade, daí a cultura ser vista como um processo constante de montagem multicultural. Ana Cristina César e sua geração testemunharam a ordem dessas mudanças, como ela mesma afirma:

> É por essa época que começa a chegar ao país a informação da contracultura, colocando em debate as questões do uso das drogas, a psicanálise, o rock, os circuitos alternativos, jornais underground, discos piratas etc. Os principais veículos de divulgação dessa nova informação surgem com os primeiros jornais de uma 'imprensa alternativa' – *Pasquim, Flor do Mal, Bondinho, A*

Pomba e outros – que procuram romper com o princípio da prática jornalística estabelecidos pela grande imprensa. (César, 1993, p. 125)

É nesse sentido que se construirá uma espécie de estética "underground", marginal por excelência, como resposta aos mais diferentes conceitos historicamente estabelecidos. É quando surge uma noção fundamental para esses grupos discordantes: não existirá uma transformação social radical sem que haja revoluções e transformações individuais, isto é, o desvio em relação às estruturas herméticas mais abrangentes só seria possível mediante um profundo desvio de natureza comportamental.

O clima de arte séria e politicamente engajada aos poucos vai perdendo espaço para uma nova geração que já não tinha mais tanta esperança de mudar o mundo com passeatas, greves, sequestros de autoridades e até mesmo atos de violência urbana contra prédios e espaços públicos. A geração de 1970 já tem o regime militar brasileiro mais engolido e pleno quanto à sua existência e permanência nas nossas estruturas políticas. É quando muda radicalmente o posicionamento do artista, como podemos observar nesta fala de Chacal (1998, p. 25):

> Chega de temas filosóficos e importantes. A gente queria falar do dia a dia, da polícia no calcanhar, do pastel que comia no botequim da esquina. E falávamos isso como se fosse um discurso político, tal era a comoção que havia pela repressão e por reunir grupo de pessoas para ouvir poesia, numa época que ainda não tínhamos, como tivemos depois, a base do rock para sustentar nossas letras e que, portanto, tínhamos que sair berrando-as no meio da rua. Sair reclamando poesia.

É desse dia a dia que sairão as temáticas utilizadas nos textos poéticos ditos marginais, dos acontecimentos mais corriqueiros que nos fazem esquecer os epítetos "arte séria", "poesia séria" etc. O maior marco literário dessa geração foi a publicação, em 1976, do livro *26 poetas hoje*, antologia organizada por Heloísa Buarque de Hollanda. O livro fomentou o debate em torno da poesia marginal, publicando poemas selecionados desses 26 representantes do que, para a organizadora, era a melhor concepção da poesia brasileira daquele momento. É a própria Heloísa quem explica, no prefácio à segunda edição, suas razões para ter estruturado o referido livro:

> O que interessa é que, por volta de 1972-1973, surgiu, assim como se fosse do nada, um inesperado número de poetas e de poesia tomando de assalto nossa

cena cultural, especialmente aquela frequentada pelo consumidor jovem de cultura, cujo perfil, até então, vinha sendo definido pelo gosto da música, do cinema, dos shows e dos *cartoons*. Esse surto poético, que a cada dia ganhava mais espaço, só podia portanto ser visto como uma grande novidade. Além disso, nos anos 60, marcados pela intensidade da vida cultural e política no país, a produção literária, ainda que fecunda, ficara um pouco eclipsada pela força e originalidade dos movimentos artísticos de caráter mais público como o cinema, o teatro, a MPB e as artes plásticas. Tínhamos, portanto, uma dupla novidade: a literatura conquistava um público em geral avesso à leitura e conseguia recuperar seu interesse como produto original e mobilizador na área da cultura. Atraída por esta ostensiva presença da poesia, comecei a me interessar por este fenômeno que, na época, foi batizado com o nome poesia marginal, sob protestos de uns e aplausos de outros. (Hollanda, 1988, p. 256)

Esta produção poética dita marginal se caracterizava por uma dicção feita de fala coloquial, com um certo tom de confissão, algo de diário íntimo, uma poesia que se mostrava "colada" às experiências do cotidiano, uma poesia "despoetizada" na perspectiva da teoria literária tradicional. A esse conjunto de novos valores ou de desvalores, se acrescentaria ainda um certo descuido na linguagem, uma ausência de rigor formal.

Ana Cristina César – *Não tão marginal assim*

Após as últimas publicações de alguns textos, como cartas, relatos autobiográficos e poemas ainda inéditos de Ana Cristina, temos percebido o quanto a poeta ainda é desconhecida – assim como o seu olhar em algumas das suas fotos publicadas – para o grande público. Após estudos críticos recentes, a obra de Ana Cristina César nos soa como um "corpo um tanto estranho" dentro do projeto poético da Poesia Marginal brasileira dos anos 1970. Originalmente, esta poética sugere uma certa postura displicente em relação ao passado e à tradição literária; já a poesia de Ana Cristina parece procurar um diálogo com determinados valores da Tradição que ela faz questão de não ocultar, especialmente em alguns raros depoimentos e em trabalhos de crítica literária que ela mesma produziu ao longo da sua efêmera vida. Esse diferencial do seu estilo pode ser percebido em inúmeros depoimentos, como este quando proferiu um curso sobre "Literatura de Mulheres no Brasil":

III. Cartas do modernismo

> Quando você faz poesia, quando você faz romance, quando alguém produz literatura propriamente, qual é a diferença em relação a esses gêneros? Você está escrevendo para todo mundo? Do ponto de vista pessoal, do ponto de vista de como é que nasce um texto você, quando está escrevendo, o impulso básico de você escrever é mobilizar alguém, mas você não sabe direito quem é esse alguém. Se você escreve uma carta, sabe. Se escreve um diário, você sabe menos. Se você escreve literatura, o impulso de mobilizar alguém – a gente podia chamar de outro – continua, persiste, mas você não sabe direito, e é má fé dizer que sabe. Então, se Jorge Amado disser 'escrevo para o povo', não sei se ele escreve para o povo, entendeu? Ou alguém que diz assim 'escrevo para ...', a gente não sabe direito para quem a gente escreve. Mas existe, por trás do que a gente escreve, o desejo do encontro ou o desejo de mobilização do outro. Agora, você não sabe direito. Às vezes, na tua cabeça, te ocorre alguém. Alguém realmente. Você está apaixonado por alguém ou você está querendo falar com alguém, mas isso, no trabalho literário, no trabalho de construção estética, esse alguém se perde de certa forma. (César, 1993, p. 125)

Ana Cristina teve muitos correspondentes: ex-professores, amigos, editores, familiares e antigos amores; todavia, sua maior intensidade epistolar se deu com Heloísa Buarque de Hollanda, Cecília Londres, Clara Alvim e Ana Cândida Perez. Optamos pelas duas primeiras correspondentes: com Helô (como ela chamava Heloísa) acontece uma troca basicamente de assuntos do cotidiano, de amigas, num tom predominantemente confessional; já com Cecília Londres, além de alguns assuntos do dia a dia, acontece um diálogo mais denso quanto ao momento (contra)cultural que viviam e também discussões acerca da própria natureza da literatura.[18] Numa carta de 1976, Ana fala um pouco desse período:

> O grupo de estudos[19] continua, muito devagar, com interrupções para viagens, festejos, doenças. (...) Semana passada não nos reunimos porque era lançamento de outro livro do Charles no Parque Lage, junto com 'recital'

---

18. A primeira carta de Ana Cristina a Cecília Londres é de 27/02/1976; já para Heloísa, a primeira missiva é de 08/10/1979, quando Ana Cristina se encontrava na Inglaterra cursando um mestrado em Tradução Literária.
19. Trata-se de um grupo de estudo coordenado por Heloísa Buarque de Hollanda que se reunia na sua casa, na rua Faro, no Jardim Botânico. Para lá convergiam os "marginais": poetas, estudantes, atores do *Asdrúbal Trouxe o Trombone* (grupo teatral vanguardista), músicos etc. Inclusive, a maior parte dos 26 poetas por ela lançados na histórica antologia faziam parte deste grupo de estudo, especialmente Ana Cristina César.

de poemas, porra-loquice, uivos e até strip-tease. O grupo de poetas porralocas se esparrama pela cidade. Já conseguiram atrair carroções, que impediram o recital em Niterói. Na puc agrediram o Affonso. Hoje vem no jornal que o Almanaque Biotônico,[20] publicação deles (o grupo de chama Nuvem Cigana,[21] e no carro-chefe vem Charles, Chacal e Bernardo), foi apreendido por ordem do ministro da Justiça. Outro dia teve um encontro (pacato) de poetas na Casa do Estudante, onde esse pessoal foi imprensado pelos poetas fudidos, mulatos, do subúrbio, que esses sim se consideravam verdadeiros opositores do regime, tanto no verso quanto na posição de classe. Criou-se desconfortável contradição: poetas de Ipanema × poetas do subúrbio. Quem não se incluía tentava segurar a discussão, que se perdia em agressões. Chico Alvim estava, e falou, e depois fomos para os bares do Leblon. Cacaso não abriu a boca, mas ouvia de olhos bem abertos. É engraçado estar participando ao vivo da 'história literária' (pretensão?). Helô está com medo que a antologia seja também apreendida. Enquanto isso vamos lendo Antonio Candido. (César, 1999, p. 97)

É clara a intensa participação de Ana Cristina na cena cultural carioca daquele momento, o que, para ela, era muito claro: "É engraçado estar participando ao vivo da 'história literária'". Isto é uma particularidade da sua correspondência nos anos 1970: já que estava no seio da renovação estética, a carta adquire uma oportunidade metalinguística para pensar não somente o movimento renovador, mas, especialmente, o próprio ato de criação, os meandros típicos da sua escrita. Em vários momentos, Ana dialoga com Cecília Londres a esse respeito:

Não escrevi logo porque me deu um enjoo do meu excesso de verbalização, das minhas tortuosidades – eu queria escrever claro, puro, sem circunlóquios, sem metalinguagens, sem arrepios & desvios. O que te soa galopante & solto (ou você está sendo eufemística?) pra mim é tortuoso & preso. Como 'escrever puro' não se faz por programa, estou de volta à pena, praticando correspondência outra vez. (...) Hoje estou escrevendo noite adentro, ruídos de sexta-feira em Copacabana, apartamento silencioso. Eu sinto nostalgia de outra linguagem (já te disse isso) – queria escrever poemas longos, com versos longos e fluentes, como quem escreve carta – como o Pessoa, ou o Capinan

---

20. Publicação do tipo "mimeógrafo" que divulgava a produção do grupo.
21. O *Nuvem Cigana* era formado por Chacal, Bernardo Vilhena, Ronaldo Santos, Ronaldo Bastos, Charles Peixoto e Guilherme Mandaro. O grupo chegou a fazer algumas minipresentações durante os intervalos de apresentação do *Asdrúbal Trouxe o Trombone*, entre um ato e outro, especialmente na temporada da peça *Trate-me Leão*.

de Anima (você conhece? Vai sair na antologia). Mas só consigo raros ritmos curtos, entrecortados, pontos e vírgulas a cada esquina. Queria te escrever com longos versos, ritmo fluente. Verbalizo de pura paralisia. (ibid., p. 98)

Com isso, podemos afirmar que a escrita epistolar, para Ana Cristina César, excede a natureza puramente comunicacional de uma carta – esta se torna um local adequado para o questionamento e o debate a respeito da própria criação. "Estou de volta à pena, praticando correspondência outra vez" – tal afirmação dá-nos a impressão de que a epistolografia também adquiria esse caráter de obra, de construção de um estilo, de prática de escrita. Podemos afirmar que seu intercâmbio epistolar com Cecília Londres foi caracterizado por um misto de afetividade e crítica, no qual Ana aproveita a grande amizade que tinha com sua ex-professora para mantê-la informada acerca da sua vida pessoal, mas também encontrou nela um interlocutor à altura para debater aspectos inerentes à construção do seu próprio *fazer literário*.

Heloísa Buarque de Hollanda conheceu Ana Cristina por meio de Clara Alvim. No final de 1974, Clara entregou a Heloísa alguns poemas de uma "aluna singular" que tinha na PUC; foi o início de uma amizade que se traduziu na inclusão de Ana Cristina na antologia *26 poetas hoje* e na troca de várias cartas entre as amigas, todas durante o período no qual Ana residia na Inglaterra. De forma bem diferente das cartas a Cecília Londres, a correspondência com Helô gira em torno de dois grandes tópicos: informações a respeito do cotidiano de ambas (amores, compras, afazeres do dia a dia, viagens etc.) e troca de informações quanto a publicações, estudos e compromissos acadêmicos, como no seguinte fragmento:

Entrei numa de produção, traduzi cinco poemas e meio da Emily Dickinson, com a ideia de transar antologia no Brasil ou mesmo doutorado com o Augusto de Campos, que seria simplesmente isso: poemas traduzidos seguindo-se comentário da tradução. Escrevi os comentários e ficou pronto o primeiro ensaio para a universidade. Faltam só três e uma tese. (...) E a Emily é incrível demais. Outra ideia é um texto sobre Emily/Maria Ângela Alvim, que tal? Tipo literatura, que atualmente eu quero é fazer literatura mesmo. (ibid., p. 49)

Nesse momento, Ana Cristina estava com uma intensa atividade de tradução e preparação da sua dissertação em Tradução Literária, especialmente traduzindo o conto "Bliss", de Katherine Mansfield. Nesse sentido, a correspondência com Heloísa se torna importante, pois mantém Ana

Cartas que falam

Cristina informada acerca do movimento cultural que estava acontecendo no Rio de Janeiro naquele momento, inclusive enviando a Ana recortes de jornais e revistas com reportagens e entrevistas que pudessem interessar à amiga que estava meio exilada numa pequena cidade do interior inglês – Colchester. Ana, por sua vez, enviava fotos e alguns fragmentos dos seus trabalhos. Mas também utilizava as cartas para expressar e revelar como estava o seu íntimo, fazendo de Heloísa uma espécie de cúmplice das suas dores, dos seus dilemas e também das suas experiências construtivas e felizes que estava vivenciando na Europa, especialmente os encontros e desencontros amorosos. Aqui, sua escrita corrobora aquela afirmação de Roland Barthes, para quem a escrita de cartas é sempre um extravasamento do "eu":

> Porra, Helô, está difícil. Eu estava tão contentinha quando cheguei, tinha até um namorado italiano. Fui pra Paris e me fodi. Me engajo no que posso, vou fazer o diploma, tirar o tampão do olho para ver melhor, ler Katherine Mansfield, cozinhar, ver uns filmes, vamos ver se pintam umas entrevistas, mas porra! Buraco preto. Será que vou dançar na vida? Meu olho vivo tá tapado. O lado de fora bate pouco. Saiu meu texto na *Alguma Poesia*? Espero que tenha dado para corrigir. Isso ia me consolar. (ibid., p. 54)

Ana sofreu várias desilusões amorosas durante o tempo em que morou na Inglaterra, o que lhe provocava temporadas de depressão e solidão compartilhadas via carta com Heloísa. Daí decorre um fato curioso: sua correspondência com Helô não foi utilizada para discutir grandes assuntos sobre literatura e crítica literária, como era de esperar, uma vez que esta sempre participou ativamente como crítica cultural e professora universitária, sendo uma interlocutora de forte calibre com quem o debate de tais assuntos daria margem a importantes considerações teóricas.

A correspondência de Ana Cristina César é extensa, especialmente se levarmos em consideração a sua efêmera vida e o que já foi publicado até hoje. Seu arquivo no Instituto Moreira Salles é bem grande, e outras cartas ainda esperam ser publicadas, especialmente se levarmos em consideração que até hoje só foi lançada a sua correspondência ativa, ou seja, o que ela escreveu; uma grande falta que nos faz são as respostas por ela recebidas, o que ainda permanece indisponível.

Todavia, várias cartas escritas por Ana Cristina revelam outro olhar sobre esse momento das estéticas de ruptura, principalmente por ser ela partícipe ativa e observadora contumaz de toda uma série de transformações ideológicas que sepultaram o modernismo, especialmente as tendências que tanto marcaram a Literatura Brasileira a partir da década de 1920.

Conclusão

Esta panorâmica nos permite fazer uma espécie de (re)leitura do nosso modernismo por meio de diferentes possibilidades analíticas, explorando as fissuras e os hiatos produzidos pela crítica tradicional em interpretações calcificadas na perspectiva do cânone – e tudo isso sendo percebido através do intercâmbio epistolar dos seus principais pioneiros e representantes.

Ao longo de muitos anos, nosso estudo acerca desses assuntos sempre foi moldado pela opinião de críticos e historiadores consagrados da literatura. Estes criaram os seus postulados estabelecendo conceitos interpretativos a respeito de escritores e suas respectivas obras; todavia, percebemos que algumas dessas considerações não mais respondem aos novos problemas apresentados pelos estudos literários. Com o advento de outras formas de engendrar a crítica e a pesquisa nessa área, especialmente na utilização de fontes alternativas como correspondência, diário e outros materiais "genéticos", emergiram novas possibilidades hermenêuticas que têm dado outra tônica a esses estudos.

É possível perceber que o modernismo, nos seus mais diferentes momentos, foi pensado e discutido por intermédio da intensa troca de cartas entre os seus principais representantes. E as atuais leituras que têm sido feitas dessas cartas mostram o quanto esse movimento foi paradoxal no que diz respeito às suas principais propostas e resultados. Tais artistas utilizaram a escrita epistolar para fazer dela um veículo de troca e experimentação de novas tendências, discutir os caminhos do movimento, criar grupos com ideologias afins, fomentar a criação de veículos de divulgação artística, como jornais, revistas e outros eventos, tudo na perspectiva de fazer circular as propostas ideológico-culturais de cada momento. Nesse sentido, as intensas trocas epistolares nos possibilitam fazer diversas leituras e avaliações deste movimento multifacetado e híbrido, já que cada epistolário possui um valor histórico e outro estético que ora se separam, ora se penetram em constantes tensões. Queremos demonstrar como a carta foi utilizada a serviço da crítica e da experimentação artística, abrangendo as diferentes possibilidades da nossa vida cultural.

Com isso, pretendemos contribuir na fomentação de novas possibilidades de ler e compreender o modernismo brasileiro, recusando algumas interpretações "engessadas" pela crítica tradicional, bem como entender que certos gêneros textuais, como a epistolografia (especialmente a de natureza literária), fornecem inúmeras formas de discutir a escrita e o próprio processo da literatura.

REFERÊNCIAS

ABREU, Caio Fernando. *Cartas*. São Paulo: Aeroplano, 2004.

_____. *O Essencial da Década de 70*. São Paulo: Ática, 2005.

_____. *O Essencial da Década de 80*. São Paulo: Ática, 2005.

AMARAL, Aracy. *Artes plásticas na Semana de 22*. São Paulo: Editora 34, 1998.

_____. (Org.). *Correspondência Mário de Andrade & Tarsila do Amaral*. São Paulo: EDUSP, 2002.

AMOSSY, Ruth (Org.). *A Imagem de Si no Discurso*: a Construção do Ethos. São Paulo: Contexto, 2005.

ANDRADE, Carlos Drummond de. *Obras completas*. Rio de Janeiro: Aguilar, 1983.

ANDRADE, Mário de. *A lição do amigo*: cartas de Mário de Andrade a Carlos Drummond de Andrade. Rio de Janeiro: José Olympio, 1982.

_____. *Carlos & Mário* – Correspondência Completa entre Carlos Drummond de Andrade e Mário de Andrade. Organização e pesquisa iconográfica de Lélia Coelho Frota. Rio de Janeiro: Bem-Te-Vi, 2002.

_____. *Cartas a Anita Malfatti (1921-1939)*. Ed. Preparada por Marta Rossetti Batista. Rio de Janeiro: Forense Universitária, 1989.

_____. *Cartas a Murilo Miranda 1934/1945*. Rio de Janeiro: Nova Fronteira, 1981.

ANDRADE, Mário de. *Cartas de Mário de Andrade a Luís da Câmara Cascudo*. Belo Horizonte: Villa Rica, 1991.

_____. *Cartas de Mário de Andrade a Manuel Bandeira*. Prefácio, introdução e notas de Manuel Bandeira. Rio de Janeiro: Simões, 1958.

III. Cartas do modernismo

_____. *Correspondente contumaz – Cartas a Pedro Nava*. Rio de Janeiro: Nova Fronteira, 1982.
_____. *Entrevistas e depoimentos*. Ed. preparada por Telê Ancona Lopes. São Paulo: T.A. Queiroz, 1983.
_____. *Macunaíma*. Rio de Janeiro: Livraria Garnier, 2000.
_____. *Mário de Andrade escreve cartas a Alceu, Meyer e outros*. Rio de Janeiro: Editora do Autor, 1967.
_____. *O Empalhador de Passarinho*. Belo Horizonte: Editora Itatiaia, 2002.
_____. *Poesia completa*. Ed. prep. Por Diléia Zanotto Manfio. Belo Horizonte: Villa Rica, 1993.
_____. *Vida Literária*. São Paulo: EDUSP/Hucitec, 1993.
ANDRADE, Oswald de. *Marco Zero*: a revolução melancólica. Rio de Janeiro: Civilização Brasileira, 1977.
ANGELIDES, Sophia. *A. P. Tchékhov*: Cartas para uma Poética. São Paulo: Editora da Universidade de São Paulo, 1995.
_____. *Carta e Literatura*: Correspondência entre Tchékhov e Górki. São Paulo: Editora da Universidade de São Paulo, 2001.
ARTIÈRES, Philippe. Arquivar a Própria Vida. *Estudos Históricos – Arquivos Pessoais*, n. 21, 1º semestre, 1998. Disponível em: http://www.cpdoc.fgv.br/revista/.
BAKHTIN, Mikail. "O Discurso no Romance". In: *Questões de Literatura e de Estética. A Teoria do Romance*. São Paulo: Hucitec, 1990.
BANDEIRA, Manuel. *Antologia poética*. Rio de Janeiro: Nova Fronteira, 2001.
_____. *Itinerário de Pasárgada*. Rio de Janeiro: Nova Fronteira, 1998.
_____. *Poesia e prosa*. Introd. de Sérgio Buarque de Holanda e Francisco de Assis Barbosa. Rio de Janeiro: Aguilar, 1958.
BARTHES, Roland. *Fragmentos de um discurso amoroso*. Rio de Janeiro: Martins Fontes, 2003.
BOAVENTURA, Maria Eugênia. *22 por 22 – A Semana de Arte Moderna vista pelos seus contemporâneos*. São Paulo: EDUSP, 2001.
BONNAT, Jean et alii. *Les correspondances – problématique et économie d'un genre littéraire*. Nantes: Publication de la Université, 1982.
BRUSS, Elizabeth W. *Autobiographical acts*: the changing situation of a literary genre. Baltimore and London: The Johns Hopkins, 1976.
BUENO, Antônio Sérgio. *Vísceras da memória*. Belo Horizonte: Ed. UFMG, 1997.

CALLIGARIS, Contardo. Verdades de Autobiografias e Diários Íntimos. *Estudos Históricos – Arquivos Pessoais*, n. 21, 1º semestre, 1998. Disponível em: http://www.cpdoc.fgv.br/revista/.

CAMARGO, Maria Lúcia de Barros. *Atrás dos Olhos Pardos*: Uma Leitura da Poesia de Ana Cristina César. São Paulo: USP, 1990, Tese de doutorado (disponível on-line).

CAMPOS, Haroldo de; PAZ, Otávio. *Transblanco*. São Paulo: Siciliano, 1996.

CANDIDO, Antonio. *Brigada Ligeira* (e outros escritos). São Paulo: Ed. Unesp, 1992.

_____. *Literatura e Sociedade*. São Paulo: Itatiaia, 2000.

CARDOSO, Marília Rothier. Reciclando o lixo literário: os arquivos de escritores. *PaLavra*, Rio de Janeiro: Depto. Letras – PUC-Rio, p. 68-75, 2001.

CASCUDO, Câmara. *Civilização e Cultura*. São Paulo: Global, 2000.

_____. *Geografia dos Mitos Brasileiro*. São Paulo: Global, 2002.

_____. *Lendas Brasileiras*. São Paulo: Global, 2002.

_____. *Locuções Tradicionais no Brasil*. São Paulo: Global, 2002.

CASTRO, E. M. de Melo. "Odeio Cartas". In: GALVÃO, Walnice N.; GOTLIB, Nádia B. *Prezado Senhor, Prezada Senhora – Estudos sobre Cartas*. São Paulo: Companhia das Letras, 2000.

CÉSAR, Ana Cristina. *A Teus Pés*. São Paulo: Ática, 1998.

_____. *Correspondência Incompleta*. São Paulo: Ática, 2000.

_____. *Escritos da Inglaterra*. São Paulo: Brasiliense, 1988.

_____. *Escritos no Rio*. Rio de Janeiro: Editora UFRJ/Brasiliense, 1993.

_____. *Inéditos e Dispersos*. São Paulo: Brasiliense, 1985.

_____. *Literatura não é Documento*. Rio de Janeiro: FUNARTE, 1980.

CEVASCO, Maria Elisa. *Dez lições sobre Estudos Culturais*. São Paulo: Boitempo Editorial, 2003.

CHACAL. *Posto 9*. Rio de Janeiro: Relume-Dumará, 1998.

CHARTIER, Roger (Org.). *La correspondance – Les usages de la lettre au XIX e. Siècle*. Paris: Fayard, 1991.

DERRIDA, Jacques. *Espectros de Marx*. Rio de Janeiro: Relume-Dumará, 1994.

_____. *Mal de Arquivo*. Rio de Janeiro: Relume Dumará, 2001.

_____. *Politiques de L'amitié*. Paris: Galilée, 1994.

DIDIER, Beatrice. *La correspondance de Flaubert et George Sand – Les amis de George Sand*. Paris: Fayard, 1989.

FOUCAULT, Michel. "A Escrita de Si". In: *O que é um autor?* Lisboa: Vega, 1992.

FRANÇON, André; GOYARD, Claude (Org.). *Les correspondances inédites*. Paris: Economica, 1984.
FREYRE, Gilberto. *Casa-Grande & Senzala*. São Paulo: Global, 2004.
_____. *Nordeste*. São Paulo: Global, 2004.
GALVÃO, Walnice Nogueira & GOTLIB, Nádia Battella. *Prezado senhor, Prezada senhora – Estudos sobre cartas*. São Paulo: Companhia das Letras, 2000.
GILROY, Amanda; VERHOEVEN, W. M. (Ed.). *Epistolary Histories*: Letters, Fictions, Culture. Virginia: The University Press of Virginia, 2000.
GOMES, Ângela de Castro (Org.). *Escrita de si, Escrita da História*. Rio de Janeiro: Editora FGV, 2004.
_____. *Essa Gente do Rio... Modernismo e Nacionalismo*. Rio de Janeiro: Editora FGV, 1999.
GUIMARÃES, Júlio Castañon. *Distribuição de Papéis*: Murilo Mendes escreve a Carlos Drummond de Andrade e a Lúcio Cardoso. Rio de Janeiro: Fundação Casa de Rui Barbosa, Papéis Avulsos 27, 1996.
HAY, Louis et alii. *Carnets d'écrivains*. Paris: Ed. CNRS, 1990.
HOLLANDA, Heloísa Buarque de (Org.). *26 Poetas Hoje*. Rio de Janeiro: Labor do Brasil, 2ª. Ed, 1988.
_____. Debate: Poesia Hoje. *Revista José*, Rio de Janeiro, Editora Fontana, n. 2, p. 3-9, 1976.
_____. *Impressões de viagem*: CPC, vanguarda e desbunde. Rio de Janeiro: Aeroplano, 2005.
_____. *O Espírito e a Letra*. 2º. v. org. por Antonio Arnoni Prado. São Paulo: Companhia das Letras, 1996.
_____. *Raízes do Brasil*. São Paulo: Companhia das Letras, 2000.
HUYSSEN, Andreas. *Memórias do Modernismo*. Rio de Janeiro: Ed. UFRJ, 1996.
_____. *Seduzidos pela Memória*. Rio de Janeiro: Aeroplano, 2000.
INVENTÁRIO DO ARQUIVO ÉRICO VERÍSSIMO. Porto Alegre: Acervo Literário Érico Veríssimo (PUC-RS), 1995.
INVENTÁRIO DO ARQUIVO MANUEL BANDEIRA. Rio de Janeiro: Fundação Casa de Rui Barbosa, 1989.
INVENTÁRIO DO ARQUIVO PEDRO NAVA. Rio de Janeiro: Fundação Casa de Rui Barbosa, 2002.
KAUFMANN, Vincent. *L'équivoque épistolaire*. Paris: Éditions de Minuit, 1990. [Tradução nossa]

_____. "Relations épistolaires". In: *Poétique 68*. Paris: Seuil, 1968. [Tradução nossa]

KIEFER, Charles. *Mercúrio veste amarelo – a poética nas cartas de Mário de Andrade*. Porto Alegre: Mercado Aberto, 1994.

LAFETÁ, João Luiz. *1930: a crítica e o Modernismo*. São Paulo: Duas Cidades/ Editora 34, 2000.

LISPECTOR, Clarice. *Correspondência*. Rio de Janeiro: Rocco, 2004.

LOPEZ, Telê Ancona. *Mário de Andrade*: Ramais e Caminhos. São Paulo: Duas Cidades, 1972.

LUKÁCS, Georg. *A Teoria do Romance*. São Paulo: Duas Cidades/Editora 34, 2003.

MORAES, Marcos Antônio de (Org.). *Correspondência Mário de Andrade & Manuel Bandeira*. São Paulo: EDUSP, 2001.

_____. (Org.). *Postais a Mário de Andrade*. São Paulo: EDUSP/ Hucitec, 1993.

NAVA, Pedro. *Beira-Mar – Memórias 4*. 4º. ed., Rio de Janeiro: Nova Fronteira, 1985.

NÉRAUDAU, Jena-Pierre. "Prefácio". In: OVÍDIO. *As Heroides*. Tradução de Dunia Marinho Silva. São Paulo: Landy Editora, 2003.

ORSINI, Elisabeth (Org.). *Cartas do Coração*: Uma Antologia do Amor. Rio de Janeiro: Rocco, 1999.

PAGLIARO, Antonio. "Letters and Autobiography". In: CONGRESSO INTERNACIONAL DA ASSOCIAÇÃO PORTUGUESA DE LITERATURA COMPARADA, 6, 2001, Évora. *Anais eletrônicos*. Évora: Universidade de Évora, maio de 2001.

PAZ, Octávio. *Os Filhos do Barro*. Rio de Janeiro: Nova Fronteira, 1974.

RAMOS, Graciliano. *Cartas*. Rio de Janeiro: Record, 1999.

REIS, Lívia. "Cânone, tradição e traição". In: REIS, Lívia & PARAQUETT, Márcia (Orgs.). *Fronteiras do Literário II*. Niterói: Eduff, 2002.

REUTER, Yves. *Introdução à análise do romance*. Tradução de Ângela Bergamini et alii. São Paulo: Martins Fontes, 1995.

RESENDE, Beatriz. *Apontamentos de Crítica Cultural*. Rio de Janeiro: Aeroplano, 2002.

ROCHA, Andrée Crabbé. *A Epistolografia em Portugal*. Coimbra: Almedina, 1965.

RODRIGUES, Leandro Garcia. *Uma leitura do Modernismo – Cartas de Mário de Andrade e Manuel Bandeira*. 2003. Dissertação (Mestrado em Estudos Literários) – Pontifícia Universidade Católica do Rio de Janeiro, Rio de Janeiro, 2003.

SABINO, Fernando. *Cartas Perto do Coração*. Rio de Janeiro: Record, 2003.

SANTIAGO, Silviano. "Democratização no Brasil – 1979-1981 (Cultura versus Arte)". In: ANTELO, Raul et al. (Orgs.). *Declínio da Arte & Ascensão da cultura*. Florianópolis: ABRALIC / Letras Contemporâneas, 1998. p. 11-23.

_____. *Nas Malhas da Letra*. São Paulo: Companhia das Letras, 1989.

_____. *O Cosmopolitismo do Pobre*. Belo Horizonte: Editora da UFMG, 2004.

_____. "Permanência do Discurso da Tradição no Modernismo". In: *Cultura brasileira*: Tradição / Contradição. Rio de Janeiro: Jorge Zahar Editor, 1987.

_____. *Uma Literatura nos Trópicos*. São Paulo: Companhia das Letras, 1989.

SANTOS, Matildes Demétrio dos. *Ao sol carta é farol – A correspondência de Mário de Andrade e outros missivistas*. São Paulo: Annablume, 1998.

SENNA, Homero. *República das Letras – Entrevista com 20 Grandes Escritores Brasileiros*. Rio de Janeiro: Civilização Brasileira, 1996.

SERRES, Michel. *Variações sobre o Corpo*. Rio de Janeiro: Bertrand Brasil, 2003.

SILVA, Anderson Pires da. *Mário & Oswald – Uma história privada do Modernismo*. Tese de doutorado. Rio de Janeiro: Pontifícia Universidade Católica do Rio de Janeiro, 2006.

SILVA, Zélia Lopes da. *Arquivos, Patrimônio e Memória – Trajetórias e Perspectivas*. São Paulo: Editora UNESP, 1999.

SOARES, Lucila. *Rua do Ouvidor 110 – Uma História da Livraria José Olympio*. Rio de Janeiro: José Olympio Editora, 2007.

SONTAG, Susan. *A AIDS e suas metáforas*. São Paulo: Companhia das Letras, 1989.

SOUZA, Eneida Maria de & MIRANDA, Wander Mello (Orgs.). *Arquivos Literários*. São Paulo: Ateliê Editorial, 2003.

SOUZA, Eneida Maria de. *Crítica Cult*. Belo Horizonte: Editora UFMG, 2002.

SOUZA, Eneida Maria de & SCHMIDT, Paulo (Org.). *Mário de Andrade*: carta aos mineiros. Belo Horizonte: Ed. UFMG, 1997.

SUSSEKIND, Flora. *Cabral. Bandeira. Drummond. Alguma correspondência*. Rio de Janeiro: Fundação Casa de Rui Barbosa, 2001.

_____. *Literatura e Vida Literária*. Rio de Janeiro: Jorge Zahar, 1985.

TELES, Gilberto Mendonça. *Vanguarda Europeia e Modernismo Brasileiro* – Apresentação e Crítica dos Principais Manifestos Vanguardistas. Petrópolis: Vozes, 1992.

VELLOSO, Mônica. *Modernismo no Rio de Janeiro*: Turunas e Quixotes. Rio de Janeiro: Fundação Getúlio Vargas, 1996.

WEINHARDT, Marilene. "A Semana de Arte Moderna e o Suplemento Literário d'O Estado de São Paulo". In: *Estudos sobre o Modernismo*. Curitiba: Criar, 1982.

WILDE, Oscar. *Sempre seu, Oscar – Uma Biografia Epistolar*. Organização, tradução e apresentação Marcello Rollemberg. São Paulo: Iluminuras, 2001.

Vitória, maio 17/78

Meu caro dr. Alceu,

Já lhe enviei, pela editora, as primeiras cartas de prisão, no volume intitulado DAS CATACUMBAS. O CARTAS já está na 4a. edição. Felizmente, os livros estão fazendo o bem a muitas pessoas.

Em vista da solicitação que lhe tenho a fazer, sou obrigado a quebrar o que, sem dúvida, seria uma agradável surpresa: a comemoração aos seus 85 anos (que maravilhoso dom do Pai!) a Civilização Brasileira pretende lançar, no fim do ano, uma edição especial de sua revista. Para não desfazer toda a surpresa, não revelo a ponta. Porém, coube-me entrevistá-lo. O foco central da entrevista seria a conexão entre toda a sua vida de fé e a sua postura política. Como essa síntese, para não repetir outras como a do "Pasquim", seria a conexão entre a sua vida de fé e a sua postura política. Como essa síntese, a tensão que, dialeticamente, ela carrega, se opera em sua vida. Eu gostaria de fazê-la com calma, talvez em dois ou três vezes, se for o caso. Tenho disponibilidade entre os dias 12 a 16 de junho. Para mim tanto faz ser no Rio ou em Petrópolis. Como o sr. preferir.

Aguardo sua comunicação sobre - caso nada tenha em contrário - data, local e hora. Peço-lhe o favor de fazer a carta anexa chegar às mãos de irmã Maria Teresa. Rezemos um pelo outro. Abraços a D. Maria Teresa e, ao sr., a amizade afetuosa do

RES DOMINICANOS - RUA CAIUBÍ, 126 - PERDIZES - CAIXA POSTAL 8122 - SÃO PAULO

SOBRE O AUTOR

Leandro Garcia (Rio de Janeiro, 1976) é ensaísta, pesquisador e professor da Faculdade de Letras da UFMG, onde leciona teoria literária e literatura comparada. Doutor em estudos literários pela PUC-Rio, há muitos anos pesquisa e atua no âmbito da Epistolografia, área que investiga arquivos, cartas e correspondências. É autor de 12 livros, com destaque para os seguintes títulos: *Jorge de Lima & Alceu Amoroso Lima – Correspondência* (2022); *Acervo dos Escritores Mineiros – Memórias e histórias* (2019); *Correspondência Mário de Andrade & Alceu Amoroso Lima* (2018); *Cartas de esperança em tempos de ditadura – Frei Betto e Leonardo Boff escrevem a Alceu Amoroso Lima* (2015) e *Correspondência de Carlos Drummond de Andrade & Alceu Amoroso Lima* (2014). Pela Relicário Edições, também já publicou *Lúcio Cardoso – 50 anos depois* (2020).

R.V/2

Tristão,

Recebi sua carta com 2 numeros de "A Ordem" 1 para Mario. O dinheiro da subscripção do Jackson ja ali ahi no Rio p-- n'to tempo. É preciso você mandar procurar no Banco do Brazil. Estranharia que

Meu caro Jorge de L...

1ª EDIÇÃO [2023]

Esta obra foi composta em Minion Pro e Din e impressa sobre papel Chambril Avena 80 g/m² para a Relicário Edições.